中國文言小说史

吴志达 著

齊鲁書社

序

近人治文学史者，颇循清儒焦里堂“一代还其一代之所胜”之论，诗尊唐，词标宋，曲崇元。推而广之，旧所斥为小道之小说戏剧遂亦得与诗古文辞比肩文苑。此王静安《宋元戏曲考》之所由作也。然若误解其说，以为文学之发展悉显示于文体之变迁，以文学发展史等同于文体变迁史，甚或以为唐后无诗，宋后无词，元后无曲，举宋以来之诗、元以来之词、明以来之曲，悉屏诸诗史之外，如某二氏所著书者，则不谓为昧于文学历史之全貌，不可也。吴君志达新撰《中国文言小说史》则异于是。其书溯源穷流，上起先秦，下逮清世。虽推唐传奇为极致，而于宋明以还话本章回诸体已度越传奇之际，亦能洞察文言小说仍在发展变化之中，生机犹旺，术艺可观，不独蒲留仙《聊斋志异》之为苍头异军突起也。读其书者，由是以知文学固一代有一代之所胜，治文学史者要当还其一代之所胜，然不得以其非尤最所存，遂取舍任情，屏除史外。此所启示，钤键攸关矣。至其叙论多可补他书之不足，人之所略，我则详之，人或有失，我则正之，犹其小者焉。志达早岁从余问业，纯笃勤渠，余颇重之。其后余以非罪获严谴，厕身刍牧者垂二十年，故人多绝还往。其关射羿之弓者，殆屡覯不一覯。每诵张芸叟“今日江湖从学者，人人讳道是门生”及“传语风光好流转，莫将桃李等闲栽”诸句，辄为陨涕。然亦有二三子，虽在本初之弦上，犹存师弟子之谊，未忍以非礼相加。其风义有足称者。君其一也。今序君书，牵连及此，亦欲以讽末俗，使鄙夫宽薄夫敦云。壬申冬十月，程千帆序于南京大学。

目录

绪论

第一编　先秦至南北朝

第二编　隋唐五代

绪 论

一、撰写中国文言小说史的必要性

人们在谈论我国古典文学的伟大成就时，往往只强调诗歌，称我国是“诗的国家”。这当然有其一定的道理，极而言之，也未尝不可；但从严格的科学含义上讲，这种看法就带有片面性。

我国的文学遗产丰富多采，就文学样式而言，也五彩纷呈。除诗歌外，散文、小说、戏曲，也都非常丰富，而且各种文学样式的历史都相当悠久，艺术上各自具有难以取代的特色。但是在儒家思想占统治地位的封建时代，儒家学者把诗歌置于最崇高的地位，充分肯定诗歌的作用，而瞧不起小说。孔子说：“《诗》可以兴，可以观，可以群，可以怨。迩之事父，远之事君。多识于鸟兽草木之名。”①很明确地指出诗的功能。曹丕所说：“盖文章，经国之大业，不朽之盛事。”②是指诗赋、散文与功业的重要关系。在汉代以前，小说根本就不视为一种独立的文体，仅仅是一种不登大雅之堂的小玩艺，即所谓

---

①《论语·阳货》。

②《典论·论文》，见《文选》卷五十二。

"小道"，是与堂而皇之的"大道"相对而言的。孔子的学生子夏，认为此类小技艺"虽小道，必有可观者焉"，倒是很有见识的，但是他也认为"致远恐泥，是以君子弗为也"①。这与庄子所说"饰小说以干县令，其与大达亦远矣"②，都是鄙视的态度。当然，他们并不是指作为一种文体的小说而言。班固却把"小说家者流"与"小道"相提并论了。③他认为尽管小说有其存在的价值，但并无经世致用的功能。

历来儒士是热中于用世、建功立业的。既然小说无补于事功，也就不愿意自觉地从事小说创作。从先秦诸子到汉代，士人著书立说，都想成一家之言，为王者所用，立身扬名。小说家者流，只能列于九流十家之末，人微言贱。《汉书·艺文志》中所列"小说家"著作，大都散佚殆尽，原因固然很多，但是不被封建统治者及儒生所重视，可能是其湮没的重要原因。偌多儒家经典、诗文辞赋集得以保存下来，正好从另一方面说明小说的不受重视。

到了魏晋南北朝时代，儒学一统天下的局面被打破，士人的思想信仰呈现多元状态，价值观念有所变化，自我意识和主观幻想得以表现，小说在文坛上有了自己应有的地位。许多在政治上或文化领域中有名望的人，也写起小说来，或志怪，或志人，乐此"小道"而不疲。

至于从理论或史的角度对小说艺术进行系统性的探讨与论述，在明代中叶以前，可以说还没有。唐人的小说观，比魏晋

---

①《论语·子张》。

②《庄子·杂篇·外物》。

③班固之说，见于《汉书·艺文志》。

南北朝有较大的进步，但是论述的侧重点局限于对小说功能、审美作用的认识，还说不上小说理论的建树。比较系统地研究小说理论，首推明代的胡应麟，但距离小说史的规模还很远。从晚明至清末，对几部白话小说研究较多。金圣叹、毛宗岗、张竹坡、脂砚斋等，都对某一部小说作过深入研究，初步建立了有中国特色的小说理论，却一直没有人能写出一部中国小说史。鲁迅深有感慨地说："中国之小说自来无史；有之，则先见于外国人所作之中国文学史中，而后中国人所作者中亦有之，然其量皆不及全书之什一，故于小说仍不详。"①鲁迅说的是20世纪20年代初的状况。此后治中国文学史者，逐渐加多小说在文学史中的分量，并且写出几部小说专史，但大都侧重于白话小说，文言小说的比重很轻。这与小说发展史的实际情况不大相称。其实，宋以前的小说，几乎都是用文言写的（唐时已有"话本"之类的"市人小说"，但流传下来的资料很少）；可与唐诗媲美、并称为"一代之奇"的唐人传奇，就是唐代的文言小说，它是我国小说史上的第一个高峰。这一高峰的出现，除了唐代社会特殊的诸多原因以外，从文学发展的内在规律来看，也是文言小说经过长期演变发展的结果。

自宋、元以后，白话小说虽然成为小说的主流，但是文言小说并没有销声匿迹。只是在宋元"话本"繁荣时期，传奇体的文言小说趋向衰微、作品相形见绌罢了。特别值得注意的是，在元代居然出现宋梅洞的传奇小说《娇红记》，故事之哀婉动人、艺术形象之丰满突出、结构之曲折完整、篇幅之长大，较之唐宋作品，都有所发展。因而，在明清白话小说昌盛之时，

① 《中国小说史略·序》。

文言小说由复苏乃至出现以《聊斋志异》为代表的新的艺术高峰，也就不足为奇了。

我国古典小说，自宋元以迄明清，是沿着文言与白话双轨并行发展的，而在迄今为止的文学史乃至小说史著作中，又大都偏重白话小说；因此，对文言小说发展的内在规律、审美追求，它与白话小说的异同，与诗歌、散文、戏曲等文学艺术样式的关系，以及它的审美价值等诸多方面的研究，似多有欠缺，读时下的中国小说史著作，不免有跛足巨人之憾。所以，写一部文言小说专史，是很有必要的。

二、研究中国文言小说史的目的与方法

由上述可见，研究中国文言小说史，其目的是要确立它在小说史上的应有地位，探索它特殊的发展规律，总结其思想意义和艺术经验，为新时代的精神文明建设提供有益的借鉴。不仅如此，还因为它曾经多角度地、较广泛而深刻地展现过我国历史上中上层知识分子的精神面貌、心理状态、审美趣味，以及传统文化特征，因而，它如同我国古代知识分子用来映照社会人生也映照自己内心世界的镜子，我们将从中认识到在正史或诗文中不曾见过的社会人生的方方面面，并在艺术上得到丰富多采的美感享受。它是我国古代所特有的一种文学样式，是我们民族传统文化中一种特殊的表现形态。弘扬这份珍贵的民族传统文化的精神，是我们义不容辞的任务。

学术界曾经讨论过如何编写中国文学史的问题。我在《明清文学史·明代卷·结束语》中，简略地谈及自己的一些想法。撰写文言小说史，也存在同样的需要合理解决的问题。如

何建立能够体现文言小说发展实际情况及其客观规律的体系，史论与作家作品、文献考据与理论批评、流派风格的介绍或鉴析的关系等等，是属于研究方法的问题。

既然是文言小说史，当然重在阐明文言小说发展的线索及其带有规律性的问题，探讨不同的流派与风格，指出它们在文言小说史上的地位与影响，予以实事求是的评价。史论与作家作品及流派的介绍分析，应该是辩证统一的关系。离开具体的作家作品及流派的分析，所谓阐明史的线索、发展规律、认识意义和美学价值，就会失于空泛，成为虚构的幻影；但是过多地或者仅仅满足于作家作品的介绍与鉴赏，缺乏史的线索和理论性的探讨与概括，以及必要的考证辨析，也就不成其为史。

不掌握资料就没有发言权。为了尽可能较全面地掌握文言小说史的有关资料，我从80年代初开始，承几位友人的协作，主持选编了两百余万字的多卷本《文言小说》，分先秦至南北朝、隋唐五代、宋元、明清四卷出版。在主编《文言小说》的过程中，史的意识也逐渐明确，摸清了文言小说的特征，也大致理出了某些带有规律性的问题。如果说在此之前，我主要侧重于对唐人小说的研究，那么从主编《文言小说》开始，就不自量力决心要写一部文言小说的专史了。这期间分别为本科生和研究生讲授了若干次中国文言小说史课，并围绕这一中心课题开展科研工作。应该感到幸运的是，国家教委将我所从事的这一课题，列为“七五”科研项目之一，这对我当然是一种鞭策，写中国文言小说史的目的性也更明确。与此同时，学术界也推出了几种可资参考的论著或工具书，为撰写这部文言小说史提供了某些方便或使我从中受到启发；但也更感到这项研究工作之艰难。学术研究总得在前人的基础上有所前进、有所创新才有意义，这也是我努力追求的目标。

三、文言小说的源流及其基本特征

中国文言小说源远流长。关于它的渊源，众说纷纭。有典籍可考、得到学术界公认的，是从汉代开始有小说。但是我认为，在考虑这个问题时，似不能完全拘泥于“小说”的一般定义，考察古小说的渊源时，视野不妨放宽一些。“小说”的概念，也有一个演化过程，从庄子、桓谭、班固、刘知几，到洪迈、胡应麟、纪昀，在进化中概念逐渐严密起来。事物的发展，往往不是先有其名后有其实，而是在客观世界中先存在某种事物，才产生与其相应的概念，而概念的外延与内涵也会有发展变化。因此，在研究文言小说的源流变迁时，既不能用现代“小说”的概念去规范古人，也不能为古代的传统“小说”概念所束缚。凡是一种文体，都不是骤然产生的。尤其是像文言小说这样最有中国特色的小说，由原始的萌芽状态发展到成熟，乃至达到这一文学样式的艺术高峰，其间几经融汇变化，吸取了神话、寓言、史传文学、诗歌等各种文学艺术的精华，才出现唐人传奇、《聊斋志异》等高标格的作品。作为文言小说史，就应该尽可能把它的渊源与流变探究清楚，不能局限于“小说”概念确立或公认为“小说”的作品产生之后的范围之内。而是应当通过对其渊源与流变的探索，弄清这种小说形式与内容的特色及其形成的原因，理清其嬗变过程。本书将有专章来论述这个问题。

文言小说的文体规范，是与白话小说相比较而言的。它们的渊源有许多共同点，两者之间有着密切的血缘关系，但是又有质的区别。它们用来写作的语言工具不同，前者是文言，后者是白话，这是显而易见的，也只是表层形式的区别。

大体说来，我国的白话小说受民间“说话”艺术的影响较深，除了像《儒林外史》、《红楼梦》这样雅味较浓的艺术精品以外，在当时，读者主要是粗有文化的市民和农民；因此，从作品的内容到艺术形式、表现手段，大致上与粗有文化的市民和农民的文化水平、审美意识、艺术趣味、欣赏习惯相适应。所以人们称宋元以来的大多数白话小说为“市民文学”，或称之为“通俗小说”。

文言小说则不然，它比之于白话小说，主要有以下几个特征：

首先，作者是文化修养较高的士大夫，虽然某些作品的题材或原型也来自民间传说或“说话”，但经过士大夫文人的再创造，即使还保留民间文学的某些色彩，但已经打上了文人作家的印记，书卷气较浓，故事较完整，结构更严密，艺术水平有所提高。例如晋干宝志怪小说集《搜神记》中《三王墓》、《韩凭夫妇》、《李寄》等篇，唐李朝威《柳毅传》、白行简《李娃传》传奇，清蒲松龄《聊斋志异》中的许多名篇，虽留有民间传说、故事的色彩，但更突出的是有作家自己的创作动机，熔铸着作者的思想感情，或发明鬼神之不诬，或表现对士族婚姻制度的不满，或抒发胸中的积愤，也有着作家创作的独特的艺术风格。而更多的文言小说，是作家直接取材于历史或描写现实生活，乃至以自己亲身经历的生活为素材，作家的艺术个性也更鲜明。这在唐人传奇和《聊斋志异》中尤为突出。

其次，与前一特征密切相关，文言小说的语言，在不同发展阶段和不同作家，风格固然有所不同，粗陈梗概的六朝小说与委婉细致的唐人传奇，写法有很大区别，但基本上都比较精炼、雅洁。它既不是供说书艺人作底本的，也不是供市民群众或农民阅读欣赏的。它的作者和读者，都是知识阶层。无论是何种题材的作品，艺术风格、审美趣味，主导倾向是雅而不是俗。凡是取材于文言小说的话本或拟话本，作者都需要经过一番融化稀释、将雅变俗的加工过程。如果我们把“三言”、“二拍”中的某些拟话本小说，与同样题材的文言小说加以比较，就可以看出，两者的风格、审美情趣，是多么的不同。文化水平较高的读者会感到，读文言小说更具有隽永的回味，有一种含蓄幽雅之美。

再次，从文体规范来看，如果说白话小说重在写实、逼真、细致，描写人情物象往往穷形极态，淋漓尽致，是一种再现艺术；那么文言小说则重在神态韵致、风貌格调、气质意境的描写，往往遗貌取神，与中国传统的绘画艺术关系较密切，是一种表现艺术。文言小说中的笔记体志人小说如《语林》、《世说新语》等，篇幅简短，文笔简约冷峻，而善于抓住具有典型特征的言动细节，表现人物的神韵风度；传奇体小说受史传文学的影响，故事首尾完整，人物形象血肉饱满，在文章体制上，受唐代科举制度下“行卷”风气的影响，在传奇小说中，尽可能做到史才、诗笔、议论的充分表现，而在对人物描写的技法方面，无论是否用来“行卷”，都侧重在传神写意，写形貌服饰也是为了更好地表现人物的风神韵致。传奇小说是贴近生活的，但又高于生活，使读者有奇异之感。

此外，还有一个显著特征，由于文言小说是作家个人直接创作的，作者的主体意识也得到更充分的表现。从文言小说的发展过程中，我们可以体认到不同时代作家的心迹，感受到他们脉搏的跳动。汉代是“罢黜百家，独尊儒术”的时代，强调尊王崇礼，作家的主体意识受儒家思想的制约，以礼乐为言动规范，作品的创作个性不够鲜明。魏晋南北朝时期，玄、道、佛盛行，晋朝统治者虽然也曾想以礼治天下，但在实际生活中儒学已无约束力，士大夫或谈玄，或崇道，或信佛，千奇百怪；这种精神状态、文化思想、人生哲学，在志怪小说或志人小说中，有着具体的反映。我们可以感到，那时的士大夫阶层，既自觉其为独立的人，想肆意表现自己的个性，但给人的印象却是狂怪任诞的。唐代的社会、思想文化，都是开放性的，知识分子具有执著的追求精神，他们的人生理想、仕宦心态、对统治者及社会矛盾的看法、审美意识，在传奇小说中得到形象化的表现，作家的个性张力也比较强。明清时代占统治地位的程朱理学，因为与科举制度结合，知识阶层受程朱理学的影响在所难免；但是随着资本主义因素萌芽的出现，启蒙主义思想的兴起，知识分子的思想也在不同程度上有所解放，富于浪漫性的幻想。文言小说中虽然也有一些劝善惩恶的文字，但是比之于某些话本或拟话本小说，封建说教气味并不浓，从“三灯”到《聊斋志异》，我们可以体察到明清时代知识分子思想解放的历程，看到他们追求与彷徨的心灵世界。

四、文言小说的发展历程

我们从纵向（时序）和横向（空间）的结合上来观察文言小说发展的历程，可以把这历史的长河划分为五个阶段：

（一）先秦至西汉：前小说时期

所谓“前小说”，是指这一时期某些具有小说因素或基本上可以作为小说来读的作品，但是作为一种文体，又还不足以称为小说。它们的作者根本无意创作小说，实际上“小说”的概念尚未确立；或者说什么叫“小说”，认识上并不一致，甚至是模糊不清的。

神话传说、寓言故事、诸子散文、历史著作中，都含有不同程度的小说因素。神话的写神志怪、史书的纪事传人等艺术手法，对后来的小说有着深远影响。原始社会人们的神灵意识，既想征服自然、改造自然又因屡遭挫折而产生的恐怖感与幻想性，女性崇拜与图腾崇拜，部落之间的斗争，对各种自然现象与社会现象的想象与解释，形成几个系列的上古神话与传说。开始是民间的口头创作，后来见诸各种典籍的文字记载，现在看来，可称原始形态的小说。神话传说中奇异怪诞的艺术构思，对后来志怪小说和以唐人传奇为代表的传奇体小说，影响较大。

先秦诸子在游说论辩中，虚构短小故事，以形象化的譬喻，说明某种事理，这种寓言故事，也具有较多的小说因素。就作者创作寓言的动机来看，是有意识的。汉代以前的寓言，与小说没有明确的界限。包含着许多寓言故事的诸子散文，特别是庄子散文的语言艺术，丰富、生动，表现力强，为小说艺术提供了很好的语言工具。《庄子》中有些篇章，作为小说来读，亦颇有艺术魅力。

《左传》、《战国策》、《汲冢琐语》以及《史记》中的人物传记，也含有小说的因素，胡应麟甚至引据《束皙传》称

《汲冢琐语》为“古今小说之祖”①，因其内容记录“诸国梦卜妖怪”等虚妄怪诞之事，它并不是史书。但在古代史书中，也不乏梦卜怪异的记载。现在并不是强拉史传文学充当文言小说的问题，而是要认真探讨它究竟对中国小说有哪些影响。正史不能列为小说是显然的，野史杂传之类，就作者而言，也不是有意创作小说，但它所具有的小说成分更多。《韩诗外传》、《列女传》、《说苑》等书中，有不少精采动人的故事，小说意味较浓。

（二）东汉至南北朝：文言小说的雏型时期

东汉末年至隋统一全国以前，是国家长期分裂的时代。在思想意识上，“独尊儒术”的局面被打破了，玄、佛、道兴起。尽管经学亦盛，但已非昔日独尊地位，儒学已无法禁锢人们的思想。这种社会环境，刺激了小说创作。士大夫谈玄说怪，宗教徒弘扬佛法道术，为小说创作提供了丰富的题材，并提高了艺术表现力。富于幻想性和善于虚构的宗教信徒所创作的志怪小说，有较强的艺术感染力；惯于品评人物的士大夫，在创作志人小说时，很重视对人物神韵风度的描写和语言的简约隽永，创立了以篇幅短小、语言精警生动、突出人物某一方面性格或品质为特征的笔记体小说，并为传奇体小说在人物描写方面提供了有益的借鉴。但是发展很不平衡，无论是志怪还是志人，一部分已渐臻于成熟的小说，如神仙志怪类作品，想象奇妙，曲折变幻，人物形象较丰满，故事也较完整，已经开始注意幻设在小说艺术中的作用；而某些野史杂传，则简直就是小

---

① 《少室山房笔丛·二酉缀遗》中。

说。以《世说新语》为代表的笔记体志人小说，记事写人，文笔清俊简炼而意蕴深长，刻画人物性格，表现人物气质韵致，已经达到相当高的艺术境界。因此，我不赞同“是时亦非有意为小说”之说。当然志怪或志人，都有不少品位低劣的作品。

（三）隋唐五代：文言小说由成熟到鼎盛的黄金时期

唐代传奇体文言小说的出现，标志着小说发展史上的一次飞跃。作者对小说的功能、美学价值有了较明确的认识，也更自觉地、有意识地进行小说创作。传奇体的文体特点，在于将史传、志怪、志人之长融合为一体，虚虚实实，离奇曲折，记事言情各尽其妙。通过叙事言情，塑造人物形象，往往有某些事实的影子，而极尽虚构、想象之能事。作家众多，群星灿烂，名篇佳什不胜枚举，有单篇，也有专集。多数名篇在篇末有几句议论，表明作者的创作动机或对所写故事的评论，这固然是受纪传体史笔的影响，也说明作者对小说功能的认识已有提高。

史学家刘知几从史学的眼光苛求小说，对道听涂说、街谈巷议之类“刍荛鄙说”虽多贬斥之辞，但也指出小说不应被忽视，从与正史参照的角度肯定小说的价值：“是知偏记小说，自成一家，而能与正史参行，其所由来尚矣。”①这就提高了小说的地位。韩愈以文坛领袖之尊，作寓言性的传奇小说《毛颖传》，在遭到张籍批评，被嘲笑为“驳杂无实之说”后，敢于堂堂正正地予以反批评，引经据典说明具有戏谑性的文章无害于“道”，倒是“吾子其未之思乎”。②意思是说张籍自己思想僵

①《史通·杂述》。

②见韩愈《重答张籍书》。

化。柳宗元作《河间妇传》之类传奇小说更多，并为韩愈著《毛颖传》辩护，肯定它"有益于世"，而讽刺持否定态度的人。①沈既济在《任氏传》中，想借助于狐妖任氏忠实于爱情的生动事例，提出"著文章之美，传要妙之情，不止于赏玩风态而已"的主张，对小说的思想教育和艺术审美两方面的功能，都有较深刻的认识。

一些著名的诗文作家也从事传奇小说创作，而且得到上层士大夫的欣赏。小说的社会影响扩大了，地位也就逐渐提高，甚至参加进士考试用传奇小说"行卷"，借以攫取功名富贵。士人对小说价值自然刮目相看，认真写起小说来。尽管许多传奇作品并不是用来"行卷"的，作者也能精心创作，使作品臻于传奇艺术的佳境，像《任氏传》、《李娃传》、《长恨歌传》、《步飞烟传》、《虬髯客传》等最有中国传奇小说特色的作品，无论其整体艺术构思、主要人物形象的塑造、艺术表现手法，都是非常精采动人的。

唐五代除传奇体小说以外，也有笔记体小说，志怪、博物、佚事、琐闻，包罗万象，无奇不有。北宋初年李昉等编纂的《太平广记》，虽然包括汉魏六朝小说在内，但是就数量篇幅而言，唐五代小说却在其中占据了重要地位，艺术水平也超越前代，而对后来的文言小说作者，多所启发。

（四）宋元：承袭唐人馀绪而渐趋萧条的时期

人们提起传奇体小说，往往称唐宋传奇，鲁迅选辑《唐宋

①见柳宗元《读韩愈所著〈毛颖传〉后题》，并可参阅他的《与杨诲之书》。

传奇集》，更扩大其影响。这是就文体类别而言的。其实宋人传奇，无论其数量还是质量，都逊于唐人传奇。

宋继五代分裂割据、天下大乱之后，一统寰宇，其气象规模虽不及汉唐，局面也尚可观。特别是北宋，西北边境虽然战事频仍，内地却也曾有过太平盛世的景象。士大夫多安富尊荣，崇尚现实，而少幻想。许多著名的作家，大都是朝中显宦或社会名流，他们的注意力，专注于诗文的变革，或以词抒发个人情怀，对传奇小说似少问津。宋代科举重在策论，与传奇体小说毫无关系，一般士子也不愿写作与利禄无关的玩艺儿，“传奇体”的文章甚至会遭到士林的嗤笑。不过在唐五代蔚为大观的传奇小说，作为一种文学创作的遗风，对宋人自然要起作用。李昉等士大夫编纂的《太平广记》，在当时固然尚未广为流传，但其流风馀韵，仍然有一定影响。文人写作传奇小说者，也还不乏其人，只不过具有艺术魅力的传奇作品并不多。史传贵实，小说艺术贵虚，而宋人传奇小说家却缺乏艺术想象和虚构的兴会，如实写来，殆同实录，艺术性不及唐人。这并不是说宋人传奇没有可读之作，只是稍逊唐人传奇一筹，流传至今的作品，大都保持传奇小说的基本特征。例如《杨太真外传》、《梅妃传》、《李师师传》、《绿珠传》、《流红记》等，在拾掇佚闻或民间传说的基础上，加工创造，艺术性较高。

宋人笔记体小说，数量相当可观，最著名的是南宋洪迈编纂的《夷坚志》，它与《太平广记》一样，都是说话艺人必读的教科书，为“话本”小说所取资。洪迈对唐人小说的艺术特征及其在文学史上的地位，有比较正确的认识。他摆脱了视小说为“小道”或历史的附庸，而从小说艺术审美的角度去评价它。略早于洪迈的南宋作家曾慥，编纂了一部小说总集《类说》，在序文中阐明小说的社会作用："资治体，助名教，供谈笑，广见闻。"这一认识比较全面，但对小说的审美价值有所忽视。

南宋至元代，是话本和戏曲繁荣的时代，传奇体文言小说不易直接为市民所接受，作者也没有创作的积极性。特别是元代，一般知识分子既无仕进之途，又需要解决生计问题，于是将其有用之才，倾注于杂剧事业，"偶倡优而不辞"，或者参加书会，编撰为市民群众所喜闻乐听的话本；文言小说被冷落，乃是情理中之事。如前所述，在元代居然出现宋梅洞的传奇小说《娇红记》，可说是个奇迹，但并非不可思议，有唐宋传奇的艺术传统，元代艺苑出现这枝奇葩是可以理解的。笔记体小说也有一些，记载佚事奇闻较多。金诗人元好问，仿效洪迈《夷坚志》，编撰《续夷坚志》，但其小说艺术的价值，已不如洪迈所作。

（五）明清：文言小说由复苏而推向新的艺术高峰的时期

明初，在封建专制主义的重压下，无论小说、戏曲、诗文，除了皇家剧坛在演一些说忠劝孝、神仙道化之类的戏曲以外，颇有万马齐喑的状态。这种冷落的文坛局面，从洪武中期搞文字狱开始，继续了一个世纪左右。在这种环境气氛下，从旧营垒中忽然冲出一个瞿佑，他仿效唐人传奇，写了传奇小说集《剪灯新话》，紧接着李昌祺踵其后尘，写了《剪灯馀话》，赵弼也起而为《效颦集》，这对封建统治者所设的文网来说，至少撕破了一角。成化年间，以写八股化传奇剧本《五伦全备记》著称的理学名家邱濬，其少年时代曾是风流浪漫的才子，据说《钟情丽集》就是他带有自叙传性质的文言小说。到了万历年间，在启蒙主义思潮的影响下，有中国特色的带有文艺复兴运动性质的浪潮，冲击着封建专制主义的堤防，文言小说的创作，也乘势而起。邵景詹效法瞿佑，写《觅灯因话》，宋懋澄《九籥集》中，也有不少传奇小说；王同轨《耳谈》主要是笔记体小说，也有一些传奇小说。此外，明人还编纂了好几种文言小说总集或专集，其中有些单篇也是明代的作品。总之，文言小说在明代，已形成复苏之势。特别值得重视的是大学者胡应麟对文言小说的论析研究，有较高的理论价值。他把小说家提到与儒、道、释平起平坐的地位，称赞写怪力乱神的志怪小说为“俗流喜道”，群众喜欢就有它存在的价值，他的研究带有一定的系统性和理论色彩。

文言小说复苏的势头，到了清代，出现以蒲松龄《聊斋志异》为标志的文言小说新高峰。《聊斋志异》是用传奇法以志怪，而与之相颉颃的，是纪昀用六朝笔记体小说的写法，创作了《阅微草堂笔记》。文言小说创作阵地上形成两军对垒的态势，在竞争中，两种不同写法都曾出现一些优秀之作，然就总体而言，以《聊斋志异》为代表的传奇体小说，显然居于优势，更受人们的青睐。但也需要指出，《聊斋志异》和《阅微草堂笔记》，都有许多是琐碎的杂记，缺乏小说艺术的审美价值。文言小说的馀绪，一直延续到近代社会的文坛。在清代，文言小说蔚为大观，文言小说的选集、总集相继出现。

五、文言小说与各体文学的关系

我国的文言小说，从其萌芽状态即所谓前小说开始，就不是很单纯地用散文记叙故事或描写人物的。它与诗歌结下了不解之缘。《穆天子传》描写穆天子在昆仑会见西王母，互相以歌谣酬答，为人物形象增添了人情味和生活气息。史传文学中某些小说色彩较浓的篇章，也穿插有人物抒情性的歌辞，渲染人物在特定条件下的思想感情或环境气氛。例如《左传·晋楚城濮之战》晋侯听“舆人之诵”，《史记·高祖本纪》高祖还乡时吟诵的《大风歌》，《项羽本纪》描写项羽垓下之围所发“力拔山兮气盖世”的绝唱，野史中也穿插有歌辞。杂记体小说《韩诗外传》，引《诗》以证事的方式，为后世章回体小说所袭用，不过所引证的已不是《诗经》之诗，而往往是集唐人诗句或作者杜撰。《搜神记》等志怪小说，也有某些抒情诗的成分。魏晋以后，小说与诗的结合，有了进一步的发展。陶渊明的名著《桃花源诗并记》，诗与小说浑然一体，相得益彰。到了唐代，传奇小说与诗的融合，更是普遍的现象。张文成《游仙窟》，作者与女主人互相酬答，以诗歌应和作为调谑方式，诗占了很大的比重，如果把互相戏谑的诗抽掉，《游仙窟》就失去它的基本特色。唐人传奇的繁盛时期，许多著名作品，都穿插了诗歌。所谓史才、诗笔、议论的统一，其中诗笔是唐代举子的基本功，所以，在有“行卷”效应的传奇小说中，表现作诗才华，是理所当然的。宋以后，尽管不以诗赋取士，但在继承古小说传统的小说中，无论是文言小说还是白话小说，杂用诗词以抒情，成了通例，特别是带有言情性质的作品，男女双方经常以诗词歌赋相酬答，倾诉爱情。“三灯”、《聊斋志异》都有较多的诗词成分，白话小说《红楼梦》的诗词，更达到了极致。

文言小说与史传文学的关系，已于前述。史传文学对文言小说，乃至章回体白话小说的影响，极其深刻，说它们是孪生兄弟，大概并不过分。文言小说与古代散文，当然有区别，但又有着密切关系。小说用来叙述故事、塑造人物、描写环境景物，虽然有韵文成分，但主要是散文。汉魏许多杂传体小说，篇幅较长，叙事宛转，就是得力于古代散文的表现力。六朝志怪小说在叙事写人方面不如汉魏，固然有多方面的原因，恐怕也与六朝萎弱的文风有关。唐代的古文运动，更促进了文言小说的发展，而唐人传奇的辉煌成就，也正是古文运动的业绩之一，它对巩固和扩大古文运动的成果起着积极作用。

就文体流变而言，文言小说的许多题材，为戏曲、话本小说所取资，这是众所周知的。还值得注意的是：北宋中期以后的传奇体小说，受话本的影响，带有话本化倾向的某些因素。应该说，这也是一种开拓与进步，使文言小说有了新的生机；反转过来，它又对戏曲、话本小说产生更积极的影响。抓住文言小说这一重要环节，可以帮助我们理解民族传统文化的许多问题，特别是对戏曲、话本小说题材的来龙去脉，艺术表现手法的发展变化，会看得更清楚。还有在不同文体的题材继承与更新上，文言小说比之于白话小说和戏曲，有一较大的差异，即文言小说作者善于表现悲剧美，从六朝志怪、唐宋传奇乃至元明清文言小说，都写了不少凄楚哀婉或激越悲壮的悲剧性故事，而白话小说或戏曲，却往往在悲剧结构中续上一个喜剧性的尾巴，化悲为喜，破涕为笑。这与不同阶层的作者和接受者的审美取向、心理承受能力，密切相关。

第一编

先秦至南北朝

第一章　中国的前小说

所谓前小说，是指在小说这一独立的文学样式形成之前，一些具有小说因素、对小说的形成有着重要作用，但它们本身还不足以称为小说的各种文化形态。这里讲的实质上是关于我国古小说的渊源问题。

我国小说，在唐代以前，都是用文言写的。唐代是传奇体文言小说的兴盛时期；上溯汉魏六朝，小说由雏形状态渐趋成熟；汉之前萌芽状态的准小说，更确切地说是"前小说"，起源很早。一种成熟的文学样式的出现，决不是突发的，有其酝酿、演化的历史过程。

一、对"小说"名称的界说

对"小说"名称的界说，也有一个由杂乱逐渐到较为明确的过程。我们既尊重历史上对它的传统界说，也要考虑现代关于小说概念的科学涵义。《庄子·杂篇·外物》云："饰小说以干县令，其于大达亦远矣。"就其具体含义而言，庄子或其门人所谓的小说，与后世作为一种文学样式的小说概念，固然不同，但也有相通之处。他以任公子用大钩巨缁钓大鱼、辁才讽说之徒小绳系竿难得大鱼作比喻，说明游说之士，假托琐屑言谈（虚构一些小故事），博取高名美誉，不可能通达于至道。

把“小说”与“大达”对立起来，这与孔门之徒子夏视“小说”为致远恐泥的“小道”① 是一致的。《荀子·正名》亦云：“故知者论道而已矣，小家珍说之所愿皆衰矣。”把儒家以外之说视为“小家珍说”，而与智者论道相对立，都含有鄙视“小说”之意。其实，包括他们在内的先秦诸子，是很善于“饰小说”的，尽管他们不一定想借此“以干县令”。那个时代的游说之士，为了达到既定目的，在言谈中往往不是直陈己见，而是假托说故事、谈家常的方式，这就不免要虚构情节、捏造人物，而且说得娓娓动听，以打动对方。因而，实际上也就具备了现代含义的小说的某些因素。

到了东汉，小说的概念有所发展变化。桓谭《新论》说：“若其小说家，合丛残小语，近取譬论，以作短书，治身治家，有可观之辞。”② 这里讲的“小说”，是指不本经传、背于儒术的“丛残小语”，它取日常生活中的某些事理作形象化的譬喻，创作短小的故事，其中包涵着较为深刻的道理，对人们的思想能起教育或启发作用，比较近似后来的小说，但大致属于寓言故事一类。先秦诸子散文中，就有许多寓言故事。《墨子》、《庄子》、《孟子》、《韩非子》、《吕氏春秋》、《列子》乃至史书《战国策》中，有很多寓言是非常精采的。在我们所说的“前小说”时期，很难把小说与寓言区别开来。到了唐以后，小说成熟、发展了，才基本上与寓言分道扬镳，也还有少数篇幅较长、故事较完整、形象较丰满的寓言，如柳宗元《种树郭橐驼传》、《童寄区传》，以及马中锡《中山狼传》，作为传奇

---

①见《论语·子张》。

②引自《文选》卷三十一江淹杂体诗《李都尉从军》李善注。

小说，也未尝不可。

班固《汉书·艺文志》，把小说家列于九流十家之末，计小说十五家，一千三百八十篇；虽然这些作品都已亡佚，但班固对这些作品的来源和作用，却说得很清楚：

小说家者流，盖出于稗官，街谈巷语，道听涂说者之所造也。孔子曰："虽小道，必有可观者焉，致远恐泥。是以君子弗为也。"然亦弗灭也。闾里小知者之所及，亦使缀而不忘，如或一言可采，此亦刍荛狂夫之议也。

这里所谓"小说家"，实际上是职掌搜集民间故事传说的小官，他们把"街谈巷议，道听涂说"，"刍荛狂夫之议"予以搜集整理，目的是让统治者从中体察民情，及时了解民间的舆论，以便采取巩固统治的办法。这与"采风"颇为相似。

值得注意的是，孔门之徒既鄙视这种"小道"，但又肯定它的认识作用，只是因为恐怕有碍于致远，才认为君子是不屑于从事此道的；而班固抬出孔子，主要用意不是简单地重复所引的话，而是纠正了孔子门徒在这个问题上的偏差，强调采集整理小说的意义，突出它存在的价值和作用。

《汉书·艺文志》对小说的解释，为《隋书·经籍志》、《旧唐书·经籍志》和《新唐书·艺文志》所承袭，无多大发展。到了明朝后期的胡应麟，把众多繁杂的小说分为志怪、传奇、杂录、丛谈、辨订、箴规六大类①，从其举例书目来看，实际上只有志怪、传奇、杂录（包括丛谈）三大类，"辨订"、"箴规"则不宜列为小说。

清乾隆时纪昀主持撰写《四库全书总目提要》，把小说分

---

①详见《少室山房笔丛》二十八。

为杂事、琐语、异闻三大流派，相当于胡应麟所分的志怪和杂录两大类，把传奇排斥在外，这与纪昀对传奇体小说的偏见有关："甄录其近雅驯者，以广见闻，惟猥鄙荒诞，徒乱耳目者，则黜不载焉。"这是很遗憾的。

鲁迅根据《汉书·艺文志》所列十五家小说书目班固自注，说："诸书大抵或托古人，或记古事，托人者似子而浅薄，记事者近史而悠缪者也。"这正好说明当时的"小说"，就是所谓"稗官野史"一类作品。古小说的这一特点，加上史传文学的作用，对后来小说的发展，有着极其深远的影响。故事内容既带有传奇性，又重视真实性，奇中见真，而在艺术形式上则具有传记性。从汉魏六朝的杂传体小说、唐宋传奇以迄明清传奇体文言小说，都具有这种特点。

小说（这里指的当然是文言小说，实际上在唐以前的小说，也无所谓"文言"、"白话"之分）文学，由"前小说"状态到形成雏型，以至成熟，有一个历史的发展过程，不能用一个固定的概念去要求复杂的历史现象。如果按照我们现代对小说基本要素——较完整的故事、生动的人物形象、艺术想象和虚构——的理解，去衡量古代作品，有些寓言故事、笔记小说，就不是严格意义的小说，但却是我国"前小说"时期到雏型时期的两个重要类别；特别是笔记小说，历经唐宋元明清，经久不衰，创作这类小说蔚然成风，成为传统的文学样式之一，从这个意义上讲，又是真正的小说。而有些被传统观念排斥在小说之外的作品，今天看来倒很像小说。因此，我们考察古小说的渊源时，就不能拘泥于某一个概念。

二、神话传说对小说的影响

鲁迅在《中国小说史略》中谈到古小说渊源，认为："探其本根，则亦犹他民族，在于神话与传说。"就散见于古籍的神话与传说来看，作为古小说的渊源之一当然是对的，但这些片断的、零碎的神话传说本身，还不足以称为"小说"。其所以是古小说渊源，不只是神话传说本身带有小说的某些要素（虽然还很不完备），还因为有一条漫长的神话的潜流。由于我国封建社会占统治地位的儒家思想对神话的排斥，孔子"不语怪、力、乱、神"①，把神话历史化，把许多神话传说中的人物，解释为真实的历史人物。如"夔一足"原是神话中的畸型怪物，却被孔子曲解为像夔这样的人物，一个就足够了。把神话传说中的人和事，当成真实的历史，予以穿凿附会，当然神话的神奇怪异意味就逐渐消失、淡漠了，更无人专心去从事古代神话的搜集整理或创作新神话。在明清以前，神话作为一种独立的文学样式，几乎濒临湮灭。但是它所具有的艺术魅力，仍然吸引着历代的人们，它的潜势力得以继续发展。

在佛、道思想的影响下，汉魏六朝产生大量描写神仙方术、鬼怪变异的作品，即志怪小说，其中就有许多神话的因素，或者说是神话在新的历史条件下的变种。唐人传奇固然从史传文学中吸取更多的养分，而在某些作品中，神话、志怪的色彩也还很明显。明清时代以《剪灯新话》、《聊斋志异》等为代表的文言小说，进一步继承和发展了神话、志怪、传奇的

①《论语·述而》，

传统；在长篇白话小说中，出现了《西游记》、《封神演义》等神魔小说，更加发扬了古神话的浪漫主义精神。即使像《红楼梦》这样高度现实主义的作品，也巧妙地运用了古代神话传说，创造出神瑛侍者、绛珠仙草、通灵宝玉等美丽动人的神话，成为全书的有机组成部分。

在今存古籍中，《山海经》实为我国古代神话的渊薮。原书本为三十二篇，题为夏禹、伯益作，当是无名氏所作而假托名人之著。西汉刘秀等校定为十八篇，《汉书·艺文志》所载仅十三篇，《隋书·经籍志》云二十三卷，《旧唐书·经籍志》则称十八卷，今传本十三篇，凡三万一千余言。书中所载，涉及夏后啓、周文王事及秦汉时代长沙、象郡、余暨、下雋等地名，可见此书不可能成于三代之前，而且不是一人一时之作，大概成书于战国初年，秦汉间又有所增益。内容由三大部分组成：《大荒经》四篇和《海内经》一篇，大约成书于战国初年到中期；《五藏山经》五篇和《海外经》四篇，大约成书于战国中期以后；成书最迟的是《海内经》四篇，大约在汉代初年。其书性质，鲁迅认为："所载祠神之物多用糈（精米），与巫术合，盖古之巫书也。"古代的巫是士人，很有学问，跟后来专搞迷信活动的巫婆有所不同。"经"，并非"经典"之意，而是"经历"的意思。记载经历山海所见所闻的地理、奇鸟、怪兽、奇鱼等异物，带有地理博物的性质，其中《海经》部分，有许多精采的神话。诚如袁珂所说："《山海经》匪特史地之权舆，乃亦神话之渊府。"①

《山经》中虽无神话故事和较完整的神话形象，但所载许

---

①《山海经校注·序》。

多奇鱼、怪兽的形态，对后世志怪、传奇乃至神魔小说怪异形象的塑造，却有着深刻影响。如《西山经》中关于鼓的记载："又西北四百二十里，曰钟山，其子曰鼓，其状如人面而龙身……"又记文鳐鱼："状如鲤鱼，鱼身而鸟翼，苍文而白首，赤喙，常行西海，游于东海，以夜飞。其音如鸾鸡，……"又记神英招："其状马身而人面，虎文而鸟翼，徇于四海，其音如榴。"想象是多么的丰富神奇，从这些记载中，我们会自然地联想起后世小说中牛魔王、雷震子等似人似怪的奇异形象。

更为可贵的是，《山海经》中记载了我们的祖先如何与大自然作斗争，在改造自然的斗争中拯救了人类的神话故事。例如"夸父逐日"是何等豪迈的英雄气概，纵然他"道渴而死"，他的手杖，还"化为邓林"，遗惠后人。"鲧禹治水"的神话传说，鲧为堵洪水，从天帝那里窃取息壤，因而被杀，他的儿子禹却能继承父亲未竟的事业，终于"布土以定九州"。这种前仆后继、百折不挠的精神，正是我们中华民族的灵魂。"精卫填海"、"刑天与帝争神"的神话，表现了被压迫者至死不渝的反抗精神，所以晋代大诗人陶渊明在《读山海经》诗中，情不自禁地表露了对他们的崇敬之意。

纪传史体裁的《穆天子传》，大概可以算是最完整的一部古代神话传说。它共有六卷，似起居注，而多神话。前五卷记周穆王驾八骏西征之事，后一卷记盛姬病死于途中以至返葬，大体具备了神话小说的要素，结构完整，想象新颖丰富，已有较生动的形象描写。但从文学角度来看，各卷艺术水平不太平衡。写得最富于神话艺术魅力的是第三卷"周穆王宾于西王母"：

吉日甲子，天子宾于西王母。乃执白圭玄璧以见西王母，好献锦组百纯，□组三百纯。西王母再拜受之。□乙丑，天子觞西王母于瑶池之上。西王母为天子谣，曰：

白云在天，山陵自出。
道里悠远，山川间之。
将子无死，尚能复来。

天子答之曰：

予归东土，和治诸夏。
万民平均，吾顾见汝。
比及三年，将复而野。

西王母又为天子吟，曰：

徂彼西土，爰居其野。
虎豹为群，于鹊与处。
嘉命不迁，我惟帝女。
彼何世民，又将去子。
吹笙鼓簧，中心翔翔。
世民之子，惟天之望。

天子遂驱升于弇山，乃纪名迹于弇山之石，而树之槐，眉曰"西王母之山"。

这个西王母形象，已不同于《山海经·西山经》中所写"其状如人，豹尾虎齿而善啸，蓬发戴胜"，而是一个善于吟和应酬、含情脉脉的女神。它对六朝志怪小说乃至《西游记》中神魔世界的创造，影响至深。从假托班固作的《汉武帝内传》、《汉武故事》和桓麟《西王母传》，以及吴承恩对王母娘娘形象的塑造、神仙境界的描写，都可以看出它们之间的源流关系。

在古代，由于生产力水平还很低下，人们在艰苦的生活和斗争环境中，对于天地万物、自然界和社会上的各种变异现象，既无法控制，也还不能作出科学的解释，往往渴望有一种超人的力量，改造自然与社会，这也就是产生神话的契机。在人类社会出现阶级以前的神话故事，基本上都是反映人与自然的关系或部落之间的矛盾斗争，关于宇宙的开辟、人类的起源、自然界的演变、人类对大自然的改造和征服，以及古代氏族部落之间的战争等等，世界不同民族的神话，有不同而又有些相似的说法。我国的神话很零散，但是如能予以钩沉梳理，如袁珂先生编著的《中国神话与传说》，各类神话传说都可构成体系。不拘泥于某一部古籍，博采广搜，予以融汇重铸，许多神话是非常精采，很有我们民族特色的。譬如盘古开天辟地、女娲造人、炼石补天、羿射九日等神话，都是强调劳动创造了世界，也是劳动创造了人，并以非凡的劳动改造人的生存环境。这与西方把功劳归于上帝，具有根本不同的思想意义。

在古代神话中，关于天地开辟的说法有好几种。从屈原《天问》提出这个发人深省的问题，就有了各种幻想性解释。最完整、也最动人的，是三国时代吴人徐整根据"盤瓠"的神话和南方少数民族的民间传说，加以想象创造的"盘古开天地"神话：

> 天地浑沌如鸡子，盘古生其中。万八千岁，天地开辟，阳清为天，阴浊为地。盘古在其中，一日九变，神于天，圣于地。天日高一丈，地日厚一丈，盘古日长一丈。如此万八千岁，天数极高，地数极深，盘古极长。后乃有三皇。

这个推原天地开辟、世界构成的神话，始于徐整所著《三五历纪》，而为《艺文类聚》、《太平御览》等古籍所引录。"盘古开天辟地"之说，成了我国古代人民的普遍观念。到了明末，周游著《开辟衍绎》小说，就把盘古描写成开天辟地的英雄：

（盘古）将身一伸，天即渐高，地便坠下。而天地更有相连者，左手执凿，右手持斧，或用斧劈，或以凿开，自是神力，久而天地乃分，二气升降，清者上为天，浊者下为地，自此而混茫开矣。

盘古的形象，俨然是神力非凡的大英雄，凭着手中斧、凿，开天劈地，气势磅礴。

开天辟地以来，最伟大的女性自然是女娲。《山海经·大荒西经》中提到"有神十人，名曰女娲之肠"，似是神的集体化身。屈原《天问》已提出："女娲有体，孰制匠之？"可见当时已经有女娲造人的神话传说。王逸为这一发问作注说："传言女娲人头蛇身，一日七十化。"一天化育七十次，是太辛苦了，于是《淮南子·说林》说："黄帝生阴阳，上骈生耳目，桑林生臂手，此女娲所以七十化也。"女娲的杰出劳动，是由诸神协助完成的。应劭《风俗通义》则更富于想象力，把女娲造人的神话说得更圆满：

俗说天地开辟，未有人民，女娲抟黄土为人。剧务，力不暇供，乃引绳絙泥中，举以为人。故富贵者，黄土人也；贫贱凡庸者，絙人也。

女娲用自己艰巨的创造性劳动造就人，这比上帝造人要高明得多，而与希腊神话中普罗米修斯造人颇相似。"富贵者"、"贫贱者"之说，显然是阶级社会的烙印。

想象最丰富、最优美的，是《淮南子·览冥训》所记载的"女娲炼石补天"的神话。女娲不但创造了人，而且在天崩地裂、洪水泛滥、烈火熊熊、猛兽吞噬善良人民的时候，她熔炼了五色石补苍天，斩断大龟的四足来代替天柱，树立在大地的四方，将天空撑起来，又杀死兴波作浪的黑龙，以拯救中原的人民，然后把芦苇烧成灰，堆积起来，用以堵塞洪水。善良的人民才从苦难中解脱出来。她有如此辉煌的功绩，却不夸耀自己，不显扬自己的名声。这种品格，是多么的高尚！

还有关于发现火的神话。希腊神话中，是普罗米修斯从天上把火偷下来，自己却被惩罚受折磨。我国古代神话中，是燧人氏钻木取火，是在生产劳动实践中的伟大发明。

还有一个人类的功臣、改造自然环境的大英雄，就是赫赫有名的羿。在《山海经·海内经》中已有关于羿为民除害的记载："帝俊赐羿彤弓素矰，以扶下国，羿是始去恤下地之百艰。"《淮南子·本经训》的描述就较具体：

> 尧之时，十日并出，焦禾稼，杀草木，而民无所食。猰貐、凿齿、九婴、大风、封豨、修蛇，皆为民害。尧乃使羿诛凿齿于畴华之野，杀九婴于凶水之上，缴大风于青丘之泽，上射十日而下杀猰貐，断修蛇于洞庭，禽封豨于桑林。万民皆喜，置尧以为天子。于是天下广狭、险易、远近，始有道里。

至于有人论及羿是天神下凡为民除害，而不是具有神性的英雄，这样穷究似无必要，在神话中，原来就是神人一体的。

古代神话，除了其故事具有永恒的魅力外，在艺术上，丰富、优美的想象力，它的积极浪漫主义精神，为我国小说的发展开夫先导，影响极其深远。因此，神话和传说，虽然还不能算是小说，但是从对以后小说发展的影响来看，神话是古小说的渊源，是毫无疑问的。

三、先秦寓言与小说的关系

如前所述，东汉初年桓谭《新论》称："小说家合丛残小语，近取譬论，以作短书，治身治家，有可观之辞。"实际上是指寓言体的讽喻小说，用人们日常生活中常有的事理，作生动的、形象化的比喻，藉以表达某种思想，或以"欢谑之言"抒发"怨怒之情"，比抽象的说理，效果要好得多。

春秋战国是个大动荡、大变革的时代。不同政治倾向的"士"，为兑现自己的人生价值、争取有实现自己的政治主张的机会，就必须著书立说，游说诸侯。在游说中充分发挥论说才能和舌辩技巧，需要有很强的说服力，并且要浅近易懂。而从民间故事或神话传说中取材编撰寓言，则是顺理成章之事。游说大家如墨翟、孟轲、韩非等人，就是寓言故事的杰出作家。

受神话的启发，寓言在艺术上善于采用拟人化的手法，以及夸张的表现方式。例如《庄子·逍遥游》"鲲鹏之变"，描写鲲鹏之大："有鱼焉，其广数千里，未有知其修者，其名为鲲。有鸟焉，其名为鹏，背若泰山，翼若垂天之云，抟扶摇羊角而上者九万里，绝云气，负青天，然后图南，且适南冥也。"鲲和由它变化而成的鹏，如此庞然大物，可谓极尽夸张之能事。鲲鹏与极其渺小的斥鴳形成鲜明的对比，并予以拟人化，然后说明大与小各得其趣的生活哲理。《庄子·外物》"任公子钓大鱼"更富有寓言小说的色彩，以丰富的想象和极度的夸张，虚构了精采的故事情节：

任公子为大钩巨缁，五十犗以为饵，蹲乎会稽，投竿东海，旦旦而钓，期年不得鱼。已而大鱼食之，牵巨钩，錎没而下，骛扬而奋鬐，白波若山，海水震荡，声侔鬼神，惮赫千里。任公子得若鱼，离而腊之，自制河以东，苍梧以北，莫不厌若鱼者。已而后世辁才讽说之徒，皆惊而相告也。夫揭竿累，趣灌渎，守鲵鲋，其于得大鱼难矣。饰小说以干县令，其于大达亦远矣。是以未尝闻任氏之风俗，其不可与经于世亦远矣。

任公子钓鱼，大钩、巨缁、重饵，以及大鱼食饵上钩的情景，写得有声有色。这种夸张性的描写，尽管是虚构的，但是在艺术上却是真实的。与“辁才讽说”、“揭竿累，趣灌渎，守鲵鲋”者相比，任公子的远大抱负与胆识，更为突出，理喻自然明白。《列子·汤问》“愚公移山”的寓言故事，小说风味更浓，通过生动的艺术形象，说明有志者不畏困难险阻，不断努力奋斗，事必可成，而自作聪明、畏缩不前者，什么事也办不成。

许多优秀的寓言，从题材到艺术表现手法，都曾受神话的影响；但是，神话的艺术虚构和夸张，是不自觉的、“人类童年的产物”，而寓言作者运用夸张、拟人化、想象虚构等艺术手法，都是自觉的、有明确的譬论性的，创作动机和目的性都很明确。

寓言艺术的拟人化，并非对某种自然现象或社会状况的不理解，恰恰相反，寓言作者把客观存在的事物看得很透彻，掌握其本质属性，用高度概括而又形象化的方式表现出来。例如《战国策·楚一》“狐假虎威”：

虎求百兽而食之，得狐。狐曰：“子无敢食我也。天帝使我长百兽，今子食我，是逆天帝命也。子以我为不信，吾为子先行，子随我后，观百兽之见我而敢不走乎？”虎以为然，故遂与之行。兽见之皆走。虎不知兽畏己而走也，以为畏狐也。

虎的本质属性是凶恶而愚蠢，而狐狸则是狡猾。作者以拟人化的手法，通过狐与虎的对话，及其行为所产生的客观效果，形象、生动、深刻地揭露了那种凭借权豪之势恫吓和欺压别人的坏人。

寓言受篇幅的局限，它的艺术特点不在于故事情节的完整、刻画人物的细致，而在于用看似平常、实则犀利尖刻的语言，对某种极不合理的现象，予以讽刺、针砭，并揭示其谬误的根源，含有深刻的哲理。如《吕氏春秋·察今》"刻舟求剑"的故事，讽刺那种以固执保守的眼光看待发展变化的形势、终于事与愿违的愚蠢行为。《孟子·公孙丑》"揠苗助长"，很简短的几句话，勾画出宋人凭主观愿望，去做违反客观规律的蠢事，结果适得其反。《庄子·养生主》"庖丁解牛"则说明在长期实践中掌握事物的客观规律，遵循规律办事，纵有艰难险阻，也可迎刃而解。

也有一些寓言，虽然篇幅不长，但是也能注意对人物形象的塑造、主要人物性格的刻画。其艺术手法是把矛盾冲突高度集中、迅速展开，而结局收煞干脆利落。如前面曾提到的《愚公移山》，愚公的形象鲜明，性格突出，就是通过愚公凭借一家人的力量，立志要把太形、王屋二山挖掉这一事件，与智叟展开论辩，而矛盾冲突则集中在人力单薄与二山的庞大上，在如此尖锐的矛盾冲突中，表现出愚公的顽强意志和美好理想。解决矛盾的方法，是愚公精神感动了上帝，派夸娥氏二子以神力搬掉二山。再如《韩非子·外储说左上》"棘刺母猴"，描写骗子"能以棘刺之端为母猴"的花言巧语，投燕王喜"微巧"之所好，获取丰厚的享受，矛盾冲突就集中在喜好与根本不可能做到上，骗术之所以能够得逞，就是骗子抓住了燕王昏庸腐朽的特点；冶者以亲身实践的经验，雄辩地揭穿其中的欺骗性，骗子则乘机逃之夭夭。骗子的狡猾、燕王的昏聩、冶者的诚朴，刻画得很生动。

寓言故事为突出主题，往往在结尾处发议论，起画龙点睛的作用。例如《战国策·齐二》“画蛇添足”，讲的是以先画成蛇者得饮酒，而一个先画成蛇的，偏要给蛇画上脚，终于被人夺了酒盏。结尾写道：“为蛇足者，终亡其酒。”点明自作聪明、多此一举者，往往会败事这一主题。

由上述可见，古代寓言，有的作品本身就是精采的短篇小说，而更多的是，为后世小说的发展提供了艺术上有益的借鉴。归纳起来，主要有以下几点：

首先，寓言开了自觉虚构故事的先例，这对唐人传奇及后来的小说，起了积极的推动作用。没有自觉的艺术想象和虚构，就没有真正的小说。上古神话的虚构，不是自觉的艺术创造，故并没有产生上古时代的伟大的神话小说。

其次，拟人化、夸张、对比等多种艺术表现技法的运用，为后世小说特别是神魔小说的创作所继承。

再次，在简短的篇幅中，以简洁、犀利而有幽默意味的语言，叙述故事，刻画人物，展开矛盾冲突等艺术手段，为后来讽刺小说的发展，提供了良好的范例。

还有，许多寓言故事的题材，为后世小说作者所汲取，推陈出新。六朝文言小说中以奇异虚幻为特色的志怪小说，及以传神写照见长的志人小说，实际上都发端于先秦寓言。流风余韵所及，至《聊斋志异》更放异彩。例如《聊斋志异》中有一篇陆判为朱尔旦换心的故事，这显然是从《列子·汤问》“扁鹊为鲁公扈、赵齐婴易心”的故事中受到启发而创作出来的。

总之，寓言本身足以称为小说者甚小，而其艺术成就、形象思维的方式，影响以后小说发展者甚大。

四、叙事散文中的小说因素

我国古代的叙事散文很发达，既然叙事，也就往往要描述人物，系事于人，人物栩栩如生，故事委婉曲折，引人入胜。就叙事散文与小说艺术的关系而言，是很密切的，前者对后者在结构、人物形象塑造、语言艺术等方面，都有影响。当然，我们不能把凡是有故事情节、有人物形象的叙事散文，都视为小说。把“小说”概念的外延任意延伸扩大，是不科学的。应当把严格的历史著作以及那些记言说理、议论时政的文章，与小说区别开来，其主要标志，就是所叙之事和所写之人，是否借助于想象和虚构。不能视为小说是一回事，从小说史的角度来看，史传文学和诸子散文对小说艺术的发展曾产生深刻影响，又是一回事。

从先秦两汉至六朝的史传文学，无论是以编年记事为主的《左传》，以记言为主的《战国策》，还是以人物传记为主的《史记》、《汉书》和《三国志》，虽然不是小说，但这些史书的文学意味很浓，对人物的描绘、故事的叙述，带有小说成分，是不容否认的。尤其是介于正史与小说之间的野史杂传，描写人物的细致生动，结构的严谨完整、富于波澜，对于后世以唐人传奇为代表的传奇体文言小说的发展，影响是很明显的。而小说作者则具有较浓的史文化意识。

以叙述战争见长的《左传》，很善于在描写战争过程中刻画各种人物的性格。例如著名的晋、楚“城濮之战”，秦、晋“殽之战”，都能通过人物在矛盾冲突的尖端所表现的情绪和行为，以及人物间的对话，活现人物的性格：楚国主将子玉的骄傲狂妄、志大才疏，晋国大将魏犨的勇猛急躁、粗中有细，先轸的多谋善断、智勇兼备，秦国主将孟明视的坚毅顽强、机警果敢，秦穆公的知过能改、严于责己，都有鲜明的个性特征。《战国策》则善于在记言中表现人物细微的动作和精神面貌。如《赵策·触詟说赵太后》，写在强秦重兵压境的情况下，赵太后不肯以长安君为人质求齐出兵，甚至明谓左右：“有复言令长安君为质者，老妇必唾其面！”触詟要去见她，她“盛气而胥之”，暴露了这个老妇人自私专横、目光短浅的性格特点；而从触詟“入而徐趋”和纡缓委婉、从容不迫说服赵太后的过程中，充分表现了他老谋深算、明察事理的政治家风貌。《魏策·唐且为安陵君劫秦王》，描写秦王与唐且的一番对话，真是有声有色。从秦王“怫然怒”，仗势凌人的神态，到“公亦闻天子之怒乎？……天子之怒，伏尸百万，流血千里”的威胁恐吓，以至秦王“色挠，长跪而谢”唐且，揭示了秦王狡诈险恶而色厉内荏的性格特征；而从唐且不亢不卑、据理陈言的风度，以至发出“若士必怒，伏尸二人，流血五步，天下缟素，今日是也”的慷慨激愤之辞，和“挺剑而起”的动作，显示出唐且仗义勇为的才略和胆识。

《史记》中的人物传记，对情节的巧妙安排，人物形象的精细描写，包含着更多的小说艺术的因素。在《太平广记》中列为“豪侠”类及“杂传记”类的唐人小说，从表现形式上来说，与《史记》等正史传记颇为相似：故事性较强，首尾都很完整，开始先把人物家世、生平甚至外貌特征作简要交代，然后展开人物间的矛盾冲突，情节曲折，叙述生动，而结尾往往在评论中表明作者的思想倾向。如果我们把《史记》中的《游侠列传》或《刺客列传》，与唐人传奇体小说《冯燕》、《虬髯客传》乃至志怪性传奇《任氏传》等作一比较，就可以发现它们之间的源流关系。

《史记》作为一部优秀的史传文学作品，塑造人物形象的艺术手法，比《左传》、《战国策》更多样化了。形象也更完整、丰满。如《高祖本纪》、《项羽本纪》、《陈涉世家》、《信陵君列传》、《廉颇蔺相如列传》等名篇，都善于在矛盾冲突中，借人物自己的语言和行动展现人物的性格，并能选取具有典型意义的细节，以及切合人物身分、处境的个性化语言，把各种类型的人物写得活灵活现。在忠实于历史的原则下，对某些人物的描写有所夸张，更深刻地揭示出人物的本质特征。作者还善于运用渲染环境气氛、烘托对比等艺术手法，突出人物各自的个性。《项羽本纪》中"鸿门宴"一段，对刘邦、项羽、张良、范增、樊哙形象的刻画，《刺客列传》中"荆轲刺秦王"一段，对燕太子丹、荆轲、秦舞阳、秦王形象的塑造，就是精采的例子。特别是"项庄舞剑"、"送荆轲"、"刺秦王"等惊心动魄或悲壮凄凉的场面描写，更为后来的传奇小说乃至演义小说，提供了丰富的艺术经验。

再看先秦诸子散文，撇开那些记言说理、议论时政的文章不论，有许多作品是包涵着小说成分的。《孟子·离娄》下"齐人有一妻一妾"章，通过齐人乞墦而骄于妻妾的故事，揭露了齐人寡廉鲜耻、卑鄙龌龊的丑恶灵魂，人物形象比较鲜明，妻妾的对话也很有个性，对于人物的行动、表情的描写都相当具体，且能抓住其典型特征予以刻画；故事和人物，显然是出于作者的虚构，意在借此讽刺当时社会上的某些人，为了寻求富贵利达，竟然不择手段，不以为耻，反以为荣。如果把它作为讽刺小说来读，亦颇有辛辣意味。

有些散文作品，例如《论语》中的《楚狂接舆》、《长沮桀溺耦而耕》，以及《墨子·公输》等，尽管也有故事情节和人物，但是基本上属于纪事说理的散文，不宜视为小说。在先秦诸子散文中，最具有小说艺术特色的，是《庄子》。虽然庄子鄙视当时所谓的“小说”，但是他的创作实践，却写出了后世人们所理解的真正的小说，可以说是浪漫主义的杰作，这也是庄子所始料不及的。如《杂篇·盗跖》，写孔子率领其门徒去游说盗跖，故事情节首尾完整，且跌宕起伏，富于波澜，惊心动魄，扣人心弦。对盗跖形象的描写，真是绘声绘色，形神具现。作者采用皴染的艺术手法，使盗跖的形象非常突出，个性也很鲜明。先借柳下季之口介绍盗跖狂暴而勇猛善辩的性格与才能：

> 且跖之为人也，心如涌泉，意如飘风，强足以拒敌，辩足以饰非，顺其心则喜，逆其心则怒，易辱人以言，先生（指孔子）必无往。

从这形象化的具体的介绍中，已经给读者留下初步的却较深刻的印象。随着故事情节的发展，人物性格也逐步明朗，形象逐渐展现出来。当盗跖得知孔丘来访时，“闻之大怒，目如明星，发上指冠”，用很有个性化的语言，数说了孔丘之罪，斩钉截铁地要禀报者告诉孔丘：“疾走归！不然，我将以子肝益昼餔之膳！”孔子还是硬着头皮进去拜见盗跖。“盗跖大怒，两展其足，案剑瞋目，声如乳虎，曰：‘丘来前！若所言，顺吾意则生，逆吾心则死。’”从盗跖的具有个性特点的语言和典型化的动作、声态中，这个人物的形象已经活现在我们的眼前，而作者又通过孔丘的对话，对盗跖形象作了进一步的渲染：

今将军……身长八尺二寸，面目有光，唇如激丹，齿如齐贝，音中黄钟，而名曰“盗跖”……

这种描写人物的艺术手法，乃至审美意识，一直影响到明清的长篇小说。从盗跖形象使我们很自然地联想起《三国演义》中的张飞、《水浒传》中的李逵、《说岳全传》中的牛皋等一系列艺术形象，他们都具有阳刚粗犷之美的特质。对孔子形象的描写也颇为传神，特别是写他遭到盗跖斥逐，惶恐不安地出门上车的情景：“执辔三失，目盲然无见，色若死灰，据轼低头，不能出气。”回去见到柳下季时还心有余悸地说：“丘所谓无病而自灸也，疾走料虎头，编虎须，几不免虎口哉！”我们今天读起来，仍有如见其人、若闻其声之感。而所写之事，又属于虚构夸饰。这样的作品，简直可与唐人传奇媲美。其他如《庄子·杂篇》中的《说剑》，小说意味也是颇为浓厚的。

有些散文著作，如《韩非子》、《吕氏春秋》、《晏子春秋》、《韩诗外传》，就专书而言，当然不能列于小说之林，而其中的许多故事，却不失为精采的短篇小说。如“师旷奏乐”、“和氏之璧”、“扁鹊见蔡桓公”、“黎丘丈人”、“晏子使楚”、“樊姬”、“绝缨者”等等，是可以当作小说来读的。

第二章　汉魏六朝的杂传体小说

一、杂传体小说的兴起及其样板《燕丹子》

我们民族自先秦、两汉以来，就有浓厚的历史意识。撰写历史，被认为是很崇高的事业。《春秋左氏传》、《战国策》、《史记》、《汉书》、《三国志》，都被尊为不朽的历史著作。史官文化对中国小说、戏曲的影响，尤为深远。古代知识分子又很看重著书立说、成一家之言，这种情况，除产生众多的子书以外，还出现了许多介乎史书与子书之间的野史杂传，无意之中就创作出不少可以视为小说的作品，这是史官文化与士文化交融的产物。

班固《汉书·艺文志》所列十五家小说，虽已散佚，残存无几，但他于诸小说家之后，都有简略的说明，多数是评注该家小说的性质，如在《伊尹说》之后，注云："其语浅薄，似依托也。"在《师旷》之后，注云："……其言浅薄……似因托之。"在《黄帝说》之后，则直言："迂诞依托。"有的则仅注明所记何代之事。鲁迅根据这些记载推测："诸书大抵或托古人，或记古事，托人者似子而浅薄，记事者近史而悠缪者也。"①这与此

---

①《中国小说史略》第一篇。

时小说家的作品出于稗官之手密切相关，它是基于"街谈巷语，道听涂说"的，可能反映了一定的生活真实，但是多半是传闻依托之辞，与要求严谨缜密、真实可靠的史书不同，也与讲政教谋略、哲理风化等大道理的诸子文章不同，而是野史杂传性的作品，统治者和士大夫都不怎么瞧得起，故视为有异于经史诸子宏著的"小说"。那十五家小说虽已亡佚，而汉魏时代著述的野史杂传，还留下不少，足资佐证。在探讨古小说早期形态时，这类作品是很值得研究的。

野史杂传固然也有真人真事作素材，但是作者的主观感情色彩较浓，民间传说的成分颇多，其褒贬好恶的倾向性十分明显。

汉代的作品《燕丹子》，也是人们公认的现存最早的一篇小说，其实就是野史杂传。保存这篇作品，对研究文言小说史，具有重要意义。它为我们提供了我国小说早期形态的样本，从而启发我们对其他许多类似作品的认识。

《燕丹子》写燕太子丹遣荆轲刺秦王的故事。始见于《隋书·经籍志》子部小说家类。未注明撰人，但注曰："丹，燕王喜太子。"《旧唐书·经籍志》丙部子录小说类题"《燕丹子》三卷"，注称"燕太子撰"，可能就是根据隋《志》对丹的身分介绍，理解为撰著者。班固《汉书·艺文志》不曾著录此书，汉《志》是根据刘歆《七略》"删其要"而成，可见刘向父子、班固都未见此书。由此推知，《燕丹子》可能成书于东汉和帝时或稍后，而其事则早已在民间流传，并已见于司马迁《史记》，刘向《别录》、刘歆《七略》、王充《论衡》、应劭《风俗通义》等也都曾提及。这篇"长于序事，娴于词令"，文笔细腻的杂传体小说，是在汲取前人成果的基础上创作出来的。它的基本内容与《史记·刺客列传》中“荆轲刺秦王”事，大体相同，而更富于传奇性。

《燕丹子》，分上、中、下三篇，篇幅虽然不很长，但具有中篇小说的规模。它描述燕太子丹在秦国做人质，遭遇秦王的冷遇，回到燕国后，誓死报仇，收养勇士，意图刺杀秦王。终于得到侠士荆轲，经过各种准备，燕太子丹派遣荆轲与秦舞阳，以献督亢地图和秦国逃亡将领樊於期的首级为名，行刺秦王。由于助手秦舞阳的胆怯色变，行刺的图谋失败。

整个故事结构较为严谨完整，叙述跌宕起伏，扣人心弦。写燕太子丹欲摆脱秦王的羁绊和侮辱，竟感动上帝，使不可能之事居然成为可能："乌即白头，马生角"，机发之桥，“丹过之，机为不发”，“夜到关，关门未开，丹为鸡鸣，众鸡皆鸣，遂得逃归”。民间传说的意味很浓，而这正是史学家所不取、小说家所必需的。历史故事与民间传说融化为一体，是一种艺术创造。前人却认为其中情节“多鄙诞不可信”，这是由于没有把历史与历史小说区别开来的缘故。

《燕丹子》全篇构思已颇有匠心，并非平铺直叙。故事首先从燕太子丹回国后报仇心切着笔，描写他多方收揽人才。先求教于曲武，从曲武引出田光，再从田光引出荆轲，用多方衬托、多层铺垫的手法，突出荆轲，也突出燕太子丹的性格特点：礼贤下士，胸有城府。荆轲为报燕太子知遇之恩，在作了周密的筹画后，奋不顾身，勇往虎穴龙潭，去执行刺杀秦王的艰险使命。故事情节逐步展开，层层深入，愈来愈紧张，而又曲折有致。

作品集中刻画荆轲豪侠、智勇的性格。樊於期自刎献首，既写了樊於期的慷慨捐躯、洒热血、抛头颅的豪情壮志，也起了渲染烘托加强荆轲性格的作用。易水送别、慷慨悲歌场面的悲壮气氛，图穷匕首见、荆轲掷匕首贯秦王耳等惊心动魄的场景，绘声绘色，栩栩如生。荆轲抓住秦王衣袖，以匕首指秦王之胸，数说秦王之罪，而穿插了秦王乞听琴声得以脱身的描写，增强了故事的传奇色彩：

秦王曰："今日之事，从子计耳。乞听琴声而死。"召姬人鼓琴。琴声曰："罗縠单衣，可掣而绝。八尺屏风，可超而越。鹿卢之剑，可负而拔。"轲不解音。秦王从琴声负剑拔之，于是奋袖超屏风而走。轲拔匕首擿之，决秦王耳，入铜柱，火出然。……

决斗场面的这一细节描写，是《史记》中所没有的，显然是根据民间传说所虚构，使作品更显得摇曳多姿，且具有秦庭的地方特色。以琴声为音乐语言，暗示脱身之计，想象丰富优美，使整个决斗场面有张有弛，审美上有一种和谐的节奏感。

作者善于运用对比烘托的手法，使人物性格更鲜明。如前所提及，燕丹子先求计于数人，最后终于礼遇荆轲，已烘托出荆轲的豪侠气质；而在晋见秦王时，秦舞阳慑于秦庭威仪所表露的胆怯变色，与荆轲的临危不乱、沉着机智、应对自如，也形成鲜明的对比。

二、稗官野史中的小说篇章

——《越绝书》与《吴越春秋》

类似《燕丹子》而体制恢弘欲成一国之史、立一家之言者，如袁康《越绝书》，赵晔《吴越春秋》，其中的某些篇章，实际上也是小说家之言，而并非严格的历史。

《越绝书》，一称《越绝纪》，东汉袁康撰。康，字君高，会稽（今浙江绍兴）人。原书二十卷，现存十五卷，主要记述吴越两国史事，而着重描写伍子胥、子贡、范蠡、文种、计倪等人的活动。作者当然无意写小说，但他描写铺叙颇细致，且多采传闻异说，与《吴越春秋》所记相出入，民间传说的成分较多，也更富有小说的色彩。如第十卷《吴王占梦》，描述吴王夫差昼卧姑胥台，做了一个梦；梦醒后心绪惆怅，如有所悔。于是召太宰伯嚭圆梦。梦中进入章明之宫，入门见两鑐炊而不蒸，见两黑犬，嗥以北、嗥以南，见两铧倚在吴宫庭，见流水汤汤越过吴宫墙，又看见前园的横索上长出梧桐树，后房锻工挟着鼓奏起《小震》。吴王要伯嚭把梦兆的吉凶如实相告。伯嚭为了阿谀奉承吴王，曲解梦兆为大吉大利："章明"是伐齐胜利显扬于天下；"炊而不蒸"象征大王圣气有馀；两只黑犬向北吠又向南吠，暗示四夷降服来朝拜诸侯；"铧倚宫堂"意味着农夫安居乐业；流水汤汤越过宫墙，是各地进献物产有馀；"横索生桐树"，是乐府吹曲之兆；后房锻工鼓《小震》，不就是宫女鼓乐吗？吴王听了这番阿谀之词高兴极了，优厚地赏赐伯嚭。吴王又急召公孙圣圆梦。公孙圣仰天哀叹道：我伏地而泣并非爱惜自己，而是为大王而感到悲哀。"章"，象征战败仓皇而逃；"明"意味着失去光明，一片黑暗；"炊而不蒸"，大王将无熟的食物；黑犬向北向南嗥叫，预示大王身亡，魂魄惶惑；"铧倚宫堂"，越国入侵吴国，宗庙社稷化为丘墟；"流水汤汤越宫墙"，意味着宫庭空虚；"横索生树桐"，是暗示以桐作俑，为大王殉葬；"后房锻者鼓《小震》"，是长叹息的凶兆。劝大王不要亲自出征。

公孙圣的直谏，触怒了吴王，下令把他押解到山上去喂虎狼，烧毁尸骨，扬其灰。吴王听信伯嚭的谗言，兴师伐齐，结果大败，身死国亡，果不出公孙圣预言。

夫差临死前，越国谋臣范蠡列举其五大罪：杀忠臣伍子胥；杀正言直谏的公孙圣；齐无罪而兴师讨伐，使百姓离散；虐待越王勾践；宠信奸臣伯嚭。然后，要夫差自杀。

全篇故事首尾完整，情节发展曲折离奇，主要事件有历史真实作基础，但又多想象虚构之辞，昏君夫差、奸臣伯嚭与忠臣公孙圣的矛盾冲突，表面上是对夫差梦中情景的不同解释，实质上是对当时吴国内外形势的不同看法、政见的分歧。以虚幻的形式表现现实的矛盾，正是文学艺术的特质，与完全纪实的史书之本质区别，也正在于此。

夫差的昏庸残暴、伯嚭的奸诈自私、公孙圣的耿直敢谏，几个主要人物的个性都较鲜明。民间故事传说的色彩很浓，圆梦测吉凶，也是民间常用的方式，是古代风俗习惯的写照，是古代文化传统的一个侧面。

《吴越春秋》，东汉赵晔撰。晔，字长君，会稽山阴（今浙江绍兴）人。通韩《诗》。原书十二卷，今本作六卷十篇。所叙史事，吴自太伯至夫差，越自扶余至勾践。称“春秋”而多采摭轶事传闻，属于“稗官杂记”之体，近乎“小说家言”；既可补正史之阙漏，又富于小说意趣。

如卷一《王僚使公子光传》“伍子胥奔吴”故事，描写伍子胥奔吴途中，历经艰险而遇救脱险的过程，大都采用民间传说。例如遇渔父得救，就洋溢着民间色彩和传奇性：

> （伍子胥）至江中，江中有渔父乘船从下方泝水而上。子胥呼之，谓曰：“渔父渡我。”如是者再。渔父欲渡之，适会旁有人窥之，因而歌曰：“日月昭昭乎侵已驰，与子期乎芦之漪。”子胥即止芦之漪。渔父又歌曰：“日已夕兮予心忧悲，月已驰兮何不渡为？事寖急兮当奈何！”子

胥入船，渔父知其意也，乃渡之千寻之津。子胥既渡，渔父乃视之有其饥色，乃谓曰："子俟我此树下，为子取饷。"渔父去后，子胥疑之，乃潜身于深苇之中。有顷，父来，持麦饭鲍鱼羹盎浆，求之树下，不见。因歌而呼之曰："芦中人，芦中人，岂非穷士乎？"如是至再，子胥乃出芦中而应。……二人饮食毕，欲去，胥乃解百金之剑以与渔者……渔父曰："吾闻楚之法令，得伍胥者赐粟五万石，爵执圭，岂图取百金之剑乎？"遂辞不受，谓子胥曰："子急去勿留，且为楚所得。"子胥曰："请丈人姓字。"渔父曰："'今日凶凶，两贼相逢'，吾所谓渡楚贼也。两贼相得，得形于默，何用姓字为！子为芦中人，吾为渔丈人，富贵莫相忘也。"子胥曰："诺。"既去，诫渔父曰："掩子之盎浆，无令其露。"渔父曰："诺。"子胥行数步，顾视渔者，已覆船自沉于江水之中矣。子胥默然，遂行。

接着，还写了伍子胥于溧阳乞食漂绵女子，这个"三十未稼"的贞明女子，为救子胥而投水自尽。这个故事，不但情节生动感人，且有较多的人物刻画，成功地塑造了伍子胥、渔父、漂绵女子的形象。人物的对话、举止行动，都有个性特点，渔父的慷慨好义、自我牺牲精神，漂绵女子的贞明义烈，都历历如在眼前。特别是对伍子胥这个刚强机警的落难英雄的描写，从他的举止、语言中，刻画出逃难过程中的心理状态，可谓入木三分，把人物的神情心态写得活灵活现，激起人们对他的同情。这正是小说家的细腻笔法所产生的艺术效果。司马迁《史记》卷六十六《伍子胥列传》，也写了《伍子胥奔吴》的史实，那是极其简约的：

……至江，江上有一渔父乘船。知伍胥之急，乃渡伍胥。伍胥既渡，解其剑曰："此剑直百金，以与父。"父曰："楚国之法，得伍胥者，赐粟五万石，爵执圭，岂徒百金剑邪？"不受。伍胥未至吴而疾，止中道乞食。

史笔贵在切实而简约，小说则以想象虚构、描写细致取胜，比较之下，小说与历史的分野，不言而喻。

《吴越春秋》卷二《阖闾内传》的传奇色彩更浓，包含较多的神话传说成分。如"吴钩"，写干将得其妻莫耶之助，铸成"干将"、"莫耶"雌雄宝剑，将雌剑"莫耶"献给吴王阖闾，深得王之器重。吴王又下令道："能为善钩者，赏之百金。"于是有人贪图重赏，竟杀两个儿子，用血涂在铁上，制成两把宝剑，献给阖闾。这两把剑杂在许多剑中，无法辨认，剑匠呼两个儿子的名，两剑居然飞到献剑匠人的胸前，因而得到吴王的重赏。如此神奇的传说，当然不为史家所采用，却为小说家所珍重。

再如《阖闾内传》"要离挫椒丘䜣"故事，也是一篇精采的传奇性小说。它描写壮士椒丘䜣为齐王出使到吴国，途中饮马淮河渡口，津吏说："水中有神，见马即出，以害其马，君勿饮也。"䜣说：壮士所为，有什么神敢干涉！于是就使随从在渡口饮马。水神果然取走了他的马。椒丘䜣大怒，脱衣露体，手持利剑，入水求神决战，过了几天才露出水面，被水神伤了一眼。

椒丘䜣凭借与水神决战之勇，对吴国的士大夫颇为轻傲，盛气凌人。席间满座人都慑于他的勇力，唯有坐在他对面的要离想挫动他的威风，说道："吾闻勇士之斗也，与日战不移表；与鬼神战者不旋踵；与人战者不达声，生往死还不受其辱。今子与神斗于水，亡马失御，又受眇目之病，形残名勇，勇士所耻。不即丧命于敌，而恋其生，犹徽色于我哉！”椒丘䜣突然遭到这种责问，无话可答，又恨又怒，当晚就去袭击要离。要离却敞开门户，披头散发直挺挺地躺着，毫无畏惧。椒丘䜣一手握剑一手抓着要离说，您有三大罪该死：“辱我于大家之众，一死也；归不关闭，二死也；卧不守御，三死也。子有三死之过，欲无得怨！”要离却说：“吾无三死之过。子有三不肖之愧，子知之乎？”䜣说：“不知。”要离说：“吾辱子于千人之众，子无敢报，一不肖也；入门不咳，登堂无声，二不肖也；前拔子剑，手挫捽吾头，乃敢大言，三不肖也。子有三不肖而威于我，岂不鄙哉！”椒丘䜣丢下利剑，叹服要离不愧为天下壮士。

借助于人物的行动和对话，塑造了椒丘䜣和要离这两个具有不同性格特点的传奇性的人物形象。椒丘䜣粗鲁狂妄，恃勇自傲，而拙于巧辩；要离智勇兼备，有胆有识，而更长于才辩。两人在对比之下，突出各自的个性。整个故事，有着较浓的神话传说、英雄传奇色彩。这当然不足以称为严格意义的历史，而不失为地道的杂传体小说。

三、魏晋间近乎小说的野史杂传

——《曹瞒传》及其他

汉魏以迄两晋，撰写野史杂传之风颇为兴盛。究其原因，大致有以下几个方面：

一是受先秦以来史官文化传统的影响。前面已经提到，史官刚正不阿、秉笔直书的“春秋笔法”，为撰写历史树立了光辉榜样，也为著史事业确立了崇高的地位。司马迁首创纪传体史书《史记》，他的进步史学观及其文学性很强的人物传记，为后来史学家提供了典范。班固效法《史记》纪传体而写了第一部断代史《汉书》，由魏入晋的陈寿撰《三国志》，南朝刘宋范晔撰《后汉书》，“四史”之名播扬宇内，激发士人撰写历史的积极性。

二是史官所撰正史，不可能完全摆脱官方控制，记事实，评论人物，带有某种局限性，特别是封建社会里，写历史往往受正统观念的束缚，公正的史家也就未必公正。司马迁对汉高祖、汉武帝略有微词，就招致“谤书”的罪名。班固、陈寿可学乖了，对正统帝王不免较多溢美之词。野史杂传作者就没有这些顾忌，写作要自由得多，局限性也较少。一些不能参与撰写正史的史学家，兴致勃发，就写起野史杂传来了，借机还可以对朝廷、对某些帝王将相发点牢骚，以示不同于正史的“一家之言”。

三是在正史之外尚有开拓余地，这既表现在史实方面，更表现在对历史人物的臧否好恶方面。史官以官方的有利条件，应该说掌握的史料较充分，但是也由于受官方的限制，存在于地方或民间的许多史实材料，可能无法见到，有时甚至不得不隐恶扬善或有意讳言。正史记事非常概括简约，传人则寓褒贬于客观叙述之中，所谓“皮里阳秋”，让读者自己去领会、捉摸其倾向性。野史杂传则可以突破这些限制和文体规范，大量地采录轶事传闻，把经过民间加工的奇闻异事也当作史料写进去，开拓了史料空间，并且往往可以随主观好恶，直抒已见，思想感情的倾向得以鲜明地表现出来。野史杂传固然不足作为信史，但确实弥补了正史之不足。

所以，野史杂传之作，代不乏人。它也许离正史所载事实较远，想象虚构、传闻不实的成分较多，也正因为如此，它就成了小说中颇有势力的一体。前述《越绝书》、《吴越春秋》就是这类作品；滥觞既具，效法者众，乃至蔚然成风。可惜许多作品都散佚了。好在刘宋时裴松之注《三国志》、梁刘孝标注《世说新语》，引用了大量野史杂传或笔记小说中较为完整的资料，使这两部书中的人物描写更具体化、形象化，客观上保存了不少小说资料。例如《三国志·魏书·武帝本纪》，叙述曹操早年的为人和简历，比较概括：

太祖少机警，有权数，而任侠放荡，不治行业，故世人未之奇也；惟梁国桥玄、南阳何颙异焉。玄谓太祖曰："天下将乱，非命世之才不能济也，能安之者，其在君乎?"年二十，举孝廉为郎，除洛阳北部尉，迁顿丘令，征拜议郎。

而在裴松之的注中，引了《曹瞒传》等杂传，就使以上一段概括的"史笔"，演化为文学家的小说创作了。《曹瞒传》写道：

太祖少好飞鹰走狗，游荡无度，其叔父数言之于嵩。太祖患之，后逢叔父于路，乃阳败面喎口，叔父怪而问其故，太祖曰："卒中恶风。"叔父以告嵩。嵩惊愕，呼太祖，太祖口貌如故。嵩问曰："叔父言汝中风，已差乎?"太祖曰："初不中风，但失爱于叔父，故见罔耳。"嵩乃疑焉。自后叔父有以告，嵩终不复信，太祖于是益得肆意矣。

太祖初入尉廨，缮治四门。造五色棒，县门左右各十余枚，有犯禁者，不避豪强，皆棒杀之。后数月，灵帝爱幸小黄门蹇硕叔父夜行，即杀之，京师敛迹，莫敢犯者。近习宠臣咸疾之，然不能伤，于是共称荐之，故迁为顿丘令。

史笔是作概述性的简历介绍，而小说则需细腻夸饰。上引《曹瞒传》已属于文学创作，通过人物的对话、做些什么和如何做以至神色笑貌的描写，曹操狡诈机变，多谋善断，不畏权贵的性格特点，妙肖如生地表现出来了。

再如《三国志》写官渡之战时，袁绍谋士许攸投奔曹操的情节，也较简要，而注中引《曹瞒传》描述曹操跣足迎许攸、夜袭乌巢的情景，绘声绘色，音容笑貌呼之欲出。

又如《三国志》记载曹操自潼关渡河与马超激战，未渡而被马超袭击，写得很简单，《曹瞒传》则把这件事描绘得饶有风趣，富于传奇性：

> 公将过河，前队适渡，超等奄至，公犹坐胡床不起。张郃等见事急，共引公入船。河水急，比渡，流四五里，超等骑追射之，矢下如雨。诸将见军败，不知公所在，皆惶惧，至见，乃悲喜，或流涕。公大笑曰："今日几为小贼所困乎！"

在矛盾冲突极其尖锐的环境中，刻画了曹操临危坦然，豁达乐观的统帅风度和气派，并以诸将的"惶惧"、"悲喜"、"流涕"与曹操的谈笑风生形成鲜明对比，更突出曹操的形象。

至于《曹瞒传》对曹操日常生活、衣饰言谈的描写，对他持法峻刻、忌才残杀而又"对之垂涕嗟痛之"这种虚伪残忍品性的刻画，以及"割发代首"、"昼寝杀幸姬"、"借仓官头以压军心"等酷虐变诈权术的写照，淋漓尽致地表现了曹操"奸雄"的性格特点。

类似《曹瞒传》这样富于传奇色彩的野史别传，在《三国志》注或《世说新语》注中引了很多，如《魏氏春秋》、《汉晋春秋》、《英雄记》、《江表传》、《晋阳秋》及众多的别传。这些野史别传，虽传人事，而尚夸饰，奇闻逸事多为所录，既异于正史列传，亦不同于志怪小说之离奇无稽；固然不能都冠之小说之名，但是确实有相当一部分是足以列于小说之林的。无论记叙故事，抑或塑造人物形象，对后来小说发展的影响，可谓深远。

四、假托汉代人撰杂传体小说

——从《汉武帝内传》到《赵飞燕外传》

留存至今的一些艺术水平较高的杂传体小说，往往假托汉代名人所作。诚如鲁迅所论："文人好逞狡狯，或欲夸示异书，方士则意在自神其教，故往往托古籍以衒人。"①但是这仅仅是"托古"的原因之一。更为重要的原因，恐怕小说不被重视、小说家的地位非但没有经、史那样崇高，反而会遭到讥评；所以小说作者对著作权并不看得很重，为了让作品得以流传，还不如假托前代名人为好。

就《汉武帝内传》来看，洋洋洒洒近七千言，这在文言小说中，篇幅够长的了。旧题为班固撰。班固(公元32—92年)，字孟坚，东汉扶风安陵（今陕西咸阳）人，初任兰台令史，转迁为郎，典校秘书，修成我国第一部纪传体断代史《汉书》，也是他第一个把小说家列入正史艺文志中，尽管列于九流十家之末，毕竟开创了先例。大概正由于他是鼎鼎大名的《汉书》作者，对小说的见解也颇有可取之处，后人才愿意假托令名撰

---

①《中国小说史略》第四篇。

《汉武帝内传》，似乎是不便于写入正史本纪中的一些虚妄荒诞之事，用来写“内传”，也是合乎情理的事。

其实，能够写《汉书》、熟悉汉代宫廷内幕的人，未必就能写出《汉武帝内传》这样的小说。从思想内容和艺术描写的特色来看，倒可能是晋人葛洪的作品。本篇主要写汉武帝刘彻好神仙之道，希求长生不老，感得王母、上元夫人降至汉宫，传授得道长生之术。武帝虽信天下有神仙之事，修道六年“高韵自许，为神真见降，必当度世”，但他恶习不改，有恃无恐，“恃此不修至德，更兴起台馆，劳弊万民，坑降杀服，远征夷狄，路盈怒叹，流血膏城，每事不从”。还是成不了仙，不得长生，死后陵墓殉葬之物被盗。对汉武帝的揭露、批判与嘲讽，很明显。

求神仙长生的迷信活动，虽然秦汉时就有，但是尚未形成有系统性的教义；道教在东汉时还带有原始性，神仙人物的关系网也还没有构成，不可能在小说中塑造出王母、上元夫人等神仙世界的系列化形象。只有到了魏晋神仙道教昌炽之时，才有可能把成仙了道的宗旨、神仙形象，写得那么具体、生动，也只有隔代的作家，才能够把汉武帝荒淫、暴虐的罪恶本质，揭露得那样淋漓尽致。特别是小说中的人物形象描写，比之于《燕丹子》，要细腻得多，从中可以窥见小说艺术演进的轨迹。

作品从汉武帝出生、即位以至于死，一生的全过程，固然都写了，但这是内传，不同于史书中的本纪，系国家大事于帝王的一生，并对其功过是非作历史的评价。它所写的主要是正史本纪所讳言的、汉武帝生活中好神仙祈求长生不老这一个侧面。刻画汉武帝的性格特征和精神面貌，借助于王母、上元夫人与汉武帝的对话，以及汉武帝的言行举止，揭露其暴、淫、奢、酷、贼五大弊病。所以着重描写的人物是王母、上元夫人，从而汉武帝在其中自我暴露、或被神仙谴责批判。

描写王母驾临汉宫前，先写王母的使者玉女王子登，从昆仑山到汉宫向汉武帝报信，次写武帝登延灵台，“盛斋存道，其四方之事权委于冢宰焉”。然后写王母驾到：

> 到夜一更之后，忽见西南如白云起，郁然直来，径趋宫庭，须臾转近，闻云中箫鼓之声，人马之响。半食顷，王母至也。县投殿前，有似鸟集，或驾龙虎，或乘白麟，或乘白鹤，或乘轩车，或乘天马。群仙数千，光耀庭宇。……唯见王母乘紫云之辇，驾九色斑龙，别有五十天仙，侧近鸾舆，皆长丈余，同执采旄之节，佩金刚灵玺，戴天真之冠，咸住殿下。王母唯扶二侍女上殿。侍女年可十六七，服青绫之袿，容眸流盼，神姿清发，真美人也。王母上殿东向坐，著黄金褡襹，文采鲜明，光仪淑穆，带灵飞大绶，腰佩分景之剑。头上太华髻，戴太真晨婴之冠，履元璚凤文之舄。视之可年三十许，修短得中，天姿掩蔼，容颜绝世，真灵人也。

读这一段王母降临汉宫的描写，不禁联想起《红楼梦》中的“元妃省亲”，当然后者艺术水平、场面描写的气派规模，都远远超越前者，但其间的源流关系却是很显然的。使者的预报、鸾驾鼓乐、仪仗随从，自远及近，层次分明，气氛肃穆，与王母在神仙世界的地位很相称。写王母的服饰穿戴、容仪神态，都很细致、具体，几乎成了我国古典小说写贵妇人、美貌女子的传统写法。写侍女之美，也是为了陪衬王母。

写上元夫人，又是一番景象：

俄而夫人至，亦闻云中箫鼓之声。既至，从官文武千余人，并是女子，年皆十八九许，形容明逸，多服青衣，光彩耀目，真灵官也。夫人年可二十余，天姿精耀，灵眸绝朗，服青霜之袍，云彩乱色，非锦非绣，不可名字。头作三角髻，余发散垂至腰，戴九云夜光之冠，曳六出火玉之佩，垂凤文林华之绶，腰流黄挥精之剑。

以极其概括之辞写妇女形貌之美，而特写眼睛，对穿戴服饰的描写善于抓住各人的特色，正是我国文言小说表现艺术的特征之一。

《汉武帝内传》通过王母、上元夫人对武帝的传授神仙道术、劝戒嘲讽，宣扬神仙道教之说，有某些积极因素，也有其消极影响。道教本身就有其两面性。王母传授武帝修身营气、益精易形之术，实际上就是道家的养生气功，从人体科学角度来看，有其合理性；但从其引诱人们求仙了道的主要意图来看，又是虚妄荒诞、不足为训的。"非谓其必能得道，欲使其精诚有验，求仙之不惑，可以诱进向化之徒。又欲令悠悠者知天地间有此灵真之事，足以却不信之狂夫耳。吾意在此也。"这正是作者的创作意图。

从全篇的意象和思想倾向来看，精通神仙道教之说的葛洪，很可能是本篇的作者，与他所撰《神仙传》加以比较，疑团或能豁然开朗。关于葛洪的身世、思想与创作，在后面有关部分将予以论述。

旧题汉桓麟撰《西王母传》，以假托作者姓名而论，似应比《汉武帝内传》后出。桓麟，字元凤，东汉桓帝时人。本篇末尾提及周穆王登昆仑而宾于王母："事具《周穆王传》。至汉武帝元封元年七月七日夜降于汉宫，语在《武帝传》内，此不复载焉。”早于本篇，在《山海经》、《穆天子传》、《淮南子》、《汉武帝内传》诸书中，对西王母的故事，都有所描写，但都还不够完整。本篇则集结前人之成，专记西王母。从东王公、西王母之产生、所居宫阙、职掌之事，到西王母的容仪装饰，以及仪仗随从，都有较细致、完整的描绘。将有关西王母的传说系统化。历叙西王母从黄帝时至汉武帝时的活动，特写西王母派遣九天玄女，授黄帝阴符之机，克蚩尤于中冀，平定天下，都于涿鹿。并略述茅叔申、王子登、张道陵等得道授书，朝王母于昆仑之事。

《西王母传》的贡献在于将散见于诸书的西王母故事系统化，促使它由神话向传奇化过渡。作为文言小说，其艺术水平却不及《汉武帝内传》，为神仙道教说教的意味较浓。

与汉武帝好神仙、求长生思想意识相关，有托名郭宪撰《东方朔传》。郭宪，字子横，约生活在汉成帝至光武帝之间（公元前32—公元57年），为人刚直敢言。据传《汉武洞冥记》也是他的著作，其中亦有《东方朔》一篇，比本篇简短。

《东方朔传》写东方朔在汉武帝前侈言神仙怪异之事，虽荒诞不经，但形象地暴露了汉武帝妄求仙术长生的可笑行为及其腐朽本质。作者想象极其丰富，他笔下的东方朔，是个半人半仙的滑稽人物，三岁即往返于仙境地府，啖东王公之丹粟霞浆，饮玄天黄露，骑苍虎而还；将布挂在枯树上，布化为龙。昔为朔母之夫的黄眉翁，自称：“却食吞气已九千余年，目中童（瞳）子皆有青光，能见幽隐之物。三千年一返骨洗髓，二千年一剥皮伐毛，吾生来已三洗髓，五伐毛矣。”神仙家奇谈怪论，海阔天空。“声风木”、“明茎草”、神马“步景驹”、“吉云草”、“指星木”之说，更是怪诞无稽，但也表现了魏晋神仙道教奇特的幻想及其对小说艺术开拓意境的积极影响。

摆脱魏晋神仙道教之影响，能直面人生、揭露宫廷丑恶内幕的一篇传奇性作品，是《赵飞燕外传》。旧题汉河东都尉伶玄撰。伶玄，自称与扬雄同时，而不见载于史传。此书最早见于《文献通考》，但司马光编撰《资治通鉴》曾采用本篇中“淖夫人祸水灭火”之语，所以后世多信为汉人真作。鲁迅认为“恐是唐宋人所为”。我以为此书作者当晚于汉代而早于唐宋，主要也是就文气格调来考察其时代特征，不类唐宋传奇风范；况且传奇小说在唐宋已卓然独立一体，声名显赫如韩、柳、元稹、牛僧孺，都公然写起传奇小说来，似再无托古假冒之必要，如宋人谯川秦醇子复撰《赵飞燕别传》，直署真实名字，毫不加假饰。

《赵飞燕外传》记述赵飞燕姊妹同事汉成帝故事。虽然直接描写赵飞燕争宠妒忌、淫乱暴虐，但是实质上是通过赵氏姊妹的形象描写，暴露了封建帝王淫奢腐朽的生活面貌。篇幅曼长，描写曲折细致。从赵氏姊妹的出生、贫苦的家庭生活及其私情写起，而着重描述赵飞燕姊妹先后被召入宫、得宠之后的争妒淫乱；赵飞燕为得嗣而浊秽宫闱的丑恶行径，固然可耻可鄙，而汉成帝昏聩淫奢之状也被穷形极态地揭露了出来。成帝的荒淫无度、穷奢极欲、宠赵氏姊妹以满足自己声色之好，可谓后世帝王如陈后主、隋炀帝、唐玄宗、宋徽宗之先导。对男女间私生活的露骨描写，这在文言小说中是较少的，对明清世情小说有所影响。《金瓶梅》写西门庆之死，与《赵飞燕外传》写汉成帝纵欲亡身，颇为相似。

《赵飞燕外传》在艺术上，称得上是文言小说发展史上的里程碑。这不仅表现在它的题材由神仙方术转向人间生活，情节结构委宛曲折，写出帝王后妃婚姻生活既可鄙又可悲的悲剧性，更表现在对人物形象的艺术描写已较成熟。作者不是单纯地叙述故事，而是比较注意人物性格的描绘，故事背景主要是作为人物所处的环境和性格发展的依据来描述。

赵氏姊妹出生于声乐世家，为她们善于歌舞创造了有利条件。她们家境贫寒，原是聪明美丽、值得同情的女子。作者以简约而形象化的笔调描述这一对姊妹的仪表才情及其贫苦的生活遭遇：

> 宜主幼聪悟，家有彭祖分脉之书，善行气术。长而纤便轻细，举止翩然，人谓之飞燕。合德膏滑，出浴不濡。善音辞，轻缓可听。二人皆出世色。（父）万金死，冯氏家败，飞燕妹弟流转至长安。……与阳阿主家令赵临共里巷，托附临，屡为组文刺绣献临，临愧受之。……飞燕妹弟事阳阿主家，为舍直。常窃效歌舞，积思精切，听至终日不得食。……飞燕通邻羽林射鸟者，飞燕贫，与合德共被。夜雪，期射鸟者于舍旁，飞燕露立，闭息顺气，体温舒，亡疹粟。

飞燕姊妹不但聪明美丽，多才多艺，而且是钟情女子。飞燕对于爱情的追求与倾心专注颇为感人，应该说心灵是美好的。但是进宫得宠、封为皇后以后，随着地位、环境的变化，她的性格向暴虐嫉妒、阴险诡谲、奢侈淫乱方面恶性发展。

作者用对比衬托的艺术手法，写了也被召进宫、封为婕妤的合德，特别描写了她的美丽而能克己谦让姊姊飞燕的品性：

> ……合德新沐，膏九曲沉水香；为卷发，号新髻；为薄眉，号远山黛；施小朱，号慵来妆；衣故短，绣裙小袖，李文袜。帝御云光殿帐，使樊嫕进合德，合德谢曰："贵人

姊虐妒，不难灭恩受耻，不爱死，非姊教愿以身易耻，不望旋踵。”音词舒闲清切，左右嗟赏之啧啧。帝乃归合德。飞燕因己无出，为巩固赵氏权位，才不得已将合德进献给成帝。合德进封号昭仪，姊妹俩生活益为放荡，而导致姊妹反目。当飞燕激怒侮辱合德时，合德哭泣下拜说：“姊宁忘共被夜长，苦寒不成寐，使合德雍姊背邪？今日垂得贵，皆胜人，且无外搏，我姊弟其忍内相搏乎？”终于使飞燕受到感动。对比之下，贬抑飞燕，而突出合德品性的美好一面，尽管对她淫荡的宫廷生活多有微辞，但批判的笔锋，主要是指向赵飞燕和汉成帝。

《赵飞燕外传》，对唐宋传奇写隋炀帝、唐玄宗与杨贵妃的宫廷生活作品，影响深远。鲁迅认为是唐宋人作，大概是从它的表现艺术已较成熟、与唐宋传奇颇为类似之故吧。如果我们注意审视唐宋传奇的文体规范，与它加以比较，就会发现其间明显的不同。唐人传奇从“行卷”、中进士的功利观念考虑，许多名篇都采取诗、史、判三合一的体式，《赵飞燕外传》则无此种体式痕迹。而宋人秦醇《赵飞燕别传》，显然受《外传》影响才作，所叙事同中有异，颇为明人胡应麟所称赏；他认为是六朝人所作，秦醇只是“补缀以传者也”，并指出：“而文非宋所能。其间叙才数事，多俊语，出伶玄右，而淳质古健弗如。”① 胡应麟的鉴察虽不无道理，但把《外传》视为汉人伶玄著作，把《别传》说成是六朝人作，又嗜奇好古太过，有失于对前代作品进行科学的考证。我们应以求实的态度尽可能使考证的结果大体上切合实际情况，无须“闻伶玄《飞燕外传》及汉《杂志秘辛》为伪书”，而有“怫然不悦”② 之感。

①见《少室山房笔丛》二十九。

②见《鲁迅全集》卷10《稗边小缀》。

第三章　两汉魏晋杂记体小说

一、杂记体小说的兴起与《韩诗外传》

杂传体小说，一般篇幅长大，叙述委婉曲折，故事较完整，已注意对人物形象的描写，为唐人小说开了先导，开始认真地创作稗史性质的小说。作者虽然还不是有意识、很自觉地从事这种艺术劳动，但绝不是盲目的写作。与杂传体小说相对而言，杂记体小说篇幅较短小，一则故事直截了当地记叙某人某事，人物形象描写虽尚欠生动、具体，却能通过对人物某事的描写，从某一侧面表现人物的性格或品德特征，可补史传之不足；因系根据传闻异说，又不同于信史，带有轶闻琐记的性质，也可以算是当时的小小说，遗闻逸事，多为所录。

在《中国的前小说》一章中，曾提及《晏子春秋》、《韩诗外传》中的某些故事，不失为精采的短篇小说，可以当作小说来读。从文言小说发展史的源流关系来考察，这类作品，实际上就是笔记小说的滥觞。

西汉韩婴撰《韩诗外传》，十卷，杂述古事古语。《汉书·儒林传》称："婴推诗人之意而作《外传》数万言。"其实，此书虽每条征引《诗经》句子（今本有二十八条未引《诗》，可能是缺脱），只是引《诗》以证事，并非引事以明《诗》，与

《诗经》本义无关，是地地道道的杂记故事。据《汉书·艺文志》著录，韩婴曾撰《内传》四卷，《外传》六卷。南宋后仅存《外传》。清赵怀玉辑《内传》佚文，附于《外传》之后。

韩婴，文帝时任博士，景帝时为常山王刘舜太傅，是今文经学"韩诗学"的开创人。他当然无意于小说创作，可能在治《诗》过程中，自然地联想起某些故事，随手记下，而《诗》是他擅长之学，故引诗以证事，也是驾轻就熟的习惯性行为。例如卷二第二十二章《夏桀》篇，记叙夏桀王奢侈无度的宫廷生活，激起群臣的不满，通过歌咏抒发去桀投汤之志；伊尹向桀进谏，桀拍手而笑，认为伊尹所云乃是"妖言"，伊尹立即离桀而去，当了汤的宰相。作者赞赏这种行动，说道："可谓适彼乐土，爰得其所矣。"于是引《诗·魏风·硕鼠》之句曰："逝将去汝，适彼乐土。适彼乐土，爰得我所。"证明伊尹行动的正义性。后来白话小说的诗赞体，恐怕与这种体式也有些关系。

《韩诗外传》已经注意其社会功能，儒家的文艺功利观较明显，通过故事品评人物或讽喻劝惩，倾向性鲜明。如卷二第四章《樊姬》，写樊姬"不敢以私愿蔽众美"，说明多见则知人的道理，而意在称赞樊姬辅助楚庄王的品格风范。又如卷七第十四章《绝缨者》，写楚庄王与群臣宴会，有人乘殿上烛灭之机，牵王后之衣，王后拔取此人之帽缨，告于楚王，意欲惩处此无礼之人；楚庄王则乘尚未点燃烛光之时，令与会者统统把帽缨拔掉，以安牵王后衣者之心，此人后来在楚庄王出征时，立大功报答楚王，为王破吴而强楚。借此故事，称赞楚庄王明智豁达，不计臣下区区小节，终成霸业。卷十第一章《麦丘叟》，通过麦丘叟与齐桓公的对话，渐次突现"无使群臣百姓得罪于吾君，亦无使吾君得罪于群臣百姓"的中心思想，从而表现出麦丘叟的远见卓识、齐桓公的从谏如流风度。

《韩诗外传》内容较杂，而褒贬倾向鲜明，篇幅虽短，故事性却较强，人物的某一性格特点较突出。对后来笔记体志人小说有一定影响。

二、杂记体小说家刘向及其著作

刘向（公元前79—前8年），字子政，历官汉宣、元、成三朝，是个关心国事的今文经学家，直言敢谏。他也是较著名的文学家，以辞赋（虽今仅存《九叹》一篇）、古文著称。就现存《新序》、《说苑》和《列女传》来看，倒不妨称他为杂记体小说家。比之于《韩诗外传》，刘向的杂记故事乃至体裁特征，对魏晋志人小说（或称轶事小说），有着更明显、更深刻的影响。

《新序》原本三十卷，经宋代曾巩校定为十卷，其中"杂事"类五卷，"刺奢"、"节士"、"义勇"各一卷，"善谋"两卷。杂记自舜禹周秦至西汉事，大都采录传闻逸事，不同于史传，从一些琐碎细事中表现某人性格或品德，即小见大。所记故事，有的也见于他书，但文字略有不同，如《樊姬》、《周舍》、《范昭观政于齐》等，均见于《韩诗外传》。本书以儒家传统道德规范为品评人物的标准，褒扬明智聪慧、贤德仁义、忠贞节烈，贬抑暗昧愚钝、奢侈无度、不守信义。叙事简约，而文笔生动，人物形象虽然尚欠丰满，但某一性格特征却较鲜明，粗具小说审美功能。

例如《杂事》卷一"秦欲观楚之宝器"，着重描写楚国大臣昭奚恤明察事理、舌辩明快透辟的才能，并在与令尹子西的对比中，显示其褒贬倾向。又如《杂事》卷二“丑女无盐”，描写齐国无盐女貌丑而具有远见卓识的智慧才能，已注意人物肖像的描绘和性格特征的刻画。写无盐之貌“极丑无双……臼头深目，长壮大节，昂鼻结喉，肥项少发，折腰出胸，皮肤若漆”，真是典型的丑妇。但从她敢于主动求见齐宣王，面陈齐国的四大危机的言辞和行动中，却表现出无盐女超群拔萃的胆识和睿智；同时也衬托出齐宣王不以貌相而重才德的王者风度。《杂事》第四卷“边亭之瓜”，写梁大夫宋就，借边亭之瓜被楚人嫉妒骚扰之事，采取以德报怨、息事宁心的办法，终于取得化敌为友、睦邻安边的效果，表现出政治家的气度和才智。第七卷《节士》的“延陵季子剑挂徐君墓”，通过延陵季子心许赠徐君宝剑的心理和将宝剑挂徐君墓的行动，生动地表现了延陵季子不欺心、不伪心、重信义的品格。并通过徐国人的歌咏“延陵季子兮不忘故，脱千金之剑兮带丘墓”，更突出延陵季子的品德。“介子推不受晋爵”描写了介子推宁被烧死而不受晋封爵，刻画了介子推的清高耿介的情操。“苏武”一则，记叙苏武出使匈奴，不为贵爵、重禄、尊位所诱，守节不移，虽有铁钺汤镬之诛而不惧，坚决不降，表现了崇高的民族气节。第十卷《善谋》下，写汉高祖至汉武帝时善谋之士，所叙之事虽大致与史书相同，但更具体细致。

《新序》所载，长于叙事，叙述故事大都借助于人物对话，但尚不甚注意作品的审美价值，缺乏对人物形象的描绘、刻画。有些故事富于哲理性，后人往往作为成语或典故使用。例如宋玉的“曲高和寡”之说，楚庄王“蜚必冲天”、“鸣必惊人”之谈，汉高祖对张子房功绩的评论“运筹策帷幄之中，决胜千里之外”，都已传为佳话。

《说苑》的性质，与《新序》相似，《四库全书总目》列为“子部·儒家类”，是就其思想内容“不愧儒宗”而言。其实它的文体，也属于杂记体小说，“皆录遗闻佚事，足为法戒之资者”，借遗闻佚事之说，提供足资效法借鉴的典范，可见作者对文学的功利观念是很明确的。此书原为二十卷，凡二十篇，晁公武《崇文总目》云今存五篇，经曾巩搜辑编校，复为二十卷，分为：君道、臣术、建本、立节、贵德、复恩、政理、尊贤、正谏、法诫……等篇目。与《新序》参校，虽有自相矛盾之处，但古籍散佚，多赖此书保存。曾巩《说苑序》云：“向采传记百家所载行事之迹以为此书，奏之欲以为法戒；然其所取，或有不当于理，故不得而不论也。”因其中故事有不合常理之处，曾巩大发一通迂腐之论，而不懂这正是小说与信史或政论文章不同之处，佚事小说是不宜以儒家之理作为衡量标准的。

《说苑》中《君道》、《臣术》、《建本》诸篇，以具体、生动的故事为统治者提供可资借鉴的经验，主观上是为了巩固汉王朝的封建统治，而客观上也体现了人民的良好愿望。艺术上已不仅仅停留在人物之间议论性的对话，而比较注意对人物行动、神态的描写。

例如《君道》篇“齐景公游于蒌”，景公听到晏子死的噩耗，急忙乘车素服奔丧：“驿而驱之，自以为迟，下车而趋，知不若车之速，则又乘。比之于国者，四下而趋，行哭而往矣。至，伏尸而号……”把齐景公焦急悲痛的心情，生动地描绘了出来。《臣术》篇“晏子朝乘敝车驾驽马”，写晏子不受景公辂车乘马之赐，节衣缩食，以待他人，俭朴自奉，以身作则，为人民作出好榜样，使奢侈之风不禁而止。这种精神是难能可贵的。《建本》篇“晋平公问于师旷”，描写晋平公七十炳烛而学的精神，也颇感人。其他如《立节》、《贵德》、《复恩》是讲道德品质修养的故事，虽带有封建说教意味，但也有动人的情节。如《贵德》篇“东海孝妇”，少寡无子而能孝养其姑，其姑不愿拖累孝妇而自缢，孝妇却因此蒙冤被判刑处死，感天动地，使郡中大旱三年，于公伸冤，天降大雨。这一传奇性的故事成了关汉卿的著名杂剧《窦娥冤》的蓝本。再如《复恩》篇，“晋赵盾举韩厥”，近乎历史小说，也是元人杂剧《赵氏孤儿》的本事。“吴起为魏将”，爱惜士卒，居然为患疽痈的士卒吮脓，因而其士卒乐于为吴起奋勇作战，不惜性命。善于体恤下属，下属亦将充分发挥其积极性，这一道理，至今仍有借鉴意义。

《新序》、《说苑》中的某些篇章，有足以称为小说之作，但就整体而言，主要的并不是小说专集，而是借历史上的某人某事进行议论说理。因此，其体裁重叙事记言，而少人物形象的塑造，这也是它们比之于后来的佚事小说如《世说新语》，还有一定距离的原因，带有从叙事散文过渡到佚事小说的性质。

《列女传》，虽称“传”，实为列女佚事杂记，另名《古列女传》，八卷，最后一卷系后人续补。其书记述汉以前历代妇女足以称道的某些遗闻佚事，旨在宣扬封建礼教，但所写不少妇女的事迹，却包涵着深刻的思想意义，体现了我国古代妇女的优秀品德与聪明才智，不失为一份宝贵的文化遗产。

《列女传》中所表现的古代妇女，大致有以下几种值得赞美的品格与才能：

一是国家利益高于母子之情，对国家负责，严格要求亲子。如卷一《楚将子发之母》、卷三《赵括之母》都属于这一类。子发之母对身为楚将的子发只图一己之私、不体恤士卒的行为深为不满，得胜回家也不接见，子发认识错误、表示悔改后才让他进门。赵括之母深知其子之短："一旦为将，东向而朝军吏，吏无敢仰视之者。王所赐金帛，归尽藏之，乃日视便利田宅可买者。"她坚请赵王不要任命有这样致命弱点的人为将，也是从国家根本利益着想的。卷二《陶答子妻》基本上也属于这一类，答子妻在宗人庆贺她丈夫荣华富贵之时，能尖锐地指出丈夫势必败亡的祸根："夫子能薄而官大，是谓婴害；无功而家昌，是谓积殃。……贪富务大，不顾后害。……家富国贫，君不敬，民不戴，败亡之征见矣。"果然不出所料，答子之家"果以盗诛"，她负起赡养婆婆的责任。既有见识，又具美德。

二是心怀国家命运，不为己悲。卷三《鲁漆室女》，写漆室女因忧鲁君老、太子幼，国家将不得安宁，而倚柱叹息，人家却以为她是因过了婚配之龄尚未出嫁而哀伤。她在陈述自己忧国的原因时，表现出一个妇女却能高瞻远瞩的洞察力，以及不为己悲的品格。这篇的思想内容，与《丑女无盐》颇为相似。

三是称颂巾帼才识知慧超过须眉丈夫。卷六《齐管妾婧》，写齐国名相管仲之妾婧，以其博学和聪明，启发管仲解决了一个困惑的难题。"毋老老，毋贱贱，毋少少，毋弱弱"之论，使管仲不能不佩服她的见识，由鄙视妾婧转而以衷心相告，希求相助，终于圆满地回答了管仲难以理解的宁戚欲仕于国家的谜底。《晋弓工妻》写一个造弓工匠的妻子，以其才辩和实践经验使君王信服，不但赦免了她的丈夫，并获得重赏。

四是赞扬舍己救人、严于律己而宽以待人的美德。例如卷一《魏芒慈母》，芒卯之后妻孟阳氏，有三子，前妻留下五子，孟阳氏处于继母的地位，要得到前妻之子的爱戴是很困难的。但是她能出于慈母之心，不仅平时处处爱抚前妻之子，而且在前妻中子犯魏王令当死之际，能够以慈母之爱心，“朝夕勤劳以救其罪”，以慈且义之诚，感动了魏王，使前妻之子得以赦免，这位慈母终于赢得了前妻五子的敬爱。又如卷五《鲁义姑姊》，在大难临头之际，当救己子与救兄子不能两全的时候，宁可舍己子而救兄子：“己之子，私爱也；兄之子，公义也。”这种为公义而忘私爱的精神感化了入侵者，使之“按兵而止”。

毫无疑问，颂赞这些古代妇女的优秀品德与聪明才能，作者都是从宣扬儒家的礼教出发的，但须知道德本身也有其继承性，儒家所颂扬的美德，正是我们优秀传统文化的一部分，应该与封建糟粕严格区别开来。

三、《风俗通义》中的杂记体小说

《风俗通义》，又称《风俗通》，东汉末应劭撰。据说原书三十二卷、一百三十篇，但元大德刊本载应劭序云：“今王室大坏，九州幅裂，乱靡有定，生民无几，私惧后进，益以迷昧，聊以不才，举尔所知。方以类聚，凡一十卷，谓之《风俗通义》，言通于流俗之过谬，而事该之于义理也。”对本书的写作背景、书名的涵义、卷数都说得很清楚；今存十卷。而王利器《风俗通义校注》则云该书佚篇既多，存篇之中犹有佚条，一条之中犹有佚句，故后世拾遗补阙者颇夥。其书主旨，诚如作者序文所云，在于“辩风正俗”，对当时习俗和迷信观念多所批评，对名物也有考释。从小说文学角度来看，价值在于客观叙述某些故事、人情风俗，而不在于叙事写人之后所加的辨证考释性按语。例如"正失"篇所引故事，或属神仙志怪，或属民间传说，虽多荒诞虚妄之言，但不失为有文学意味的小说，而作者在每则故事传说之后，从历史和生活真实的角度，予以考辩，指出其虚妄。就破除迷信而言，固然是有意义的，但却损害了小说艺术想象虚构的特质。尽管如此，在客观上仍然保存了不少较好的小说作品。例如《怪神》篇，就记叙了一些不信鬼神梦兆、以实际行动破除迷信的生动故事，不失为较好的志怪小说。《后汉书·南蛮传》中收了《风俗通》的佚文《盘瓠》，带有神话传说的色彩，想象丰富，对南方民族的先祖作了奇特的描述，在文学和人类学上都是一份重要的资料。

《风俗通义》中小说意味较浓的是《穷通》篇，记载了从孔子、孟子到东汉陈蕃等著名人物的佚事琐闻，故事生动而不加考辩性按语，类似后来《世说新语》等志人小说。例如《虞卿》一则，在强秦要挟平原君交出范雎之仇人魏齐，矛盾冲突极其尖锐之时，虞卿为救魏齐急难，不重爵禄之尊，解相印，捐弃万户侯，与魏齐出走大梁，表现了虞卿重情义而轻利禄的品格。又如《司徒中山祝恬》一则，描写祝恬公车出差途中，患重病，投旧友郧令谢著，被著拒不接待；祝恬的门生于困窘无奈之中，投奔汲令应融，受到应融的热情接待，亲自驾车接祝恬入府衙养病，融"手为丸药，口尝饘粥，身自分热"，并在祝恬病危之际，作了料理后事的准备；在应融无微不至的照护下，终于使祝恬转危为安，得以康复。这故事也是很感人的，作者善于用对照的手法，鲜明地表现出郧令谢著见旧友危难而不救的势利绝情、汲令应融虽非祝恬亲故而能仗义相助的高贵品德。作者还善于通过应融接待照料祝恬过程的一系列细节描写，刻画应融诚挚的内心世界。《韩信》一则，写韩信穷困时乞食漂母、胯下之辱，富贵通达后，对漂母、亭长、淮阴壮士的不同酬答，文笔简约而意蕴丰富，开了笔记志人小说文风的先例。

四、《高士传》与《汉中士女志》

《高士传》的作者是魏晋间名士皇甫谧（公元215—282年）。三卷。记述上古至魏晋隐逸高士九十六人的生平事迹。原书只记述高士七十二人，今本系后人杂抄《太平御览》所引嵇康《高士传》、《后汉书》等记载的人物故事，附益而成。皇甫谧所撰，亦系借古咏怀之意。其中一些人物故事，多为后世戏曲、小说所取材。

皇甫谧，幼名静，字士安，自号玄晏先生，安定朝那人。从坦席学儒，中年因患风痹疾，乃钻研医学，著《甲乙经》，对针灸学造诣颇深。另著有《帝王世纪》，以及《高士传》、《列女传》、《玄晏春秋》等杂记体小说。

《高士传》所载，志在为清高隐逸之士立传。如《江上丈人》，写丈人救了急难中的伍员，而不受千金宝剑之酬，亦不愿告知姓名以图后报；伍员至吴为相，每食就祭奠江上丈人。情节比《吴越春秋》所记“伍子胥奔吴”事，要简单得多，但它在篇末有八句四言诗式的评语，既对篇中主人公作出评价，也概括了全篇的内容，有的内容是在本篇文字中不曾提及或尚未展开的，所以，八句评语的实际包容量，比本文要丰富。这种结构框架，成了各篇文体的模式。

书中为之立传赞颂的，在作者的意识中，是高人雅士。其实今天看来，有的所谓“高士”，是非常迂腐固执、目光短浅的。如《汉阴丈人》，在已经出现汲水机械辘轳或桔槔的时代，汉阴丈人却不听子贡的合理建议，坚持入井抱瓮汲水灌圃的落后生产方式，并嘲笑子贡道："闻之吾师，有机械者，必有机事；有机事者，必有机心。机心存于胸中，则纯白不备；纯白不备，则神生不定。神生不定者，道之所不载也。吾非不知，羞而不为也。"这是道家返朴归真任其自然的思想，从养生修性角度而言，固然有其合理性，但从社会学的角度来看，却是与历史发展背道而驰的。这是以道家的偏见来反对儒家积极用世的学说。

《高士传》中影响较大的是《严光》、《梁鸿》等篇的人物及其故事。严光自少有高名，与刘秀一起游学，交谊颇深。而一旦刘秀登基，严光却变易姓名，隐遁不出见。光武帝三次遣使以重礼聘他，才至京。已任司徒的旧友侯霸，派使者请严光到官邸会晤，严光对使者嘲弄了侯霸一番，使者恳请，才口授数语作答；使者要求他多说几句，严光回答道：这是买菜吗？要求增添一点！光武帝亲自到宾馆看望他，也不为所动；任命他为谏议大夫，也不受命，回浙江躬耕于富春山，垂钓富春江畔。严光不是那种走终南捷径的假名士，也不是故作姿态。他之所以不愿受当了皇帝的故友之聘，在皇帝面前显得那样傲慢，以"卧不起"的态度对待光武帝的到来，以"昔尧著德，巢父洗耳"的故事回答光武帝请他出仕，这是因为他保持清醒的头脑，把伴君如伴虎的历史经验领会得很透彻。刘秀的先祖汉高祖刘邦，不就是杀戮功臣的老手吗？他需要人相助时，任何礼遇隆恩都可以赐予；一旦坐稳了皇帝宝座，就不择手段地杀戮有功之臣。张良的"从赤松子游"，是最好的远祸全身之计。严光干脆不受光武之礼聘和任命，躬耕于富春山，自由自在地垂钓江畔，不再走前人追求荣华富贵而遭杀身之祸的悲剧之路，是非常明智的。严子陵垂钓富春江，早已成为高人雅士所向往的隐居生活，成为中国传统的士文化的一个组成部分。

《梁鸿》篇写东汉时梁鸿与孟光，不慕功名利禄，淡泊明志，夫妇互为知己，处穷困窘迫之境，而能互敬互爱；为人佣工，却能潜志著书。孟光为梁鸿举案齐眉的故事，传为佳话。梁鸿是博览群书而不为章句所拘泥的才识之士，他之所以不愿出仕，是因为身遭乱世。到了章帝刘炟时，梁鸿过京都洛阳，登北芒山，望见宫殿华丽，有感而作诗曰：

陟彼北芒兮，噫！顾瞻帝京兮，噫！宫阙崔巍兮，噫！民之劬劳兮，噫！辽辽未央兮，噫！

诗中流露了对封建帝王搜刮民脂民膏建筑华丽的宫殿、供帝王后妃奢侈腐化生活之用强烈的不满，对比鲜明。引起章帝的注意，要追索他，他感到不安，于是改名易姓，与妻子先流落齐鲁，后又到吴，为人佣工。他基于对封建统治者反动本质的认识，采取与统治者不合作，不同流合污的态度，是值得肯定的。此外，《严遵》篇写严君平隐居不仕，在成都卖卜为生，他认为："益我货者损我神，生我名者杀我身，故不仕也。"争名夺利，势必伤神，甚至遭杀身之祸，这有一定的道理；但因此而不仕，不愿为世所用，乃是道家独善其身的人生哲学，这又是不足取的。

《汉中士女志》，东晋史学家常璩撰。本书记述汉中士女品行识见卓著、享有人望者，似方志，而类杂记体小说。作者善于选择一两件具有典型意义之事，以简洁的笔调予以描述，要言不繁，而给人留下较深印象。

常璩，字道将，蜀郡江原（今四川崇庆）人。成（汉）李势时，官至散骑常侍。入晋后居建康。著述尚有《华阳国志》、《梓潼士女志》等。

《汉中士女志》中《邓先》、《李固》、《李燮》诸篇，首篇记载邓先向汉景帝进言，说明晁错建议削减诸侯的正确性，七国谋反，假言诛晁错，而景帝杀晁错，七国并没有罢兵，指出了景帝的错误："内杜忠臣之口，外为诸侯报怨。"表现出邓在政治上的远见卓识。次篇记李固在主张选择贤明者为君主、反对梁冀勾结中常侍拥立无道昏君桓帝的重大问题上，表现了置个人生死于度外、耿直不阿的政治家风范。末篇记李固之子李燮在谏阻朝廷复封东平王的问题上，也体现了政治上观察问题的敏锐性。

《汉中士女志》中写得最感人的还是几个平凡却品格高尚、才识胜于须眉的妇女。例如《穆姜》篇写程祗妻穆姜，对前妻四子和自己所生二子，一视同仁，尽管前妻四子出于世俗偏见，憎恶穆姜，她却能从感情上愈加厚爱他们；分任何东西给六个儿子，都以长幼为等次差别，前子感悟到失为子之道，主动投郡衙受"不爱亲罪"，太守嘉奖了他们全家，兄弟六人都成了享有令名之士，穆姜生的幼子稚业，被任命为南郡太守。像穆姜这样的妇女，不仅品格高尚，而且教化孩子的方法也很好，以继母的一片真诚的爱心，使憎恶他的前妻之子从思想感情上得到根本的转变，很有教育意义。

《文姬》篇则写李固之女文姬的聪明才智。李固被梁冀所害后，其子宪、季也被罢官归家，文姬预料到两兄势必被害，李氏有被灭族之灾，于是与两兄商议，让弟燮躲藏到父亲门生王成那里去，燮亡命徐州，得以保存李氏之嗣，后遇赦得还。文姬又嘱咐弟燮：既然梁冀已经灭族，李氏之冤已昭雪，"慎勿有一言加梁氏，加梁氏，则连主上，是又掇祸也”。这是非常明智、深刻的至理名言。因为梁冀之妹是桓帝的皇后，梁冀之专横跋扈，骄纵恣肆，陷害忠良，就是有皇帝的支持；所以，如果揭梁冀之罪，“则连主上”之过，又会遭祸的。这不是一般的聪明贤惠，而是由于她家庭所处的上层官僚的地位，再加上她的文化素养和个人天赋，对于统治集团内部斗争的残酷性，看得非常透彻，所以能根据具体情况采取适当的应变措施。

常璩还著有《梓潼士女志》，其书体例、选材标准一如《汉中士女志》，但从杂记体小说艺术的角度来衡量，其可读性却不如《汉中士女志》，有方志气浓、小说味淡之感。

五、《西京杂记》及其他

《西京杂记》是一部著名的杂记体小说，书中所记，多为西汉佚事琐闻，大凡宫庭秘事、帝王后妃生活、名将功臣逸闻、文人方士伎艺、奇珍异物等为《汉书》遗佚细事，多所辑录。相传为汉人刘歆所作。晋葛洪为此书撰《题辞》，称其家藏刘歆《汉书》一百卷，并曰：“考校班固所作，殆是全取刘氏，有小异同耳，并固所不取，不过二万许言。今钞出为二卷，名曰《西京杂记》，以裨《汉书》之阙。”史学家当然不记述琐事趣闻，却为小说家所取资，而有关西汉的一些人物、典章、制度、宫室描绘，又很有史料价值，可弥补史书之不足。因此，历来文学家或史学家，对《西京杂记》都较重视，其影响也较大。它的文笔质实而富于表现力，诚如鲁迅所说：“若论文学，则此在古小说中，固亦意绪秀异，文笔可观者也。"①

关于它的作者，向无定论。在《隋书·经籍志》中，就不曾标明著者；《新唐书·艺文志》则云葛洪撰。北宋黄伯思《东观馀论》据葛洪之言，认为："此书中事，皆刘歆所记，葛稚川采之，以补班史之阙耳。"这一论断，比较切合实际，既肯定了刘歆的创作权，又承认葛洪的整理、编辑权。至于段成式《酉阳杂俎》将《西京杂记》著作权归之于萧梁时代的吴均，是缺乏根据的臆测。

刘歆（公元？—23年），字子骏，是刘向的儿子。向死后，歆为中垒校尉，继承父亲的事业，整理六艺群书，在刘向《别录》的基础上，改编成《七略》，对经籍目录学作出了重要贡献。他的家世和本人经历，具备撰写《西京杂记》的必要条件。

葛洪（公元284—364年），字稚川，号抱朴子，东晋丹阳句容人，道教理论家。自少博览典籍，以神仙养生为内，儒术应世为外。太安中，官伏波将军，封关内侯。干宝称其才堪国史。其著作有《抱朴子》、《神仙传》等。《晋书》卷七二有传。他为《西京杂记》所作题辞，足以说明他与此书的关系。

葛洪辑录本书原为二卷，宋人分为六卷。该书版本很多，以《四部丛刊》影印嘉靖壬子孔天胤刊本为善本。

从文学角度来看，有关帝王后妃、才子佳人、公侯将相的逸闻趣事，描述生动，多为后世戏曲、小说所取资。例如关于王嫱（昭君）出塞和亲的故事，就与《汉书》记载有较大的出入，它更富有小说意味：

---

①《中国小说史略》第四篇。

元帝后宫既多，不得常见，乃使画工图形，案图召幸之。诸宫人皆赂画工，多者十万，少者亦不减五万，独王嫱不肯，遂不得见。匈奴入朝求美人为阏氏，于是上案图以昭君行。及去，召见，貌为后宫第一，善应对，举止闲雅。帝悔之，而名籍已定，帝重信于外国，故不复更人。乃穷案其事，画工皆弃市。……

昭君因不愿向画工行赂，而失去见汉元帝的机会，被当作礼品送给匈奴单于，暴露了汉元帝的昏聩腐朽的本质，而寄同情于昭君。历代诗人歌咏王昭君的诗很多，著名的有晋石崇《王明君词》、唐杜甫《咏怀古迹》之二“群山万壑赴荆门”、白居易《青冢》诗、宋王安石《明妃曲》及欧阳修的两首和诗。这些诗的内容，大都是同情王昭君的遭遇，所谓“红颜薄命”，或慨叹她远嫁异国。元人马致远《汉宫秋》杂剧，则在元代特殊的历史条件下，根据这一题材，写成帝王后妃的大悲剧，离历史真实更远。

王昭君的故事，最早见于《汉书·元帝纪》和《匈奴传》，但都极其简略。在《后汉书·南匈奴传》中追溯昭君和亲事却较详：

昭君字嫱，南郡人也。初，元帝时以良家子选入掖庭。时呼韩邪来朝，帝敕以宫女五人赐之。昭君入宫数岁，不得见御，积悲怨，乃请掖庭令求行，呼韩邪临辞，大会。帝召五女以示之。昭君丰容靓饰，光明汉宫，顾景裴回，竦动左右。帝见大惊，意欲留之，而难于失信，遂与匈奴。生二子。及呼韩邪死，其前阏氏子代立，欲妻之；昭君上书求归，成帝敕令从胡俗，遂复为后单于阏氏焉。

正史中并无“案图召幸”的记载，当然更无“画工弃市”之说。这也许是史家所讳言的事，却正是小说家所乐于描写的耸人听闻之事。历代帝王腐化的宫中生活，众所周知，似乎不足为怪，而汉元帝后宫美人之多，竟至于使“画工图形，案图召幸之”，真是荒唐昏庸得出奇！汉元帝的荒唐，为画工受贿创造了可乘之机，所以昭君的悲剧是双重性的：首先是汉元帝“案图召幸”的荒唐昏庸；其次是画工的卑鄙伎俩，不肯行贿的绝代佳人，也会遭到遗弃。至于如何正确评价昭君出塞和亲，那是史学家的事；在小说史上，《西京杂记》所记的这则昭君故事，则是极其哀艳动人的，为后来的作家所取资。

《鹔鹴裘》写卓文君私奔司马相如后，在成都“居贫忧懑，以所著鹔鹴裘就市人阳昌贳酒，与文君为欢”的故事，并描写了夫妇俩于成都卖酒，“相如亲着犊鼻裈涤器，以耻王孙”。这一才子佳人富于传奇性的故事，《史记·司马相如传》也有记载，但无典当鹔鹴裘沽酒为欢的细节描写，《西京杂记》中增添这一细节，使故事更为生动。作者避开史书中记载较详的卓文君私奔司马相如的过程，而记述为史书所佚的琐闻细节，起了画龙点睛的作用。对卓文君的形象描写，文笔简炼而神韵生动：“文君姣好，眉色如望远山，脸际常若芙蓉，肌肤柔滑如脂，为人放诞风流，故悦长卿之才而越礼焉。”虽短短几句，但借新颖而形象化的比喻，把卓文君写得神形具现，仪表体态之美和性格特点，都表现了出来。这故事传为佳话，也为后世小说、戏曲作家所取材。

《昭阳殿》描写汉成帝皇后赵飞燕之妹所居昭阳殿及其装饰陈设的豪华，可谓穷奢极欲，也使我们感到当时工匠技艺之精巧：

……每好风日，幡旄光影，照耀一殿，铃镊之声，惊动左右。中设木画屏风，文如蜘蛛丝缕，玉几玉床，白象牙簟，绿熊席，席毛长二尺余，人眠而拥毛自蔽，望之不能见，坐则没膝，其中杂熏诸香，一坐此席，余香百日不歇。有四玉镇，皆达照无瑕缺，窗扉多是绿琉璃，亦皆达照，毛发不得藏焉。椽桷皆刻作龙蛇，萦绕其间，鳞甲分明，见者莫不兢栗。匠人丁缓、李菊，巧为天下第一。

这里除了使我们更具体地认识封建帝王后妃奢侈豪华的生活，及其残酷剥削人民供一己享乐的反动本质以外，更有意义的是反映了我国古代能工巧匠的才智，从布局结构、色彩配置到每种工艺品的陈设，都具有很高的审美价值。

同样描写工艺品之精美、表现工匠构思设计之巧的，有《青玉五枝灯》，此灯玲珑剔透，今人赏玩，也不免叹为观止。这是秦始皇咸阳宫中之物，灯上有方镜，据描写，人“以手扪心而来，则见肠胃五脏，历然无碍”，“又女子有邪心，则胆张心动，秦始皇常以照宫人，胆张心动者则杀之”。可见秦始皇并不是鉴赏精美奇巧的工艺品，而是利用它的某种特殊功能，来监视宫女的心理活动，其手段之残酷，令人毛骨悚然。汉高祖初入咸阳宫时，将收藏金玉珍宝的库府，“悉封闭以待项羽，羽并将以东，后不知所在”。从刘邦、项羽对待秦宫库府宝藏的不同态度中，也表现了作者对刘、项的褒与贬。

有关汉高祖的记述，往往描写其富有人情味的一面，而对吕后，则突出其残酷性。前者如《高祖作新丰》、《戚夫人侍儿贾佩兰》。为迎合太上皇念旧的心理，刘邦不惜耗费民脂民膏仿故乡丰邑原貌建造新丰，这固然有滥用王权浪费国家财赋的丑陋一面，但也有敬重父亲、平易对待家乡故旧的正常人情。戚夫人侍儿贾佩兰所言宫中乐事，高祖与戚夫人的情爱与日常游处，风俗习惯，洋溢着夫妻间的生活乐趣，也叙述了帝王与妃子所特有的苦恼："见戚夫人侍高帝，尝以赵王如意为言；而高祖思之，几半日不言，叹息凄怆，而未知其术，辄使夫人击筑，高祖歌《大风诗》以和之。"为嫡庶继承权这一难题所困扰，汉高祖也只好叹息凄怆，无可奈何，以歌舞解闷消愁。揭露吕后残忍者如《缢杀如意》：

> 惠帝尝与赵王同寝处，吕后欲杀之而未得。后帝早猎，王不能夙兴，吕后命力士于被中缢杀。及死，吕后不之信，以绿囊盛之，载以小耕车入见，乃厚赐力士。

刘邦死后，吕后所生子刘盈继位，即惠帝。吕后要杀害戚夫人所生子赵王如意，将他从赵都邯郸召回长安。惠帝仁慈，为保护赵王，故与之同寝处。吕后却乘惠帝早晨出猎、赵王未起之机，派力士将赵王缢杀于被中；吕后还深恐有诈，特命力士用绿口袋装尸入见，亲自验明是赵王正身才罢休。可见吕后之残忍狠毒。如果与《史记·吕太后本纪》、《汉书·外戚传》记载吕后如何囚禁折磨戚夫人、杀害赵王如意之事参看，吕后凶残险恶的面目，更暴露无遗。

《西京杂记》除了记载西汉自高祖以下历代帝王宫廷内幕佚闻以外，还杂记了其他多方面有文学、历史价值的典章制度和人物故事。如《文章迟速》，记述"枚皋文章敏疾，长卿制作淹迟……而长卿首尾温丽，枚皋时有累句"，说明这两个著名辞赋家才情特点，不能以写文章的迟速判断才华高低，并引用扬雄对他们两人的特点作恰当的评价："军旅之际，戎马之间，飞书驰檄，用枚皋；廊庙之下，朝廷之中，高文典册，用相如。"宜各尽其才。

《东海黄公》是小说、特别是戏曲史的重要资料，颇有价值：

余所知有鞠道龙，善为幻术，向余说古时事。有东海人黄公，少时为术，能制蛇御虎；佩赤金刀，以绛缯束发，立兴云雾，坐成山河。及衰老，气力羸惫，饮酒过度，不能复行其术。秦末，有白虎见于东海，黄公乃以赤刀往厌之。术既不行，遂为虎所杀。三辅人俗用以为戏，汉帝亦取以为角抵之戏焉。

所述故事有较浓的传奇色彩，奇异而合乎情理，黄公少壮时是传奇性的英雄人物，年老力衰，本欲杀虎却终于为虎所杀。因其故事性较强、人物形象鲜明，所以成为角抵戏的很好题材。至于《淮南方士》之类的记载，虽富于想象，却近乎虚幻，对后来神仙类小说有影响。

《元理与陈广汉》所记述的是杰出的算术家元理计算的神奇。他为陈广汉计算东、西二囷米数，计算的工具就是吃饭的筷子，结果是东囷“不差圭合”，西囷则有一升之差，原来其中有一鼠，相当一升的重量。如此准确，元理还认为自己有失误，以手击床曰：“遂不知鼠之殊米，不如剥面皮矣！”感到很惭愧。他还能将地里种的甘蔗、芋头能收获若干，牛、羊、鸡、鸭等牲畜家禽的产量都准确地算出来，真可谓神算，可见他掌握了科学的计算方法。至于元理算到主人家里“俎上蒸豘一头，厨中荔枝一柈”，就似乎太神奇了，恐系作者故神其术。

《秋胡》所记载的鲁人秋胡“戏妻”的故事，影响也较大，元人石君宝据以编撰《秋胡戏妻》杂剧，把《西京杂记》所载秋胡由戏妻而导致“妻赴沂水而死”的悲剧，改为富于人情味的喜剧。

此外，如《匡衡》篇写匡衡勤学而无烛，乃穿壁借光，为人佣作不求酬金而借主人藏书阅读，遂成大学者的故事。《曹敞》篇写吴章门生曹敞平常不拘小节，而到了吴章被王莽所杀，“弟子皆更易姓名，以从他师”的患难之际，唯独曹敞敢于自称“吴章弟子，收葬其尸”，实在难能可贵。这类故事，对于后人勤奋学习、亮直为人，都是有教育意义的。

两汉魏晋时期的杂记体小说，除了以上所论及的外，还有不少，较著名且有一定代表性的，如班固《汉武故事》、裴启《语林》、郭澄之《郭子》，都属于杂记体小说。写人事，大多实有其人，而为正史所遗逸，传闻色彩较浓，故虽可补正史之不足，但又不宜据以为信。它毕竟是小说，可供鉴赏，却不能作为考证史籍的材料，这也正是杂记体小说的特色。

《汉武故事》，《隋书·经籍志》和新、旧唐《志》，均未载作者。宋晁公武《郡斋读书志》始称“世言班固作”，《宋史·艺文志》则径题汉班固撰，很可能是后人假托班固之令名。今存一卷。记述汉武帝生于猗兰殿，至死葬茂陵琐闻杂事，虽涉及神仙怪异之言，却并不信方士，文笔简雅，而描写比正史生动、细致，故鲁迅认为“当是文人所为”。其中关于汉武帝幼年“金屋藏娇”之说，向为人们所盛传。《柏谷微行》写武帝带十余随从夜投旅舍，遭旅舍老翁叱斥，并准备聚众将他们当作盗贼捉拿，幸有老妪从中周旋，得以脱祸。但事后武帝不但没有加害于老翁，反而擢升老翁为羽林郎，表现了武帝的豁达与明察。《老郎颜驷》既说明颜驷的机遇难逢，也表明武帝善于提拔沉沦下僚的有用之才。

《语林》，《隋书·经籍志》子部小说类《燕丹子》条下，附著有“《语林》十卷，东晋处士裴启撰，亡”。其遗文散见于《太平广记》、《太平御览》、《世说新语》诸书中。清马国翰《玉函山房辑佚书》有辑本二卷；明人编纂《五朝小说》中，辑有《裴氏语林》二十则；鲁迅《古小说钩沉》辑录一百八十则。

裴启，字荣期，河东（今山西省永济、夏县一带）人。少有风姿才气，好论古今人物。《世说新语·轻诋》刘孝标注引檀道鸾《续晋阳秋》云："晋（哀帝）隆和中，河东裴启撰汉魏以来迄于今时言语应对之可称者，谓之《语林》。时人多好其事，文遂流行。"后来因记谢安语不实，遭安诋毁，"于此《语林》遂废。今时有者，皆是先写，无复谢语"。一部曾为时流年少广为传写的书，由于一个大人物的批评，竟遭厄运。

《世说新语》中的不少人物故事，如"魏武眠中斫近侍"、"魏武将见匈奴使"、"夏侯太初从魏帝拜陵"、"晋明帝日远长安近"之说、"顾和为扬州从事"、"庾公的卢马"、"王子猷雪夜访戴逵"等著名故事，都出自《语林》。此书以擅摹人物言语应对为特色，试以"桓温与刘越石老婢对答"一则为例，以见一斑：

> 桓温自以雄姿风气，是司马宣王、刘越石一辈器；有以比王大将军者，意大不平。征苻犍还，于北方得一巧作老婢，乃是刘越石妓女。一见温入，潸然而泣。温问其故，答曰："官家甚似刘司空。"温大悦，即出外。修整衣冠，又入，呼问："我何处似司空？"婢答曰："眼甚似，恨小；面甚似，恨薄；须甚似，恨赤；形甚似，恨短；声甚似，恨雌。"宣武于是弛冠解带，不觉惛然而睡，不怡者数日。

这则故事很有戏剧性，一个老婢以极其巧妙准确的回答，把一个居功自傲、自命不凡，以司马懿、刘琨自喻的狂妄之徒，弄得啼笑皆非、大扫其兴。老婢之言，妙在揭穿桓温与引以自喻的刘琨之间，似是而非的实质，暴露了桓温丑陋的真面目。

《郭子》，《隋书·经籍志》、《旧唐书·经籍志》、《新唐书·艺文志》小说家类，并题“东晋中郎郭澄之撰”。

郭澄之，字仲静，太原阳曲人。生卒年不详。《晋书·文苑传·郭澄之传》称澄之“少有才思，机敏兼人”。刘裕引为相国参军，从裕北伐姚秦。既克长安，裕意更欲西征，集僚属商议，意见不一。次问澄之，不答，但西向诵王粲诗曰：“南登灞陵岸，回首望长安。”裕遂南还。澄之位至相国从事中郎，封南丰侯，卒于官。其文集，隋时已亡。《郭子》亦散逸，鲁迅《古小说钩沉》于《太平广记》、《太平御览》、《艺文类聚》、《书钞》、《初学记》诸书中辑录八十四则。

《郭子》所记，是魏晋间上层士大夫中的遗闻逸事，体裁大致与《语林》相类似，其中有些人物故事，如《许允妇》、《王浑妻钟》等，也为《世说新语》所收录。

《刘道真》写年轻时处境困顿的刘道真善歌啸，一老妪识其非常人，很喜欢听他的歌啸，于是请他吃了一只小猪，刘并不感谢；老妪见他不饱，又给一只小猪，道真吃了半只，剩下的还给老妪。后来刘当了吏部郎，老妪之子只是一个小令史，刘就破格提升他。妪子得知其中原因后，就以牛酒为礼拜访道真，道真笑着说：“去！去！无可复相报者。”作者所赞赏的是刘道真不拘小节、有恩图报而不希望受他之恩的人报酬这种气度、品格。

《张凭诣刘真长》描写张凭原不为刘真长所知，故瞧不起张凭，命张坐于末座，因张凭在言谈中表现非常出色，“言约旨远”，举坐皆惊。刘真长不但留张凭住宿，并陪同张去拜会抚军大将军（于晋太和六年即皇帝位，是为简文帝）司马昱，推荐张凭为太常博士：“抚军与之语，咨嗟称善，数日乃止，曰：‘张凭劲粹，为理之窟。’即用为太常博士。”固然表现了刘真长爱惜人才、竭力推荐的长者风度，从中也反映了当时品评人物的一个重要标准，即是否善于清谈。

第四章　魏晋南北朝志怪小说的嬗变（上）

——博物志怪之演进

一、魏晋南北朝志怪小说兴盛的成因

魏晋南北朝时期，志怪小说特别兴盛，内容复杂多样，艺术水平参差不齐。从中国小说发展史角度而言，人们惯称该时期小说为雏型阶段，所谓“雏型”，意味着它的粗糙与幼稚。这当然是与唐宋传奇、明清小说等趋于成熟或高度发展了的小说创作相比较而言的。其实，这个时期志怪小说的发展，艺术水平是不平衡的，有些作品的确显得很粗糙、简陋、幼稚，而有些作品则正在趋向成熟，有一部分作品，已经表现出有意为小说的始绪。现在我们暂且不论志怪小说作家与作品的具体情况，先来探讨该时期志怪小说兴盛的成因，大致有以下三个方面：

（一）国家分裂、长期战乱与“独尊儒术”局面的解体

从东汉末年以来，一直到隋文帝统一全国，大约四百年间，由于封建统治集团内部的腐朽，争权夺利，互相残杀，混

乱不堪；而对人民的压迫与剥削则更变本加厉，使广大人民陷于水深火热的境地，逼使农民揭竿而起。公元184年爆发黄巾起义，而军阀、豪强在镇压农民起义的过程中，为图谋私利，扩张势力，不同政治集团之间的战争延绵不断，对社会造成严重的破坏。黄河流域遭到空前浩劫，出现王粲《七哀诗》中所描写的“出门无所见，白骨蔽平原”的悲惨景象，曹操在《蒿里行》中发出“铠甲生虮虱，万姓以死亡。白骨露于野，千里无鸡鸣。生民百遗一，念之断人肠”的哀叹。汉献帝建安十三年（公元208年）赤壁之战后，形成曹操、刘备、孙权三大政治集团鼎立的局面，汉王朝名存实亡；但战争仍然不断，人民不得安宁。司马氏建立的西晋，于公元280年统一全国，但由于西晋统治者的极端腐朽，诸王与士族争夺政权，爆发了“八王之乱”。塞外内徙的西北各少数民族乘机起兵反晋，而各族的统治者，则利用人民反晋斗争的形势，逞其个人野心，于是形成各族之间割据混战的局面。公元316年，匈奴贵族刘曜攻陷长安，晋愍帝被俘，西晋亡。晋室南渡，南北分裂对峙。

在北方，从匈奴贵族刘渊起兵反晋（公元304年），到鲜卑拓跋氏建立北魏（公元439年）为止，一百三十多年间，出现许多个由少族民族的贵族、军阀建立的政权，史称“五胡十六国”。各族统治者之间的争夺杀掠，战连祸结，给人民造成深重的灾难。在各族统治者分裂混战的形势下，人民的反抗力量也缺乏凝聚力，不易形成声势浩大的农民起义，因而也很难取得改朝换代性质的胜利。

在南方，从公元317年东晋建国开始，到公元589年隋文帝灭陈统一全国为止，经历了东晋、宋、齐、梁、陈五朝。南朝的统治者偏安江南，虽曾有北伐之举，但南方遭受战乱的破坏较小。西晋灭亡时，大量士族地主和知识分子南渡，广大农民也向南方迁移。南方的经济、文化，在三国时代吴国开发的基础上，有了进一步的发展。而腐朽的南朝统治者，过着醉生梦死、奢侈豪华的生活，势必加重对农民的压榨，迫使农民奋起反抗，东晋末年孙恩起义就有数十万之众，但也失败了。

上述的历史状况，自然会影响人们的思想意识和生活态度。意识形态的一个显著特点，是传统儒学的衰微与玄、佛、道思想的兴盛，“独尊儒学”的一统思想解体了。在农民起义的沉重打击下，以及在统治阶级内部的争斗过程中，传统儒学作为一种统治的精神力量，它的思想光辉和凝聚力大大削弱了。继之而起的是老、庄思想信仰者日盛。当时的许多士大夫往往以此作为反对传统儒学的武器，以求得思想的解放。他们对老、庄思想从理论上加以解释和发展，强调无为、无名、逍遥、齐物。这就是所谓玄学。尽管以嵇康、阮籍为代表的玄学，与以何晏、王弼为代表的贵无派玄学，以向秀、郭象为代表的崇有派玄学，思想主张并不一致，但是对传统儒学来说，却都是异端思想。谈玄成为士大夫的风尚，这在我们将要论述的志人小说代表作《世说新语》中，可以看得很清楚。知识分子思想从传统儒学的禁锢中解放出来，玄学起了重要的作用。但是对志怪小说影响更大的是佛、道思想。

魏晋南北朝时，佛教势力很大，影响很深。鲁迅就曾指出：“中国本信巫，秦汉以来，神仙之说盛行，汉末又大畅巫风，而鬼道愈炽；会小乘佛教亦入中土，渐见流传。凡此，皆张皇鬼神，称道灵异，故自晋讫隋，特多鬼神志怪之书。其书有出于文人者，有出于教徒者。文人之作，虽非如释、道二家，意在自神其教，然亦非有意为小说，盖当时以为幽明虽殊途，而人鬼乃皆实有，故其叙述异事，与记载人间常事，自视固无诚妄之别矣。”①说明佛、道思想对志怪小说的影响，是很精辟的，只是把这时的志怪小说作者，概视为“非有意为小说”，未免太绝对化了，这问题值得进一步探讨。

（二）人们在希望与失望的困惑中寻求精神寄托

人们总是希望国家安宁、生活幸福、健康长寿，但是现实却使人们大失所望。长期分裂战乱的国家，人民怎么可能有幸福的生活？灾祸频繁的时代，人民的生命是毫无保障的。而佛、道思想，恰好给处于希望与失望的困惑中的人民一种精神依托。佛、道两教既有区别，又有其共同性，都有使人们乐于信仰、崇拜的思想。佛法以有生为空幻，人不能无死，因而主张“无生”；道教以吾身为真实，因而主张“无死”。佛法主张涅槃清寂，超脱轮迴；道教主张修炼养生，超脱尘世。佛教认为万物无常，主张精神解脱；道教则讲究道术炼丹，希求长生不老。佛、道两教作为宗教神学都有可以为门阀地主阶级服务的内容，也有可以为广大人民所愿意接受的教义。道教和佛教之间，也往往互相吸取。道教代表人物之一寇谦之，吸取了佛教轮迴报应的学说；佛教天台宗第二代祖师南岳慧思，则吸取了道教长生神仙的思想，炼丹以求长生不老。

在当时，玄、佛、道是并存的。所以，谈玄说怪，品评人物的“清谈”之风很盛行；道家宣扬神仙方药、鬼怪变化、炼形

① 《中国小说史略》第五篇。

长生、白日飞升①；佛家则宣扬神灵不灭、轮迴报应、祈求来世。人民在极度痛苦、又看不到反抗斗争胜利曙光的时候，很容易接受宗教思想的安慰，作为一种精神依托。宗教的吸引力以社会的黑暗、现实人生的苦难为基础。社会愈黑暗，人生苦难愈深重，宗教就愈显得光明、幸福；反之，社会愈光明，现实人生愈美满幸福，宗教就显得暗淡，缺乏吸引力。魏晋以来玄、佛、道并存的社会思潮和人生态度，加上秦汉以来就盛行的神仙之说的流风，对当时的文学创作，特别是处于雏型状态的小说，影响很大，志怪小说中宣扬因果报应、生死轮迴、佛法显灵，或神仙方药、炼丹长生、飞升了道的作品很多。但从艺术上看，佛、道富于幻想性的宗教意识，对促进小说文学在艺术构思上的丰富化、多样化，起了积极的作用。过去认为荒唐怪异的思想内容，从气功养生学的实践经验来看，也有其合理性，不宜一概斥逐。

（三）神话传说在新历史条件下的发展

志怪小说之所以在魏晋南北朝兴盛，还有一个文学的继承性因素。在先秦两汉的古籍中，原就存在不少古代神话传说，例如《山海经》，就是“古今语怪之祖”②，特别是对地理博物类志怪小说，影响深远。《列子》、《淮南子》诸书中的神话故

---

①作为宗教神学的道教(家)，与以老、庄为代表的哲学流派的道家，是不同的。道教虽然托名老子为教主，但它吸取阴阳五行学派和方士巫术的怪诞谬说，演变为宗教，葛洪、寇谦之、陶弘景等人是道教的代表人物。

②胡应麟《少室山房笔丛·四部正讹》下。

事，对这一时期的志怪小说也有一定影响。古代的神话传说，受儒家思想的束缚，原来没有得到发展的机会，到了魏晋南北朝时期，儒学既失去统治地位，而佛道两教得以盛行，神话传说与佛、道宗教幻想的融合，就有了产生志怪小说极为适宜的土壤。大量志怪小说，在新的历史条件下应运而生，蔚为大观。

二、魏晋南北朝志怪小说概貌

这一时期志怪小说特多，而内容庞杂。大致上有三种不同的类别：一类是从《山海经》记载殊方绝域、飞禽走兽、奇花异木、山川地理的神话中演化而来的，通常称之为地理博物类志怪小说。明显受《山海经》影响的，有假托西汉东方朔的《神异经》、《十洲记》，假托东汉郭宪的《洞冥记》。此外，如西晋张华《博物志》、东晋郭璞《玄中记》、梁任昉《述异记》，大体上都属于这一类性质的志怪小说。二类是从杂记体小说嬗变来的。前述两汉魏晋杂记体小说，是杂记遗闻逸事，主要是志人，可补正史之缺失，虽不免有传闻虚饰之词，但是真实性比较强，而这时的杂记体志怪小说，则主要是志怪，杂记传闻或自称亲身经历的怪异之事，既多美丽的幻设虚构，又多佛、道宗教徒宣扬佛法报应、成仙了道之事。例如晋干宝《搜神记》、旧题东晋陶潜《搜神后记》、宋刘义庆《幽明录》、宋刘敬叔《异苑》、齐王琰《冥祥记》等。第三类是受野史杂传体小说的影响、形态似野史杂传的志怪小说。但前述杂传体小说是描写现实生活中人物带有传奇性的故事，而野史杂传体志怪小说则多神仙奇事，或传说中的异闻，虽或有其人，而所记之事大都是虚妄的。如晋葛洪《神仙传》、晋王嘉《拾遗记》等。

以上三类志怪小说，从艺术表现手法来看，地理博物类志怪小说，尽管就每一种书而言，规模也尚可观，但就每则故事来看，却显得琐碎简短，基本上没有完整的故事；所记之事物，有其奇异性，却缺乏丰满的形象。作为文学作品，它的可读性还比较差，艺术水平不高。但它继承了《山海经》的传统，有不少神话传说还是优美动人的，富于幻想性；有的异物形象也具有一定魅力，作为小说艺术有其审美价值。从它的发展趋向看，由假托东方朔的《神异经》、《十洲记》、郭宪《洞冥记》到郭璞《玄中记》、任昉《述异记》，是一个由地理博物志怪小说逐渐与杂记体志怪小说融合的过程，但又始终保持地理博物志怪小说的基本特色，不过有所发展变化。

杂记体志怪小说，虽然多数作品也还没有脱离"丛残小语"状态，情节简短，粗陈梗概而已，但是有相当一部分作品描写已较细致，不仅叙述故事较完整，而且开始注意人物性格的刻画和形象的塑造。例如《搜神记》、《搜神后记》、《幽明录》、《续齐谐记》中的某些作品，从情节的构思、故事的展开、人物描写到语言的表现力，都已达到一定的艺术水平，对后世小说、戏曲在题材或用典方面，都有影响。还值得注意的是，志怪小说中虽多写鬼神怪异之事，宗教宣传、迷信色彩较浓，但是也有些作品既与宗教宣传无关，也并没有迷信观念，而具有美丽、奇特的浪漫主义艺术幻想与构思，是对理想的追求。有这些较为成熟或近乎成熟的志怪小说，再加上杂传体小说的影响，对唐人传奇小说的出现，才不会感到突然。

野史杂传体志怪小说，文学与历史的文化积淀较深厚，再加上宗教文化的影响，使这类志怪小说在艺术上比较成熟，结构相对完整，有的篇幅长至千余字。如《神仙传》中《壶公》、《张道陵》、《魏伯阳》诸篇，故事跌宕有致，引人入胜，想象丰富，富于变化，人物形象亦较鲜明；《拾遗记》中《申毒国道人》、《铸剑工人》、《薛灵芸》、《翔风》等故事，都各有特色，写人事而志怪异，似野史杂传而又多民间传说或神话色彩。

由于前述三方面的原因，魏晋南北朝志怪小说集甚多，但因战乱兵火、历史变迁诸多缘故，原集绝大多数都已散佚，幸在《太平广记》等大型类书或丛书中得以辑录一大部分，虽非全貌，亦复可观。明清以来编纂的各种说部类书，所录汉魏六朝小说，已非一手材料，大多是从《太平广记》等较早的类书中选录而予以增删改易的，已失其真。鲁迅《古小说钩沉》，是很严肃认真、很有意义的书。我们根据前人已有的成果，在80年代初，编纂了多卷本《文言小说》，在先秦至南北朝卷中，选录志怪小说也较多；大约同时，李剑国也做了件有意义的工作，就是《唐前志怪小说辑释》，为认识唐前志怪小说的基本面貌，提供了有益的资料。他还写了专著《唐前志怪小说史》。一部分较著名的志怪小说专集，经专家学者搜集整理，先后出版，如《博物志》范宁校证本、《搜神记》和《搜神后记》均有汪绍楹校注本、《拾遗记》齐治平校注本，都为研究者提供了方便。

三、托名之作《神异经》、《十洲记》与《洞冥记》奇异的幻想艺术

鲁迅在《中国小说史略》第四篇《今所见汉人小说》中曾

指出："现存之所谓汉人小说，盖无一真出于汉人，晋以来，文人方士，皆有伪作，……文人好逞狡狯，或欲夸示异书，方士则意在自神其教，故往往托古籍以衒人；……大抵言荒外之事则云东方朔郭宪，关涉汉事则云刘歆班固，而大旨不离乎言神仙。"这一论断大致是正确的，为治小说史者所首肯；但是不能一概而论，尚须予以考辨。

（一）以描写异物奇人为特色的《神异经》

《神异经》一卷，旧题东方朔撰，张华注。此书为后人假托东方朔所作，是可以肯定的。虽然《隋书·经籍志》、《旧唐书·经籍志》和《新唐书·艺文志》均称撰人为东方朔，但《汉书》卷六十五《东方朔传》，在开列他的十多种著作名称中，并无《神异经》之目，而且指明："世所传他事皆非也。"只因东方朔生性诙谐，故"后世好事者因取奇言怪语附著之朔"。《汉书·艺文志》中也无此书目。可见此书并非东方朔所著。但也不是晋以后人所假托。《春秋左氏传》于文公十八年，孔疏云："服虔按：《神异经》云：'梼杌，状似虎，毫长二尺，人面虎足猪牙，尾长丈八尺，能斗不退。'"服虔是东汉末年的人，他按语中引用《神异经》关于梼杌的记载，当然《神异经》的成书应早于服虔生活的时代。鲁迅认为题张华作注"亦伪"，似无佐证。

《神异经》之体例，仿效《山海经》，分东荒经、东南荒经、南荒经、西南荒经等九篇，其内容则"略于山川道里而详于异物"。某些异物的记载脱胎于《山海经》，而有所创新，描写奇人异物，构想新奇，是此书一大特色。

例如《东荒经》中关于东王公、东方善人的描写：

东荒山中有大石室，东王公居焉。长一丈，头发皓白，人形鸟面而虎尾。载一黑熊，左右顾望。恒与一玉女投壶，每投千二百矫。设有入不出者，天为之唏嘘；矫出而脱误不接者，天为之笑。

东方有人焉，男皆朱衣缟带元冠，女皆采衣。男女便转可爱，恒恭坐而不相犯，相誉而不相毁。见人有患，投死相救之。名曰善人，一名敬，一名美。不妄言，㖞㖞然而笑。仓卒见之如痴。

前一则东王公的形象，可能是受了《山海经》中西王母形象的影响。西王母"其状如人，豹尾虎齿而善啸，蓬发戴胜"，与"人形鸟面而虎尾"的东王公，真是天生的一对。《神异经·中荒经》"天柱"一则，就是把西王母和东王公描写成爱侣的："（天柱）上有大鸟，名曰'希有'，南向，张左翼覆东王公，右翼覆西王母。背上小处无羽，一万九千里，西王母岁登翼见会东王公也。"这神话很有人情味，"希有"大鸟也成全这对爱侣。东王公与玉女作投壶的游戏，已经使神话趋向人化了，洋溢着生活气息，而天笑的想象又非常神奇美妙。

后一则东方善人，大概是受《山海经·海外东经》中记载的"君子国"的影响，而内涵却丰富多了，男女的衣著色彩鲜明，互相间的关系和谐有礼，乐于救人之患，颇有儒家礼教的理想规范。其影响深远，一直到清代李汝珍的小说《镜花缘》中描写的君子国，也受它的启发。

《西南荒经》中记载的"讹兽"，写异物而含有对现实生活中以谎言欺人的骗子本质的讽刺意味。《西荒经》中"河伯使者"的描写，表现了河神的特色，形象亦较生动：

西海水上有人，乘白马朱鬣，白衣玄冠；从十二童子，驰马西海水上，如飞如风，名曰“河伯使者”。或时上岸，马迹所及，水至其处。所之之国，雨水滂沱，暮则还河。

这个“河伯使者”既具有人的形象，又有传说中河神的气概雄姿，我们仿佛看到江海涨潮时那种汹涌澎湃之势。

《神异经》对异人异物描写的奇思遐想，丰富多采，具有独特的创造性。《西荒经》中关于“鹄国男女”的记载，就颇为奇特。鹄国男女虽然都只有七寸长，却有君子国人们的风度修养。“其人皆寿三百岁，其行如飞，日行千里，百物不敢犯之。唯畏海鹄，过辄吞之，亦寿三百岁；此人在鹄腹中不死，而鹄一举千里。”可与《天方夜谭》中的故事媲美，如予以敷衍演化，是很精采的神话小说。

（二）《十洲记》、《洞冥记》与神仙道教的艺术开拓

《十洲记》，又题《海内十洲记》，一卷。也托名东方朔撰，实误。从晋人张华《博物志》卷二已有“续弦胶”的事，系受《十洲记·凤麟洲》所载“续弦胶”故事的影响来看，则《十洲记》之成书，可能在东汉末至魏间。作者应是喜谈神仙的道教徒。

本书写汉武帝既闻王母所说八方巨海之中有祖、瀛、玄、炎、长、元、流、生、凤麟、聚窟十洲，又延东方朔问十洲所有之物名。其体例亦仿效《山海经》，而神仙的意味较浓。篇首借东方朔之口云：“臣，学仙者耳，非得道之人，以国家之盛美，将招名儒墨于文教之内，抑绝俗之道于虚诡之迹，臣故韬隐逸而赴王庭，藏养生而侍朱阙。”意在张皇神仙道教之说，又

似有身在南山心存魏阙之志。其文思固然不像《神异经》深茂朴实，但其文字的表现力较强，善于铺叙夸饰，显示了神仙道教长于幻想开拓的艺术才能，对后来道教系统的志怪小说乃至传奇的浪漫主义思潮，影响至深。

《祖洲》记载该洲上的不死之草，人死了三日，以草覆其上，当即复活。秦始皇听了鬼谷先生对不死之草的介绍，于是派使者徐福率领童男童女五百人，乘船入海寻祖洲，遂不复返。这个故事，流传久远，影响亦广。

《炎洲》中关于"风生兽"、"火光兽"的记述，也富于怪诞而有文学性的幻想。风生兽的生命力很强："积薪数车以烧之，薪尽而兽不然，灰中而立，毛亦不燋，斫刺不入，打之如灰（应是"皮"字）囊。"即使被打死了，"张口向风，须臾复活"。也许对后来神话小说英雄形象的塑造有所启发。至于风生兽死后，"取其脑，和菊花服之，尽十斤，得寿五百年"，乃是神仙家之言。火林山中"火光兽"，只大如鼠，却能光照三百里许的山林；取其兽毛，织成火浣布，若有污垢，火烧污垢自落。类似的记载，虽然《山海经·大荒西经》、《神异经·南荒经》中已有，但是《十洲记·炎洲》中的记载，却是最具体、生动的。

《凤麟洲》关于"续弦胶"的记载，亦颇具幻想性："凤喙及麟角，合煎作膏，名之为续弦胶，或名连金泥。此胶能续弓弩已断之弦、刀剑断折之金，更以胶连续之，使力士掣之，他处乃断，所续之际终无断也。"这是人们对万能胶的幻想，神话乃是科学的先导。

《聚窟洲》洋洋洒洒千余言，奢谈西域使者献给汉武帝的却死香和猛兽，灵物之神奇怪异，耸人听闻。描述只如貍猫大小的猛兽神威："一声叫发，千人伏息，牛马百物，惊断絙系；

武士奄忽，失其势力。当其神也，立兴风云，吐嗽雨露，百邪迸走，蛟龙腾骛……”极尽夸张渲染之能事，这也是神仙道教小说的一大特点。文中借西域使者之口，对汉武帝有所讽谕：“今日仰鉴天姿，亦乃非有道之君也。眼多视则贪色，口多言则犯难，身多动则淫贼，心多饰则奢侈。未有用此四者，而成天下之治也。”

《洞冥记》，又题《汉武洞冥记》、《别国洞冥记》，四卷，旧题后汉郭宪撰。但《隋书·经籍志》著录此书，题郭氏撰，鲁迅认为：“六朝人虚造神仙家言，每好称郭氏，殆以影射郭璞，故有《郭氏玄中记》，有《郭氏洞冥记》。”《旧唐书·经籍志》始题撰人为郭宪，《新唐书·艺文志》亦认同。全书六十则，书中所写，系汉武帝求神仙道术及远国遐方怪异之事。题书名为《洞冥记》的缘由，诚如序文所云：“汉武帝明俊特异之主，东方朔以滑稽浮诞以匡谏，洞心于道教，使冥迹之奥昭然显著。今籍旧史之所不载者，聊以闻见撰《洞冥记》四卷，成一家之书，庶明博君子该而异焉。武帝以欲穷神仙之事，故绝域遐方贡其珍异奇物及道术之人，故于汉世盛于群主也。故编次之云尔。”郭宪事迹见于《后汉书·方术传》，他字子横，汝南宋人，不愿出仕王莽朝，光武帝时征拜博士，刚直敢言，因廷议事不合，本传云：“帝令两郎扶下殿，宪亦不拜，帝曰：‘常闻关东觥觥郭子横，竟不虚也。’”其实他是个耿介方正之士，只因他曾有向东北含酒三潠灭齐火灾的言动，把他列入《方术传》，视同道术之士，是不妥当的。他对神仙道术并不热心，恐怕也不大可能从事《洞冥记》之类志怪小说的创作。因此，尚难确定此书作者是谁。

《洞冥记》中所载汉武帝时偏国殊方及本土的奇人异物，如

《东方朔》、《波祇国神精香草》、《吠勒国人乘象入海取蛟泣珠》诸则故事，想象神奇丰富，所记之人虽是历史上所实有，但事多虚构夸饰。描写东方朔，已是神话人物，他是太白星之精，往返天人之际，见王母采桑于白海之滨，黄眉翁自称："吾却食吞气，已九千余岁。目中瞳子，色皆青光，所见幽隐之物。三千岁一反骨洗髓，二千岁一刻骨伐毛，自吾生已三洗髓五伐毛矣。"夸张至极，旨在宣扬神仙道术。神精香草亦奇幻，其皮可制成布，"握一片，满室皆香，妇人带之，弥月芬馥"。虽有所夸饰，但也非子虚乌有；对吠勒国所贡文犀，"织以为簟，如锦绮之文"的描写，以及乘象入海底取宝之事，幻想中也有某些真事作依据，夸张而不流于荒诞无稽。《宫人丽娟》，反映了汉武帝宠爱美人与迷信神怪道术，这正是他宫廷生活的一个重要侧面，也是他性格的基本特征之一。

四、从《博物志》、《玄中记》到《述异记》的演化

（一）杂俎之祖张华《博物志》

《博物志》，西晋张华撰。张华（公元232—300年），字茂先，范阳方城（今河北固安县南）人。魏司马昭当政时荐为太常博士，迁长史兼中书郎，入晋拜黄门侍郎，封关内侯，任中书令，位至司空，故后世称他为张司空。晋惠帝永康元年四月，赵王伦谋逆，华被害，夷三族。《晋书》卷三十六有《张华传》。本传称华曰："学业优博，辞藻温丽，朗赡多通，图纬方伎之书，莫不详览。少自修谨，造次必以礼度，勇于赴义，笃于周急，器识弘旷，时人罕能测之。……雅爱书籍，身死之

日，家无余财，惟有文史溢于几箧。……博物洽闻，世无与比。”他既是政治家，又是学识渊博的学者和作家。

本传云：“华著《博物志》十篇。”而《拾遗记》卷九称华曰：“挺生聪慧之德，好观秘异图纬之部，捃采天下遗逸，自书契之始，考验神怪，及世间闾里所说，造《博物志》四百卷，奏于武帝。”帝以为“记事采言，亦多浮妄”，遂令“芟截浮疑，分为十卷”。《隋书·经籍志》杂家类著录十卷，《旧唐书·经籍志》和《新唐书·艺文志》入小说家，亦作十卷。今所传本也是十卷，但实际上散佚甚多，近年中华书局出版范宁《博物志校证》辑得佚文二百十二条。散佚原因恐非《拾遗记》所云武帝令芟，此书曾否呈武帝审阅，还值得怀疑，卷四有“武帝泰始中武库火”之事，可见此书的成书时间，在武帝之后，而且今存十卷本的内容，也多有违碍武帝旨意之嫌。或以为《博物志》系晋以后人所造的伪书，亦无证据。至于今存《博物志》“皆刺取故书，殊乏新意”，正是博学洽闻者从故纸堆中找材料而缺乏生活之源的毛病，何况今存《博物志》已非原貌。

十卷本每卷分目，内容包括地理山水、异域遐方、人民物产、异物方术、人名文籍等杂考，以及异闻杂说之类，一般缺少小说文学意味，但也有一些具有小说意趣的作品。

例如卷三《异兽》目所载“猳玃马化”事，略迟于张华的干宝《搜神记》中也录此条，文字稍有差异。玃盗妇人是当时流行的民间传说，前汉焦延寿《易林》卷一《坤》之《剥》云：“南山大玃，盗我媚妾。怯不敢逐，退而独宿。”这一悲剧性的奇异之事，在《博物志》的记载中，就具有志怪小说的粗略情节：

蜀中西南高山上，有物如猕猴，长七尺，能人行，健走，名曰猴玃，一名马化，或曰猳玃。伺行道妇女有好者，辄盗之以去，人不得知。行者或每遇其旁，皆以长绳相引，然故不免。此得男子气自死，故取女也，取去为室家。其年少者，终身不得还，十年之后，形皆类之，意亦迷惑，不复思归。有子者，辄俱送还其家，产子皆如人。有不食养者，其母辄死，故无敢不养也。及长，与人无异，皆以杨为姓，故今蜀中西界多谓杨，率皆猳玃、马化之子孙，时时相有玃爪也。

这故事对后世小说创作影响较大，唐人传奇《补江总白猿传》、《清平山堂话本》中的《陈巡检梅岭失妻记》、明瞿佑《剪灯新话》中的《申阳洞主》，题材皆源于此。杨景贤杂剧《西游记》中的孙悟空，也曾有盗金鼎国公主为妻的事，大概也与猿猴盗妇的传统题材有关。

《蟒》是描述天门郡幽山峻谷中一条巨蟒兴妖作怪的故事，志怪小说意味亦较浓：

天门郡有幽山峻谷，而其土人有从下经过者，忽然踊出林表，状如飞仙，遂绝迹，年中如此甚数，遂名此处为仙谷。有乐道好事者，入此谷洗沐，以求飞仙，往往得去。有长意思人，疑必以妖怪，乃以大石自坠，牵一犬入谷中，犬复飞去。其人还告乡里，募数十人执杖擖山草伐木至山顶观之，遥见一物长数十丈，其高隐人，耳如簸箕。格射刺杀之。所吞人骨积此左右，有成封①。蟒开口广丈余，前后失人，皆此蟒气噏上。于是此地遂安稳无患。

描写巨蟒为害，似怪诞而又具有真实感，基于生活真实的夸张，终不失其真。那位“长意思人”，真是智勇双全的探险家，

---

①成封，《广记》作“如阜”，更易懂。

他还善于以群众的力量，将巨蟒“格射刺杀之”，为民铲除一大祸害。巨蟒为害之事，古代是常有的，在民间传闻过程中又予以神化，以兴妖作怪的姿态出现。《搜神记》中的《李寄》、唐初王度《古镜记》中以古镜除蟒怪的情节、唐人传奇《博异志》中的《李黄》，都是写蟒蛇作怪祸害人民的。直到明话本《白娘子永镇雷峰塔》，蛇妖的形象才有所改观。清代讲唱文学《白蛇传宝卷》中的白蛇形象，已令人感到美的享受，因而寄予同情了。

最为奇幻美妙的是关于“八月槎”神话传说的记载：

> 旧说云天河与海通。近世有人居海渚者，年年八月有浮槎去来。不失期。人有奇志，立飞阁于查上，多赍粮，乘槎而去。十余日犹观星月日辰，自后茫茫忽忽亦不觉昼夜。去十余日，奄至一处，有城郭状，屋舍甚严。遥望宫中多织妇，见一丈夫牵牛渚次饮之。牵牛人乃惊问曰：“何由至此？”此人具说来意，并问此是何处，答曰：“君还至蜀郡访严君平则知之。”竟不上岸，因还如期。后至蜀，问君平，曰：“某年月日有客星犯牵牛宿。”计年月，正是此人到天河时也。

天上星辰的神奇现象，容易引发古代人民优美的幻想。记载董永与织女的《搜神记》、记载巨查浮西海的《拾遗记》等书虽然比《博物志》后出，但有关牵牛织女、巨查（通“槎”）浮西海的神话传说，在民间早已流传。《博物志》“八月槎”中所记，则把这两个本来不相关的神话故事很自然地联系起来。《诗·小雅·大东》：“睆彼牵牛，不以服箱。”“跂彼织女，终日七襄。”是以牵牛不能用来驾车，织女不能织布而徒有虚名的不合理现象作比喻，怨刺周室的统治，并无牵牛织女恋爱之事，但已经有牵牛星与织女星隔天河相望的现象，由此使古代人民产生有关牛郎织女的优美神话。"八月槎"则泛写织女，而具体描写牛郎这个劳动者的形象。乘槎从海上到天河，见牛郎织女，这一非凡的想象，正是古代人民探索宇宙空间美丽幻想的表现。

此外，《史补》篇中对秦青、韩娥善歌的艺术效果的描写，非常生动、具体。秦青"抚节悲歌，声震林木，响遏行云"。并借秦青之口描述韩娥唱歌"余响遶梁，三日不绝"；曼声哀哭，"一里老幼悲愁涕泣相对，三日不食"；曼声长歌，则"一里老幼喜欢抃舞，弗能自禁"。说明歌唱艺术感人之深。《杂说》下篇中"玄石饮酒，一醉千日"的记载，固然是夸张其词，但至少说明我国的酿酒技术，到魏晋时已能酿造出高浓度的美酒。张华既精于方伎道术，在《博物志》中自然有不少神仙道术的记载，其中有关养性法的文字，对保健强身不无借鉴意义。

《博物志》作为一部从《山海经》、《神异经》、《洞冥记》相沿袭下来的地理博物志怪小说集，不能算是优秀之作，其中真正可以视为小说的作品并不多，但是正如上所述，也有一部分具有故事情节、人物形象、想象优美奇幻的作品，有认识作用和审美价值，对后世也有一定影响。仿效《博物志》体裁者，有宋人李石《续博物志》、明人游潜《博物志补》。胡应麟甚至把《博物志》视为杂俎之祖："《博物》，《杜阳》之祖也。"①像唐人苏鹗《杜阳杂编》这样的杂俎笔记小说，还有很多，而《博物志》则为其滥觞，足见其在文言小说史上的地位。

---

①《少室山房笔丛·九流绪论》下。

（二）善写异类的郭璞《玄中记》

《玄中记》，旧题《郭氏玄中记》。《隋书·经籍志》、《旧唐书·经籍志》和《新唐书·艺文志》均未见著录。始见著录于《太平御览·经史图书纲目》，题为《郭氏玄中记》。其书早已散佚，今所见各本均系辑佚本，其中以叶德辉《观古堂所著书》本、鲁迅《古小说钩沉》本辑得佚文较多，鲁本辑得七十一则。

前已提及，鲁迅认为《玄中记》亦系后人假托郭璞之名。但南宋初人罗泌，在《路史发挥》卷一《论槃瓠之妄》注文中，已证明《郭氏玄中记》的作者就是郭璞，主要根据是《玄中记》中所记《狗封氏》一文，与郭璞为《山海经》注“狗封氏事”相同。其实，类似的例子还有不少。把《玄中记》的著作权，归属于为《山海经》作注的郭璞，是较为恰当的。

郭璞（公元276—324年），字景纯，河东闻喜（今属山西省）人。东晋明帝时为王敦记室参军，敦谋篡位，璞以卜筮忤敦意，被杀害；平息王敦之乱后，追赠弘农太守。《晋书》卷七十二有《郭璞传》。

郭璞既是文学家，又是经学家，尤其精通卜筮方术。本传云：“璞好经术，博学有高才，而讷于言论。词赋为中兴之冠，好古文奇字，妙于阴阳算历。”从郭公受业，“洞五行、天文、卜筮之术，攘灾转祸，通致无方，虽京房、管辂不能过也”。传中历举其卜筮方术之灵验，能使死马回生、撒豆成兵，甚至预知自己死于何时何地行刑人是谁。在文学史上，他以《游仙诗》著称。今存《郭弘农集》二卷，及所注《山海经》、《尔雅》、《方言》、《穆天子传》、《楚辞》等。

从今存《玄中记》看，内容基本上属于地理博物类志怪小说，有的是从《山海经》等古籍沿袭下来的，也有往昔志怪之类书中不曾有的神话传说，可惜大多是断章残篇，完整而有新意的，为数不多。现录其最佳者，以窥一斑。例如关于“狗封氏”的传说：

狗封氏者：高辛氏有美女，未嫁。犬戎为乱，帝曰：“有讨之者，妻以美女，封三百户。”帝之狗名槃瓠，三月而杀犬戎，以其首来。帝以为不可训民，乃妻以女，流之会稽东南二万一千里，得海中土，方三千里，而封之。生男为狗，生女为美女。封为狗民国。

槃瓠的传说，应劭《风俗通义》中已有，佚文为南朝刘宋时人范晔撰《后汉书·南蛮传》所引用，把槃瓠作为南方少数民族的祖先，把神话传说历史化了。《玄中记》所载此则传说，与范晔所引《风俗通义》佚文，文字上差别较大，郭璞所记保持神话的原始色彩，从志怪小说的角度看，似更有意义。

志怪小说中的重要题材之一，是对精怪的记载，但大都破碎简短，《玄中记》关于姑获鸟的记述，则较完整丰满，精怪亦具人性，且善于变形：

姑获鸟夜飞昼藏，盖鬼神类。衣毛为飞鸟，脱毛为女人。一名天帝少女，一名夜行游女，一名钩星，一名隐飞。鸟无子，喜取人子养之，以为子。今时小儿之衣不欲夜露者，为此物爱以血点其衣为志，即取小儿也。故世人名为鬼鸟，荆州为多。昔豫章男子，见田中有六七女人，不知是鸟，匍匐往，先得其毛衣，取藏之，即往就诸鸟。诸鸟各去就毛衣，衣之飞去。一鸟独不得去，男子取以为妇，生三女。其母后使女问父，知衣在积稻下，得之，衣而飞去。后以衣迎三女，三女儿得衣亦飞去。

姑获鸟的名称很多，大致是根据此鸟的特性来取名的，据说也就是猫头鹰，传说中的不祥之鸟。本篇所写，它令人可恶的习性是“喜取人子养之，以为子”。因为它无子，就窃取别人之子，使渴望做母亲的心理得到满足。尽管它不像有些吃人的精怪那样残忍，但毕竟是将自己的幸福建筑在别的母亲痛苦的基础之上。这个志怪故事在艺术上的特色，是描写姑获鸟脱毛衣变女人，男人收藏了它的毛衣，恢复不了鸟的原形，就成了男人的妻子，生儿育女。人鸟结合，这一神奇绚丽的艺术想象，丰富了志怪小说的构思模式，《聊斋志异·竹青》的浪漫主义艺术手法、构思层次，当然超过了《姑获鸟》，但《竹青》受《姑获鸟》人鸟结合、穿毛衣能飞的想象艺术的启发，是显而易见的。

在志怪、传奇小说中，狐妖是很善于变化的，往往变形迷惑人，性格狡黠，颇有神通，但作为艺术形象，从魏晋志怪、唐人传奇以至清代《聊斋志异》中的狐妖形象，有一个发展过程。而《玄中记》中有关狐妖的描写，是较早的，对后世小说中塑造狐妖形象有很大影响：

狐五十岁，能变化为妇人，百岁为美女，为神巫，或为丈夫，与女人交接。能知千里外事，善蛊魅，使人迷惑失智。千岁即与天通，为天狐。

这里虽然还没有狐妖变形迷惑人的故事情节，更谈不上形象塑造，但是已经为狐妖的基本特性勾画了轮廓。从这简略的记载中，我们可以看出后世小说之狐妖精怪形象的源流变异。《玄中记》对其他精怪的记载，也只是断简残篇，而在小说史上所起的作用，大率如此，不可忽视。从上引几则可见，《玄中记》比《博物志》在对异物的描写手法上，显得更加绚丽多彩。

（三）袭古翻新的任昉《述异记》

魏晋南北朝时期出现较晚的一种地理博物类志怪小说，是梁任昉撰《述异记》。《隋书·经籍志》、《旧唐书·经籍志》和《新唐书·艺文志》均未著录任昉撰此书，但有齐祖冲之撰《述异记》十卷，而今本任昉所记，又与祖记不同，故王谟在其《增订汉魏丛书·述异记跋》中云："无妨任、祖二人当时各自有记，而隋、唐《志》或偶失载也。"宋人《崇文总目》、《中兴馆阁书目》、《郡斋读书志》均著录《述异记》二卷，任昉撰。晁公武《郡斋读书志》于题下有注云："昉家藏书二万卷，采前世异闻成书。"《四库全书总目提要》卷一四二，则疑此书为中唐前后人所伪托，是一种"文颇冗杂，大抵剽剟诸小说而成"的膺制品，根据除了未见隋、唐三《志》著录外，还有此书所记内容有一些是任昉死后之事。这是由于今传二卷本《述异记》，已非任昉原本，经后人篡改所致。

任昉（公元460—508年），字彦升，乐安博昌（今山东寿光）人。幼好学，早知名，十六岁为宋丹阳主簿，历仕宋、齐、梁三朝，卒于新安太守任上，阖境痛惜。《梁书》本传称："昉雅善属文，尤长载笔，才思无穷。当世公王表奏，莫不请焉。昉起草即成，不加点窜。沈约一代词宗，深所推挹。"为官清廉，家虽贫而聚书至万余卷，率多异本。所著文章数十万言，曾盛行于世。撰《杂传》二百四十七卷，《地记》二百五十二卷，文章三十三卷。传见《梁书》卷十四、《南史》卷五十九。

《述异记》“文颇冗杂”，内容广博而失于琐碎，《四库全书总目》将它列入小说家类琐语之属，是与《博物志》类似的地理博物体志怪小说，而又有其特色。

1.沿袭古代神话传说而赋予新意

任昉既博览群书，精通古籍，因而从中采取志怪小说创作资料，乃是驾轻就熟的路子。《四库全书总目提要》从否定的角度，一一指出此书某条采自某书，“如开卷‘盘古氏’一条，即采徐整《三五历记》，其余‘精卫’诸条则采《山海经》，……”。利用古代神话或前人志怪小说中的材料，进行再创作，“故事新编”，应该是允许的，但评定其优劣，则视其能否有所创新。

例如关于盘古氏的神话，《述异记》先列出前人著作中的资料，然后加上新传说，使神话故事更加完整，且具新意：

> 昔盘古氏之死也，头为四岳，目为日月，脂膏为江海，毛发为草木。　秦汉间俗说：盘古氏头为东岳，腹为中岳，左臂为南岳，右臂为北岳，足为西岳。　先儒说：盘古泣为江河，气为风，声为雷，目瞳为电。　古说：盘古氏喜为晴，怒为阴。　吴楚间说：盘古氏夫妻，阴阳之始也。　今南海有盘古氏墓，亘三百余里，俗云后人追葬盘古之魂也。桂林有盘古氏庙，今人祝祀。
>
> 南海中盘古国，今人皆以盘古为姓。　昉案：盘古氏，天地万物之祖也，然则生物始于盘古。①

作者似乎是在从事有关盘古神话传说的研究，先列出徐整《三五历记》中的四条记载，然后加上他所听闻或实地考察得到的有

①在《述异记》中，开卷“盘古氏”一条，至“今人祝祀”为止。

关传说，最后的案语，是他研究的心得，带有总结性。这是一个学者的态度，在前人的材料基础上，有所前进，有所创新，凭这些素材，可以写出很雄伟壮丽的神话小说。

关于轩辕与蚩尤的神话，散见于《山海经》、《龙鱼河图》、《列子》诸书，任昉予以综合，推陈出新，浑然一体：

> 轩辕之初立也，有蚩尤氏，兄弟七十二人，铜头铁额，食铁石。轩辕诛之于涿鹿之野。蚩尤能作云雾。涿鹿今在冀州，有蚩尤神。俗云：人身牛蹄，四目六手。今冀州人掘地，得髑髅如铜铁者，即蚩尤之骨也。今有蚩尤凿，长二寸，坚不可碎。秦汉间说，蚩尤氏耳鬓如剑戟，头有角，与轩辕斗，以角觝人，人不能向。今冀州有乐名蚩尤戏，其民两两三三，头载牛角而相觝。汉造角觝戏，盖其遗制也。

这里所描写的蚩尤氏，作为神话英雄形象是较为突出的，虽然是失败的英雄，却也曾叱咤风云，死后遗骸犹如铮铮铁骨，人民以“蚩尤戏”表示怀念之情。故事完整，意趣盎然。

再如关于“精卫”的神话，除沿袭《山海经》记载外，还创造了“偶海燕而生子，生雌状如精卫，生雄如海燕”的新意，赋予这个复仇女神以更永恒的意义。

2.在草木禽兽的记载中寓含现实性

记载奇花异草、怪兽飞禽，原是地理博物类志怪书的传统。但以往这类记载带有纯客观性，作为审美对象，主要是欣赏其奇异性。而《述异记》则在这类描述中寓含某种现实性，容易触发人们的联想。例如关于相思木、猰貐的记述：

> 昔战国时，魏国苦秦之难，有民从征，戍秦久不返，妻思而卒。既葬，冢上生木，枝叶皆向夫所在而倾，因谓

之相思木。今秦赵间有相思草，状如石竹，而节节相续。一名断肠草，又名愁妇草，亦名霜草，人呼为寡妇莎，盖相思之流也。

猰貐，兽中最大者，龙头、马尾、虎爪，长四百尺，善走，以人为食，遇有道君即隐藏，无道君即出食人。

前一条写征戍给人民带来夫妻生离死别的苦难，造成人生的悲剧，这也是民间歌谣和传说的一个传统题材。而这里所描写的，是着重表现征妇对丈夫的思念之深切，乃至于相思而死。作者借助浪漫主义的艺术手法，通过思妇死后化为相思木的情节，使整个故事具有一种悲剧美。相思木后来的几种名称，相思草、断肠草、愁妇草、霜草、寡妇莎，都体现了思妇的悲剧形象，意蕴较丰。后一条关于怪兽猰貐的凶恶形象及其残暴本性，《山海经》和《淮南子》中就已有记载，作者却写了猰貐“遇有道君即隐藏，无道君即出食人”的规律性行动，起了画龙点睛、影射现实的作用。

此外，有关遐方异域的记载，也能翻新出奇。例如关于大食国“小儿果”的记叙：

大食王国在西海中。有一方石，石上多树，干赤叶青。枝上总生小儿，长六七寸，见人皆笑，动其手足。头着树枝，使摘一枝，小儿便死。

这种异果的特性，也许是《西游记》作者构思五庄观人参果的素材。

地理博物类志怪小说，发轫于《山海经》，至《神异经》、《十洲记》、《洞冥记》，乃形成志怪小说中的一个重要流派，它以记载地理山川、殊国异域、奇人异物为特色，而杂有神仙方术之说；《博物志》、《玄中记》、《述异记》承其遗风，步其后尘而有所变化，于神话故事、奇人异物的描述中，寄寓新意，含有较多的现实性和人情味，发人联想，具有怪诞美的特质。从《博物志》、《玄中记》到《述异记》的演化过程，也正是地理博物类志怪小说与杂记类志怪小说融汇整合的过程。

第五章　魏晋南北朝志怪小说的嬗变(中)

——杂史传志怪之变迁

上一章，主要论述博物志怪小说的演进，本章则侧重于阐述杂史杂传性质的志怪小说之变迁。

一、记述神仙故事的滥觞《列仙传》

为神仙家在志怪小说中立传，前面曾论述过《汉武帝内传》、《西王母传》，但那毕竟是托名之作，实际上很可能是道家大师葛洪的作品，况且是以单篇传记的形式出现。《列仙传》固然也有托名刘向之嫌，但它是写神仙传记的志怪小说专集，带有开创性。它对葛洪撰《神仙传》影响较大，所以我们在论述《神仙传》之前，先从神仙文化的角度来观照《列仙传》。

《列仙传》，分上、下二卷，旧题汉刘向撰，但《汉书·艺文志》无著录，《汉书》卷三十六《刘向传》亦未提及此书。《隋书·经籍志》杂传类著录云："《列仙传赞》三卷，刘向撰，鬷续，孙绰赞。《列仙传赞》二卷，刘向撰，晋郭元祖赞。"《旧唐书·经籍志》和《新唐书·艺文志》对撰人无异议，作二卷，《新唐书·艺文志》著录《列仙传》，不曾提及赞。葛洪《神仙传序》、《抱朴子·论仙篇》均称《列仙传》为刘向撰。但自南宋陈振孙《直斋书录解题》提出质疑，明胡应麟、清纪晓岚乃至近人余嘉锡，均认为系后人托名之作，纪晓岚所云“魏晋间方士为之，托名于向”，似近乎事实。前引隋《志》所云，三卷本与二卷本，虽撰人相同，但前者为鬷氏续，孙绰作赞，后者则是郭元祖作赞。孙绰和郭元祖皆为东晋人。葛洪生于西晋初年，卒于东晋中叶，年辈长于郭、孙。《列仙传》的撰人，当在葛洪之前，但云刘向撰则不可信。向固然亦好神仙之说，而其政治思想、道德观念明显属于儒家，只要将《列仙传》与刘向撰《列女传》的思想倾向和文章风格作一比较，就可以看出这两种著作是不可能属于同一个人的。

葛洪《神仙传序》认为，《列仙传》“殊甚简略，美事不举”。从小说文学的角度看，它本身的文学意味不浓，但其故事却常为后人所引用。例如《务光》，记叙许由一类的人物务光。他智而不谋世事：“殷汤将伐夏桀，因光而谋。光曰：‘非吾事也。’汤曰：‘孰可？’曰：‘吾不知也。’汤曰：‘伊尹何如？’曰：‘强力忍诟，吾不知其他。’”汤灭了桀，想邀请务光为相，光说了一番清高的道理后，负石自沉于蓼水。过了四百多年，务光又出现了。武丁以礼迎接他为相，他却投浮梁山隐居。作者意在突出神仙家的清静无为思想和长生不老，写他“耳长七寸，好琴，服蒲韭根”。这些也都是神仙的特征。按现代观念来看，务光其实是个毫无责任感与使命感的利己主义者。

《江妃二女》是写人神恋情较早的一个故事，文学意味也稍浓：

江妃二女者，不知何所人也。出游于江汉之湄，逢郑交甫。见而悦之，不知其神人也。谓其仆曰："我欲下，请其佩。"仆曰："此间之人，皆习于辞，不得，恐罹悔焉。"交甫不听，遂下与之言曰："二女劳矣！"二女曰："客子有劳，妾何劳之有？"交甫曰："橘是柚也，我盛之以筍，令附汉水，将流而下。我遵其旁，采其芝而茹之，以知吾为不逊也，愿请子之佩。"二女曰："橘是柚也，我盛以筥，令附汉水，将流而下。我遵其旁，采其芝而茹之。"遂手解佩与交甫，交甫悦，受而怀之中当心。趋去数十步，视佩，空怀无佩；顾二女，忽然不见。

灵妃艳逸，时见江湄。丽服微步，流盼生姿。交甫遇之，凭情言私。鸣佩虚掷，绝影焉追。

二女指传说中帝尧之女，即舜妃娥皇、女英，舜南巡崩于苍梧，二妃溺死于湘江，为水神。郑交甫则相传为西周时人，自周来到江汉。交甫看见二个美丽的女子，产生爱慕之情，在不知道对方是神的情况下，主动求爱，以诗相挑，是很自然的。二女很善于应酬，以诗酬答，并解佩相赠，但又忠实于舜的爱情。郑交甫空欢喜一场，"视佩，空怀无佩；顾二女，忽然不见"，其惆怅失落之情，宛然如现。对郑交甫的言动、心理描写，及对二女若人若仙、歘忽飘然的神态刻画，传神有致。针对这个故事所写的八句赞语，也颇贴切生动，非一般虚夸之辞。"江滨解佩"成为后人习用的典故。明冯梦龙编《情史类略·情痴类》有一篇《汉女》，写的就是这个故事。

故事虽短小而情节神奇动人、影响较大的，是《萧史》。萧史因善吹箫，"能致孔雀、白鹤于庭"，秦穆公就以女弄玉妻之。萧史"日教弄玉作凤鸣。居数年，吹似凤声，凤凰来止其屋，公为作凤台，夫妇止其上。不下数年，一旦皆随凤凰飞去”。志同道合的一对美满夫妻，双双乘凤凰升天成仙，这对古代人们是颇有吸引力的。在历代文学家的作品中，常引为典故。更有在这故事基础上予以更新者。如唐人沈亚之《秦梦记》传奇，记亚之梦中入秦，与死了夫婿的弄玉结婚，一年后弄玉复死。明人杂剧《秦楼萧史引凤》，清人杂剧《吹箫引凤》、《跨凤乘龙》，也都演萧史、弄玉故事。

卷下有一篇《园客》，意象颇有新鲜感：

> 园客者，济阴人也。姿貌好而性良，邑人多以女妻之，客终不取。常种五色香草，积数十年，食其实。一旦，有五色蛾止其香树末，客收而荐之以布，生桑蚕焉。至蚕时，有好女夜至，自称客妻，道蚕状，与俱收蚕，得百二十头，茧皆如瓮大，缫一茧六十日始尽，讫则俱去，莫知所在。故济阴人世祠桑蚕，设祠室焉。或云陈留济阳人。

这是寻常百姓劳动生活与理想的神仙化描写。园客并不讲究修炼，他是个实实在在的劳动者，辛勤种植五色香草数十年，而收获五色蛾，生桑蚕，又得到好女子的爱情；他们一起养蚕，茧大如瓮，一个蚕茧就得缫六十天。这正是农民盼望有幸福婚姻、生产喜获丰收心理的反映。“讫则俱去，莫知所在”，给人们一种遐想的空间，带有神秘色彩，而仙味并不浓。“赞”诗中才有“仰吸玄精，俯捋五葩”、“淑女宵降，配德升遐”等仙味十足的言词。

志怪小中说，有不少关于洞窟仙境的故事，《列仙传》卷下《邗子》，是这类故事的滥觞，并与符药效应相联系，是有代表性的道教徒神其方术的作品：

邗子者，自言蜀人也，好放犬子。犬走入山穴，邗子随入。十余宿行，度数百里，上出山头。上有台殿宫府，青松森然，仙吏侍卫甚严。见故妇主洗鱼，与邗符一函并药，便使还，与成都令桥君。桥君发函，有鱼子也。著池中养之，一年皆为龙。复送符还山上，犬色更赤，有长翰，常随邗子，往来百余年。遂留止山上，时下来护其宗族。蜀人立祠于穴口，常有鼓吹传呼声。西南数千里，共奉祠焉。

这里对洞窟仙境的描写，已粗具规模。鱼子化龙的神奇变幻，灵犬所完成的使命，也都表现出神仙文化的特色。本篇“赞”语，照例是八句四言诗，概括全篇内容。

《列仙传》所列神仙凡七十人，后来诸类书又征引了一些今本所无者，可能今传二卷本有缺佚，也可能诸类书所引出自霰氏续书。它的版本很多，以《古今逸史》、《道藏举要》、《郝氏遗书》等版本为常见者。

二、仙家传记之荟萃葛洪《神仙传》

附论《抱朴子》

关于葛洪的生平、思想及著述，我们在论述杂记体小说《西京杂记》时作了概略的介绍，指出他是东晋时代的道教理论家，其思想特点是“以神仙养生为内，儒术应世为外”，且“其才堪国史”。因而他以国史之才，为神仙立传，弘扬道教神仙之说，是很自然的，对他来说也是义不容辞。

以葛洪的道教理论水平和史才，来看《列仙传》，当然对数量和质量都感到不足。其《神仙传序》云：“予著内篇论神仙之事凡二十卷。弟子滕升问曰：'先生云仙化可得不死，可学古之得仙者，岂有其人乎？'予答曰：'秦大夫阮仓所记有数百人，刘向所撰又七十余人；然神仙幽隐，与世异流，世之所闻者，犹千不得一者也。'"紧接着他列举了许多神仙的事迹，然后又云："予今复抄集古之仙者，见于仙经服食方及百家之书，先师所说，耆儒所论，以为十卷，以传知真识远之士。……则知刘向所述，殊甚简略，美事不举。此传虽深妙奇异，不可尽载，犹存大体。窃谓有愈于刘向多所遗弃也。"创作《神仙传》的目的和动机，都说得很清楚。

《神仙传》中所列之仙，今传本如《广汉魏丛书》、《增订汉魏丛书》、《龙威秘书》及《说库》等书，凡九十二人；见于《四库全书》的毛晋刊本，则为八十四人。至于《文苑英华》卷七三九所载唐梁肃《神仙传论》谓该书列传凡一百九十人，恐怕也不甚确切，况今传《说郛》之类所选录者，有的不见于十卷本，可见现存该书，有所遗佚。

今传十卷本《神仙传》所列仙名，大都实有其人，但其事迹，则出于方术之士的虚构。道教讲究入静修炼，这与佛教之讲究入定参禅相似，都容易产生异乎寻常的幻觉，出现各种神奇的意象，今之各家气功，在入静状态也会有这种心理效应，原不足为奇。而神仙家为神其教，则视为神仙生活之实有，将虚化实，并通过志怪小说的形态，把它形象化地表现出来。就开发小说艺术的想象力和虚构空间而言，这是有意义的。所写神仙各传，有的篇幅长到一千好几百字，有的则短到几十个字，随人而异，艺术水平也相差较大。我们主要是从道教文学的角度来审视其作品的价值，在文言小说发展史上，予以应有的地位。

道教神仙文化的主要特征，从内容上来说，是宣扬炼丹求仙、长生不老、除邪灭病、白日飞升之道。丹药如何才能炼成，凡俗之人又如何得以成仙了道，是《神仙传》中描写的主要内容之一。例如《魏伯阳》，汉朝实有魏伯阳其人。他性好道术，与三个弟子入山炼丹。“丹成，知弟子心怀未尽。”于是以服丹可能致死的危险性，来考验求仙问道的弟子们的诚意。他故意让犬食丹而死，并且以已身试丹，入口即死。其中有两个贪生怕死、瞻前顾后之徒，不敢服丹，以修道失败告终；另一个心诚志坚的弟子，对师父的道术坚信不疑：“吾师非常人也，服此而死，得无意也。”因而效法师父服丹而死。待那两个心怀疑惧的贪生之徒离去，魏伯阳即起，“将所服丹内死弟子及白犬口中，皆起”，“遂皆仙去”。本篇旨在说明修道并无坦途，必须心诚、意志坚强、不畏风险挫折，事乃可成。文笔简炼朴素，人物对话和不同心理的描写，已较生动。

对道教神仙文化反映得更为全面、系统，艺术特色更鲜明的是《张道陵》。张道陵是东汉时道教的创始人。此篇写他在四川鹄鸣山得道的经过。因为他为群众治病，兴利除弊，组织有方，纪律严明，以廉耻治人，而不施刑罚，所以得到广大群众的拥护，奉他为师。与《魏伯阳》篇相似的，是对学道的弟子进行各种考验，而《张道陵》的情节更丰富、考验层次更多、艺术想象更富有浪漫主义色彩。张道陵得道后，“能分形作数十人，其所居门前水池，陵常乘舟戏其中，而诸道士宾客往来盈庭，盖座上常有一陵，与宾客对谈，共饮食，而真陵故在池中也”。分身法的奇妙想象，可能与佛教传入后，同道教思想的渗透融合有关，佛、道互相影响，互相吸取。这对明代神魔小说《西游记》、《封神演义》等，在艺术构思、表现技法上有着深刻影响。

张道陵“七试赵升”，其用意与魏伯阳试弟子相同，这是描写神仙考验求仙修道弟子的共同模式，而“七试赵升”的情节尤为奇异曲折。前六试是使人辱骂、诱之美女、惑之重金、猛虎恐吓、诬蔑人格、丐者乞怜，赵升都经受住了考验。最精采的是第七试：

> 陵将诸弟子登云台绝岩之上，下有一桃树，如人臂，傍生石壁，下临不测之渊，桃大有实。陵谓诸弟子曰：“有人能得此桃实，当告以道要。”于时伏而窥之者二百余人，股战流汗，无敢久临视之者，莫不却退而还，谢不能得。升一人乃曰：“神之所护，何险之有！圣师在此，终不使吾死于谷中耳！师有教者，必是此桃有可得之理故耳。”乃从上自掷，投树上，足不蹉跌，取桃实满怀。而石壁险峻，无所攀缘，不能得返。于是乃以桃一一掷上，正得二百二颗。陵得而分赐诸弟子各一，陵自食一，留一以待升。陵乃以手引升，众视之，见陵臂加长三二丈，引升，升忽然来还，乃以向所留桃与之。……

这是道教文学想象艺术的突出表现，洋溢着浪漫主义色彩，文学气息、韵致较浓郁。作者虽然旨在弘扬其教，但不可忽视他在小说艺术领域的开拓之功，提高和丰富了人们的艺术幻想，对促进浪漫主义文学的发展，起了积极作用。

宗教文学在艺术上最具有魅力的，是对神仙或佛的变幻之术的描写，佛教文学或道教文学的这一大优势，是传统的儒家文学所不可企及的。上述“七试赵升”已可见其端倪，《壶公》所写的神仙变幻之术，如同“天方夜谭”，离奇变化，扣人心弦：

> （壶公）常悬一空壶于屋上，日入之后，公跳入壶

中，人莫能见，唯（费）长房楼上见之，知非常人也。……公知长房笃信，谓房曰："至暮无人时更来。"长房如其言即往，公语房曰："见我跳入壶中时，卿便可效我跳，自当得入。"长房依言，果不觉已入；入后不复是壶，唯见仙宫世界，楼观重门阁道。公左右侍者数十人。……

公后诣长房于楼上，曰："我有少酒，相就饮之，酒在楼下。"长房使人取之，不能举盎，至数十人，莫能得上。乃白公，公乃下，以一指提上，与房共饮之。酒器如拳许大，饮之至暮不竭。

这比现代魔术所变幻的层次更多、更复杂，比其他志怪小说中所描写的洞窟仙境也更神奇。费长房想跟壶公去学道，又不想让家属知道，壶公就给他一根青竹杖，回家装病，把青竹杖放在床上。费长房悄然跟壶公出走，而留在床上的竹杖则化成长房的遗体，家人哭泣着把他安葬了。

按惯例，壶公对费长房进行的考验，幻化的意象也有所更新：

公乃留房于群虎中，虎磨牙张口欲噬房，房不惧。明日又内于石室中，头上有一方石，广数丈，以茅绹悬之，又诸蛇来啮绳，绳即欲断。而长房自若。……又令长房啖屎，兼蛆长寸许，异常臭恶，房难之。……

经不住最后这个恶作剧性的所谓考验，成不了仙道，只能做一个"地上主者"。给他主诸鬼神、治病消灾的一卷符箓，打发他回家："公以一竹杖与之，曰：'但骑此得到家耳。'"回到家里，家人以为是鬼，长房说明情况，于是开棺一看，果然只有一根竹杖，才相信。长房把所骑的竹杖丢在葛陂中，化成一条青龙。这种千变万化的幻术描写，为后来神魔小说的变形艺术提供了借鉴。

《神仙传》已比较注意人物形象的塑造和场面描写，略有铺叙，比一般粗陈梗概的志怪小说，显得丰满细致一些。例如《麻姑》（《王远》也大体相似）写王远降临蔡经家时，对王远的衣著服饰、容颜肖像、仪仗车驾的描写，就较细致，有声有色：

> 将至一时倾，闻金鼓箫管人马之声，及至，举家皆见。王方平（按：王远字方平）戴远游冠，着朱衣、虎头鞶囊，五色之绶，带剑。少鬓黄色，中形人也。乘羽车，驾五龙，龙各异色。麾节幡旗，前后导从，威仪奕奕，如大将军，鼓吹皆乘麟。从天而下，悬集于庭。从官皆长丈余，不从道行。既至，从官皆隐，不知所在，唯见方平，与经父母兄弟相见。

写金鼓箫马之声、仪仗威势、从官车驾，都是为了突出王方平的形象。神仙也通人情世故，他不但与有仙缘的蔡经会晤，还与经的父母兄弟相见；因怀念久别的麻姑，特遣使者邀她聚会。当蔡经见麻姑手似鸟爪，心中顿生"背大痒时，得此爪以爬背当佳"之念，方平知道蔡经这种心理状态，醋意大发，鞭打蔡经。写麻姑的出场，也颇有特色：

> 来时亦先闻人马箫鼓声，既至，从官半于方平。麻姑至，蔡经亦举家见之。是好女子，年十八九许，于顶中作髻，馀髮垂至腰。其衣有文章而非锦绮，光采耀目，不可名状。入拜方平，方平为之起立。坐定，召进行厨，皆金盘玉杯，馐膳多是诸花果，而香气达于内外。……麻姑自说云："接侍以来，已见东海三为桑田，向到蓬莱，水又浅于往者会时略半也，岂将复还为陵陆乎？"

穿著梳妆，俨然妙龄女子。但她又具有仙的特征，就是青春常在、长生不老。她自侍从王方平以来，“已见东海三为桑田”，此前提及她给王方平的复信亦云：“不见忽已五百余年。”而容颜仍然如同十八九岁的姑娘，且有年少女子的性格特点，知道蔡经弟妇产儿才数十日，“即求少许米，得米便撒之掷地，谓以米祛其秽也，视其米，皆成珍珠矣”。所以王方平也笑着说：“姑故年少，吾老矣，了不喜复作此狡狯变化也。”在对比中突出麻姑年少狡黠的特点。神仙们的仙际关系，也与尘世间的人际关系一样，讲尊卑有序。麻姑位卑于王方平，故“从官半于方平”。神仙世界原是现实世界的曲折反映，神仙生活是尘世人们对理想生活的幻化表现。所以，既有方术之士所幻想的仙气，又有较浓的尘世生活气息。

葛洪毕竟还不是有意从事小说创作，他为神仙立传，并竭尽文学艺术虚饰夸张之能事，但他志在弘扬道教之说，在九十二篇神仙人物传记中，那些只寥寥几十字的作品，固不足道，即使篇幅相当于唐人传奇代表作的某些传记，也有文学意味淡而说教气味浓的弊病。

例如《刘安》，在一千五百字左右的篇幅中，对人物形象的具体描写少，而说教性的奇谈多。因刘安好道，喜养方术之士，于是有“八公诣门”。写了“八公”为迎合淮南王刘安的旨意，须眉皓白的八个老翁，皆变为童子，“年可十四五，髻角青丝，色如桃花”。可惜这样具体的描写太少了，接着就让“八公”在刘安面前夸言其术：

> ……吾一人能坐致风雨，立起云雾，画地为江河，撮土为山岳。一人能崩高山，塞深泉，收束虎豹，召致蛟龙，使役鬼神。一人能分形易貌，坐存立亡，隐蔽六军，

白日为暝。一人能乘云步虚，越海凌波，出入无间，呼吸千里。一人能入火不灼，入水不濡，刃射不中，冬冻不寒，夏曝不汗。一人能千变万化，恣意所为，禽兽草木，万物立成，移山驻流，行宫易室。一人能煎泥成金，凝铅为银，水炼八石，飞腾流珠，乘云驾龙，浮于太清之上，在王所欲。

诚如所言，这八个人的道术是很高超的，但这一番抽象的夸夸其谈，只能对一心想罗致方术之士的刘安，起诱惑作用，如果从小说艺术的角度来要求，不免有概念化之弊，缺乏艺术形象的感染力。

再如《彭祖》，篇幅比《刘安》更长，它主要是宣扬道家养生长寿之术。从气功学、养生学上来看，有其科学价值，但不宜列于小说之林。还有《葛玄》一篇，是记述作者从祖葛玄的神奇道术的，着重描述其符箓的灵验，能降伏精怪邪神，又会分身术，能呼风唤雨，有求必应。葛洪早年曾从葛玄弟子郑隐学，为葛玄立传，既崇拜其从祖，又达到宣扬道术的目的。它本身文学价值不高，但对后来的神魔小说有其一定影响。

葛洪的另一部道家著作《抱朴子》，记述道教企求长生不老、炼制并服饵金丹之事，具有重要的道教史料和化学实验的价值，某些地方体现了朴素唯物主义的观点；从文学上看，许多故事意趣盎然，想象丰富，描述生动，可以作为小说来读，且对后世同类题材的小说有一定影响。

《抱朴子》分内篇和外篇，我们这里所论述的是内篇；至于外篇，讲的是时政得失与人事好坏，不属于本书研究的对象。中华书局出版的王明《抱朴子内篇校释》，是较好的校释本。

葛洪既是道教理论家，从事炼丹求长生，又在《抱朴子·内篇》中，揭露、讽刺那些欺世盗名、妄图借助道术点化金银、谎言骗人、以假乱真的伪道术，客观上起了破除迷信、批判伪劣道徒的作用。这如同封建社会末期的某些正统派儒学之士，痛恶口是心非的假道学一样，目的是捍卫自己信仰的儒或道的正宗地位。

卷九《道意》“马太守”条，揭露兴古郡太守马氏，唆使一个向他求恤的“亲故人”，“诈云是神人道士，治病无不手下立愈。又令辩士游行，为之虚声云：能令盲者明，躄者即行。于是四方云集，赴之如市，而钱帛固已山积矣”。而且治不好也得说已治好，“旬日之间，乃致巨富也”。骗术诈钱，坑害病人，堂堂太守居然干此江湖骗子的勾当。

又如卷十六《黄白》“程伟妻”条，描写汉黄门郎程伟，喜好方士点化金银的法术，不能成功，程妻却会此术，但不肯告知程伟，程与友人阴谋以挝笞的粗暴手段使其妻屈服。“妻辄知之，告伟言：‘道必当传其人，得其人，道路相遇辄教之；如非其人，口是而心非者，虽寸断支解，而道犹不出也。’伟逼之不止，妻乃发狂，裸而走，以泥自涂，遂卒。”心术不正、口是心非之徒，是不可能得道的；程伟为了得到点金术，竟逼妻致死。作者通过对这个家庭悲剧的描写，批判了伪道徒的丑恶灵魂。

再如卷二十《祛惑》“古强”条，是讽刺假仙人古强在社会舆论的附会下，如何自吹自擂以仙人自居的。古强原不过是个想寻求方术的普通人，只是“年八十许，尚聪明不大羸老，时人便谓之为仙人，或谓之千载翁者。扬州稽使君①闻而试迎之

①扬州稽使君，据孙星衍校，杨当作“广”，稽当作“嵇”，谓嵇含也。

于宜都”。愚昧的舆论和昏聩的地方长官，把他推到了神仙的位置上，于是他也就扮演起仙人的角色，加上他略有历史知识，便天花乱坠地侈谈他所经历的几千年事变：“自言已四千岁，敢为虚言，言之不怍。云已见尧舜禹汤，说之皆了了如实也。”他死后，人家还以为尸化升天去了，过了一年光景，开棺一看，“其尸宛在矣”。说明古强并不是什么仙人，真相大白。作者认为：“使世间不信天下有仙，皆坐此辈以伪乱真也。”尽管他是从道教正宗的立场来暴露弄虚作假的伪劣道徒，但客观上却写出一篇绝妙的讽刺假神仙的小说。

同卷“蔡诞”条写蔡诞好道求仙不成，受不了深山饥冻辛苦，只得回家，欺骗家人云：“吾未能升天，但为地仙也。”大言不惭地说自己“从昆仑来”，编了一套昆仑仙境的谎言，人们也信以为真。讽刺的锋芒，似更胜于“古强”。

三、杂史与博物志怪的融合
王嘉《拾遗记》

在六朝众多的志怪小说中，《拾遗记》不失为一部优秀的作品。它的作者是道教信徒，但作品的思想内容远远超过“故神其教”的范围。在艺术上，既继承了《山海经》以来神话传说、志怪小说的表现手法，更以道教文化绚丽多姿、丰富奇幻的想象，开拓了新的艺术境界，文字表现能力也强，有较高的可读性。

（一）关于《拾遗记》的作者

《隋书·经籍志》杂史类云：“《拾遗录》二卷，伪秦姚苌方士王子年撰。”又云：“《王子年拾遗记》十卷，萧绮撰。”《旧唐书·经籍志》和《新唐书·艺文志》基本上沿用此说，只在文字措词上略有不同，撰人不称王子年，而直称王嘉。《王子年拾遗记》则题萧绮录。宋人晁公武《郡斋读书志》始有更明确的著录：“《王子年拾遗记》十卷，梁萧绮叙录。晋王嘉字子年，尝著书百二十篇，载伏羲以来异事，前世奇诡之说，书佚不完，绮拾掇残阙，辑而叙之。”此说比较符合实际情况，故《四库全书总目提要》也采用此说，称：“其书本十九卷，二百二十篇，后经乱亡残阙，梁萧绮搜罗补缀，定为十卷，并附著新论，命之曰‘录’，即此本也。”明人胡应麟《少室山房笔丛》三十二则云：“《拾遗记》称王嘉子年，萧绮传录，盖即绮撰而托之王嘉。中所记无一事实者。……又《名山记》亦赝作，今不传。”说《拾遗记》是萧绮所撰而假托王嘉，是缺乏根据的臆断。

《拾遗记》的思想内容虽较复杂，但其基本思想倾向，属于道家思想范畴，只是间杂有儒家思想观念；而萧绮所作的《录》，恰好相反，在对原文作考辨评论中所表现的，主导倾向是儒家思想，只是有时受原文本身内容的制约，也杂有道家思想。例如卷三周灵王二十三年条原文，描写灵王起“昆昭”之台，苌弘善神术，招二个神仙乘云而至：“时天下大旱，地裂木燃。一人先唱：‘能为雪霜。’引气一喷，则云起雪飞，坐者皆凛然，宫中池井，坚冰可琢。……”这显然流露出方士故神其教的创作意图。而萧绮《录》语，则以儒家观念去批评这类内容：

> 夫诱于可欲，而正德亏矣，惑于闻见，志用迁矣，周灵之谓乎！尔乃受制于奢，玩神于乱，波荡正教，为之婾

薄，淫湎因斯而滋焉。何则？溺此仙道，弃彼儒教，观乎异俗，万代之神绝者也。

由此可见，《拾遗记》与《录》，决非出于萧绮一人之手，“录”是针对“记”而发的驳正评议。萧绮《序》云：

《拾遗记》者，晋陇西安阳人王嘉字子年所撰，凡十九卷，二百二十篇，皆为残缺。当伪秦（案：指苻坚政权）之季，王纲迁号，五都沦覆，河洛之地，没为戎墟，宫室榛芜，书藏堙毁。……皇图帝册，殆无一存，故此书多有亡散。文起羲、炎已来，事讫西晋之末，五运因循，十有四代。王子年乃搜撰异同，而殊怪毕举，纪事存朴，爱广尚奇，宪章稽古之文，绮综编杂之部，《山海经》所不载，夏鼎未之或存。乃集而记矣。辞趣过诞，意旨迂阔，推理陈迹，恨为繁冗；多涉祯祥之书，博采神仙之事，妙万物而为言，盖绝世而弘博矣！世德陵夷，文颇缺略。绮更删其繁紊，纪其实美，搜刊幽秘，捃采残落，言匪浮诡，事弗空诬，推详往迹，则影彻经史，考验真怪，则叶附图籍。若其道业远者，则辞省朴素，世德近者，则文存靡丽；编言贯物，使宛然成章。……今搜检残遗，合为一部，凡一十卷，序而录焉。

萧序把王嘉原著的性质、残缺原因、萧绮删改整理此书的指导思想，都交代得很清楚。因此，书的著作权应归王嘉，萧绮既有“搜检残遗”、整理编纂之功，但他以儒家传统观念去删改志怪小说，恐怕不能尽如作者本意。

关于王嘉的生平思想及其行迹，详见《晋书·艺术传》。传中称之曰：“外若不足，内聪慧明敏，便滑稽，好语笑，不食五谷，不衣美丽，清虚服气，不与世人交游。隐于东阳谷，凿崖穴而居。”苻坚累征不赴，公侯士大夫奉他为师宗的甚多。言未然之理，过了皆验。苻坚南征前，遣使问吉凶，他以譬喻象征性的动作，以示必败，而苻坚不悟。后姚苌问他：“吾得杀苻坚得天下否？”回答不符姚苌之意，乃被杀。著有《三章歌谶》，及《拾遗记》十卷，其事多诡怪，今行于世。

中华书局于1981年出版齐治平校注本《拾遗记》，较为完善，所附材料，足资参考。

（二）《拾遗记》体裁和内容的特异性

《拾遗记》的体裁，带有杂史的性质，前九卷事起“春皇庖牺”、“炎帝神农”，按历史顺序，历经周、秦、汉、三国，以迄晋时事，而第十卷，记传说中的山川地理、神仙境界，历记昆仑、蓬莱、方丈、瀛洲、员峤、岱舆、昆吾、洞庭诸山。虽记史而多神话、志怪的小说家之言，所记山川地理，也是从《山海经》到郭宪《洞冥记》中沿袭而来，描写仙山异物，大都神仙方士之言。这是一部融杂史、神话传说、方士志怪于一体的志怪小说，具有它的特异性。

1.对历代统治者的褒贬而多含神奇色彩

《拾遗记》既以杂史的面貌出现，在记述历代统治者事迹时，就势必流露其褒贬的倾向。但它主要是志怪小说，在描写人事物象时，又多含荒怪神异色彩。

《春皇庖牺》条，对引导人民摆脱原始野蛮生活、进入文明社会的庖牺，是赞颂的：“以牺牲登荐于百神，民服其圣。……布至德于天下，元元之类，莫不尊焉。……其明叡照于八区，是谓太昊。”而对于庖牺的出生及其形象，则予以神奇化：“（庖牺）所都之国，有华胥之洲。神母游其上，有青虹绕神母，久而方灭，即觉有娠，历十二年而生庖牺。长头修目，龟齿龙唇，眉有白毫，鬚垂委地。”这当然不是真实的历史，而是在神话传说基础上再创作的志怪小说。

禹治水有功于天下，故作者也予以神化，从神话故事中表现其褒奖哲人之意：

> 禹凿龙关之山，亦谓之龙门。至一空岩，深数十里，幽暗不可复行。禹乃负火而进。有兽状如豕，衔夜明之珠，其光如烛。又有青犬，行吠于前。……既觉渐明，见向来豕犬变为人形，皆著玄衣。又见一神，蛇身人面。禹因与语。神即示禹八卦之图，列于金版之上。……乃探玉简授禹，长一尺二寸，以合十二时之数，使量度天地。禹即执持此简，以平定水土。蛇身之神，即羲皇也。

这则故事，在描写神协助禹平定水土的过程中，也很自然地表现了作者的道家意识。

对于暴虐的殷纣王、秦始皇，作者都持批判态度。例如卷五“日南之南”条，是描写秦始皇劳民伤财、生埋工人为自己造陵墓的：

> 昔始皇为冢，敛天下瑰异，生殉工人，倾远方奇宝于冢中，为江海川渎及列山岳之形。以沙棠沉檀为舟楫，金银为凫雁，以琉璃杂宝为龟鱼。又于海中作玉象鲸鱼，衔火珠为星，以代膏烛，光出墓中，精灵之伟也。昔生埋工人于冢内，至被开时皆不死。工人于冢内琢石为龙凤仙人之像，及作碑文辞赞。汉初发此冢，验诸史传，皆无列仙龙凤之制，则知生埋匠人之所作也。后人更写此碑文，而辞多怨酷之言，乃谓为“怨碑”。《史记》略而不录。

秦始皇是历史上著名的暴君，不但活着的时候施行暴政，虐害人民，死后还贪图一己之享受，不惜以大量民脂民膏营造陵墓。这在《史记·秦始皇本纪》和《汉书·楚元王传》，均有记载，但史书不载发墓后工人不死，以及在墓内琢石为龙凤仙人和作怨碑之事。此条可补史书之不足，更显示出秦统治者的酷虐。

对汉成帝、汉哀帝腐朽的宫廷生活，也有所揭露。如描写汉哀帝，多有贬辞：

> 哀帝尚淫奢，多进谄佞。幸爱之臣，竞以妆饰妖丽，巧言取容。董贤以雾绡单衣，飘若蝉翼。帝入宴息之房，命贤更易轻衣小袖，不用奢带修裙，故使宛转便易也。宫人皆效其断袖。又曰，割袖恐惊其眠。

汉成帝的昏庸腐朽，主要是对赵飞燕姊妹的宠幸；汉哀帝的淫奢，则是一种变态心理，他所宠爱的是董贤之流佞幸之臣，玩弄男宠。他对董贤的宠爱，到了"割袖恐惊其眠"的程度。据《汉书·佞幸传》载："贤宠爱日甚，……贵震朝廷，常与上卧起。尝昼寝，偏藉上袖，上欲起，贤未觉，不欲动贤，乃断袖而起，其恩爱至此。"如此卑鄙龌龊的反常行为，作者予以揭露，是对昏聩帝王的鞭笞。

卷六对汉灵帝起裸游馆，与宫女长夜饮宴，或共裸浴的荒淫无耻生活，于客观描写中流露其批判倾向。

卷七对魏文帝所爱美人薛灵芸固然是同情的，但对魏文帝为迎接她而摆设的奢侈豪华场面，则含讥刺之辞，并以行者之歌，预言魏灭晋兴之兆：

> 青楼夹道多尘埃，
> 龙楼凤阙望崔嵬。
> 清风细细杂香来，

土上出金火照台。

按五行相生相尅之说，“土上出金，是魏灭而晋兴也”。

又卷九《石季伦爱婢翔风》条，对翔风的容颜姿态、善于辨别玉声、巧观金色，不无赞赏之情。而对石崇的富比王家，“骄侈当世，珍宝奇异，视如瓦砾，积如粪土”，荒淫豪奢的腐朽生活，则颇有贬斥之意，并通过翔风年老色衰被遗弃后所作的五言诗，揭露石崇的丑恶本质。

2.方士故神其教的特征

如《晋书》本传所言，王嘉是颇负声望、门徒众多的方士。在他所著《拾遗记》中，描写方术变幻、神仙灵异的内容，占有一定的篇幅，当然有故神其教的意图。

如卷三《老聃》条，极力神化老子：“居反景日室之山，与世人绝迹。惟有黄发老叟五人，或乘鸿鹤，或衣羽毛，耳出于顶，瞳子皆方，面色玉洁，手握青筠之杖，与聃共谈天地之数。……五老即五方之精也。”老聃被道教奉为始祖，能与五方之精谈天地之数，老聃也自然被神化了。

同卷《浮提之国》条，描写二神人佐老子撰《道德经》，更为神奇：

浮提之国，献神通善书二人，乍老乍少，隐形则出影，闻声则藏形。出肘间金壶四寸，上有五龙之检，封以青泥。壶中有黑汁如淳漆，洒地及石，皆成篆隶科斗之字。记造化人伦之始，佐老子撰《道德经》垂十万言。写以玉牒，编以金绳，贮以玉函。昼夜精勤，形劳神倦。及金壶汁尽，二人刳心沥血，以代墨焉。递钻脑骨取髓，代为膏烛。及髓血皆竭，探怀中玉管，中有丹药之屑，以涂其身，骨乃如故。老子曰：“更除其繁紊，存五千言。”及至经成工毕，二人亦不知所往。

《道德经》在哲学史上自有其不可磨灭的价值，是哲学流派道家的经典著作，但作者却以宗教道徒的立场，神化老子撰《道德经》的过程，神奇特甚，意在宣扬道教的灵异，抬高教门的地位，招引信徒。

有些条目，虽然也有宣扬道教教义的倾向，但针对荒淫的统治者而发，却有其积极意义。例如卷四《甘需谏燕昭王》：

> 四年，（燕昭）王居正寝，召其臣甘需曰："寡人志于仙道，欲学长生久视之法，可得遂乎？"需曰："臣游昆台之山，见有垂发之叟，宛若少童，貌如冰雪，形如处子，血清骨劲，肤实肠轻，乃历蓬、瀛而超碧海，经涉升降，游往无穷，此为上仙之人也。盖能去滞欲而离嗜爱，洗神灭念，常游于太极之门。今大王以妖容惑目，美味爽口，列女成群，迷心动虑，所爱之容，恐不及玉，纤腰皓齿，患不如神；而欲却老云游，何异操圭爵以量沧海，执毫厘而回日月，其可得乎！"……

道教文化本身比较复杂，白日飞升、长生不老、成仙了道之说，诚然是虚妄的，但其养生之道，却具有科学性。甘需劝谏燕昭王的，实际上是道家的养生保健、延年益寿之道，有其合理性；同时，针对燕昭王荒淫的生活习性而发的警诫之言，客观上也起了批判作用。

3.关于殊方异域珍奇怪物的描述

《拾遗记》在杂史中又带有博物志怪的性质，在描述殊方异域所贡的珍奇怪物中，有令人耳目一新之感，比之于《山海经》、《洞冥记》，有所发展和开拓。

卷二写周成王三年，曰："有泥离之国来朝。其人称：自发其国，常从云里而行，闻雷霆之声在下；或入潜穴，又闻波涛之声在上。”这种方士之言，却是现代交通工具的先声。卷三《扶桑东》条，写磅磄山上“有桃树百围，其花青黑，万岁一实”。郁水所生“碧藕，长千常，七尺为常也”。条阳山“出神蓬，如蒿，长十丈。周初，国人献之，周以为宫柱，所谓‘蒿宫’也。中有白橘，花色翠而实白，大如瓜，香闻数里”。这也许在将来高科技农业的时代，会成为现实。又如卷四《燕昭王》条，写波弋国所出荃芜香，“浸地则土石皆香，著朽木腐草，莫不郁茂，以熏枯骨，则肌肉皆生”。

作者按照自己的理想描绘太平安乐的社会，卷四《卢扶国》条：

> ……其国中山川无恶禽兽，水不扬波，风不折木。人皆寿三百岁，结草为衣，是谓卉服，至死不老，咸知孝让。寿登百岁以上，相敬如至亲之礼。死葬于野外，以香木灵草瘗掩其尸。闾里助送，号泣之音，动于林谷，溪源为之止流，春木为之改色。居丧水浆不入于口，至死者骨为尘埃，然后乃食。昔大禹随山导川，乃旌其地为无老纯孝之国。

没有自然灾害，人际关系融洽，返朴归真，无老纯孝，这就是人们身处苻秦乱世社会中盼望出现的理想国。陶渊明在《桃花源记》中所描绘的乌托邦，比王嘉所构想的这个卢扶国，当然更全面完整，更具有艺术魅力，但其精神却有相似之处。

卷六《背明国》条，描写的五谷良种，也是很有吸引力的。浃日稻、翻形稻、明清稻、清肠稻，摇枝粟、凤冠粟、游龙粟……倾离豆，延精麦、昆和麦……通明麻以及宵明草种种有奇特性能的庄稼，在当时，固然只是方士的幻想，但是幻想是科学的先驱，随着现代生物工程的发展，某些奇迹也许会变成现实。

4.赞赏勤奋好学、博洽多闻之士

《拾遗记》中，对于勤学博洽、明敏多才之士，颇为赞赏。卷四《张仪、苏秦》条，写张、苏二人的贫而好学精神：

> 张仪、苏秦二人，同志好学，迭剪发而鬻之，以相养。或佣力写书，非圣人之言不读。遇见《坟》、《典》，行途无所题记，以墨书掌及股里，夜还而写之，析竹为筒。二人每假食于路，剥树皮编以为书帙，以盛天下良书。……

有趣的是，这种勤苦好学精神感动了鬼谷子，“教以干世出俗之辩，即探胸内，得二卷说书，言辅时之事”。这仍然说明人的学识才能，是勤奋学习的结果。

卷六《贾逵年少明惠》条，写贾逵五岁时，其姊“闻邻中读书，旦夕抱逵隔篱而听之。逵静听不言，姊以为喜。年至十岁，乃暗诵六经。……剥庭中桑皮以为牒，或题于扉屏，且诵且记。期年，经文通遍”。这种明惠而又勤学的精神，使他成为享有盛誉的经学家，“门徒来学，不远万里，或襁负子孙，舍于门侧，皆口授经文”。贾逵传见于《后汉书》卷三十六，他的父亲是经学家，传称：“逵悉传父业，弱冠能诵《左氏传》及《五经》本文。自为儿童，常在太学。”历史上的贾逵之所以成为大学问家，固然有其家学渊源，但这并不妨碍志怪小说所强调描写的“隔篱听读”的神奇情节，无须以史实证小说之虚妄。

同卷《任末年少学无常师》条，则从多侧面描写任末的勤学：

> 任末年十四时，学无常师，负笈不远险阻。每言：“人

而不学，则何以成？”或依林木之下，编茅为庵，削荆为笔，刻树汁为墨。夜则映星望月，暗则缕麻蒿以自照。观书有合意者，题其衣裳，以记其事。门徒悦其勤学，更以静衣易之。非圣人之言不视。临终诫曰：“夫人好学，虽死若存；不学者虽存，谓之行尸走肉耳！”河洛秘奥，非正典籍所载，皆注记于柱壁及园林树木，慕好学者，来辄写之。时人谓任氏为“经苑”。

篇幅不长，而故事较完整。从辗转多师写起，中间选择几个很感人的具有典型意义的勤学事例，临终前以概括而带有哲理性的语言，表述他的学习态度，最后以赢得“经苑”的令名，来反映他的学识渊博之实。这个勤学成才的故事，对读者是很有启发意义的。

卷八《吴主劝吕蒙学业》条，也颇精警。一介武夫，能博览群籍，乃至有“吕蒙呓语通《周易》”之说，是难能可贵的。

（三）《拾遗记》的审美取向

王嘉是有较高文学修养的方士，他的文字表现力较强，善于描摹物态、抒发人情；在叙事过程中，间或穿插七言诗、五言诗，增强抒情气氛；无论其“辞省朴素”或“文存靡丽”，皆“宛然成章”①，文笔流畅自然，这是《拾遗记》审美取向的显著特色。

例如卷一《少昊》条，描述少昊之母皇娥与白帝之子恋爱过程，就洋溢着抒情诗的气氛：

（皇娥）处璇宫而夜织，或乘桴木而昼游，经历穷桑沧

①见萧绮《〈拾遗记〉序》。

茫之浦。时有神童，容貌绝俗，称为白帝之子，即太白之精，降乎水际，与皇娥宴戏，奏娅娟之乐，游漾忘归。……帝子与皇娥泛于海上，以桂枝为表，结薰茅为旌，刻玉为鸠，置于表端，言鸠知四时之候，……帝子与皇娥并坐，抚桐峰梓瑟。皇娥倚瑟而清歌曰：

天清地旷浩茫茫，万象回薄化无方。
浛天荡荡望沧沧，乘桴轻漾著日傍。
当其何所至穷桑，心知和乐悦未央。

俗谓游乐之处为桑中也。……白帝子答歌：

四维八埏眇难极，驱光逐影穷水域。
璇宫夜静当轩织，桐峰文梓千寻直；
伐梓作器成琴瑟。清歌流畅乐难极，
沧湄海浦来栖息。

……

把这一对青年男女幸福的自由恋爱，写得非常动人，意境优美。他们以诗歌互诉相知相爱、幸福欢乐之情，率真而不落俗。

卷六描写汉昭帝于淋池游宴，永日通夜，对景物的刻画淋漓尽致，又以宫女所咏唱的七言歌辞，渲染游宴的气氛。同卷写汉灵帝游于西园渠中，宫女所唱的歌辞，也生动地描绘出当时游乐的情境。

卷七《薛灵芸》条，描写灵芸告别父母的情景、魏文帝迎娶灵芸的豪华场面，细致真实：

灵芸闻别父母，歔欷累日，泪下霑衣。至升车就路之时，以玉唾壶承泪，壶则红色。既发常山，及至京师，壶中泪凝如血。帝以文车十乘迎之，车皆镂金为轮辋，丹画其轂，轭前有杂宝为龙凤，衔百子铃，锵锵和鸣，响于林野。驾青色骈蹄之牛，日行三百里。……道侧烧石叶之香，此石重叠，状如云母，其光气辟恶厉之疾。……灵芸未至京师数十里，膏烛之光，相续不灭，车徒咽路，尘起蔽于星月，时人谓为“尘宵”。又筑土为台，基高三十丈，列烛于台下，名曰“烛台”，远望如列星之坠地。又于大道之傍，一里一铜表，高五尺，以志里数。

作了如此生动的描写后，又借行者之口的四句七言歌辞，作了既形象化而又具鲜明倾向的评论，起了画龙点睛的作用。

《拾遗记》另一显著的艺术特色，是想象的丰富性，既有较高的审美价值，又摆脱上古神话中艺术想象的童稚性，接近于当今的科幻小说。在艺术的幻想中，带有一定程度的现实性。例如卷一《轩辕黄帝》条，写“帝使风后负书，常伯荷剑，旦游洹流，夕归阴浦，行万里而一息”。这种幻想，唐代传奇中的豪侠小说、明清的神魔小说，都有所表现。《颛顼》条的艺术想象，也是很优美的：“有浮金之钟，沉明之磬，以羽毛拂之，则声振百里。石浮于水上，如萍藻之轻，取以为磬，不加磨琢。及朝万国之时，乃奏含英之乐，其音清密，落云间之羽，鲸鲵游涌，海水恬波。有曳影之剑，腾空而舒，若四方有兵，此剑则飞起指其方，则剋伐；未用之时，常于匣里，如龙虎之吟。”我们从中感到的是志怪小说的审美享受，并为“曳影之剑”的神奇功能所倾倒。卷四《宛渠之民》条，所描写的“螺舟”，也是饱含艺术想象趣味的：“始皇好神仙之事，有宛渠之民，乘螺舟而至。舟形似螺，沉行海底，而水不浸入，一名‘沦波舟’。”这在当时，也是神仙家的幻想，与现代的核潜艇相比，固然是小巫见大巫，我们却又不能不佩服神仙家的幻想能力。

《拾遗记》丰富的艺术想象力，还表现在它的创造性上。许多神奇、优美的故事和形象具有首创性。吴均《续齐谐记》中有一则《阳羡书生》的故事，描述书生吐纳变幻的道术，向为人们所赞赏，而早于吴均的王嘉，在《拾遗记》卷四《燕昭王七年》条所描写的申毒国（即印度）道人尸罗，其变幻吐纳的衒惑之术，也是富有艺术魅力的：

（尸罗）于其指端出浮屠十层，高三尺，及诸天神仙，巧丽特绝。人皆长五六分，列幢盖，鼓舞，绕塔而行，歌唱之音如真人矣。尸罗喷水为雰雾，暗数里间。俄而复吹为疾风，雰雾皆止。又吹指上浮屠，渐入云里。又于左耳出青龙，右耳出白虎。始出之时，才一二寸，稍至八九尺。俄而风至云起，即以一手挥之，即龙虎皆入耳中。又张口向日，则见人乘羽盖，驾螭、鹄，直入于口内。复以手抑胸上，而闻怀袖之中，轰轰雷声。更张口，则向见羽盖、螭、鹄相随从口中而出。尸罗常坐日中，渐渐觉其形小，或化为老叟，或为婴儿，倏忽而死，香气盈室，时有清风来吹之，更生如向之形。……

变幻吐纳的意象，比《阳羡书生》少了一个层次，而其复杂变幻之情，则各有千秋。它们都是受了印度佛经的影响。诚如俞樾《茶香室丛钞》卷十三所云："此乃佛法入中国之始，申毒即身毒（印度）也，视《列子》所载周穆王时'化人'事尤为明显矣。"佛教与中国土生土长的道教，对文学，尤其是对小说艺术意境的开拓，具有不容忽视的作用。

变幻之术，丰富了作家想象、虚构的能力。《拾遗记》卷二《周成王七年》条描述扶娄国人，写道："善能机巧变化，易形改服，大则兴云起雾，小则入于纤毫之中。缀金玉毛羽为衣裳，能吐云喷火，鼓腹则如雷霆之声。或化为犀、象、师子、龙、蛇、犬、马之状。或变为虎、兕，口中生人，备百戏之乐，宛转屈曲于指掌间。”亦颇为奇妙，其变幻魔术，不失为有审美价值的艺术。

关于神仙洞窟境界的描写，《拾遗记》也比《搜神后记》、《幽明录》为早。如卷十《洞庭山》条对灵洞仙境的描绘、仙女对采药人的款待、采药人虽怀慕恋但总因思家辞洞还乡的情景，对《幽明录》中刘晨阮肇天台山遇仙的故事，是具有启发意义的。

第六章　魏晋南北朝志怪小说的嬗变（下）

——杂记体志怪之勃兴

一、人的觉醒与志怪小说的进化

在魏晋南北朝志怪小说中，为数最多的是杂记体志怪小说，这与当时士人、佛道教徒好谈玄说佛、讲修道炼形、传鬼怪变异奇闻的风气分不开。这不能只从颓废的人生观或宗教迷信等消极方面去理解，而要透过这些表面现象，去探究所包涵的深层意蕴。

由于从东汉末年发生社会大变乱以来，人们的思想意识从儒家思想的束缚中解放出来，人的自觉性大大提高了，意识到在短暂的人生中，应该有独立的人格，有自己的理想与愿望。人的价值观念也发生变化，追求有意义的、甚至永恒的生活方式，从现实的混乱、黑暗与痛苦中解脱出来，爱其所爱，恨其所恨；敢于褒贬人间的是非善恶，在神秘怪异的氛围中，尽情宣泄自己的喜怒哀乐之情，表达对生活的理想。

魏晋以来士人思想解放、文艺观转变的直接效应，是不仅文学不再附骥于六经，而且大谈怪、力、乱、神的志怪小说蔚为大观。曹操、曹丕、曹植既是建安诗坛的领袖，在小说创作方面，曹氏兄弟也开魏晋志怪小说风气之先。从曹植所延揽的门客和日常生活的一个侧面，可以看出当时上层士人精神面貌、生活方式、艺术趣味的变化。《三国志·魏志》卷二十一《邯郸淳传》裴松之注引《魏略》云：

> 太祖（曹操）遣（邯郸）淳诣（曹）植，植初得淳甚喜，延入坐，不先与谈。时天暑热，植因呼常从取水自澡讫，傅粉，遂科头拍袒、胡舞五椎锻、跳丸、击剑、诵俳优小说数千言讫，谓淳曰："邯郸生何如耶？"于是乃更著衣帻，整仪容，与淳评说混元造化之端，品物区别之意。然后论羲皇以来贤圣名臣烈士优劣之差，次颂古今文章赋诔及当官政事，宜所先后，又论用武行兵倚伏之势。

曹操为曹植物色邯郸淳这样善于讲故事、说笑话的艺术大师作为门客，可见曹操自己也很喜欢欣赏"俳优小说"之类的伎艺。曹植的生活方式是那样的风流潇洒，居然仿效邯郸淳背诵"俳优小说"数千言之多；这些"俳优小说"既可能来自民间的传说故事，也可能是曹植自己编造的。与邯郸淳"评说混元造化之端"、"羲皇以来"的"名臣烈士"，正是可资编造志怪小说的好材料。这样看来，曹丕撰志怪小说集《列异传》，也并不是不可能的事。在小说进化的过程中，曹氏父子至少起了推波助澜的作用。

二、"序鬼物奇怪之事"的《列异传》

开杂记体志怪小说之风气的作品，是《列异传》。原书已佚，鲁迅从《艺文类聚》、《太平广记》及其他古籍中，辑得佚文五十条，载于《古小说钩沉》。

《隋书·经籍志》始著录《列异传》，入史部杂传类，三卷，题魏文帝撰，并在杂传类小序中言其书特点是："序鬼物奇怪之事。”历仕南朝陈、隋、初唐的虞世南，在其《北堂书钞》卷一五八亦云魏文帝作，虞在隋为秘书郎，唐太宗时为弘文馆学士，所见图书典籍甚多，且以忠直博学著称，所说当有凭据。盛唐时徐坚《初学记》，犹云魏文帝作。至五代后晋时刘昫编《旧唐书·经籍志》，始题撰人为张华，《新唐书·艺文志》乃仍之，恐有误。至于《列异传》中有几条故事人物，出于魏文帝之后，可能是在流传过程中为后人所加。

曹丕（公元187—226年），系曹操次子，建安二十二年立为魏王世子，曹操死后继位魏王，不久以禅让方式废汉自立，史称魏文帝。事迹见《三国志·魏书》卷二《文帝纪》。史称“好文学，以著述为务”。所著《典论》已佚，从其《自叙》可见他精通文武技艺，而在《典论·论文》中则体现了他对文学价值的高度重视：“盖文章经国之大业，不朽之盛事，……是以古之作者，寄身于翰墨，见意于篇籍，不假良史之辞，不托飞驰之势，而声名自传于后。”诗才虽不如曹植，但他的两首《燕歌行》，开创了七言诗体的先例。他博览群书，知识面颇广，诚如葛洪《抱朴子·内篇·论仙》所云：“魏文帝穷览洽闻，自呼于物无所不经。”喜谈神仙鬼怪之事，在其诗歌创作中，有歌咏神仙的《游仙诗》，编撰志怪小说《列异传》，也是与他的知识结构、环境氛围很相称的。

《列异传》记叙鬼物奇怪之事的范围较广，内容颇丰，最有趣的是几篇不怕鬼的故事，写得很精采。例如《何文》条，描写鄴人何文，买了一座鬼魅作祟的凶宅，何文毫不畏惧，侦察了金、钱、银、杵各种精怪的出没踪迹，并从杵怪口中弄清它们的隐藏之地，然后将各种精怪一一制服，因而获得大宗金银钱财，将杵烧毁，“宅遂清安”。把财物精怪拟人化的艺术手法，为唐人传奇《玄怪录》中的类似故事提供了范例。

写得最诙谐奇妙的是《宗定伯卖鬼》：

> 南阳宗（或作“宋”）定伯，年少时，夜行逢鬼。问曰：“谁？”鬼曰：“鬼也。”鬼曰：“卿复谁？”定伯欺之，言：“我亦鬼也。”鬼问：“欲至何所？”答曰：“欲至宛市。”鬼言：“我亦欲至宛市。”共行数里，鬼言：“步行太亟，可共迭相担也。”定伯曰：“大善。”鬼便先担定伯数里。鬼言：“卿大重，将非鬼也？”定伯言：“我新死，故重耳。”定伯因复担鬼，鬼略无重。如其再三。定伯复言：“我新死，不知鬼悉何所畏忌？”鬼曰：“唯不喜人唾。”于是共道遇水，定伯因命鬼先渡，听之了无声。定伯自渡，漕漼作声。鬼复言：“何以作声？”定伯曰：“新死不习渡水耳，勿怪！”行欲至宛市，定伯便担鬼至头上，急持之。鬼大呼，声咋咋，索下，不复听之。径至宛市中，著地化为一羊。便卖之，恐其便化，乃唾之。得钱千五百，乃去。于时言：“定伯卖鬼，得钱千五百。”

传说中的鬼，是以狡黠刁猾为其特性的。这个故事中的鬼，也很调皮，自作聪明，因嫌步行太迟，提出与宗定伯“共迭相担”的鬼主意。宗定伯既有胆量，敢于冒充鬼，与鬼结伴同行，又非常机智，将计就计，巧妙地掩饰了自己露出的破绽，而掌握了降伏鬼的方法，居然把鬼骗到市上卖掉，充分地表现了他的智慧和胆量。人鬼对话、不同的行动特征及其效果，写来妙肖如现，个性鲜明。文笔简洁，朴素中给人以清新活泼之感。

具有讽刺意味的是《蒋济亡儿》条。蒋济为魏领军，位居势要。他的儿子“生时为卿相子孙”，死后“在地下为泰山伍伯，憔悴困辱”，于是想借重父亲权势，走阴间的“后门”，找一个清闲快乐的美差。身居高位的蒋济，为了改变儿子的困境，只好屈尊祈求即将到阴间赴任的孙阿，予以“厚赏”；果然，不久他的儿子由役卒“转为录事”。真如俗话所说“有钱能使鬼推磨”，有钱有势的活人，可以贿赂阴间当权鬼官，达到不可告人的目的。阴间地府的权力机构及其黑暗内幕，也正是现实社会的投影。“蔡支致书”条，则写临淄县吏蔡支，其妻已死三年，因蔡支替泰山神传书给外孙天帝，天帝即命户曹尚书敕司命，让蔡支妻的户籍转到“生录”中，果然起死回生。可见天帝亦通世故。

患难相助、济困扶危，原是传统美德。“鲍宣葬书生”的故事，就是颂扬鲍宣路见患难竭力相助的侠义精神的。鲍宣于路埋葬病死的书生后，忽有骏马相随，在返回途中迷路，由骏马引路至书生家中，于是得到关内侯的推荐。虽有神秘离奇色彩，却也近乎人情。

写人鬼恋爱的奇异之事，在文言小说中是重要题材之一，而《列异传》中的“谈生”，实为滥觞之作：

谈生者，年四十，无妇，常感激读《诗经》。夜半，有女子可年十五六，姿颜服饰，天下无双，来就生为夫妇。乃言：“我与人不同，勿以火照我也。三年之后，方可照。”为夫妻，生一儿，已二岁，不能忍，夜伺其寝后，盗照视之，其腰已上，生肉如人，腰下但有枯骨。妇觉，遂言曰：“君负我，我垂生矣，何不能忍一岁而竟相照也？”生辞谢，涕泣不可复止。云：“与君虽大义永离，然顾念我儿，若贫不能自偕活者，暂随我去，方遗君物。”生随之去，入华堂，室宇器物不凡，以一珠袍与之，曰：“可以自给。”裂取生衣裾留之而去。后生持袍诣市，睢阳王家买之，得钱千万。王识之曰：“是我女袍，此必发墓。”乃取拷之，生具以实对。王犹不信，乃视女冢，冢完如故；发视之，果棺盖下得衣裾。呼其儿，正类王女，王乃信之。即召谈生，复赐遗衣，以为主婿。表其儿以为侍中。

这篇描述人鬼恋爱的故事，写得委婉曲折，情致动人，女鬼的语言声态，凄楚感人，抚儿赠袍，富于人情。睢阳王收拷谈生，发冢验证，亦是情理中事。故事已相当完整，人物性格亦较鲜明，从中可以看出作者的文字表现技巧已较熟练，对小说艺术形式的驾驭能力，有所提高。本篇收入《搜神记》时，文字略有更改。它对同类故事，例如《搜神记·崔少府墓》、唐人传奇《李章武传》、《唐晅》以及《聊斋志异》中人鬼恋爱故事，影响至为深远；而汤显祖则借用谈生事推陈出新，敷演成杰出的传奇剧本《牡丹亭》。

“望夫石”是个民间广泛流传的故事，它生动地表现了妻子对从役远出的丈夫坚贞不渝的爱情。“妇携幼子饯送此山，立望而形化为石”的想象，是多么的丰富优美。这使我们联想到云南的石林，许多形象化的岩石，都有美丽动人的传说。这类故事，是民间世代相传而不断丰富的。

《列异传》中一些优秀的篇章，为《搜神记》所辑录。如《宗定伯卖鬼》、《谈生》、《三王墓》等，而文字有所润饰，艺术上有所提高，但初创或采录之功，仍然不容抹杀。《列异传》比之于后来的志怪小说如《搜神记》等，还有一个特点：尽管多序鬼物奇怪之事，但没有什么宗教的说教意味。

三、《搜神记》与志怪小说的繁盛

在志怪小说勃兴的魏晋南北朝时期，最有代表性的是史称

"鬼之董狐"的干宝《搜神记》。

（一）干宝著《搜神记》的缘起与目的

干宝，字令升，晋新蔡（今河南新蔡县）人，生卒年不详。宝自少勤学，博览书记，以才器召为著作郎。平杜弢有功，赐爵关内侯。东晋局面草创，未置史官，中书监王导上疏，极言建立国史之重要，并向晋元帝荐举干宝领国史。著《晋纪》二十卷，"其书简略，直而能婉，咸称良史"。先后出任山阴令、始安太守，王导请为司徒右长史，迁散骑常侍。《晋书》卷八十二《干宝传》云：

> （宝）性好阴阳术数，留思京房、夏侯胜等传。宝父先有所宠侍婢，母甚妒忌，及父亡，母乃生推婢于墓中。宝兄弟年小，不之审也。后十余年，母丧开墓，而婢伏棺如生，载还，经日乃苏。言其父常取饮食与之，恩情如生。在家中，吉凶辄语之，考校悉验。地中亦不觉为恶。既而嫁之，生子。又宝兄尝病，气绝积日不冷，后遂寤，云：见天地间鬼神事，如梦觉，不自知死。宝以此遂撰集古今神祇灵异、人物变化，名为《搜神记》，凡二十卷。以示刘惔，惔曰："卿可谓鬼之董狐。"

干宝好阴阳术数的思想性格，以及父婢死后十余年复活、兄气绝数日所见天地间鬼神事，也正是他搜集古今神祇灵异、人物变化的材料，创作《搜神记》的缘起。这虽然是正史所载，但实际上当然是不可能的事，真正的原因是干宝的思想性格、宗教信仰。本传还提及干宝著《春秋左氏义外传》、注《周易》、《周官》凡数十篇，《隋书·经籍志》还著录《百志诗》九卷，《干宝集》四卷。今仅存《搜神记》二十卷。

据考，《搜神记》原书，传至宋代已散佚。今通行的二十卷本，系明代胡应麟从各种古籍中辑录而成，他在《甲乙剩言》中提到所藏书目有干宝《搜神记》时曾云：“此不过从《法苑》、《御览》、《艺文》、《初学》、《书钞》诸书中录出耳。”胡应麟辑本于万历中胡震亨列为《秘册汇函》的一种刻印出版，毛晋刻印《津逮秘书》亦收入，一直通行至今。而最完备的是1978年中华书局出版的汪绍楹校注本。

《搜神记》中所辑录的鬼神变异奇怪之事，或采自汉晋之间的民间传说，或引录《列异传》等早出的志怪小说集，诚如作者自序所云：“虽考先志于载籍，收遗逸于当时，盖非一耳一目之所亲闻睹也。”其所以要编撰此书，目的在于“发明神道之不诬也”；但已注意到要“成其微说”、“有以游心寓目而无尤焉”，即不仅仅是宣扬确实有神道之类封建迷信故事，也还有借小说以娱乐消遣的意思。

（二）《搜神记》如何“发明神道之不诬”

《搜神记》作者既要“发明神道之不诬”，因而书中的内容，大都是写神祇灵异、人物变化，谈神仙阴阳五行，偶尔也涉及佛家之说。其中保存了许多具有积极意义、优美动人的民间故事传说，以曲折神奇的方式，体现了作者所处时代人们的生活理想、精神面貌，在哀伤感慨中表露出强烈的反抗情绪和美好的愿望。干宝既是一个洞察社会现实的史学家，又要传写鬼神灵异之事，结果势必以志怪的形式曲折地反映现实人生，这正是“鬼之董狐”的真实含义。具体表现在以下几个方面：

1.描写人民反抗残暴统治，至死不屈的精神

例如《三王墓》（或称《干将莫邪》），写的是干将为楚王作剑，只因为花了三年功夫才作成，楚王就发怒要杀干将。干将预料到楚王的残暴行为，就告诉妻子莫邪，要儿子长成后为他报仇：

……其妻重身当产，夫语妻曰："吾为王作剑，三年乃成。王怒，往必杀我。汝若生子是男，大，告之曰：'出户望南山，松生石上，剑在其背。'"于是即将雌剑，往见楚王。王大怒，使相之："剑有二，一雄一雌。雌来，雄不来。"王怒，即杀之。

干将、莫邪的儿子遵照父亲的遗命，找到了雄剑，日夜想着为父报仇。描写他如何在侠义之士的帮助下，报了杀父之仇，非常生动细致，有声有色：

王梦见一儿，眉间广尺，言："欲报仇。"王即购之千金。儿闻之，亡去。入山行歌。客有逢者，谓："子年少，何哭之甚悲耶？"曰："吾干将、莫邪子也。楚王杀吾父，吾欲报之！"客曰："闻王购子头千金，将子头与剑来，为子报之！"儿曰："幸甚！"即自刎，两手捧头及剑奉之，立僵。客曰："不负子也。"于是尸乃仆。客持头往见楚王，王大喜。客曰："此乃勇士头也。当于汤镬煮之。"王如其言。煮头三日三夕，不烂，头踔出汤中，瞋目大怒。客曰："此儿头不烂，愿王自往临视之，是必烂也。"王即临之。客以剑拟王，王头随堕汤中。客亦自拟己头，头复堕汤中。三首俱烂，不可识别。乃分其汤肉葬之，故通名"三王墓"。今在汝南北宜春县界。

复仇过程写得曲折有致、壮烈动人，有较浓的英雄传奇色彩，而又有志怪小说的神秘性。楚王的梦兆，干将之子自刎后"两手捧头及剑奉"予侠客，侠客作了"不负子"的许诺"尸乃仆"，干将之子“头踔出汤中，瞋目大怒”，侠客杀楚王后自刎等神奇怪诞、惊心动魄的情景，使读者感受到悲壮美的快感。它虽然出于《列异传》之后，但不一定直接从中辑录，可能各自都采自民间传说而进行加工的，所以文字上繁简出入较大，它比《列异传》所载的“三王墓”要更加细致感人。

又如《韩凭夫妇》，既揭露了宋康王的好色荒淫、残暴不仁，又表现了韩凭夫妇忠于爱情、反抗暴君、宁死不屈的精神：

> 宋康王舍人韩凭，娶妻何氏，美，康王夺之。凭怨，王囚之，论为城旦。妻密遗凭书，缪其辞曰：“其雨淫淫，河大水深，日出当心。”既而王得其书，以示左右，左右莫解其意。臣苏贺对曰：“其雨淫淫，言愁且思也；河大水深，不得往来也；日出当心，心有死志也。”俄而凭乃自杀。其妻乃阴腐其衣。王与之登台，妻遂自投台下，左右揽之，衣不中手而死。遗书于带曰：“王利其生，妾利其死。愿以尸骨，赐凭合葬。”王怒，弗听。使里人埋之，冢相望也。王曰：“尔夫妇相爱不已，若能使冢合，则吾弗阻也。”宿昔之间，便有大梓木生于二冢之端，旬日而大盈抱，屈体相就，根交于下，枝错于上。又有鸳鸯，雌雄各一，恒栖树上，晨夕不去，交颈悲鸣，音声感人。宋人哀之，遂号其木曰“相思树”。相思之名，起于此也。南人谓此禽即韩凭夫妇之精魂。今睢阳有韩凭城，其歌谣至今犹存。

因暴君的荒淫无道，造成恩爱夫妻的分离之苦，韩凭与何氏先后以自杀表示对暴君的反抗。暴虐的康王不许韩凭夫妇合葬，而两座相望的墓上长出梓木，根枝交错，相依相抱，鸳鸯交颈悲鸣。这种浪漫主义的象征性艺术手法，是民间歌谣的传统表现手法之一，但其震撼人心的艺术力度，比一般由于封建婚姻制度造成的青年男女的爱情悲剧，更具有感染力量。这既是对统治者的强烈反抗，也表现了人民对夫妻生死相依的美好愿望。这个悲剧的感人力量也正在于此。

2.歌颂人民勇敢机智，为民除暴灭害的胆略和品质

例如《李寄斩蛇》，描写少女李寄不畏精怪，智勇果敢地斩除为害一方的大蟒蛇：

> ……寄乃告请好剑及咋蛇犬。至八月朝，便诣庙中坐。怀剑，将犬。先将数石米餈，用蜜麨灌之，以置穴口。蛇便出，头大如囷，目如二尺镜。闻餈香气，先啖食之。寄便放犬，犬就啮咋，寄从后斫得数创。疮痛急，蛇因踊出，至庭而死。寄入视穴，得其九女髑髅，悉举出，咤言曰："汝曹怯弱，为蛇所食，甚可哀愍。"于是寄女缓步而归。

在吃人的蟒蛇面前，只有敢于斗争、善于斗争，才能取得胜利；如果怯懦示弱，势必落到被蛇所食的悲惨结局。同时在对比中，也表现了当地都尉、令长的愚昧、残忍和无能，他们视蟒蛇为无法制伏的精怪，只好每年买少女任蛇吞噬残害。本篇的特点是志怪性少而传奇性强，写李寄铲除蟒蛇的全过程，没有丝毫神秘变异的迷信色彩，着重描写的是李寄的智慧和勇敢。

与李寄斩蛇的故事较为近似的，是《古冶子杀鼋》，绘声绘色地描写了古冶子的英雄形象：

> 齐景公渡于江沅之河，鼋衔左骖，没之。众皆惊惕。古冶子于是拔剑从之。邪行五里，逆行三里，至于砥柱之

下；杀之，乃鼋也。左手持鼋头，右手挟左骖，燕跃鹄踊而出。仰天大呼，水为逆流三百步。观者皆以为河伯也。

古冶子是齐景公的勇士，这里固然也表现了古冶子的勇敢，而更着力描写的是他在追杀巨鼋过程中所显示出来的叱咤风云的气概，用夸张性的艺术手法表现出古冶子威武雄壮的气势。

3.反映人民改造自然或消除灾害的愿望

例如《二华之山》描写河神巨灵擘开华山，让黄河之水畅通无阻的豪迈气魄：

二华之山，本一山也。当河，河水过之而曲行。河神巨灵，以手擘开其上，以足蹈离其下，中分为两，以利河流。今观手迹于华岳上，指掌之形具在。脚迹在首阳山下，至今犹存。

这是很有中国特色的神话传说。河神巨灵的形象气壮山河，它与《愚公移山》中的愚公一样，都是我们民族自古以来改造自然、排除万难精神的体现。

《葛祚碑》则是描写衡阳太守葛祚，为排除民累，用大斧砍伐兴妖作怪的"神木"：

吴时，葛祚为衡阳太守。郡境有大槎横水，能为妖怪。百姓为立庙。行旅祷祀，槎乃沉没；不者槎浮，则船为之破坏。祚将去官，乃大具斧斤，将去民累。明日当至。其夜，闻江中汹汹有人声，往视之，槎乃移去，沿流下数里，驻湾中。自此行者无复沉覆之患。衡阳人为祚立碑，曰："正德祈禳，神木为移。"

这个传说，一方面表现了葛祚急人民之所急，不畏"能为妖怪"的大槎，为了"去民累"，敢于冒触犯妖怪的风险，准备用斧头砍掉它，这种为人民的利益而斗争的精神，非常可贵，所以人民纪念他；另一方面，也说明所谓妖怪，是色厉内荏、欺软怕硬的，葛祚要用斧头砍它，它就主动转移到下游湾中，不再作怪为害。

4.表现青年男女要求婚姻自主和生死不渝的爱情

这类作品较多，也最优美动人。例如《王道平》，写王道平与父喻自少相爱，誓为夫妇，后因王道平从军出征，九年不归，父喻被父母逼迫，出嫁刘祥，怨忿悒郁而死；王道平对她真挚的爱情，又使她起死回生，结为夫妻：

> 死经三年，平还家，乃诘邻人："此女安在？"邻人云："此女意在于君，被父母凌逼，嫁与刘祥。今已死矣。"平问："墓在何处？"邻人引往墓所。平悲号哽咽，三呼女名，绕墓悲苦，不能自止。平乃祝曰："我与汝立誓天地，保其终身。岂料官有牵缠，致令乖隔，使汝父母与刘祥，即不契于初心，生死永诀。然汝有灵圣，使我见汝生平之面。若无神灵，从兹而别。"言讫，又复哀泣。逡巡，其女魂自墓出，问平："何处而来？良久契阔。与君誓为夫妇，以结终身。父母强逼，乃出聘刘祥，已经三年，日夕忆君，结恨致死，乖隔幽途。然念君宿念不忘，再求相慰，妾身未损，可以再生，还为夫妇。且速开冢破棺，出我即活。"平审言，乃启墓门，扪看其女，果活。乃结束随平还家。

真诚不二的爱情，终于战胜了死亡，也战胜了"父母之命，媒妁之言"的封建包办婚姻。王道平与父喻灵魂出自肺腑的对话，句句扣人心弦。这个故事喜剧性的结局是：刘祥去告状，州府官吏无律可循，于是上奏国王，王成全了这对生死不渝的有情人，而且双双活到一百三十岁。作者说是"精诚贯于天地，而获感应如此”。正所谓精诚所至，金石为开，至情可以起死回生。这也是浪漫主义艺术方法的妙用。

情节和艺术构思与《王道平》相似的，有《河间男女》，也是写为爱情而死，又因精诚感于天地，死而复生。这种结构方式，对后世的小说、戏曲，影响至为深远。

与以上两篇类似而表现方式更为离奇的是《紫玉》。吴王夫差小女紫玉，与韩重相爱，誓为夫妻。重之父母向吴王求婚，却遭到拒绝，紫玉郁结气死。三年后，韩重从齐鲁游学回吴，到紫玉墓前哭祭，紫玉幽灵出来与重相会，生死相恋的情景感人至深：

> ……玉魂从墓出，见重，流涕谓曰：“昔尔行之后，令二亲从王相求，度必克从大愿。不图别后，遭命奈何！”玉乃左顾宛颈而歌曰：“南山有乌，北山张罗。乌既高飞，罗将奈何！意欲从君，谗言孔多。悲结生疾，没命黄垆。命之不造，冤如之何！羽族之长，名为凤凰。一日失雄，三年感伤。虽有众鸟，不为匹双。故见鄙姿，逢君辉光。身远心近，何当暂忘。”歌毕，歔欷流涕，要重还冢。重曰：“死生异路，惧有尤愆，不敢承命。”玉曰：“死生异路，吾亦知之。然今一别，永无后期。子将畏我为鬼而祸子乎？欲诚所奉，宁不相信。”重感其言，送之还冢。玉与之饮宴，留三日三夜，尽夫妇之礼。临出，取径寸明珠以送重，曰：“既毁其名，又绝其愿，复何言哉！时节自爱。若至吾家，致敬大王。”

涕泪交加的悲歌，挂肚牵肠的倾诉衷曲，若闻其声，若见其形。更离奇曲折的是，当韩重遵紫玉所嘱，去拜见吴王，陈述其事之时，吴王却指责韩重发冢取物，要将他拘留；重急忙跑到紫玉墓前告诉此事，紫玉就与韩重一同去见吴王，说明事实真相，要求不要惩治韩重。紫玉的母亲听到此事，出来抱玉，却如烟似的散了。读者感受到的，不是鬼魂的恐怖，而是生死不渝的爱情之美。

以上几个故事，都是赞美真挚的爱情，使不可能之事变为可能。但这毕竟只是追求爱情幸福的青年男女们的理想，透过这美好的浪漫主义的幻影，人们仍然可以看到封建时代包办婚姻的残酷性，可以听到青年男女们爱情理想被封建势力扼杀后的血泪控诉。

5.描写人与神鬼婚恋生育的怪诞故事

例如《弦超与知琼》，就是描写天上玉女知琼下凡与弦超恋爱结为夫妇的。知琼能诗善文，注《易》七卷，既有义理，又可以占吉凶，神女亦富人情，与弦超作夫妇七八年，情深义重；在秘密被弦超泄漏，不得不离去时，她仍然情意绵绵，向弦超赠诗遗物，涕泣作别；五年后，在途中相逢，悲喜交集，重复旧好，如同人间夫妇。而知琼又有神的特点：不为弦超生子，亦无妒忌之性，不妨碍弦超的正常婚姻；常见其踪迹，但不睹其形，离别时“肃然升车，去若飞迅”。既是神，又是人，这也正是志怪小说的奇异性。

写人与鬼恋爱婚姻之事，在汪本《搜神记》中辑录的《驸马都尉》，实出于勾道兴《搜神记》，《谈生》则已见于《列异传》，故不宜在干宝《搜神记》中论述，这里仅以《卢充》（或称《崔少府墓》）为例，以见“鬼董狐”的生花妙笔。这篇故事相当完整，篇幅亦较长。写卢充出猎，追逐一獐，忽见道北有高门大厦如府舍，应府第卫士之请，入见崔少府，叙谈间，乃知卢充亡父致书崔少府，为充求少府小女婚配，且以书示充，于是按礼仪成婚。三日后，崔谓充曰："君可归矣。女有娠相，若生男，当以相还，无相疑；生女，当留自养。"临别，赠衣服被褥给充留念。充上车，"去如电逝。须臾至家，家人相见悲喜"。推问起来，才知崔是已亡人，卢充是入崔氏之墓结婚。更奇妙的是，四年后崔氏女送三岁的男孩还给卢充的情景：

别后四年，三月三日，充临水戏，忽见水旁有二犊车，乍沉乍浮。既而近岸，同坐皆见。而充往开车后户，见崔氏女与三岁男共载。充见之忻然，欲捉其手。女举手指后车曰："府君见人。"即见少府。充往问讯。女抱儿还充，又与金碗，并赠诗曰："煌煌灵芝质，光丽何猗猗。华艳当时显，嘉异表神奇。含英未及秀，中夏罹霜萎。荣耀长幽灭，世路永无施。不悟阴阳运，哲人忽来仪。会浅离别速，皆由灵与祇。何以赠余亲？金碗可颐儿。恩爱从此别，断肠伤肝脾。"充取儿、碗及诗，忽然不见二车处。充将儿还，四坐谓是鬼魅，佥遥唾之，形如故。问儿："谁是汝父？"儿径就充怀。众初怪恶，传省其诗，慨然叹死生之玄通也。

叙事抒情，宛然如见。奇幻而近情，怪诞而富人性。崔氏赠卢充诗，是魏晋时代极好的五言诗，文字朴素清俊，而情深意真。把小儿写得天真活泼，憨态颇为传神。但作者为了"发明神道之不诬"，结尾说："儿遂成令器，历郡守二千石。子孙冠盖，相承至今。其后植，字子干，有名天下。"以虚证实，成小说家之言，不可信以为真，也无须以《卢植传》（《后汉书》卷九十四）之史实证其虚妄。

《搜神记》中还有写死而复活结为夫妻的，如《贾文合》。

贾文合与弋阳令之女，都因阴间司命遣返回阳，途中相识，依凭左右。文合向女求爱，女拘于礼节，贞慎自守。文合回生后，至弋阳欲验女起死回生之实，拜问弋阳令，所言皆符，于是与女结为婚姻。其构想对《聊斋志异·连城》可能有启发。其他描写鬼神变幻、活人见鬼、人与鬼神交往的作品，还很多，例如《夏侯弘见鬼》、《营陵道人》、《胡母班》、《蒋山祠神与吴望子》、《赵公明府参佐》等等，旨在说明神鬼之实有。这类作品思想内容既不足取，艺术性也不高。但个别故事如《胡母班》，写胡母班为泰山府君传书河伯婿，想象丰富，构思奇幻，对唐人《柳毅传》或有影响。《苏娥》，写冤死鬼伸冤，也有一定意义。

6. 从因果报应中体现人民对生活的理想与善恶是非观念

例如《董永》，孝感天帝，令织女下凡助董永织缣偿债：

> 汉董永，千乘人。少偏孤，与父居。肆力田亩，鹿车载自随。父亡，无以葬，乃自卖为奴，以供丧事。主人知其贤，与钱一万，遣之。永行三年丧毕，欲还主人，供其奴职。道逢一妇人曰："愿为子妻。"遂与之俱。主人谓永曰："以钱与君矣。"永曰："蒙君之惠，父丧收藏。永虽小人，必欲服勤致力，以报厚德。"主曰："妇人何能？"永曰："能织。"主曰："必尔者，但令君妇为我织缣百匹。"于是永妻为主人家织，十日而毕。女出门，谓永曰："我，天之织女也。缘君至孝，天帝令我助君偿债耳。"语毕，凌空而去，不知所在。

故事情节很简单，却优美动人。这与后来演变成大型戏剧《天仙配》的主题，固然很不相同，但是其故事情节与人物形象的雏型，却对后来的戏剧继承其题材进行再创作，起了重要的作用。

更富有浪漫主义精神、影响也更大的是《东海孝妇》。孝妇赡养婆婆，非常恭谨。婆婆不愿长期拖累年少寡妇，遂自缢身亡。小姑却诬告孝妇谋杀致死。在昏官严刑拷打之下，孝妇诬服。狱吏于公为其争辩，不被昏官理会。据传说："孝妇名周青。青将死，车载十丈竹竿，以悬五旛。立誓于众曰：'青若有罪，愿杀，血当顺下；青若枉死，血当逆流。'既行刑已，其血青黄，缘旛竹而上标，又缘旛而下云。"孝妇的冤死，感动上帝，"自后郡中枯旱，三年不雨"。后任太守在于公的申诉下，亲身到孝妇墓前祭奠，"天立雨，岁大熟"。孝妇蒙冤被杀，激起人民深切的同情，因而流传开誓言应验、三年不雨之说。这一洋溢着浪漫主义激情的传说，成了关汉卿创作《感天动地窦娥冤》杂剧的极好素材，推陈出新，给这一传统题材注入了新的血液，成为批判现实黑暗吏治、抨击脏官污吏的伟大悲剧。

《丁姑祠》则是封建社会妇女悲惨命运的写照。丁姑十六岁出嫁，作者写道："其姑严酷，使役有程，不如限者，仍便笞捶不可堪。九月九日乃自经死。遂有灵响，闻于民间。发言于巫祝曰：'念人家妇女，作息不倦，使避九月九日，勿用作事。'"她被残酷的婆婆迫害至死，深知妇女终年受奴役的劳累，于是为千万个被奴役的姊妹们争取一天休息的日子，这一天是她的忌辰，也就是她以自己的死亡换取众人的休息权利。劳苦妇女盼望在劳役之后能有适当的休息，这正是她们梦寐以求的理想。她对人世间的善恶，报应分明，对两个无理调戏她的男子，当即予以恶报；对乐于助人的善良老翁，则以鱼千数相报答。她这样灵验，善恶分明，所以江南人民立祠纪念她。这也是人民生活理想和善恶观念的体现。

此外，还值得一提的是，《搜神记》中记载了一些有意义的民间传说。例如关于《盘瓠》的神话传说，虽然《风俗通义》、《玄中记》等书中已有辑录，但是《搜神记》所载的这一则，故事情节更为完整，对"盘瓠"的来历交代得很清楚，又写了盘瓠为什么要应募衔得戎吴将军之首，特别是描写在国王有感于"盘瓠是畜，不可官秩，又不可妻"的时候，王之少女向王说明"负明约于天下，国之祸也"，心甘情愿嫁给盘瓠为妻。对此后的生活描写较生动具体：

> 盘瓠将女上南山，草木茂盛，无人行迹。于是女解去衣裳，为仆竖之结，著独力之衣，随盘瓠升山入谷，止于石室之中。王悲思之，遣往视觅，天辄风雨，岭震云晦，往者莫至。盖经三年，产六男六女。盘瓠死后，自相配偶，因为夫妇。织绩木皮，染以草实，好五色衣，裁制皆有尾形。
>
> 后母归，以语王，王遣使迎诸男女，天不复雨。衣服褊裢，言语侏儒，饮食蹲踞，好山恶都。王顺其意，赐以名山广泽，号曰"蛮夷"。蛮夷者，外痴内黠，安土重旧，以其受异气于天命，故待以不常之律。

因盘瓠是犬，皮毛有五色花纹，所以它与王之少女所生的子女，既有人的灵性，又有犬的生活习性，喜欢五色衣服，裁制成有犬尾的形状，语言很难懂，饮食起居，都有犬的特性。传说中把盘瓠奉为南方少数民族"蛮夷"的始祖。这个神话传说，可能产生在原始部族社会向奴隶社会过渡的时期，又经包括干宝在内的文人加工，所以又具有明显的阶级社会的特征，盘瓠的子孙享受外戚的特权："田作贾贩，无关繻符传租税之赋；

有邑君长，皆赐印绶。”至于“用糁杂鱼肉，叩槽而号，以祭盘瓠”的民俗，对我们研究南方少数民族的风俗习惯，也是珍贵的资料。

《女化蚕》（或称《蚕马》）的传说，对马的灵性描写，把“畜生有非常之情”写得维妙维肖。主人之女不但没有实现嫁马的诺言，辜负它的情意，其父还将它射杀，暴皮于庭；它乘女戏弄之际，“蹷然而起，卷女以行”，在树枝上，“女及马皮，尽化为蚕”，也正是非常之情的表现。马皮与女的结合，产而为蚕，遗惠后人。《盘瓠》和《女化蚕》的传说，不仅具有民俗学的意义，在审美上也是有价值的。

（三）《搜神记》思想与艺术的影响

《搜神记》描写神道怪异、人鬼仙妖的思想内容，想象丰富、构思奇幻、语言质朴简炼而表现力较强、叙事中兼顾抒情等艺术特色和审美追求，加上时代风尚的作用，使志怪小说的创作打开了新局面，勃然兴起搜神志怪之风。以《搜神记》为仿效的目标，出现多种杂记体志怪小说。如陶渊明《搜神后记》、刘义庆《幽明录》、东阳无疑《齐谐记》、颜之推《冤魂志》、刘敬叔《异苑》、王琰《冥祥记》、吴均《续齐谐记》、句道兴《搜神记》、北魏昙永《搜神论》等等。其流风余韵，影响唐宋传奇。至清蒲松龄《聊斋志异·自志》云“才非干宝，雅爱搜神”，都可以看到《搜神记》取材乃至表现手法的“鬼董狐”传统。

四、陶潜《搜神后记》

（一）《搜神后记》的性质及其作者

《搜神后记》又名《续搜神记》或《搜神续记》，凡十卷，成书于宋初，载有永初、元嘉年间之事，旧题晋陶潜撰。明沈士龙《跋》谓："潜卒于元嘉四年，而此有十四、十六两年事。陶集多不称年号，以干支代之，而此书题永初、元嘉，其为伪托，固不待辨。然其书文词古雅，非唐以后人所能。《隋书·经籍志》著录，已称陶潜，则赝撰嫁名，其来已久。"此论为《四库全书总目提要》所引用，并云："题陶潜撰者固妄，要不可谓非六代遗书也。"鲁迅在其《中国小说史略》亦云："陶潜旷达，未必拳拳于鬼神，盖伪托也。"而余嘉锡《四库提要辨证》则谓："梁释慧皎《高僧传》序云：'陶渊明《搜神录》，续出诸僧，皆是附见。'则此书之题作陶潜，自梁已然，远在隋《志》之前。慧皎《高僧传》，《四库》未收，故《提要》不知引证也。"陶潜撰《搜神后记》并非不可能之事，沈士龙关于陶潜作品的纪年问题，清人王士禛《池北偶谈》"陶诗甲子辨"条已予以辨证。陶潜固然旷达，就信仰而言未必拳拳于鬼神，但在艺术趣味、审美意识方面，他爱好神话传说，写过《读山海经》诗，创作了富于幻想性的《桃花源诗并记》，因此，搜集资料创作《搜神后记》，也是可以理解的。但从今本条目内容看，确已非原本旧貌，辑录陶潜身后之事，显然是后人掺入。

这是一部侈谈鬼神、称道灵异的志怪小说，所写大都是鬼物奇怪之事。既称《搜神后记》，当然是为继干宝《搜神记》而作的续书，两书在内容与文字上有某些错综互见之处。但陶潜既无拳拳于鬼神之意，而小说中又谈鬼神灵异等虚妄怪诞之事，足见他在一定程度上是有意作小说。在鬼神仙道、灵异变化的荒怪故事中，寄托了人民美好的理想与愿望，并借此得到志怪小说艺术所特有的审美享受。

本书十卷本现存最早刻本，为明万历年间胡震亨辑刻的《秘册汇函》本。其后，复出明人毛晋《津逮秘书》、清人张海鹏《学津讨原》等刻本。中华书局于1980年印行汪绍楹校注本，并附商濬《稗海》八卷本《搜神记》、句道兴一卷本《搜神记》。

陶潜（公元365—427年），字渊明，又字元亮，浔阳柴桑（在今江西九江市西南）人。他的曾祖陶侃，做过晋朝的大司马，祖茂、父逸虽都出任太守，但都淡于名利，这对养成他放旷高洁的品格、风度也有影响。他“少有高趣，博学，善属文，颖脱不群，任真自得”①。他写的《五柳先生传》，就带有自传的性质。因亲老家贫，曾做过州祭酒、镇军参军、彭泽令，又因耻于折腰，辞官归隐。“薄身厚志”是他突出的个性。世号“靖节先生”。

他原是儒学的信奉者，想用世有所作为，但晋宋间混乱污浊的社会状况，使他看透了现实，并力图超脱它，以庄子顺应自然的宇宙观对待现实。儒道二家思想在他身上得到互补性的融合。他以杰出的诗人著称，同时又是一位有独创性的志怪小说家。

---

①萧统《陶渊明传》。

（二）洞天福地、理想世界的创造

《搜神后记》中最富于艺术魅力、影响也最大的，是洞天福地、理想世界的创造。《仙馆玉浆》、《剡县赤城》、《韶舞》、《桃花源》、《穴中人世》诸条，都是写洞穴境界的，写得最出色的就是《桃花源》：

晋太元中，武陵人捕鱼为业。缘溪行，忘路远近，忽逢桃花，夹岸数百步，中无杂树，芳华鲜美，落英缤纷。渔人甚异之。复前行，欲穷其林。林尽水源，便得一山。山有小口，仿佛若有光。便舍舟，从口入。初极狭，才通人。复行数十步，豁然开朗，土地旷空，屋舍俨然。有良田、美池、桑、竹之属。阡陌交通，鸡犬相闻。男女衣著，悉如外人。黄发垂髫，并怡然自乐。见渔人，大惊，问所从来，具答之。便要还家，为设酒杀鸡作食。村中人闻有此人，咸来问讯。自云先世避秦难，率妻子邑人至此绝境，不复出焉。遂与外隔。问今是何世，乃不知有汉，无论魏、晋。此人一一具言所闻，皆为叹惋。馀人各复延至其家，皆出酒食。停数日，辞去。此中人语云："不足为外人道也。"既出，得其船，便扶向路，处处志之。及郡，乃诣太守，说如此。太守刘歆，即遣人随之往，寻向所志，不复得焉。

这是一篇浪漫主义的杰作，表现了生当乱世的人民，渴望有安宁的社会环境、和睦相亲的人际关系、温饱自给美好幸福的家庭生活，不受酷政与战乱的困扰，摆脱被压迫与被剥削之苦。这既是作者的社会理想，也是当时人民群众的愿望。这也正是人的觉醒的标志，敢于探索，敢于追求，敢于与污浊黑暗的现实决裂，开拓幸福和谐的新天地。这种理想在当时尽管不可能实现，是一种乌托之邦，借以构想这种生活境界的，基本上是《老子》“小国寡民”、返朴归真的思想，但是对残酷混乱的现实来说，毕竟是大胆的挑战。本篇在艺术上也是相当成功的，以渔人作为中心人物，让他亲历世外桃源的境界，描绘出一个理想的社会。对景物描写细致生动，桃源中人物对话、表情具有古朴真挚之美，文笔朴素雅洁，而故事首尾完整，余韵悠然。写的是理想化的社会人生，并无神仙鬼怪的神秘色彩。像这样的小说，很难说作者是无意的创作。我们不妨大胆地说：《桃花源记》的作者，是在有意作小说。

与陶渊明同时代的人，也有类似的洞天福地的记载，但比之于陶潜所记，就简略多了，粗陈梗概而已。例如刘敬叔《异苑》卷一“武溪蛮人”条：

> 元嘉初，武陵蛮人射鹿，逐入石穴，才容人。蛮人入穴，见其旁有梯，因上梯，豁然开朗，桑果蔚然，行人翱翔，亦不以怪。此蛮于路斫树为记，其后茫然，无复仿佛。

这是一种好奇的幻想性表现，还缺乏深刻的思想意义。黄闵《武陵记》则带有《桃花源记》读后随笔的性质。

倒是陶渊明自己的另一则志怪小说《剡县赤城》所描写的意象，别有新意，颇可玩味：

> 会稽剡县民袁相、根硕二人猎，经深山重岭甚多，见一群山羊六七头，逐之。经一石桥，甚狭而峻。羊去，根等亦随渡，向绝崖。崖正赤，壁立，名曰赤城。上有水流下，广狭如匹布，剡人谓之瀑布。羊径有山穴如门，豁然而过。既入，内甚平敞，草木皆香。有一小屋，二女子住

其中，年皆十五六，容色甚美，著青衣。一名莹珠，一名□□。见二人至，欣然云："早望汝来。"遂为室家。忽二女出行，云复有得婿者，往庆之。曳履于绝岩上行，琅琅然。二人思归，潜去归路。二女已知，追还，乃谓曰："自可去。"乃以一腕囊与根等，语曰："慎勿开也。"于是乃归。后出行，家人开视其囊。囊如莲花，一重去，复一重，至五尽，中有小青鸟，飞去。根还知此，怅然而已。后根于田中耕，家依常饷之，见在田中不动，就视，但有壳如蝉蜕也。

这一洞穴境界的意蕴，与《桃花源记》有所不同，它侧重于描写处于动荡不安社会中的人们，对婚姻家庭幸福生活的向往。洞天中的这二个女子，不受封建礼教规范的约束，主动与从境外入洞的袁相、根硕结为夫妇，带有朴素的婚姻自主的思想。这个洞窟世界，好像是女儿邦，她们盼望意中人的到来，以得婿为喜庆，这也是现实社会中女子的心理和愿望。根硕回家后，却又蝉脱而去，离开现实社会，是对现实不满的叛逆性行为。

（三）翻新神鬼精怪变异故事，提高审美价值

写神鬼精怪的变异，原是志怪小说的传统，《搜神后记》却有其特色，提高了可读性和审美价值。

例如《白水素女》，就是一则优美动人的神话传说。谢端是个孤苦伶仃、诚朴本分的青年农民，他"夜卧早起，躬耕力作，不舍昼夜"。天帝同情他少孤而能恭慎自守，使银河中的白水素女下凡为他"守舍炊烹"。不同于一般仙女飘飘荡荡下凡的神韵逸态，她藏身螺壳，自从谢端拾回放在水缸里之后，每

逢谢端外出劳动，她就以一个劳动妇女的形象出现，帮他操持家务，为他准备好热茶热饭，起了家庭主妇的作用。这个故事在艺术构思上，跳出神人恋爱终于结合的框架，当谢端发现她的时候，就表示“不宜复留，当相委去”。但将螺壳留赠给他，“以贮米谷，常可不乏”。她离去时，与普通人不同之处是“天忽风雨，翕然而去”。谢端为她立了神座，以志纪念。在这个带有神话色彩的故事中，神的奇异性与人的平凡性得到了融合。谢端朴实憨厚的性格、白水素女勤劳淳朴的个性，都较鲜明，他们之间是纯真的友谊关系。谢端请白水素女留下，终不肯，正好保持圣洁的友谊，而留给人们遐想的余地。这个故事的本事见于晋人束皙《发蒙记》，不过略陈梗概而已，晚出的梁任昉《述异记》上亦有白水素女故事，但很简略，且谢端为书生，都不如本篇情节的完整、人物的生动。到了唐代，皇甫氏《原化记·吴堪拾螺》则又有所创新。足见此故事在民间长期流传的过程中，得到了不断的丰富和发展，而其意蕴则在于表现人民对美满幸福的家庭生活的渴望。

《虹化丈夫》，写虹怪化为丈夫与有夫之妇私通生子之事，构思奇幻而事不足取，这是现实社会中不合理的婚姻家庭生活中产生的婚外恋现象。夫作州吏，数年不归，妇独在家，被虹所化“长丈余，仪容端正”的丈夫所勾引，以至怀孕生儿。这在现实的婚姻关系中并不罕见，志怪小说则以奇幻荒怪的艺术手法来反映生活本质的真实。妇惧夫归，要虹将儿带走的情景，既合乎情理，又蒙上神秘奇幻的色彩：“于时风雨暝晦。邻人见虹下其庭，化为丈夫，复少时，将儿去，亦风雨暝晦。人见二虹出其家。”于离奇变幻中显其真实。

人鬼恋爱、起死回生的故事，《列异》、《搜神》等书中已不乏佳作，《搜神后记》中又有所翻新。例如《徐玄方女》写的是女鬼托梦马子，陈述为鬼所枉杀缘由，要马子拯救回生结为夫妻，并告知如何救活的方法。作品描写拯救回生的过程，颇为生动：

马子从其言，至日，以丹雄鸡一只，黍饭一盘，清酒一升，醊其丧前，去厩十余步。祭讫，掘棺出，开视，女身体貌全如故，徐徐抱出，著毡帐中，唯心下微暖，口有气息。令婢四人守养护之。常以青羊乳汁沥其两眼，渐渐能开，口能咽粥，既而能言。二百日中，持杖起行。一期之后，颜色肌肤气力悉复如常。乃遣报徐氏，上下尽来。选吉日下礼，聘为夫妇。……

真诚的爱，使死了四年的女子复活，这在现实生活中当然是不可能的，但却是人们的美好愿望。作为志怪小说，则于奇幻荒怪中显其真情。从中也可以看出小说艺术的演化进程，写复活过程已相当细致，笔调雅洁而神韵气息宛然如现。

类似《徐玄方女》的故事还有《李仲文女》，但前者是喜剧性的，而后者却因秘密泄露、家长急于发冢开棺，遂使肉烂不得生，以悲剧告终，女鬼托梦，发出“万恨之心，当复何言”的悲叹。复活的理想破灭，遗恨黄泉。这也正是现实生活中封建家长干预儿女婚姻而导致悲剧结局的曲折反映。汤显祖则汲取这两个故事的精神，推陈出新，创作了《牡丹亭》传奇，塑造出杜丽娘这个带有悲剧与喜剧两重性的形象。

不怕神鬼精怪的故事，也写得颇有趣味。《白布裤鬼》中的鬼，狡黠顽皮，但刘池苟以智慧和勇敢，斗败了鬼。《山㺐》中的王某，捉获屡次破坏他设的蟹断、偷食了断中之蟹的山㺐怪。山㺐冒充山神，以利诱王，祈求释放，并想骗王说出姓名，施行中伤。王坚执不放，亦不以姓名示怪，到家便用“炽火焚之”，消灭了山猱怪。《斫雷公》故事中的章苟，是具有大无畏精神的农民英雄，因为蛇偷吃了他的饭，他遂以鍛斫蛇，受伤的蛇要雷公霹雳杀他，于是他就斫雷公：“须臾，云雨冥合，霹雳复苟上。苟乃跳梁大骂曰：‘天使！我贫穷，展力耕恳！蛇来偷食，罪当在蛇，反更霹雳我耶？乃无知雷公也！雷公若来，我当以鍛斫汝腹。’须臾，云雨渐散，转霹雳向蛇穴中。蛇死者数十。”这是何等的气概！我们仿佛看到这位气壮山河的斫雷英雄形象。他敢于与处事不公的雷公斗争，并且取得了胜利。这正是我国古代人民要求伸张正义、敢于斗争精神的表现。

还有关于灵兽义犬的记载，读来也有别开生面之感。《熊穴》条，写有猎人堕入熊穴中，得到母熊分予的果子，赖以延命。母熊带着长大的子熊转移时，让猎人抱住熊足跃出“窅然深绝”的洞穴，安然无恙。

《杨生狗》、《乌龙》则是记述义犬救主故事的。狗有灵性，又重义气，对主人非常忠诚，《杨生狗》就是突出的例子：

晋太和中，广陵人杨生，养一狗，甚爱怜之，行止与俱。后生饮酒醉，行大泽草中，眠，不能动。时方冬月燎原，风势极盛。狗乃周章号唤，生醉不觉。前有一坑水，狗便走往水中还，以身洒生左右草上。如此数次，周旋跬步，草皆沾湿。火至免焚。生醒，方见之。尔后生因暗行，堕于空井中，狗呻吟彻晓。有人经过，怪此狗向井号，往视，见生。生曰：“君可出我，当有厚报。”人曰：“以此狗见与，便当相出。”生曰：“此狗曾活我已死，不得相与。

馀即无惜。"人曰："若尔，便不相出。"狗因下头目井。生知其意，乃语路人云："以狗相与。"人即出之，系之而去。却后五日，狗夜走归。

如此义犬，确实可爱。作者以极其简洁的文字，曲尽义犬两次救主的情景，狗的动作吠声，颇为传神。

此外，还值得一提的是关于丁令威学道，化鹤归辽之事，虽简略不足称，但后世作家常作为典故引用。丁令威化鹤徘徊空中而言曰："有鸟有鸟丁令威，去家千里今始归。城郭如故人民非，何不学仙冢垒垒。"对封建时代失意文人，容易引起心灵共鸣。

五、刘义庆《幽明录》及其他

（一）刘义庆《幽明录》与《宣验记》

刘义庆（公元403—444年），是南朝刘宋宗室，彭城（今江苏徐州市）人，临川烈武王刘道规的过继子，袭封临川王，累官都督加开府仪同三司，卒赠司空，谥康王。《宋书》卷五十一、《南史》卷十三有传。义庆爱好文艺，著有志怪小说《幽明录》，或题《幽冥录》、《幽冥记》。此外，又有志怪小说《宣验记》。

《宋书·刘义庆传》未著录《幽明录》事，《隋书·经籍志》杂传类著录《幽明录》二十卷，刘义庆撰，两唐《志》作三十卷，《新唐书·艺文志》则著录于小说家类。但南宋时人洪迈《夷坚三志辛序》云："《幽明录》今无传于世。"可见此书宋时已散佚。唐宋类书、《法苑珠林》引有佚文，鲁迅《古小说钩沉》从各书中辑得《幽明录》佚文共有二百六十五条之多，辑得《宣验记》佚文也有三十五条。

《幽明录》是杂记冥冥之中鬼怪神灵变幻奇异之事。“幽明”之义，《易·系辞》注谓“有形无形之象”，俗称“幽冥”为鬼神之境。

《幽明录》与《搜神记》属于同一类型的志怪小说，而其书的地位亦在伯仲之间。《聊斋志异·自志》既谓“才非干宝，雅爱搜神”，复云“集腋为裘，妄续幽冥之录”。可见两书对后世志怪小说的影响，也可称双峰对峙而双水合流。但由于《幽明录》后出，同类题材的故事既已见于《搜神记》，虽时有新意，但终难得有突出新颖之貌，凡鬼神变异之事，终不免有大同小异、似曾相识之感。不过，别开生面之作，也还不少。艺术表现手法上也有所进步，往往于用笔简炼处显其细密，奇幻突兀处显其平易自然，虽多言神鬼灵怪变幻之事，但又有贴近现实生活之感。作品的背景，有一部分托言汉代，而多数在晋、宋间。

有几则关于汉武帝的故事，旨在揭示其荒淫腐化，这在志怪小说中是少见的。例如《汉武帝杀人》，写汉武帝微行，淫人之妻，又杀人之婿，虽有“客星掩帝座甚逼”、书生惊呼、“客星应时即退”之类神秘性的描写，但仍然可以透过表象看出汉武帝奸淫民女，又将民女之婿作为刺客擒杀的残酷本质。《汉武帝避暑甘泉宫》，则是写汉武帝调戏玉女而遭惩罚的：“汉武帝在甘泉宫，有玉女降，常与帝围棋相娱。女风姿端正，帝密悦，乃欲逼之，女因唾帝面而去，遂病疮经年。”帝王受唾面之辱，且病疮经年，这是咎由自取。《藻兼》则是写水木之精藻兼劝谏汉武帝停止大兴土木的。因为它是精灵，故异于常人的言动。它从屋梁上“缘柱而下，放杖稽首，默而不言；因仰头视屋，俯指帝脚，忽然不见。帝骇愕不知何等”，于是召东方朔来解释疑团。东方朔说得很巧妙：“陛下顷日频兴造宫室，斩伐其（按：指藻兼）居，故来诉耳！仰头看屋，而复俯指陛下脚者，足也；愿陛下宫室足于此也。”汉武帝才停止大兴土木的劳役。如果一般大臣劝谏，很可能遭到杀身之祸，精怪和滑稽博识的弄臣则可以使刚愎自用的汉武帝纳谏。

《幽明录》关于仙境洞窟的描写，更富有诗情画意，艺术感染力有所增长。其中影响最大，也写得最精采动人的，是《刘晨阮肇天台山遇仙》。此篇与《搜神后记》中的《剡县赤城》相似，而它的意境描写更优美，人物形象较丰满，故事情节也更曲折生动：

汉明帝永平五年，剡县刘晨、阮肇共入天台山取谷皮，迷不得返，经十三日，粮食乏尽，饥馁殆死。遥望山上有一桃树，大有子实，而绝崖邃涧，永无登路，攀援藤葛，乃得至上。各啖数枚，而饥止体充。复下山，持杯取水，欲盥漱，见芜菁叶从山腹流出，甚鲜新，复一杯流出，有胡麻饭糁，相谓曰：“此知去人径不远。”便共没水，逆流二三里，得度山，出一大溪。溪边有二女子，姿质妙绝，见二人持杯出，便笑曰：“刘阮二郎，捉向所失流杯来。”晨肇既不识之，缘二女便呼其姓，如似有旧，乃相见忻喜。问：“来何晚邪？”因邀还家。其家铜瓦屋，南壁及东壁下各有一大床，皆施绛罗帐，帐角悬铃，金银交错，床头各有十侍婢，敕云：“刘阮二郎，经涉山岨，向虽得琼实，犹尚虚弊，可速作食。”食胡麻饭、山羊脯、牛肉，甚甘美。食毕行酒，有一群女来，各持五三桃子，笑而言：“贺汝婿来。”酒酣作乐，刘阮忻怖交并。至暮，令各就一帐宿，女往就之，言声清婉，令人忘忧。至十日后欲求还去，女云："君已来是，宿福所牵，何复欲还邪？"遂停半年。气候草木是春时，百鸟啼鸣，更怀悲思，求归甚苦。女曰："罪牵君，当可如何？"遂呼前来女子，有三四十人，集会奏乐，共送刘阮，指示还路。既出，亲旧零落，邑屋改异，无复相识。问讯得七世孙，传闻上世入山，迷不得归。至晋太元八年，忽复去，不知何所。

对刘阮入山迷路后，如何得到仙境、遇见女仙的过程，描写具体细致，虽有迷离恍惚的朦胧意象，但并无神秘色彩。写二女美丽的姿质、欢悦的笑语、欣喜的心态，都很生动。群女来祝贺新婚以及刘阮离开时来欢送的场面描写，洋溢着生活气息，意趣盎然。对仙境生活的描写，无论住室饮食，都贴近现实生活，但给人以和谐、欢快、幸福之感，这也是处在乱世的人们对生活的渴望。"刘阮遇仙"成了美满姻缘的典故，在词曲小说中经常引用它，正好反映了封建时代人们难得婚姻如意的心态，以及追求婚姻幸福的理想。结尾刘阮离开仙境回到人世，表现对现实的执著，但现实又无可眷恋，又飘然而去，"不知何所"。留给人们想象的余地。作者的文学修养较高，叙事条畅清晰，言情婉曲雅洁，意象优美，不失为唐以前小说的佳作。

《黄原与妙音》，写人与神结婚的故事，篇幅虽短，不过三百字，却宛曲有致，构思新颖。引导黄原入仙窟的是青犬使者。借黄原入穴所见，描绘风物人情："行数里，至一穴，入百余步，忽有平衢，槐柳列植，行墙回匝。原随犬入门，列房栊户可有数十间，皆女子，姿容妍媚，衣裳鲜丽；或抚琴瑟，或执博棋。至北阁，有三间屋，二人侍直，若有所伺。见原，相视而笑：'此青犬所致妙音婿也！'"神态话语，历历如在耳目之间。描述黄原与妙音从婚礼至离别，也简约而尽情："既暮，引原入内。内有南向堂，堂前有池，池中有台，台四角有径尺穴，穴中有光映帷席，妙音容色婉妙，侍婢亦美。交礼既毕，宴寝如旧。经数日，原欲暂还报家，妙音曰：'人神异道，本非久势。'至明日，解珮分袂，临阶涕泗，后会无期，深加爱敬：'若能相思，至三月旦，可修斋洁。'四婢送出门，半日至家。情念恍忽。每至其期，常见空中有軿车，仿佛若飞。"文章有尽，而余意无穷；含蓄雅洁，而神情毕肖。

《九馆大夫》、《仙馆玉浆》等篇，也写洞穴遇仙之事，而张华则扮演东方朔式的角色，经历洞穴奥秘者，经咨询张华而得到解释。

《彭娥》故事则别开生面，写的是晋永嘉之乱时，彭娥的父母兄弟十余口，皆遇害，彭娥不胜其哀，与贼相斗而被擒将杀之际，出现了感天动地的奇迹：

> 溪际有大山，石壁高数十丈，娥仰天呼曰："皇天宁有神不？我为何罪，而当如此！"因奔走向山，山立开，广数丈，平路如砥，群贼亦逐娥入山，山遂隐合，泯然如初，贼皆压死山里，头出山外，娥遂隐不复出。娥所舍汲器化为石，形似鸡；土人因号曰石鸡山，其水为娥潭。

这是颇为悲壮动人的传说，想象丰富而优美。

《幽明录》中写阴司鬼神、灵验果报之事，占了较多篇幅。其中《余杭□广》描写□广制伏群鬼舞尸，使死翁复活，与翁女结婚的故事，很有新意。还有《阮德如詈鬼》，也是不怕鬼的故事："阮德如尝于厕见一鬼，长丈余，色黑而眼大，著皂单衣，平上帻，去之咫尺。德如心安气定，徐笑语之曰：'人言鬼可憎，果然！'鬼即赧愧而退。"这个故事有双重意义，一是德如见丑恶之鬼而能“心安气定”，并以笑语相加，毫无惧色；二是鬼也知羞愧，自惭形秽。

《淳于矜狸妇》、《苏琼》及《吕球射獭》等，都是写精怪化为美女与人恋爱或乘船采菱的。如淳于矜与狸所化女子结为伉俪、生儿育女，白鹄化为美女苏琼与从不好色的男子恋爱，獭化少女采菱。她们都是美丽、善良、可爱的，从无害人劣迹，却都遭到悲剧性结局，这是令人惋惜的。

写得最精采动人的是《买胡粉男》恋爱故事。某男爱上卖胡粉的女子，又不便于向她表达爱情，便每天借买胡粉为由，看那所爱的女子。后来那女子明白真相，也为之感动，于是相约幽会。但乐极生悲，幽会之际，那男子“欢踊遂死。女惶惧，不知所以，因遁去，明还粉店”。买粉男子的家长，从箱笼中发现许多胡粉，以此为线索，问罪粉店女子。在县衙公堂上，女子说：“妾岂复吝死？乞一临尸尽哀！”县令允许她的要求。“径往抚之恸哭，曰：‘不幸致此，若死魂而灵，复何恨哉？’男豁然更生，具说情状，遂为夫妇，子孙繁茂。”化悲剧为喜剧。真挚的爱情起死回生，这在《搜神记》、《搜神后记》中都曾写过，但起死回生者都是女鬼，而这里却第一次出现痴情男子，他为爱情而死，真诚的爱又使他复活，这是青春的胜利，爱情的绝唱。元杂剧《留鞋记》即据此故事改编。

《巨鹿石氏女》写石氏女离魂私奔意中人庞阿，终成眷属。故事情节虽简单，但构思新奇，离魂私奔富有艺术上的创造性，成为唐人传奇《离魂记》的蓝本，小说戏曲离魂故事之滥觞。

此外，《焦湖庙祝》写杨林入柏枕，俄忽之间，于梦境历经荣华富贵。故事虽仅陈梗概，却为唐人《枕中记》提供了有益的启示。

总之，《幽明录》的题材更多样化了。有些虽属志怪小说传统性的题材，但思想内容却多含新意，有相当一部分故事是富有创造性的。它也写神鬼精怪的变异，阴间地府的果报灵验，但迷信色彩逐渐淡化，现实人生意味则有所加浓。艺术上在有意为小说方面有所进步，能突破志怪小说的传统格局，有所创新，善于在不长的篇幅中表现较丰的意蕴，文字雅洁清新。

刘义庆还撰有以宣扬佛法灵验为宗旨的志怪小说《宣验记》。《隋书·经籍志》杂传类著录，十三卷。书已佚，陶珽《说郛》、《五朝小说》辑佚文三则，鲁迅《古小说钩沉》辑录佚文三十五则。

刘义庆是刘宋王朝的宗室，在王室内部矛盾斗争中遭疑忌，于是晚年以奉佛为韬晦全身之法，故在《宣验记》中多讲佛法应验果报之事，成为“释氏辅教之书”。艺术上亦不如《幽明录》。如《车母脱难》、《孙皓起大市寺》、《舍利显现》诸则，均为弘扬佛法之作。

《鹦鹉灭火》写飞禽义举感天灭火之事，却不失为一则可读的志怪小说：

> 有鹦鹉飞集他山，山中禽兽皆相爱重。鹦鹉自念，虽乐，不可久也；便去。后数月，山中大火。鹦鹉遥见，便入水沾羽，飞而洒之。天神言：“汝虽有志意，何云足也！”对曰：“虽知不能救，然尝侨居是山，禽兽行善，皆为兄弟，不忍见耳。”天神嘉感，即为灭火。

鹦鹉不过是小小的飞禽，尚且感侨居山林、禽兽相爱之情，见灾奋力相救，明知不可为而为之，颇有精卫填海之志，更何况万物之灵的人呢？这大概是刘义庆有切身之感而作的寓言吧！

（二）刘敬叔《异苑》

刘敬叔，《宋书》、《南史》俱无传。明胡震亨采录诸书为补作小传，称敬叔为彭城（今江苏徐州）人，起家司徒掌记、中兵参军。义熙中，尝为南平郡公刘毅郎中令，以事忤毅为所奏免官。刘裕取代晋朝称帝，国号宋，召敬叔为征西长史。元嘉三年，入为给事黄门郎。宋明帝太始中卒于家。所著《异苑》，皆言神鬼之事，《隋书·经籍志》史部杂传类著录十卷，题“宋给事刘敬叔撰”，与胡震亨所言相符。但此书早已散佚，故两唐《志》、《宋史·艺文志》皆无著录。明万历十三年，胡震亨偶于书肆中得一宋纸抄本，系十卷全书，经考订刊入《秘册汇函》中。毛晋得其残版刊入《津逮秘书》。《学津讨原》、《说库》、《古今说部丛书》均收入，皆为十卷。《四库全书总目提要》卷一四二《子部·小说家类三》考本书胡刊本曰：“不似当时臣子之词，疑已不免有所佚脱窜乱，然核其大致，尚为完整，……且其词旨简澹，无小说家猥琐之习，断非六朝以后所能作。”有所佚脱窜乱之说，有实例为证，是正确的，至于“无小说家猥琐之习”，是指书中缺乏细致的形象化的艺术描写，此乃其书的缺点。从志怪小说发展历程来看，这部内容杂乱而少艺术兴会之书，其地位远不及《搜神记》和《幽明录》。但也有少数篇目尚佳。如《章沉》写章沉起死回生，阴间得其外兄之助，并帮助同被录送的少年女子一同回生，结为夫妻，尚有新意：

> 临海乐安章沉，年二十余死，经数日，将敛而苏。云被录到天曹，天曹主者，是其外兄，断理得免。

初到时，有少年女子同被录送，立住门外。女子见沉事散，知有力助，因泣涕，脱金钏一只及臂上杂宝，托沉与主者，求见救济。沉即为请之，并进钏物。良久，出语沉：已论秋英亦同遣去。秋英，即此女之名也。于是俱去，脚痛疲顿，殊不堪行。会日亦暮，止道侧小窟，状如客舍，而不见主人。沉共宿嬿接，更相问次，女曰："我姓徐，家在吴县乌门，临渎为居，门前倒枣树即是也。"明晨各去，遂并活。沉先为护府军吏，依假出都，经吴，乃到乌门，依此寻索，得徐氏舍。与主人叙阔，问："秋英何在？"主人云："女初不出入，君何知其名？"沉因说昔日魂相见之由。秋英先说之，所言因得，主人乃悟。甚羞，不及寝嬿之事；而其邻人或知以语徐氏，徐氏试令侍婢数人递出示沉，沉曰："非也。"乃令秋英见之，则如旧识。徐氏谓为天意，遂以妻沉，生子名曰天赐。

魂赴地府、起死回生的故事，此前并不少见。它的奇异而又令人有现实之感，在于它通过这个故事曲折地反映了人世间衙门的真实内幕，以及男女间的婚恋关系。章沉的得以回生，并不是同类故事的所谓"阳寿未满"、"误勾魂魄"，而是仰仗"天曹主者，是其外兄，断理得免"，天曹地府也与人间衙门官吏一样走后门。更有讽刺意味的是，与章沉同被录送的少年女子，"脱金钏一只及臂上杂宝，托沉与主者，求见救济"，果然得以与章沉一同遣返阳世。只要用金宝行贿就能起死回生，天曹主者也是贪图财宝的。章沉与少年女子，患难相依，一同起死回生，情深义重，因而他们的喜剧结局也可以说是天从人愿。这个故事对《聊斋志异·连城》的艺术构思也许有所启发。而其本事，乃出自戴祚《甄异传》，但所记极其简略，大不如刘敬叔之再创作宛曲有致。冯梦龙编纂《情史类略》，辑入《情缘类》。《广州守冯孝将男》条，失于简略无意象，不如《搜神后记》之《徐玄方女》。

关于记述梦中之事，较有新意且具影响的，如《嵇康得授广陵散》：

> 嵇康字叔夜，谯国人也。少尝昼寝，梦人身长丈余，自称："黄帝伶人，骸骨在公舍东三里林中，为人发露，乞为葬埋，当厚相报。"康至其处，果有白骨，胫长三尺，遂收葬之。其夜复梦长人来，授以《广陵散曲》。及觉，抚琴而作，其声重妙，都不遗忘。高贵乡公时，康为中散大夫。后为钟会所谗，司马文王诛之。

报恩的奇异之事，志怪小说中常见，而梦中以授《广陵散曲》作为收埋白骨之报，则尤为高雅新奇。

又有《牛渚燃犀》条，后世引为典故：

> 晋温峤至牛渚矶，闻水底有音乐之声，水深不可测。传言下多怪物，乃燃犀角而照之。须臾，见水族覆灭，奇形异状，或乘马车，著赤衣帻。其夜梦人谓曰："与君幽明道隔，何意相照耶？"峤甚恶之，未几卒。

温峤乃是晋成帝时重臣，传见《晋书》卷六十七，亦引此条入传，将燃犀照水怪事与峤因拔牙中风致死相附会。

记精怪化女子与人相恋之事虽多，但缺乏艺术上的美感，结局精怪都以被杀告终。如"牝狗"、"牝猴"、"大狸"诸条大致都如此。《徐奭与白鹤》条，略有情致，而其结尾，亦因徐奭之兄"以藤杖击女，即化成白鹤，翻然高飞"，殊为扫兴。

纵观《异苑》，以记怪异之事为多，而具小说文学之情致意趣者少，有些条目读后易生恶感。

（三）南北朝其他志怪小说

南朝志怪小说，较著者尚有《齐谐记》、《续齐谐记》、《述异记》、《冥祥记》等，北朝除《冤魂志》外，佳作足称者甚少。

1.东阳无疑《齐谐记》

书已佚，鲁迅《古小说钩沉》辑有佚文。《隋书·经籍志》杂传类著录七卷，题宋散骑侍郎东阳无疑撰。两唐《志》著录亦同。东阳无疑生平事迹不见于史传，但知为刘宋时人。散骑侍郎即晋宋时员外散骑侍郎之官名。马国翰《玉函山房辑佚书》子编小说家类《齐谐记序》谓："无疑不详何人，据隋《志》知为散骑侍郎。《何氏姓苑》云：'东阳氏出于东阳郡。'可考者仅此。书名取《庄子》齐谐志怪之语，所记皆神异事。"可能无疑为东阳人氏，三国时吴分会稽郡所置东阳郡，即今之浙江金华地区，东阳乃是该地区所属之县（今改为市）。

《齐谐记》佚书辑存十五条，其中不乏可读之作，例如写蚁王报恩事的《董昭之与蚁王》：

> 吴富阳县董昭之，尝乘船过钱塘江。中央，见有一蚁，著一短芦走；一头回复向一头，甚遑遽。昭之曰："此畏死也。"因以绳系芦，欲取著船头。船中人骂："此是毒螫物，不可长，我当蹋杀之！"昭意甚怜此蚁，会船至岸，蚁缘绳得出。中夜梦一人，乌衣，从百许人来，谢曰："仆不慎堕江，惭君济活。仆是蚁中之王也，感君见济之恩，君若有急难之日，当见告语！"历十余年，时江左所在劫盗，昭之从余杭山过，横被录为劫主，系余姚狱。昭之忽思蚁王之梦，结念之际，同被禁者问之，昭之具以实告。

其人曰："但取两三蚁著掌中视之。"昭之如其言，暮果梦乌衣人言云："可急去，入余杭山，天子将下赦，今不久也。"于是便觉。蚁啮械已尽，因得出狱。过江投余杭山。旋遇赦得免。

志怪小说中，写龟蛇虫蚁乃至虎兽报恩之事不少，以至发展到明清文言小说中为这些重义的虫蚁虎兽立传。事固荒诞，但作为小说艺术，供读者赏玩审美，未尝不可。重要的不在于是否符合生活真实，而在于艺术上创新。本篇写落水蚁王附著短芦的惶遽之态、董昭之出于怜悯之心以绳系芦的动作、船中人的辱骂之语，都妙肖如生。蚁王以自己所能做到的特殊方式，报答被冤狱所困的董昭之，怪诞而不失其真。

《齐谐记》中也有写人化虎的故事，如《薛道询化虎》、《吴道宗母化虎》，从其意蕴而言，前条似比后条深刻：

太元元年，江夏郡安陆县薛道询，年二十二。少来了了，忽得时行病，差后发狂，百治救不痊。乃服散狂走，犹多剧，忽失踪迹，遂变作虎，食人不可复数。后有一女子，树下采桑，虎往取食之。食竟，乃藏其钗钏著山石间；后还作人，皆知取之。经一年还家，复为人。遂出都仕官，为殿中令史。夜共人语，忽道天地变怪之事。道询自云："吾昔曾得病发狂，化作虎，啖人一年。"中兼道其处所姓名。其同坐人，或有食其父子兄弟者，于是号哭，捉以付官。遂饿死建康狱中。

这则故事意义的深刻性在于：把人化虎吃人的怪异之事，与虎复人之原形后出都做官结合起来，官与虎浑然一人。寓意深长的是，薛道询化虎时，不仅吃人，而且将被吃女子的钗钏藏著山石间，既吃人又谋财，这正是赃官污吏的本质特性。结尾也不落窠臼，薛道询恢复原形做官时，暴露了吃人的罪恶，终于被苦主家属捉拿送官府，瘐死狱中。这乃是人民对暴虐如虎的赃官痛恨至极的心理反映。有关人化虎的志怪、传奇乃至白话小说，不乏其例，但寓意有所不同。唐李复言《续玄怪录·张逢》似源于此条而意象有别。《原化记·南阳士人》、《宣室志·李徵》，皆言人化虎事，各有异同。至于题李景亮撰《人虎传》，实为明人之作。明陆楫编《古今说海》，于《别传家》录《人虎传》，不题撰人。清《聊斋志异·向杲》则写人化虎复仇事。

《齐谐记》中亦记精怪作祟之事，《吕思斫狸怪》写吕思之妇被狸怪所窃，吕思觅妇斫狸怪除害，尚有新意：

> 国步山有庙，有一亭，吕思与少妇投宿，失妇。思食逐觅，见大城，有厅事，一人纱帽凭几。左右竞来击之。思以刀斫，计当杀百余人，余者乃便大走，向人尽成死狸。看向厅事，乃是古时大冢，冢上穿，下甚明。见一群女子在冢里。见其妇如失性人，因抱出冢口。又入抱取在先女子，有数十，中有通身已生毛者，亦有毛脚面成狸者。须臾，天晓，将妇还亭。亭长问之，具如此答。前后有失儿女者，零丁有数十。吏便敛此零丁至冢口，迎此群女，随家远近而报之，各迎取于此。后一二年，庙无复灵。

狸怪害人，在《搜神记·吴兴老狸》中已有。这里的狸怪已发展到据冢为衙府厅事，窃掠迷惑妇人数十，为害一方。吕思在“左右竞来击之”的险境，以刀斫杀百余狸怪，救出妻子和所有难妇，颇有英雄气概。其构思虽还不如《白猿传》及《玄怪录·郭元振》细致曲折，但它对后者可能有所启迪。

2.祖冲之《述异记》

此书亦已佚。《隋书·经籍志》杂传类著录十卷，祖冲之撰。《旧唐书·经籍志》杂传类与《新唐书·艺文志》小说家类著录卷数、撰人，均同隋《志》。书大约赵宋时已佚，故不见于宋史志书目著录。《艺文类聚》、《初学记》、《太平广记》、《太平御览》等书中辑有佚文。鲁迅《古小说钩沉》辑其佚文九十条。

祖冲之（公元429—500年），生于刘宋而卒于齐。《南齐书》卷五十二《文学》有传。其实他主要是著名的科学家，于数学、历法方面的发明或革新，成绩卓著。他推算出的圆周率π值，其密率值比欧洲早一千多年，在世界数学史上具有重要地位。他还曾编制《大明历》，改进指南车，又制水碓磨、千里船等。他字文远，范阳蓟（今北京西南）人，传称其“少稽古，有机思”。曾受宋孝帝赏识，使直华林学省，赐宅宇、车服。任南徐州迎从事、娄县令、长水校尉等职。他还擅长著述，“著《易》、《老》、《庄》义释”，并注《论语》、《孝经》等书。

与任昉撰《述异记》不同，任著属博物志怪性质，长于地理博物、奇禽怪兽异草的故事，祖冲之撰《述异记》，则属于《搜神记》系统的杂记体志怪小说，杂记神怪妖异的故事。祖冲之既是科学家，故小说中很少涉及神佛之事，但作为封建时代的星象历数专家，又有较浓的吉凶征兆、鬼神变异的迷信观念，自然要在志怪小说中反映出来。况且述异志怪，原是这类小说的基本特色，作为审美对象，无须与迷信观念等同视之。

写鬼神精怪之事，也多有意趣。例如《夏王之子》，写外国人白道猷威镇山神夏王之子，是人对山神的胜利：

章按县西有赤城，周三十里，一峰特高，可三百余丈。晋泰元中，有外国人白道猷居于此山，山神屡遣狼，怪形异声，往恐怖之，道猷自若。山神乃自诣之云："法师威德严重，今推此山相与，弟子更卜所托。"道猷曰："君是何神？居此几时？今若必去，当去何所？"答云："弟子夏王之子，居此千余年，寒石山是家舅所住，某且往寄憩，将来欲还会稽山庙。"临去遗言，赠三奁香，又躬来别，执手恨然。鸣鞞响角，凌空而逝。

谚云"强龙不压地头蛇"，而白道猷居然赶走了占据赤城千余年的山神。这里没有描写道猷的法术如何高明，山神则"屡遣狼，怪形异声，往恐怖之，道猷自若"。恶狼怪形的恐吓徒然，而道猷凛然自若的威严之态，使山神降服。写山神向道猷告别的情景亦较生动，"鸣鞞响角，凌空而逝"，山神也不失为失败的英雄。

又有《薄绍之逐鬼》故事，更富于变化，颇为有趣，文笔简炼而有较强的表现力。描写鬼的几次变形作祟，能不落俗套；最后写薄绍之斥逐恶鬼，也活灵活现："有一人，披锦袍，弯弧注镞直向。绍之谓：'汝是妖邪，敢于恐人！我不畏汝，汝若不速去，令大道神寻收治汝！'鬼弛弦纵矢，策马而去。"变化多端、以图吓人的鬼，在人的一身正气、严词斥逐下，也只好落荒而逃。

祖冲之也写阴间地府事，例如《曹宗之》写阴间北海王召生人曹宗之为府佐，但因宗之阳寿未满而遣返；《门司求物》写颍川庾某，死后亦因"人算尚未尽"催遣返。这类故事，以前志怪小说中亦不少，但祖冲之写得别有风趣。如《门司求物》，府君已令将庾某遣返，却遭到门吏的刁难："须复白，然后得去。"幸亏有一位熟知此中关节的女子慷慨相助，将她左臂的金钏脱下投庾，云："并此与之。"门吏才将庾放行回生。在诙谐滑稽的笑声中，仿佛看到人间衙门官府的弊端。

《傻鬼掷钱》也很有风趣：

> 王瑶，宋大明三年，在都病亡。瑶亡后，有一鬼，细长黑色，袒著犊鼻裈，恒来其家；或歌啸，或学人语，常以粪秽投入食中。又于东邻庾家，犯触人，不异王家时。庾语鬼："以土石投我，□非所畏，若以钱见掷，此真见困。"鬼便以新钱数十，正掷庾额。庾复言："新钱不能令痛，唯畏乌钱耳！"鬼以乌钱掷之，前后六七过，合得百余钱。

在传说中鬼的本性是奸猾顽皮的，本篇这个鬼就在王、庾两家恶作剧，但在不怕鬼的庾某戏弄下，却暴露了傻笨的本质。

祖冲之《述异记》中还记载了一些生活气息较浓、优美动人的民间故事与传说。例如《比肩人》条：

> 吴黄龙中，吴都海盐有陆东美，妻朱氏，亦有容止，夫妻相重，寸步不相离，时人号为"比肩人"。夫妇云皆比翼，恐不能佳也。后妻死，东美不食求死，家人哀之，乃合葬。未一岁，冢上生梓树，同根二身，相抱而合成一树，每有双鸿，常宿于上。孙权闻之嗟叹，封其里曰"比肩"，墓又曰"双梓"。……

夫妻恩爱，正是人民美好的愿望。死后冢上生合抱树、化比翼鸟，象征爱情的永恒，在《焦仲卿妻》、《搜神记·韩凭夫妇》等民歌或故事中就采用这种优美的浪漫主义艺术手法。这里袭用同样的表现方法，却仍然使人感到艺术的美。

再如"黄耳驰书"，写陆机的爱犬"黄耳"，为羁旅京师的陆机往返数千里传家书，奇而感人。文字也清新活泼、细致生动。性质近似《玄中记·狗封氏》，而在表现艺术上却有显著的进步。

鬼神果报意识较浓的有《胡庇之与鬼讼》、《州吏黄苗变虎》、《山都》等条。胡庇之遭鬼骚扰，不得安宁。“乃请道人斋戒，竟夜转经，倍来如雨（指鬼掷瓦石、干土），唯不著道人及经卷而已。”如此反复数次，而“鬼复来，剧于前”。原来胡所居公廨，是沈公之宅，故沈公的鬼魂前来报复。沈公上天诉讼，最后由庇之一个在天上做御史的故友出面调解，劝庇之：“若能归诚正觉，习经持戒，则群邪屏绝。”黄苗是辜负向宫湖亭庙所许之愿，受到变虎食人三十的惩罚。哀道训、道虚兄弟，因伐倒“山都”神作窠的树，遭到家室屋宇被焚、合宅荡尽的报复。这类故事，在佛道盛行、神鬼意识较为普遍的南朝，民间流传较多，具有闲谈娱乐和传播鬼神意识的双重作用，某些描写性文字，也具有一定的艺术性，但审美价值不大。

3.吴均《续齐谐记》

在众多的志怪小说中，《续齐谐记》是较好的一种。此书显受东阳无疑《齐谐记》之影响，故为其续书也。“齐谐”一语，出自《庄子·逍遥游》：“齐谐者，志怪者也。”吴均此书虽然也多涉怪异，但也有纯属风俗人情之事，即使志怪，亦寓含世态，发人深省，此乃是吴均续记之特色。这也是在东阳无疑《齐谐记》亡佚之后，而续记却能长期流传的一个重要原因。

《续齐谐记》，于《梁书》、《南史》本传不见著录。《隋书·经籍志》史部杂传类著录一卷，题“吴均撰”，《旧唐书·经籍志》同，《新唐书·艺文志》列入小说家类，而撰人题作“吴筠”，系属误题。诚如《四库全书总目提要》所云：“均事迹具《梁书》本传，唐《艺文志》作吴筠。案唐有道士吴筠，乃大历时人。是书隋《志》著录，杜公瞻《荆楚岁时记》注、欧阳询《艺文类聚》已先引其文，非筠明甚。唐《志》盖传写之讹。”又云：“在唐时已援为典据，亦小说之表表者矣。”但书中遗佚条目也不少，今存诸本，均仅存十七条。

吴均（公元469—520年），字叔庠，吴兴故鄣（今浙江安吉）人。《梁书》卷四十九《文学传》本传称：“家世寒贱，至均好学，有俊才。沈约尝见均文，颇相称赏。……均文体清拔，有古气，好事者或斅之，谓为‘吴均体’。”仕于梁，官奉朝请。撰《齐春秋》三十卷，梁高祖以其书不实，敕付焚毁，坐免职。不久，敕使撰《通史》，起三皇迄齐代，未竣而卒，时年五十二。均著述甚多，但除《续齐谐记》外，皆亡佚，明人辑有《吴朝请集》。

《续齐谐记》中有的志怪作品，寓意深刻，富有启发性。例如《紫荆树》：

> 京兆田真，兄弟三人。共议分财生赀，皆平均，惟堂前一株紫荆树，共议欲破三片。明日就截之，其树即枯死，状如火然。真往见之，大惊，谓诸弟曰：“树本同株，闻将分斫，所以憔悴。是人不如木也。”因悲不自胜，不复解树。树应声荣茂。兄弟相感，合财宝，遂为孝门。真仕至大中大夫。

通过树的荣枯之因，寓含兄弟分合得丧之理。正如袁石公宏道所评：“念头一转，荣瘁忽易，正是人心有造化，草木岂无情。”以草木之情喻人心之理。

《华阴黄雀》、《燕墓斑狸》两条，虽采自《搜神记》，但既经吴均编纂，亦含新意。袁石公对前条评云：“只一饲雀，尽是寻常。衔环之外，实出望外。正因施恩者，急于望报；受恩者，易于忘情；遂令华阴一事（指黄雀报恩），独有千古。”对后条则评曰：“正是山鬼之伎俩有尽。”袁宏道可能是有感于世态人情而发，但却也说明施恩于人者不要望报，而受恩于人者却不能忘报的情理。后一条是说斑狸纵然化成学问渊博、善于对答的书生，终于被真正的博学之士所识穿，狐狸伎尽，原形毕露。

《续齐谐记》记载了一些美好的、富有诗意的民间风俗。如《九日登高》、《上巳曲水》、《七夕牛女》、《眼明袋》、《五花丝粽》、《白膏粥》等，不仅在民间长期流传，而且成为作家创作的典据或文人雅兴高致。后世关于九月九日重阳节登高饮酒、插茱萸、赏菊花的诗就不少。

“曲水流觞”的习俗，也是士女有趣的郊游活动，《上巳曲水》条记载了它的来历：

> 晋武帝问尚书郎挚虞仲洽：“三月三日曲水，其义何旨？”答曰：“汉章帝时，平原徐肇，以三月初生三女，至三月俱亡。一村以为怪，乃相与至水滨盥洗，因以流滥觞。曲水之义，盖自此矣。”帝曰：“若如所谈，便非嘉事也。”尚书郎束皙进曰：“仲洽小生，不足以知此，臣请说其始。昔周公成洛邑，因流水泛酒，故逸诗云：‘羽觞随波流。’又秦昭王三月上巳，置酒河曲，见金人自河而出，捧水心剑，曰：‘令君制有西夏。’及秦霸诸侯，乃因此处立为曲水。二汉相缘，皆为盛集。”帝曰：“善。”赐金五十斤，左迁仲洽为阳城令。

仲洽强不知以为知，把“曲水流觞”的来历说得恐怖扫兴，索然寡味。而束皙则以求实的态度，追本溯源，并说明其演变过程，合情合理，饶有兴味。因此，晋武帝对他们的奖惩也是公平的。

为人民做过好事的人，人民总是会怀念他的。楚国的三闾大夫屈原，曾为人民的多难而流过眼泪，自然会受到人民的尊敬。《五花丝粽》记载民间何以用五花丝粽纪念屈原的风俗：

> 屈原五月五日，投汨罗水，楚人哀之，至此日以竹筒子贮米，投水以祭之。汉建武中，长沙区曲，忽见一士人，自云三闾大夫，谓曲曰："闻君当见祭，甚善。常年为蛟龙所窃，今若有惠，当以楝叶塞其上，以彩丝缠之。此二物蛟龙所惮。"曲依其言。今五月五日作粽，并带楝叶五花丝，遗风也。

农历五月初五端午节，赛龙舟、包粽子，纪念屈原，成为流传已久的民间风俗。赛龙舟，是象征拯救投水的屈原。《荆楚岁时记》云："是日竞渡，采杂药。"注曰："五月五日竞渡，俗为屈原投汨罗日，伤其死，故并命舟楫以拯之。"包粽子，《风土记》仅云："仲夏端午，烹鹜角黍。"角黍即粽子，但其含义不明，而《续齐谐记·五花丝粽》，则把这故事说得很圆满优美。

《白膏粥》条，是写江浙一带正月半作白膏粥祭蚕神、以求蚕茧丰收的风俗。

从志怪小说艺术发展的角度来看，《阳羡书生》是最有审美价值的：

> 阳羡许彦，于绥安山行，遇一书生，年十七八，卧路侧，云脚痛，求寄鹅笼中。彦以为戏言。书生便入笼，笼亦不更广，书生亦不更小，宛然与双鹅并坐，鹅亦不惊。彦负笼而去，都不觉重。

前行息树下，书生乃出笼，谓彦曰：“欲为君薄设。”彦曰：“善！”乃口中吐出一铜奁子，奁子中具诸肴馔，珍羞方丈。其器皿皆铜物，气味香旨，世所罕见。酒数行，谓彦曰：“向将一妇人自随，今欲暂邀之。”彦曰：“善。”又于口中吐一女子，年可十五六，衣服丽绮，容貌殊绝。共坐宴。

俄而书生醉卧，此女谓彦曰：“虽与书生结妻，而实怀怨。向亦窃得一男子同行，书生既眠，暂唤之，君幸勿言。”彦曰：“善。”女子于口中吐出一男子，年可二十三四，亦颖悟可爱。乃与彦叙寒温。书生卧欲觉，女子口吐一锦行障遮书生。书生乃留女子共卧。

男子谓彦曰：“此女子虽有情，心亦不尽向，复窃得一女人同行。今欲暂见之，愿君勿泄。”彦曰：“善。”男子又于口中吐一妇人，年可二十许。共酌戏谈甚久，闻书生动声，男子曰：“二人眠已觉。”因取所吐女人，还纳口中。

须臾，书生处女乃出，谓彦曰：“书生欲起。”乃吞向男子，独对彦坐。然后书生起，谓彦曰：“暂眠遂久，君独坐当悒悒邪？日又晚，便与君别。”遂吞此女子，诸器皿悉纳口中。留大铜盘，可二尺广，与彦别曰：“无以藉君，与君相忆也。”

彦太元中为兰台令史，以盘饷侍中张散。散看其铭，题云：是永平三年作。

这是一则奇幻绝妙的志怪小说，在此之前，荀氏《灵鬼志》“外国道人”条的前半，描写道人吐纳情事，与此记相仿，但吐纳的层次比此记为少。而追溯故事之渊源，则受古印度《旧杂譬喻经》卷上梵志吐壶事的影响。唐人段成式《酉阳杂俎》续集引《续齐谐记》此条，并云："释氏《譬喻经》云：'昔梵志作术，吐出一壶，中有女与屏，处作家室。梵志少息，女复作术，吐出一壶，中有男子，复与共卧。梵志觉，次第互吞之，柱杖而去。'余以吴均尝览此事，讶其说，以为至怪也。"① 可以想见，吴均曾阅读过《旧杂譬喻经》梵志作术事，也见过荀氏《灵鬼志》中"外国道人"吐纳故事，但经过他的再创作，更加曲折奇幻，吐纳更多了二个层次，更精采动人，诚如汤显祖所评："展转奇绝。"袁宏道评曰："意中语，想中事，俱是实境实情。不知者以为极奇极幻。"② 于奇幻中见其真情实境，固然是浪漫主义艺术方法的妙用，但袁氏所言，似缘明中叶后的世风人情而发。吴均写的这则故事，虽属志怪，奇幻至极，但却无宣扬佛法道术之嫌，带有纯小说艺术的性质，足见文学的自觉性在小说领域的体现，在有意为小说的进程中，前进了一大步。

在志怪小说中写人与神女的恋情，是传统题材之一，在辞赋中也不乏名篇佳作，这乃是文人向往某种理想恋情的曲折反映，而带有神话色彩的人神恋爱故事，更具有奇幻美的艺术魅力。《续齐谐记》中的《清溪庙神》，则将这种人神之恋的奇幻美，推向一个新的艺术境界。它写的是会稽赵文韶与清溪庙女姑神的恋情，奇幻而富于人情味，红尘生活气息浓而仙凡神秘性淡。开始写赵文韶如何招致神女使者相问，从容自然，而抒情气氛较浓郁："秋夜嘉月，怅然思归，倚门唱《西乌夜飞》，其声甚哀怨。"在秋夜明月之下，咏唱哀怨的乡思之曲，意境

①据王文濡辑《说库》本引录。

②汤、袁评语，见明万历年间吴兴凌兴德翻刻本《虞初志》卷一。

优美，气氛温馨，因而通过神女使者邀女主人叙会，就显得很和谐融洽。描写赵文韶与女神相会的过程，颇为清新雅洁，别有风致。正面描摹女神容仪极简略，仅“年十八九，行步容色可怜”数字而已，但在她与赵文韶的对话及其举止中，可以想象其风姿神韵。文韶音韵清畅的歌声，婢子歌《繁霜》之曲，而神女以箜篌伴奏，使这次人神之恋的情境更富于爱的美感，贴近生活而不落俗套。这场人神之恋的迷雾，是文韶偶至清溪庙，见屏风后有他所赠之物、女所奏之箜篌、以及女姑神像、青衣婢像，才豁然明朗的。留给读者的印象，是爱情的诗意美。正如汤显祖评云：“骚艳多风，得《九歌》之余意。”有余韵无穷之感。

《续齐谐记》虽然只一卷十七条，但其叙事宛曲有致，想象丰富，意境优美，而文字清新隽永，志怪而近人情，从中可以看出志怪小说正悄悄地向传奇小说过渡的痕迹。

4.王琰《冥祥记》

这是一部以宣扬佛教宗旨为主的志怪小说。此种倾向，与梁朝崇佛之风有着密切的关系。因其内容“大抵记经像之显效，明应验之实有，以震耸世俗，使生敬信之心”，故鲁迅将它与刘义庆《宣验记》、颜之推《冤魂志》等并列，称之为“释氏辅教之书”。① 王琰创作《冥祥记》的冲动，是有感于观世音金像显验。书中《自序》云：“循复其事，有感深怀，沿此征觌，缀成斯记。”虽然写的都是弘扬佛法之事，但作为小说，也有其鉴赏价值。

《冥祥记》见于《隋书·经籍志》杂传类著录，十卷；

①参见《中国小说史略》第六篇。

《旧唐书·经籍志》同；《新唐书·艺文志》入小说家类，一卷。均题王琰撰。宋代史志书目不见著录，但宋初编纂《太平广记》、《太平御览》有所辑录，可能毁于宋室南渡之际兵火中。南宋迄明大型类书中，如《类说》、《说郛》等，虽有引录，但均非出于原书。鲁迅《古小说钩沉》辑得佚文一百三十一条并《自序》一篇。

王琰，其生平事迹不见于史传，据慧皎《高僧传序》、法琳《破邪论》等书所云，可知王琰为太原人。《隋书·经籍志》古史类著录他《宋春秋》二十卷，并注云为梁吴兴令，但他也曾仕于齐，任齐太子舍人。而据《冥祥记·自序》，则可知生于宋，幼年在交趾，从贤法师受五戒，可见自幼受佛教教义戒律的约束。曾游江都、峡表，于齐建元元年复还京师。

《冥祥记》旨在弘扬佛法、劝世人信佛，阐明佛之真有、生死轮迴、因果报应之灵验。如《汉明帝梦佛》，写“汉明帝梦见神人，形垂二丈，身黄金色，项佩日光”。于是明帝遣使者蔡愔，取经画佛像，而释迦佛像与帝梦中所见之神人相彷佛，“乃遣画工图之数本，于南宫清凉台及高阳门显节寿陵上供养。又于白马寺壁，画千乘万骑绕塔三匝之像”，意在使佛教神圣化。此书写信奉佛法、得观世音拯救、免灾脱祸之事特多。

如《窦传》，写晋永和年间，并州刺史高昌属官窦传，及其同伴六七人，被冀州刺史吕护部曲俘执入狱，锁械甚严，将指日处决。传的旧友沙门支道山探监，传求山相救。故事着力描写的就是支道山教传求观世音拯救脱祸的情景：

山曰：“若能至心归请，必有感应。”传先亦颇闻观世音，及得山语，遂专心属念。昼夜三日，至诚自归。观其锁械如觉缓解，有异于常。聊试推荡，忽然离体。传乃复至心曰：“今蒙哀祐，已令桎梏自解，而同伴尚多，无心独去。观世音神力普济，当令俱免。”言毕，复牵挽余人，皆以次解落，若有割剔之者。遂开门走出，于警徼之间，莫有觉者，便逾城径去。时夜向晓，行四五里，天明不复进，共逃隐一榛中。须臾，觉失囚，人马络绎，四出寻捕。焚草践林，无不至遍。唯传所隐一亩许地，终无至者，遂得免还。乡里敬信异常，咸皆奉法。……

宣扬观世音佛法的神奇灵验，意在劝人皈依释教，是佛教徒的创作动机，原不足取。但从艺术哲学的角度来衡量，却具有其艺术审美心理因素。宗教徒进入艺术创作的境界，与其信仰相适应，会产生某些神奇特异的幻觉，是很可能的，以志怪小说的形式表现出来，也不无审美价值。

《冥祥记》在描写虔诚信佛者逢凶化吉、终得善报的同时，也描写不信佛者、特别是道教徒如何得到恶报，由信道教改信佛法又得以转祸为福。《牛头阿旁》条，写何澹之“不信经法，多行残害”，于病中“见一鬼，形甚长壮，牛头人身，手执铁叉，昼夜守之”，恐怖之下，乞灵于道家符录，依然如故。沙门慧义劝他“转心向法，则此鬼自消”，澹之不听从，“顷之遂死”。《刘龄》条则是描写道士魏叵唆使信佛者刘龄改信道教，得到惩罚的。《道志》条写沙门道志，借守护殿塔之便，窃取帐盖等宝饰及佛像眉间珠相，因而遭到佛的严惩：“生受楚拷，死萦刀镬。”《程道惠》条，写程道惠“世奉五斗米道，不信有佛”。病死魂游地府，历观诸城地狱种种惨状。他之所以幸免地狱酷刑并得以回生，是因“先身奉佛，已经五生五死，忘本失志。今生在世，幼遇恶人，未达邪正，乃惑邪道”。所以在让他接受一次佛法的再教育后，遣返阳世。

善与恶的因果报应，在一定程度上反映现实人世的客观规律，但在封建社会法纪不严明、法律不平等的情况下，善恶的因果报应往往被颠倒。人民信仰这种宗教观念，只是一种虚幻的愿望，而统治者则借以欺骗被统治者。《冥祥记》作者王琰，作为一个虔诚的佛教徒，在作品中宣扬佛法应验、善恶有报，是希望社会上的邪恶势力慑于佛法的惩罚，抑制作恶的念头，改恶从善。

《冥祥记》在小说的艺术表现手法上，有所进步，扩大了篇幅而文笔简洁流畅，叙事宛曲，描摹情境意态较细致生动。

例如《董吉》条，写董吉奉法精进，为人治病，不误期约，大溪相隔，山水暴涨，甘冒牺牲自己的危险：

> ……吉不能泅，迟回叹息；坐岸良久，欲下不敢渡。吉既信直，必欲赴期。乃恻然发心，自誓曰："吾救人苦急，不计躯命。克冀如来、大士，当照乃诚。"便脱衣，以囊经戴置头上，径入水中，量其深浅，乃应至颈。及吉渡，正著膝耳。既得上岸，失囊经，甚惋恨。进至晃家，三礼忏悔，流涕自责。俯仰之间，便见经囊在高座上。吉悲喜取看，浥浥如有湿气。开囊视经，尚燥如故。于是村人，一时奉法。

对佛教徒董吉的心理描写，深刻微妙，真实可信。对泅渡过程的描写，也颇生动，特写经囊置头上涉渡而失经囊及复见经囊的悲喜心情，神奇而无虚幻之感。

又如《赵泰》条，虽出自刘义庆《幽明录》，而其艺术表现力，颇有青胜于蓝之感。把原文九百余字衍化为一千一百余字，在文言小说中，多这二百字左右，内容的蕴含量、情节的细致曲折，都颇有改观。从赵泰猝死赴冥、地府审讯过程、案行地狱所见、进“开光大舍”见恶道中人听经后出地狱升天、再经历“受变形城”（地狱考治已毕者，于此受变形之报）、案行毕还水官处受主者的说教，最后起死回生现身说法，层次分明，历历在目。写诸狱惩罚恶人的各种酷刑：针贯其舌、火烤铁床铜柱、下炎炉巨镬、攀登剑树等等，虽有毛骨悚然之感，但作为佛教艺术，却于恐怖中感到艺术的力量。这些酷刑原是从奴隶制社会以来，统治者用来镇压人民或异己分子的，而在阴间地府，则还治作恶多端之人。这种善恶报应，也是人民道德观念的体现。明代赵弼《续东窗事犯》所写胡迪游酆都地狱，则又有发展，但也很可能受本篇艺术构思的影响。

佛教文化，除了它有迷信、消极的一面以外，也还包含着某些合理的、符合古代人民思想愿望的因素。特别是对志怪小说艺术的发展，具有一定的开拓性。其想象力的丰富、描写的细致宛曲、艺术形象的多样化，给后世小说艺术提供了有益的借鉴。正是从这一意义而言，王琰《冥祥记》在文言小说发展史上，应给予一席之地。

六、北朝作家颜之推及其《冤魂志》

北朝（自拓跋魏道武帝登国元年即公元386年，至隋文帝开皇十九年即公元589年灭陈）二百余年，如果从晋室南渡算起，则时间更长；但因战乱频繁，民生凋弊，文化落后，文学家寥寥无几，还多是由南朝至北朝滞留之士。北朝也信佛教，但志怪小说家之足称者，唯有颜之推及其《冤魂志》。

颜之推（公元531—约590年前后），字介，琅邪临沂

（今属山东）人。其父勰，为梁湘东王萧绎镇西府谘议参军。颜氏世善《周官》、《左氏》学。之推早传家业，博览群书，“无不该洽，词情典丽，甚为西府所称”。萧绎自立，以之推为散骑侍郎。西魏军破江陵，遂奔北齐，除黄门侍郎、平原太守。齐亡入周，为御史上士。隋文帝开皇中，太子召为学士，颇受礼重。不久病故。史称“之推聪颖机悟，博识有才辩，工尺牍应对”。有文三十卷，《颜氏家训》二十篇，曾撰《观我生赋》，文致清远。其传见《北齐书》卷四十五和《北史》卷八十三《文苑传》。

《冤魂志》，始见于《隋书·经籍志》史部杂传类著录，三卷，题“颜之推撰”。两唐《志》同。《太平广记》引书、《崇文总目》改称《还冤志》，亦有称《北齐还冤志》者。《四库全书总目提要》犹称《还冤志》为三卷，今所见版本皆一卷，三十五条，但《法苑珠林》征引该书凡四十一条，《太平广记》征引三十三条，可见一卷本非此书原貌。

颜之推虽出于儒学世家，以儒家思想为立身治家之本，但他也笃信佛教，表儒内佛，互为所用。《冤魂志》全写冤死鬼报仇之事。其题材有历史人物和事件，也有现实人世的家常琐事，而其旨意皆寓含佛门因果报应之说，以佛家惩恶扬善为本。但透过宗教色彩的怪诞故事，也反映了世态人情，表现了对压迫者的愤慨痛恶，对被迫害者的深切同情及其复仇精神的赞赏。鬼魂复仇的性质，有几种不同的类型。

一类带有冤狱公案的性质，大都与审案的昏庸暴虐的官吏有关。例如《太乐伎》，写秣陵县令陶继之，在审判李龙等人夜间劫掠案件时，将错捉的一名太乐伎也陈列罪犯名单之中，随例上报，在众人证明此伎无辜的情况下，陶明知冤枉，因材料已上报，不愿予以纠正而滥杀之。作者描写太乐伎被枉杀的场面，悲愤感人：

> 此伎声伎精能，又殊辨慧，将死之日，亲邻知识看者甚众。伎曰：“我虽贱隶，少怀慕善，未尝为非，实不作劫。陶令已当具知，枉见杀害。若死无鬼则已，有鬼必自陈诉。”因弹琵琶歌曲而就死。众知其枉，莫不殒泣。

陶令草菅人命，知太乐伎之冤而枉杀，只是为了自己的方便。伎人临刑时的悲愤之词，正是被迫害者的反抗呼声。弹琵琶歌曲而就死及围观者“莫不殒泣”的情景，增强了冤案的悲剧气氛。因而鬼魂对陶令的报复，也是大快人心的。陶令做恶梦，惊醒后“状若风癫……有时而发，辄夭矫头，反着背，四日而亡”。从佛家的因果报应观念来描写，在当时历史条件下，可能有较强的艺术效果；从现代心理学角度来看，做坏事者于心有亏，况且也受恶有恶报观念的浸染，导致精神失常，出现各种恐怖的幻觉，终于惊悸而死，也是很可能的。

又有《孙元弼》条，是写富阳县令王范之妾桃英，与丁丰、史华期二人通奸，被孙元弼发现，丁、史二人惧元弼告发，反诬告元弼与桃英有私，而陈超又挑唆王范搆陷元弼，范不加辨察，就杀了元弼。丁、史、孙三人都是王范的僚属，而范不察忠奸善恶，颠倒是非，滥杀无辜，可见其昏聩残暴。陈超则是助纣为虐。所以，王范、桃英、陈超都受到冤死鬼孙元弼的报复。故事篇幅不长，而有真实的细节描写：“范尝出行不还，帐内都督孙元弼闻丁丰户内有环佩声，觇视，见桃英与丁同被而卧。元弼叩户面叱之，桃英即起，揽裙理鬓，蹑履还内。元弼又见华期带佩桃英麝香。”文字简炼，而奸情活现。写元弼显灵报应的过程，也跌宕有致，层次分明。

二类是赃官酷吏诬陷无辜、希旨邀功而杀害良民，赃官酷吏终于被冤魂报复不得好死。《弘氏》条，就是典型的例子：

梁武帝欲为文皇帝陵上起寺，未有佳材，宣意有司，使加采访。先有曲阿人姓弘，家甚富厚，乃共亲族，多赍财货，往湘州治生。经年营得一筏，可长千步，材木壮丽，世所罕有。还至南津，南津校尉孟少卿希朝廷旨，乃加绳墨。弘氏所卖衣裳缯彩，犹有残余，诬以涉道劫掠所得；并造作过制，非商贾所宜。结正处死，没入其材，充寺用。奏，遂施行。

弘氏临刑之日敕其妻子，可以黄纸笔墨置棺中，死而有知，必当陈诉。又书少卿姓名数十，吞之。经月，少卿端坐，便见弘来。初犹避捍，后乃款服。但言乞恩，呕血而死。凡诸狱官及主书舍人，随此狱事署奏者，以次殂殁，未及一年，零落皆尽。其寺营构始讫，天火烧之，略无纤芥。所埋柱木，亦入地成灰。

这个冤魂复仇的故事，不仅描写了地方酷吏迫害商贾、置良民于死地的罪恶行为，并间接反映了封建帝王虚伪残暴的本质。梁武帝萧衍崇信佛教，故在他父亲的陵园兴建佛寺。佛教教义要世人行善以修来世，建佛寺就算是敬佛行善之事。殊不知梁武帝的所谓行善，是建立在肆意搜刮民脂民膏、荼毒生灵基础上的，孟少卿之所以加害于弘氏，不就是“希朝廷旨”、迎合皇帝之所需吗？“结正处死”弘氏，没收他世所罕有的壮丽材木，以充建寺之用，于是案情一上奏，便照准判处弘氏死刑。梁武帝兴建大量寺院，遭殃又何止一个弘氏？这只是一个典型例子罢了。具有讽刺意味的是，在孟少卿一伙受到冤魂报复后，梁武帝为其父陵园兴建的寺庙，“营构始讫，天火烧之，略无纤芥。所埋柱木，亦入地成灰”。残民以逞的统治者，既不放下屠刀，也就难以成佛。天火焚毁刚建成的寺庙，能不能从精神上警诫统治者呢？这也许只是作者——一个虔诚的佛教徒——的主观愿望。

此外，《羊聃》条写皇亲国戚羊聃，“恃国姻亲……睚眦之嫌，辄加刑杀”。残杀简良等二百九十人，罪应弃市。司徒王导却因山太妃与羊聃有亲戚关系，奏准中宗下诏赦免羊聃，而简良等冤鬼则向羊聃索命复仇。不寄希望于皇帝惩办权豪国戚，只好采取让冤死鬼复仇的方式以泄愤。

三类是由于家庭内部矛盾，如嫡庶之争、继母对前妻之子的虐待迫害致死，冤魂复了仇才罢休的故事。

《徐铁臼》条，写的就是徐铁臼被继母陈氏及其子铁杵迫害，“竟以冻饿被杖而死”的。其矛盾的实质，是封建社会中较为普遍的嫡庶之间财产分配继承的问题，前妻遗孤遭继母虐待，乃是普遍的现象。《徐铁臼》是个封建社会的家庭悲剧，它揭露了继母的暴虐残酷，甚至在为自己亲生子取名上寄寓“以杵捣臼”之意。“捶打铁臼，备诸苦毒，饥不给食，寒不加絮”，以至迫害致死，令人发指。本篇对徐铁臼鬼魂复仇行动的描写很有特色，饶有意趣。鬼魂声言：“今得天曹符来取铁杵，当令铁杵疾病，与我遭苦时同。”且经常在屋梁上住，吓得陈氏惶恐万状，家无宁日：

> 陈氏跪谢搏颊，为设祭奠。鬼云：“不须如此。饿我令死，岂是一餐所能酬谢！”陈夜中窃语道之。鬼厉声曰：“何敢道我？今当断汝屋栋。”便闻锯声，屑亦随落；拉然有响，如栋实崩。举家走出，炳烛照之，亦了无异。鬼又骂铁杵曰：“汝既杀我，安坐宅上，以为快也？当烧汝屋。”

即见火然，烟焰大猛，内外狼狈，俄尔自灭，茆茨俨然，不见亏损。日日骂詈，时复歌云：“桃李花，严霜落奈何！桃李子，严霜早已落！”声甚伤切，似是自悼不得长成也。

铁臼这个生前备受酷虐之苦而温厚懦弱的孩子，死后却成为富于反抗精神的厉鬼，在诙谐风趣中又笼罩着悲凉凄惨的气氛。他的悲歌，以桃李花遭到严霜摧残凋落自喻，非常形象化，准确、生动。读者可从中得到悲剧美的享受。

颜之推具有高度的文学修养，小说艺术虽非其擅长，但亦不失为自成一家的特色。他善于在较短小的篇幅中，叙述一个相对完整的故事，描述迫害者的凶残面目与被迫害者的悲惨命运，文简而意深。例如《江陵士大夫》条：

江陵陷时，有关内人梁元晖，俘获一士大夫，姓刘。此人先遭侯景丧乱，失其家口，唯余小男，始数岁。躬自担负，又值雪泥，不能前进。梁元晖监领入关，逼令弃儿。刘甚爱惜，以死为请。遂强夺取，掷之雪中，杖棰交下，驱蹙使去。刘乃步步回顾，号叫断绝。辛苦顿毙，加以悲伤，数日而死。死后，元晖日见刘伸手索儿，因此得病，虽复悔谢，来殊不已。元晖载病，到家而卒。

短短不到一百五十字，交代了梁元帝承圣三年十一月，西魏攻破梁都江陵时的丧乱背景。元帝萧绎以及士大夫百姓数万人被俘。这里写的只是刘姓士大夫的遭遇，而呈现在读者眼前的是一幅惨绝人寰的离丧图，梁元晖灭绝人性的暴行、刘某及其唯一的孩子所受的毒打掠夺，悲惨景象宛在目前。描述梁元晖的施暴行为和刘某父子的凄惨之死，文字极其精炼，而形象活现，意蕴深永。

颜之推又撰有志怪小说《集灵记》。《隋书·经籍志》著录为二十卷，两唐《志》则云十卷。北宋初年编纂《太平御览》引"王谌"一条，为鲁迅辑入《古小说钩沉》，今照录以见一斑：

> 王谌，琅邪人也，仕梁为南康王记室。亡后数年，妻子困于衣食。岁暮，谌见形谓妇曰："卿困乏衣食？"妻因与之酒，别而去，谌曰："我若得财物，当以相寄。"后月，小女探得金指环一双。

困于衣食的妻子，能以酒款待丈夫鬼魂，而鬼夫则以所得财物赠与妻女。虽然荒怪奇幻，而富人情，曲折地反映了现实人生中穷困家庭的夫妇父女间的温情。

第七章　魏晋南北朝的志人小说

一、魏晋南北朝志人小说兴起的成因与“世说体”

魏晋是个大动荡、大变化的时代。士大夫的玄学清谈之风对于社会政治、国家大事来说，是带有破坏性的腐蚀剂；但却促使知识分子从两汉经术和谶纬宿命论的思想控制下解放出来。士人意识到人的自身价值及其存在的意义，怀疑和否定传统的外在权威，追求人内在的人格独立与完美；也讲究人的仪表风度，崇尚潇洒疏放、俊秀雅淡之美。士大夫们聚会在一起，以谈玄理、品评人物为风尚，谈玄机锋高妙也是表现人的才智和风度的方式之一。人们一反儒家正襟危坐、一本正经的（实际上却是很虚伪的）生活态度，追求恣肆狂诞、放浪形骸、饮酒享乐的生活，菲薄外界强加的伦理道德框架，充分张扬个性，表现自我。人的觉醒促进文学的自觉，更推动了以描写士大夫生活和精神风貌为主的志人小说的兴起。《世说新语》就是士大夫日常生活、人生理想、道德规范、内心世界以及审美意识的写照。

文言小说中以《世说新语》为代表的志人小说，与志怪小说在源流、体制、表现手法诸方面，都有所不同。志怪小说的情况已于前述。志人小说的渊源是杂记体小说，它之所以形成文言小说中独特的一大流派，其原因就是东汉以来的上流社会品评人物之风，以及杂记体小说文体规范与写作经验的积淀。这种独特的小说样式，至《世说新语》达到极致，后世仿效者甚多，人们称之为“世说体”。

“世说体”的体制特征，就是全书用按内容分类的方法，处理篇章结构。前面所讲的杂记体小说，如汉代刘向《说苑》、《新序》，就是用的这种方法，是先秦遗闻佚事的分类汇编，采用记叙兼议论的方式，每个故事之后，是作者的议论，以资“法戒”。《世说新语》沿用按内容分类汇编的体例，而不在故事之后发议论，重在人物神韵、风度、言动的描写，不须议论而倾向自明，小说文学的意味更浓。

魏晋时代，有郭颁《魏晋世语》、裴启《语林》、郭澄《郭子》等志人小说；虽已亡佚，但从现存佚文来看，《世说新语》的题材内容，有相当一部分是从这些书中辑录出来的。如《语林》佚文《英雄忌人》、《魏武将见匈奴使》、《顾和》、《庾公的卢马》、《王子猷雪夜访戴逵》、《石崇王恺斗富》，《郭子》佚文《许允妇》等，都辑录在《世说新语》中。这些作品的故事，都很短小精炼，寥寥数语，而使形象活现；侧重品评人物某一方面的品性，强调真实性，现实感较强。所记人物故事，离作者所生活的时代很近，甚至是同时代的人。上流社会的人们对这些人物故事大都熟悉，如果记载事实失真，就会遭到舆论的谴责，书也就无法流传。据说裴启《语林》就因此遭到厄运。《世说新语·文学》中写道：

裴郎作《语林》始出，大为远近所传，时流年少，无不传写，各有一通。载王东亭作《经王公酒垆下赋》，甚有才情。

这样走俏的著作，只因受到某大人物的责难，就不禁而废。《世说新语·轻诋》记载：

庾道季诧谢公曰："裴郎云：'谢安谓裴郎乃可不恶，何得为复饮酒？'裴郎又云：'谢安目支道林如九方皋之相马，略其玄黄，取其儁逸。'"谢公云："都无此二语，裴自为此辞耳！"庾意甚不以为好。因陈东亭《经酒垆下赋》，读毕，都不下赏裁，直云："君乃复作裴氏学！"于此《语林》遂废。今时有者，皆是先写，无复谢语。

谢安否定自已曾经说过《语林》中记载关于他的两句话，认为它记事不真实①，于是此书就被废弃了。

二、《世说新语》的性质及其底蕴

（一）上流社会的小百科全书

《世说新语》继承了魏晋志人小说的传统而集其大成。它基本上是一部集体编纂的作品。《宋书·刘道规传》附《刘义庆传》，说他"爱好文艺，文辞虽不多，然足为宗室之表……招聚文学之士，近远毕至"。《世说新语》是刘义庆和他所招聚的文学之士共同编纂而成的。它主要记载东汉末至魏晋间上层士大夫的遗闻轶事，汇集了当时士大夫清谈玄理、品评人物、言动举止、宴会游赏的记载，带有当时上流社会小百科全

①据刘孝标注引《支遁传》云："遁每标举会宗，而不留心象喻、解释章句，或有所漏文字之徒，多以为疑。谢安石闻而善之，曰：'此九方皋之相马也，略玄黄，而取其儁逸。'"可见裴启所云并非"自为"浮辞。

书的性质，足资士族门阀子弟处世应酬、谈吐对答、仪表风度、审美规范、道德标准的龟鉴。它的产生，与清谈之风有着密切关系。

清谈的风气，兴起于汉末。当时名士，清议朝政得失，臧否人物，造成上流社会的舆论，其作用是使当权的官僚受到舆论的制约，不至于无所顾忌地肆意妄为。到了魏晋时期，有的士大夫却因言语触犯统治者而遭杀身之祸，嵇康、何晏、二陆等一大批名士，都掉了脑袋。为避免卷进朝廷政治斗争的漩涡，清议朝政变为清谈玄理和遗闻轶事。诚如鲁迅所说：

> 这种清谈，本从汉之清议而来。汉末政治黑暗，一般名士议论政事，其初在社会上很有势力，后来遭执政者之嫉视，渐渐被害，如孔融、祢衡等都被曹操设法害死，所以到了晋代底名士，就不敢再议论政事，而一变为专谈玄理；清议而不谈政事，这就成了所谓清谈了。但这种清谈的名士，当时在社会上却仍旧很有势力，若不能玄谈的，好似不够名士的资格；而《世说》这部书，差不多就可以看做一部名士底教科书。①

我们从《世说新语》有关玄谈的记述中，可以看出清谈玄理在上层社会的重要地位。如《文学》篇曰：

> 何晏为吏部尚书，有位望，时谈客盈坐。王弼未弱冠，往见之。晏闻弼名，因条向者胜理语弼曰："此理仆以为极可，得复难不？"弼便作难，一坐人便以为屈。于是弼自为客主数番，皆一坐所不及。

何晏是"善谈易老"的权威，而王弼才十余岁，"便好通庄老，

---

①《中国小说的历史变迁》。

通辩能言”，何晏也称："后生可畏，若斯人者可与言天人之际矣！"王弼死时才二十四岁，晋景帝嗟叹之累日，曰："天丧予！"可见善于清谈玄理的名士在统治者心目中的声望。

《世说新语》的结构方式，如前所述，是按内容分类系事。现存经北宋晏殊删定的本子，计有：德行、言语、政事、文学、方正、雅量、识鉴等三十六门类。从分类的具体内容和编纂者所表现的倾向性来看，它所蕴含的思想内容，基本上代表了上流社会中进步士大夫的政治态度、思想意识、伦理道德、文艺观点、审美情趣。要求国家的统一，反对奢侈腐化，赞美出自内心的自觉的高尚情操和道德力量，追求自然美的意境、潇洒俊逸从容自如的风度，称赞聪明才智、旷达雅量。在这些方面，有与儒家思想相通之处，但又不能简单地归属儒家，它烙有鲜明的时代标记。哲学思想上受当时盛行的玄学影响是显然的。玄学的核心是道家任自然的学说，拨开神学迷雾与宗教气氛，因而使《世说新语》得以突破六朝小说志怪的牢笼。它写的都是人世间的故事，毫无神秘色彩，着意描写人的神态风度、言语动作，彻底摆脱志怪的模式。《世说新语》之前的小说，乃至儒家典籍或史书，都有鬼怪神灵、占卜圆梦之类的描写。《世说新语》的编纂者，却不信鬼神梦兆，也不迷信宗教，写的是实实在在的人的生活情趣。

刘义庆编纂《世说新语》，是在他正受到宋文帝刘义隆信任之时，颇有积极进取、建功立业的意向，所以重人事而远鬼神。后来却遭到宋文帝的猜忌而被疏远，用世之念顿灰，借信佛敬神韬光养晦、远祸全身，才撰作《宣验记》、《幽明录》之类志怪小说。

（二）魏晋风度的一面镜子

刘义庆本人就是贵族，对上层士大夫的思想状况、生活方式、情调意趣，非常熟悉。离《世说新语》中所写人物的时代还很近，所搜集的遗闻轶事也多。从这部小说中，我们可以窥见上层士族的精神面貌、心理特征和日常生活，不妨称它是魏晋风度的一面镜子。

1.从人的自觉高度臧否人物，判断是非

编纂者是从人的自觉的高度，作为臧否人物、品评优劣、判断是非的标准的。被褒贬的人物所具有的道德品质、情操个性，都是自然流露的，而不是外部强加、矫揉造作的，是各种人物的真性情的写照和评价。例如《德行》篇，写的是其德行崇高足以为士人典范者的故事。“陈仲举言为士则”，写东汉末年陈蕃有澄清天下之志，到豫州任太守，未进衙署，就先去拜访当地贤人徐孺子。对这种礼贤下士的作风，深表敬佩。“荀巨伯远看友人疾”，在“胡贼攻郡”的危急关头，荀巨伯守着患病的友人，在强贼威吓面前，表示“宁以我身代友人命”，对于这种舍己为人的崇高品质，自然是赞美的。庾亮明知所乘的卢马会祸害主人，宁愿自己受害，也不愿卖掉的卢马移祸于人。阮光禄慷慨好义，乐于助人，当他知道有人葬母，想向他借车而不敢开口时，他叹息道：“吾有车而使人不敢借，何以车为！”竟把车烧了。这种重义轻物的精神，也为编纂者所称赞。

相反，在《文学》篇“文帝令东阿王七步中作诗”，《尤悔》篇“魏文帝忌弟任城王骁壮”中，对曹丕忌才残忍、迫害同胞兄弟的不义行为，显然含有贬意。在《假谲》篇“魏武常言人欲危

己，己辄心动”、“魏武常云我眠中不妄近”诸则，对曹操诡谲自私、杀害无辜侍从的卑劣伎俩，以及《汰侈》篇“石崇每要客燕集”，对石崇残杀侍婢以摆阔、王敦故意袖手旁观见死不救的冷酷心理，虽无批判之词，但态度自见。在《俭啬》篇“王戎有好李”、“王戎女适裴頠”诸条，对富贵而自私刻薄、吝啬无情的守财奴王戎，多所讥讽。

2.宣扬人的聪明才智和独立人格

赞赏具有高超才能和远见卓识的人物，宣扬人的聪明才智和独立人格，这也正是人的觉醒的标志。例如《方正》篇“诸葛亮之次渭滨”，魏明帝抓住蜀军粮运艰难、不能持久的弱点，采取使蜀军不战自退的持久防御战略，派遣辛毗为司马懿军的司马。当诸葛亮用诱敌之计激怒魏军时，司马懿激愤之下想以重兵出战，辛毗“毅然仗黄钺当军门立，军不得出”。表现了辛毗刚毅沉着，高瞻远瞩的风度和才能。

“夏侯玄既被桎梏”则表现了士可杀而不可辱的独立人格：

> 夏侯玄既被桎梏，时钟毓为廷尉，钟会先不与玄相知，因便狎之。玄曰：“虽复刑余之人，未敢闻命。”考掠初无一言，临刑东市，颜色不异。

为保持人格尊严，重刑和屠刀都不能使他屈服。“王含作庐江郡，贪浊狼籍”条的何充，“王敦既下，住船石头”条的温峤，不为王敦威势所动，据实直言，不作违心之论，也表现了人格的高贵。

“阮宣子伐社树”和“论鬼神有无”两条，从辩论中说明没有鬼神，这在当时是很卓越的见识。

《识鉴》篇“郗超与谢玄不善”，赞美郗超以国家利益为重，顾全大局，不以个人“爱憎匿善”，竭力推荐谢玄率兵北讨苻坚，果然取得胜利。

更难能可贵的是重视妇女的才能和品格。例如《言语》篇赞美谢道韫的文学才能：

谢太傅寒雪日内集，与儿女讲论文义。俄而雪骤，公欣然曰："白雪纷纷何所似？"兄子胡儿曰："撒盐空中差可拟。"兄女曰："未若柳絮因风起。"公大笑乐。即公大兄无奕女、左将军王凝之妻也。

比喻贵在准确、生动、形象化，胡儿与谢道韫对雪的两种不同比拟，显示出才情的高低，真可谓巾帼压倒须眉。

《贤媛》篇各条都是赞扬德才兼备的妇女的。例如描写陶侃母亲湛氏的贤德才能就很感人：一条写陶侃家境贫困，于冰雪积日之时来了范逵，还带来许多仆人和马匹，湛氏嘱咐陶侃出面应酬，而自己剪下头发卖掉，买米招待客人，剉碎草垫喂马，使陶侃"大获美誉"。另一条写陶侃做鱼梁吏，利用职权派人送鱼回家，侃母写信斥责这种假公济私的行为。这样高尚的品格，当然值得称道。

3.描绘士大夫的生活方式和风度气质

对当时上层社会清谈风气、怪诞的生活方式的描写，形象地反映了魏晋士大夫的风度、气质。晋代士大夫喜欢标榜"任诞"、"旷达"、"清谈"之风。编纂者对名士在清谈中表现才气和风雅的姿态，是赞赏的，但是对当权贵族因清谈误国，则持批评态度。略举数例，以见一斑：

裴散骑娶王太尉女。婚后三日，诸婿大会。当时名士、王裴子弟悉集。郭子玄在坐，挑与裴谈。子玄才甚丰赡，始数交未快，郭陈张甚盛，裴徐理前语，理致甚微，四坐咨嗟称快；王亦以为奇，谓诸人曰："君辈勿为尔！

将受困寡人女婿。”

谢镇西少时，闻殷浩能清言，故往造之。殷未过有所通，为谢标榜诸义，作数百语，既有佳致，兼辞条丰蔚，甚足以动心骇听。谢注神倾意，不觉流汗交面。殷徐语左右，取手巾与谢郎拭面。

王逸少作会稽，初至，支道林在焉。孙兴公谓王曰："支道林拔新领异，胸怀所及，乃自佳，卿欲见不？"王本自有一往隽气，殊自轻之。后孙与支共载，往王许，王都领域不与交言。须臾，支退后，正值王当行，车已在门，支语王曰："君未可去，贫道与君小语。"因论《庄子·逍遥游》，支作数千言，才藻新奇，花烂映发，王遂披襟解带，留连不能已。

上引几条均见《文学》篇，从中可以看出，编纂者对清谈所表现出来的才华、风度，是含有欣赏之情的。清谈既然是当时上流社会的风气，著名人士对清谈都很重视，《赏誉》篇记载：

卫伯玉为尚书令，见乐广与中朝名士谈议，奇之，曰："自昔诸人没已来，常恐微言将绝，今乃复闻斯言于君矣！"命子弟造之曰："此人，人之水镜也，见之若披云雾睹青天。"

卫瓘与何晏、邓飏等都是很善于清谈的名流，而对乐广的清谈之才，特别推崇，以人之水镜为喻，其明鉴清爽犹如拨云雾而见青天。据《晋阳秋》记载："乐广善以约言厌人心，其所不知，默如也。太尉王夷甫、光禄大夫裴叔则能清言，常曰：'与乐君言，觉其简至，吾等皆烦。'"清谈不但要理致微妙、才藻新奇，而且要言辞简约而意蕴丰富。

编纂者对于晋代士大夫的当权人物清谈误国，却持批判态度。《言语》篇借王羲之之口，尖锐地批评了谢安以清谈脱俗为高的生活态度：

> 王右军与谢太傅共登冶城，谢悠然远想，有高世之志。王谓谢曰："夏禹勤王，手足胼胝；文王旰食，日不暇给。今四郊多垒，宜人人自效，而虚谈废务，浮文妨要，恐非当今所宜。"谢答曰："秦任商鞅二世而亡，岂清言之患邪！"

王羲之的批评是切中肯綮的，而谢安的回答则是强词夺理，为清谈之风辩护。

桓温尽管有个人野心，但他竭力主张收复中原、批评王夷甫等当权士大夫的清谈误国，却是正确的：

> 桓公入洛，过淮泗，践北境，与诸僚属登平乘楼，眺瞩中原，慨然曰："遂使神州陆沉，百年丘墟，王夷甫诸人不得不任其责！"……

据《晋阳秋》记载："夷甫将为石勒所杀，谓人曰：'吾等若不祖尚浮虚，不至于此！'"桓温则是站在总结历史教训的高度，指出王夷甫等当权人物应负清谈导致国家衰亡的历史责任。

魏晋名士往往以桀骜不驯、任诞恣肆的姿态以示清高，不与统治者同流合污。最有代表性的就是"竹林七贤"。阮籍、嵇康、山涛、刘伶、阮咸、向秀、王戎等七人，"常集于竹林之下，肆意酣畅，故世谓'竹林七贤'"（《任诞》篇）。他们以恣情任性的生活态度，蔑视统治者所提倡的而实际上是很虚伪的礼教。司马昭声称以孝治天下，阮籍却偏要在母亲丧期饮酒吃肉。《任诞》篇记载：

阮籍遭母丧，在晋文王坐进酒肉。司隶何曾亦在坐，曰："明公方以孝治天下，而阮籍以重丧显于公坐，饮酒食肉，宜流之海外，以正风教。"文王曰："嗣宗毁顿如此，君不能共忧之，何谓？且有疾而饮酒食肉，固丧礼也。"籍饮啖不辍，神色自若。

阮籍并不是不要礼教，而是反对在形式上弄虚作假、沽名钓誉的伪礼教。《任诞》篇还记载：

阮籍嫂尝还家，籍见与别，或讥之。籍曰："礼岂为我辈设也？"

《曲礼》中有"嫂叔不通问"之说，是一种违反正常人情的假礼教，阮籍当然不遵守这一套。

旷达任性、放纵不拘小节，是所谓"魏晋风度"的表现形式。《任诞》篇也有具体的描写：

张季鹰纵任不拘，时人号为江东步兵。或谓之曰："卿乃可纵适一时，独不为身后名邪？"答曰"使我有身后名，不如即时一杯酒。"

毕茂世云："一手持蟹螯，一手持酒杯，拍浮酒池中，便足了一生。"

这种人生态度，现在看来好像是消极颓废的，但其实质却是对生活的热爱，意识到人生的短暂，于是尽情享受眼前的快乐，而不去计较身后的评价。

恣情任性走向极端，就成了狂怪荒诞，例如刘伶纵酒：

刘伶恒纵酒放达，或脱衣裸形在屋中，人见讥之，伶曰："我以天地为栋宇，屋室为裈衣，诸君何为入我裈中！"

诸阮皆能饮酒，仲容至，宗人间共集，不复用常杯斟酌，以大瓮盛酒，围坐相向大酌。时有群猪来饮，直接去上，便共饮之。

这是一种被扭曲了的变态心理的反映，而不是什么旷达。

编纂者对于晋代当权的士大夫在国难当头之际仍然不改醉生梦死的生活方式，多有微辞：

周伯仁风德，雅重深达。危乱过江，积年恒大饮酒，尝经三日不醒。时人谓之"三日仆射"。

卫君长为温公长史，温公甚善之，每率尔提酒脯就卫，箕踞相对弥日，卫往温许亦尔。①

周顗、温峤等人，都是声望较高的头面人物，但纵酒无度、贻误国事，却是应该受到批评的。据《晋阳秋》记载："初，顗以雅望获海内盛名，后屡以酒失。庾亮曰：'周侯末年可谓风德之衰也。'"

三、《世说新语》的审美意识与艺术风格

如果说志怪小说在题材、主题和浪漫主义的艺术表现手法方面，对后来小说、戏曲产生了深远影响的话，那么，以《世说新语》为代表的志人小说，主要是在记事传人、典型化与个性化的现实主义艺术手法、审美意识方面，为后来的小说艺术积累了经验或提供了美学观念的借鉴。

作品所记载的主要是汉魏两晋间上层社会中某些人物的传

①以上引文，均见《世说新语·任诞》篇。

闻轶事，带有笔记小说的性质。每则篇幅很简短，当然还谈不上现实主义的创作方法，但它写人记事，既注意生活真实，又有较高的艺术性。所写的是人间的言谈和行动，把人作为审美的主要对象，写作目的不是仅仅为了宣扬教化，而且注意艺术的赏心娱乐，正如鲁迅所说："记人间事者已甚古，……若为赏心而作，则实萌于魏而盛大于晋，……要为远实用而近娱乐矣。"①不仅在题材上突破志怪的牢笼，而且在创作目的和写法上，除了教化的功利和记录舛讹之事以外，更能注意文学作品"赏心娱乐"的审美价值。从《世说新语》中，我们可以看出当时士大夫的审美意识。这主要表现在以下几方面：

（一）以简约玄澹之言，写高妙绝俗之形

因所写的对象主要是魏晋名士生活，编纂者的美学观念与当时上层士大夫的审美心理分不开。他们欣赏超尘绝俗、恬淡潇洒、旷达狂傲的性格特征和与之相适应的意境美。描写人物或景色，都善于抓住具有典型特征的神韵风姿，而语言特别精炼、雅淡，含意深永，把人物的性格、精神面貌和意境，生动地表现出来。

如《赏誉》篇描写王导的生活方式与风度、气质：

王丞相招祖约夜语，至晓不眠。明旦有客，公头鬓未理，亦小倦，客曰："公昨如是似失眠。"公曰："昨与士少语，遂使人忘疲。"

何次道往丞相许，丞相以麈尾指坐，呼何共坐，曰：

---

①《中国小说史略》第七篇。

"来，来，此是君坐！"

通宵达旦清谈，会客时不理鬓发，以麈尾指呼客人入坐，如此散漫潇洒，喜好清谈，正是晋人风度的表现形式之一。编纂者将描写这种风度、气质的篇章题名"赏誉"，也表明自己的审美意趣。

又如《德行》篇，描述管宁割席，寥寥数十字，从对故事的叙述、人物动作的描绘中，显示出管宁、华歆两人不同的品性。典型事例是对锄地见金、达官贵人的不同态度。结尾写管宁对华歆说："子非吾友也！"并以割席的动作以示决绝。其性格跃然。

《任诞》篇写道："王子猷尝暂寄人空宅住，便令种竹。或问：'暂住何烦尔？'王啸咏良久，直指竹曰：'何可一日无此君！'"从极简洁的对话和人物神态、手势的描写中，表现出王子猷高洁孤傲、不同流俗的名士风度。

晋人对于自然景物，是欣赏高洁明净之美，例如《任诞》篇对王子猷的心态描写：

> 王子猷居山阴，夜大雪，眠觉开室，命酌酒。四望皎然，因起彷徨，咏左思《招隐诗》。忽忆戴安道，时戴在剡，即便夜乘小船就之。经宿方至，造门不前而返。人问其故，王曰："吾本乘兴而行，兴尽而返，何必见戴？"

大雪之夜，"四望皎然"，饮酒咏《招隐诗》，这意境就是富有诗意的，与左思诗中的意境相映成趣。也正是这种自然美的意境，激发夜乘小船远访友人之兴。到了友人家门口，却不见友人便返回，好像是荒唐怪僻的行为，其实这正表现了当时士大夫追求个性自由、任性放达的心理，重在个人的兴致，而不在于事理。有如绘画艺术，遗貌取神，不拘行迹。

又如《言语》篇，描述顾恺之、王子敬对山川风光的赞赏之情："顾长康从会稽还，人问山川之美。顾云：'千岩竞秀，万壑争流；草木蒙笼，其上若云兴霞蔚。'"俨然是一幅天然图画。王子敬则云："从山阴道上行，山川自相映发，使人应接不暇。若秋冬之际，尤难为怀。"从中体现了这两个人的审美心理及其高致雅韵。作者抓住人物的性格特征，只须一两句话，就能活现人物形象。正如明人胡应麟《少室山房笔丛》所云："读其语言，晋人面目气韵恍然生动，而简约玄澹，真致不穷，古今绝唱也。"①

《世说新语·容止》篇对人物仪表美的描写，既反映了那个时代的审美意识，也表现了作者描写人物的风格特征，简约而形象生动。例如写嵇康：

> 嵇康身长七尺八寸，风姿特秀。见者叹曰："萧萧肃肃，爽朗清举。"或云："肃肃如松下风，高而徐引。"山公曰："嵇叔夜之为人也，岩岩若孤松之独立；其醉也，傀俄若玉山之将崩。"

借助于具体物象的比喻，形象地描绘了人物的神采风韵、气质风度之美。写王羲之则"飘如游云，矫若惊龙"，潇洒而矫健。

作者特别注意对人物眼神的描写，如写王戎："裴令公目王安丰眼烂烂如岩下电。"写裴楷患病，向壁而卧，惠帝派王夷甫去看他的情景："闻王使至，强回视之；王出，语人曰：'双目闪闪如岩下电，精神挺动，体中故小恶。'"描写杜弘治眼睛又别具特色："王右军见杜弘治，叹曰：'面如凝脂，眼如点漆，此神仙中人。'"顾恺之画人，也讲究点睛，他说："四

---

①见该书《九流绪论》下。

体妍蚩，本无关于妙处，传神写照，正在阿堵中。”他要为殷仲堪画像，殷因眇目自感形象不佳，不愿人家替他画像。顾恺之说：“明府正为眼尔，但明点童子，飞白拂其上，使如轻云之蔽日。”①格外传神。又如他画裴叔则，“颊上益三毛”。“人问其故，顾曰：‘裴楷儁朗有识具，正此是识具。’看画者寻之，定觉益三毛如有神明，殊胜未安时。”美学上所追求的是神似，而不在于形似。

（二）在对比中凸现人物个性

《世说新语》善于将人物置于特定环境中，通过各自的言语行动，在对比中突现不同人物的个性。《雅量》篇写谢安与孙兴公诸人泛海邀游，“风起浪涌”，“风急浪猛”，从处于险境中所表现的不同神态举止的描写中，活现出谢安临危不乱、沉着果断的风度和气魄，以及孙兴公诸人惶遽懦怯的心理状态。同篇写魏明帝砍掉老虎爪牙，放在宣武场上，让百姓去参观。此时王戎才七岁，也去看，忽然老虎“攀栏而吼，其声震地，观者无不辟易颠仆，戎湛然不动，了无恐色”。在与观众恐慌畏惧神态的对比中，突出王戎的从容镇静、有胆有识。再如《言语》篇“过江诸人”，写东晋时南渡的士大夫，在风和日丽之时，相聚新亭宴饮，周顗叹道：“风景不殊，正自有山河之异！”众人相视流泪，惟有王导愀然变色曰：“当共戮力王室，克复神州，何至作楚囚相对！”善于用简约而富有个性特点的语言，来描写人物的对话、神态和动作，是《世说新语》艺术风格的一大特色。作者往往将不同人物置于同一境遇中，从人物的不同反应中表现不同的性格与气质。《雅量》篇描写道：“王子

①顾恺之作画，见《世说新语·巧艺》篇。

献、子敬曾俱坐一室，上忽发火，子猷遽走避，不惶取屐；子敬神色恬然，徐唤左右，扶凭而出，不异平常。世以此定二王神宇。”实际上作者所定的等次已很明显。

对于人的品德评价，往往也采取两相比较的方法，如《德行》篇对华歆、王朗的品评：

> 华歆、王朗俱乘船避难，有一人欲依附。歆辄难之，朗曰："幸尚宽，何为不可？"后贼追至，王欲舍所携人，歆曰："本所以疑，正为此耳！既已纳其自托，宁可以急相弃邪？"遂携拯如初。世以此定华、王之优劣。

在比较中作鉴别的艺术手法，能给读者留下更深刻的印象。

（三）选取具有典型意义的细节表现人物性格特征

《世说新语》的篇幅虽短，却能通过生活中某些具有典型意义的细节描写，来表现人物性格特征。如《雅量》篇“顾和始为扬州从事”，写顾和遇事从容自如、不拘小节、不为他人所动而胸有成竹的气质和个性，就是通过很有晋人时代特色的细节表现出来的。大人物周顗经过顾和车边，“和觅虱，夷然不动”；周顗返回时，指顾心曰：“此中何所有？”“顾搏虱如故，徐应曰：‘此中最是难测地。’”周顗在丞相王导前称赞顾和“有令仆才”。又如《政事》篇，从陶侃令船官悉录锯木屑、竹厚头和越级提拔肯动脑筋工作效率高的部属，这二三件小事中，刻画出陶侃精细明察、深谋远虑的性格特征。《雅量》篇“谢公与人围棋”，从谢安看了谢玄捷报，“默然无言，徐向局”的细节描写，表现了谢安政治家喜怒不形于色、沉着冷静的风度气量。《忿狷》篇以王蓝田吃鸡蛋的细节描写，生动地表现了他性急的个性特点："食鸡子，以箸刺之，不得，便大怒，举以掷地；鸡子于地圆转未止，仍下地以屐齿蹍之，又不得；瞋甚，复于地取内口中，啮破即吐之。"同篇"谢无奕性粗强"，则从王蓝田容忍谢无奕肆意谩骂，"正色面壁"的细节描写中，刻画出王蓝田性格中沉着宽容的一面。

《世说新语》已经注意人物性格的发展变化。《自新》篇中的两则故事，就是描写周处和戴渊如何改恶从善，成为国家有用之材的。特别是对周处转变过程的描写，已较细致生动。

（四）《世说新语》在文言小说史上的地位与影响

《世说新语》在文言小说史上具有较大的影响，有其一定的地位。它的许多故事，为后来的小说、戏曲提供了丰富的素材；有些故事则成为著名的典故。在它的影响下，创立了笔记小说中的"世说体"，仿效者甚多，著名的如：唐王方庆《续世说新语》、宋王谠《唐语林》、明何良俊《何氏语林》、清梁维枢《玉剑尊闻》、易宗夔《新世说》、王晫《今世说》等。

《世说新语》对文言小说更深层的影响，是在艺术风格、表现技巧等方面的美学品位上。这对后来的笔记体一派文言小说的影响固不待言，即便是对传奇体一派，也有潜移默化之功。唐人传奇以至明代"三灯"、清人《聊斋志异》等传奇体代表作品，虽然篇幅较长、描写细致宛转，但在美学上都追求含蓄雅洁、意蕴隽永之美。

四、南朝其他志人小说

南北朝时期的志人小说，除了《世说新语》这部名著以外，可称者尚有虞通之《妒记》、沈约《俗说》、殷芸《小说》等。

（一）虞通之《妒记》

虞通之，生平不详，为刘宋时人。所撰《妒记》虽已佚，但《隋书·经籍志》、《新唐书·艺文志》于杂传类均有著录，二卷。鲁迅《古小说钩沉》亦曾辑录。虞通之的事迹，于《南史》卷七十二《丘巨源传》，略知其有学行，会稽余姚人，善言《易》，官至步兵校尉。隋《志》集部载“宋黄门郎虞通之集十五卷”，又两唐《志》杂传类载虞撰《后妃记》四卷。至于作者撰《妒记》的动因，《宋书》卷四十一《后妃传》直言：“宋世诸主，莫不严妒，太宗每疾之。湖熟令袁慆妻以妒忌赐死，使近臣虞通之撰《妒妇记》。”也是奉敕而作。

妇女妒忌，原是封建社会不合理的一夫多妻制所扭曲的妇女心态，是社会地位处于劣势的妇女维护婚姻正当权利的性格化表现，实际上受损害的还是妇女。写妒妇的文学作品，对认识封建社会中的婚姻与家庭，有一定作用。皇帝命近臣撰《妒妇记》，旨在警诫妇女，为自己的腐化生活张目。封建礼教规范，就不许妇女有妒忌之心，犯妒是“七出”罪名之一。

“李势女”条，写桓温平蜀时，掠取成汉国君李势之女为妾，温妻南郡主凶妒，拔刀率众婢欲杀李女；见李女美而可怜，顿生怜悯之心。写温妻态度转变，微妙合理：

> ……见李在窗前梳头，发垂委地，姿貌绝丽；乃徐下地结发，敛手向主曰：“国破家亡，无心以至今日；若能见杀，实犹生之年。”神色闲正，辞气凄惋。主乃掷刀，前抱之曰：“阿姊见汝，不能不怜，何况老奴。”遂善遇

之。

描摹神态举止、语言声息，简洁而具有性格特征，形象活现。凶悍的妒妇，也富于同情心。

从小说艺术角度来看，“曹夫人”条，是很精采的。王导的曹夫人好妒，王不堪忍受，“乃密营别馆，众妾罗列，儿女成行”。后来曹夫人得知，既惊讶，又愤怒，于是出现了喜剧性的场面：

> （曹氏）乃命车驾将黄门及婢二十人，人持食刀，自出寻讨。王公亦遽命驾，飞辔出门。犹患牛迟，乃左手攀车阑，右手捉麈尾，以柄助御者打牛，狼狈奔驰，方得先至。

从王导密营别馆到秘密败露时的惶遽狼狈之状，通过左手攀车、右手以麈尾柄助御者打牛等细节描写，活现出一个伪君子的丑陋灵魂。蔡克对王戏言“朝廷欲加公九锡……闻有短辕犊车，长柄麈尾”，可谓绝妙讽刺。王恼羞成怒，贬了蔡克，更暴露了王导的阴暗心理。

“刘夫人”条，写谢安的刘夫人，不许谢立妓妾。谢的侄儿及外甥以《诗经》中《关雎》、《螽斯》“有不忌之德”试探刘夫人。“夫人知以讽已，乃问：‘谁撰此诗？’答云：‘周公。’夫人曰：‘周公是男子，乃相为尔；若使周姥撰诗，当无此语也。’”真是妙语惊人，是对歪曲《诗经》之意、为男子恣意放荡强以圣人为根据的卑劣行径有力的反击。

有的妒妇故事，带有笑话性质。例如“京邑士人妇”条，写妒妇为防丈夫外出，“常以长绳系夫脚，且唤，便牵绳”。于是士人与巫婆设计：“因妇眠，士人入厕，以绳系羊，士人缘墙走避。妇觉，牵绳而羊至，大惊怪，召问巫。……”从这种恶作剧的笑话中，反映了封建婚姻制造成的夫妇互相捉弄折磨，这也是婚姻家庭的悲剧。

（二）沈约《俗说》

沈约（公元441—513年），是以诗文声律著称的南朝文学家。他字休文，吴兴武康人。历仕宋、齐、梁三朝，官至尚书令，加特进。传见《梁书》卷十三、《南史》卷五十七。《梁书》本传称有文集一百卷，《迩言》十卷。《隋书·经籍志》子部杂家类始著录《俗说》三卷，又根据《七录》注称“梁五卷”，题沈约撰；此外，称有《杂说》二卷、《袖中记》二卷、《珠丛》一卷。还撰有《宋书》一百卷。

《俗说》于两唐《志》未见著录，《宋史·艺文志》小说家类著录，仅存一卷。清马国翰《玉函山房辑佚书》杂家类，辑有一卷。鲁迅《古小说钩沉》辑得五十二则。

《俗说》主要记述东晋名人逸事，于短小的故事中，自然流露或褒或贬的寓意，其体裁类似裴启《语林》。

例如《买得郎》条，记桓彝死后，家道艰难，其遗孀孔夫人患病，需吃羊肉，长子桓温想以幼弟桓冲（小字买得）作抵押，向养羊的富翁赊购羊，羊主人对桓温说：“仆乃不须买得郎为质，但郎家贫，幸可为郎养买得郎耳！”后来桓冲任车骑将军，都督豫、江二州六郡军事，在江州练习射箭时，看见昔日羊主，就喊过来问：“公识我否？”答云：“不识。”桓冲说：“我是昔日买得郎也。”作者不加一字评说，而对羊主人的褒奖、对桓冲贵而不忘贫贱时的恩人之谊，从两人具有个性的对话中，生动地表现了出来。

又如《桓石虎（虎，应是“虔”字之误）》条，写征西将军桓豁之子桓石虔与虎搏斗的情景，也颇有生气：

> ……石虎亦从猎围中射虎，虎被数箭，伏在地。诸将谓石虎曰："恶郎能拔虎箭不？"石虎小字恶子，答曰："可拔耳！"恶子于是径至虎边，便拔得箭；虎跳越，恶子亦跳，跳乃高虎跳。虎还伏，恶子持箭便还。

在极其短小精悍的篇幅中，石虔斗虎的勇猛神态姿势及其莽憨之气，活生生地描摹出来。

再如《殷伯仁》条，写何无忌以江东五郡军事首领之尊，与参军殷伯仁共樗蒲博戏。殷得何百万便止，何竟至恼怒以权势相威胁："戆子敢尔！取节来。"殷犹傲然，谓何曰："朝廷授将军三千羸兵狗头节，以威蛮獠，乃复拟议国士，异事！"何将殷付狱中。"殷啸歌自若，经一日，遂恚死。"显然，作者对何无忌为钱财而迫害幕僚致死的残暴行为，是持否定态度的；对在长官的权势威胁面前，犹桀骜不驯，据理驳斥，在狱中仍然啸歌自若的殷伯仁，则颇有惋叹之情。

（三）殷芸《小说》

殷芸（公元471—529年），字灌蔬，陈郡长平（今河南西华县东北）人。他勤奋好学，知识广博。性情洒脱，不拘泥小节。萧齐永明年间，为宜都王萧铿行参军。入梁，历仕西中郎主簿、临川王萧宏记室、中书舍人、国子博士、昭明太子萧统侍读、西中郎豫章王萧综长史、领丹阳尹丞。萧综任安右将军时，芸为安右长史。据《隋书·经籍志》子部小说类著录，殷芸撰《小说》为十卷，但注云"梁目三十卷"，从题"梁武帝敕安右长史殷芸撰"可见，殷芸撰此书是受梁武帝的敕令，时在天监十三至十四年安右长史任内。编撰《小说》之意，是为了补正史的不足，保存一些有价值的史料。这些材料多半从别的书中辑录出来，原书不少已亡佚，却赖《小说》保存下来。有些故事则采自民间传说，小说意味更浓。

昭明太子雅好文学，广集文士于东宫。殷芸既为太子侍读，与彭城刘孝绰、吴郡陆倕、瑯琊王筠等同“以方雅见礼”。与裴之野、刘之遴、刘显、顾协、阮孝绪等名士，也以文字相交好，这对《小说》的编撰，是有益的。

《小说》的编撰体制，似王嘉《拾遗记》，带有杂史性，首卷为“秦汉魏晋宋诸帝”，以下各卷记述自周迄宋齐的知名人物故事；内容则着重志人，近乎《语林》、《世说新语》、《俗说》之体，不同于《拾遗记》的博物志怪色彩，只是偶或记载一些带神秘性乃至封建迷信之事。

例如卷一首条记秦始皇事：

> ……始皇作石桥，欲过海观日出处。时有神人能驱石下海，石去不速，神人辄鞭之，皆流血，至今悉赤。阳城山上石皆起立东倾，如相随状，至今犹尔。

这显然是把秦始皇神秘化了。

又如第三条记汉高祖避项羽于厄井之事：

> 荥阳板渚津原上有厄井，父老云：汉高祖曾避项羽于此井也，为双鸠所救。故俗语云：“汉祖避时难，隐身厄井间。双鸠集其上，谁知下有人？”汉朝每正旦辄放双鸠，或起于此。

这则故事所述事实，也许实有其事。刘邦被项羽穷追猛打，无处藏身，危急之际，躲入厄井；项羽见井上集有双鸠，就以为井中无人而离去。双鸠集井而使刘邦幸免于难，纯属偶然。而在民间传说中就渲染上吉人自有天相的宿命色彩，汉王朝更予以附会，神化“真命天子”。在志怪小说盛行的时代，志人小说中沾染志怪之风，也是很自然的。卷二“王子乔墓”条，写战国时盗发王子乔墓：“睹之无所见，唯有一剑，悬在空中。欲取之，剑便作龙鸣虎吼，遂不敢近。俄而径飞上天。”把传说中王子乔乘鹤仙去的故事，更加予以神化。

《小说》中一些真正的志人之作，善于在人物的言语行动中刻画性格，如卷二“子路杀虎问孔子”条：

> 孔子尝游于山，使子路取水。逢虎于水所，与共战，揽尾得之，内怀中；取水还，问孔子曰：“上士杀虎如之何？”子曰：“上士杀虎持虎头。”又问曰：“中士杀虎如之何？”子曰：“中士杀虎持虎耳。”又问：“下士杀虎如之何？”子曰：“下士杀虎捉虎尾。”子路出尾弃之。因恚孔子曰：“夫子知水所有虎，使我取水，是欲死我。”乃怀石盘，欲中孔子。……

接着，子路就问上、中、下士杀人有何区别，孔子回答：上士杀人使笔端，中士杀人用舌端，下士杀人怀石盘。“子路出而弃之，于是心服。”把孔子的智慧、子路的鲁莽好勇而不失理智的性格特征，写得栩栩如生。子路揽虎尾、弃虎尾，怀石盘、弃石盘的细节，具有典型意义。

卷四“陈元方”条，通过客人对陈元方之父负期先行的责难，和元方巧妙的回答致使客人感到惭愧，表现了七岁儿童陈元方的机敏善辩而又带童稚之气的特征。卷三“蔡邕”条，说蔡邕与张衡才貌相似、邕是衡的后身，固然是荒诞的，但王允诛董卓、株连蔡邕，却暴露了王允忌才报复的心理。从马日磾与王允的对话中，表现出蔡邕的忠直品性与超群的才能，王允则心胸狭窄、不能容人：“太尉马日磾谓允曰：‘伯喈忠直，素有孝行，且旷世逸才，多识汉事，当定十《志》①；今子杀之，海内失望矣。'允曰：'无蔡邕，独当无十《志》，何损？'遂杀之。"说明王允为泄私愤，不顾大体，缺乏政治家的宽弘大度和远见卓识。

卷五"贫人宿瓮"条，是民间的笑话，饶有风趣，而实可悲，令读者发出含泪的笑声：

> 俗说：有贫人止能办只瓮之资，夜宿瓮中，心计曰："此瓮卖之若干，其息已倍矣。我得倍息，遂可贩二瓮，自二瓮而为四，所得倍息，其利无穷。"遂喜而舞，不觉瓮破。

穷人幻想致富，原是可以理解的。其所以带有悲剧性，因他的幻想是脱离实际的。在自给自足的自然经济社会里，"只瓮之资"根本不可能致富，只瓮倍息的经营思想，只能落得破瓮的结局。如果是在资本原始积累时期，这种幻想也许会成为自由竞争的动力。

《小说》中记述了一些知名人物的遗迹，具有历史文物的参考价值。例如卷六关于孔明故宅的记载：

> 襄阳郡有诸葛孔明故宅，故宅有井，深五丈，广五尺，曰葛井。堂前有三间屋地，基址极高，云是避水台。宅西有山临水，孔明常登之，鼓琴而为《梁甫吟》，因名此山为乐山。……

孔明隐居在今湖北省襄阳城西南约三十里的隆中，诸葛井等遗

---

①十《志》，纪传体史书的记事部分曰"志"，《汉书》有律历、礼乐、刑法、食货、郊祀、天文、五行、地理、沟洫、艺文等十《志》。邕愿望能续写汉光武以来之《志》。

迹尚在，景色秀雅。有抱膝石，相传为孔明抱膝长吟处。

“武侯与宣王治兵”，描述孔明与司马懿两位统帅的不同风度，颇为传神：

> 武侯与宣王治兵。将战，宣王戎服莅事，使人密觇武侯。乃乘素舆，葛巾，持白羽扇，指麾三军，众军皆随其进止。宣王闻而叹曰：“可谓名士矣。”

孔明和司马懿都是著名的儒将，两人的谋略、才能，真可谓棋逢敌手、将遇良才；但两人临战时的风度却不同，司马懿是全副武装，而诸葛亮却“乘素舆，葛巾，持白羽扇，指麾三军”，保持名士本色，风度潇洒自如，使司马懿也感叹不已。这里所描述的诸葛亮装束风度，成了后来戏曲、小说中塑造诸葛亮艺术形象的定格。

《小说》的卷十末条记齐宜都王铿事，写道：“三岁丧母，及有识，问母所在，左右告以早亡，便思慕蔬食。自悲不识母，常祈请幽冥，求一梦见。至六岁，梦见一妇人，谓之曰：‘我是汝之母。’铿悲泣。旦说之，容貌衣服，事事如平生也。”幼子思母之情，真挚深切，颇为感人。至于梦境所见慈母，“容貌衣服，事事如平生”，虽奇幻而并不怪异，三岁丧母，六岁梦见，依稀仿佛之印象，诚未泯灭，梦幻中出现母亲当年形象，不足怪也，而其情可感。

从今人周楞伽辑注本看，《小说》原本就只十卷，三十卷之说恐不确切。辑本附《梁书·殷芸传》、《历代著录》，亦便于参阅。

第 二 编

隋 唐 五 代

第一章　唐人小说发展概貌

一、唐人小说的特质与“传奇”名称的由来

文言小说发展到唐代，已经臻于成熟，并达到了我国小说史上的第一个高峰。它汲取了古代神话、六朝志怪小说和志人小说以及汉魏六朝史传文学的有益养分，形成一种独特的小说形式，即唐人传奇。

对唐人传奇有着直接影响的，是六朝志怪小说。尽管志怪小说的故事情节一般都较简单，但也有某些作品，情节曲折离奇，结构相当完整，并开始注意对人物性格的刻画。有些作品富于浪漫性的想象，某些细节描写也较生动真实，语言大都比较精炼。这些都为唐传奇提供了良好的借鉴。志怪小说的题材，对唐传奇也有深远影响，这在前编已经论述。总观六朝志怪影响唐传奇特质之构成，主要在于志怪艺术的想象力和情节的奇异性。

六朝的志人小说，在记事传人的艺术技巧上，也为唐传奇积累了某些经验。唐传奇的重要特质，是描写的人物和事件，都贴近现实生活，即使是志怪性的传奇作品，虽以怪异的形式出现，却仍然具有人情，生活气息较浓，真实感较强，这正是六朝志人小说艺术精神的继承和发扬。

唐传奇的重要特质之一，是带有传记性。构成这一特质的原因，是受史传文学传统的影响，这在作品的结构和人物描写方面，尤为明显。具有代表性的唐人传奇，在表现形式和艺术技法上，与《史记》等正史传记非常相似。它们大都故事性比较强，首尾都很完整，文章开始先把人物家世、生平甚至外貌特征作简要交代，然后展开人物间的矛盾冲突，情节曲折，叙述生动，而结尾往往是作者的评论，通过评论来表明作者的思想倾向。

我们试把《史记》中的《游侠列传》，与唐人传奇《冯燕传》略加比较，就可以发现它们之间的源流关系。《游侠列传》中关于郭解的描写是这样的：

> 郭解，轵人也，字翁伯，善相人者许负外孙也。解父以任侠，孝文时诛死。解为人短小精悍，不饮酒。少时阴贼，慨不快意，身所杀甚众。以躯借交报仇，藏命作奸，剽攻不休，及铸钱掘冢，固不可胜数。……及解年长，更折节为俭，以德报怨，厚施而薄望。然其自喜为侠益甚。……

这里先介绍了郭解的身世、外形和性格的特点，以及少年时干了一些坏事，长大以后改恶从善，成为有名的豪侠之士。后面就通过几件具体的事情，在矛盾冲突中表现出他侠义的性格。最后，作者对郭解其人发表一番议论。《冯燕传》基本上也是采用这种文章的格局：

> 冯燕者，魏豪人，父祖无闻名。燕少以意气任专，为击毬斗鸡戏。魏市有争财斗者，燕闻之往，搏杀不平；遂沈匿田间。官捕急，遂亡滑。益与滑军中少年鸡毬相得。时相国贾公耽在滑，能燕材，留属中军。……

作了以上介绍后，文章描写了冯燕与张婴之妻私通的过程。这件事本身当然是不足取的。但婴妻有一次与燕幽会时恰遇其夫醉归，为了取媚于冯燕，竟以刀授燕；冯燕没有杀她的丈夫，倒把这个不讲夫妻情义的女人杀了。而张婴却因此蒙冤，屈招杀妻之罪，被官府押赴刑场处决。正在生死关头，"有一人排看者来，呼曰：'且无令不辜死者。吾窃其妻，而又杀之，当系我。'吏执自言人，乃燕也"。正是通过这场生与死的尖锐矛盾冲突，表现了冯燕的豪侠性格。作者在结尾议论中，所赞许的也是这种性格："燕杀不谊，白不辜，真古豪矣！"许多著名的传奇小说，基本上都采取传记体的构架方式，而在情节上具有更多的奇异性。志怪小说、志人小说与史传文学的融汇，整合成唐传奇小说的本质特征：即传记体的格局，奇异性而又贴近现实生活的内容，叙事写人细致、真实，而语言都较精炼、生动。

为什么称唐人短篇文言小说为"传奇"呢？这种文学样式才兴起时，尚无公认的统一名称，只称各篇的篇名，如《霍小玉传》、《李娃传》、《柳毅传》等。最早用"传奇"作小说集名称的，是晚唐时期的作家裴铏，但把这种小说称为传奇，倒不是裴铏的发明，而是人们根据它记叙奇行异事又带有传记性的特质，约定俗成的。元稹的《莺莺传》，原名就叫《传奇》。不过在中唐以前，文坛崇尚诗文，小说这类文字，篇幅较长，写得委婉曲折，又有一些虚构戏谑甚至怪异的成分，不为正统派文人所重视，戏称它为"传奇"，以示与高雅的古文相区别，但并无訾贬之意①。其实，唐代古文大家韩愈，就曾写过"传

①鲁迅《中国小说史略》第八篇云："故论者每訾其卑下，贬之曰'传奇'。"

奇体”的《毛颖传》，柳宗元也写过《河间妇传》、《段太尉佚事状》、《童区寄传》、《种树郭橐驼传》之类的作品。虽然有张籍这样正统派文人批评这类作品是“无实驳杂”之说，但是韩愈却公然把孔夫子“犹有所戏”拿出来做挡箭牌，认为创作带有戏谑性的“驳杂之说”，也无害于儒家之道①。柳宗元更把《毛颖传》推崇备至，而驳斥了批评者。②随着传奇体小说创作的繁荣，“传奇”的名称，也就应运而生了。裴铏以“传奇”题名自己的小说集，正是传奇这种新兴文学样式受到人们欢迎和赞赏的见证。北宋时的古文家尹师鲁，把他的师友范仲淹作的《岳阳楼记》，也戏称为“传奇体耳”③，这是古文家的偏见。但也可以说明，从中晚唐到北宋，“传奇”这一名称，是专指短篇文言小说这种文学体裁的。到后来却有了变化，南宋和金以诸宫调为传奇，元人把杂剧也称为传奇，明、清时代则称南戏为传奇。由此可见，同一名称，在不同时代，它的含义是不同的。

二、小说至唐代的显著变化

唐人传奇在继承史传文学、志怪小说的传统基础上，又有重要的变革。称唐代的文言小说为“传奇”，实质上就包含着这样的意义：以往的野史杂传、志怪笔记等，在新的社会条件下

---

①参见《昌黎先生集》卷十四《答张籍书》、《重答张籍书》。

②参见《柳河东集》卷二十一《读韩愈所著〈毛颖传〉后题》。

③陈师道《后山诗话》，陈振孙《直斋书录解题》曾引用。

有着新的发展变化。鲁迅在《中国小说史略》中曾说:“小说亦如诗，至唐代而一变，虽尚不离于搜奇记逸，然叙述宛转，文辞华艳，与六朝之粗陈梗概者较，演进之迹甚明，而尤显者乃在是时则始有意为小说。”唐传奇在小说史上所起的变革作用，主要表现在以下几个方面:

首先，就作者来说，到了唐代更自觉地进行小说创作。无论是古代神话传说或稗官所搜集整理的“街谈巷语，道听涂说”，都不能说是有意识地创作小说。固然，人类社会幼年时期产生的神话，与后来的小说有着某种渊源关系，但是，它本身并非小说，作者也没有意识到是在创作神话小说。至于史传文学，特别是野史杂传，虽然包含有小说的因素，某些杂传甚至就是小说，可是作者毕竟是旨在写史记实，成一家之言，只不过野史杂传者流，不像正史那样严格尊重史实，表现作者主观的爱憎褒贬成分较多一些罢了。六朝志怪小说，其旨在崇扬道、佛，并不十分着意于文学创作，但也不能说是毫无意识地进行小说创作。如葛洪《神仙传》中的某些篇、刘义庆《幽明录》及吴均《续齐谐记》中的一些作品，已经开始有意识地创作小说，想象虚构的能力比较强，人物形象亦较生动，作者的创作目的，是宣教性与娱乐性兼而有之，只是比起唐传奇作者来，自觉程度要低一个层次。志人小说，主要记述上层社会轶事趣闻，如刘义庆《世说新语》，是招聚一些文人编纂旧文成书的，并不是某个人的创作，而是士大夫闲暇消遣、相聚“清谈”风习的产物，但其中也注入了主持编纂者的思想意识和审美观念。我们说，到了唐代更自觉地创作小说，是从文言小说史的发展角度而言的，在作者的自觉程度上，唐传奇作者比以往小说作者有了很大的进步。胡应麟就曾说过:“变异之谈，盛于六朝，然多是传录舛讹，未必尽幻设语，至唐人乃作意好奇，假小说以寄笔端。"①这话说得很妙，很有分寸，说明六朝志怪小说，也还有某些作品并非传录舛讹，而且在艺术上已有所"幻设"，也就是说有的作者已经开始有意识地进行小说创作。而到了唐代作者，则更有意地追求艺术上的奇，通过小说的艺术形式将奇异虚幻的构思表现出来；借虚构的故事情节和人物形象反映现实生活或某种理想。在创作过程中，充分发挥作家想象、虚构的才能，使故事更生动，艺术形象更具有典型意义。唐人传奇中的一些名篇，似乎都有一定的生活真实作基础，经过作家的艺术创造而成的。这些作品既源于生活，又有异于日常生活，是名副其实的艺术创作。

所谓"有意为小说"，当然与作者对小说的认识有密切关系。唐人虽然还说不上小说理论体系的建设，但至少在对小说功能的认识上，比前人已有所提高。刘知几作为一个史学家，固然"恶道听涂说之违理，街谈巷议之违实"，指斥"刍荛鄙说"，但是又肯定它存在的价值："是知偏记小说，自成一家，而能与正史参行，其所由来尚矣。"他在《史通·杂述》所论，并不是专指小说而言，他所谓的"杂述"范围很广，几乎把正史以外的杂著都包括进去了；他把"杂述"分为十类，也不等于把小说分为十家，但是其中有几类相当于小说，例如他对"琐言"类的说明："街谈巷议，时有可观，小说卮言，犹贤于已，故好事君子，无所弃诸，若刘义庆《世说》，裴荣期《语林》、孔思尚《语录》、阳玠松《谈薮》，此之谓琐言者也。"他对"琐言"、"杂记"之类"言皆琐碎，事必丛残"的杂述著作，还是肯

①《少室山房笔丛》卷三十六。

定其价值的：

然则刍荛之言，明王必择，葑菲之体，诗人不弃，故学者有博闻旧事，多识其物，若不窥别录，不讨异书，专治周孔之章句，直守迁固之纪传，亦何能自致于此乎？且夫子有云，“多闻，择其善者而从之”，“知之次也”。苟如是，则书有非圣，言多不经，学者博闻，盖在择之而已。

刘知几只是从史学家的角度承认包括小说在内的“杂述”有参考作用，还没有给小说以独立的地位。认为小说之类是“鄙朴”之言，如果史学家将它“用为雅言，固以无益风规，有伤名教者矣”，当然不能把小说“虚辞”采入历史。他从史学家的本位出发贬斥小说之类作品，带有职业性的偏见。

在唐代，能够从娱乐性的角度肯定传奇小说的是韩愈，并指出这种戏谑性也无害于“道”；柳宗元更进而肯定传奇小说“有益于世”。沈既济则从传奇小说的思想感情和艺术形式的结合上，提出“著文章之美，传要妙之情，不止于赏玩风态而已”的观点。他创作《任氏传》这样志怪性的传奇，并不是“传录舛讹”，而是真正的艺术“幻设”，塑造任氏优美的艺术形象，突出其“遇暴不失节，徇人以至死”的性格特征，以劝诫有不如狐妖任氏的今人。同样，李公佐在《南柯太守传》中“稽神语怪，事涉非经”，其主旨不在宣扬佛家的色空观念，而是想借此故事，使“窃位著生，冀将为戒”。他们的创作目的很明确，运用艺术手法很自觉，这在小说史上是一大进步。

其次，从作品内容上来看，唐人传奇更切近现实生活，题材也更加广泛。上至帝王后妃的宫廷生活，或朝廷内部为争权夺利而展开的斗争；下至妓女士子的恋爱婚姻悲剧，或乞儿商贾羁旅行役的生活状况，以及音乐、歌舞、弈棋等技艺，唐人传奇中都有所描写。从中我们可以看到蕃将藩镇的跋扈、女侠豪客之奇行，有关系国家治乱的重大事件，也有声乐琴棋、家庭生活、朋友情谊等日常琐事。传奇小说所描写的生活面，几乎触及到隋唐社会的各个角落。笔锋所向，既多揭露黑暗丑恶现象，也有对光明理想的追求。对农民起义的发生及其失败的原因，虽有偏见，但也具有一定的真实性。真可谓五彩纷呈，美不胜收。有些作品，虽然也属于搜奇记逸之类，沿袭六朝小说的遗风，写鬼狐仙妖，求道炼丹等虚妄之事，但是作品中的主人公，大都是当时常见的人物。即使写鬼狐神仙，如《任氏传》、《柳毅传》、《李章武传》、《裴航》、《孙恪》等，也都富于人情；故事情节的安排发展，既出乎意料之外，却又在情理之中。就单篇作品而论，好像是一幅短小的社会生活的图画，而集传奇小说之精粹，则构成唐代社会的百科全书，从各个不同侧面反映了那个时代的精神面貌。它为我们提供了比某些史籍更为生动、具体的材料，具有重要的认识意义和美学价值。

再次，从艺术表现技巧来看，唐传奇小说无论是构思布局、人物描写、语言艺术，都达到了一个新的水平。它既不同于勾勒轮廓、粗线条描写的六朝志怪小说，也不同于撷取遗闻佚事的志人小说，而是在汲取过去史传文学、汉魏六朝小说艺术经验的基础上，又有所创新，已接近于明清的小说艺术。尤其可贵的是，它不但注意构思的新颖、叙述的宛转曲折、文辞的优美细腻，并且能着意于运用多侧面描写的艺术手法来塑造人物形象。如李娃、霍小玉、李益、莺莺、张生、谢小娥、红拂、步飞烟等，都称得上是典型环境中的典型人物。这些作品的作者善于通过对人物肖像的描绘、心理刻画，以及某些典型的细节描写，真实、细致地表现人物的性格特征和内心世界。如写李娃对荥阳生态度变化的全过程，都非常细腻，合情合理，像生活的本来面貌那样真实可信。再如霍小玉和莺莺，在封建门阀制度下，她们爱情婚姻的结局，都是悲剧性的，但由于各自的身世、处境、性格的不同，悲剧的演变过程也很不一样。

唐人传奇中的一些优秀作品，从我们现在看来，其创作方法也是多样化的，有的已经近乎成熟的现实主义；有的作品，在相当程度上不仅具有现实主义的深刻性，而且还洋溢着浪漫主义的激情；有的则称得上是自然主义的杰作，例如《游仙窟》。传奇作者艺术表现力之强，令人叹服。白居易称赞元稹《莺莺传》"能道人意中语"，北宋赵令畤则赞赏《莺莺传》描写莺莺形象之成功："飘飘然仿佛出于人目前。"达到这种艺术境界的，又何止《莺莺传》呢？我们可以这样说：唐传奇小说在艺术上的成就，已经超过了六朝小说，而为后来杰出的文言小说《聊斋志异》等提供了丰富的滋养。

三、关于唐代小说发展的分期

一般论唐诗的发展，大都把它分为初、盛、中、晚唐四个时期，而以盛唐为诗歌的最繁荣时期。与"诗律同称一代之奇"的传奇小说，因为它的兴衰和都市经济的发展、"古文运动"以及科举制度有着密切关系，所以它的发展情况又与诗有所不同，大体上可以把初、盛唐合并称为由志怪小说到传奇小说的过渡时期，中唐则是传奇小说的黄金时代，到了晚唐又有所发展变化。现将其发展概况分期论述如下。

（一）由志怪到传奇的过渡

六朝志怪小说，主要内容是“列异”、“搜神”，描写鬼神妖仙之怪异，多荒诞不经、因果报应之说，只有少数作家的少数作品，已经开了有意为小说的端绪，具有一定的审美价值，思想上也有认识或启发作用。而传写人事的志人小说，虽然冲破了志怪的藩篱，但大多数也只是写人间言行的“丛残小语”，一般篇幅都较简短，情节粗略，侧重于人物某一方面品德、才能、性格特征、气质和风度的描写，在运用简炼的小说笔法刻画人物风貌方面，有其特色。尽管作者还不是很有意识地从事小说创作，但从小说艺术的发展角度而言，自有不容忽视之功。

唐初小说，基本上沿袭六朝志怪小说的传统，但在描写神鬼怪异事件之中又穿插有人世间的事，而且主要是写人间遭遇怪异之事或收藏灵奇之物，故事最后仍然落脚于人世。所以，我们说这是由志怪小说向传奇小说过渡的时期，即由写鬼神之“怪”逐渐向传人事之奇的过渡。并且想象虚构的成分颇多，描写比较具体生动，叙述故事发展过程也较详细，人物形象的塑造已较完整，在有意作小说方面有所进步。

根据顾况《戴氏〈广异记〉序》提供的情况，可以约略看出《广异记》出现之前，即唐代初期小说发展的轮廓：

> 国朝燕公《梁四公记》、唐临《冥报记》、王度《古镜记》、孔慎言《神怪志》、赵自勤《定命录》，至如李庾成、张孝举之徒，互相传说。

这段叙述，带有略举数例的性质，当然不可能把所有作品都提到，一些著名的作家作品，如佚名《补江总白猿传》、张鷟《游仙窟》、牛肃《纪闻》等，都不曾提及。但它对我们认识唐代初期小说发展的基本面貌，仍然是很有价值的。它提到的这些作品，在《法苑珠林》、《太平广记》等书中有所辑录，尽管不完整，大致轮廓依然约略可见。从《古镜记》、《梁四公记》到《白猿传》乃至《游仙窟》，由志怪向传奇小说过渡的演进之迹，宛然可寻。“释氏辅教之书”如《冥报记》、《定命录》、《灵怪集》中的人神恋爱故事，有较强的现实性，且对后来出现较多的同类作品有较深远的影响。从《纪闻》、《广异记》等小说集中，还可看出志怪小说的演化过程。

张鷟《朝野佥载》则开创了不同于《世说新语》体裁的佚事琐闻小说，不仅在小说史上有其一定作用，而且具有历史资料的价值，这对后来出现许多佚事琐闻小说，是起了积极作用的。

（二）传奇小说的黄金时期

唐代社会自开元、天宝以后，特别是经过“安史之乱”，各种社会问题都暴露出来了。唐王室的腐化，政治的黑暗，朋党相争，藩镇跋扈，宦官擅权，使人民承受着沉重的压迫与剥削。而与此同时，随着两税法的实行，庄园经济和城市手工业、商业的发展，科举制度的盛行和古文运动的兴起、士人思想的解放，以及文化艺术各个方面的互相影响，更适合反映社会复杂变化着的生活、既受市民阶层的欢迎又为文人士子所欣赏的传奇小说，在前一时期的发展演变的基础上，却出现了空前繁荣的局面。真是作者辈出，佳作如林，堪称“与唐诗同为一代之奇”。从代宗大历至宣宗大中的近百年间，不愧为传奇小说的黄金时期。流传至今的名篇，绝大多数是这一时期的作品。作者大都是士大夫，文化素养较高，而且写的多半是有切身感受或耳闻目睹的事，有的还汲取了一些民间故事传说。文笔生动活泼，真切感人，富有艺术生命力。题材虽然大多是帝王将相、才子佳人、神仙道化、狐妖鬼怪，而反映的生活面较广，触及到社会的某些本质方面，或带有相当普遍性的问题，认识价值较高，甚至发人深省，多所启发；艺术也有显著的进步，作为审美对象，美学品位较高，以雅洁为主导，而又能臻于雅俗共赏的艺术境界。

现就这一时期的主要作家、作品及演变概况，予以简略叙述，然后按题材性质另列若干专题分章论述，从纵横交错的结构方式上体现这个时期传奇小说的全貌。

沈既济（约公元750—800年），苏州吴县（今苏州市）人，精于经学，大历年间任协律郎，曾向代宗上书陈述选用人才的积极主张①。由杨炎推荐，召拜左拾遗史馆修撰。德宗建中时，门下侍郎同平章事杨炎，因主张改革旧制，得罪赐死，既济也被贬为处州司户参军，后来又入朝为礼部员外郎。撰有《建中实录》，以史才见称于时。《新唐书》卷一三二有传。

他所著传奇小说《枕中记》（见《文苑英华》八百三十三，《太平广记》八十则题为《吕翁》），写卢生一心向往功名利禄，于旅次遇道士吕翁，授以青甆枕，生俯首就枕，乃进入梦境，历尽宦途荣华富贵，也饱受忧患，屡经风险。梦醒时邸舍主人“蒸黍未熟”，于时恍然大悟，看破红尘。这类作品的产生，固然与当时佛道思想的盛行有关，也与统治集团内部的矛盾斗争对士人的影响分不开，作者对此是有切身感受的。就题材的继承性来说，是源于刘义庆《幽明录·焦湖庙祝》一事，而意义

①参阅《资治通鉴》卷二百二十六“代宗大历十四年”。

却有很大差异。唐人小说中写同类故事的，有《樱桃青衣》(见于《太平广记》二百八十一《梦游》上)，李公佐的《南柯太守传》主题思想也与此篇相似。

沈既济的另一篇传奇小说《任氏传》，继承六朝志怪小说的传统，而以生动、细致的艺术手法，完整地描写了狐妖任氏与人恋爱的过程；在尖锐的矛盾冲突和悲剧性的结局中，塑造了一个优美的女性任氏的形象，显示出狐妖“遇暴不失节，徇人以至死”真挚坚贞的爱情和高尚的情操；最后点明本篇讽谕现实人世——人不如妖的主旨。说明沈既济在有意识地创作小说方面，又有所发展。他本是个历史学家，但却能注意文学艺术的特殊性，在生活真实的基础上，凭借艺术想象和虚构，塑造出具体生动的人物形象；并且通过情节的曲折离奇和动人的艺术形象，表现出他的思想倾向。以虚而用实，从奇异中体现真实，这是传奇小说创作上的一大进步。

李公佐（约公元770—850年）和沈亚之（约生于德宗年间，终于文宗末年）是这一时期创作传奇小说较多、影响也较大的两位作家。李公佐生平不详，但从所作传奇《古岳渎经》、《南柯太守传》、《谢小娥传》、《冯媪传》等篇中，可见其生平梗概。他的主要活动时期在贞元、元和间，曾任江淮从事、江西从事等幕僚官。杜光庭《神仙感遇录》卷三《李公佐》条①记载：公佐，字颛蒙，陇西人，尝为钟陵（今江西南昌进贤）从事。鲁迅据《唐书·宣宗本纪》所称“扬府录事参军李公佐”之说，推断公佐生于代宗时，至宣宗大中初犹健在。

---

①见《道藏》恭字七号。

从其作品所流露的思想意识看，受佛道思想影响较大，对于宦海浮沉、人生如梦、机遇遭际，深有感慨。《谢小娥传》写少妇谢小娥，以坚毅顽强的意志和高度的智慧，为父夫报仇雪恨，真切感人，但也掺杂佛家因果报应和神秘主义观念。例如小娥之父托梦云："杀我者，车中猴，门东草。"复梦其夫谓曰："杀我者，禾中走，一日夫。"经作者为之圆梦解释，指出杀其父者为申兰，杀其夫者为申春。小娥遵其所说，果擒仇人申兰、申春。托梦显灵之事，在我国古代民间信仰较为普遍，而文学作品中也往往虚构梦幻之事作为促使情节发展的一个重要因素，也是一种艺术表现手法，虽有神秘色彩，而无须深责。《新唐书》卷二百五据此文采入《列女传》，文字更简约。李复言《续玄怪录·尼妙寂》亦传录此事，文字略有异同。《南柯太守传》立意虽与《枕中记》相似，但叙事宛曲，入情入理，又富于梦幻意趣，结尾余韵悠然，耐人寻味。

《古岳渎经》和《庐江冯媪传》，都属于志怪性传奇。前者描写禹治水，三至桐柏山，惊风走雷，石号木鸣，召百灵而不能制。"乃获淮涡水神，名无支祁，善应对言语，辨江淮之浅深，原隰之远近。形若猿猴，缩鼻高额，青躯白首，金目雪牙。颈伸百尺，力逾九象，搏击腾踔疾奔，轻利倏忽，闻视不可久。"禹授庚辰制服它，用大铁索锁住头颈，徙淮阴龟山足下，使淮水永安流注海。无支祁的形象，对后来吴承恩在《西游记》中塑造孙悟空的形象，也许有所启发。后者所写冯媪逃荒途中，风雨之夜，借宿于一女子之室，倾听梁氏女哭诉其丈夫董江遗弃她和一个三岁女儿，另娶新妇，而梁氏女之舅姑，则向她逼取象征主妇的筐筥刀尺祭祀旧物，以授新妇。冯媪所遇梁氏女及其舅姑，虽然都是鬼魂，但梁氏女之遭遇，乃是现实人世妇女悲惨命运的写照。

李公佐的传奇作品，受民间传说的影响较大，虽然事涉鬼怪梦幻，但却具有较强的现实意义。他的文笔流畅通达，基本上摆脱了骈文的调子。

沈亚之，字下贤，吴兴郡才子，宪宗元和十年（公元815年）进士，累进殿中丞御史内供奉。文宗太和初年为德州行营使者柏耆判官。柏耆因罪被贬，亚之也被株连，贬为南康（今属江西省）尉，死于郢州（属今湖北省）掾。据此推测，他生活的年代，大约在贞元至大中年间。著有《沈下贤集》十二卷，才思婉丽，颇有文名，曾得到韩愈的赏识。

集中有传奇四篇，都是以华艳的文笔，叙写迷离恍惚之情。讲仙鬼再死之事有《秦梦记》，描写作者于太和初年，旅居橐泉邸舍，昼梦入秦，秦穆公将幼女弄玉嫁给他，后来公主忽然无病而终，亚之作挽歌和墓志铭，哀悼悲伤，秦穆公派车送亚之出函谷关，惊醒时仍然躺在旅舍榻上。其艺术构思颇为奇特。《湘中怨解》和《异梦录》，也是写人与仙鬼相爱之事，却无仙鬼再死的情节。另有《冯燕传》，则与前三篇截然异趣，主题是颂扬冯燕“杀不谊，白不辜”的豪侠行为。这本是发生在德宗贞元年间的真实故事，曾盛传一时。亚之于元和年间从刘元鼎口中听说此事，写了这篇传，而司空图则根据此传创作了《冯燕歌》，歌见《唐音统签》卷七百四。

在这一时期的传奇小说中，以爱情婚姻为题材的作品，显得格外突出，这是与科举和门阀制度密切相关的。许多作家都从不同侧面，运用各自的艺术手法，来表现这一重要的社会问题。大致可分下列几类情况：

一是写士子与妓女的恋情。其中最著名的当首推蒋防

《霍小玉传》和白行简《李娃传》。前者以悲剧结局，后者却是悲喜剧，而都触及一个共同的社会本质问题，即门阀制度的罪恶。后面将列专章论述。蒋防，字子徵，义兴（今江苏宜兴市）人，年少才高，官右拾遗。宪宗元和年间，李绅命他即席赋《韝上鹰诗》，其中有两句写道：

几欲高飞天上去，谁人为解绿丝绦？

咏物贴切，而寓意深永，故深得李绅赞赏，推荐他为司封郎知制诰。曾任翰林学士、中书舍人等职。后来因李逢吉排斥李绅，蒋防也被贬为汀州刺史，不久改任连州。《霍小玉传》是他的成名之作，在唐人传奇中也是佼佼者。明人胡应麟称道："唐人小说纪闺阁事，绰有情致。此篇尤为唐人最精采动人之传奇，故传诵弗衰。"①《太平广记》卷四百八十七"杂传记类"收入此篇。

白行简，字知退，其先原为太原人，后移家韩城（属陕西省），又迁徙下邽（今陕西渭南县），诗人白居易之弟。约出生于代宗大历年间，德宗贞元末登进士第，宪宗元和十五年，授左拾遗，累迁司门员外郎主客郎中，敬宗宝历二年（公元826年）冬病死，年五十余岁。两《唐书》将其事迹附于《白居易传》。有集二十卷，今不存。《太平广记》卷四百八十四收入传奇《李娃传》。该篇故事采自民间说话《一枝花》，情致缠绵，引人入胜。有人疑为伪托，不足为据，而且行简文辞虽不及居易，但辞赋精炼，除此篇外，尚有传奇《三梦记》一篇，为原本《说郛》卷四收录。俞正燮《癸巳存稿》卷十四《李娃传》条，关于此传本事的稽考，不能自圆其说，是由于

① 据汪辟疆《唐人小说·霍小玉传》篇后按语转引，但查胡应麟《少室山房笔丛》无此语。

不理解文学艺术典型化的奥妙，把传奇小说与历史传记等量齐观，是不妥当的。而他据《长安图志》和《北里志》，对此传所提及的坊曲，作了解释，则可供参考。

二是写遭逢乱世，情侣悲欢离合的遭际。如许尧佐《柳氏传》和薛调《无双传》。许尧佐，德宗时人，贞元中儒臣许康佐之弟。《新唐书·许康佐传》云：尧佐擢进士第，又举宏辞，为太子校书八年，康佐继之。尧佐位谏议大夫。《太平广记》卷四百八十五辑录《柳氏传》。篇中所叙文士韩翊（翃）与美妇柳氏在兵荒马乱中离合悲欢之事，当时传为佳话。孟棨《本事诗·情感》第一所载，虽文异而事同，并于篇末云："（文宗）开成中在梧州，闻之大梁夙将赵唯，乃其目击。"可见此事当时已盛为传播。故事发生在"安史之乱"后，蕃将沙吒利恃功跋扈，奸淫掳掠，人民固然涂炭，文士也不能保其妻子，这是特定历史条件下产生的特殊矛盾。后来幸亏侠义之士许俊，见义勇为，设计把柳氏从沙吒利魔窟中救了出来，妇还韩翊，使破镜重圆。

薛调，河中宝鼎人。父薛膺，任婺州刺史。唐宣宗大中朝进士擢第。曾任户部员外郎加驾部郎中、翰林学士承旨等官。《唐语林》称调曰："美姿貌，人号为'生菩萨'，……调为翰林学士，郭妃悦其貌，谓懿宗曰：'驸马盍若薛调乎？'顷之暴卒，时以为中鸩。卒年四十三。"他所作的传奇小说《无双传》，以情节的离奇著称。写的是唐德宗建中年间刘震之女无双，与刘的外甥王仙客恋爱的故事。二人青梅竹马，情深义笃。但王仙客身世孤寒，刘震则"位尊官显"，因而有毁约之意。其后泾原节度使姚令言入京作乱，德宗仓皇出奔，刘震疾召仙客押运财物出京，并许嫁无双。刘震陷贼，受伪职，故乱平后，夫妇均被处极刑，无双被籍没为宫女。仙客时为驿官，适有中使押宫女往园陵洒扫，无双亦在其间，宿驿中。仙客借家人塞鸿之助，与无双相见；又得豪士古押衙乞取茅山道士妙药，设计使无双服药自尽，赎其尸，三日后复苏。为了绝密，古押衙先将参与营救者十余人全部处死，然后自刎。仙客与无双则浪迹江湖以避祸，后得归故乡，夫妇偕老。

此篇描写仙客与无双精诚不渝的爱情，感人至深，故事离奇曲折，富有艺术魅力。但结局处理，过于离奇，为成全一对夫妻，使十余人死于非命，虽是传奇家不妨危言耸听，但亦不宜悖情乖理太甚。胡应麟云："王仙客，事大奇而不情，盖润饰之过。或乌有无是之类不可知。"① 但钱易《南部新书》有"古押衙"条，谓古"有游侠之才，多奇计，往往通于宫禁"，其行事与薛调所记，亦颇吻合，则当时或有其人。汪辟疆《唐人小说》也指出唐末范摅《云溪友议》所载崔郊与姑婢故事，类似《无双传》所叙，而范摅与薛调同为咸通年间人，则所写当有生活真实为基础。唯薛调在艺术上耽于猎奇，夸饰太过。《太平广记》收录此篇。明代陆采据以撰作传奇剧本《明珠记》。

三是写闺中女子与士子的恋爱。这类传奇最著名、影响也最大的是元稹的《莺莺传》，其次是陈玄祐的《离魂记》。《莺莺传》的文章，不算很高明，可是它的悲剧性情节，却极其动人。尽管作者从文过饰非、为张生辩护的立场出发，在后半篇对莺莺妄加贬词，但是人们仍然乐于传诵这个故事，对莺莺寄予极大的同情。许多人并为之作诗、填词、写曲，加以咏唱，乃至出现王实甫《西厢记》杂剧这样优秀的剧本，虽然作品的

---

① 《少室山房笔丛》卷四十一《庄岳委谈》。

较著名或具有一定代表性的有牛僧孺《玄怪录》、李复言《续玄怪录》、薛渔思《河东记》、薛用弱《集异记》、谷神子《博异志》、张读《宣室志》等，大体上都属于玄虚怪异之谈。牛僧孺《玄怪录》为其滥觞，开这一时期传奇小说集多言玄怪之风气；但其中也有某些人物轶事，有较强的现实性，对现实有所揭露或包含讽刺。这些传奇专集的艺术水平，固然不能一概而论，但有不少作品构思新颖、想象奇妙，记述奇闻异事，文笔雅洁，还塑造了一些有鲜明个性特点的人物形象。具体情况，将在有关章节论述。

（三）传奇小说的演化与衰微

晚唐五代是传奇小说发展的第三个时期，这时的传奇创作，虽有所变化创新，而总趋势却逐渐衰微。

随着晚唐社会阶级矛盾的激化，统治阶级内部宦官擅权、藩镇跋扈，人们所遭受的苦难更加深重，生活很不安定，思想意识也较复杂、混乱。中上层人物崇道佞佛、信神信鬼的风气更为盛行；广大人民不堪忍受唐王朝的压迫与剥削，终于揭竿而起。先是浙东爆发裘甫起义，废唐年号；随后王仙芝于公元874年在河南长垣起义，第二年黄巢在冤句(今山东曹县西北)奋起响应。王被杀后义军推黄巢为王，于唐僖宗广明元年（公元880年)攻克长安，黄即帝位，国号大齐。不久遭到惨败，黄在泰山被杀。这次农民大起义虽然失败了，但唐王朝也在风雨飘摇中苟延残喘，割据势力互相混战。到了唐哀帝天祐四年（公元907年）,被大军阀朱全忠取而代之，唐亡。接着就是所谓梁、唐、晋、汉、周五个短命王朝的频繁更迭，战乱不已。

晚唐五代这种天下大乱的局面，自然要影响传奇小说的创作。这个时期的传奇小说，就思想倾向而言，大致有以下几种：

一是为唐王朝统治的合法性和巩固性作辩护，用天命观来排斥其他有图王称帝之心的人。如杜光庭《虬髯客传》，写隋末李靖和虬髯客，两人本来都是想称王称帝的“有心”人，但他们在太原见到了一位州将之子、姓李的“异人”，即后来的唐太宗李世民，意识到天命已定，就放弃竞争的野心；虬髯客把自己准备用来干大事业的资财，送给李靖、红拂夫妇，告诫李靖安心辅佐那位天命的“真主”，自己则主动出走，到扶余国去开创帝王之业。本篇旨在说明天命的帝位，非人力所能竞争，从而达到维护唐王朝统治的目的。再如皇甫枚《三水小牍》，对唐王朝不乏眷恋之情，而对黄巢起义多有贬斥之词，例如《侯元》篇，写樵夫侯元遇神，得授神术，聚众起义，因违神君“无称兵”、“偃旗卧鼓”之戒，抗拒官军围剿，甚至率众攻州掠郡，终于神术失效，被斩于阵。

二是怀着既痛恨又惋惜的心情，来描写唐王朝的腐朽性及其必然灭亡的趋势。据说是韩偓（或作佚名）写的《开河记》、《迷楼记》、《海山记》等，虽然写的是隋炀帝荒淫昏乱以至亡国的故事，但实际上有劝谏唐王室吸取历史教训的意思。王仁裕《开元天宝遗事》，其中某些篇对唐玄宗前期励精图治的精神，作了热情的赞颂，而对他后期昏庸腐化、沉溺声色、贻误朝政，以至造成国家的灾难，多有揭露和批评。这也体现了作者对唐王朝的盛衰之感。

三是歌颂豪侠的神奇力量，客观上反映了人民要求制止藩镇之间的争夺战，或者希望出现抑强扶弱的英雄豪杰。前者如袁郊《甘泽谣·红线》，红线的豪侠行动，制止了魏博节度使田承嗣想发动吞并潞州节度使薛嵩地盘的战争；后者如裴铏《传奇·昆仑奴》，昆仑奴磨勒的侠义行动，成全了崔生与红绡妓的美事。有的豪侠小说，缺乏明确的爱憎态度，甚至流露出奴仆的雇佣思想或个人的恩仇观念，如《传奇·聂隐娘》就有这种倾向。此外，有的豪侠小说还对“以武犯禁”的侠士表示赞赏，如康骈《剧谈录·田膨郎》和皇甫氏《原化记·车中女子》。对于能以自己的神奇力量除恶报仇的侠女，也是肯定的，如《原化记·崔慎思》。

四是写求仙问道，希求在乱世中觅得世外仙境。例如《传奇》中的《裴航》、《陶尹二君》等篇，描写裴航在蓝桥见玉兔捣药、秦人“四设权奇之计”脱秦始皇之祸而逃居深山等故事，写得颇为动人，反映了乱世人民的生活理想，民间传说的色彩较浓。这类作品，为数颇多。承志怪小说的传统，也有描写人与神怪之间关系的传奇，如《太平广记》卷四百九十二所引《灵应传》，受《柳毅传》故事的影响而又有所变化。构思有新意，神求助于人解脱困厄，而跳出人神恋爱的窠臼。篇幅更长，叙事亦生动。但由故事中人物来叙述救援善女湫九娘子神的过程太长，忽视了对人物性格的刻画，如能变换艺术手法，将更加生动。

这一时期的作品，浪漫主义倾向较为突出，追求故事情节的离奇，向往虚无缥缈的幻境，而忽视了传奇小说的现实主义传统。所以出现这种情况，原因较为复杂，有志怪性传奇小说传统的继承与发展，也与社会思潮、时代风尚以及传奇作者的精神状态有着密切的关系。

在晚唐五代，传奇小说或轶事小说的专集出现较多。除《甘泽谣》、《传奇》、《原化记》、《三水小牍》等著名的传奇集以外，还有《宣室志》、《杜阳杂编》、《潇湘录》、《干䐑子》、《剧谈录》、《异闻集》、《仙传拾遗》等。带有轶事小说（或称笔记小说）性质的专集，则有《酉阳杂俎》、《本事诗》、《玉堂闲话》、《开元天宝遗事》、《王氏见闻》、《北梦琐言》等。

这个时期的传奇创作，与科举考试的关系逐渐疏远，并且积前人创作的艺术经验，在有意识地创作小说的艺术技巧上，有某些提高。但有相当一部分的作品，与现实生活的距离却越来越远；尽管作品的总数量不少，特别是小说专集颇多，而其发展趋势，是在逐渐衰落。从某些偏于纪实的传奇小说或轶事小说来看，则已可见后来宋代传奇的端倪，在创作方法上，偏于平实，想象润饰不足，近乎野史实录。

唐人传奇小说的成就，无论在题材、思想内容和艺术表现手法诸方面，对后世小说、戏曲的发展，具有深远的影响。研究唐人小说及其在中国小说史上的地位，有着重要意义。

第二章　唐人传奇兴盛的原因

唐代传奇小说兴盛的原因，从文学发展的内部规律来考察，是与史传文学、六朝小说的发展有着密切关系的。中国文言小说，经历了前小说和雏型小说的时期，到了唐代，可以说已经瓜熟蒂落、水到渠成，一种具有中国特色的文学样式——传奇小说，终于应运而生。本章主要从社会政治、经济、思想、文化特别是由科举制度所形成的进士行卷风气等原因，来说明传奇小说得以在唐代繁荣兴盛的必然性。

一、政治和经济背景对传奇创作的促进

唐朝是我国封建社会的鼎盛时期。物质生产的发展，为文学艺术的繁荣创造了条件。从唐代文学艺术的发展来看，物质生产与精神生产的发展，基本上是平衡的。很难设想，在物质生产很低下的时代，能够出现文学艺术的繁荣局面。唐太宗总结了隋末农民起义推翻隋炀帝统治的历史教训，认识到“国以民为本，人以食为命，若禾黍不登，则兆庶非国家所有”[①]的基本道理，采取了相应的措施。如推行均田制、减轻赋役，使农民生活得到相对的安定，“使比屋之人，恣其耕稼”，较快地

①引文见《贞观政要》卷八《论农务》。

恢复了农业生产；同时在政治方面作了某些改革，选贤举能，广开才路，从谏如流，力戒奢侈，释放宫女。这些较为开明的政治措施，造成了一个在封建社会里罕见的安定的政治局面。一直到玄宗开元年间，中间虽经武则天篡唐的重大变故，但这种局面基本上维持着。在某些方面，如让更多的庶族地主参政，废诛不称职的官吏，取"实才真贤"之士充实政权机构，都是对发展生产，丰富人民物质生活和精神生活，具有积极意义的。唐太宗时，已经出现所谓"贞观之治"："马牛布野，外户不闭。又频年丰稔，米斗三四钱，行旅自京师至于岭表，自山东至于沧海，皆不赍粮，取给于路。入山东村落，行客经过者，必厚加供待，或发时有赠遗，此皆古昔未有也。"①《资治通鉴》卷一九三《太宗皇帝》上所载，情况大体相似。到了玄宗统治的前期，即史称"开元之治"，社会秩序和人民生活，也是稳定的。沈既济《通典》称这时"家给户足，人无苦窳，四夷来同，海内晏然"②。《新唐书》卷五十一《食货志》也说："是时，海内富实，米斗之价钱十三，青、齐间才三钱。绢一匹，钱二百。道路列肆，具酒食以待行人，店有驿驴，行千里不持尺兵。"这说明政治局面的安定和物质基础的雄厚。尽管统治集团内部围绕统治权的问题，有过几次剧烈的斗争，但是对文士一直较为开明，除了在应试的作品中不免有所限制以外，包括行卷之作在内，作家的创作是自由的。也正是在这样的社会政治、经济的条件下，才有可能出现文学艺术的繁荣。诚然，唐代传奇的繁盛时期是在"安史之乱"以后，然而它与

①《贞观政要》卷一《论政体》。

②见该书卷十五《选举典·历代制》下。

初、盛唐时期奠定的政治、经济、思想文化等方面的良好基础是分不开的。

与唐人传奇关系较为密切的一个政治因素，是统治阶级内部旧士族与新贵族的矛盾。在隋、唐以前就存在着以鲜卑七姓——元、长孙、宇文、于、陆、源、窦为核心的关陇贵族集团，和以山东五姓——崔、卢、李、郑、王为核心的山东贵族集团，两大贵族集团之间矛盾根深蒂固。唐高祖李渊属于关陇贵族集团，他的父亲李虎为西魏鲜卑政权的军事首领，赐姓大野氏；母亲独孤氏，妻子窦氏，儿媳（即李世民的皇后）长孙氏，都是鲜卑贵族。李渊正是依靠关陇贵族集团的支持，夺取隋政权的。李唐王朝在文化方面虽然也吸收山东士族的成果，但是在政治上却对山东旧士族进行打击。唐太宗、高宗都曾蓄意贬抑山东士族在政治上的地位。高宗还曾下诏禁止七姓十家旧士族互相通婚，以防止通过婚姻关系结成政治上的联盟，但却禁止不了，“禁婚家”反而“益自贵，凡男女皆潜相聘娶”①。可见初唐时两大贵族集团矛盾之深。统治阶级内部这一矛盾斗争，对中唐以后政局的动荡，有着深远的影响。

中唐时期的所谓牛李党争，实际上是这种矛盾斗争的继续和激化。这一斗争，对唐人传奇的影响较大，有些描写婚姻悲剧的传奇，如蒋防《霍小玉传》、元稹《莺莺传》、沈既济的志怪性传奇《任氏传》，以及白行简的悲喜剧《李娃传》，都与唐代的士族婚姻制度有着密切的关系。有人甚至把传奇小说作为党争的武器，如托名牛僧孺撰、实为李德裕门人韦瓘所作的《周秦行纪》，就是李党用以嫁祸于政敌牛僧孺的。柳理

①见《唐会要》卷八十三《嫁娶》。

《上清传》，为窦参辩护，而攻击陆贽，似乎也与党争有关。

此外，唐皇室内部争夺帝位的斗争，以及昏君奸相与忠臣良将之间的矛盾，对当时的政局和士人的精神状态，影响至为深刻。反映在小说创作上，如张鷟《朝野佥载》，就有不少篇目是揭露武则天统治时期统治集团内部搏斗情况的；沈既济《枕中记》、无名氏《樱桃青衣》、李公佐《南柯太守传》等，那种人生如梦、看破红尘的思想倾向，也与变幻莫测、朝不保夕的仕途风波密切相关。

从文学与政治的关系来看，唐人传奇中产生《红线传》、《虬髯客传》、《聂隐娘》、《昆仑奴》以及《车中女子》、《胡媚儿》、《贾人妻》等豪侠小说数量较多，在《太平广记》中列为专类（"豪侠类"之外的某些作品，也有豪侠形象），则是"安史之乱"以后，出现藩镇割据局面和人民对某些为非作歹、作恶多端之徒强烈不满的情绪在文学上的曲折反映。地方割据势力既与中央政府闹分裂，也发动吞并邻镇的战争，国家残破，人民涂炭。处于水深火热中的人民，除了被迫起义以外，也希望有神奇的豪侠能制止藩镇的跋扈，维护王朝的统一，解除人民局部的苦难，或者能够报仇雪恨。这正是促使传奇中豪侠小说发展的社会政治基础。

传奇小说作为一种新兴的文学样式，其所以能够兴盛，甚至可以与唐诗并列为"一代之奇"，这与唐代经济的发展，特别是以手工业和商业为主体的城市经济的繁荣，市民阶层的扩大，有着重要的关系。如前所述，初、盛唐之际，随着农业的恢复和发展，手工业和商业也日益发达。当时中央掌管手工业和工匠的机构，就有工部尚书、少府监、将作匠等三个。属它们管理的三万多工匠，都是"材力强壮技能工巧者"。主要的手工业部门如丝织业、造船业、矿冶业，大都由官府掌握。民间因租庸调法的规定，有缴纳绢、绫的任务，农民自然要从事纺织。城市里出现大规模的私营纺织作坊，定州何明远“资财巨万，家有绫机五百张”①。“安史之乱”虽然造成巨大的破坏，但由于两税法的施行，庄园经济的勃兴，手工业和商业仍然有很大的发展。原来以河北定州一带为中心的丝织业，技术传到江东，“越俗大化，竞添花样绫纱，妙称江左矣”②。蜀锦的织制也更精致。据说《东城老父传》中提到的“白叠布”、《夏侯孜》中说的“桂管布”，就是棉布，可见纺织业发展的水平。造船业也有长足的进步，江南民间营造载重万石的大船。据《唐国史补》卷下记载：“大历、贞元间，有俞大娘航船最大，居者养生送死嫁娶悉在其间。开巷为圃，操驾之工数百，南至江西，北至淮南，岁一往来，其利甚博。此则不啻载万也。洪、鄂之水居颇多，与屋邑殆相半。凡大船必为富商所有。”《谢小娥传》中所描写的谢小娥就是富商之女，他父亲和丈夫段居贞经常同船经商，“往来江湖”，在一条船上遇盗被害的家属与童仆辈就有数十人。

手工业的发达，势必促进商业的繁荣和城市经济的发展。俞大娘的大商船经营南北货运，“畜巨产，隐名商贾间”的谢小娥父、夫，就是具体的例证。扬州“富商大贾，动逾百数”③，是富甲天下的繁华城市，地当南北要冲，“控荆衢以沿泛，通

①张鷟《朝野佥载》卷三。

②李肇《唐国史补》卷下《越人娶织妇》。

③见《太平广记》卷二百九十《吕用之》。

夷夏之货贿，四会五达，此为咽喉”①。它与广州都是大食、波斯等外商聚居之地。杭州、成都也是繁华的工商业城市。寓居长安的富商大贾，更是富埒王侯。据尉迟偓《中朝故事》记载，长安富商王酒胡，纳钱三十万贯，助修朱雀门。后来修安国寺，皇帝命能助钱一千贯者，撞钟一下。“王酒胡半醉入来，径上钟楼，连打一百下，便于西市运钱十万贯入寺。”

商业的发展，供商旅堆货、交易和居住的邸店也多起来了。《太平广记》卷二百二十《王布》，就是描写富而知书的旅店老板王布的，商人大多乐意住他的旅馆。李景亮《李章武传》，写李章武到华州访友，赁王氏之舍，与王氏子妇私通，居月余日，章武所用计直三万余，子妇所供费倍之。大概王氏也是旅店主人或是富商。为了适应商业发展的需要，相当于钱庄的柜坊、“飞钱”（也叫“便换”，即汇款），都出现了。《因话录》说：“有士鬻产于外，得钱数百缗，惧川途之难赍也，祈所知纳于公藏，而持牒以归，世所谓便换者。”《续玄怪录·张老》写张老送给妻舅韦义方一个旧草帽，凭此帽可到扬州王老家取钱一千万，虽然带有志怪的浪漫主义神奇色彩，其实正是现实社会中“便换”的反映。

由于城市经济的发展，使市民阶层也逐渐扩大，这是一支新兴的力量，特别是富商的势力很大。李肇《唐国史补》载：“扬州有王生者，人呼为王四舅，匿迹货殖，厚自奉养，人不可见。扬州富商大贾、质库、酒家，得王四舅一字，悉奔走之。”前面提及的王酒胡，就是京师百万富商。这些大商人，往往也是封建地主，但是又与一般豪门地主不同，他们在思想

①见《全唐文》卷四百九十六。

意识上不完全受传统的封建思想所束缚，政治上也有自己的要求，对封建门阀制度自然抱反对的态度。中下层市民的思想，就更加活跃了。这些情况，也要求在文学中得到反映，而传奇小说比传统的诗文更适合这种需要。它既能充分表现文士作者的才华，为上层士大夫所鉴赏，又符合粗有文化的中下层市民好奇嗜异的审美心态，雅俗共赏。这也是促进传奇小说兴盛的一个原因。

二、社会思潮和文化艺术与传奇创作的关系

唐代的社会思潮是较为复杂的，但人们的思想也是比较解放的，信仰较为自由。除了儒家思想以外，佛、道盛行。唐朝因皇帝姓李，与道教的教祖老子李耳同姓，于是道教的教运亨通，为皇帝大力提倡。高祖为老子立庙。高宗追尊老子为太上玄元皇帝。玄宗亲注《道德经》。由于尊崇道教，道士、女冠在法律上还享有特权，犯了罪，地方官不得决罚，“如有违越，请依法科罪”①。统治者一提倡，社会上信道教就靡然成风。建道观，崇道徒，合药炼丹，妄想长生不老，飞升成仙。这种崇道的社会思潮和风尚，对传奇小说创作的影响较大，求仙问道之作不少。《太平广记》中列为《神仙类》的作品，有相当一部分是唐人所作。

与传奇小说创作关系更密切的，还是佛教。佛教在东汉明

---

①见《封氏闻见记》卷一《道教》，《唐会要》卷五十《尊崇道教》。

帝时就传入中国，经三国、南北朝、隋朝，流传很广。唐朝统治者虽尊道，但佛教作为一种麻醉人民的工具，统治者也大力提倡。高僧玄奘于贞观年间赴印度，取回大量佛经，然后在长安专门从事翻译佛经的工作，唐太宗还亲自为译经写了《大唐三藏圣教序记》；继玄奘之后，义净又赴印度留学，回国后在洛阳译经。这对佛教的广为流传，具有很大作用。武则天出于政治的需要，大力提倡佛教，以取得佛教徒对自己的支持。随着佛教势力的扩大，特别是市民对佛教的崇信，从中唐以后，以宣扬佛教故事为主的说唱变文兴盛起来了。佛教文学对传奇小说不但在思想内容上，而且在体裁、结构上的影响都很明显。佛教讲经（“僧讲”）和民间说唱变文（“俗讲”）的繁盛时期，恰好是传奇小说的黄金时代，这决不是偶然的，受佛教文学影响是其主要原因之一。就内容而言，佛教故事为传奇小说提供了一部分题材，例如《大唐西域记》卷七关于“烈士池”的记载，便是传奇小说《杜子春》的故事来源。至于佛、道思想对传奇作品的渗透，更是不胜枚举，《长恨歌传》就兼有这两种思想的影响。志怪性传奇中因果报应、生死轮回之类佛家观念，相当普遍。在艺术表现上，受佛教文学和民间故事的影响，想象力更为丰富，开拓了新的艺术境界，天上人间，千变万化，广阔无垠，奇妙多采。在文学语言方面，译经重在散文的平易、准确、具体、生动，发扬了我国古代散文的优良传统。韩愈、柳宗元这样的古文家，也写起传奇小说来，既说明译经散文对古文家的启示，更说明它为传奇小说在语言艺术方面提供了良好的借鉴。佛经散韵结合的体裁，对传奇小说的结构形式也有影响。一般都用散文叙述故事情节，用韵文来歌唱，如《长恨歌传》与《长恨歌》的关系，前者是散文，后者是韵文，而两者的内容大体上是一致的。元稹撰《莺莺传》，李公垂复作《莺莺歌》诗，与传相配合。当然，传奇与歌诗是互相独立的，不像佛经那样散韵浑然一体，所以，佛经对传奇结构形式的影响，是较为间接的，而且不具有普遍性。

传中穿插有诗，结尾时加上一段议论，这是士子用传奇小说作为科举考试前的"行卷"才形成的体裁。有些传奇小说，特别是晚唐、五代时期的作品，结尾不加议论。这是传奇小说不用以科举"行卷"的结果，真正成为一种独立的文学样式，这在小说艺术上倒是一个进步。

传奇小说之兴盛，与"古文运动"有着互相促进的关系，但是又不能过分强调。在唐代的古文运动兴起之前，初、盛唐时期就有传奇；然而忽视它们之间互相促进的关系，也是不对的。古文是与骈文相对而言的，提倡古代那种生动活泼、明易晓畅、富于表现力的散文，反对六朝萎靡绮丽的文风。初唐陈子昂倡导古文，韩愈称道："国朝盛文章，子昂始高蹈。"而到了韩愈、柳宗元，终于形成盛极一时的运动，取得丰硕的成果。古文运动兴盛之时，也正是传奇小说最繁盛的时期。可以说"古文运动"对传奇小说的繁盛起了推波助澜的作用，而传奇小说的成就，则显示了"古文运动"在当时的生命力。古文大师，几乎都是名盛一时的传奇家，这当然不是偶然的。我们不妨回顾一下，武则天时代张鷟的《游仙窟》，尽管男女主角相调谑的诗，颇有清新活泼的民歌风味，但是叙述描写的文字，骈文气息太浓了，不免给人以戴着镣铐跳舞之感，假如能够纯用古文来写，这篇传奇小说会更有风采，艺术价值也要高得多。

中唐时期韩愈、柳宗元领导"古文运动"，继承了北朝周太祖宇文泰、隋朝李锷以复古为名进行文风改革的历史经验，倡导六经之文，以“道济天下溺”，从文学上讲是反对“江左馀风”、“浮华不实”；从政治、思想方面讲，是用尧舜禹汤文武周公之道，以传统的儒家思想，来排斥佛教思想，揭露佛教对社会人心所起的腐蚀作用。这在韩愈《谏乞佛骨表》中说得很清楚。所以，表面上是复古，实际上是思想的解放，从宗教的精神枷锁中解放出来，具有历史的革命性。佛教自南北朝以来，逐渐成为社会的祸害，寺院兼并土地，挥霍民脂民膏，使天下户口丧亡，造成严重的社会危机。到了中唐韩愈所处的时代，佛教更趋腐化，在社会上造成的消极作用也更严重。韩愈因反对佛教而被贬官，而其所倡导的“古文运动”却促进了传奇小说的发展；反过来，传奇的创作，对“古文运动”也起了推动作用。

韩愈以古文创作传奇《毛颖传》，虽遭到非议，而他和柳宗元则极力辩护，理直气壮地为传奇小说争得在文坛上的地位。这是由思想的解放，引起文章的变革。试看韩愈《答张籍书》：“吾子又讥吾与人为无实驳杂之说，此吾所以为戏耳。”以作传奇小说为戏，是对道学先生的搪塞之词，原不想与张籍争辩，可是张籍却不知趣，再致书韩愈：

> 君子发言举足，不远于理，未尝闻以驳杂无实之说为戏也。执事每见其说，亦拊抃呼笑，是挠气害性，不得其正矣。

张籍既然板起道学先生的面孔说话，韩愈也就不客气了，在《再答张籍书》中说：

> 驳杂之讥，前书尽之，吾子其复之。昔者夫子犹有所戏，《诗》不云乎：“善戏谑兮，不为虐兮。”《记》曰：“张而不弛，

文王不为也。”恶害于为道哉！吾子其未之思也。

引经据典，为自己写传奇小说张目，明确指出文艺除了明道以外，还应该有娱乐的作用，这并无害于道，巧妙地驳斥了反对者。柳宗元写的传奇小说更多，并为韩愈申辩。他在《读韩愈所著〈毛颖传〉后题》中说：

> 韩子穷古书，好斯文，嘉颖之能尽其意，故奋而为之传，以发其郁积。而学者得之励，其有益于世欤！是其言也，固与异世者语，而贪常嗜琐者，犹沾沾然动其喙……。

这一反批评，弄得“犹沾沾然动其喙”的批评者，瞠目结舌。

由此可见，以卫道著称的韩愈，其实他的文艺思想还是相当解放的。他的某些文章在当时是相当大胆的。“以文为戏”无害于道的辩证思想，是一种颇具卓见的小说理论。他虽然标榜“文以明道”，实际上是很重视文艺应兼具“戏谑”性的。他的道，和后来宋儒的道也不同。他兼采儒墨，并蓄黄老刑名，并不是凝滞不化的腐儒。柳宗元更是兼采百家之说，出入儒释之间，思想比韩愈还要解放。他的许多文章，传奇小说的色彩是很浓的。陈鸿、白行简、沈既济以及其他著名文士，从事传奇创作，比之于封建正统的文艺观，都是一种思想解放的表现。知识分子的思想解放，促进文体的革新，使新兴的传奇小说的创作，得以蓬勃发展。

“古文运动”为传奇小说提供了舒展自如的文体和富于表现力的语言文字，已不待言。而“古文运动”复杂的政治背景（统治集团内部的派别之争和科举制度、网罗人才等因素），间接促使传奇小说的发展。只要不作片面地过分夸大，指出“古文运动”与传奇小说的关系，是必要的。

显然，就文学艺术的相互关系而言，除了“古文运动”对传奇小说的兴起具有促进作用以外，代表唐代文学最高成就的诗歌，也为传奇小说这一新兴的文体增添了动人的艺术魅力。许多优秀的传奇小说，诗歌成分占有相当的比重，得力于诗歌抒情艺术的感染力，使传奇小说这一独特的文体，诗文相映生辉。此外，唐代音乐、舞蹈和绘画艺术乃至棋艺的成就，也丰富了传奇的艺术表现力，增强了作品中人物形象神韵、情致、风貌的美感。还有当时“杂戏”中的“市人小说”，也是传奇小说题材来源之一，如白行简的《李娃传》，就是根据市人小说《一枝花》写成的。

三、进士行卷对传奇创作的推动

唐太宗竭力搜罗庶族寒门的知识分子参与政权，这既适应庶族地主在政治上的要求，扩大唐朝统治阶级的基础，又打击了山东旧士族。而用科举制度选拔人才，更为庶族地主进入仕途开了方便之门。

科举的科目很多，而主要是进士和明经。当时士大夫特别重视进士出身。据王定保《唐摭言》卷一《散序进士》门云：

> 进士科始于隋大业中，盛于贞观、永徽之际。缙绅虽位极人臣，不由进士者，终不为美，以至岁贡常不减八九百人。其推重谓之“白衣公卿”，又曰“一品白衫”；其艰难谓之“三十老明经，五十少进士”。……其有老死于文场者，亦无所恨。故有诗云：“太宗皇帝真长策，赚得英雄尽白头。”（按：唐人赵嘏诗）

考取进士比考取明经难得多，进士出身，仕途优于明经，因而当时考进士的人特别多，其“应诏而举者，多则二千人，少犹不减千人”①。应举者这么多，而“及第不得过二十五人”。考试权集中于中央，唐太宗尝私幸端门，见新进士缀行而出，喜曰：“天下英雄，入吾彀中矣。”②士林中人，乃“父教其子，兄教其弟，无所易业”，以“进士为士林华选，四方观听，希其风采”。进士科是当时读书人入仕的重要途径。

那么进士科考试项目有哪些呢？《唐会要》卷七六《贡举中·进士》记载甚详。赵翼《陔馀丛考》卷二十八《进士》条概述云：

> 唐初制，试时务策五道，帖一大经，经、策全通为甲第。策通四，帖过四以上为乙第。永隆二年，以刘思立言进士惟诵旧策，皆无实才，乃诏进士试杂文二篇，通文律者然后试策。此进士试诗、赋之始。开元二十五年诏：“进士以声韵为学，多昧古今，自今加试大经十帖。”建中二年，中书舍人赵赞权知贡举，又以箴、论、表、赞代诗、赋。大和八年，仍复诗、赋。此唐一代进士试艺之大略也。

这里应该指出的是：杂文不仅仅局限于诗、赋，它还包括箴、铭、论、表之类；建中二年（781）赵赞奏罢诗、赋以后，并非至文宗大和八年（834）才恢复，“贞元四年（788）试《曲江亭望慈恩寺杏园花发》诗……即复旧制”③。

---

①《通典》卷十五《选举典·历代制》下。

②见《唐摭言》卷一。

③见徐松《登科记考》卷十一“建中二年条”按语。千帆师《唐代进士行卷与文学》10至11页，在考辨中详录原文。

弄清进士科考试项目是很必要的，便于我们理解文备众体的传奇小说何以能用以行卷，这种科举制度为什么能推动传奇小说的兴盛？诚如千帆师所说：“对于唐代文学发展起着积极的促进作用的，并非进士科举制度本身，而是在这种制度下所形成的行卷这一特殊风尚。”作个不甚恰当的比方，好比时下在研究生入学考试之前，考生喜欢将平时自己写的文章寄给导师或与该导师关系较密切的、有一定名望的人，希望他们对自己的业务水平有所了解、加深印象，以提高被录取的机率。

在试卷“糊名”密封的情况下，这种“行卷”实际上起不了多大作用，真本事还得花在考试上。唐代科举考试的试卷不糊名，行卷的作用就很大。洪迈《容斋四笔》卷五《韩文公荐士》条云：

> 唐世科举之柄，专付之主司，仍不糊名。又有交朋之厚者为之助，谓之“通榜”。故其取人也，畏于讥议，多公而审。亦有胁于权势，或挠于亲故，或累于子弟，皆常情所不能免者。若贤者临之则不然，未引试之前，其去取高下，固已定于胸中矣。

在考试之前，主试官对应试士子“去取高下”，已成竹在胸，可见行卷效应之大。论及行卷者，大都引用赵彦卫《云麓漫钞》卷八的材料：

> 唐之举人，先籍当世显人以姓名达之主司，然后以所业投献。逾数日又投，谓之温卷。如《幽怪录》、《传奇》等皆是也。盖此等文备众体，可以见史才、诗笔、议论。至进士则多以诗为贽，今有唐诗数百种行于世者，是也。

这条材料可与前引《容斋四笔》所云互证，而赵氏所述更为具体。其所以用传奇小说作行卷之具，是因为文备众体，足以表现科举及第必需具备的学业才能。赵氏这段行文语意不够严谨之处在于：没有说明行卷是专指进士科所需，其他各科无行卷之必要；“进士则多以诗为贽”，好像用传奇小说行卷是其他各科的事，而进士大都用诗行卷。其实，只有考进士科的才搞行卷，卷轴的文体样式，既可以用诗，也可以用传奇小说。

从唐诗与唐传奇的繁盛出现在不同的时期来看，士子为了博得主考官或文坛领袖的赏识，搞“行卷”或“温卷”，大概先是用诗，随着考试项目的变化，士子不断总结正反两面的经验教训，中唐以后，才盛行以传奇小说作敲门砖的。正如鲁迅所说：

> 唐至开元、天宝以后，（传奇）作者蔚起，和以前大不同了。从前看不起小说的，此时也来做小说了，这是和当时底环境有关系的，因为唐时考试的时候，甚重所谓“行卷”；就是举子初到京，先把自己得意的诗钞成卷子，拿去拜谒当时的名人，若得称赞，则“声价十倍”，后来便有及第的希望，所以行卷当时看得很重要。到开元、天宝以后，渐渐对于诗，有些厌气了，于是就有人把小说也放在行卷里去，而且竟也可以得名。所以从前不满意小说的，到此时也多做起小说来，因之传奇小说，就盛极一时了。①

这话是讲得很透彻的。他在回答文学社提出的“六朝小说和唐代传奇文有怎样的区别”这一问题时，所说基本观点与此相同。

但是，现存唐人传奇及具有传奇风格的杂俎，究竟哪些是

---

①《中国小说的历史变迁》。

与行卷有关的？除了《云麓漫钞》中提到的牛僧孺《玄怪录》和裴铏《传奇》以外，其余不易做出准确的判断。如果按赵彦卫所说“盖此等文备众体，可见史才、诗笔、议论”作依据，来判断是否行卷之作，未免胶柱鼓瑟。裴铏《传奇》中的名篇《昆仑奴》，就既无诗，又无议论。唐人传奇中具备这种“三合一”的作品，也只有一部分。从传奇作者是否有应进士举（包括登第和落第）的经历，来论证传奇与行卷的关系，也只能部分地说明问题，却不能一概而论。

传奇小说能使人有“一新耳目”的美感，在于它通过人物形象叙述生动的故事，许多优秀的传奇，抒情气氛较浓，富有艺术魅力，扣人心弦。这种文体本身具有诗或策论等所缺乏的综合性，从作品中可以体现出作者多方面的才能，其所以能用来进士行卷，这当然是重要原因。但是更重要的是包括相当一部分上层士大夫在内，文艺审美观念的变化，除了像张籍那样的道学先生以外，士林中人乃至某些开明通达的主考官、文坛领袖人物，已经乐于欣赏甚至创作传奇小说了。所以用传奇小说行卷才能蔚然成风。王定保《唐摭言》卷十二《温卷》条云：

刘允章侍郎主文年，榜南院曰：“进士纳卷不得过三轴。”刘子振闻之，故纳四十轴。又薛保逊好行巨编，自号金刚杵。太和中，贡士不下千余人，公卿之门，卷轴填委，率为阍媪脂烛之费，因之平易者曰：若薛保逊卷，即所得倍于常也。

可以想见，薛保逊的巨编，刘子振的四十轴，及其他填委于公卿之门的卷轴，大率是传奇小说。主考官刘允章之所以不得不通告限制行卷的轴数，正好说明当时行卷风气之盛。刘允章不是反对用传奇小说纳“省卷”，而是讲实效，轴数过多，势必无法看，如果是传奇集，抽几篇有代表性的佳作行卷，也就够了。

行卷之风最盛的中唐时期，既推动传奇创作的勃兴，也使主试人或公卿士大夫借机拉拢新进士，结党营私，排斥异己，扩大自己的政治势力；而山东士族又强调门阀，反对庶族地主通过科举参与政权，这就形成统治集团内部的“朋党之争”。党争又使一些人利用传奇小说作为攻击敌方的武器，在相当数量的传奇作品中，或隐或显地反映了党争的内幕或某些迹象。晚唐咸通后，延续了几十年的牛李党争平息了，宦官与藩镇掌握政权，文坛逐渐冷落，传奇小说与进士行卷的关系日益疏远。“三合一”的传奇体制也有所变化，最明显的就是在传奇小说中加入一段议论、借议论表明自己的创作目的和作品主题思想的情况基本上消失。而议论一体，在考试科目中是很重要的，所以原来用以行卷的传奇，大多数在篇末都有一段议论。

综上所述，可见唐代传奇小说得以兴盛的原因，是多方面的。从文学发展的内部规律而言，它既继承了史传文学和汉魏六朝小说的传统，又从同时代的诗歌、民间说唱文学以及“古文运动”中吸取了营养；就社会背景来看，政治开明、经济繁荣，特别是市民阶层的发展，意识形态领域的开放，促使知识分子思想的解放，敢于用传奇行卷或乐于欣赏这种行卷，这是儒士突破传统文艺观的一大进步，传奇小说因此得以兴盛。

第三章　唐前期由志怪到传奇的演变

一、六朝志怪小说对唐前期小说的影响

唐前期小说，无论是单篇或专集，除张文成《朝野佥载》这样写当世朝野人物时事的作品，属于志人小说以外，一般都带有较浓的志怪色彩。从文学的继承性角度来观照，这主要是受六朝志怪小说传统的影响。

写鬼神精怪的变异、奇物珍宝的灵性、洞窟异境的发现、生死轮迴、因果报应、神仙方术之事，原是六朝志怪小说的主要内容。这当然与当时人们对佛道的信仰、对生活的理想、对现实或来世的憧憬，有着密切关系，也与人们好奇喜幻、谈神说怪、探索幽秘的审美心理分不开。

唐前期小说接受六朝志怪的影响，在作品题材的继承性或启发性方面，固然颇重，例如猕猴、蟒蛇、宝镜、庙神、鬼怪等题材，六朝志怪对唐人传奇的影响，是很明显的。我们从《太平广记》的题材分类目录中，就可以看出它们之间的传承关系。但是不能把题材的影响看得过重。就以影响最突出的《猳玃马化》与《补江总白猿传》为例，实际上两者的距离相去甚远，除了"猕猴盗妇"这一情节有源流关系外，意蕴是很不相同的，艺术水平更为悬殊。我以为，六朝志怪小说最有意义的贡

献、对唐人传奇影响也最深刻的，是开拓了小说艺术的空间，使之发挥多姿多采的艺术幻想。这也正是佛、道两教对小说艺术惊人的创造力的启动，特别是道教文化给予小说艺术的创造性，更不能低估。方术之士故神其教是一回事，客观效果促进了小说艺术的发展，又是另一回事。唐人传奇接受六朝志怪小说的影响，无论是题材或艺术构思、表现技法，都不是凝滞的临摹，而是在艺术灵感上受到启动，创造了新的意象，达到一个新的艺术水平。如果我们不从艺术精神上考察，而停留在表面现象上，"粗陈梗概"的六朝志怪小说，是难以与叙述宛转、描摹细腻、形象丰满的唐人传奇相比拟的，就会忽视六朝志怪小说对唐人传奇真正的影响。

唐人传奇受六朝志怪小说的影响，得以长足发展，艺术上青出于蓝而胜于蓝，这既有社会土壤、环境气候的问题，也有文学艺术发展内部规律的问题。六朝士人的思想解放与唐前期的社会思潮有相似之处，文学创作都比较自由，但是唐前期所出现的国家统一、社会安定、经济繁荣的局面，又是六朝无法比拟的。况且六朝志怪小说在整个中国小说发展史上，毕竟还处于雏形时期，艺术上还不成熟，思想上又受宗教旨意的局限；所以，六朝志怪小说的作者在小说史上既有所开拓，对唐人传奇乃至明清文言小说虽有影响，但自身尚未能结下硕果。而唐人传奇作者，则在总结前人艺术经验的基础上，将小说艺术推向成熟。

本来，六朝志怪小说的某些作品，例如《神仙传》、《拾遗记》等，已经出现杂史杂传与志怪小说融铸整合的倾向，唐前期小说作者则加速了这种倾向的发展，促使志怪小说向传奇体小说演化。

二、《古镜记》与《白猿传》的过渡作用

由六朝志怪小说的写鬼神异物之“怪”，演变到唐人传奇的传人事之奇，其间有一个渐进过渡的时期。唐前期小说，就是这个过渡时期的产物。王度《古镜记》和佚名《补江总白猿传》，乃至张鷟《游仙窟》，正好标志着这种过渡的进程。其主要特征是：所写的故事和主要人物形象，有一定的生活真实作基础，但想象虚构的成分颇多，描写较为具体，叙述故事发展过程也较细致，作者是在有意识地从事小说创作，但仍然具有明显的怪异色彩，重在故事的叙述，而不甚注意人物性格的刻画和艺术形象的塑造。比较而言，《古镜记》比六朝志怪小说跨进了一大步，《白猿传》又有所前进，《游仙窟》则基本上完成了由志怪小说到传奇小说的过渡。

《古镜记》作者王度（约公元585—625年），隋唐之际人，初唐诗人王绩之兄。过去研究唐人小说者，大都认为王度即《新唐书·王绩传》中所提及的王凝。经孙望先生考证①，证明度与凝并非一人，而是通、凝、绩、静四人的兄长。王度为太原祁县人，大约生于隋文帝开皇初年，卒于唐高祖武德初年。他于隋炀帝大业初年以御史起家，《古镜记》中自述："大业七年五月，度自御史罢归河东，适遇（以师礼事之的汾阴）侯生卒。"侯生临终时把古镜赠给王度。八年冬，度典著局，以御史兼著作郎，奉诏编修国史，欲为苏绰立传；第二年秋，出兼芮城县令，这年冬，持节河北道，开仓给陕东百姓赈

①见《王度考》，刊于《学术月刊》1957年3、4期。

饥。十年，度弟绩，辞六合县丞回家，带着王度给他的那面古镜外出漫游，直到大业十三年夏六月，才回到长安，与度会见。这时，度仍然任御史兼著作郎。王绩将这儿年漫游的惊险经历告诉其兄。王度失去古镜就在这年七月十五日，故自述云："今度遭世扰攘，居常郁快，王室如燬，生涯何地，宝镜复去，哀哉！"在反隋斗争风起云涌之际，他怀着沉重的忧患情绪，哀叹宝镜失去，预感到前途渺茫。写这篇《古镜记》小说，大约在大业十四年或唐武德初年。故《太平御览》题作隋王度《古镜记》，而《文苑英华》卷七百三十七顾况《载氏广异记序》则把它列为唐代作品。

在王度任御史兼著作郎时，修《隋史》，从开皇初写到大业初，书未成而逝；弟王绩承其遗志，续写《隋史》，也未能完成。

王度生长在儒学世家，从小受儒家思想的薰陶是很自然的，但后来却喜推步阴阳之学，这在他师事阴阳卜筮专家汾阴侯生，和《古镜记》中宣扬古镜的神奇灵验等事上，都有着充分表现。他与大儒王通的思想分歧较大，各自走着不同的道路，而与信奉道家思想的王绩，思想感情颇为融洽。

《古镜记》的内容，就是记述王度和他的弟弟王绩持有一面神奇古镜的那段怪异经历。作者自称从汾阴（在今山西万荣县北）侯生学，侯临终，以古镜相赠，并对度说："持此则百邪远人。"是为"灵物"。作者现身说法，叙述此镜果然灵验，如使寄居程雄家的婢女鹦鹉自现老狐原形、降伏芮城令厅前枣树心中大蛇，王绩出游，持此宝镜，降魔伏妖，逢凶化吉，得以远祸全身。可见作品的道教思想相当浓厚，虽实有其人或某些事实，但是离生活真实较远。这是上承六朝志怪小说的余绪，却又记述作者真实的家世、仕途及人事的变迁，虚虚实实，真真假假，铺张藻饰，文章恢弘。它是用流畅美丽的古文写成的小说，文字的表现力，比六朝志怪小说又有很大的进步。

如描写程雄家婢女鹦鹉之死，曲尽人情，悲壮感人：

……度又谓曰："汝本老狐，变形为人，岂不害人也？"婢曰："变形事人，非有害也。但逃匿幻惑，神道所恶，自当至死耳。"度又谓曰："欲舍汝，可乎？"鹦鹉曰："辱公厚赐，岂敢忘德。然天镜一照，不可逃形。但久为人形，羞复故体。愿缄于匣，许尽醉而终。"度又谓曰："缄镜于匣，汝不逃乎？"鹦鹉笑曰："公适有美言，尚许相舍，缄镜而走，岂不终恩？但天镜一临，窜迹无路，惟希数刻之命，以尽一生之欢耳！"度登时为匣镜；又为致酒，悉召雄家邻里，与宴谑。婢顷大醉，奋衣起舞而歌曰："宝镜，宝镜！哀哉予命！自我离形，于今几姓？生虽可乐，死必不伤。何为眷恋，守此一方！"歌讫，再拜，化为老狸而死。一座惊叹。

狐精变形化为人，在六朝志怪小说中就有。如《搜神记·吴兴老狸》，老狸变形为农家老父，到田中去咒骂赶打正在劳动的二个儿子，儿子弄清是鬼魅作怪后，却误将真正的父亲打死了。狐妖却在他们家里充当父亲，竟"积年不觉"。待到法师擒杀狐妖，才恍然大悟，于是"一儿遂自杀，一儿忿懊，亦死"。给人以恐怖厌恶之感。《古镜记》中狐精变形的婢女鹦鹉，却具有悲剧的美感。她的一生，就是个悲剧：始为华山府君所捕逐，逃到河、渭之间，为下邽陈思恭义女，将她嫁给同乡人柴华；"鹦鹉与华意不相惬，逃而东，出韩城县，为行人李无傲所执。无傲，粗暴丈夫也，遂劫鹦鹉游行数岁"，来到长乐坡，因鹦鹉病得很厉害，无傲就将她寄留在程雄家里做婢女，实际上是被抛弃了；最后，又落到悲惨之死。这不正是封建社会现实生活中妇女不幸命运的反映吗？是很令人同情的。

《古镜记》的结构虽然还比较平板，但已极尽铺叙之能事，以宝镜的得失灵验为线索，结合作者和王绩的生活经历，将几个怪异的故事串联在一起，构成一篇志怪色彩较浓的传奇小说。

由此可见，人称《古镜记》“上承六朝志怪之余风，下开有唐藻丽之新体，洵唐人小说之开山也”①，或称它“是中国真正有小说的最早作品”②，或称王度“是一个由六朝志怪小说过渡到唐代传奇小说的起着桥梁作用的小说家”③，都是言之成理的。

可能受《古镜记》的影响，唐人小说中以异镜为题材的有好几篇。例如《异闻录·李守泰》（《太平广记》卷二百三十一引）、《博异志·敬元颖》（有《顾氏文房小说》本，据《太平广记》改数字，1980年中华书局将《博异志》与《集异记》合本出版）、《原化记·渔人》（《太平广记》卷二百三十一引）、《三水小牍·元稹》等，都记异镜之事。

《补江总白猿传》，无名氏作。《太平广记》卷四百四十引此传，题作《欧阳纥》，下注出《续江氏传》。《新唐书·艺文志》子部小说家著录，题为《补江总白猿传》，不著撰

①见汪辟疆校录《唐人小说》。
②见刘开荣《唐代小说研究》。
③见前引孙望《王度考》。

人。晁公武《郡斋读书志》把它列为史部传记类，也不著作者，但云："述梁大同末欧阳纥妻为猿所窃，后生子询。《崇文目》以为唐人恶询者为之。"所谓"唐人恶询者"，也只是说作者是与欧阳询同时代而对询有恶感的人。陈振孙《直斋书录解题·小说类》对作者意图亦有所指："欧阳纥者，询之父也。询貌猕猿，盖常与长孙无忌互相嘲谑矣。此传遂因其嘲广之，以实其事。托言江总，必无名子所为也。"意谓旨在嘲讽貌似猕猿的欧阳询。唐人孟棨《本事诗》中，已有欧阳询形貌丑陋似猕猴之说，并有长孙无忌与欧阳询互相嘲谑的记载：

> 国初长孙太尉见欧阳率更姿形麽陋，嘲之曰："耸膊成山字，埋肩畏出头。谁言麟阁上，画此一猕猴。"（案：唐太宗画功臣像于凌烟阁，是在贞观十七年，而欧阳询则死于十五年。可能此时有画功臣像之议，尚未实行。长孙无忌乃借题戏谑）询亦酬之曰："索头连背暖，漫裆畏肚寒。（案：笑其为胡人也，打发辫、着漫裆裤是古代胡人的习俗）只缘心混混，所以面团团。"太宗闻之而笑曰："询此嘲曾不为（一作'岂不畏'）皇后耶？"（案：太宗文德皇后，系长孙无忌之姊，薨于贞观十年，下距太宗图功臣像事七年之久，孟棨记闻恐有误。此则亦见于唐人刘悚《隋唐嘉话》卷中）

大臣之间互相开玩笑，并无中伤恶意。语涉皇后，太宗也不深责，一笑了之。

明人胡应麟在《少室山房笔丛·四部正讹》中，始将《白猿传》谤毁欧阳询并牵涉江总之说坐实："《白猿传》，唐人以谤欧阳询者。询状颇瘦，类猿猱，故当时无名子造言以谤之。此书本题《补江总白猿传》。盖伪撰者托总为名，不为诬询，兼以诬总。噫！亦巧矣。率更（询官率更令）世但贵其书，而不知其忠孝节义，学问文章，皆唐初冠冕，至今瞭然史策，岂此辈能污哉？……”这是根据《崇文总目》、《直斋书录解题》所言，作了进一步的发挥，予以坐实，辞气激昂，未免穿凿过甚。欧阳询自幼为江总所收养，江对欧阳家世很熟悉，故有江总曾作《白猿传》的讹传，而无名氏则名己之所作为《补江总白猿传》。

据《旧唐书》卷一百八十九上《欧阳询传》云：

> 欧阳询……陈大司空頠之孙也。父纥，陈广州刺史，以谋反诛。询当从坐，仅而获免。陈尚书令江总与纥有旧，收养之，教以书计。虽貌甚寝陋，而聪悟绝伦……。

江总既与纥有故交之谊，纥被杀后，总收养其孤，乃是传统的义举，不会因其貌陋借题作有损欧阳询声誉的文章。又据《太平广记》卷四百九十三《欧阳询》条云：

> 文德皇后丧，百官缞绖，率更令欧阳询，状貌丑异，众或指之，中书舍人许敬宗见而大笑，为御史所劾，左授洪州司马。

综上所述，欧阳询貌丑固属事实，士大夫间以询貌丑陋似猿猴，因相戏笑，原是情理中事。但在众臣大会的严肃场合，以此为戏谑之资，无异人身攻击，有伤体统，故许敬宗因此遭贬。说唐人蓄意撰小说诽谤询，恐未必。这与后来李德裕门人韦瓘托政敌牛僧孺之名撰《牛羊日历》，性质是不同的。况且早在晋人张华《博物志》中就有猿妖盗妇的故事，干宝《搜神记》亦辑录其事。《白猿传》很可能受《猳玃马化》这个传统题材的启发，而予以附会发挥，落实到欧阳纥之妻被猿妖所盗，描述更加具体化、形象化。借志怪以传奇，乃是当时文人的风尚。

本篇描写南朝时梁大同末年，将军欧阳纥携妻南征，途中妻子被猿妖窃去，纥奋力寻觅，终于杀死猿妖，救出已经怀孕的妻子。后产子名询，“聪悟绝人”，形貌却像猿猴。欧阳纥获罪被杀后，询为陈朝的尚书令江总所收养。“及长，果文学善书，知名于时。”从作品的情节与欧阳纥的遭遇，询与江总的关系及其形貌特征来看，所谓《白猿传》讥讽欧阳询之说，乃是事出有因，但也无须穷究坐实。

《白猿传》在小说艺术上，比之于《古镜记》，有了进一步的提高。主要表现在，它是用简洁优美的古文写成的，这一点已经接近中唐传奇小说全盛时期的作品。例如描写欧阳纥失妻后的心情及寻觅踪迹的过程，就简炼而颇精采：

> ……纥大愤痛，誓不徒还。因辞疾，驻其军，日往四遐，即深凌险以索之。既逾月，忽于百里之外丛篆上，得其妻绣履一只，虽浸雨濡，犹可辨识。纥尤悽悼，求之益坚。选壮士三十人，持兵负粮，岩栖野食。又旬余，远所舍约二百里，南望一山，葱秀迥出。至其下，有深溪环之，乃编木以度。绝岩翠竹之间，时见红彩，闻笑语音。扪萝引絙，而陟其上，则嘉树列植，间以名花；其下绿芜，丰软如毯。清迥岑寂，杳然殊境。东向石门，有妇人数十，帔服鲜泽，嬉游歌笑，出入其中。……

描摹景物，刻画心理神情，于简洁中极尽宛曲之致。其次，在剪裁和结构布局方面，也不同于《古镜记》的平铺直叙、按年月连缀故事的简单手法。它善于围绕白猿盗取欧阳纥之妻这一中心情节，展开矛盾冲突。描述欧阳纥寻觅失妻历尽艰辛，终于在深山洞穴找到妻子。但作者并不就此简单作结，而将情节更推进一步，写了纥妻与众妇出谋划策，根据白猿生活习性和生理特点，与纥共定杀除白猿之计；经过一番惊心动魄的斗争，终于达到欧阳纥杀猿救妇的目的，而这也正是故事的高潮。就在这高潮中，让白猿在临死前叹咤诉说："此天杀我，岂尔之能。然尔妇已孕，勿杀其子，将逢圣帝，必大其宗。"如果说作品是讽刺某个当朝显贵的，这几句正是画龙点睛、突出主题的话。

在杀白猿后，作者又巧妙地用倒叙的手法，借纥妻、众妇之口，交待了白猿的恶迹。最后又稍带一笔："纥妻周岁生一子，厥状肖焉。"使主题更加鲜明。

当然，它毕竟还是唐人早期的小说创作，还不脱六朝志怪小说的怪异色彩，但它在小说发展史上的地位，是值得充分肯定的，它促使从志怪小说过渡到传奇小说的进程加快了。作品的具体年代，难以断定，大约作于贞观末年，或者更晚一点。

在题材上与《白猿传》带点瓜葛的，唐人小说中，有写猿仙化为美女与人间男子结为夫妇、生育子女之事。如顾敻《袁氏传》①，情节曲折动人，形象也较丰满，有较鲜明的人物个性。它写的是代宗广德年间，有秀才孙恪，因旅途中借寓得逢艳丽美女袁氏，遂托媒结为夫妻。有张处士自谓得道门之授，识察孙恪"妖气颇浓"，有宝剑如同王度之古镜，能除妖灭邪，而反被袁氏所折，责孙恪负义，恪以诚相告，乃重归于好。后十余年，袁氏"鞠育二子，治家甚严，不喜参杂"。因随孙恪赴南康经略判官任，途经当年栖息寺院，遇老僧惠幽（即昔日养猿之小沙弥），遂持原胡人所施佩猿颈之碧玉环子献僧，与两

---

①此篇又见于裴铏《传奇·孙恪》。

子、孙恪诀别，裂衣化为老猿，追啸跃树而去。“恪遂惆怅，舣舟六七日，携两子而回棹，更不能之任矣。”写得委宛曲折，虽志怪而富人情。此外，描述狐仙、虎怪与人成婚、生男育女的小说，也不少。它们似乎都不存在借以讽刺某人的问题。

三、张鷟与自然主义杰作《游仙窟》及佚事小说集《朝野佥载》

张鷟（公元658？—730年？），字文成，号浮休子。深州陆泽（今河北深县北）人。是唐代著名的文学家。高宗上元二年登进士第，授岐王府参军。又应制举八次，皆登甲科。员半千称其文“犹青铜钱万选万中”，时称“青钱学士”。曾任襄乐、长安等县尉，迁鸿胪丞。秉性浮躁，放荡失检，不持士行，为姚崇所鄙视。开元初为御史所劾，贬岭南。后内迁，为司门员外郎，一说起为龚州长史。

张鷟下笔敏速，出言恢谐，文体浮艳，投合时好。新罗、日本等国使节入唐，必出重金购买其文。所著有《龙筋凤髓判》四卷，用骈俪文写成，辞虽浮艳，但可见唐时书判律令程式。又有《朝野佥载》六卷，属佚事小说性质，当另作论述。最重要的作品是传奇文《游仙窟》。

《游仙窟》，作于武则天执政时期。据《桂林风土记》，莫休符谓“鷟弱冠应举，下笔成章，中书侍郎薛元超特授襄乐尉”，而本篇传奇卷首，题宁州襄乐县尉张文成作，则可知其为张鷟早年的作品。

在开元年间张鷟还在世之时，此篇已传到日本，颇为日人所推重，自唐以来，一直流传不衰。而在国内，向无传本。据汪辟疆旧藏钞本，卷首有“平等阁”及“忠州李士棻随身书卷”二印记；卷尾有“壬午三月，借遵义黎氏影写本，重校”小字一行，可见此本为李士棻旧藏。黎氏在日本刻《古逸丛书》，曾将初印本寄李。此本原钞，也许就出于黎氏之手。

本篇所记述的是作者于旅途中的一次艳遇。全文采用第一人称，自叙从汧陇奉使河源，因“日晚途遥，马疲人乏”，寻至一宅投宿，与女主人十娘、五嫂，以诗歌、书信相调谑，宴饮歌舞，寻欢作乐，一夕之间，无所不至。终由五嫂为媒，与十娘成亲，一宿而别。明知别易会难，互相留恋不舍，颇有悽惶之情，但终于把手相别而去。这是作者对自已风流浪漫生活的记叙。唐人习惯上称妖艳女子为神仙，故题为《游仙窟》。其称十娘为“崔女郎”、“博陵王之苗裔，清河公之旧族”，也是根据当时婚姻崇尚门第，故意虚饰之词，实不过逢场作戏、浪荡生活的自然写照。对作者来说，也许这是一次难以忘却的艳遇，故采取自叙传的形式，以当事人的身分直叙其风流韵事，丝毫不加掩饰，不过把放荡行为写成“游仙窟”而已。作者除了对“神仙窟”的境界有所想象虚构以外，也并没有什么神秘化的怪诞描写，与刘晨、阮肇遇仙，完全是性质不同的两回事。

作者以欣赏矜夸的态度，来写这次奇遇，具体细致地描写了自己与十娘、五嫂的挑逗戏谑之情，对两性关系作了淋漓尽致的露骨描绘，而且不厌其烦，津津乐道。细节描写逼真，可谓穷形极态，却缺乏艺术美的感人力量，也缺乏鲜明的爱憎观念和思想倾向。没有真正的爱情理想，所追求的是情欲的发泄：“生前有日但为乐，死后无春更著人。只可倡佯一生意，何须负持百年身？”“伏愿欢乐尽情，死无所恨。”这种有异于传统文学的作风，不是通过典型人物的塑造和生活的艺术概括来反映社会的某些本质方面，而是作者的自我写照，对生活的客观临摹，这正是自然主义的特质。张鷟不曾提出自然主义的创作理论，但他的创作实践却与一千多年以后欧洲的自然主义不谋而合。

《游仙窟》在写景抒情、描摹物态方面，都很细腻生动，能够毫无顾忌地写出生活的真实感，给后来小说创作的现实主义艺术表现手法，提供了有益的借鉴。它在语言艺术上有一个显著特色，就是散韵结合，雅俗交融。叙述故事、描绘情景，既有散文，又有大量骈文，而穿插其间的，多半是五言诗。用骈体文写小说，当然是很不适宜的，好比是戴了镣铐跳舞，很难表现其风致。但是《游仙窟》却写得相当活泼洒脱，并无拘泥板滞之感。例如用骈俪文描写崔十娘家屋宇之壮丽、陈设之豪华，就非常恰当，文章与景物相映生辉：

……遂引入中堂。于是金台银阙，蔽日干云。或似铜雀之新开，乍如灵光之且敞。梅梁桂栋，疑饮涧之长虹；反宇雕甍，若排天之矫凤。水精浮柱，的皪含星；云母饰窗，玲珑映日。长廊四注，争施玳瑁之椽；高阁三重，悉用琉璃之瓦。白银为壁，照曜于鱼鳞；碧玉缘阶，参差于雁齿。入穹崇之室宇，步步心惊；见傥阆之门庭，看看眼碜。

这段描述性的骈俪文本身，并不晦涩难懂，对偶也很自然流畅；况且这段骈文的前后，是人物间生动活泼的对话，多有俗谚俚语。

张文成与崔十娘互相酬答的诗句，也受民歌的影响，具有浅显明快、大胆俚俗的特色。例如文成忽见十娘半面而吟咏的诗：

敛笑偷残靥，含羞露半唇；

一眉犹叵耐，双眼定伤人。

十娘酬诗：

好是他家好，人非着意人；

何须漫相弄，几许费精神。

很像民间歌谣或曲子词，在清新活泼之中，带有俚俗粗野之气。

文中保留较多的俗谚，生活气息较浓。如描写文成与五嫂相见时的情景：

……相见既毕，……五嫂回头笑向十娘曰："朝闻乌鹊语，真成好客来。"下官曰："昨夜眼皮瞤，今朝见好人。"即相随上堂。……五嫂笑曰："张郎心专，赋诗大有道理。俗谚曰：'心欲专，凿石穿。'"

这样的对话，在古文家的作品中，是难以见到的。

在唐人单篇传奇中，《游仙窟》的篇幅是最长的。其实它的故事情节比较简单，不是以情节取胜，主要以人物间的对话、书信、诗歌展开感情的交流、意识的传递，从中活现人物形象和性格特征。张文成风流才子、放荡好色、轻佻浮躁的品性跃然纸上。崔十娘于佯羞假嗔中流露奔放的热情，于半俗半雅中表现出孀居少妇的心理状态。

《游仙窟》在中国小说发展史上，标志着由六朝志怪小说到唐人传奇的转变：内容上由写鬼神怪异到叙人间离合悲欢，艺术上由粗叙简述到细腻描绘、着重人物形象塑造和性格刻画。这为后来唐宋传奇的发展，积累了艺术创作的经验。自然主义的作品，并不是一概都不足取。如果说在西方文学中，自然主义是对现实主义的反动，那么在我国小说发展史上，自然主义则是过渡到现实主义的桥梁。

《游仙窟》在国内，"五四"后始根据日本抄刻本重印行世。有陈乃乾《古佚小说丛刊》本，川岛标点本，鲁迅作序，北新书局印行。汪辟疆《唐人小说》亦收入，其版本情况已如前所述。1955年出版方诗铭注释本。张鷟的事迹，见新、旧《唐书·张荐传》及余嘉锡《四库提要辨证》。

张鷟的《朝野佥载》，是尚存的第一部唐人佚事小说，它所继承的是六朝志人小说的传统，臧否当代人物，讪议时政，有较高的文史价值。该书二十卷，《新唐书·艺文志》乙部杂传类著录。《宋史·艺文志》入史部传记类，于二十卷外，别出《佥载补遗》三卷。《直斋书录解题》改隶小说家类，只一卷，但云："其书本三十卷，此特其节略尔，别求之未获。"《四库全书总目》亦入子部小说家类。本书版本甚多，都据《太平广记》辑录，或作一卷，或作六卷，均不全。1979年中华书局出版赵守俨点校本，较佳。

余嘉锡《四库提要辨证》考其原书至元末尚存，故刘克庄、陶宗仪皆得见之，至明遂亡。

本书主要记载隋至唐玄宗开元年间朝野见闻，对武则天统治时代的朝政与人物，尤多揭露和讽刺，对韦后及其党羽亦多有抨击。思想内容包括以下几个方面：

第一，反映封建统治者穷奢极欲的腐化生活。如《张易之》、《宗楚客》、《安乐公主》诸条。张易之为其母阿臧造七宝帐，"金银珠玉宝贝之类，罔不毕萃，旷古以来，未曾闻见"。宗楚客造一新宅，"皆是文柏为梁，沉香和红粉以泥壁，开门则香气蓬勃。磨文石为阶砌及地"。安乐公主"夺百姓庄田，造定昆池四十九里，直抵南山，拟昆明池，累石为山，以象华岳；引水为涧，以象天津。飞阁步檐，斜墙磴道，被以锦绣，画以丹青，饰以金银，莹以珠玉。又为九曲连环池，作石莲花台，泉于台中流出，穷天下之庄丽。言之难尽”。

第二，揭露封建统治集团中趋炎附势、谄媚逢迎、贪赃酷虐的无耻之徒，灵魂丑恶，行为卑鄙狠毒。如《崔湜》、《薛稷》、《卢藏用》、《赵履温》、《张昌仪》、《李全交》、《索元礼》、《宋之逊》等条。崔湜为了谄媚权贵，不惜出卖妻子女儿的色相；薛稷等人“皆饰忠鲠，内藏谄媚，胁肩屏气，而舐痔折肢，阿附太平公主”，求得仕途得意；卢藏用走终南捷径，“隐居之日，颇以贞白自衒”，“自登朝，奢靡淫纵，车服鲜丽，趦趄诡佞，专事权贵”；张昌仪恃易之得势，卖官鬻爵，一姓薛者送金五十两，而昌仪不知行贿者薛某之名，故凡姓薛者六十余人，都给官做；李全交身为监察御史，而以罗织酷虐为业，常用酷刑残害无辜；宋之逊谄附张易之兄弟，罗织罪名杀害驸马王同皎。酷吏恶贯满盈，也往往作法自毙。如《周兴》，来俊臣奉旨审讯周兴，而故意征求周兴审问囚犯的办法，周曰：“甚易也。取大瓮，以炭四面炙之，令囚人处之其中，何事不吐！”来俊臣就用火围烧大瓮，对周兴说：奉旨审讯老兄，请兄入此瓮。周不得不低头认罪。

第三，反映佛教徒、道教徒制造假象，蒙蔽欺骗群众，最终被揭穿，具有破除迷信的意义。如《刘龙之》、《郭纯》、《王燧》、《贺云景》、《薛怀义》、《胡超僧》等条。作者对妖言惑众、谋财害命的宗教徒，显然是痛恶的。但在另一些作品中，却又表现了命定论的思想，如《魏征》、《王显》等条，意在说明官禄皆由天命。

张鷟在作品中喜欢评议当时官场中的人物，往往切中要害。过去都认为这是作者浮躁轻率性格的表现，其实这倒是值得肯定的优点。他用辛辣锋利的笔调，描绘了官场的群丑图，抨击了社会生活中某些丑恶现象。

《朝野佥载》在艺术上的主要特色，是文笔精炼流丽，善于精选典型事例刻画人物性格，故能在极短的篇幅中，活现出个性鲜明的人物形象。如《夏侯彪之》，描写新昌县令夏侯彪之，初下车，就拿钱令里正为他买三万颗鸡蛋孵小鸡，长大后卖掉，半年之间，坐收三十万钱；又用同样的办法，取钱要里正为他买竹笋，在林中养着，至秋成竹，渔利五十倍。通过这两件典型事例，刻画了夏侯彪之的贪鄙性格。

四、唐前期的志怪小说集

如前所述，由六朝志怪小说到唐人小说，有一个过渡性时期，这既体现在单篇小说上，也反映在小说专集上。

（一）关于《梁四公记》的性质

《梁四公记》原书已佚，《太平广记》卷八十一有《梁四公》一条，篇幅颇长，分三大段。首段介绍所谓"梁四公"，指的是梁天监中，有蜀（音协）闯（音趁）、䵷（音万）杰、敠䵾（音蜀湍）、仉睿（音掌睹）四公谒武帝的情景，当武帝与群臣之面，闯公演卜筮占卦猜沈约所献匣中之物，非常灵验，甚至知道鼠中怀有三只小鼠。第二段记高昌国遣使贡奇物，王公士庶皆不识，帝命杰公接待使者，对所贡奇物一一予以解释。第三段着重记述杰公与诸儒语及方域之奇人异物，似地理博物类志怪小说，其中又由几个地方的故事组成，尤以女国为奇：

有女国，以蛇为夫，男则为蛇。不噬人而穴处，女为臣妾官长，而居宫室。俗无书契，而信咒诅，直者无他，曲者立死。神道设教，人莫敢犯。……洲中有火木，其皮可以为布；炎丘有火鼠，其毛可以为褐，皆焚之不灼，汙以火浣。……大鸭生骏马，大鸟生人，男死女活。鸟自衔其女，飞行哺之，衔不胜则负之。女能跬步，则为酋豪所养。女皆殊丽，美而少寿，为人姬媵，未三十而死。有兔大如马，毛洁白，长尺余。有貂大如狼，毛纯黑，亦长尺余，服之御寒。朝廷闻其言，拊掌笑谑，以为狂妄，曰："邹衍《九州》、王嘉《拾遗》之谈耳。"……

杰公像是东方朔一类人物，博洽多智，能识方外异域之奇物。文中还记及"兼三教而擅之"的崔敏，与胥公谈论三教之理，为胥公所沮而病死。于篇末注明出《梁四公记》。可见所辑录的并非单篇全文。《说郛》一百二十卷本的卷一百十三，亦引此条，但已残缺。又于《太平广记》卷四百十八，引《五色石》和《震泽洞》两条，亦出自《梁四公记》，主要人物也是杰公。

从现存《梁四公记》的三条佚文来看，内容主要受六朝博物志怪和杂传志怪两类作品的影响，而又有很大的发展。它不是粗陈梗概、各条故事互不相关的丛残小语，而是通过梁武帝时的四个神奇的人物，将各个具有相对独立性和完整性的故事，串联起来，具备中长篇志怪小说的规模；又像是由若干条故事组合成的一部志怪小说专集。思想倾向，虽偶或涉及儒道释三教，但主导倾向是道教思想，卜筮释卦、陈述方外遐域所贡奇珍异宝的特性，或派人到龙宫取回珠宝，基本上是道教文化的特征。

《梁四公记》在艺术描写上，比六朝志怪小说细致，想象力也有所发展，写奇人异物的意象亦有创新。例如《梁四公》条，杰公回答王筠的责难时所陈述的“女国有六”，每个女国各有特色。对黄丝、观日玉、火浣布、碧玻黎镜等奇物的描述，都较生动具体。再如《震泽龙》条，关于洞庭山南洞穴通龙宫的神话，颇有民间传说的色彩。杰公知道东海龙王第七女掌龙王珠藏，并掌握“龙畏蜡，爱美玉及空青而嗜燕”的特性，遣子春等为使者从龙宫以礼取回珠宝。

描述取珠宝过程及各种珠的特点，都较细腻生动：

> 杰公曰：“以蜡涂子春等身及衣佩，又乃赍烧燕五百枚入洞穴。”至龙宫，守门小蛟闻蜡气，俯伏不敢动。乃以烧燕百事赂之，令其通问；以其上上者献龙女，龙女食之大嘉。又上玉函青缶，具陈帝旨。洞中有千岁龙能变化，出入人间，有善译时俗之言。龙女知帝礼之，以大珠三，小珠七，杂珠一石，以报帝；命子春乘龙，载珠还国，食顷之间便至。……（帝）以珠示杰公，杰公曰：“三珠，其一是天帝如意珠之下者，其二是骊龙珠之中者；七珠，二是虫珠，五是海蚌珠，人间之上者。杂珠是蚌蛤等珠，不如大珠之贵。……

写得层次分明，既描绘出龙宫仙府的特色，又包含着较浓的人情味。未引出的下文，杰公解释各种珠的特性，极其铺张夸饰之能事。虽然还不脱六朝志怪小说的怪异之气，但已接近传奇小说的规范。主要缺点是不注意人物性格的描写。它对后来写有关龙的题材影响较大，如《柳毅传》、《灵应传》、《传奇·萧旷》等，都从中受到启发或引为典故。

《梁四公记》的作者，《新唐书·艺文志》杂传记类著录，作卢诜《四公记》一卷，附注云：“一作梁载言。”而顾况

《戴氏广异序》则云："国朝燕公《梁四公传》。"燕公乃是张说的封爵。顾况是中唐时人，其说当较切合事实。

（二）"辅教之书"《冥报记》和《定命录》

在六朝志怪小说中，就有不少"释氏辅教之书"，例如刘义庆《宣验记》、王琰《冥祥记》、颜之推《冤魂志》等等。以志怪作为宣扬佛教旨意的风习，也为唐前期小说作者所沿袭。最具有代表性的，是唐临《冥报记》。此书《旧唐书·经籍志》入乙部杂传类，《新唐书·艺文志》入小说家类，而又重出于杂传类，但均著录二卷。《宋史·艺文志》入小说家类。宋以后不见著录，可能在国内已亡佚。日本高山寺藏唐抄卷子本作上、中、下三卷。杨守敬认为此书原作十卷，日人所节抄的高山寺本臆分为三卷，《日本现在书目》则作十卷。守敬得辑本六卷，拾遗四卷，《日本访书志》卷八载其目。岑仲勉《唐临冥报记之复原》，载《历史语言研究所集刊》第十七本，对守敬辑本予以覆核。今有方诗铭辑本，较为完备。

唐临，字本德，京兆长安人。大约生于隋文帝末年，卒于唐高宗龙朔元年，享年六十。曾从隐太子。高宗即帝位，官检校吏部侍郎，迁大理寺卿，永徽元年拜御史大夫，累迁吏部尚书。《法苑珠林》传记篇杂集部著录《冥报记》，题作"唐朝永徽年内吏部尚书唐临撰"。

与六朝"释氏辅教之书"有一共同的创作目的，就是宣扬佛教的因果报应、生死轮回之说：信佛敬佛像念佛经者得善报；否则，得恶报，不是生前遭灾祸，就是死后在阴间地府受惩罚。而且通过故事中具体人物所经历的报应，把佛的神奇效应形象化地表现出来，使读者相信报应的灵验。唐临在《冥报记序》中写道：

> 昔晋高士谢敷、宋尚书令傅亮、太子中书舍人张演、齐司徒从事中郎陆杲，或一时令望，或当代名家，并录《观世音应验记》，及齐竟陵王萧子良作《冥验记》、王琰作《冥祥记》，皆所以征明善恶，劝戒将来，实使闻者深心感寤。临既慕其风旨，亦思以劝人，辄录所闻，集为此记。仍具陈所受及闻见缘由，言不饰文，事专扬确，庶人见者能留意焉。

引述晋以来负有声望的人物如何书录或创作宣扬佛家教义的作品，证明自己创作这类书的目的和价值。似乎所写都是亲自耳闻目睹之事，确凿无误，不加夸饰，使读者信其为真。所以几乎在每条故事之末，都要交代闻见缘由，加强其可信性。

宣扬敬佛诵经，得以逢凶化吉，甚至起死回生。例如《兖州人》，写兖州邹县人张某，诣京赴选途中，经泰山，谒庙祈福，居然使"庙中府君及夫人并诸子等，皆现形象"。他向府君四子像祈祷："但得四郎交游，赋诗举酒，一生分毕，何用仕宦？"表明其虔诚之心。结果，张某在遇到强贼被劫掠时，遂祈四郎相助。"有顷四郎车骑毕至，惊嗟良久，即令左右追捕，其贼颠仆迷惑，却来本所，四郎命决杖数十，其贼髀膊皆烂。"张某回程再经泰山府君庙时，受到四郎盛情接待，忽见其妻在一院中荷枷被审判，于是经四郎打通关节，司法乃断云："此妇女勘别案内，常有写经、持斋功德，不合即死。"让张某携其妻精魂同归。临别时，四郎劝告他们："唯作功德，可以益寿。"这正是画龙点睛之笔。张某遇劫得救，其妻死了六七日而复苏，都是敬佛诵经的善报。篇目云："兖州人说之云尔。"意谓非作者之妄言，而是当事人亲口说的，其诱惑性的效应自然更强。

描写不信佛、对佛有慢谤之言者，在阴间地府受到惩罚，也是《冥报记》内容的一个方面。例如《王璹》条，写唐尚书刑部郎中宋行质，因对佛有慢谤之言，死后在冥府受苦，而这种受苦的情景，是通过死而复活的尚书都官令吏王璹所见来表现的："闻有人从后唤璹，璹回顾，见郎中宋行质。面色惨黑，色如湿地，露头散腰，著故绯袍，头发短垂，如胡人者，立于厅事之下，有吏主守之。……谓璹曰：'吾被官责功德簿，吾平生无，受此困苦，加之饥渴寒苦不可说。君可努力至我家，急语令作功德也。'"所谓"功德簿"，即记录敬佛诵经、修庙宇造佛像、持斋修行之类"善事"的簿籍。宋行质既不信佛，也就没有功德簿，所以，为摆脱阴间的苦难，就必须捎信给家人补作功德。

不吃荤、戒杀生，是佛门"五戒"之一，犯此戒者，将得恶报。宣扬这种戒律，也是《冥报记》的内容之一。例如《姜略》、《李寿》、《王将军》诸条，都是记述因杀生而得恶报的。

《冥报记》纯属佛教的宣传品，故事亦属虚构或牵强附会，思想固然肤浅，艺术也较粗糙。所描写的冥府，是现实社会中官衙的投影，审案也通关节人情，衙役照样索取贿赂，于无意中暴露了冥府的黑暗。

唐前期的志怪小说集，除《冥报记》外，《定命录》也属于"辅教之书"。《新唐书·艺文志》丙部小说家类著录，题为《定命论》，十卷，赵自勤撰，注云："天宝秘书监。"《宋史·艺文志》作二卷，可见已亡佚甚多。《新唐书》于《定命论》之后，紧接着著录"吕道生《定命录》二卷"，并注云："太和中道生增赵自勤之说。”又著录“温畲《续定命录》一卷”。所谓“增”、“续”，实际上已是后人之作，沿袭其“定命”创作旨意而已。《太平广记》辑得《定命录》佚文六十二条。主旨在宣扬人之富贵穷达，命中注定，非人主观愿望所能改变，但卜卦、看相、梦兆等方式可预测命运，极为灵验。

其中有关作者仕途者，如《马生》条：

> 天宝十四年，赵自勤合入考。有东阳县瞽者马生相谓云："足下必不动，纵去亦却来。于此禄尚未尽，后至三品，著紫。”又云："自六品即登三品。”自勤其年果不入考。至冬，有敕赐紫。乾元二年九月，马生又来。自勤初诳云："庞仓曹家唤。”至则捏自勤头骨云："合是五品，与赵使君骨法相似。”所言年寿并官政多少，与前时所说并同也。①

瞽者摸赵自勤骨相，即知其仕宦命运，隔几年后，自勤故意更换姓名，以谎言试探瞽者马生，马生摸其骨相，言其“骨法”与赵自勤相似，预测年寿官政多少，与上次所说相同。

又有《潘玠》条，写潘玠梦兆与赵自勤同时得官，入朝谢官时行走前后次序、列班的东西方向，言之凿凿，三日后果然应验。从此条所述，可知自勤曾任右拾遗。

又如《裴光庭》条，记开元初姚元崇为中书令，有善相者当姚元崇之面，遍看诸官之相，对姚称裴光庭当为宰辅；姚私下对善相者说："非应务之士，词学又寡，宁有其禄乎？”善相者说："公之所云者才也；仆之所述者命也；才与命固不同焉。”

---

①凡引自《太平广记》者，一般不注明卷数。因此书中华书局版编有《索引》，虽尚有疏漏，但查阅很方便。

姚“默然不信，后裴公果为宰相数年”。士人的禄位，不取决于才能学识，而决定于天命。宿命论的思想非常突出。对唐初至安史之乱前后的一些著名人物，都作了命定论的描写。

有的故事，曾传为佳话，为后世小说所取材。例如《卖𫗴媪》条，写马周穷困潦倒之时，屡为州官、县令所辱，而与卖𫗴媪成为患难知己，结为夫妻。马周为中郎将常何门客，代何拟封事，为太宗所识拔，数年内，官至宰相，媪亦为夫人。这原是马周的远见卓识所致，而作品却通过善相术士李淳风、袁天纲对卖𫗴媪的看相，预言“此妇人大贵”。以宿命论的相术予以神秘化。明代通俗文学家冯梦龙，据此条改编为拟话本小说《穷马周遭际卖𫗴媪》，收入《古今小说》。

《定命录》与《冥报记》不同之处，在于《定命录》所辅之教不纯为释氏，释、道兼而有之，其命定论思想，往往通过方术之士看相、卜卦或当事人感梦表现出来。

（三）《灵怪集》中的人神恋爱故事及其他

《灵怪集》，二卷，《新唐书·艺文志》丙部小说家类著录，张荐撰。《宋史·艺文志》小说类著录《灵怪集》一卷，未题撰人。

张荐（公元744—804年），字孝举，深州陆泽人，系《游仙窟》作者张鷟之孙。代宗、德宗时，官自拾遗、御史大夫至工部侍郎，才二十年，历兼史馆修撰。以其“博洽多能，敏于占对”，于贞元间曾三度出使回纥、吐蕃，代表朝廷执行和亲、册封、吊丧等使命。贞元二十年出使吐蕃时，行至赤岭，患病，死于纥壁驿。著作有文集三十卷、《五服图》、《宰辅略》、《灵怪集》、《江居寓居录》等，并传于时。两《唐书》有传。

《灵怪集》书亡佚已久，宋人所见恐非原书，《太平广记》辑佚文十三条，其中有的故事发生在张荐死后，显系误引。从现存条目看，本书大多写人与神怪精魅之间的关系，而尤以写人与神的恋爱故事《郭翰》条最为生动。它写的是织女不甘于天上的寂寞生活，下凡与"姿度美秀"且富于才情的书生郭翰恋爱的故事。

关于牛郎、织女的神话传说，由来已久，《古诗十九首·迢迢牵牛星》云：

迢迢牵牛星，皎皎河汉女。
纤纤擢素手，札札弄机杼。
终日不成章，泣涕零如雨。
河汉清且浅，相去复几许？
盈盈一水间，脉脉不得语。

其主题是表现织女思念银河对岸的丈夫牛郎之情，借以抒发夫妻离别相思之苦。这也是牛郎织女故事的传统主题。

而《郭翰》则一反这个传统主题，把织女写成对自己与牛郎的夫妻关系不满，而下凡选择意中人搞婚外恋的叛逆女性。描写织女与郭翰的相爱之情，极尽缠绵之致。郭翰知道她是织女下凡，所以跟她开玩笑："牵郎何在？那敢独行？"织女回答说："阴阳变化，关渠何事！且河汉隔绝，无可复知。纵复知之，不足为虑。"甚至把七夕去与牛郎相会说成是应付性的：

后将至七夕，忽不复来，经数夕方至。翰问曰："相见乐乎？"笑而对曰："天上那比人间！正以感运当尔，非有他故也。君无相忌。"问曰："卿来何迟？"答曰："人中五日，彼一夕也。"

织女热爱人世间真挚的爱情生活，对郭翰一往情深，而对七夕与牛郎相会，并非出于爱情的需要，只是对天道变化的感应，不得不虚应故事，劝郭翰不必因此吃醋。后因上帝之命，不得不与郭翰永诀，更是缠绵悱恻，呜咽悲泣，彻晓不眠，互赠纪念品，并约定明年当遣使女致书郭翰。至期果然。信末的附诗和郭翰的答诗，都写得情深义重、意蕴隽永。诗文相映成趣，也是唐人小说的一大特色。

《关司法》是写钮姓妇为郓州司法关某家做佣工，并携一孙名万儿，常与关司法小男封六同戏；但关妻每为封六制新衣，而将旧衣给万儿穿，伤害了佣妇的自尊心，发怒说："皆是小儿，何贵何贱？而彼衣皆新，我儿得其旧，甚不平也。"关妻责怪佣妇不知贵贱有别之理，于是佣妇就施展法术："引封六及孙悉纳于裙下，著地按之。关妻惊起夺之，两子悉为钮婆之孙，形状衣服皆一，不可辨。乃曰：'此即同矣！'关妻大惧，即与司法同祈请恳至，曰：'不意神人在此，自此一家敬事，不敢以旧礼相待矣！'良久，又以二子致裙下按之，即各复本矣。……"关氏与妻合谋，暗中杀害佣妇，结果被害死的只是一根栗木，反被佣妇所嘲弄："何郎君戏之酷也？"关氏向观察告状，也对佣妇无可奈何。在关妻哀祈之下，才相安无事数十年。看来作者是富于同情心和正义感的，虽有神秘化的法术描写，但在客观效果上却长了劳动妇女的志气。

又有《姚康成》，描写姚康成于一荒废旧宅中，夜间闻三人赋诗，天明方知是铁铫子、破笛、秃箒三种物件的精魅化形，所赋诗的内容与各自的功能很相称。这种艺术构思和虚饰手法，对稍后的牛僧孺《玄怪录·元无有》，及王诛《东阳夜怪录》，起了开虚构情节、有意托物抒怀的风气。

（四）从《纪闻》、《广异记》看志怪小说的演进

在唐代前期的志怪小说专集中，牛肃《纪闻》是一部有特色的、较为重要的作品。其实它并不都是志怪小说，有一些志人的传奇小说也是很精采的，从这个小说专集中，可以看出志怪小说演进的状况。

《纪闻》，《新唐书·艺文志》小说家类著录，原书十卷。《宋史·艺文志》同，并题“崔造注”。今原书已亡佚，《太平广记》辑存佚文百余条，其他如《丁氏善本丛书》藏旧抄本十卷、台湾中央图书馆藏朱校抄本十卷，以及其他选辑本，均系辑自《太平广记》。

关于牛肃的生平，据《元和姓纂》及《太平广记》中所载的有关材料，约略可知其原籍为京兆府泾阳县，但从他曾祖牛元亮时已徙至怀州河内县（今河南沁阳）定居。牛肃约生于武后执政时期，玄宗开元二十八年尚在怀州。有长女牛应贞，适弘农杨唐源，年二十四而卒。他生活的时代，经历开元、天宝，至肃宗至德、乾元间尚在。官终岳州刺史。

《纪闻》大多记武后、玄宗朝事，有少数作品则是记肃宗初年的故事。其中有不少记述佛法，宣扬因果报应，显然受佛教思想的影响，但其艺术性已比《冥报记》大有提高。

例如载于《太平广记》卷九十五的《洪昉禅师》条，篇幅较长，约三千字，主要描写洪昉禅师修禅证成道果的经历。他自幼出家，以讲经为事。因其禅行素高，受鬼王之邀，为其病愈之女举行八关斋戒的仪式，于是声价日盛，常神往鬼所，而其形不动。一日南天王遣使迎请，到天上讲诵佛经。偶游后园

禁地，忽见数万夜叉被锁在大铜柱周围，其罪状是因在人间食人之故，乞求禅师解救，誓不再食人为害；禅师见三五个老夜叉志诚，于是许解其缚。老夜叉一到人间，又重犯食人大罪，天王乃语禅曰："小慈是大慈之贼。"普救众生是大慈，姑息食人夜叉乃是小慈；禅师怜悯老夜叉予以释放，却危害人间众生。这也是佛家的一大弱点。又应帝释天王之邀，到天堂，为天人讲大涅槃经，龙王夜叉诸鬼神非人等亦在阶下合掌恭听。后被人向则天皇后告发，则天留洪昉于宫中供养，昉乃向则天进言："贫道唯愿陛下无多杀戮，大损果报。"则天信受，敕令："昉所行之处，修造功德，无得遏止。"利用佛教扩大其统治基础。

《洪昉禅师》旨在宣扬禅行的崇高，修禅诵经的功德，禅师入鬼府、上天堂修斋诵经，并劝人皇则天戒杀戮，所向灵验。在艺术描写上，层次清晰而富于变化。鬼王遣使请洪昉禅师，是让昉坐在绳床上，"人持床一足"，请昉闭眼，"未食顷"，开眼，已到王庭；南天王提头赖托遣使迎昉，则是"敷天衣坐昉，二人执衣，举而腾空"；释提桓因遣夜叉请昉，又有新的景象，夜叉"左肩头负五色毯……昉默然还坐。夜叉遂掣绳床，置于左膊：'请师合目！'因举其左手，而伸其右足。曰：'请师开目！'视之，已到善法堂"。这次所乘的似乎是五色飞毯。

对天堂、天人的描写，也颇有特色：

> 禅师既到天堂，天光眩目，开不能得。天帝曰："师念弥勒佛！"遽遽念之，于是目开不眩。而人身卑小，仰视天形，不见其际。天帝又曰："禅师又念弥勒佛，身形当大。"如言念之，三念而身三长，遂与天等。……
>
> 忽空中有大天人，身又数倍于释……于是置食，食器

皆七宝，饮食香美，精妙倍常。禅师食已，身诸毛孔，皆出异光。毛孔之中，尽能观见诸物，方悟天身腾妙也。

这是受佛教文化的影响，富于想象，变幻莫测。志怪小说的变形艺术及其怪诞美的特质，对后世《西游记》之类神魔小说，是有影响的。篇中对善法堂环境景物的描绘，也相当细致，使读者有如身临其境之感。

《纪闻》也有描写道家修炼的作品。如《郗鉴》写晋时著名人物郗鉴，《晋书》虽言其人已死，其实至唐代尚存，在恒山授徒修道，言之如真；但本篇并未记述道术的变幻奇特，而其描述修炼之地环境的艰险幽深，不失为优美的山水小品。

有的条目则重在写奇珍异宝，如《水珠》。睿宗曾施舍给大安国寺一颗宝珠，为镇常住库之宝，价值亿万。而寺僧纳之柜中，不以为贵，视为凡物。于市中出售，贵人亦以此为凡石，无异瓦砾。月余，有西域胡人，识此为宝珠，纳钱四千万贯成交，才指出："此水珠也，每军行休时，掘地二尺，埋珠于其中，水泉立出，可给数千人，故军行常不乏水。"胡人当僧之面掘土藏珠试之，果然"泉涌，其色清泠，流泛而出，僧取饮之，方悟灵异"。

《纪闻》中一些志人的传奇小说，更为精采。最为感人的是《吴保安》，写吴保安为营救被蛮夷所俘虏的友人郭仲翔，倾家荡产，弃妻别子，十年不归。经营赎回仲翔之资，仅筹得绢七百匹，尚缺三百匹，"每于人有得，虽尺布升粟，皆渐而积之"。其妻携弱子到姚州寻保安，于路计穷力竭，哭于道傍，幸逢姚州都督杨安居，感保安之义，乃假官绢四百匹，协助保安赎回郭仲翔。后仲翔官授代州户曹参军，办完父母丧事，欲寻保安以报恩义；而保安官眉州彭山丞，任满不得归，与其妻皆死于彭山，留下一子。作品中描写仲翔至蜀寻访保安的过程也是很动人的：

仲翔闻（保安夫妇皆卒于彼，权窆寺内），哭甚哀。因制缞麻，环经加杖，自蜀郡徒跣，哭不绝声。至彭山，设祭酹毕，乃出其骨，每节皆墨记之，盛于练囊。又出其妻骨，亦墨记贮于竹笼。而徒跣亲负之，徒行数千里，至魏郡。保安有一子，仲翔爱之如弟。……

办完保安夫妇的丧事后，不但为其子娶妻，还将自己的官服及官爵都让给保安之子。这种报恩方式，在今人看来，固然不尽妥当，但在当时的社会风尚和道德规范下，能这样做，确实是难能可贵的。

《吴保安》是具有代表性的唐人传奇，篇幅较长。写现实生活中的真人真事而有所加工，以人物传记的形式出现，于平凡的人物与故事中表现出传奇性；实际上，吴保安与郭仲翔都是经过作者予以典型化的。全篇情节宛曲有致，而叙事条畅，于叙事中抒发人物感情，扣人心弦。写吴保安是以他历尽千辛万苦、从蛮夷中赎回友人郭仲翔的事件为中心，突出其对友谊的忠诚；写郭仲翔则以自魏郡至蜀寻访保安夫妇、处理善后事宜为中心，突出其感恩知报的正直重义的品格。文笔具有朴素流畅之美。保安给仲翔希望帮助求职的信，及仲翔被蛮夷所俘盼望仲翔营救赎回的信，都写得诚挚恳切而具有唐人尺牍的独特文采。宋祁撰《唐书》，采其事入《忠义传》。明代拟话本《吴保安弃家赎友》、戏曲《埋剑记传奇》、《大节记传奇》亦据此故事改编。

《裴伷先》条写裴伷先在武则天前直言敢谏，犯龙颜、披龙鳞的大无畏精神，虽遭流放之苦，却表现出古代知识分子的浩然正气；同时也揭露了武则天执政时期排斥异己、陷害忠良的阴险毒辣手段。《苏无名》条则描写苏无名根据盗贼的作案心理及其行踪的诡秘可疑，经周密调查、跟踪，终于侦破太平公主库藏珍宝被盗案。《马待封》条描写能工巧匠马待封的高超技艺，他不但改进了指南车、记里鼓、相风鸟等科学仪器，并且制造出能提供多种服务的"木妇人"，也就是当时的机器人，真可谓巧夺天工。

《广异记》，二十卷，戴孚撰。戴生平不详。但据顾况《戴氏广异记序》（见《文苑英华》卷七百三十七）云："谯郡戴君孚，幽赜最深，……至德初，天下肇乱，况始与同登一科。君自校书，终饶州录事参军，时年五十七，有文集二十卷。此书二十卷，用纸一千幅，盖十余万言。"可见此书在唐人小说集中是较为早出的一部，卷帙亦可观。不知何故不见著录于唐、宋史志及有关书目中。在宋初李昉等编纂的《太平广记》中，辑录二百八十多条，虽非全书，但离"十余万言"亦不甚远。宋人曾慥编《类说》仅收十八条；《说郛》、《龙威秘书》也只选一卷；现存抄本六卷，属辑佚性质；吴曾祺《旧小说》乙集，辑录《广异记》一百三十三则，字数几近原书之半。

《广异记》属志怪小说，虽也涉及人事，但旨不离怪异奇幻。题材较广泛，与六朝同类作品比较，它的演进之迹颇为明显。已善于铺写描叙，较有文采，顾况称其"铿锵之韵，固可以辅于神明"。有些作品的题材，滥觞于六朝志怪，而《广异记》有所发展，故事较为完整。它之后的唐人同类作品，乃至于《聊斋志异》，更予以创新，使人物形象更丰满、典型化、性格化。它的承前启后之功，不可忽视。

例如《三卫》，写开元初，三卫自京还青州，途经华岳庙。“遇一妇人，年十六七，容色惨悴。曰：‘己非人，华岳第三新妇，夫婿极恶，家住北海，三年无书信，以此尤为岳子所薄，闻君远还，欲以尺书仰累。若能为达，家君当有厚报。’遂以书付之。其人亦信士也，问：‘北海于何所送之？’妇人云：‘海池上第二树，但扣之，当有应者。’言讫诀去。”三卫依妇所言，传书北海龙王，王以绢二匹相酬。王发大军，西伐华山，以雷火焚烧，致使“山色焦黑”。迫使华岳三郎与妇和好。三郎迁怒于三卫，伺机加害。幸亏北海龙女告知避祸之法，才得以出潼关，安然无恙。

人入水府为神传书、或受迎为水神之婿，六朝有《搜神记·胡母班》、《幽明录·河伯婿》，在《广异记》之后，则有《柳毅传》。《三卫》起了中间的桥梁作用，它虽逊于《柳毅传》，但对后者有所启发却是可以肯定的。它的缺点，是人物形象不够鲜明，性格的典型意义不如《柳毅传》。三卫虽称信士，传书北海龙王，固然也是信诚的表现，但王酬绢二匹，“三卫不说，心怨二匹之少也”。这就使人感到他为龙女传书的初衷，是有感于她“家君当有厚报”的许诺，缺乏正义感与刚烈之气。

《广异记》中写神鬼精魅与人婚恋的故事较多，这也是上承六朝志怪、下启传奇小说和《聊斋志异》的传统题材。例如《汝阴人》，写女神主动下嫁世间男子许生，共同生活数十年，生子五人，直到许生老死，才携子离去。情节宛曲，铺叙神女嫁到许家的场面，及新房异乎寻常的布置、珍肴异果的陈设，着笔细腻。洞房中新婚夫妻宴饮，援筝作曲，歌笑欢洽之情，三日后新郎伴同新娘回娘家的情境描写，也洋溢着生活气息，情趣盎然。《华岳神女》条，也写神女爱上应举士人，结为夫妻，相聚七岁，生二子一女；华岳神女主动对士人说明自己的身分，为士人另娶新妇，但仍然交往，恩爱如故。新妇恐为鬼神所魅，暗命术士书符，施于士人衣服中，却为神女先知，责备士人负情，令儿女与父诀别，离士人出城而去。

在唐人小说中，出现高贵的神女与士人恋爱结婚的作品较多，固然是沿袭六朝志怪的传统，但也与现实的士人理想分不开。这种奇异的婚恋关系，既能满足士人审美心理的需求，又能使在现实的婚姻生活中不能如愿以偿的士人，得到精神的慰藉。

《广异记》中也有写女鬼与生人恋爱、起死回生、结为夫妻的作品。如《张果女》条，其意象与《搜神后记·徐玄方女》相似，均以喜剧告终。六朝志怪小说中这类作品有好几篇，但《搜神记》中的《汉谈生》、《崔少府墓》，以及《搜神后记·李仲文女》，都带有悲剧性。

还有描写虎、象等兽之灵性，感恩图报的。例如《安南猎者》条，写安南猎人善射毒箭，应大白象之请求，射死危害象群生存的巨兽，群象以象牙数万枚报恩。《张鱼舟》条，则描写渔者张鱼舟，应虎之求，为虎拔出掌上五六寸长的刺，虎猎取野猪、鹿等物，每夜送到张鱼舟所住的草庵前，作为报答。这类作品，篇幅短小，而描写兽之灵性生动尽致。如写虎求张鱼舟拔刺的情景：

尝有一虎夜突入庵中，值鱼舟方睡。至欲晓，鱼舟乃觉有人，初不知是虎。至明方见之，鱼舟惊惧，伏不敢动。虎徐以足扪鱼舟。鱼舟心疑有故，因起坐。虎举前左足示鱼舟。鱼舟视之，见掌有刺可长五六寸，乃为除之。

虎跃然出庵，若拜伏之状，因以身劘鱼舟，良久，回顾而去。

将祈求帮助的受伤之虎的神态，写得憨态可掬。它不打扰正在睡觉的人，等到天要亮了，鱼舟醒过来，才以徐缓的动作扪鱼舟，示足求助。拔刺后欢快而又亲切的感恩之情，宛然如见。后世小说中有写义虎的，当受这类故事的影响。

从上述《纪闻》、《广异记》等唐前期志怪小说集可以看出，尽管题材上承袭六朝志怪小说的传统，以志怪述异居多，但在艺术手法上，无论篇幅长短，都较细致生动。一些较长的作品，更善于铺叙描述，虽写神鬼精魅，乃至虎、象兽类，但其思想意蕴，多富人情。特别是一些写人的传奇小说，已逐渐达到成熟的程度，作者的审美意识较六朝志怪小说作者，显得更为自觉。有些作品也描写天堂冥府、因果报应，但就总体趋向而言，渐离辅教之旨，而重艺术意趣。

第四章　传奇鼎盛时期的爱情小说(上)

诚然，爱情婚姻是文学的永恒主题。但是，在不同时代，同样的题材，却有不同的时代特色。唐人传奇鼎盛时期的爱情小说，时代特征就是非常鲜明的。

传奇小说中，写得最精采动人的作品，大都是以恋爱婚姻为题材的。其间有的写士子与妓女的婚恋，如《霍小玉传》和《李娃传》；也有写士子与闺门女子的婚恋，如《离魂记》和《莺莺传》等；还有写鬼、狐、神与人恋爱的，如《任氏传》、《柳毅传》以及《李章武传》等。在这些作品中，都有着唐代婚恋关系的显著特征，也体现了作者高品位的审美趋向。

一、唐代士族婚姻制、科举制与爱情小说的关系

唐代在婚姻方面，是非常讲究门第的。一般知识分子的生活理想，在功名上能通过科举进士及第，在婚姻上能娶世家大族之女，认为这就是最幸福、最得意的事。据刘餗《隋唐嘉话》记载："薛中书元超谓所亲曰：'吾不才富贵过分，平生有三恨：始不以进士擢第、娶五姓女，不得修国史。'"科举功名、婚姻、仕宦前程三者，是互相联系的。在第二章曾提及科举进士

及第对知识分子的吸引力，诚如《新唐书》卷三十四《选举志》所云："大抵众科之目，进士尤贵，其得人亦最盛焉。"同书卷一百六十三《崔仲郢传》亦云："是时进士无受恶官者。"因此，人们对进士怀有特别羡慕之情。《封氏闻见记·制科》条云："御史张瓌兄弟八人，其七人皆进士出身，一人制科擢第。亲故集会，兄弟连榻，令制科者别坐，谓之杂色，以为戏乐。"可见当时社会风气，人们对进士是刮目相看的。

考中进士，固然是知识分子登上仕途的阶梯；同样，娶豪门女子为妻，则是仕途畅通的保证。在唐代，婚姻与仕途的关系非常密切。与崔、卢、李、郑、王五大士族联姻，是婚姻的最高理想。这种婚姻关系，当然谈不上什么爱情，而是一种权势的结合，实质上不过是封建统治阶级内部结成政治联盟的纽带。

初唐时，皇帝为了防止旧士族凭藉婚姻关系结成强大的联盟，曾经禁止七姓十家士族互相联姻。《新唐书》卷九十五《高俭传》：

> （高宗）又诏后魏陇西李宝，太原王琼，荥阳郑温，范阳卢子迁、卢泽、卢辅，清河崔宗伯、崔元孙，前燕博陵崔懿，晋赵郡李楷，凡七姓十家，不得自为婚；……其后天下衰宗落谱、昭穆所不齿者，皆称"禁婚家"，益自贵，凡男女皆潜相聘娶，天子不能禁，世以为敝云。

皇帝禁止士族之间通婚，却禁止不了，反而越显得尊贵。

宪宗时，赵郡士族李吉甫做宰相，旧士族的势力再度振兴起来，提倡以公主下嫁士族，因而豪门士族的子女更加尊贵。《新唐书》卷一百十九《白敏中传》：

> 初，帝（宣宗）爱万寿公主，欲下嫁士人。时（山东

士族）郑颢擢进士第，有阀阅，敏中以充选。颢与卢氏婚，将授室而罢，衔之。

皇帝招士族子弟做驸马，是笼络士族的手段，但这些士族子弟却宁愿与门第相当的士族女子结婚，而不愿做皇家的贵婿，可见当时的社会风尚和士族的声价。

当时的法律，是不允许士族娶所谓“贱民”女子为妻的。《唐律疏义·户婚》（下）载：“人各有偶，色类须同，良贱既殊，何以配合。”婚配的“良贱”界线非常严格，不得逾越，强调“当色为婚”，身分地位相当的结为婚姻。《唐六典·司农寺》载：“凡官户、奴婢，男女成人，先以本色媲偶。”如果士人娶“贱民”女为妻，就是犯法行为，要严加惩处的。《新唐书》卷一百八十一《李绅传》：

会昌时……部人讼（吴）湘受赃狼藉，身娶民颜悦女。（李）绅使观察判官魏铏鞠湘，罪明白，论报杀之。……谏官屡论列，诏遣御史崔元藻覆案，元藻言湘盗用程粮钱有状，娶部人（即部曲，唐代属于私人的“贱民”）女不实。按悦尝为青州衙推，而妻王故衣冠女，不应坐。德裕恶元藻持两端，奏贬崖州司户参军。宣宗立，德裕去位，绅已卒，……汝纳（湘之兄，牛党人物）为湘讼，言：“……颜悦故士族，湘罪皆不当死，绅枉杀之。”……诏削绅三官，子孙不得仕，贬德裕等，……

把士大夫娶“部人女”当作一大罪名，居然被政敌抓住这一把柄迫害致死，后来之所以能够得到昭雪，还是以事实证明吴湘所娶并不是贱民之女。可见在婚姻问题上门阀制度的严酷。法律甚至规定，婢女被士人玩弄后，还不能做妾，生了儿子后，才能取得妾的身分；婢女经放为良，也只能做妾，而没有资格为妻[1]。妾处于"贱庶"的地位，仍然是受歧视、被玩弄的对象。

唐代随着城市商品经济的发展，作为商品之一的妓女也多了起来。她们是被侮辱、被损害、沉沦在社会底层的"贱民"，以出卖声色为职业。由于这种特殊职业的需要，具有一定文化修养，能歌善舞，有的还能吟诗，物质生活也相当优裕。到她们那里去寻欢作乐的，除了官吏、富商等人以外，主要是应举的士子或新及第的进士。孙棨《北里志·序》云：

京中饮妓，籍属教坊，……居平康里。举子新及第曰进士，三司幕府但未通朝籍未直馆殿者，咸可就诣。如不惜所费，则下车水陆备矣。其中诸妓多能谈吐，颇有知书言语者，自公卿以降，皆以表德呼之。其分别品流，衡尺人物，应对非次，良不可及，……比常闻蜀妓薛涛之才辩，必谓人过言；及睹北里二三子之徒，则薛涛远有惭德矣。

青年士人与妓女之间，既有金钱与声色的买卖关系，但从所谓"郎才女貌"的观念出发，他们突破买卖关系，产生炽烈的爱情，也是很自然的，这比士族婚姻的权势结合，要合理得多。但是，由于士人与妓女的社会地位悬殊，他们之间的爱情，结局又往往是悲剧性的。而悲剧的根源，就在于当时严格的士族婚姻制度。

上述情况，既是唐代社会的客观现实，而且传奇作者又很了解其中的内幕，有的就是亲历其境的过来人，感受格外深切。可以说是有创作冲动，把科举、士族婚姻制与婚恋的纠葛表现出来，是合乎情理的，艺术效果也特别强烈。即使某些带

---

①参阅李季平《唐代奴婢制度》。

有志怪性的爱情故事，也往往与科举或士族婚姻制度有关。

二、用传奇法而志怪的名篇佳作

在本编第一章，曾简略地论及《离魂记》、《任氏传》、《柳毅传》及《李章武传》诸名篇的概况，这里再作进一步的研究。

（一）离魂私奔，以幻写实——《离魂记》

女子离魂奔向意中人的故事，始于南朝志怪小说集《幽明录》中的《庞阿》，但是写得太简单了。陈玄祐创作《离魂记》，受前人同类作品的启发是显然的，但无论是思想意义或是艺术价值，都远远超过了前人的作品。

首先，把倩娘与王宙的爱情，建立在自少互为知己的基础上。倩娘是“端妍绝伦”，王宙则“幼聪悟，美容范”，在倩娘之父张镒的心目中，也认为他们是理想的佳偶，每曰：“他时当以倩娘妻之。”宙与倩娘长成后，彼此“常私感想于寤寐，家人莫知其状”。读者感到这一对有情人的爱情是美的，应该有美满的结局。其次，透露了士族婚姻制对封建家长择婿心理的影响。张镒之所以不将倩娘嫁给王宙，仅仅是因为“有宾僚之选者求之”。对王宙的家世虽无交代，但从文意来看，很像是自幼投靠舅父的孤儿。太原王姓固属望族，王宙却是孤苦无依的白衣。张镒失信食言，是势利心理所使然。再次，倩娘离魂私奔王宙，具有强烈的反封建意义。张镒弃信背义的行为，“女闻而郁抑，宙亦深恚恨”。王宙托辞离去，“阴恨悲恸，决别上船”，促使倩娘产生私奔之念，受当时现实环境的约束，只能以离魂私奔的方式来实现理想。

作者描写倩娘离魂与王宙相聚的场面，非常感人：

> 夜方半，宙不寐，忽闻岸上有一人行声甚速，须臾至船。问之，乃倩娘徒行跣足而至。宙惊喜发狂，执手问其从来。泣曰："君厚意如此，寝梦相感。今将夺我此志，又知君深情不易，思将杀身奉报，是以亡命来奔。"宙非意所望，欣跃特甚。遂匿倩娘于船，连夜遁去。

这段绘声绘色的描写，很富于艺术感染力，把倩娘与王宙都写得栩栩如生。元人郑德辉据以改编为杂剧《倩女离魂》，最脍炙人口的也正是私奔的几支曲子，但男主角王文举却沾染宋元理学的气味较浓，不像传奇小说中的王宙那样生气勃勃。

《离魂记》全篇仅六百字左右，而其艺术构思却曲折奇妙，奇异性与现实性相结合，富于变化而又有较强的真实感。写离魂私奔，初不明说是离魂，而且历时五年，生两子，经常思念父母，对丈夫哭诉衷情，都贴近现实生活，毫无怪异之感。最后描写倩娘与王宙自蜀归衡州探亲，与病在闺中的倩娘合而为一，才使读者恍然大悟，原来私奔者乃是倩娘的魂魄。写魂魄与躯体的复合，意趣盎然："室中女闻喜而起，饰妆更衣，笑而不语，出与相迎，翕然而合为一体，其衣裳皆重。"这一怪异的表现形式，因其所写的是现实生活中追求爱情幸福的女子，为反对封建家长基于士族观念的包办婚姻，而私奔意中人的动人故事，所以不会感到其形式的虚幻，反而享受到以幻写实的艺术美。

艺术构思与《离魂记》相类似的，唐人传奇中还有《灵怪录·郑生》条、《独异记·韦隐》条。离魂奔向意中人、终成眷属的艺术构思，发展到清代《聊斋志异·阿宝》，达到了极致。

（二）遇暴不失节，徇人以至死——《任氏传》

《任氏传》作者沈既济的生平，已在第一章介绍了。《任氏传》描写的是狐妖任氏与"穷贱"人郑六恋爱的故事。关于狐狸精幻化为人、兴妖作怪的事，在《搜神记》中就有好几篇，但还缺乏艺术的审美价值。《任氏传》则是在《聊斋志异》之前，写狐妖幻化美女与人恋爱故事最完整、最优美的一篇，描写细致、逼真，凄楚动人。作品以浪漫主义的艺术手法，反映了现实生活中的爱情婚姻关系，表现了作者对爱情的理想。

郑六是个败落的士族子弟，早年曾习武艺，却"贫无家，托身于妻族"，是寄人篱下生活的。看来他的文才武艺都是很平凡的，"少落拓，好饮酒"，是个不图长进的青年。但是他为人真诚朴实，自初遇任氏，便一往情深，对任氏的爱情诚挚专一。在别人向他说明任氏是狐妖以后，仍然深信任氏是善良的，痴情地爱着她，他就凭这一颗赤诚的心，赢得了任氏坚贞不渝的爱情。

作品成功地塑造了狐妖任氏优美的形象。作者采取多侧面、多层次的艺术表现手法，写出任氏从仪表到内心的美。开始先淡淡地写了一笔"容色姝丽"，接着写她对郑生顾盼戏谑之态，进而写"其妍姿美质，歌笑态度，举措皆艳，殆非人世所有"。又从郑六妻舅韦崟派家僮察看任氏姿色的反应中，多方比较，突出了任氏的无比美丽。再从韦崟见了她，竟"爱之发狂"，市人张大见到她，则以为"非人间所宜有者"，多角度地描绘出她异乎寻常的美。

任氏的心灵也是纯洁美丽的。她爱郑生，就排除了世俗的择偶标准，既不考虑门第，也不希求权势才貌，而是为郑生忠厚朴实、诚挚专一的真情所感动。她虽是狐妖，却非常善良，不但不伤害人，不以美色迷人，而且富于同情心，自尊自重。当她明白郑六已知道自己的真相时，不是加害于郑，而是有意回避。在郑六恳切地向她表明真挚的思念之情后，她也坦诚地把自己真正的爱情献给了郑六。他们在西市再度相逢时的表情动作和对话，是非常动人的：

郑子游，入西市衣肆，瞥然见之，曩女奴从。郑子遽呼之。任氏侧身周旋于稠人中以避焉。郑子连呼前迫，方背立，以扇障其后，曰："公知之，何相近焉？"郑子曰："虽知之，何患？"对曰："事可愧耻，难施面目。"郑子曰："勤想如是，忍相弃乎？"对曰："安敢弃也，惧公之见恶耳！"郑子发誓，词旨益切。任氏乃回眸去扇，光彩艳丽如初。谓郑子曰："人间如某之比者非一，公自不识耳，无独怪也。"郑子请之与叙欢。对曰："凡某之流，为人恶忌者，非他，为其伤人耳。某则不然。若公未见恶，愿终己以奉巾栉。"

活现在读者面前的，是既具有狐妖身分，又是一个美丽、善良、坦诚而富有自尊心的世俗女子。

作者更以酣畅淋漓的笔墨，描写了任氏的聪明才智与坚贞不渝的爱情。既表现了狐妖的奇异性，而更主要的则是体现了一个平凡的下层妇女的优秀品格。在任氏与郑六的关系中，无论是处理家庭事务，还是筹画生计，起主导地位的是任氏，郑六按她的计划、主张行事，无不成功。她从不曾与韦崟交往，却对韦崟家的什物器皿都了如指掌；还为郑六筹画做生意，买一匹有伤痕的马，转手之间就获利二万余。她与一般妇女不同的习性是，只买成衣而不愿买衣料自己缝纫。当然，在显示她的聪明智慧时，也暴露出她的缺点。为报韦崟之恩，而设诡计引诱人家女子，供崟玩弄，这是不足为训的。

给人印象最深刻，也是任氏最可贵的品格，是对爱情的忠诚。作者选择两个有典型意义的事件，着意描写任氏心灵之美。一件是当韦崟垂涎她的美貌，妄图以暴力强奸她时，她坚决反抗，并以正气凛然之辞，使韦崟不敢侵犯：

> 崟爱之发狂，乃拥而凌之，不服。崟以力制之，方急，则曰："服矣。请少回旋。"既从，则捍御如初，如是者数四。崟乃悉力急持之。任氏力竭，汗若濡雨。自度不免，乃纵体不复拒抗，而神色惨变。崟问曰："何色之不悦？"任氏长叹息曰："郑六之可哀也！"崟曰："何谓？"对曰："郑生有六尺之躯，而不能庇一妇人，岂丈夫哉！且公少豪侈，多获佳丽，遇某之比者众矣。而郑生，穷贱耳！所称惬者，唯某而已。忍以有馀之心，而夺人之不足乎？哀其穷馁，不能自立，衣公之衣，食公之食，故为公所系耳！若糠糗可给，不当至是。"崟豪俊有义烈，闻其言，遽置之。敛衽而谢曰："不敢。"

在野蛮强暴者面前，任氏以自己的智慧和勇敢，捍卫了人格的尊严，维护了爱情的纯洁。在这里，任氏将富豪之家的纨袴子弟韦崟，与穷困潦倒的志诚丈夫，作了鲜明的对比；她抗拒庸俗狂暴玩弄女性的豪侈之徒，而忠诚于爱情专一的穷贱者。这也正是她美好的爱情理想。

另一事件是，郑六得授槐里府果毅尉的小官，邀与任氏同赴任。任氏从长远的爱情生活考虑，说明不能与郑六同赴任的原因，但在郑六的再三恳请下，为了忠于爱情，明知此行有死的危险，也只好与郑六同行。写任氏旅途中悲剧性之死的不幸遭遇，也颇凄恻悲惨：

信宿，至马嵬。任氏乘马居其前，郑子乘驴居其后；女奴别乘，又在其后。是时西门圉人教猎狗于洛川，已旬日矣。适值于道，苍犬腾出于草间。郑子见任氏欻然坠于地，复本形而南驰。苍犬逐之。郑子随走叫呼，不能止。里馀，为犬所获。郑子衔涕出囊中钱，赎以瘗之，削木为记。回睹其马，啮草于路隅，衣服悉委于鞍上，履袜犹悬于镫间，若蝉蜕然。唯首饰坠地，馀无所见。女奴亦逝矣。

哀婉动人，馀韵悠然。任氏之死，固然与她的原形是狐狸有关，而其所以不能免此惨祸，则是因为她对爱情的矢志不渝。她是为了爱情而牺牲自己的，真是难能可贵。作者深有感慨地写道："嗟乎，异物之情也有人焉！遇暴不失节，徇人以至死，虽今妇人，有不如者矣。惜郑生非精人，徒悦其色而不征其情性。向使渊识之士，必能揉变化之理，察神人之际，著文章之美，传要妙之情，不止于赏玩风态而已。惜哉！"这段议论，是有感而发，令人回味。对人来说，狐狸是异物，但它却能忠于爱情。"遇暴不失节，徇人以至死"的品格，令人可敬可佩。更深一层的意思，则在于嘲讽人世之情的浇薄，这就不局限于男女之情了。同时，这里也表明了作者传奇创作的理论，他主张观察研究客观事物、自然现象与人之间关系的发展变化，以优美的艺术形式，表现精微美好的感情，不要停留在欣赏美的风神容仪上，还要注意文艺的社会效果。这说明作者创作传奇小说是很自觉的，在有意识地创作小说方面又提高了一大步。

如果拨开任氏原形是狐狸这一怪异的表象，就可以看出她作为一个人的低贱身分，而其结局的悲剧性，则有其社会原因。从她与郑六初次相遇于街道中，对郑的“时时盼睐”之态，及互相挑逗戏谑、眩诱狎昵之情，可见她不是良家的闺门女子。而且当晚就引郑到家中，与姊妹们会见，“酣饮极欢，夜久而寝”，据任氏说，她的兄弟也都“名系教坊”，说明这是一家妓院。唐崔令钦《教坊记》云：“坊中诸女，以气类相似，约为香火兄弟。……有儿郎聘之者，辄被以妇人称呼。即所聘者，兄见呼为新妇，弟见呼为嫂也。”任氏的身分，实际上是籍属教坊的妓女，处于“贱民”的地位。她后来与郑六同居，也还没有取得妾的身分。郑六家中有妻，任氏另租房子住，郑六只能白天去与她欢聚，夜间还得回家与妻子同住。任氏的身分地位，在盛行士族婚姻制的唐代，注定会是悲剧的结局。

（三）水府龙宫，曲尽人情——《柳毅传》

李朝威的《柳毅传》，也是志怪类传奇小说的杰作，大约作于唐德宗贞元末年。写的是落第书生柳毅为落难的龙女传书，使龙女摆脱被丈夫和公婆虐待的困境，几经周折，龙女终于同柳毅结成夫妻的故事。

本篇写的虽然是人与龙女结婚的神话故事，以大量笔墨描写龙宫水府的生活，但是却曲尽人情，想象异常丰富优美。在人物关系的处理、性格的描写方面，实际上是现实生活的曲折反映。如对龙女与丈夫泾川小龙及舅姑关系的描写，就是人世间封建家庭关系的写照。龙女颇有大家闺秀的风范，她的不幸遭遇，在现实生活中，是具有典型意义的，作者的描写也颇生动、深刻：

> （柳毅）见有妇人，牧羊于道畔。毅怪视之，乃殊色也。然而蛾脸不舒，巾袖无光，凝听翔立，若有所伺。毅

诘之曰："子何苦而自辱如是？"妇始楚而谢，终泣而对曰："贱妾不幸，今日见辱于长者。然而恨贯肌骨，亦何能愧避，幸一闻焉。妾，洞庭龙君小女也。父母配嫁泾川次子，而夫婿乐逸，为婢仆所惑，日以厌薄。既而将诉于舅姑，舅姑爱其子，不能御。迨诉频切，又得罪舅姑，舅姑毁黜以至此。"言讫，歔欷流涕，悲不自胜。

这是封建社会家庭关系中经常出现的纠纷。龙女的遭遇，在封建时代的妇女中，带有普遍性。她们在家庭生活中，受着丈夫和公婆的双重压迫与虐待，精神上很痛苦。所以，盼望有便人给娘家捎信，希望得到父叔辈的救援，以摆脱苦难的困境，是合乎情理的事。从中也可以看到，唐代那种特别讲究门第的士族婚姻，男女双方很难有真正的爱情与幸福；尤其是在男女不平等、贵族社会普遍存在一夫多妻及主子任意可以玩弄婢仆的情况下，正常的夫妻感情更无保障。龙子龙女相匹配而产生的婚姻悲剧，也反映了士族婚姻制度罪恶的一个重要方面。

对龙女、柳毅、钱塘君、洞庭龙君这几个人物形象的塑造，很有特色。作者以极其俭省的笔墨，通过柳毅的观察、感觉，极简略的几笔，就勾画出龙女美丽的肖象。所谓"殊色"，是说不同寻常的美；但是她愁眉不展，服饰黯淡，好像有所期待、盼望，这就把龙女愁苦忧郁、希求帮助的心理和神态都写活了。随着情节的发展，她那温柔、善良而多情的性格，也逐渐展现出来。她被贬黜在泾川之野牧羊的悲苦境地，很自然地对志诚君子柳毅产生好感，寄予希望，向他哭诉自己的不幸遭遇。她既饱受前夫泾川小龙暴虐的摧残，对于陌路相逢、见义勇为、不辞艰难险阻传书寄简的书生柳毅，产生真挚的爱情，也就不难理解了。柳毅对她开玩笑说："我为使者，他日归洞庭，幸勿相避。”她爽朗地回答：“宁止不避，当如亲戚耳。”这是她的肺腑之言，也可以说已经心许为知己。当钱塘君把她从泾阳救回时，在柳毅的眼中，她已由一个忧伤憔悴的落难女子，变为华贵娇媚的公主了：

> 俄而祥风庆云，融融怡怡，幢节玲珑，箫韶以随。红妆千万，笑语熙熙，后有一人，自然蛾眉，明珰满身，绡縠参差。迫而视之，乃前寄辞者。然若喜若悲，零泪如丝。

“万绿丛中红一点，动人春色不须多”，作者采取渲染烘托的艺术手法，突出龙女的形象。对欢乐的气氛、精巧的仪仗、优美的音乐以及红妆笑语的环境描写，更衬托出龙女形象的美。写她天生的丽质，再加上漂亮的装饰，飘拂的绸衣，容颜姿态分外妩媚动人。她这时“若喜若悲，零泪如丝”的神态形貌，正是她无比激动心情的真切流露，既带有与亲人久别重逢的欢乐，也饱含着对柳毅的感激与爱慕之情。

在经历了一段曲折的生活道路以后，有情人终成佳偶。作者以生花妙笔，描写了龙女与柳毅结婚后的日常生活和言谈举止。深刻地展现出她的内心世界，浮现出她的音容笑貌，洋溢着浓厚的生活气息，也反映了封建时代一个妇女的苦衷，在生了孩子，赢得丈夫的信任和疼爱后，才敢于倾诉衷曲。

柳毅的个性也是很鲜明的。他是个正直、志诚的书生，且具有侠心义骨。他初见落难的龙女，听了她的哭诉和委托传书洞庭，感到忿然不平，“气血俱动，恨无毛羽，不能奋飞”。颇有豪侠气概。他内心中是钟爱龙女的，但当钱塘君以粗暴的手段向他逼婚的时候，他以凛然不可侵犯的正义立场，严词拒绝钱塘君的胁迫：

毅肃然而作，欻然而笑曰："诚不知钱塘君孱困如是！……奈何箫管方洽，亲宾正和，不顾其道，以威加人？岂仆之素望哉！若遇公于洪波之中，玄山之间，鼓以鳞须，被以云雨，将迫毅以死，毅则以禽兽视之，亦何恨哉！今体被衣冠，坐谈礼义，尽五常之志性，负百行之微旨，虽人世贤杰，有不如者。况江河灵类乎？而欲以蠢然之躯，悍然之性，乘酒假气，将迫于人，岂近直哉！且毅之质，不足以藏王一甲之间，然而敢以不伏之心，胜王不道之气。惟王筹之！"

义正词严，侃侃而谈，句句掷地有声。既切合他书生的身分、修养，又表现了豪侠刚正之气。在柳毅身上，体现了我国知识分子自古以来富贵不能淫，威武不能屈的优秀品德与情操。这段对话虽然比较长，但是理直气壮，抑扬顿挫，不但无枯燥乏味之感，而且情趣盎然，深刻地揭示了柳毅的精神面貌和刚柔兼济的性格特征，有着高度的思想意义和审美价值。

作者笔下的柳毅，是光明磊落、志诚豪爽的真君子。他的性格，既不同于王宙、郑六，也不同于李益、荥阳生、张生。他同情龙女，对龙女异乎寻常的美也不无爱慕之情，但他并无重色之心；他不辞辛劳传书洞庭，是为了打抱不平，替龙女伸冤，而没有任何个人的私念。他认为钱塘君的逼婚，于理不当，因而激起他的愤怒。正如他自已后来对龙女所说："夫始以义行为之志，宁有杀其婿而纳其妻者邪？一不可也。善素以操真为志尚，宁有屈于己而伏于心者乎？二不可也。且以率肆胸臆，酬酢纷纶，唯直是图，不遑避害。"这就使柳毅形象具有英雄豪侠的气质，从而高出于同时代其他传奇小说中的书生形象，而与牛僧孺写的传奇人物郭元振有某些相似之处，他的心灵、语言、行为都是美的。

钱塘君作为一个神话艺术形象，塑造得很有生气，显得格外生动。作者采取先声夺人的艺术手法，通过洞庭君与柳毅的对话，使人们在钱塘君还没有出场的时候，就感到他咄咄逼人的气势和勇猛狂暴的性格，然后让他在狂风暴雨、电闪雷鸣的环境气氛中突然出现，写得有声有色，气势磅礴，真是活龙活现。他既有神话传说中赤龙的特点，又具有现实生活中某种类型人物的个性。他掣断金锁飞往泾阳拯救落难的侄女、吞食无情郎泾川小龙、逼迫柳毅允婚的行动和语言，都充分表现了他嫉恶如仇、爱憎分明、粗暴急躁、勇猛刚毅的性格。出于感恩报德观念的逼婚，是好心办坏事，固然非常鲁莽，但又不是蛮不讲理，一味胡闹。柳毅严肃的态度和正义的言辞，使他幡然悔悟，向柳毅表示道歉；知过即改，负荆请罪，使柳毅也为之感动。不但没有因他言语的冒犯而“乖间”，反而从此成为知心好友。有较浓的人情味。

对富丽堂皇、奢侈豪华的龙宫生活的描写，显然是以现实宫廷生活为依据，加以艺术夸张的；而世俗之人如何进入龙宫水府，以及仙境奇特景象的描绘，又有浓厚的民间传说的色彩，也表现了作者奇妙丰富的艺术想象，给人们以神话世界艺术描写的美感享受。

《柳毅传》的结尾，写柳毅与龙女双双离开人世，归于洞庭仙府，这固然是受佛道思想的影响，但是也是唐代中期以后，由于现实社会的黑暗，人们希求光明和幸福的理想在神话小说中的曲折反映。

如果追溯本篇题材的渊源，《幽明录·河伯婿》写人被河伯使者邀请入湖水中，与河伯之女成亲，四日遣返，受赐钱十万，药方三卷，做道人行医济人，对《柳毅传》的艺术构思也许有所启发。今存元人杂剧《柳毅传书》，显系根据本篇传奇小说改编。

（四）显晦殊途，真情不泯——《李章武传》

李景亮的《李章武传》，则是一篇描写显晦殊途，真情不泯，人鬼恋爱的代表作。据《唐会要》卷七十六记载，李景亮于贞元十年(794)详明政术可以理人科擢第。至于钱易《南部新书》戊记提及"大中九年日官李景亮奏文昌暗，科场当有事"。这个李景亮，恐怕与《李章武传》作者并非一人。本篇的男主角李章武实有其人，孟棨《本事诗·事感第二》记载："李章武学识好古，有名于时。太和末，敕僧尼试经若干纸，不通者勒还俗。章武时为成都少尹。"与传奇中所写"生而敏博，遇事便了。工文学，皆得极至"，大体相似。篇末云"章武既事东平丞相府"，意即李章武曾在当时淄青平卢节度李师道幕府任职。李师道被诛是在宪宗元和十四年(819)，可见本篇当作于贞元末至元和初之间。

关于人鬼恋爱的志怪小说，在《搜神记》中就有《紫玉》、《汉谈生》、《崔少府墓》等多篇。传统题材和民间信鬼的习俗，对《李章武传》的创作，当然是有影响的。但它比以往同类作品，写得更婉曲动人，艺术感染力更强。《搜神记》中这类作品，重在写怪异现象，而缺乏对爱情发展过程的细致描写。《李章武传》的显著特点，是将人鬼恋爱建立在深厚的感情基础之上，是现世人间真挚爱情的自然延续。

爱情应该是男女双方倾慕之情的融合，一旦离开对方，就会产生失落感乃至深深的痛苦。李章武与王氏子妇之间的关系，就是这样的爱情关系。李章武到华州访友，被王氏子妇的美貌所吸引，就赁王氏之舍住下，有了接触的机会，互相爱悦，才私下结合。作品从两件事情中，来表现王氏子妇与李章武的爱情。一是他们两人的才、貌、财、情相当，不计利害得失，是真挚而单纯的性爱："居月余日，所计用值三万余，子妇所供费倍之。既而两心克谐，情好弥切。""殷勤叙别，章武留交颈鸳鸯绮一端，仍赠诗曰：'鸳鸯绮，知结几千丝。别后寻交颈，应伤未别时。'子妇答白玉指环一，又赠诗曰：'捻指环相思，见环重相忆。愿君永持玩，循环无终极。'"二是分别后，王氏子妇私下对邻妇杨氏倾诉衷情，表明对李章武情爱之专深笃诚："我夫室犹如传舍，阅人多矣。其于往来见调者，皆殚财穷产，甘辞厚誓，未尝动心。顷岁有李十八郎，曾舍于我家。我初见之，不觉自失。后遂私侍枕席，实蒙欢爱。今与之别累年矣。思慕之心，或竟日不食，终夜无寝。"这个商人之妇，并不是轻佻浮荡的人，她对李章武的爱，是出于内心的。这种婚外恋，在当时比凭"父母之命，媒妁之言"结合的婚姻，要合理得多，感情也真挚得多。王氏子妇对经常在外经商的丈夫既无感情，对李章武的爱情自然格外珍惜。正如她临终时对邻妇的嘱托所云："我本寒微，曾辱君子厚顾，心常感念。久以成疾，自料不治。曩所奉托，万一至此，愿申九泉衔恨，千古睽离之叹。仍乞留止此，冀神会于仿佛之中。"她是为思念意中人而死的，因而，希望死后还能与他相会。

真情所至，金石为开。子妇鬼魂与李章武欢会，正是真情不泯而出现的奇迹。李章武也是因为思念她，八年之后再来华州。听了邻妇杨氏流泪相告之辞，才知道自己的情人已经为情病故，惆怅之情可想而知。盼望情人鬼魂来会，正是李章武此时的心理状态。作品描写他与王氏子妇鬼魂相聚的情景，感人至深。当子妇侍者的魂魄告诉他："王家亡妇感郎恩情深，将见会。恐生怪怖，故使相闻。"他回答说："章武所由来者，正为此也。虽显晦殊途，人皆忌惮，而思念情至，实所不疑。"正所谓"心有灵犀一点通"，显晦殊途也不相疑。

写鬼魂的出现，颇为生动："旋闻室北角悉窣有声；如有人形，冉冉而至。五六步，即可辨其状。视衣服，乃主人子妇也。与昔见不异，但举止浮急，音调轻清耳。"她仍然那样温柔多情，虽已成鬼，也毫无恐怖之感。她对李章武倾诉肺腑之言："在冥录以来，都忘亲戚。但思君子之心，如平昔耳。"民间传说中鬼的习性，是作者创作鬼魂形象的依据：在半明不灭的灯影下出现，保持生时的形貌服饰，只是举止音调略异，拂晓必须离去，成了后来小说戏曲中写鬼魂的传统表现手法。子妇鬼魂不得不与李章武分别时，"呜咽悲怨"，解下裙带锦囊中的稀世宝石，赠给李章武作为纪念；章武也取白玉宝簪回赠，并互相以诗歌酬答，恋恋不舍。"行数步，犹回顾拭泪，云：'李郎无舍，念此泉下人。'复哽咽伫立，视天欲明，急趋至角，即不复见。但空室窅然，寒灯半灭而已。"把鬼魂形象描绘得妙肖如生，情致无穷。写的是女鬼与活人的幽会，却反映了现实生活中至情恋人的悲欢离合之情。尽管从哲学意义上来说，鬼魂是一种封建迷信观念，但作为艺术形象，"鬼物假托，莫不宛转有思致"①。

唐人传奇中有鬼魂形象的志怪性小说，为数不少，而其艺术构思与《李章武传》类似，也颇哀婉动人的，有《幽通记》中的《唐晅》。

---

①洪迈《容斋随笔》卷十五"唐诗人有名不显者"条。

第五章　传奇鼎盛时期的爱情小说（下）

前章着重论述志怪性的爱情小说，例如离魂私奔意中人、狐妖坚贞不渝的爱情、龙女婚恋的悲喜剧、显晦虽殊途生死总相恋的人鬼情，都是以虚幻的艺术手法曲折地反映现实的婚恋关系。本章则重在探讨士族婚姻制度影响下产生的爱情小说中，活生生的人间悲剧及其认识价值，或者在抗争中赢得胜利，化悲剧为喜剧的思想意义。

一、凄惋欲绝的血泪控诉——《霍小玉传》

蒋防《霍小玉传》，写的是妓女霍小玉与进士李益恋爱的“小小情事”，却是“凄惋欲绝”的大悲剧。

作品中写霍小玉是故霍王的爱女，其母是王的宠婢。王死后，“诸弟兄以其出自贱庶，不甚收录。因分与资财，遣居于外，易姓为郑氏，人亦不知其王女”。霍王元轨是唐太宗的兄弟，武后垂拱四年因坐与越王贞合谋反抗武后，被杀①，离本篇背景“大历中”至少已有八十多年，当然不可能有十六岁的小女；即便是指神龙初年复封元轨长子绪之孙晖复嗣霍王，也是不可

①详见《新唐书》卷七十九《霍王传》。

能的。这是传奇家虚饰假托之词，无须深究。重要的是霍小玉“出自贱庶”，因而沦落为平康里妓院中尚未涉世的“贱民”，也就不足为奇。而她所钟爱的情侣李益，则是望族子弟。作者介绍他的家世身分：

大历中，陇西李生名益，年二十，以进士擢第。其明年，拔萃，俟试于天官。夏六月，至长安，舍于新昌里。生门族清华，少有才思，丽词嘉句，时谓无双；先达丈人，翕然推伏。每自矜风调，思得佳偶，博求名妓，久而未谐。

小说中的这个李益，不仅出身士族，已经进士及第，而且是好自矜夸、贪图美色的轻佻放荡之徒。唐代实有李益其人，两《唐书》都有传。《旧唐书》卷一百三十七《李益传》云：

李益，肃宗朝宰相揆之族子，登进士第，长为歌诗。贞元末与宗人李贺齐名。每作一篇，为教坊乐人以赂求取，唱为供奉歌词。其《征人歌早行篇》，好事者画为屏障。“回乐峰前沙似雪，受降城外月如霜”之句，天下以为歌词。然少有痴病而多猜忌，防闲妻妾，过为苛酷，而有散灰扃户之谭闻于时，故时谓‘妒痴’，为李益疾……太和初，以礼部尚书致仕卒。

又据《因话录》，同时有两个李益，而且是同宗，都是陇西姑藏人，“时人谓尚书为文章李益，庶子为门户李益”。从传奇所写情节来看，当是以“文章李益”为故事蓝本，予以艺术加工而成。

由此可见，尽管李益爱恋霍小玉的美色，但是他们之间存在着很深的鸿沟。李益作为世家大族的纨袴子弟、等候吏部任官的新进士，当初“思得佳偶，博求名妓”，原不过是一种逢场作戏的浪荡行为；娶妓院“贱民”为夫人，既为当时社会风尚所不容，也不符合李益的婚姻理想。传奇中描写他刚听到鲍十一娘要为他介绍一个“谪在下界”的“仙人”，他便“神飞体轻，引鲍手且拜且谢”，说道：“一生作奴，死亦不惮。”在霍小玉的母亲前则说：“鄙拙庸愚，不意顾盼，倘垂采录，生死为荣。”这些都不过是好色之徒急于猎取美色的谎言。他初次与霍小玉见面时说的“小娘子爱才，鄙夫重色”倒是真话。贪恋霍小玉的美色，在短时间内，只要能达到目的，什么甜言蜜语都能信口而出。

霍小玉这个入世未深的少女，却因为现实生活中姊妹们的悲惨遭遇，使自己在热恋中保持清醒的头脑。她意识到，作为一个出身倡家的女子，纵然一尘未染，美玉无瑕，也不可能与士族子弟相匹配：

> ……中宵之夜，玉忽流涕观生曰：“妾本倡家，自知非匹。今以色爱，托其仁贤。但虑一旦色衰，恩移情替，使女萝无托，秋扇见捐。极欢之际，不觉悲至。”

她的忧虑和悲伤是有根据的。门阀制度的限制，李益对她又只出于“色爱”，因而她自然产生一旦色衰，则“秋扇见捐”的忧虑。这时的李益，刚刚获得梦寐以求的霍小玉的爱情，正在踌躇满志之时，为了取信于霍小玉，说出“粉骨碎身，誓不相舍”的话，甚至把“引谕山河，指诚日月”的誓言写在盟约上；这些也都不能说是虚情假意的，因而也曾使霍小玉深受感动。至于在将来的现实生活中，婚姻关系如何受门第等级的制约，李益大概还未曾考虑。按他的地位和思想品质来说，也不可能产生像霍小玉那样的忧伤。他想到的是如何使霍小玉也跟自己一样感到欢乐，使他们的爱情更加称心如意。应该说，在他们共同生活的头两年里，“婉娈相得，若翡翠之在云路也”，相处还是相当和谐美满的。

当李益“以书判拔萃登科，授郑县主簿”即将赴任时，对霍小玉来说，被抛弃的预感也将成为现实。在生离便是死别的关键时刻，她不得不向李益倾诉衷情，提出在她看来也许可能得到满足的最低的、然而已经算是最幸福的愿望：

> 时春物尚馀，夏景初丽，酒阑宾散，离思萦怀。玉谓生曰：“以君才地名声，人多景慕，愿结婚媾，固亦众矣。况堂有严亲，室无冢妇，君之此去，必就佳姻。盟约之言，徒虚语耳。然妾有短愿，欲辄指陈。永委君心，复能听否？”生惊怪曰：“有何罪过，忽发此辞？试说所言，必当敬奉。”玉曰：“妾年始十八，君才二十有二，迨君壮室之秋，犹有八岁。一生欢爱，愿毕此期。然后妙选高门，以谐秦晋，亦未为晚。妾便舍弃人事，剪发披缁，夙昔之愿，于此足矣。”

在不耽误李益另选高门女子结婚的前提下，再一起生活八年。这个“短愿”是很沉痛的，按情理来说也是不难实现的。李益也感动得“不觉涕流”，信誓旦旦地说下“与卿偕老”的盟约。在当时，连他自己也未必意识到是在撒谎，霍小玉当然更信以为真。

可是，事情总是遵循其客观规律发展的。李益的负心背约，有其个人品质的问题，但更重要的是当时的社会制度和他生活的环境使然。作者描写这个人物性格的深刻性，就在于能够根据李益所处的典型环境，来刻画这个人物的典型性格。李益还没有到家，他的母亲已经给他定下表妹卢氏为妻。当时礼教的统治，虽然还不像南宋以后那样严酷，但是在婚姻问题上，“父母之命”还是具有决定性作用的：

太夫人素严毅，生逡巡不敢辞让，遂就礼谢，便有近期。卢亦甲族也，嫁女于他门，聘财必以百万为约，不满此数，义在不行。生家素贫，事须求贷，便托假故，远投亲知，涉历江淮，自秋及夏。生自以孤负盟约，大愆回期。寂不知闻，欲断其望。遥托亲故，不遣漏言。

李益的思想性格，不可能抗拒母命；何况卢氏是甲族，完全符合士族婚姻制度的要求。权衡之下，李益俯听母命，是势所必然的。

当时士族间通婚，是一种高价买卖。李益是士族子弟，当然不是“素贫”之家，但娶甲族卢氏女，须纳重礼为聘。为了筹措聘礼，他甘愿四出奔走，向亲友求贷。早在唐太宗时，就对士族间这种高价买卖婚姻严加斥责，据《唐会要》八三记载：

十六年六月又诏：问名惟在窃资，结媾必归于富室，乃有新官之辈，丰财之家，慕其祖宗，竞结婚媾，多纳货贿，有如贩鬻；或贬其家门，受屈辱求姻娅，或矜其旧族，行无礼于舅姑……其自今年六月禁婚。

这种士族制度下的买卖婚姻根深蒂固，不但禁止不了，反而愈演愈烈。可见李益忍心抛弃霍小玉，不只是“礼法”上需要俯从母命的问题，最根本的还是出于门阀等级的考虑。他当初为了攫取美貌的霍小玉，可以海誓山盟；如今为了功名前程，又可以置誓言于九霄云外，把曾经狂热地倾爱过的霍小玉轻易地抛弃。使小玉那可怜的“短愿”也成了泡影。

作者对男女主角的爱与憎，通过李益背负盟约后的一系列情节，包括人们对李益的愤恨和对霍小玉的同情，生动地表现了出来。作者着重描写霍小玉的钟情痴心。她与李益的欺瞒行径相反，为了寻访李益的音讯，真是千方百计，竭尽心力，以至思念成疾，缠绵病榻，茹苦含冤，欲诉无门。唯有“日夜涕泣，都忘寝食，期一相见，竟无因由。冤愤益深，委顿床枕”。李益到长安与卢氏女成亲，对霍小玉封锁消息，甚至知道小玉为他而“疾候沉绵”，还采取回避不见的恶劣态度。这自然激起人们的义愤，而对霍小玉的不幸遭遇，寄予极大的同情，所谓“风流之士，共感玉之多情；豪侠之伦，皆怒生之薄行”。这也体现了作者的爱憎倾向。

传奇中写到黄衫豪士打抱不平，挟持李益与霍小玉相见，让小玉在临死之前，痛斥了李益背恩忘义的卑劣行径，实际上也是对士族婚姻制度的控诉。作者是饱含激愤之情来描写这一扣人心弦的场面的：

> 玉沈绵日久，转侧须人。忽闻生来，欻然自起，更衣而出，恍若有神。遂与生相见，含怒凝视，不复有言。羸质娇姿，如不胜致，时复掩袂，返顾李生。感物伤心，坐皆欷歔。……玉乃侧身转面，斜视生良久，遂举杯酒，酬地曰：“我为女子，薄命如斯。君是丈夫，负心若此。韶颜稚齿，饮恨而终。慈母在堂，不能供养。绮罗弦管，从此永休。征痛黄泉，皆君所致。李君李君，今当永诀！我死之后，必为厉鬼，使君妻妾，终日不安！”乃引左手握生臂，掷杯于地，长恸号哭数声而绝。

这是一个被侮辱、被损害、被折磨致死的女子，对门阀制度和负心汉愤恨至极的抨击之词。她即使死了，也要化为厉鬼报仇雪恨，这是被压迫者何等强烈的反抗呼声！这样，传奇作者便向读者揭示出小说主旨：造成霍小玉悲剧的根源，在于士族婚姻制度，李益自私负心的卑劣品性，是这一制度的必然产物。

人们厌恶李益，但更应该痛恨产生李益的那个罪恶的制度。

至于霍小玉死后，描写李益如何缟素尽哀，只不过是作者对李益略为宽容的虚饰之词。霍小玉于幽冥中的报复行动，固然表现了她的反抗性，但是在以男权为中心的时代，李益妒痴之病的直接受害者，还是无辜的女子。只有彻底埋葬那个罪恶的制度，才有可能得到爱情和婚姻的幸福。

二、没落世家之女的爱情悲剧
——《莺莺传》

在唐人传奇中，《莺莺传》是享有盛名之作，也是大诗人元稹留下的唯一的传奇小说，而其影响却超过了他在诗歌方面的成就。他的生平已于前述。值得注意的是，他虽曾坐事遭贬，但基本上是仕途亨通、青云直上的。从年轻时候起，就与白居易唱和，时人称诗往往元白并提，号为“元和体”。

《莺莺传》，收在《太平广记》卷四百八十八《杂传记》类，可见它早就以单篇流传于世。因篇中有所谓张生赋《会真诗》三十韵及元稹《续会真诗》，故后人又称之为《会真记》。

关于本篇传奇的男主人公张生，向来被认为是作者元稹的化名。宋人赵德麟《侯鲭录》卷五所载《辨传奇莺莺事》，详加辨证。后人也有所阐发，而以陈寅恪和孙望两先生的考订为精。至于会真的涵义，也值得注意。“真”字与“仙”字同义，“会真”也就是遇仙或游仙的意思。在六朝志怪小说中，有仙女杜兰香、萼绿华的世缘故事，流传到唐代，往往以“仙”作为妖艳妇女或风流放荡之女道士的代称，甚至以“仙”称妓女。《全唐诗》卷十八施肩吾诗《及第后夜访月仙子》云：

自喜寻幽夜，新当及第年。

还将天上桂，来访月中仙。

诗中所写，显系新及第进士夜游妓院之事，“月中仙”指妓女。通常指艳冶女子。

“会真”应是与某一艳丽女子欢会的风流韵事。女主角莺莺的身分，诚然不是可以任意糟蹋的妓女，但她也不是权势显赫的士族之女，所谓姓“崔”者，不过传奇家假托高门的惯用手法。男主角姓张，也是随意虚饰的，并无深意。陈寅恪先生在其《读莺莺传》中认为：“微之文中男女主人之姓氏皆仍用前人著述之旧惯，此为会真之事，故袭取微之以前最流行之‘会真’类小说，即张文成《游仙窟》中男女主人之旧称，如后来剧曲中王魁、梅香，小说张千、李万之比，此本古今文学中之常例。”这一见解基本上是正确的，不过，他由此得出“盖微之袭用文成旧本，以作传文”，就不对了。在各自都有记叙作者生活经历这一点上，元稹《莺莺传》与张文成《游仙窟》有其相似之处，但所写情事的性质却有着根本的区别。《游仙窟》所描写的纯属只求一夕之欢的色情，带有游妓院的性质；《莺莺传》则不然。莺莺即使出身没落世家，仍属大家闺秀，并非娼妓者流。她与张生曾经有过纯洁、真挚的爱情，相处时间也不算很短。张生也并不是逢场作戏。他们互相倾爱之情，使人感到是美的。

只因为张生想往上爬，才把曾经热烈爱恋过的莺莺抛弃掉。如果莺莺是个崔十娘那样的人物，张生抛弃她，就无须摆出一本正经的样子，极力为自己的行为辩护。正因为莺莺并非当权士族之女，没有显赫的权势可以凭借，所以张生才敢于轻率地抛弃她；又因为莺莺不是卖俏倚门的“贱民”，张生在决心遗弃她时，还不得不作一番冠冕堂皇的申辩：

大凡天之所命尤物也，不妖其身，必妖于人。使崔氏子遇合富贵，乘宠娇，不为云，为雨，则为蛟，为螭，吾不知其变化矣。昔殷之辛，周之幽，据百万之国，其势甚厚。然而一女子败之。溃其众，屠其身，至今为天下僇笑。予之德不足以胜妖孽，是用忍情。

如果莺莺是倡门“贱民”，那么，把她比之于妲已、褒姒，就不伦不类了。

传奇中所说：“崔氏（孀）妇，郑女也。张出于郑，绪其亲，乃异派之从母。……崔氏之家，财产甚厚，多奴仆。”这是合乎情理的写法。张生与崔氏妇有异派亲戚的关系，与莺莺是中表兄妹，交往也就比较方便。崔氏孀妇，提携弱子少女，虽有财产奴仆，但是已失去旧时显赫的权势。所以，张生既有赢得莺莺爱情的有利条件，随后却又轻易地舍弃莺莺而另娶高门。这样做，社会舆论是可以允许的。因为当时品评人物高下的两件大事，一是能否与甲族女子结婚，二是能否通过科举道路进入仕途。所以，元稹写《莺莺传》，叙述张生对莺莺的始乱终弃的负心行为，虽然于心有亏，但是于理可容，略加辩护，就能取信于士大夫。抛弃门第不当的女子另婚高门，在当时社会风气下，似乎不足为怪，甚至还赞许张“为善补过者”。作者也曾在朋友聚会之中，“往往及此意者，夫使知者不为，为之者不惑”，伪君子的心理公诸于众，也没有遭到非议。

张生所要走的由科举进入仕宦的道路，与莺莺的没落士族家世是相矛盾的，就是说，莺莺无法为张生提供往上爬的阶梯；所以，尽管莺莺与张生的爱情是多么真挚、美好，有情人却难以结成眷属。因而，当张生要离开她去赴试时，她就预感到悲剧即将到来：

> 张生俄以文调及期，又当西去。当去之夕，不复自言其情，愁叹于崔氏之侧。崔已阴知将诀矣，恭貌怡声，徐谓张曰："始乱之，终弃之，固其宜矣。愚不敢恨。必也君乱之，君终之，君之惠也。则没身之誓，其有终矣。又何必深感于此行？然而君既不怿，无以奉宁。君常谓我善鼓琴，向时羞颜，所不能及。今且往矣，既君此诚。"因命拂琴，鼓《霓裳羽衣》序，不数声，哀音怨乱，不复知其是曲也。左右皆欷歔。崔亦遽止之，投琴，泣下流连，趋归郑所，遂不复至。明旦而张行。

诚如莺莺所说，如果张生忠实于爱情的誓言，那么这一次暂时的分别，又何必这样不愉快呢？对于在这个讲究"门当户对"的社会中，崔、张之间的爱情将以悲剧结局，看来不只是莺莺，就是张生也已经意识到了的。因此，在这分手便是永诀的时刻，莺莺固然哀痛欲绝，张生的留恋难舍之情也是很自然的。

正因为张生在感情上对莺莺还有留恋之意，所以在考试遭到挫折之后，还想着给莺莺寄书赠物。莺莺所担心的，并不是他能不能考中，而是他会不会背约负心。在莺莺的回信中，希望张生始终不渝地遵守爱情的盟约，衷心地把自己的终身委托给他："终始之盟，则固不忒，……愚陋之情，永谓终托。"但这仅仅是她单方面的愿望，丝毫得不到法律上的保障。当时的礼教并不那么严，"闺门失礼之事"是习以为常的，不像后来《西厢记》杂剧中的老夫人，对莺莺管束得很紧。从前面引文中可以看出，张生与莺莺的关系，并不是什么秘密。但是他们之间毕竟没有正式婚姻关系的约束，张生随时可以遗弃她。所以莺莺回信中才那样饱含辛酸的眼泪，向张生痛切地倾诉：

岂期既见君子，而不能定情。致有自献之羞，不复明侍巾帻。没身永恨，含叹何言！倘仁人用心，俯遂幽眇，虽死之日，犹生之年。如或达士略情，舍小从大，以先配为丑行，以要盟为可欺。则当骨化形销，丹诚不泯，因风委露，犹托清尘。存没之诚，言尽于此。临纸呜咽，情不能申。

如此涕泣哀求，正说明她对张生疑虑之深。张生不与他定情，表明他并无结婚的诚意。纵有海誓山盟，也是靠不住的啊！果然，正当莺莺泪痕斑斑，向张生诉说衷情的时候，张生却已经在制造与她断绝关系的舆论了。所谓“后岁余，崔已委身于人，张亦有所娶”，自然是张娶高官之女的事，被莺莺知道之后，在极度悲愤之下才不得不“委身于人”的。这也是士族婚姻制度给无权无势的良家闺秀造成的爱情悲剧。

张生的负心另娶，使莺莺由对张生深挚的钟爱转而为满腔的怨愤。当张生途经所居，要求“以外兄”的身分相见时，她断然拒绝了这个可耻之徒的无理要求，并写了两首诗，愤怒斥责这个忘恩负义的人：

自从消瘦减容光，万转千回懒下床。
不为旁人羞不起，为郎憔悴却羞郎。

弃置今何道，当时且自亲。
还将旧时意，怜取眼前人。

把张生背约负心的卑劣行径，淋漓尽致地揭露了出来，并倾诉了自己的悲愤和不幸，对张生的爱情不专一作了尖锐的讽刺。这也是对士族婚姻制度的强烈控诉，正是这种制度，腐蚀了士人的灵魂。

至于前面提到的传奇中男主人公张生，是否作者元稹的化身，虽然前人论据凿凿，但是不以坐实为好，《莺莺传》毕竟是传奇小说，作品中的艺术形象不能与真人真事混为一谈；当然，了解元稹的生活经历与艺术形象张生之间的关系，对于理解作者的创作态度，无疑是有帮助的。作者完全站在张生的立场，为始乱终弃的负心行为辩护，在相当程度上，也可以说是为自己类似的行为开脱罪责。

这篇传奇影响很大。除作者有《续会真诗》外，杨巨源有《崔娘诗》，李绅有《莺莺歌》。宋赵德麟《侯鲭录》中有《商调蝶恋花》十阕，以歌唱的形式演崔张故事。金章宗时，董解元以诸宫调形式演为《西厢记》。元代王实甫再创作为杂剧《西厢记》，将崔张恋爱故事推向极致，思想与艺术均焕然一新。明代李日华改编为《南西厢记》。陆天池也有《南西厢记》。其他如《翻西厢记》、《续西厢记》之类剧作尚多。可见对元明戏曲影响之深远。究其原因，正如汪辟疆所云："一则以传出微之，文虽不高，而辞旨顽艳，颇切人情；一则社会心理，趋尚在此。"似乎还应该强调一点，即莺莺形象的生动，写出她优美而痛苦的心灵，她的悲剧性结局，即意味着美的、崇高的心灵被丑恶的习惯势力所压碎，因此而震撼人们的心。

三、对士族婚姻制的挑战——《李娃传》

《李娃传》所描写的豪门士子荥阳生与长安名妓李娃悲欢离合的故事，深刻地揭示了唐代士族婚姻制度、科举制度与妓女制度之间，错综复杂的矛盾关系。

这个故事，来自民间说话《一枝花》。在元稹《酬翰林白学士代书一百韵》"光阴听话移"句下自注云："尝于新昌宅说《一枝花》话，自寅至巳犹未毕词也。"白居易答元稹诗《代书诗一百韵寄微之》，从"忆自贞元岁"说起，说明元白同听《一枝花》话当在德宗贞元年间。在一起听这故事的大概还有白居易之弟白行简，都是大文豪，听民间艺人说《一枝花》话居然不知不觉地过去四个时辰，故事还没有说完，可见这故事情节之曲折动人，具有很强的艺术魅力。白行简就是受了这故事的艺术感染，将它改写为传奇小说《李娃传》的。"一枝花"大约是名妓李娃的艺名。明代梅鼎祚《青泥莲花记李娃传》篇下附注就说："娃旧名一枝花。"这故事来自民间说话《一枝花》当无可怀疑。

说话艺术与传奇艺术在表现手法上固然有很大的差异，但作者在改写过程中吸取了民间说话的优点，提炼加工，篇幅压缩了，显得紧凑一些，却仍然保持故事情节曲折多变，人物性格的发展变化，形象鲜明生动，正如鲁说所说："行简本善文笔，李娃事又近情而耸听，故缠绵可观。"① 所谓其事"近情"，是指赴京豪门士子与妓女恋爱的过程及其发展的必然趋势，写得贴近生活合乎情理；"耸听"则指李娃以妓女的身分做出非凡之举，出乎人们意料之外。真与奇的统一，才足以感人。

就这故事的本质而言，在那门阀制度森严的时代，显然不可能有这种喜剧的结局。而人民的愿望，也包括出身于寒门的作者白行简的意愿，却对士族婚姻制度很不满意。所以，作者通过故事情节的安排，既深刻地揭露了门阀制度的残酷和虚

① 《中国小说史略》第八篇。

伪，在相当程度上也批判了妓院的丑恶本质，又按照人民的愿望，塑造了李娃这个下层妇女美丽而又崇高的形象。着重描写她灵魂的觉醒，写出她的灵魂由丑向美的转化过程。平康里鸣珂曲的“贱民”，居然成了豪门公子的救星，门阀制度的头面人物也佩服她的奇行，为她主婚。这实际上是对士族婚姻制度的挑战。

本篇所写的“常州刺史荥阳公”，是门阀制度的维护者。作者虽略其名氏，但按当时的氏族谱系，所谓“荥阳公”者，便是五大士族之一的郑姓某公。写他“时望甚崇，家徒甚殷”，是荣华富贵的士族，恐非一般幻设之词。据刘克庄《后村诗话》所云，推知此公即是郑亚，而作品中的男主人公荥阳生便是郑亚之子郑畋，《新唐书》卷一百八十五有传。唐人传奇中往往有某些真人真事作蓝本，但是作为文学作品中的艺术形象，是经过艺术加工，典型化了的，不能与某个真人作牵强的比附。应该考察的是产生典型人物的典型环境。

当时正是旧士族势力抬头之际，强调“朝庭选官，须公卿子弟为之”① 的时候，荥阳公对年始弱冠，“隽朗有词藻”、“深为时辈推伏”的独生子，抱着望子成龙的急切希望，是很自然的：

其父爱而器之，曰：“此吾家千里驹也。”应乡赋秀才举，将行，乃盛其服玩车马之饰，计其京师薪储之费，谓之曰：“吾观尔之才，当一战而霸。今备二载之用，且丰尔之给，将为其志也。”生亦自负，视上第如指掌。

荥阳公让儿子带着如此丰盛的服玩车马、财物进京赴试，原是

---

①《新唐书》卷四十四《选举志》。

为了自家门第摆阔、给儿子壮胆助威，造成一种其志必成的声势。殊不知长安本是行乐之地，烟花寨便是纨袴子弟的销金窟。丰盛的财物恰成了狭斜游乐之资。正是荥阳公自己为初涉世事的儿子提供了寻花问柳的物质条件，使荥阳生有恃无恐地往烟花路上走。

对儿子抱着"一战而霸"荣宗耀祖的希望，一旦发现他非但没有成就预期的功名，反而因嫖妓财尽落到寄身凶肆，赖唱挽歌以餬口的不堪境地，就不只是大失所望，而感到是对士族门第的玷污和败坏，激愤之下，竟然亲手打死他：

> 父责曰："志行若此，污辱吾门；何施面目，复相见也！"乃徒行出，至曲江西杏园东，去其衣服，以马鞭鞭之数百。生不胜其苦而毙。父弃之而去。其师命相狎昵者阴随之，归告同党，共加伤叹。令二人赍苇席瘗焉。至，则心下微温。举之，良久，气稍通。因共荷而归，以苇筒灌勺饮，经宿乃活。

荥阳公出于浓厚的封建门阀观念，维护士族门第声誉，将原先视为"吾家千里驹"的落难之子打死；而下层人民则出于对患难弟兄的同情，救活了荥阳生。作品字里行间褒与贬的倾向是很鲜明的。

如果故事到此结束，主题的深刻性和作品的社会意义就显得比较薄弱、狭隘，只写出了矛盾的普遍性，而缺乏特殊性。文学艺术的典型形象，如果只有共性而无个性，势必流于公式化，也就缺乏艺术生命。本篇的思想意义不仅仅在于暴露了封建门阀制度的残酷性和妓院的黑暗面，而在于通过妓女李娃的形象显示出向门阀制度抗争的力量。

李娃与荥阳生相恋之初，是妓女与士子之间较为典型的恋爱，既有郎才女貌的互相钟爱之情，又是一种金钱买卖的庸俗的色情。始以色相互有爱慕之情，但李娃是声价甚高的名妓，“前与通之者多贵戚豪族，所得甚广。非累百万，不能动其志也”。李娃毕竟久历风尘，精于交际，何况对郑生颇有垂爱之心，所以郑生初到她家中，仅“持双缣，请以备一宵之馔”时，她却落落大方地“笑而止之”，曰：“宾主之仪，且不然也。今夕之费，愿以贫窭之家，随其粗粝以进之。其余以俟他辰。”这是放长线钓大鱼的手腕。果然，初涉娼门、不知此乃“不测之地”的郑生，第二天早晨，就“尽徙其囊橐，因家于李之第”，以至“囊中尽空，乃鬻骏乘，及其家童。岁余，资财仆马荡然”。

这时，尽管李娃对荥阳生的爱情很深，但是由于职业的习性，她可以顺从假母的意愿，耍弄诡计骗局，把他甩掉。这原是娼家对付嫖客的惯用伎俩。孙棨《北里志·附录》中提及“尝闻大中以前，北里颇为不测之地”，举王式、令狐滈目击之事为例，使人毛骨悚然：“令狐博士滈，相君当权日，尚为贡士，多往此曲有昵熟之地，往访之。一旦忽告以亲戚聚会，乞辍一日，遂去之。滈于邻舍密窥，见母与女共杀一醉人而瘗之室后。来日复再诣之宿，中夜问女，女惊而扼其喉，急呼其母，将共毙之，母劝而止。及旦，归告大京尹，捕之，其家已失所在矣。”假母女合谋杀害嫖客之事被人发觉后，耍了一个金蝉脱壳的倒宅计，逃之夭夭。这样看来，李娃假母女只求甩掉了事，还算手下留情的。

李娃的可贵之处，倒不在于出污泥而不染，而在于能够在生活实践中荡涤自身的污垢，表现出纯洁坚贞的爱情，拯救了濒临死亡的情人，自己也从火坑中跳了出来。她严肃地对假母说：“某为姥子，迨今有二十岁矣。计其赀，不啻直千金。今姥年六十余，愿计二十年衣食之用以赎身，当与此子别卜所诣。所诣非遥，晨昏得以温凊。某愿足矣。"姥度其志不可夺，不得不允许她赎身。

她尽心竭力帮助荥阳生成就学业，走当时知识分子不能不走的道路，达到贵公子的既定目标。她这样做，完全是为了公子，根本没有什么夫贵妻荣的念头：

> ……将之官，娃谓生曰："今之复子本躯，某不相负也。愿以残年，归养老姥。君当结媛鼎族，以奉蒸尝。中外婚媾，无自黩也。勉思自爱，某从此去矣。"生泣曰："子若弃我，当自刭以就死。"娃固辞不从，生勤请弥恳。娃曰："送子涉江，至于剑门，当令我回。"生许诺。

我们看到的是一个风尘女子纯洁而痛苦的灵魂。她出于朴素的道德观念，恢复了荥阳生的本来面貌，自己却"愿以残年，归养老姥"，劝公子另与世家大族联姻。这并不是她不爱公子，而是她清醒地意识到，他们之间有着一条在当时是难以逾越的阶级鸿沟。严酷的门阀制度，怎么能够允许士族子弟与一个风尘女子正式结合呢？她只有供他们玩弄作乐的义务，却没有做夫人的权利。李益不是对霍小玉立过海誓山盟吗？一赴任，就把霍小玉抛弃了。孙棨在《北里志·王团儿》条自叙与才貌出众的妓女福娘的关系，尽管相爱甚深，但当福娘写诗试探他是否有意与她结婚时，他却回答道："甚知幽旨，但非举子所宜，何如？"福娘流着眼泪说："某幸未系教坊籍，君子倘有意，一二百金之费尔！"孙棨在酬和她的诗中仍然表示拒绝："泥中莲子虽无染，移入家园未得无。"风尘女子是不能入士人家为妻的。孙棨生活在晚唐门阀制度开始衰微之时尚且如此，更何况荥阳生处在士族婚姻制极盛的中唐时期！李娃是把那个罪恶的门阀制度看透了，是从残酷的现实、无数姊妹的血泪中，吸取了惨痛的教训。实质上也是对士族婚姻制度罪恶的控诉。

《李娃传》主题思想的深刻性，还在于揭露了门阀制度维护者的虚伪性。就是那个亲手鞭死儿子的荥阳公，一旦看到儿子竟然做了官，就完全换了一副面孔，主动承认做了官的浪子："抚背恸哭移时，曰：'吾与尔父子如初。'"这和当年打死污辱家门的浪子一样，都是出于门阀观念。至于荥阳公出面主婚，为儿子礼聘娼家之妇，在当时现实生活中，是不可能的，李娃"以残年归养老姥"，倒是合乎生活逻辑的。作者之所以以喜剧为结局，反映了平民的愿望。李娃作为一个沦落风尘的妓女，居然以自己坚毅果决的行动，帮助落难的世家子弟成就功名；并且在其后治家孝亲方面卓具声誉，受封汧国夫人。这是新兴市民的理想。作者也深表感佩："嗟乎！倡荡之姬，节行如是，虽古先烈女，不能逾也。焉得不为之叹息哉！"称《李娃传》是一曲反抗士族婚姻制度的凯歌，是并不过分的。

以艺术成就而论，本篇也是唐人传奇中的佼佼者，将另作论述。元人石君宝《曲江池》杂剧和明人薛近兖《绣襦记》传奇，均据此篇改编。

第六章　梦幻小说与现实人生

唐人传奇中，有不少描写梦幻的作品。梦当然是虚幻的，但是产生虚幻的梦境，却与现实人生有着密切的关系。它往往是现实人生的投影，是士人精神面貌、当时政治体系内部矛盾关系的体现。作为梦幻小说，不但有其认识价值，而且有较高的美学意义。

一、政治体系内部矛盾与士人梦幻意识

唐代政治体系内部的斗争，一直是尖锐激烈的。其性质，大致有三种类型：

在初盛唐时期，政治体系中，除了几大氏族间的矛盾以外，主要是皇室内部争夺帝位的斗争。高祖李渊想让荒淫无赖的长子李建成继承皇位，排斥雄才大略、战功赫赫的李世民，就诬陷李世民的辅弼刘文静谋反，杀刘而重用佞臣裴寂。李建成、李元吉阴谋害死李世民，而终于被李世民所杀，史称“玄武门之变”。高祖不得不让位给李世民。从由此打开了唐皇朝的新局面来看，那是值得肯定的。而武则天玩弄权术篡夺唐朝政权，却造成唐朝连续不断的内乱。她所采取的手段极其凶狠毒辣，居然把自己的长子（即高宗的太子）李弘毒死，又把负有声望、以贤能著称的次子李贤废逐。随后又废除中宗李显的皇

位，立四子李旦（睿宗）为帝，却利用佛教徒伪造《大云经》，称武则天是弥勒佛转世，当取代唐朝称帝，为她篡唐称帝制造舆论。终于废唐改制，称为周朝，成为中国历史上第一个女皇帝。她用酷吏索元礼、周兴、来俊臣等，残杀唐宗室贵戚数百人、大臣数百家，刺史、郎将以下官员被杀者不计其数，激起公愤；又将索元礼、周兴、来俊臣做替罪羊，以息众怒。为收揽人心，她广开仕途，滥赐官爵，又用严刑峻法控制仕途，革免、杀戮不称职的官吏。仕途反复，祸福莫测。《资治通鉴》卷二百六《唐纪·则天皇后》载："是时官爵易得而法网严峻，故人竞为趋进而多陷刑戮。"士人产生宦途如梦的心理是很自然的。宰相张柬之等，乘武则天病重之机，率文武群臣入宫杀掉武则天的内宠张易之、张昌宗等。武则天临死，不得不遗诏："去帝号，称则天大圣皇后。"恢复唐国号，唐中宗即皇帝位。而韦皇后又步武则天的后尘，与武三思勾结，把张柬之等从朝廷中驱逐出去，杀太子李重俊，排斥忠良。韦后与安乐公主合谋，毒杀中宗，准备效法武则天临朝称制。相王李旦三子李隆基，发动羽林军，联合太平公主，消灭了韦、武集团，恢复睿宗帝位。太平公主妄图把持朝政，大量重用党徒；睿宗于公元712年让位给太子李隆基，是为唐玄宗，把正在准备发动政变的太平公主杀掉，并清除党羽。玄宗为防止诸王争夺帝位，便重用宦官监视他们的行动，宗室、外戚和驸马等人，非至亲不得相见。诸王、群臣的行动稍一不慎，就会招致灾祸。宰相张说曾秘密到皇弟岐王私邸访问，被姚崇揭发，张说被贬官出朝。这是唐代政治体系内部矛盾斗争的一种类型。

"安史之乱"后，朝廷的主要问题，是中央与割据势力的斗争；而围绕这一斗争，昏君奸相与忠臣良将之间的矛盾斗争，也很尖锐。在“安史之乱”前，坐稳了皇位的玄宗，既骄且侈，宠信奸相李林甫，而李林甫嫉贤妒能，排斥异己，诛逐大臣。《资治通鉴》卷二百十六《唐纪·玄宗天宝十一载》描述昏君奸相造成的腐败局面：

上晚年自恃承平，以为天下无复可忧，遂深居禁中，专以声色自娱，悉委政事于李林甫。林甫媚事左右（按：指宦官），迎合上意，以固其宠；杜绝言路，掩蔽聪明，以成其奸；妒贤嫉能，排抑胜己，以保其位；屡起大狱，诛逐贵臣，以张其势。自皇太子以下，畏之侧足。

玄宗以后，昏君辈出，肃宗、代宗、德宗，无不昏庸猜忌，任由奸臣如李辅国、鱼朝恩、仆固怀恩、元载、卢杞之流把持朝政，忠良被贬被杀。谋臣李泌，以不求功名、喜谈神仙怪异的道教徒身分，参与政事，历事肃宗、代宗、德宗三朝昏庸猜忌之君，虽然也几经斥逐，但能建功善终，其秘诀就是仿效张良“欲从赤松游之故智”，避开昏君对他的疑忌。由此也可见统治集团内部倾轧的激烈和仕途的艰险，这就使士人产生人生无常、祸福莫测的梦幻心理，追求功名利禄而又畏惧仕途风险。这是唐代政治体系内部矛盾斗争的又一种类型。

顺宗永贞元年，以王伾、王叔文为首，以柳宗元、刘禹锡等为骨干，进行了一次意图革新的运动，如夺宦官兵权、取消宫市、蠲免民间所欠各种赋税、惩办贪污犯等，但遭到宦官俱文珍和一批朝官的反对，很快就失败了，革新派人士被贬乃至被杀。从此，朝官中不同政见的朋党之间，矛盾斗争日趋激化。其中影响最为深远的就是“牛李党争”，这是由宪宗元和三年的一次科举考试引起的。据《资治通鉴》卷二百三十七所载：

夏，四月，上策试贤良方正直言极谏举人，伊阙尉牛僧孺、陆浑尉皇甫湜、前进士李宗闵皆指陈时政之失，无所避；吏部侍郎杨于陵、吏部员外郎韦贯之为考策官，贯之署为上第，上亦嘉之，（乙丑）诏中书优与处分。李吉甫恶其言直，泣诉于上，且言："翰林学士裴垍、王涯覆策。湜，涯之甥也，涯不先言；垍无所异同。"上不得已，罢垍、涯学士，垍为户部侍郎，涯为都官员外郎，贯之为果州刺史。后数日，贯之再贬巴州刺史，涯贬虢州司马。乙亥，以杨于陵为岭南节度使，亦坐考策无异也。僧孺等久之不调，各从辟于藩府。

这是牛李结怨之始。继李吉甫之后，其子李德裕因得其余荫入仕，文宗朝，由裴度推荐为宰相；而李宗闵则投靠宦官，夤缘取得宰相职位，排挤李德裕，援引牛僧孺为相，将拥护李德裕的朝官斥逐殆尽。武宗朝，复用李德裕为相，政绩较为显著，但也出于朋党之见，排斥牛僧孺、李宗闵党徒。宣宗朝，政局又翻了过来，党争不已，互相中伤。这是唐代政治体系内部矛盾斗争的第三种类型。

朝廷内部各种类型的矛盾斗争，以及这些斗争所造成的对政治局面和士人精神状态的影响，在唐人传奇中得到了深刻的反映。有的传奇作品，便是直接用来毁谤政敌的。

二、《枕中记》与《南柯太守传》的梦幻意境及其现实意义

在唐人传奇中，其题材范围与上述朝廷内部斗争第一、二种类型关系较为密切的，是沈既济《枕中记》、无名氏《樱桃青衣》、李公佐《南柯太守传》以及张鷟《朝野佥载》中的某

些作品。

《枕中记》写卢生因道士吕翁的枕头而进入梦境，梦中娶妻士族，举进士，位居清要，建功立业，虽然也几度蒙冤被贬，但终于否极泰来，万事如意。其艺术构思虽受刘义庆《幽明录·焦湖庙祝》的影响，但梦境人物形象所体现的意义却不同。杨林柏枕事极简单，杨林乃是商贾，至庙祈求，本意恐怕在于祈祷经商获利，保祐平安；庙祝问他："君欲好婚否？"杨林回答："幸甚。"已是喜出望外之事，并不涉及仕途。《枕中记》则是唐代社会特有矛盾的产物。如前所述，当时士人梦寐以求的理想，是中进士、娶高门大族之女，还希望能参加编修国史。在现实生活中，真能如愿以偿的，当然是极少数；而在当时朝廷内部矛盾斗争尖锐复杂的情况下，即使真能实现这三大理想，也难保不遭受飞来横祸，非诛即贬，下场并不美妙。一般士人未亲历其境，很难领悟其中祸福得失。而在佛道思想盛行的唐代，一些不得志的士人，或历经仕途沧桑、饱尝宦海祸福者，也容易产生看破红尘的思想。

沈既济就是宦海浮沉的过来人。他因杨炎的推荐，召拜右拾遗史馆修撰。贞元间，杨炎得罪，沈亦贬处州司户参军。后复入朝，任吏部员外郎。对由于朝廷政治体系内部的斗争而产生的变幻莫测、人生如梦之感，体验深切。于是在他创作的《枕中记》传奇中，便有"劝人不要躁进，把功名富贵，看淡些的意思"①。作品开头云："开元七年，道士有吕翁者，得神仙术……"前人对此吕翁并非吕洞宾多有考证。其实，在传奇小说中，吕翁究竟是谁，是无须坐实其人的。这是作者根据现

①鲁迅《中国小说的历史变迁》。

实生活中的人物关系，加以概括、虚构而塑造出来的道士典型。在这个艺术典型中，很可能注入了作者自己的思想，表现了他对人生仕途的看法。

卢生的形象，在唐代是很有典型意义的，他的思想感情和生活理想，原是当时士人意识的集中体现：

> 卢生顾其衣装敝亵，乃长叹息曰："大丈夫生世不谐，困如是也！"翁曰："观子形体，无苦无恙，谈谐方适，而叹其困者，何也？"生曰："吾此苟生耳。何适之谓？"翁曰："此不谓适，而何谓适？"答曰："士之生世，当建功树名，出将入相，列鼎而食，选声而听，使族益昌而家益肥，然后可以言适乎？吾尝志于学，富于游艺，自惟当年青紫可拾。今已适壮，犹勤畎亩，非困而何？"言讫，而目昏思寐。时主人方蒸黍。翁乃探囊中枕以授之，曰："子枕吾枕，当令子荣适如志。"

这是两种人生观的辩论，具有深刻的哲理性。看破红尘的吕翁，认为"无苦无恙"，谈谐自由，就是人生的幸福；而卢生则志在荣华富贵、族昌家肥。谁的理想是切合实际的呢？吕翁让卢生进入梦境，在生活实践中，让卢生自己得出答案。

卢生在短暂的梦幻中，一切如愿以偿。首先，娶清河崔氏女为妻，这正是当时士人所追求的理想婚姻，它与功名富贵密切相关。其次，与崔氏结婚的明年，进士及第，释褐秘校，应制，转渭南尉，迁监察御史，转起居舍人，知制诰。这也就是唐代士人，在进士及第后如意的仕途历程。唐代士子考取进士实在太难了，"其进士，大抵千人得第者百一二"（《通典》卷十五《选举典》）。卢生梦境进士及第，自是一大快事。再次，进士及第后，官运亨通，功业赫赫，出将入相，执掌朝政；也因而招忌被贬，几乎自刎，流放荒徼。当他被诬“与边将交结，所图不轨”，府吏来逮捕他入狱时，他“惶骇不测，谓妻子曰：‘吾家山东，有良田五顷，足以御寒馁，何苦求禄？而今及此。思衣短褐，乘青驹，行邯郸道中，不可得也。’引刃自刎，其妻救之，获免”。似乎已经领悟宦途险恶，但尚未从梦中觉醒。吕翁偏要让他再经历一番皇帝知道他冤枉后得到的恩宠：位极人臣，穷奢极欲，多子多孙，享寿八十余岁，所谓“福禄寿禧”都得到满足。可是，到头来却是黄粱一梦：

> 卢生欠伸而悟，见其身方偃于邸舍，吕翁坐其傍，主人蒸黍未熟，触类如故，生蹶然而兴，曰：“岂其梦寐也？”翁谓生曰：“人生之适，亦如是矣。”生怃然良久，谢曰：“夫荣辱之道，穷达之运，得丧之理，死生之情，尽知之矣。此先生所以窒吾欲也。敢不受教。”稽首再拜而去。

这正是作者画龙点睛之笔，具有深刻的典型意义，包含着当时仕途人生的丰富哲理。说明士人在追求人生最高理想的过程中，不可避免地要卷入统治集团内部的斗争，遭到政敌的忌恨，飞语中伤，被流窜荒僻边远之地，甚至遭杀身之祸。宦途祸福无常，荣辱得丧，反复变幻，纵然侥幸得享富贵荣华，又何足眷恋？

作品中所写的时代背景，是玄宗开元年间，而实际上却概括了唐代中期统治集团的生活状况及其内部矛盾斗争。所写的事，就其现实性而言，卢生梦中的经历，与刘晏的事迹颇为相似。刘晏治水理财，号称贤相，而为杨炎所妒忌，被陷害致死。以某个真人事迹为蓝本，予以艺术加工，是有可能的。就其虚幻性而言，这毕竟是传奇小说，虚构想象甚多，不可能胶着于某一个人的真事，它所概括提炼的素材要广泛得多，更具有普遍性，才具有典型意义。在艺术形象的创造过程中，所提炼的素材，真真假假，虚虚实实，东鳞西爪，或隐或现，此乃小说家典型化的艺术手法。所以，读者也不应拘泥于某些史实的影子。鲁迅也曾指出："既济文笔简炼，又多规诲之意，故事虽不经，尚为当时推重，比之韩愈《毛颖传》；间亦有病其俳谐者，则以作者尝为史官，因而绳以史法，失小说之意矣。"对小说不能绳以史法，但小说中也往往有某些史实的影子，考证故事的背景材料、人物关系，对理解作品的深层含意也是有帮助的。

全篇主旨在于说明：人们所梦寐以求的理想，也不过黄粱一梦而已；人生的荣辱穷达、得丧死生，不必萦绕于心，尽可以把功名富贵看破一些。这是用道家的思想来看待仕途人生。作者对卢生的热衷功名富贵有所讽刺贬抑，但对他被政敌以"飞语中伤"，乃至被流窜荒徼，几遭杀身之祸，又颇有同情之感。沈既济是著名的史学家，秉笔公正无私，小说中的意象，可能作者有感于刘晏被杨炎诬陷致死之事；尽管杨炎对自己曾有提携之恩，但作为一个严肃的史学家，又情不自禁地对杨炎流露出不满的情绪。这对于作品的梦幻意境的构思、人物关系的处理、思想感情的倾向，都有一定影响。

《南柯太守传》是著名传奇家李公佐的代表作。写的是将门之子淳于棼梦游南柯的故事。淳于棼宅边有一大槐树，某日，淳于棼因酒醉暂卧，梦见紫衣使者，奉槐安国王之命来邀，于是出门登车，朝大槐树驰去。车进槐树洞穴，忽见山川草木，别有一个天地。入一大城，城楼上题曰"大槐安国"。淳于棼由宰相陪同拜见国王，被招为驸马，又偕同金枝公主出任南柯郡守；守郡二十年，移风易俗，颇有建树，深受国王器重，封赐高官厚禄，生五男二女。荣耀显赫，当代无比。其友人周弁、田子华亦因辅佐之功，得迁大位。后因与檀萝国战争失利，金枝公主又病故，便辞职回京。因威福日盛，致使国王疑忌，遭到软禁。不久，遣返人间故里。惊寤，方知南柯一梦，若度一世。

《南柯太守传》的立意与艺术表现手法，虽与《枕中记》有些类似，都借短暂的梦境历尽荣华富贵，仕途浮沉，梦醒恍然大悟，看破尘世，以幻写实，通过梦幻反映现实人生，但是它们却有明显不同之处。这不仅表现在结尾显得余韵悠然，艺术描写比《枕中记》具体细致，更具有艺术的吸引力，两者最主要的差别还在于以下几个方面：

第一，作者的指导思想不同。沈既济崇道，李公佐则佞佛，这在作品中有很明显的表现。《枕中记》已如上述，引导卢生进入梦境，梦醒后看穿所追求的一切皆如梦幻，即点化卢生的是道士吕翁。《南柯太守传》中写的群仙姑娣于上巳日过禅智寺、在天竺院看石延舞《婆罗门》①，七月十六日于孝感寺侍上真子，听契玄法师讲《观音经》，以及淳于棼父亲灵魂不灭，并流露出"南柯浮虚，人世倏忽"的色空观念，都是佛家所特有的。

第二，作品中主人公的身分处境也不同。卢生是知识分子，按其郡望，属于山东士族，一心向往功名，通过科举走上仕途，梦中娶清河崔氏女，出将入相，达到仕进的最高目的；

---

①石延，是当时的舞蹈家。婆罗门，是乐曲和舞蹈的名称。杜佑《理道要诀》云："天宝十三载，改婆罗门为霓裳羽衣。"

而且生五子，其姻媾皆天下望族；他之所以被两窜荒徼，都是由于同列的诬陷，是皇帝知道他蒙冤，为他昭雪平反。淳于棼则是将门之后，游侠之士，“曾以武艺补淮南军裨将，因使酒忤帅，斥逐落魄，纵诞饮酒为事”。一介武夫，放荡浮躁，原不指望凭学问才能做高官；梦境侥幸招为大槐安国驸马，凭借裙带关系，夤缘得势，出任南柯郡守，成为一方的封疆大吏。而他所援引的酒肉朋友周弁、田子华，成为他的左右手。酒徒周弁竟为统军主将，结果全军覆没，落得单骑裸身潜归。这正是唐代中期骄兵悍将飞扬跋扈之时，皇帝想借助于婚姻关系，加强统治基础，于是多从戚里将家选驸马。从代宗到宪宗朝，节度使田绪、节度使张孝忠之子张茂宗、节度使张茂昭之子张克礼等，都被选为驸马①；驸马出任州刺史或节度使，也不乏其例，如王士平、杜悰、刘异，都以皇家贵婿出任封疆大吏。本篇所写淳于棼梦中经历，就是这种社会现实的反映。作者才高位卑，对此种腐败的裙带政治，极为不满；所以作品中对淳于棼这样无才无德的武夫，得以夤缘骤升贵爵，是持批判和讽刺态度的，这与《枕中记》作者希望像卢生这样的士人不要热衷于功名富贵，很不一样。

第三，梦境所反映的人物关系、矛盾性质，也有所不同。《南柯太守传》所反映的，不只是一般的君臣关系或大臣之间的倾轧，而是皇亲国戚之间的疑忌。这在唐代颇具有典型性。选镇将子弟为驸马，既有凭借依赖藩镇实力之意，也有钳制约束武夫的用心。淳于棼梦境以驸马的身分偕同公主出任南柯郡

---

①详见《旧唐书》卷一百四十一《田承嗣传》、《张孝忠传》，《新唐书》卷八十三《诸帝公主传》。

太守，引用周弁、田子华为心腹，专一方军政大权，对敌国用兵“师徒败绩”，仅以身免。随着金枝公主之死，国王对驸马的宠信亦衰，而疑忌渐生，竟以怀有植党招权之嫌而见疏：

> 生久镇外藩，结好中国，贵门豪族，靡不是洽。自罢郡还国，出入无恒，交游宾从，威福日盛。王意疑惮之。……时议以生侈潜之应也。遂夺生侍卫，禁生游从，处之私第。生自恃守郡多年，曾无败政，流言怨悖，郁郁不乐。

淳于棼的行迹有僭越之嫌，自然引起国王的怀疑，于是软禁私第，最后把他遣返原籍。这在唐代君臣关系（即便是至亲的皇亲国戚）中，是常见的现象。作品虽然写的是梦幻，却是现实矛盾的反映。正如作者所云：“虽稽神语怪，事涉非经，而窃位著生，冀将为戒。后之君子，幸以南柯为偶然，无以名位骄于天壤间云。”更借史学家李肇的笔墨赞叹说：“贵极禄位，权倾国都，达人视此，蚁聚何殊。”这用意很清楚，告诫“窃位著生”，从虚幻的南柯梦中，领悟人世间祸福穷达瞬息变幻的道理，切不可以窃取的名位骄纵妄为。在有远见卓识的人看来，那班位极人臣、权势煊赫的上层统治者，也不过如同窟穴“蚁聚”而已，一有变故，势必彻底毁灭。讽刺极其尖锐辛辣。

第四，沈既济以史笔写《枕中记》传奇，以质实简约的古文写梦幻之境，重在叙述卢生一生荣辱得失之情。李公佐则以小说家的笔调创作《南柯太守传》，以淳于棼梦境的盛衰变故为主线，而旁涉世态人情，渲染烘托，情致宛然。槐安国王迎淳于棼为驸马时，车驾随从，排场煊赫，礼仪隆盛，不但“生左右传车者传呼甚严，行者亦争辟于左右”，“执门者趋拜奔走”，而且由右相陪同入宫，“入朱门，矛戟斧钺，布列左右，军吏数百，辟易道侧”。国王亲自接见，许配公主。成婚之夕，“羔雁币帛，威容仪度，妓乐丝竹，殽膳灯烛，车骑礼物之用，无不咸备”。可谓极尽人世间帝皇家婚仪之盛。而参加婚礼的众女流之辈，“遨游戏乐，往来其门，争以淳于郎为戏弄”。个个“风态妖丽，言词巧艳”，与淳于棼互相调笑戏谑之态，乃是世间富贵人家闹新房场面的写照。一旦被遣还乡，人情冷落，萧条凄凉之状，徒使淳于棼“心甚叹异”，怏怏不乐，“潸然自悲，不觉流涕”，也是乐极生悲，炎凉世态的真实描写。

本篇末尾，作者自谓“公佐贞元十八年秋八月，自吴之洛，暂泊淮浦，偶觌淳于生棼，询访遗迹，翻覆再三，事皆摭实，辄编录成传，以资好事”云云，乃是传奇小说家化虚为实、增强艺术效果的惯用手法，也便于作者发直率尖刻的议论，而不至于招至“窃位”者的忌恨。

三、《周秦行纪》的幻境与党争

“牛李党争”的起因，已如前所述，始于宪宗元和三年（公元808年）那次科举考试，当时宰相李吉甫（李德裕之父），对直谏敢言、指摘时政的李宗闵、牛僧孺等人进行排斥，由此结怨。又据宋人张洎《贾氏谈录》所云：“牛奇章初与李卫公相善。尝因饮会，僧孺戏曰：‘绮纨子何预斯坐！’卫公衔之。后卫公再居相位，僧孺卒遭谴逐。”其实，李德裕、牛僧孺都非奸佞小人，不至于因偶然戏言而衔恨报冤。主要起因是那次科举考试，而其实质，则是一场政治体系内部的斗争。《新唐书》卷九十九《李宗闵传》云：

（宗闵）与牛僧孺诋切时政，触宰相李吉甫，恶

> 之，……长庆初，钱徽典贡举，宗闵托所亲于徽，而李德裕、李绅、元稹在翰林，有宠于帝，共白徽纳干丐取士不以实，李宗闵坐贬剑州刺史，由是嫌忌，显结树党，相摩轧凡四十年，搢绅之祸不能解。

后来，由门荫入仕与由科举入仕的两大集团，成见甚深；虽互相排斥，但有时也互相包容。山东士族，迫于客观形势，弃其世代相传的经学，也从事诗赋杂文的写作，以应科举。所以，山东士族科举出身的也不少。矛盾斗争之所以趋向尖锐化，归根结蒂在于政见不同。就政治主张、才能胆识、实际政绩而言，李德裕远在牛僧孺、李宗闵辈之上。在对待宦官、藩镇割据势力和吐蕃、回鹘入侵等根本大计上，李德裕采取的方针、政策和策略，是正确、积极的，并取得显著成效；牛僧孺、李宗闵则较平庸无能，倾向于姑息苟安的政策。因此，在政治上，李德裕与牛僧孺等人，是很难合作的，加上门第之见，形成朋党。在争夺政权的问题上，两个政治集团便无原则地互相攻讦，打击报复，愈演愈烈。

托名牛僧孺所作的《周秦行纪》，实际上是李德裕门人韦瓘所撰，意在诬陷牛僧孺。宋人对此已有考证，晁公武《郡斋读书志》，根据张洎《贾氏谈录》，说明韦瓘假冒牛僧孺作《周秦行纪》的原因。韦瓘系韦夏卿之弟正卿之子，《新唐书》卷一百六十二《韦夏卿传》说他"及进士第，仕累中书舍人，与李德裕善。德裕任宰相，罕接士，惟瓘往请无间也。李宗闵恶之。德裕罢，贬明州长史。会昌末，累迁楚州刺史，终桂管观察使"。韦瓘受知于李德裕，且遭牛党打击，由他来写《周秦行纪》是很可能的。李德裕恐怕未必同意他这样做。

《周秦行纪》是以第一人称叙述自己在落第后还乡途中的

一次奇遇，即托名牛僧孺描写自己所经历的幻境奇异之事。僧孺旅途中因日暮赶路，误入汉文帝母薄太后之庙，于是顿入幻域，薄太后请高祖戚夫人、元帝王嫱与僧孺相见，复命宦官迎杨太真、潘淑妃与会，演出极其怪诞之事，而此事又是为封建伦理所绝对不能容许的，其中有直接中伤当朝皇帝唐德宗和皇太后之语："（薄）太后问余：'今天子为谁？'余对曰：'今皇帝名适，代宗皇帝长子。'太真（按：即杨贵妃玉环）笑曰：'沈婆儿作天子也，大奇！'"杨玉环死于马嵬坡事变，被肃宗视为祸国罪人，不许将她置于唐朝后妃数中，而本篇却借杨之口，嘲弄当朝皇帝及其太后，这已经是大逆不道了。薄太后殷勤款待牛僧孺，宴席上的"器用尽如王者"，一个落第士子，竟然享受王者待遇，这在当时也是很忌讳的，该是犯了僭越之罪。席间，又与诸后妃赋诗言志，互相应酬。牛僧孺应邀作诗曰：

香风引到大罗天，月地云阶拜洞仙。

共道人间惆怅事，不知今夕是何年？

踌躇满志，忘乎所以。并以王嫱侍寝，更是悖伦败德，无法无天。沈后遭遇与王嫱有近似之处，意在借王嫱影射沈后。昭君和番，始嫁呼韩邪单于，复为殊累若单于妇，在胡地虽是风俗，在汉人则视为失节乱伦；而沈后在"安史之乱"时，也曾两度失身于胡人①。如果要兴文字狱，牛僧孺就罪在不赦。显然，托牛僧孺之名撰《周秦行纪》，旨在从政治上、名节上诬陷牛僧孺，欲置政敌于死地。同时，渲染妇女失节之事，也是有意讽刺牛僧孺的母亲。

---

①见《新唐书》卷七十七《沈后传》。

刘轲《牛羊日历》配合《周秦行纪》对牛僧孺发动宣传攻势：

……太牢早孤。母周氏，冶荡无检。乡里云云，兄弟羞赧，乃令改醮。既与前夫义绝矣，及贵，请以出母追赠。……所谓："魂而有知，前夫不纳于幽壤；殁而可作，后夫必诉于玄穹。"使其母为失行无适从之鬼，上罔圣朝，下欺先父，得曰忠孝智识者乎！作《周秦行纪》，呼德宗为"沈婆儿"，谓睿真皇太后为"沈婆"，此乃无君甚矣！

为了扩大《周秦行纪》的坏影响，达到诬陷政敌的预期目的，又出现托名李德裕撰《〈周秦行纪〉论》，是借批判《周秦行纪》之名，进一步打击牛僧孺，主要是在"以其姓应国家受命之谶"和"以身与帝王后妃冥遇"上做文章："欲证其身非人臣相也，将有意于'狂颠'。及至戏德宗为'沈婆儿'，以代宗皇后为'沈婆'，令人骨战。可谓无礼于其君甚矣！怀异志于图谶明矣！"这是利用所谓"两角犊子恣狂颠"，姓牛的人要取代李唐皇朝为帝的谶语，激起皇帝对牛姓大臣的忌刻，用心极其险恶，意图火上加油，蛊惑人心。但是这个谶语，早在唐玄宗时，张九龄为了反对玄宗用牛仙客为相，就曾指使监察御史周子谅，援引谶书来排斥牛仙客；不过当时唐玄宗头脑还清醒，不曾轻信图谶之说。李德裕的门人又利用梦幻小说制造与图谶相应的舆论，来搆陷牛僧孺，可见这两个敌对的政治集团的斗争，已经尖锐到不择手段的程度。

但是据史书所见，《周秦行纪》和《〈周秦行纪〉论》，在当时似乎并未发生多大影响。牛僧孺也不曾为此事作过申辩。刘开荣考证，认为这两篇文章都写在宣宗大中十一年（公元858年），其主要根据就是《〈周秦行纪〉论》中有"无患于二百四十年后”一语。这样，从唐高祖武德元年（公元618年）算起，加上二百四十年，即宣宗大中十一年。但牛僧孺卒于大中二年十月，而李德裕亦卒于大中四年正月，李德裕既不可能在九泉之下写《〈周秦行纪〉论》，牛僧孺更不可能起而申辩。

如果说这两篇文章都写在大中十一年左右，此时，所谓“牛李党争”，实际上已不复存在，李德裕的门人或贬逐或死亡，几无幸存，政权为牛党人物所垄断，宣宗对李德裕党人非常痛恶，恐怕不大可能出现攻击牛僧孺的文章。况且《〈周秦行纪〉论》既托名李德裕所作，那么，伪撰者也不会糊涂到连李德裕早已死了，而死人是不会写文章的这点常识也没有。两篇文章足以构成牛僧孺大罪，既然牛僧孺已死，写此类毁谤文章，岂不无的放矢。所以，我认为：《周秦行纪》和《牛羊日历》的写作时代稍早，大约在文宗开成（公元836—840）年间，牛僧孺以东都留守为尚书左仆射时。张洎《贾氏谈录》：“世传《周秦行纪》，非僧孺所作，是德裕门人韦瓘所撰。开成中，曾为宪司所覈，文宗览之，笑曰：‘此必假名，僧孺是贞元中进士，岂敢呼德宗为沈婆儿也。’事遂寝。”文宗不相信《周秦行纪》会出于僧孺之手，风波自然平息。《牛羊日历》中虽已提及《周秦行纪》，但大体上是同时之作，略有先后而已。《〈周秦行纪〉论》可能作于宣宗（公元847—859年）即位之初，大中二年十月之前，刚刚开始起用牛党人物，僧孺未死，德裕党人遭到贬谪之时。按情理而言，在这政权争夺处于生死搏斗之际，首领人物尚在，德裕党人为了挽回局面，才有可能写出那样猛烈抨击对方的文章，可以说是在舆论上进行孤注一掷的反击。

《周秦行纪》在艺术构思上，比《枕中记》、《南柯太守传》等梦幻小说，甚至比《李章武传》等写人鬼恋爱的志怪性传奇小说，都要显得荒诞怪异。作者实际上写的是牛僧孺在梦幻中与历代后妃冥遇。与会的幽灵，上自汉文帝母薄太后，下迄唐玄宗的贵妃杨玉环，时代跨度漫长；唐代士子居然与汉代出塞和番的昭君幽会，怪诞过甚。梦幻艺术的特点，在于似幻非幻，似真非真，扑朔迷离，恍恍惚惚，幻中见真；而《周秦行纪》假托牛僧孺自叙梦幻经历，却失于板滞过实，似乎是在纪实，而又不合情理，于是在篇末才点明："余却回望庙，荒毁不可入，非向者所见矣。"所纪乃是幻境。用纪实手法写幻境，也是与假托者想达到的政治目的分不开的，旨在突出牛僧孺之狂妄悖伦。

四、《秦梦记》、《异梦录》及其他梦幻小说

元和年间的著名文士沈亚之，撰梦幻小说《秦梦记》、《异梦录》，还有一篇为配合韦敖的乐府《湘中怨》而作的《湘中怨辞》，虽非记梦，但亦属描写幻域情事。其中意义较深刻而艺术上颇具特色的，首推《秦梦记》。

《秦梦记》所写梦境也很奇特，与《枕中记》、《南柯太守传》有类似之处，但它是写作者亲自经历的梦，故其意蕴又有所不同。

传奇中写作者于（文宗）太和初，将到邠州去，客寓橐泉邸舍。昼梦入秦，受秦穆公召见，亚之对策，颇得公器重，佐西乞术伐河西，下晋五城；时穆公幼女弄玉之夫箫史已死，于是招亚之为婿。亚之题所居宫门曰"翠微宫"。其初受穆公之恩

宠，近似《南柯太守传》中淳于棼尚金枝公主之时，亚之"虽备位下大夫，由公主故，出入禁卫"。"公主喜凤箫，每吹箫，必下翠微宫高楼上，声调远逸，能悲人，闻者莫不自废。"亚之送给公主的生日礼物水犀两合，"公主悦受，尝结裙带之上"，夫妻恩爱，"穆公遇亚之礼兼同列，恩赐相望于道"，受知于君王。这也正是当时士子的理想：婚姻如意，功名显赫。

梦境原来就易出现离奇之事。亚之梦境与秦穆公女弄玉结婚已是怪幻奇事，更奇特的是"仙鬼复死"。传说中弄玉已成仙，而与沈亚之结婚后一年余，弄玉却又"忽无疾卒"。亚之梦中为公主而作的挽歌和墓志铭，亦有情致，其挽歌曰：

> 泣葬一枝红，生同死不同。
> 金钿坠芳草，香绣满春风。
> 旧日闻箫处，高楼当月中。
> 梨花寒食夜，深闭翠微宫。

情深境切，非常得体，所以能感人泣下。

公主生前死后，亚之都是循规蹈矩的，不像淳于棼那样放荡浮躁、涉嫌弄权，故虽然也被遣返，但尚能以礼相待，与淳于棼之遭冷落大不相同：

> 将去，公追酒高会，声秦声，舞秦舞，舞者击膊拊髀呜呜，而音有不快，声甚怨。公执酒亚之前曰："寿。顾此声少善。愿沈郎赓扬歌以塞别。"公命趣进笔砚。亚之受命，立为歌，辞曰："击体舞，恨满烟光无处所。泪如雨。欲拟著辞不成语。金凤衔红旧绣衣，几度宫中同看舞。人间春日正欢乐，日暮东归何处去？"歌卒，授舞者，杂其声而道之，四座皆泣。

写得情致缠绵，极尽宛转不迫之意。临行，秦穆公复命亚之至翠微宫，与宫人告别，并题诗宫门。

场面描写细致逼真，情意凄婉，虽是梦境，却能感人。所以，在当时知识分子中，就引起极大兴趣。杜牧《赠沈亚之》诗云："斯人清唱何人和，草径苔芜不可寻。一夕小敷山下梦，水如环珮月如襟。"显为本篇传奇而作。李商隐《拟沈下贤诗》云："千二百轻鸾，春衫瘦著宽。倚风行稍急，含雪语应寒。带火遗金斗，兼珠碎玉盘。河阳看花过，曾不问潘安。"冯浩《玉谿生诗详注》，引本篇传奇为此诗作注，意即诗中也是暗咏沈亚之梦中尚秦公主情事。

《秦梦记》的意象与艺术构思，给人一种美好理想破灭后怅惘失落之感，于幽渺落寞的意境中，流露出悲苦凄凉的情思。这可能与沈亚之怀才不遇的失意情绪有关。《唐书·文苑传序》称韦应物、沈亚之等，"皆班班有文"，而于功名却不得意。李贺有送《沈亚之歌》，其序云："文人沈亚之，元和七年以书不中第，返归于吴江。"故诗中有"吴兴才人怨春风，桃花满陌千里红"之句。中进士后，于仕途也未曾称意。元辛文房《唐才子传》记其简略生平云："亚之，字下贤，吴兴人，初至长安，与李贺结交，举不第，为歌以送归。元和十年，侍郎崔郡下进士。泾原李汇辟为掌书记，为秘书省正字。长庆中补栎阳令。四年，迁福建团练副使……。后累迁殿中丞御史内供奉。太和三年柏耆宣尉德州，取为判官。耆罢，亚之贬南康尉。后终郢州掾。"沈亚之对柏耆怀有知遇之恩，柏耆因事诛横海节度使李祐部将万洪，又未与众将商议斩叛将李同捷首献京，"诸将嫉耆功，比奏攒诋。文宗不获已，贬耆循州司户参军，亚之南康尉"①。耆又遭宦官马国亮谮谗，被赐死。这对

① 《新唐书》卷一百七十五《柏耆传》。

亚之的打击也很大，从此以后，他在仕途上就一蹶不振了。《秦梦记》交代昼梦的时间是“太和初”，写作的时间还要稍晚一些时候。了解作者这一重要的经历，对理解本篇的惆怅失意之情，是有帮助的。

梦中可能发生各种各样的事件，作为梦幻小说的中心事件，当然不会局限于仕宦生涯、政治斗争。现代科学对梦的奥秘作了多方面的研究，作出各种解释，是一种科学探索，而文学家笔下的梦幻描写，则是一种艺术创作。当然，作家也有做梦的经验，才可能描写梦境，但是不能用生理学家或心理学的研究成果解释作家笔下的梦境。作家写梦幻，是有意识的精神活动，是想把现实社会或人生历程中普遍存在的现象，作家的经历与理想、愿望，通过梦幻的形式曲折地表现出来；梦幻意识的流程，是完全由作家主观意图控制的。作家借助于梦境描写，发泄某种情绪，或满足某种欲望。不同内容的梦幻小说，社会意义和审美价值也不一样。

同是沈亚之作的《异梦录》，与《秦梦记》的意境、构思就大不相同。《异梦录》交代其背景是：“元和十年，亚之以记室从陇西公军泾州。而长安中贤士，皆来客之。”在这次欢快的宴会上，陇西公李汇讲述了青少年时代结交的朋友邢凤所做的一个梦。邢凤在长安租典一豪家第宅，午睡时梦见房东家的一个美人，手执诗卷，虽相笑谑，却庄重无邪。诗卷首篇为《春阳曲》，其词曰：

长安少女踏春阳，何处春阳不断肠。
舞袖弓弯浑忘却，罗衣空换九秋霜。

邢凤梦中抄录了这首诗，不解“弓弯”之意，美人乃“整衣张袖，舞数拍，为弓弯以示凤”，舞罢，就流着眼泪辞去。邢凤梦醒后，抄录的诗还留于襟袖。这事发生在贞元（公元785—805年）中，作者是听陇西公叙述此梦后，记录下来的。篇幅虽短小，却颇有情致，诗意较浓，写美人姿容神态，宛然活现："环步从容，执卷且吟。为古妆，而高鬟长眉，长方领，绣带修绅，被广袖之襦。凤大悦曰：'丽者何自而临我哉？'美人笑曰：'此妾家也，而君客妾宇下，焉有自邪？'"就其形象而言，可能原是豪家姬妾，美丽且能诗善舞，却抑郁含冤而死，梦中出现的美人，乃是鬼魂。

元和十年，正是沈亚之进士及第，受李汇之聘为掌书记时，虽非显宦，也是较为得意之时。梦境情事，假托是李汇讲邢凤所梦，实际上可能是作者在宴席朋会之际，触景生情，回忆往昔犹如梦幻的一次奇遇，而那位意中美人的结局，是悲剧性的。因所叙梦中情事艳异而雅洁，在当时士人中有一定影响。唐人陈翰编《异闻集》采录此条。谷神子还古所纂《博异志》亦收此条，文句有所删简。晚唐段成式《酉阳杂俎》卷十四《诺皋记》也有类似故事，而文字较简略，记元和初士人梦见古屏上妇人等，于床前踏歌，其歌词基本上与《异梦录》所载相同，亦有舞弓腰事，文字虽简，但构思有新意，从雕刻古屏上出来美人，开拓了艺术想象的新意境，对后来汤显祖《牡丹亭》"拾画"、"玩真"的动人情境有所启发。宋人话本《绿窗新话》，将《异梦录》故事演变为《邢凤遇西湖水仙》，把故事发生的地点改在南宋都城杭州西湖。冯梦龙编纂《情史类略》收录时略有增删。周清源拟话本集《西湖二集》将此故事作了进一步的演化，题为《邢君瑞五载幽期》。明人编《艳异编》，将《异梦录》收入梦游部，而将《西湖二集》所载邢君瑞故事列为水神部，均题作《邢凤》。

《湘中怨辞》虽非记梦，实际上所写也是幻域情事。交代其故事背景，是在则天朝垂拱年间。太学进士郑生，乘晓月过洛桥时，遇见一悲哭的艳丽女子，该女自称因受嫂虐待，欲赴水自尽，引起郑生同情，相携归家同居。女号汜人，善辞赋，撰《光风词》，意象朦胧，情思幽怨，风格近似《楚辞·九歌》中的《湘君》和《湘夫人》。汜人拿出一段轻缯，让郑生去卖，胡人竟酬之千金。同居数载，当郑生将离别她去长安时，她才说明自己乃是"湘中蛟宫之娣也，谪而从君"，因尘缘已满，于是与郑诀别而去。十余年后，郑生与家人登岳阳楼，吟诗抒发愁情，忽见有画船浮漾而来，船上都是仙女，"其中一人起舞，含嚬凄怨，形类汜人"。一会儿，"风涛崩怒，遂迷所往"。

沈亚之的传奇小说，往往故事怪媚，不以情节取胜，而抒情诗的意味较浓，本篇颇有代表性。其艺术构思与感情氛围，形成浪漫性的幻境，风格、情调、意境都与前两篇梦幻小说相似。唐人传奇有诗与文配合的传统，或先有传奇文，然后辅之内容相同的诗歌，如元稹《莺莺传》，李绅以《莺莺歌》辅之；或先有诗歌，再辅之传奇文，如陈鸿《长恨歌传》，即传白居易《长恨歌》情事。诗与文相辅相成，相映生辉。可惜本篇传奇所配合的韦敖乐府《湘中怨》原作已佚，从沈亚之乐于"牵而广之，以应其咏"来看，原诗也是情致凄婉、动人心弦的。即使不能说是沈亚之对爱情愿望的曲折反映，也至少可以肯定他对郑生与汜人奇遇的赞赏艳羡之情，而对其结局流露出惋惜失落之感。本篇文笔简炼、含蓄，蕴意丰富，而穿插的歌赋优美，于空灵中含隽永之思，似幻非幻，似虚非虚，意有所属。沈亚之的这三篇传奇，均为唐人陈翰《异闻集》选录。

《太平广记》所载的这几篇，即根据《异闻集》辑录。

唐人传奇中，写梦幻境界的还有不少，而较著名的则有白行简撰《三梦记》，写了三个异乎寻常的梦幻："或彼梦有所往而此遇之者，或此有所为而彼梦之者，或两相通梦者。"

第一种情况，叙述刘幽求出差夜归途中，见其妻于佛堂院中与十几个男女环坐共食，刘感到意外，就掷瓦击之，打碎了席上器具，人也散了，寻无一人，且寺扃如故。回到家中，妻梦方惊醒，而刘幽求途中所见，恰是其妻梦境之事。夫妻情深，久别思念，以至见于梦寐，是情理中事。

第二种情况，则以白居易兄弟游曲江之事为出远差的元稹所梦见并作诗记梦为例。表明挚友间彼此思念之情，产生梦幻，也是生活中常有的事。至于梦中具体幻情，或可能出于虚构，或可能偶然巧合。

第三种情况，以窦质逆旅所梦与华岳祠女巫之梦相通为例，虽奇却无甚意义，可能是作者为凑三梦之数而虚构的。

前两种梦幻之所以在唐代为人们所盛传，既与刘幽求、元稹、白氏兄弟的地位声望有关，也因梦境反映了具有普遍性的夫妻、朋友之间的感情心理，所以能引起人们感情上的共鸣。传奇作者也起而仿效，如《河东记·独孤遐叔》和《纂异记·张生》两篇，就是模仿刘幽求行旅见梦幻中妻子与人坐饮之事，不过写得更细致一些。元稹梦境之情与白氏兄弟游曲江之事，巧相吻合，幻中见真，更增添了梦幻的艺术魅力，孟棨《本事诗·征异第五》载其事，传为佳话：

元相公稹为御史，鞫狱梓潼，时白尚书在京，与名辈游慈恩，小酌花下，为诗寄元曰："花时同醉破新愁，醉折花枝作酒筹；忽忆故人天际去，计程今日到梁州。"元果及褒城，亦寄《梦游诗》曰："梦君兄弟曲江头，也向慈恩院里游；驿吏唤人排马去，忽惊身在古梁州。"千里神交，若符契。友朋之道，不期至欤。

这是作为诗人佳话来记录，仿佛真有其事，而传奇小说，虽出自当事人之一白行简之手，但作为文学创作，主要是以奇幻之情事动人，并非要读者信其为真。

生活本来就是丰富多样的，作为现实人生的幻化表现，梦幻小说的内容与风格，也是绚丽多姿、五彩纷呈的。与士人的仕宦生涯或理想相关，体现士人的人生如梦意识较多，但又不是唯一的。

第七章　封建帝王的没落史

一、唐代社会盛衰的转折

唐代社会，发展到玄宗开元、天宝时期，是盛极而衰的转折点。唐太宗不愧为我国封建社会中罕见的英主，他吸取了隋末农民起义的历史教训，采取一些发展生产、改善吏治、安定社会、缓和阶级矛盾的有效措施。他懂得“水能载舟，亦能覆舟”的道理，深知农民起义的原因是“赋役繁重，官吏贪求，饥寒及身”，于是力主“去奢省费，轻徭薄赋，选用廉吏，使民衣食有余”①。他善于网罗人才，任贤用能，使文武大臣能较充分地发挥各自的才干，《旧唐书》卷三《太宗纪》云：“拔人物则不私于党，负志业则咸尽其才。”他又比较能够听取臣下的意见，把敢于进谏的诤臣魏徵，比作一面“可以明得失”的镜子。所以，在他统治时期，出现所谓“贞观之治”。对当时社会繁荣安定的情况，《资治通鉴》卷一百九十三《太宗皇帝》上之中、《贞观政要》卷一《论政体》，都有较具体的记载，当非浮夸之辞。武则天窃据政权时期，对忠于李唐王朝的政治势力进行残酷打击，私生活也糜烂不堪，但也还能采纳意见，作为一个皇帝，并不算坏；社会经济有所发展，全国户口大有增

①引自《资治通鉴》卷一百九十二《唐纪》八《高祖皇帝》下之下。

长。说她是个虽“僭于上而治于下”的统治者，较为恰当。

唐玄宗在铲除韦后集团和武氏残余势力方面，起了重要的作用。在他即帝位的初期，尚能励精图治，奋发有为，任用姚元崇、宋璟等贤能之士居宰辅要职，精选官吏，政治较开明，经济、文化艺术全面繁荣，出现所谓“开元之治”，其盛况在沈既济《通典》卷十五《选举典·历代制》下、《新唐书》卷五十一《食货志》，均有所描述。玄宗初年，也曾反对奢侈，把武后所建天枢推倒，收铜入尚方①。据《唐会要》卷四十七《议释教》上记载，曾下令裁汰僧尼，“天下僧尼伪滥还俗者，三万余人”。这些兴利除弊的措施，取得积极的成效。但是，到了开元后期和天宝年间，玄宗自以为天下太平，可以高枕无忧，应安享帝王之福，便沉溺于声色，而荒于政事，不断加重对人民的剥削，以满足唐王室骄奢淫佚生活及封建迷信活动的需要。姚元崇等贤臣退位后，先是口蜜腹剑的奸相李林甫擅权，排斥异已，堵塞言路，唯亲是用；李林甫于天宝十一载十一月死后，奸佞小人、不学无术之徒杨国忠继执政柄，浊乱朝纲，政治腐败。唐玄宗日渐昏聩，内则宠信杨氏叔兄姊妹，裙带之风，污染朝政；外则重用蕃将安禄山，养虎贻患，以至不可收拾。唐玄宗由一个有所作为的帝王，变为荒淫腐朽的昏君，使抱有野心的藩镇有机可乘，造成唐王朝衰亡的危机，既给人民带来深重的苦难，也是自取其祸，演成既可鄙、又可悲的悲剧。

因此，史学家、文学家，对唐玄宗往往既有所同情，又有所揭露和讽谕。白居易的《长恨歌》和陈鸿《长恨歌传》及

---

①见张鷟《朝野佥载》卷一。

《东城老父传》，就是其中的代表作；而陈鸿的两篇传奇，对玄宗朝的揭露，似比白居易的诗歌，更加具体而深刻。此外，涉及玄宗朝治乱得失的传奇小说，还有吴兢《开元升平源》及郑处晦小说集《明皇杂录》中的一些作品。

二、《东城老父传》、《长恨歌传》及其他

《东城老父传》作于元和年间，故事内容主要写开元、天宝时，贾昌以善于斗鸡，大为玄宗宠爱。安禄山之乱，玄宗幸蜀，贾昌扈从不及，乃出家为僧，元和中尚在，追忆当年盛事，不胜今昔沧桑之感。篇中对玄宗的奢侈佚乐，也有所描述；后半部分记贾昌之言，将开元时社会政治状况与当前时事对比，表露了对时政的忧患意识。本篇的主题，是通过对唐玄宗斗鸡走马、奢侈无度生活的描写，揭露“兆乱于太平，上心不悟”的昏君本质。作品的主人翁东城老父贾昌，是亲身经历了开元、天宝间治乱过程的人物；元和年间，作者（自称陈鸿祖）访问了贾昌，着重谈了“开元之理乱”。

这是一篇带有采访录性质的传奇：

> 玄宗在藩邸时，乐民间清明节斗鸡戏。及即位，治鸡坊于两宫间①。索长安雄鸡，金毫铁距高冠昂尾千数，养于鸡坊，选六军小儿五百人，使驯扰教饲。上之好之，民风尤甚。诸王世家，外戚家，贵主家，侯家，倾帑破产市

①按：玄宗原封藩为临淄郡王。剪除韦后和太平公主后，受睿宗之禅即帝位。此两宫，指太上皇睿宗和玄宗，分别住大明宫和兴庆宫。

鸡，以偿鸡直。都中男女，以弄鸡为事，贫者弄假鸡。

皇帝喜好以斗鸡为戏，不但为此耗费大量民脂民膏；而且使得权贵竞相效仿，对整个朝廷起着腐蚀作用，甚至也影响京城中的一般市民，败坏了社会风气。

少年儿童贾昌，仅仅因善于驯鸡，骤然得宠，滥加赏赐，享受荣华富贵，恩及其父：

金帛之赐，日至其家。开元十三年，笼鸡三百，从封东岳。父忠死泰山下，得子礼奉尸归葬雍州。县官为葬器丧车，乘传洛阳道。十四年三月，衣斗鸡服，会玄宗于温泉。当时天下号为“神鸡童”。时人为之语曰：“生儿不用识文字，斗鸡走马胜读书。贾家小儿年十三，富贵荣华代不如。能令金距期胜负，白罗绣衫随软舆。父死长安千里外，差夫持道挽丧车。”

作者引用当时流传的《神鸡童谣》，对唐玄宗生活上的骄奢佚乐、政治上的昏聩腐败，进行了绝妙的讽刺和抨击。一个游手好闲的市井少年，“以斗鸡求媚于上”，得到如此的恩宠，成了享有特权的人物，怎不使天下之人既鄙弃又寒心呢！李白就在其《古风》第二十四首中，对这种反常的腐败现象作了尖锐的批判：

大车扬飞尘，停午暗阡陌。
中贵多黄金，连云开甲宅。
路逢斗鸡者，冠盖何辉赫。
鼻息干虹蜺，行人皆怵惕。
世无洗耳翁，谁知尧与跖。

其思想内容与嘲讽的锋芒所向，与《东城老父传》中所引《神鸡童谣》是一致的。

罪恶的根源不在于"神鸡童"，而在于为满足自己享乐腐化生活而宠信"神鸡童"的皇帝。陈鸿以史学家的眼光来看待这种现象，指出唐玄宗这种骄奢无度的行径，是导致天下大乱的征兆："上生于乙酉鸡辰（即睿宗垂拱元年，公元685年），使人朝服斗鸡，兆乱于太平矣。上心不悟。"把玄宗生于乙酉年鸡辰，与朝服斗鸡联系起来，固然带有迷信色彩，但主要用意在于说明祸乱的根源在太平盛世之时就已经埋伏下了，而玄宗又不知悔悟，所以酿成不堪收拾的局面。

作者以"神鸡童"贾昌作为历史的见证人，来叙述唐代社会从玄宗开元到宪宗元和年间的理乱状况。由于贾昌的身分和经历，对唐玄宗怀有特殊的感情。"安史之乱"时，他虽然因"马踣道穽"，赶不上玄宗逃成都的车驾，不得不隐居南山。安禄山以千金购之，他宁可隐姓埋名，到佛寺里以扫地打钟为生。光复长安后，他再不能进宫，终于看破红尘，愤然出家，寄身于寺院。他以世外人的身分，对访问他的陈鸿祖等人，历叙往事，颇有今不如昔之感。以昔日国家之强盛，物产之丰富，人民生活的安定，来反衬今日国家的衰微，人民的苦难，社会的混乱。他举出两件事作对比：一是往昔城市的人们穿白叠布的很多，这是生活富裕安定的标志；而今街市中很少有穿白衫的人，因为多数男人都去从军了，这是社会离乱的征兆。二是往昔友邦使者前来朝觐，受严格的礼仪约束，公事办完就离开；而今胡人与京都中人杂处，娶妻生子，人们的穿著风尚都仿效胡人的那一套。尽管贾昌是怀着对玄宗的眷恋之情，来抒发今昔之感的，但是作者却通过这些事实，从理乱的变化中，说明玄宗开元、天宝之际，是唐代社会由盛而衰的转折点；而走向衰亡的原因，则在于朝廷的腐朽。这也正是本篇讽谕的思想意义。而在写法上，又采取作者采访，类似于而今报告文学的手法，由主人翁贾昌现身说法，所以真实感特别强。东城老父——贾昌复杂的思想感情，写得细致、深刻、生动。

《长恨歌传》也作于元和年间，传末说："元和元年冬十二月，太原白乐天自校书郎尉于盩厔。鸿与瑯琊王质夫家于是邑，暇日相携游仙游寺，话及此事，相与感叹。质夫举酒于乐天前曰：'夫希代之事，非遇出世之才润色之，则与时消没，不闻于世。乐天深于诗，多于情者也。试为歌之，如何？'乐天因为《长恨歌》。意者不但感其事，亦欲惩尤物，窒乱阶，垂于将来者也。歌既成，使鸿传焉。……"既是为歌作传，两者的基本思想倾向和主题，当然是一致的，歌与传相辅相成，相得益彰。但侧重点又有所不同，"歌"的主题，按陈鸿的揣想，是"欲惩尤物，窒乱阶，垂于将来者也"，惩的对象是杨贵妃。对唐玄宗只是略有微辞，如："汉皇重色思倾国，御宇多年求不得。""春宵苦短日高起，从此君王不早朝。""姊妹弟兄皆列土，可怜光彩生门户；遂令天下父母心，不重生男重生女。"以至"渔阳鼙鼓动地来，惊破《霓裳羽衣曲》"。显然寓含讽谕之意，但把致乱的原因归于杨贵妃的色艺，迷惑了君王，似有女人祸水的思想。而且"歌"的后半首，对李、杨的悲剧表示同情。

"传"则较忠实于历史真相，对唐玄宗和杨贵妃的罪恶，都揭露得较具体，特别是把唐玄宗的荒于政事，沉溺声色，寡廉鲜耻的昏君面目，淋漓尽致地描绘了出来：

> 开元中，泰阶平，四海无事。玄宗在位岁久，倦于旰食宵衣，政无大小，始委于右丞相，稍深居游宴，以声色自娱。先是元献皇后、武淑妃皆有宠，相次即世。宫中虽

良家子千数，无可悦目者。上心忽忽不乐，时每岁十月，驾幸华清宫，内外命妇，熠耀景从，浴日余波，赐以汤沐，春风灵液，澹荡其间。上心油然，若有所遇，顾左右前后，粉色如土。诏高力士潜搜外宫，得弘农杨玄琰女于寿邸，既笄矣。鬓发腻理，纤秾中度，举止闲冶，如汉武帝李夫人。别疏汤泉，诏赐藻莹，既出水，体弱力微，若不任罗绮。光彩焕发，转动照人。上甚悦。……明年，册为贵妃，半后服用。由是冶其容，敏其词，婉娈万态，以中上意。上益嬖焉。

陈鸿以史笔写《长恨歌传》传奇，对唐玄宗贬刺之意，昭然于字里行间。

追求荒淫腐朽的享乐生活，原是封建帝王的本性，但是像唐玄宗这样把儿媳妇掠为自已的宠妃，在历史上却是罕见的。据史载，唐玄宗册封杨玉环为贵妃，是在天宝四年。是年玄宗李隆基六十三岁，杨玉环才二十七岁。年逾花甲的老翁与妙龄女子之间，能有什么真正的爱情呢？只不过是权势富贵与声色伎艺的勉强结合罢了，何况这是一种丑恶的乱伦行为。唐玄宗从生活上的极端腐朽，而导致政治上的昏暗混乱。

杨贵妃的聪明才智，全用在邀恩争宠上：

……非徒殊艳尤态致是，盖才智明慧，善巧便佞，先意希旨，有不可形容者。叔父昆弟皆列位清贵，爵为通侯。姊妹封国夫人，富埒王宫，车服邸第，与大长公主侔矣。而恩泽势力，则又过之，出入禁门不问，京师长吏为之侧目。故当时谣咏有云：“生女勿悲酸，生男勿喜欢。”又曰：“男不封侯女作妃，看女却为门上楣。”其为人心羡慕如此。天宝末，兄国忠盗丞相位，愚弄国柄。及安禄山引兵向阙，以讨杨氏为词。潼关不守，……

有唐玄宗这样荒于政事、沉缅声色的昏君，殊艳尤态，善巧便佞的杨贵妃才能够邀恩受宠，搞裙带政治，败坏朝纲，终于在社会危机四伏的基础上，爆发了安史之乱。

在逃奔成都的途中，发生了"马嵬事变"，在将士们的强烈义愤之下，杨氏兄妹，受到违背玄宗意愿的应得惩罚，这是正义力量的胜利：

……翠华南幸，出咸阳，道次马嵬亭。六军徘徊，持戟不进。从官郎吏伏上马前，请诛晁错以谢天下。国忠奉氂缨盘水，死于道周。左右之意未快。上问之。当时敢言者，请以贵妃塞天下怨。上知不免，而不忍见其死，反袂掩面，使牵之而去。仓皇展转，竟就死于尺组之下。

造成国家分裂、人民离乱之苦，杨氏兄妹当然负有不容推卸的罪责，但是真正的罪魁祸首则是唐玄宗，仅仅由于他所处的特殊地位，特别是在安、史叛乱，国难当头之时，保存作为唐王朝的象征——皇帝，是必要的，才得以幸免直接承担罪责。但他不得不禅位给太子李亨，肃宗在灵武登上帝位，玄宗这个昏君的政治生命也就完结了。

杜甫在《北征》诗中，对马嵬事变给予充分的肯定：

忆昨狼狈初，事与古先别：
奸臣竟菹醢，同恶随荡析。
不闻夏殷衰，中自诛褒妲；
周汉获再兴，宣光果明哲。
桓桓陈将军，仗钺奋忠烈。
微尔人尽非，于今国犹活。

颂扬发动这次事变的陈玄礼除奸荡恶的忠烈行为，自然也就间接地批判了唐玄宗。

李商隐《马嵬》诗第二首，则将讽刺的锋芒直指玄宗：

海外徒闻更九州，他生未卜此生休。
空闻虎旅传宵柝，无复鸡人报晓筹。
此日六军同驻马，当时七夕笑牵牛。
如何四纪为天子，不及卢家有莫愁。

讽刺他当了将近半个世纪的皇帝，由于荒淫无耻，造成天下大乱，结果不但不能像普通老百姓那样有正常的夫妻生活，而且自食恶果，招致“长恨”的结局；至于当年七月七日在长生殿上两人誓愿生生世世为夫妇，以及杨贵妃死后在海外仙山成仙的传说，不过是徒然的虚话而已。

《长恨歌传》所要表现的，也正是这种思想。对于玄宗还都后，退居南宫（兴庆宫）养老，乐尽悲来，晚景凄凉，命方士上下四方求索杨贵妃精灵，既是玄宗迷信道教的真实心理的写照，也是记述传闻中虚无缥缈之事，并非信其为真，倒是颇有讽刺的意味，似乎不像《长恨歌》作者那样“多于情者也”，与《马嵬》诗中“海外徒闻更九州，他生未卜此生休”可谓是异体同调。

有关唐玄宗朝政得失盛衰的小说，还有不少。吴兢撰《开元升平源》，写开元初，玄宗狩猎于渭滨，姚元崇应诏一同狩猎，玄宗擢迁元崇为兵部尚书同平章事，但元崇并不立即谢恩，而表示只有在玄宗采纳他的十条改革措施的情况下，才愿意接受任命。十条改革意见是：以仁义之政取代武后朝的刑法酷政；吸取丧师教训，三数十年不求边功；不许宦官干政；国亲不任台省之官；罢免佞幸之徒因诬陷他人而得宠者；禁止除租、庸、赋税之外的贡献求媚之风；止绝建造耗蠹生灵的寺观宫殿；君臣关系正常化；广开言路，臣子皆得触龙鳞，犯忌讳；严防外戚擅权。这些有针对性的改革意见，全部为玄宗所采纳，说明这时玄宗是励精图治的英主，因而才有开元时期的太平盛世气象。实际上，后来之所以出现李林甫擅权、杨氏家族乱政，乃至安史之乱，也正是违背十项改革方针的结果。

郑处晦撰《明皇杂录》，属于轶事小说集，书成于宣宗大中九年，记述开元、天宝年间关于唐玄宗、杨氏兄妹及其他人物的轶事，共三十七条。从中反映了唐明皇作为一个君主曾经勤于政事、择贤任能、英明有为的品性素质。例如《张嘉贞》、《萧嵩》、《苏颋》诸条，记载了玄宗前期处理政事的严肃认真、一丝不苟的精神。书中也描写了玄宗后期的骄奢佚乐及杨国忠的专横跋扈，展现出玄宗朝盛极而衰的必然性。如《华清宫》条，写唐明皇不惜耗费大量民脂民膏，修建华清宫，华清池中陈设着用白玉雕镌的鱼龙凫雁等物，有飞动之势；更以文石为银镂漆船，及白香木船置于池中，划船所用的楫橹，都用珠玉装饰，贵妃几个姊妹夸豪斗富，大肆挥霍。

王仁裕撰《开元天宝遗事》，性质、内容与《明皇杂录》类似，也记载了唐玄宗所具有的英主和昏君的两面性。如《步辇召学士》、《赐金箸表直》、《精神顿生》诸条，描写玄宗对贤臣姚元崇、宋璟、张九龄等人的器重和礼遇，颇为感人；《金函》条则描写"明皇忧勤国政，谏无不从。或有章疏规讽，则探其理道优长者，贮于金函中，日置座左，时取读之，未尝懈怠"，不失为明君风范。但他后期的荒淫无耻、纵容杨氏兄妹恣意挥霍的行为，又暴露了昏君的面目。如《被底鸳鸯》、《锦雁》、《风流阵》诸条，写玄宗与杨贵妃荒唐下流的宫中生活；《移春槛》、《冰山辟暑》、《凤炭》、《夜明枕》、《百枝灯树》等条，则写杨氏兄妹的穷奢极侈；还有《索斗鸡》、《肉腰刀》、《金牌断酒》等条，是写为性狡狠、口蜜腹剑的奸臣李林甫或叛将安禄山的，也都直接或间接地暴露了玄宗后期的昏聩，反映了玄宗王朝趋向衰亡的种种迹象。

三、《隋遗录》和炀帝"三记"

隋炀帝杨广，是历史上著名的暴君，也是衰亡最快的亡国之君。因此，诗人、小说家以他的故事为创作题材，抒发感慨情怀，或总结历史教训，以警诫现实生活中的统治者，曾写下不少作品。传奇小说《隋遗录》和《海山记》、《迷楼记》、《开河记》，就是描写隋炀帝是如何迅速走向衰亡的形象化的历史。

《隋遗录》，原名《南部烟花录》，又称《大业拾遗记》，一卷，颜师古撰。但前人已指出是伪托。宋姚宽《西溪丛语》卷下谓："唐《艺文志》所载《烟花录》记广陵行幸事，此本已亡，故流俗伪作此书。"又《诗话总龟》前集卷二引蔡君厚《诗史》亦称："此本已无，唐末人伪作此书耳。"这是针对篇末无名氏所作之跋而发的。跋谓会昌中诏拆浮屠，于梁建瓦棺寺双阁中发现此书，题为《南部烟花录》，僧志彻得之，拆纸尾视轴，皆有鲁郡文忠颜公名，题云手写。本文缺落，予以重编为《大业拾遗记》。鲁迅《唐宋传奇集·稗边小缀》亦云："本文与跋，词意荒率，似一手所为，而托之师古。……不待吹求，已知其伪。"此书现存《说郛》、《百川学海》、《唐宋传奇集》诸本均题作《隋遗录》，分上、下两卷，其实也不过是三千多字的中篇传奇小说。

此篇虽然“文字俚俗”，不可能出自博学善文的大学者颜师古之手，但是揭露隋炀帝荒淫无度、穷奢极欲、残民以逞而导致亡国亡身的丑恶面目，亦可聊补正史之阙，有其认识价值。

它写的是隋炀帝大业十二年至十四年在扬州被杀的亡国史。为游江都（扬州），驱使人民开运河、造龙舟凤舸，奢靡至极：

> 至汴，上御龙舟，萧妃乘凤舸，锦帆彩缆，穷极侈靡。舟前为舞台，台上垂蔽日帘。帘即蒲择国所进，以负山蛟睫纫莲根丝，贯小珠，间睫编成，虽晓日激射，而光不能透。每舟择妍丽长白女子千人，执雕板镂金楫，号为殿脚女。……

炀帝生活的中心内容，是荒淫佚乐。由于纵欲过度，精神恍惚，出现与陈后主相遇的幻觉，并请张丽华舞《玉树后庭花》。这是对炀帝的绝妙讽刺。炀帝当年率隋师伐陈，陈后主、张丽华藏身井中，被隋将韩擒虎所俘，杨广曾指责陈后主荒淫误国；而在幻觉中，陈后主对炀帝作了报复性的反讥："后主问帝：'龙舟之游乐乎？始谓殿下致治在尧舜之上，今日复此逸游。大抵人生各图快乐，曩时何见罪之深耶？三十六封书，至今使人怏怏不悦。'"隋炀帝是重演陈后主荒淫佚乐而亡国的丑剧，他的下场比陈后主更可耻。

比《隋遗录》更为全面、具体、深刻地描写隋炀帝的衰亡史的，有韩偓撰《海山记》、《迷楼记》和《开河记》。韩偓是以写香艳诗著称的晚唐诗人，其实他倒是个富有正义感的作家。他生当唐末乱世，曾写过一些现实性较强的诗篇，例如《自沙县抵龙溪县，值泉州军过后，村落皆空，因有一绝》、

《乱后却至近甸有感》（乙卯年作）等。传见《新唐书》卷一百八十三。鲁迅《中国小说史略》将这三篇传奇列为宋人所作，根据是《开河记》见于北宋仁宗年间刘斧编的《青琐高议》。此说论据似欠充分，因《青琐高议》并非刘斧的创作集，而是辑录前人著述加以润饰。这三篇传奇真正的作者，以保持旧题为宜。处晚唐乱世社会，容易触发王朝的盛衰之感，以史为鉴，也是合乎创作心理的。

《海山记》、《迷楼记》、《开河记》均见于《古今说海》、《历代小史》、《五朝小说》、《唐人说荟》、《旧小说》及鲁迅《唐宋传奇集》。这三篇传奇实为姊妹篇，有共同的主题，都是揭露、批判暴君隋炀帝的荒淫腐朽，好大喜功，劳民伤财，而又拒纳忠谏，近佞臣，害贤良，民怨沸腾，众叛亲离，终于覆灭。作者从总结隋王朝急遽灭亡的历史教训着眼，反映了在暴君酷虐统治下人民深重的苦难，被迫犯上作乱，而被人民所怨恨的暴君，无论有多大的才智，多大的力量，又多么善于玩弄阴谋诡计，纵使得逞于一时，终究逃脱不了灭亡的命运。这是具有深刻的社会历史意义的。传奇中也掺杂一些迷信、因果报应之类的思想，有的受作者世界观的影响，有的则是沿用隋末人民为反抗隋炀帝的统治而制造的舆论，表现了人心的向背。在唐末社会剧烈动荡的时代，写隋炀帝的故事，自然有讽谕当朝帝王吸取前朝亡国教训的意思。虽然作品在艺术上不够精细，但在揭露隋炀帝的罪恶和表现人民的愤怒方面，有一定的思想深度，认识价值较高。

第一，作品真实地描写了隋炀帝是个有学识才智而又不宜窃据大位的人；但他却勾结权臣杨素，用阴谋手段夺得帝位。这在《海山记》中有具体描述，说炀帝少时博览群书，无不通晓，“然而性偏忍，阴默疑忌，好用钩賾人情深浅”；倾意结交功高权重的杨素，以谋取皇位的继承权。隋文帝临终时，嘱托杨素立杨勇为帝，杨素表示拒绝，文帝“忿懑，乃大呼左右曰：‘召吾儿勇来！’力气哽塞，回面向内不言”。文帝一死，杨素便玩弄阴谋诡计，假传文帝遗诏，立杨广为帝，并威胁百官曰：“文帝遗诏立帝，有不从者，戮于此！”

在封建社会里，一个王朝内部的皇位继承问题，关系到王朝的前途和命运。通常是立嫡长，但因多方面的原因，废太子另立的事，也是屡见不鲜的。隋文帝杨坚是个俭朴而有所作为的皇帝，《隋书》卷二十四《食货志》称他“居处服玩，务存节俭，令行禁止，上下化之，开皇仁寿之间，丈夫不衣绫绮，而无金玉之饰，常服率多布帛，装带不过以铜、铁、骨、角”；但他也有其严重缺点，《资治通鉴》卷一百八十《隋纪》四，文帝仁寿四年对他的评论，在充分肯定他的长处和成就时，指出他的短处："然猜忌苛察，信受谗言，功臣故旧，无始终保全者；乃至子弟，皆如仇敌，此其所短也。”在处理家事方面，也多疑失察。杨坚有五个儿子：勇、广、俊、秀、谅。原来立勇为太子，军国政事及尚书奏死罪以下，都令参与决断，后因冬至勇张乐受百官朝贺，恩宠始衰；而杨广正是利用父亲性格的弱点，乘隙以逞其奸，勾结杨素，陷害太子勇。开皇二十年，文帝听信谗言，将勇废为庶人，改立广为太子。实践使文帝察觉广不堪继承大位，于是在病危时又想废广复勇，而杨素忤旨，矫诏立广为帝。《海山记》中虽未明写杨广与杨素谋害文帝，但事属可疑。据《资治通鉴》卷一百八十《隋纪》四《高祖文皇帝》下注引马总《通历》云：仁寿四年（604），文帝卧病仁寿宫，炀帝命部下张衡入宫，拉杀文帝，“血溅御屏，冤痛之声闻于外”。是说炀帝弑父弑君。文帝既遭害，炀帝伪造遗敕赐勇死，并将勇的十个儿子杀尽。杨广就是这样一个心狠手辣、阴险狡诈的野心家和阴谋家。传奇中对杨广形象的描写，符合历史真实，而作为暴君的艺术典型，则具有更深刻的认识意义。

第二，隋炀帝穷奢极欲、荒淫无耻的腐朽生活，为隋朝的迅速灭亡埋下了祸根。在我国封建社会里，治乱交替，每个王朝统治时间长短不一。这在很大程度上取决于王室所采取的各项政策，对人民压迫和剥削的轻重如何，朝廷是否具有凝聚力。隋朝统治时间很短，从隋文帝开皇九年（公元589年）灭陈，统一南北，全国出现人民生活较安定、户口迅速增加、生产有较大发展的盛世景象，但是这种“治”的时间非常短暂，到隋炀帝大业十四年（公元618年）亡国，一共只二十九年。由兴盛至衰亡，如此之快，究其原因，主要就是隋炀帝为首的权贵，骄奢荒淫，滥兴土木，穷兵黩武，宴游无度，因而势必激化与人民大众的矛盾，官逼民反；自身腐朽至极的隋王朝，经不起人民大起义的冲击，迅速土崩瓦解、彻底灭亡。

在《迷楼记》、《海山记》两篇传奇中，具体地反映了隋炀帝奢侈淫乱、恣意挥霍的宫廷生活。《迷楼记》写道：

> 炀帝晚年，尤沉迷女色。他日，顾谓近侍曰：“人主享天地之富，亦欲极当年之乐，自快其意。今天下安富，无外事，此吾得以遂其乐也。今宫殿虽壮丽显敞，苦无曲房小室，幽轩短槛。若得此，则吾期老于其中也。”

上有所好，下必迎合奉承。近侍高昌，便曲意逢迎，投其所好，推荐巧匠项升，设计宫室图，深得炀帝欢心：

> ……即日诏有司供其材木，凡役夫数万，经岁而成。

楼阁高下，轩窗掩映，幽房曲室，玉栏朱楯，互相连属，回环四合。曲屋自通，千门万户，上下金碧。金虬伏于栋下，玉兽蹲乎户旁。壁砌生光，琐窗射日，工巧云极，自古无有也。费用金玉，帑库为之一虚。人误入者，虽终日不能出。帝幸之，大喜，顾左右曰："使真仙游其中，亦当自迷也，可目之曰'迷楼'。"诏以五品官赐升，仍给内库帛千匹赏之。诏选后宫良家女数千，以居楼中。每一幸，有经月不出。……

搜刮人民的膏血，供一人享乐腐化生活之用，以致民生凋蔽，国库空虚。

巧匠何稠的智慧和技术，也不是为民造福，而是为隋炀帝淫乱生活设计什么"御童女车"、"转关车"（"任意车"）。隋炀帝日夜沉溺于迷楼，荒芜政事。倭民王义向他劝谏，而昏暴之君则迷途难返。

《海山记》对隋炀帝滥用民力、营造宫苑的暴虐行为，及其醉生梦死的腐朽生活，也作了较具体的揭露：

乃辟地周二百里，为西苑，役民力常百万数。苑内为十六院，聚土石为山，凿池为五湖四海，诏天下境内所有鸟兽草木，驿至京师。……诏起西苑十六院，……皆帝自制名。院有二十人，皆择宫中嫔丽谨厚有容色美人实之。每一院，选帝常幸御者为之首。每院有宦者主出入市易。又凿五湖，每湖方四十里。……湖中积土石为山，构亭殿，曲屈盘旋广袤数千间，皆穷极人间华丽。又凿北海，周环四十里，中有三山，效蓬莱、方丈、瀛洲，上皆台榭回廊，水深数丈，开沟通五湖四海，沟尽通行龙凤舸。……

隋炀帝穷奢极欲，倒行逆施，不但逼迫人民反抗，也使群臣离心，号令不行。临到覆灭的前夕，他才意识到"世祚已去"，命王义"陈成败之理"。当然，这时的隋王朝，已经是病入膏肓，无可挽救；但在王义所上的奏书中，却切中炀帝的弊病，触及到亡国的原因，作为一面历史的镜子，是很有意义的。他痛切地指出炀帝的一系列罪过：专横独断，喜欢阿谀奉承；拒绝正直的劝谏，残害忠良；大造宫苑，劳民伤财；穷兵黩武，不顾人民死活，以至造成哀鸿遍野，疮痍满目的危亡局面："社稷危于春雪，干戈遍于四方，生民方入涂炭，官吏犹未敢言。……大势已去，时不再来；巨厦将颠，一木不能支；洪河已决，掬壤不能救。……"这既是一首挽歌，又是一篇檄文。隋炀帝这个昏聩的暴君，最后落得个被亲信的侍卫大臣宇文化及、司马德戡等缢杀的下场。

第三，生动地描述了被压迫人民的反抗，说明建立在暴虐独裁统治基础上的王朝，是绝不可能长治久安的。《开河记》写隋炀帝为满足自己游江都的欲望，役使五百四十三万余人开运河，占当时全国人口的九分之一①。开河都护麻叔谋，性贪且暴，敲诈勒索，甚至令暴徒盗窃人家三四岁的孩儿蒸而食之，人民所遭受的苦难是极其深重的。在开河工地上，役夫尸横遍野，民间被派造船一只者，弄得倾家荡产，卖儿鬻女。有的地段开得不够深，炀帝即令将该地段两岸人民都捆绑起来，倒埋在岸下，并说："令教生为开河夫，死作抱沙鬼。"人民怨声载道，恨之彻骨。

《开河记》中有一段情节，描写麻叔谋命狄去邪下坠到一

①据《通典》卷七《食货典·历代盛衰户口》记载：隋大业五年，有户八百九十万七千五百三十六，人口四千六百零一万九千九百五十六。

座隐士墓，见到隋炀帝受神灵惩罚的情景，虽然是迷信，却体现了人民的愿望：

> （叔谋）命系去邪腰，下钓约数十丈，方及地。去邪解其索，行约百步，入一石室。东北各有四石柱，铁索二条，系一兽，大如牛。熟视之，一巨鼠也。……绿衣吏引去邪立于廊之西阶下。良久，堂上人呼力士牵取阿麽（按：此乃炀帝小名）来。武夫数人，形貌丑异魁奇，控所见大鼠至。去邪本乃廷臣，知帝小字，莫究其事，但屏气而立。堂上人责鼠曰："吾遣尔暂脱毛皮，为国中主，何虐民害物，不遵天道？"鼠但点头摇尾而已。堂上人益怒，令武士以大棒挝其脑。一击，猝然有声如墙崩。其鼠大叫，若雷吼。方欲举杖再击，俄一童子捧天符而下，堂上惊跃，降阶俯伏听命。童子乃宣言曰："阿麽数本一纪，今已七年，更候五年，当以练巾系项死。"童子去，堂上人复令系鼠于旧室中。

这固然带有宿命论的色彩，但作者主要是表达人民对暴君的怨愤，要求严惩隋炀帝这样恶贯满盈的民贼。把隋炀帝说成是硕鼠转世，也颇有讽刺意味，我们自然会联想起《诗经·魏风·硕鼠》中被诅咒的硕鼠形象。这里所谓"天道"，不是指帝王之道，而是反映人民朴素的公平合理的要求与愿望。

在《海山记》中，也表现了人民反抗的怒火。作者描写隋炀帝乘龙舟东下游扬州途中，纤夫们悲愤地呼号：

> 我兄征辽东，饿死青山下。
> 今我挽龙舟，又困隋堤道。
> 方今天下饥，路粮无些少。
> 前去三千程，此身安可保！

寒骨惋荒沙，幽魂泣烟草。

悲损闺内妻，望断吾家老。

安得义男儿，悯此无主尸！

引其孤魂回，负其白骨归。

这是被压迫人民对祸国殃民的暴君切齿痛恨的反抗歌声。

连那些被隋炀帝禁锢在深宫的宫女们，也再不能忍受暴君的侮辱和压迫了。《迷楼记》中所写的后宫侯夫人的悬梁自尽，就是对宫廷中窒息苦闷生活的一种绝望的反抗。从民间流传到宫中，宫女们所吟唱的夜半歌声，更反映了人心的向背：

河东杨花谢，河北李花荣。杨花飞去落何处？李花结果自然成。

腐朽的杨氏王朝已经遭到人民的唾弃，新兴的李唐王朝取代隋朝，是不可抗拒的历史潮流，也是符合人民愿望的。唐兵入京，见豪华奢侈的迷楼，李世民说："此皆民膏血所为也！"下令烧毁，客观上反映了人民对隋炀帝无比愤恨的情绪。

上述这类传奇作品，告诉人们一条真理：封建统治者，无论地位多高，权势多大，只要违背历史的潮流和人民的意愿，倒行逆施，暴虐无道，必然要受到历史的嘲弄，逃脱不了人民的惩罚。因此，这些传奇，不但具有认识历史的价值，而且也包含着较为深刻的哲理。

第八章　豪侠小说的勃兴

唐人传奇最脍炙人口的作品，除了描写爱情故事的名篇以外，大概就是豪侠小说了；这类小说数量相当多，在《太平广记》中，就有四卷二十余篇。称得上故事精采、艺术性较强的，也有好几篇。豪侠小说有其悠久的文化传统，对后来小说的影响深远，而在唐代勃兴，又有其社会土壤。

一、豪侠小说的文化传统和社会土壤

提出“豪侠”的概念，是在战国时期。《韩非子·五蠹》：“儒以文乱法，而侠以武犯禁。”敢以高超的武艺触犯国家的禁令，谓之侠，其行为不受王法的约束。当然，先有豪侠的具体行动，才可能产生相应的概念。盗跖、聂政、荆轲等人，不就是大侠吗？称《庄子·盗跖》为豪侠小说，似亦未尝不可。司马迁《史记·游侠列传》对“侠”作了更周密完备的说明：“今游侠，其行虽不轨于正义，然言必信，其行必果，已诺必诚，不爱其躯，赴士之阨困。既已存亡死生矣，而不矜其能，羞伐其德，盖亦有足多焉。”这是对“侠”带有理论性的概括，最显著的特点就是：行动虽然越出王法的轨道，但言必信，行必果，即所谓重然诺、感知遇、愿为知己者死，不夸能、不居功。其弱点是带有盲目性，重个人恩怨，容易被人利用。产生

“侠”的根源，是社会集团、国家乃至人际关系矛盾斗争的结果，所以代不乏人。

唐代自开元、天宝之后，社会上各种矛盾，特别是封建统治阶级与农民阶级、中央政府与地方势力的矛盾，以及宦官与朝官的争斗，逐渐激化，导致“安史之乱”的爆发。而“安史之乱”的结果，又使这几种矛盾更加尖锐。藩镇之乱和宦官擅权，从统治阶级内部的角逐中，削弱了唐王朝的统治力量；唐末农民起义的暴风骤雨，摧毁了李唐王朝；而一伙割据的野心家，在镇压农民起义的血泊中，乘机扩张势力，称王称霸，使人民陷于水深火热之中，遭受难以忍受的苦难。僖宗朝翰林学士刘允章，在《直谏书》中，描述当时人民的苦难：

> 今天下苍生，凡有八苦。……天下百姓，哀号于道路，逃窜于山泽，夫妻不相活，父子不相救。百姓有冤，诉于州县，州县不理；诉于宰相，宰相不理；诉于陛下，陛下不理；何以归哉！

人民有苦难言，欲诉无门，对统治者感到绝望了。人们希望出现英雄豪侠，来为他们解决局部的然而是迫切的问题。在朝政腐败，天下混乱的时代，出现各种类型的豪侠。于是，豪侠小说便在这种社会土壤里应运而生。从各种不同类型的豪侠小说中，也使我们更具体地认识到中晚唐社会的状况。

二、藩镇之乱与豪侠小说

从《红线传》、《胡媚儿》、《虬髯客传》以及《聂隐娘》、《昆仑奴》等带有代表性的豪侠小说来看，思想内容都与藩镇（或强大的地方军阀）有不同程度的联系。

唐代藩镇割据局面是怎样形成的呢？原来初、盛唐时期所实行的府兵制，是建立在“计口授田”的“均田制”基础之上的，寓兵于农，兵农合一，将不专兵，平时兵在各州府，大将在朝廷；战时才征发府兵，派将统率。《新唐书·兵志》第四十记载：“凡民二十为兵，六十而免，……凡发府兵，皆下符契州刺史与折冲，勘实乃发。”因而也就不可能产生骄兵悍将、专横拔扈、割据一方的现象。由于官僚地主、富商豪霸对土地的兼并，农民丧失了土地，还要承担租税，不得已逃亡流离，或依附庄园地主，从事农奴劳动。“丁口转死，田亩换易，贫富升降，悉非向时……科敛凡数百，名废者不削，重者不去，新旧仍积，不知其涯，百姓竭膏血、鬻亲爱，旬输月送，无有休息……富人多丁者，以宦学释老得免，贫人无所入，则丁存。故课免于上，而赋增于下，是以天下残瘁，残为浮人，乡居地著者，百不四五。”① 均田制既被破坏，丁口户籍混乱，人民不得安居乐业，府兵制也就行不通，不得不改用召募，称为长征健儿。开元二十五年（公元737年），确定：“自今以后，诸军镇量闲剧利害，置兵防健儿，于诸色征引人内，及客中，召募取丁壮，情愿充健儿长住边军者，每年加常例给赐，兼给永年优复。其家口情愿同去者，至军州，各给田地屋宅。”② 这种募兵制，兵士乃至家眷长住军中，成为职业兵，由固定的将帅长期统率。将帅既握重兵，形成内轻外重、尾大不掉的局面；武夫悍将，仗其实力，割据一方。

《新唐书·兵志》第四十，对“方镇”有具体记载：

---

①《新唐书》卷一百四十五《杨炎传》。

②《唐六典》卷五《兵部尚书》。

> 所谓方镇者，节度使之兵也。原其始，起于边将之屯防者。唐初之戍边者，大曰军，小曰守捉、曰城、曰镇，而总之者曰道。……其军、城、镇、守捉，皆有使，而道有大将一人，曰大总管，已而更曰大都督。至太宗时，行军征讨曰大总管，在其本道曰大都督。自高宗永徽以后，都督带使持节者，始谓之节度使，然犹未以名官。景云二年（公元711年），以贺拔延嗣为凉州都督河西节度使，自此而后，接乎开元，朔方、陇右、河东、河西诸镇，皆置节度使。

经略节度大使的名称，睿宗景云元年薛讷任幽州镇守始有。玄宗天宝元年，因边防的需要，置十节度经略使：安西、北庭、河西，以备西边；朔方、河东、范阳，以备北边；平卢，以备东边；陇右、剑南，以备西边；岭南五府经略，则备南边（参阅《唐语林》卷八）。建制这十个节度使，是必要的。关键的问题在于，以募兵代替府兵之后，不是轮番换防，而是由节度使长期率领众多的职业兵，并且节度所管辖的地区，“大者连州十余，小者犹兼三四”，“既有其土地，又有其人民，又有其甲兵，又有其财赋，以布列天下，然则方镇不得不强，京师不得不弱”①。节度使的职权，从边防进而兼掌屯田、度支、安抚、观察等军政、财政、行政大权，军事实力和经济实力，都相当雄厚。例如安禄山，由平卢节度使，兼领范阳、河东节度使，野心勃勃，在范阳城北筑雄武城，招兵买马，并且“养同罗及降奚、契丹曳落河八千余人为己子，及家童校弓矢者百余人，推

① 《新唐书·兵志》第四十。

以恩信，厚其所给，皆感恩竭诚，一以当百”①。可是，唐朝中央召募的矿骑兵（即禁卫军），却没有什么战斗力。《新唐书·兵志》云：“六军宿卫皆市人，富者贩缯綵；食粮肉，壮者为角觝、拔河、翘木、扛铁之戏。及禄山反，皆不能受甲。”所以一触即溃。

“安史之乱”后，更是藩镇林列，安史旧部，名义上归顺唐朝，实际上割据一方。当时主要的藩镇有：魏博镇，从田承嗣开始，占有魏、博、贝、相、卫（相、卫原为薛嵩镇地）、磁、洺等州，镇所在魏州；相卫镇，从薛嵩开始，传至弟薛萼时，被田承嗣吞并；成德镇，从李宝臣开始，据有恒、定、易、深、冀、赵等州，镇所在恒州；卢龙镇，从李怀仙开始，据有幽、涿、莫、瀛、平、檀、营、蓟、妫等州，镇所在幽州；淄青镇，从侯希逸开始，据有淄、青等十五州，传至李师道，为唐平定，把其地分为三镇；宣武镇，从李灵曜开始，据有汴、宋、亳、颍等州，宪宗时仍归唐掌握；淮西镇，从李希烈开始，据有申、光、蔡等州，至吴元济时为唐平定。藩镇既割据一方，拥兵自重，与唐朝中央相对抗，甚至称王称帝；藩镇之间，也互相攻伐，兵连祸结，破坏了唐朝的统一，也给人民带来深重的苦难。这种社会矛盾，在豪侠小说中通过生动的艺术形象，得到具体的反映。这类作品，多半以情节惊险离奇、豪侠行动神秘果决为特色，产生惊心动魄的艺术效果。

---

①《安禄山事迹》卷上。

三、从《红线》和《聂隐娘》看藩镇之间的矛盾

《红线》是袁郊所撰《甘泽谣》中的一篇。它写的是魏博节度使田承嗣与潞州节度使薛嵩之间，吞并与反吞并的矛盾斗争；而薛嵩的一个家生奴婢红线，则是全篇的中心人物。她才貌双全、文武兼备，而且深明大义。由于红线的豪侠行动，打击了田承嗣吞并薛嵩镇地的野心，避免了一场藩镇之间的战争。

历史上的田承嗣和薛嵩，都是安禄山的部将，“安史之乱”后降唐，但各拥数万劲兵，霸据一方。《旧唐书》卷一百四十三《李怀仙传》云：

> （仆固）怀恩私欲树党，以固兵权，乃保荐怀仙可用。代宗复授幽州大都督府长史、检校侍中、幽州卢龙等军节度使，与贼将薛嵩、田承嗣、张忠志（降唐后赐名李宝臣）等，分河朔而帅之。既而怀恩叛逆，西蕃入寇，朝廷多故。怀仙等四将，各招合遗孽，治兵缮邑，部下各数万劲兵。文武将吏，擅自署置，贡赋不入于朝廷。虽称藩臣，实非王臣也。

特别是田承嗣，飞扬跋扈，野心勃勃，对人民的剥削也极残酷，任意加重税率。他拥有一支约有万人的强悍的牙兵（或称衙兵，即卫兵），是从他统率的十万人的部队中挑选出来的，个个身强力壮，大多数是地方上强宗豪族的子弟。这支牙兵是他的骨干力量，享受的待遇特别优厚，也是最骄横凶狠的，强买豪夺，目无法纪。他们“父子相袭，亲党胶固”，形成一股豪

强势力，甚至可以由他们更易将领，如同儿戏①。

在田承嗣与薛嵩的关系中，《红线》的作者，是把田承嗣作为叛逆朝廷、祸害人民的反面人物来处理的。而把薛嵩写成是拥护唐王朝的正面人物，并赋予他同情人民疾苦的品格：

> 时军中大宴，红线谓嵩曰："羯鼓之音调颇悲，其击者必有事也。"嵩亦明晓音律，曰："如汝所言。"乃召而问之，云："某妻昨夜亡，不敢乞假。"嵩遽遣放归。

既然薛嵩是维护唐王朝统一，并且是对待人民态度较好的开明人物，辅助薛嵩的红线也就成为正义力量的化身，是符合人民愿望、有利于维护国家统一事业的。作者先从产生田、薛矛盾的背景，来交代这一关系的性质，从而使薛嵩处于正义的立场，红线则是为正义事业而斗争的英雄人物。

当时正是安禄山叛乱之后，黄河南北还很不安宁，朝廷特命薛嵩固守镇地，控制山东。而田承嗣却从私利出发，妄图吞并潞州。薛嵩得知这事，日夜忧闷，寝食不安。在夜深人静之时，拄着拐杖漫步庭院，只有红线一人随从侍候。红线看主人心事重重的样子，估量着说："主自一月，不遑寝食。意有所属，岂非邻境乎？"薛嵩说："事系安危，非汝能料。"红线说："某虽贱品，亦有解主忧者。"于是，薛嵩才将心事告诉她：

> "我承祖父遗业，受国家重恩，一旦失其疆土，即数百年勋业尽矣。"（按：薛嵩系薛仁贵之孙，故言）红线曰："易尔。不足劳主忧。乞放某一到魏郡，看其形势，觇其有无。今一更首途，三更可以复命。请先定一走马兼具寒暄书，其他即俟某却回也。"嵩大惊曰："不知汝是异人，我

---

①参阅《旧唐书》卷一百八十一《罗弘信传》。

之暗也。然事若不济，反速其祸，奈何？”红线曰：“某之行，无不济者。”乃入闺房，饰其行具。

由于红线的这次有节制的侠义行动，机智巧妙地制服了田承嗣的狂妄气焰，迫使他收敛其扩张的野心，也使人民免受战乱的灾祸，取得了积极的效果。田承嗣给薛嵩的复信，固然是一纸空文，但却反映了作者、也是人民对平息藩镇之乱的愿望。田承嗣被迫认错：“某之首领，系在恩私。便宜知过自新，不复更贻伊戚。……役当奉毂后车，来则挥鞭前马。所置纪纲仆号为外宅男者，本防它盗，亦非异图。今并脱其甲裳，放归田亩矣。”这尽管是虚假的负荆请罪之辞，毕竟暂时遏制了吞并邻镇的野心。

红线功成辞别薛嵩时说：

况国家建极，庆且无疆。此辈背违天理，当尽弥患。……两地保其城池，万人全其性命，使乱臣知惧，烈士安谋。

从一个地位卑微的侍婢之口，道出了人民对藩镇割据局面的厌恶和对国家统一、和平安定生活的向往。这就极大地提高了这个艺术形象的思想意义和美学价值。红线比同类女侠要崇高得多。

红线的豪侠行动，传奇色彩非常浓厚：半夜之间，往返七百里，动作轻捷而神秘。这固然是艺术的夸张，但是人民理想中能为民除害的豪侠，自然需要有超群的才技，这也是有现实基础的。中唐后行刺暗杀之风盛行，是由于当时社会矛盾所引起的一种打击报复行动。宰相武元衡、裴度、李石等都曾遇刺。在统治阶级内部斗争剧烈之时，侠客可能被权贵或藩镇利用，作为打击自己政敌的工具；但是，一般来说，豪侠刺杀的对象，往往是罪恶深重、民愤极大的奸臣恶霸之类。所以，豪侠的行动，又符合人民的局部愿望。据《资治通鉴》卷二百十五《玄宗天宝六载》记载："（李）林甫自以多结怨，常虞刺客，出则步骑百余人为左右翼，金吾静街，前驱在数百步外，公卿走避；居则重关复壁，以石甃地，墙中置板，如防大敌，一夕屡徙床，虽家人莫知其处。"这与《红线》中所写田承嗣警卫之严密，颇为相似。而红线却能从田承嗣的枕前取金合而去，说明要取其首级也是易事。所以田承嗣在给薛嵩的复信中才说："某之首领，系在恩私。"至于从红线的言行中表现出来的感恩报德思想，以及释老迷信观念，固然是文中的疵瑕，但在这类作品中却是一个较为普遍的问题，在当时是很难避免的。

总之，本篇成功地塑造了智勇兼备的侠女形象，文情骀宕，想象丰富，构思奇妙。人物对话骈、散结合，恰到好处。据计有功《唐诗纪事》载，薛嵩确有一名叫红线的侍女，善弹阮咸琴。因其手纹隐起如红线，因以名之。她离开薛家时，冷朝阳曾赋诗相送，诗亦为本篇传奇所引用：

《采菱》歌怨木兰舟，送别魂消百尺楼。还似洛妃乘雾去，碧天无际水长流。

可见其事虽虚，其人实有，且冷朝阳的诗就带有传奇色彩。

本篇收入《太平广记》卷一百九十五《豪侠》三。明梁辰鱼据以撰《红线女》杂剧。无名氏又将其与梁的另一剧本《红绡》合为一剧，称为《双红记》。京剧中也有取材于此的《红线盗合》。清乐钧《青芝山馆诗集》，有《咏红线诗》云：

田家外宅男，薛家内记室。

铁甲三千人，那敌青衣一。

金合书生年，床头子夜失。

强邻魂胆消，首领向公乞。

功成辞罗绮，奇气洵无匹。

洛妃去不还，千古怀烟质。

诗人对红线的钦敬之情，溢于言表。

裴铏所撰《传奇》小说集中，有《昆仑奴》与《聂隐娘》两篇豪侠小说，其中《聂隐娘》的故事近似《红线》，而情节更为离奇曲折。它写的是魏博镇大将聂锋之女聂隐娘，十岁时被一尼姑窃去，学道五年，能飞行，善剑术，曾于都市中刺杀罪大恶极之人。归家后，由她自己选择一磨镜少年为夫。魏博节度使知道她的本领，就收买她，命她去行刺陈许节度使刘昌裔；刘能神算，礼迎聂隐娘夫妇，隐娘服其神明，便背魏归刘，几次挫败魏帅所派的刺客，保护了刘昌裔。后来为其夫乞得一个挂名的官衔，自己便入山寻访得道的高人去了。

在聂隐娘的主要行动中，既反映了藩镇之间的冲突，也部分地体现了人民要求复仇、渴望出现为民除害的豪侠的迫切心情。其初，老尼挈她到都市，“指其人者，一一数其过”，然后命她“刺其首来”，又教她把“无故害人若干”的某大官僚杀掉，并嘱她对这类人不能心慈手软：“已后遇此辈，先断其所爱，然后决之。”这是符合人民除恶务尽的斗争精神的。

但是后来，聂隐娘却被藩镇所收买，成为藩镇割据势力保护自己、打击对手的工具。她先被魏博节度使“以金帛署为左右吏”。到了元和年间，因魏博节度使与陈许节度使刘昌裔闹冲突，被派去刺杀刘昌裔，结果反被刘昌裔所笼络，隐娘自此死心塌地为刘效劳，做刘的忠实奴仆和保镖。从聂隐娘的反复过程中，暴露了藩镇之间尖锐的矛盾冲突；而聂隐娘甘心为藩镇效劳，则是不足取的，这与红线为避免生灵涂炭而奔走藩镇之间，意义自然不同。

《聂隐娘》以其艺术构思精巧、情节离奇曲折、侠艺高超取胜。作者善于在展开情节过程中制造悬念，出人意料，不落俗套，有较强的艺术吸引力。从故事开始，写乞食尼喜欢隐娘，居然向聂锋乞取此女，就使人有奇特之感；遭锋怒叱后，尼姑竟敢说："任押衙铁柜中盛，亦须偷去矣。"果然，当夜就失隐娘所向。隐娘的命运将怎样？读者的心理，也像隐娘的父母一样惊骇、忧虑。五年后，尼又送隐娘归，而尼"欻亦不见"。这又是出乎意料的。作者不是直叙尼如何教隐娘学成武艺道术，而是通过隐娘回答父母的诘问，倒叙学功行侠过程，波澜迭现。描述行侠的高超本领，更富于传奇性：白日刺人于都市，而人莫能见；携匕首入某大僚之室，"度其门隙无有障碍，伏之梁上。至暝，持得其首而归"。更神奇的是，剪纸即成可乘的黑、白毛驴，与魏帅派遣的刺客精精儿、妙手空空儿的斗法，尤为变幻离奇。写与精精儿相斗："是夜明烛，半宵之后，果有二幡子，一红一白，飘飘然如相击于床四隅。良久，见一人望空而踣，身首异处。隐娘亦出曰：'精精儿已毙。'拽出于堂之下，以药化为水，毛发不存矣。"与空空儿斗，又有一番奇幻之景。隐娘自知艺不及彼，但知其性格特点，故采取智斗，嘱刘昌裔："但以于阗玉周其颈，拥以衾，隐娘当化为蠛蠓，潜入仆射肠中听伺，其余无逃避处。"刘听从安排。"至三更，瞑目未熟。果闻项上铿然，声甚厉。隐娘自刘口中跃出，贺曰：'仆射无患矣。此人如俊鹘，一抟不中，即翩然远逝，耻其不中，才未逾一更，已千里矣。'后视其玉，果有匕首划处，痕逾数分。"神术固然是怪诞虚幻的，但这也正是浪漫主义艺术的妙用。其想象之丰富奇特，对后来神魔小说、武侠小说都有影响。清尤侗据此作《黑白卫》杂剧。《太平广记》卷一百九十四《豪侠》二录此篇。

四、《昆仑奴》、《胡媚儿》及其他

《昆仑奴》也是裴铏《传奇》中的一篇豪侠小说。写的是一个名叫磨勒的昆仑族奴仆，帮助主人崔生排除重重困难，与某一品贵官之姬红绡结为夫妇的故事。大历年间，崔生奉父命造访某一品勋臣，而勋臣之姬红绡，对崔生一见钟情，并以手势隐语示意。崔生因不解其隐语而感到困惑惆怅。其奴磨勒则为他解释隐语之意，依约于十五日月圆之夜，背负崔生飞越十重垣墙，与红绡相会，并把她从苦难的牢笼中救了出来，与崔生结成恩爱夫妻。后因事泄，一品勋臣命甲士围捕磨勒，磨勒持匕首飞出高垣，虽箭矢如雨，而不能伤其毫发，顷刻之间，不知去向。十几年后，崔家有人见磨勒在洛阳市上卖药，容颜如旧。

作者成功地塑造了磨勒的形象，他虽然也是奴仆身分，但有过人的聪明才智，侠骨义胆。他行动的意义在于：把受奴役、被污辱的红绡妓从“盖代之勋臣一品”大官僚的魔窟中拯救出来，而使她与有情人结成眷属。唐代自“安史之乱”后，统治集团不但政治上更加黑暗腐败，生活上也更加骄奢淫佚，一些出将入相的勋臣，包括“高风亮节”“功盖一世”的郭子仪在内，生活上也是“侈穷人欲”的。奸相元载，招权纳贿，恃诛鱼朝恩之功而自傲。代宗于大历十二年春赐元载自尽，有司籍载家财，仅胡椒即有八百石之多，其他可想而知。《昆仑奴》中所写的“盖代勋臣一品者”，固然有郭子仪的某些影子，但作为艺术形象，其生活上的穷奢极侈，是当时权贵豪门生活的典型概括。

“一品宅中有十院歌姬”，“有猛犬守歌姬院门，非常人不得辄入，入必噬杀之。其警如神，其猛如虎”。而这些歌姬，是一品大官依仗权势巧取豪夺来的，以供其取乐。红绡姬向崔生诉说：

> 某家本富，居在朔方。主人拥旄，逼为姬仆。不能自死，尚且偷生，脸虽铅华，心颇郁结。纵玉箸举馔，金炉泛香，云屏而每进绮罗，绣被而常眠珠翠，皆非所愿，如在桎梏。贤爪牙既有神术，何妨为脱狴牢。所愿既申，虽死不悔。请为仆隶，愿侍光容。又不知郎君高意如何？

这是要求冲破牢笼、盼望自由幸福的呼声；而制造牢笼、奴役人民的，正是当时地方的或朝廷的权贵。这也是当时社会矛盾的一个方面。这一矛盾的激化，又与藩镇跋扈有着密切关系。红绡便是一品大官拥旄出镇朔方时，被逼为姬仆的。这种矛盾，在当时是很难解决的。走农民起义的道路？处于红绡乃至红线这样地位的女奴，谈何容易！让豪侠磨勒突破重重难关，救红绡“脱狴牢”，与所钟爱的情侣结合，这是作者的良好愿望，也是人民的理想，而统治者则是不能容许的，一品贵官为围捕磨勒大动干戈。“磨勒遂持匕首飞出高垣，瞥若翅翎，疾同鹰隼，攒矢如雨，莫能中之。顷刻之间，不知所向。”这是人民理想的胜利。全篇洋溢着浪漫主义的色彩。

本篇语言简洁，叙述婉转。篇中描写崔生看见妓人时的腼腆，红绡对崔生以手势示意的动作、独坐空闺长叹盼望的心情及面诉苦衷的言词，都很生动传神。

《太平广记》卷一百九十四收录此篇。明代梁辰鱼据以撰写《红绡》杂剧，梅鼎祚则写有《昆仑奴》杂剧。

如果说《红线》主要是反映藩镇之间的矛盾和斗争，那么《胡媚儿》则主要揭露了藩镇与朝廷的矛盾，地方割据势力对中央政权的危害。

《胡媚儿》是薛渔思撰传奇集《河东记》中的一篇，《太平广记》卷二百八十六收录此篇列为“幻术”类。写的是女侠胡媚儿，受淄青节度使李师道的派遣，以耍杂技（即所谓“怪异”之术）丐乞为掩护，劫取朝廷税纲数十车，而朝廷对此无能为力的故事。

胡媚儿不是“以武犯禁”，而是以怪异的幻术行劫。她施展幻术的方式，是用一个只能容纳半升的琉璃瓶子，瓶口仅如芦苇管那么大，无论多少财物从瓶口进去，或如粟粒，或如蝇大，好像是永远装不满的无底洞。押运朝廷税纲的官吏，出于好奇，“乃谓媚儿曰：‘尔能令诸车皆入此中乎？’媚儿曰：‘许之则可。’纲曰：‘且试之。’媚儿乃微侧瓶口，大喝，诸车辂辂相继，悉入瓶，瓶中历历如行蚁然。有顷，渐不见，媚儿即跳身入瓶中。纲乃大惊，遽取扑破，求之一无所有。从此，失媚儿所在”。后来才发现胡媚儿将税纲车乘都送到李师道幕府去了。这种怪异的幻术当然是不可能有的，而藩镇劫取朝廷税纲为己所用，则是当时经常可能发生的事。传奇作者采取以幻写实的艺术手法，通过胡媚儿以幻术骗取朝廷税纲的故事，反映藩镇明目张胆打劫朝廷财货的现实状况，而朝廷面对这一现实却无可奈何。

李师道是个飞扬跋扈、野心勃勃的地方军阀，他公开叛唐是在宪宗元和十年，但其蓄谋已久。本篇故事背景是在德宗贞元中，正是李师道从各方面进行叛唐的准备时期。《旧唐书》

载:"(元和)十年,王师讨蔡州,师道使贼烧河阴仓,断建陵桥。初,师道置留邸于河南府,兵谍杂以往来,吏不敢辨。因吴元济北犯汝郑,郊畿多警,防御兵尽戍伊阙,师道潜以兵数十百人内其邸,谋焚宫阙而肆杀掠。"从本篇传奇看来,李师道派兵谍四出进行杀掠等破坏性阴谋活动,由来已久,而且活动的范围相当广。胡媚儿居然南下扬州劫取朝廷税纲,长途押运到东平,所向毫无阻挡。小说固然是为了突出胡媚儿幻术的怪异性,而读者则可透过传奇的神秘性,看到藩镇势力之强横,唐朝中央政权之软弱无能。

本篇文笔简约,表现力较强,对施展幻术的琉璃瓶子的描写,想象丰富奇特,其神奇变幻之巧,远胜于《天方夜谭》。

前面所论及的豪侠小说,大都直接或间接与藩镇势力有关,但并不是所有豪侠小说都是藩镇割据局面的产物,产生豪侠小说有政治、经济、文化等诸多方面的原因,作品的内容与侠士的性质也都较复杂。《太平广记》卷一百九十六选录的《潘将军》篇曾云:"冯缄给事,尝闻京师多任侠之徒。"这些京师豪侠,往往以高超的武艺盗取宫禁之中或贵官私第的财宝,这也是反抗统治者的一种方式。在激烈的社会矛盾冲突中,一些身怀绝技、武艺超群的人,却被排挤在士农工商兵职业之外,报国无路,谋生无业,于是就铤而走"以武犯禁"之路。《车中女子》、《田膨郎》就是描写这类豪侠的代表作。

《车中女子》是晚唐皇甫氏撰《原化记》中的一篇,《太平广记》卷一百九十三选录。故事背景虽假托开元年间,但实际上所反映的是晚唐朝廷统治力量衰微、法律松弛的本质。一个十七八岁的女侠,率领二十多个门徒,在京城行侠,竟盗取宫苑中大量财物,又将一个曾把马车借给他们运输赃物的应举书生，从七八丈深的地牢中救出来：

深夜，此人（指狱中书生）忿甚，悲惋何诉！仰望，忽见一物如鸟飞下，觉至身边，乃人也。以手抚生，谓曰："计甚惊怕，然某在无虑也。"听其声，则向所遇女子也。云："共君出矣！"以绢重系此人胸膊讫，绢一头系女人身；女人耸身腾上，飞出宫城，去门数十里乃下。

统治者也是欺软怕硬，只能惩罚软弱的无辜者，而对武艺过人的侠盗则毫无办法。当然，像车中女子那样怀有超凡本领的人，在现实生活中是不可能有的；但是人民希望有这种人，犯了统治者之禁，而能超脱于统治者暴力镇压之外。

《原化记》中还有一篇《嘉兴绳技》，也属于豪侠小说，其性质近似《车中女子》。写的是唐开元年间，朝廷为了粉饰太平，下令全国各州县聚会饮酒，并组织大型娱乐活动。嘉兴县主管部门，正担心拿不出精采的节目参与竞赛。有一个因拖欠债款而被牵连入狱的囚犯，笑对值班监狱官说："某有拙技，限在拘系，不得略陈其事。"狱吏惊奇地问："汝何所能？"囚犯说："吾解绳技。"狱吏将此事转告监狱的长官，并说明这个囚犯的罪不重，只不过为拖欠债款的事由。监狱长官以为绳技是很平常的玩艺儿，不足为奇。囚犯说："某所为者，与人稍殊……众人绳技，各系两头，然后于其上行立周旋。某只须一条绳，粗细如指，五十尺，不用系著，抛向空中，腾踯翻覆，则无所不为。"于是，监狱官就收录他为表演人员。作品对表演绳技场面的描写，是很精采的：

诸戏既作，次唤此人，令效绳技。遂捧一团绳，计百余尺，置诸地，将一头，手掷于空中，劲如笔。初抛三二丈，次四五丈，仰直如人牵之，众大惊异。后乃抛高二十余丈，仰空不见端绪。此人随绳手寻，身足离地，抛绳虚空，其势如鸟，旁飞远飏，望空而去。脱身行狴，在此日焉。

如此神奇绝妙的绳技，在现实生活中，当然也是不可能有的，只能是理想的升华。被压迫的人民，因拖欠债款，就被关进监狱，既无钱行贿，又无可依靠的权势，要想出狱得到自由，是非常困难的。乘表演绳技的机会，“脱身行狴”，正是人民冲破统治者牢笼的理想体现。

《田膨郎》是晚唐康骈撰《剧谈录》中的一篇，《太平广记》卷一百九十五选录。田膨郎是个寄身于禁旅的侠盗，他居然将唐文宗皇帝视为珍宝的白玉枕盗取了，吓得皇帝惊恐万状，发动大搜捕，毫无踪迹：

……盖希代之宝，置寝殿帐中，一旦忽失所在。然禁卫清密，非恩渥嫔御莫有至者。珍玩罗列，他无所失。上惊骇移时，下诏于都中索贼，密谓枢近及左右广中尉曰：“此非外寇所入，盗当在禁掖。苟求之不获，且虞他变。一枕诚不足惜，卿等卫我皇宫，必使罪人斯得，不然天子环卫，自兹无用矣！”内官惶栗谢罪，请以浃旬求捕，大悬金帛购之，略无寻究之迹。

在环卫森严的禁掖寝殿帐中，玉枕被盗，就如同魏博节度使枕傍的金合被红线盗取一样，意味着严密的警卫毫无用处，随时有被刺杀的可能。如果不是另一侠士的暗中陷害，田膨郎盗御枕的奇案永远也侦破不了。这故事既说明田膨郎武艺的神奇，更揭露了朝廷宫禁的松弛，禁军将士的无能。

在唐人传奇中，有豪侠形象的作品，还很多。如《柳氏传》中的许俊，帮助韩翊把妻子柳氏从蕃将沙托利的魔掌中救了出来，急人之难，成人之美，当然是值得肯定的，同时也是对恃功跋扈的蕃将的批判。《霍小玉传》中的黄衫客，为霍小玉的不幸打抱不平，竭力想使李益与霍小玉重归于好，这种侠义行为，也是为人民所称道的。《冯燕传》中的冯燕，窃人之妻的行为固然可鄙，但在杀不义之妇后，能自动到刑场投案，解脱无辜者，也不失为豪侠的本色。

传奇集《玄怪录》中的《郭元振》，赞扬郭元振见义勇为、除暴安良的精神。郭元振在下第回乡途中，夜行迷路，到一乡祠中投宿，听见有女子哭声，询问得知，原来是乡里愚民迷信，每年要把一个美貌少女作供物，嫁给所谓"乌将军"的猪妖，以祈求平安。郭元振出于义愤，以他的胆略和智慧，不仅拯救了被害的女子，还以凛然正气，说服了当地群众破除对神的迷信，齐心协力消灭猪妖。这样的作品在中唐出现，具有深长的意蕴。它反映了人民盼望有郭元振式的英雄豪侠，铲除邪恶势力，得过安宁生活。那个危害人民的猪妖乌将军，实质上是盘踞在地方上的豪强恶霸，是邪恶势力的化身。

郭元振是出将入相的著名历史人物。据《新唐书》卷一百二十二《郭元振传》，其性格和事迹富有传奇性：

长七尺，美须髯，少有大志。十六，与薛稷、赵彦昭同为太学生，家尝送资钱四十万，会有缞服者叩门，自言："五世未葬，愿假以治丧。"元振举与之，无少吝，一不质名氏。稷等叹骇。

十八举进士，为通泉尉。任侠使气，拨去小节，……

以他卓越的政治、军事才能，得到武后的重用。在防御吐蕃和突厥的侵扰方面，卓有成效。位至兵部尚书同中书门下三品，睿宗时进封代国公。生活也很俭朴。像郭元振这样性格豪迈豁达，为国家建立过功勋的人物，当然是受到后世人民景仰的。所以，在传奇小说中，把他作为一个具有胆识、慷慨好义的英雄豪侠来歌颂，是很自然的。

五、《虬髯客传》的时代特征及其社会意义

杜光庭的《虬髯客传》，不但是唐人传奇中的名篇，也是真正中国式的古典短篇小说的代表作。故事的历史背景，是在隋末群雄并起的时代，中心事件是隋朝权重骄贵的大臣杨素，被身边一个手执红拂的侍婢看透了腐朽没落的本质，离他而去，主动私奔落魄潦倒而胸怀才略的李靖。红拂和李靖在赴太原的旅途中，结识豪侠之士虬髯客，三人结为知己之交。虬髯有帝王之志，听信"望气者"的流言，至太原察看将要兴起的"真命天子"。他利用李靖与刘文静的关系，会见李世民，有感于李世民"貌与常异"，有"真天子"之风，后来他又与其谋士"道兄"再赴太原见李世民，"道兄"认为大局已定，天下将归李氏，此世界非虬髯客所能争夺。于是虬髯客毅然到海外去开创基业，而将所积财富赠与李靖和红拂，希望李靖辅佐李世民，以取功名。十余年后，李靖为唐朝开国元勋，虬髯客则在扶余国得手。

这故事英雄传奇的色彩很浓。虽然写隋末群雄逐鹿之事，但是与作者所处的唐末大动乱的时代，却有某些相似之处，所以，作者想借此故事，来表现自己的政治主张，是很自然的。唐高祖李渊，原为隋朝的太原留守，即作品中所指的"州将"，是拥有实力的地方军阀，乘隋末农民大起义之机，兴兵反隋，夺取了帝位，建立了唐王朝。李渊本人原是庸才，其所以能够

成功，主要凭借其子李世民的才能和胆识。在劝告李世民发动反隋起义这件大事上，刘文静起了重要的作用。本篇所谓“真命天子”，指的是李世民，刘文静则是他的密友；而描写的主要人物是虬髯客，其次是红拂和李靖，这也就是所谓“风尘三侠”。对三个豪侠的描写非常精采。

红拂，姓张，排行第一，她于乱世中，能透过杨素位高权重、奢侈傲慢的外表，识穿其尸居余气的本质，料其无所作为，而从李靖与杨素的论辩中，意识到李靖是卓有才智的英雄，毅然唾弃骄贵的杨素，主动私奔一介布衣李靖。红拂慧眼识英雄，成为千古佳话。红拂的行动，既说明在激烈的社会动荡中，受压迫的奴婢思想上的解放，敢于突破传统意识的束缚，视荣华富贵有如粪土，自己选择落魄处士为夫，去创造幸福的生活；同时也从一个侧面反映了隋朝统治的危机已非常严重，家奴背叛礼异人臣的主人出走私奔，是造反的行动，这在政治稳固的时候是很难出现的。从红拂私奔李靖、李靖批评杨素后投奔李世民的故事中，说明在社会剧变的时代，有志的才识之士，势必弃暗投明，择主而事。红拂在旅店中主动结识虬髯客，而李靖也能听从红拂的主张，与虬髯客结交，坦诚相告自己的意图，对虬髯客的狂怪倏忽的言动信而不疑：“烈士不欺人，固无畏。”虬髯客初见红拂就看出她是不平凡的女子，说明他们三人都是有远见卓识的豪侠，非一般侠客可比。

虬髯客的形象较为复杂，作者把他塑造成豪爽慷慨、仗义助人、才识不凡而行动诡秘的侠士豪杰。他那恣肆粗犷的性格中，却包含着明智豁达。他既不同于一般豪侠的“路见不平，便拔刀相助”、“抑强扶弱，济困扶危”的仗义行为，也不同于李靖和红拂的择主而事，而是志在乘社会动荡之机，图谋帝王之业。他的特点，也是他的神秘性，是既有知人之见，又有自知之明。从结识红拂、李靖、会见李世民直到主动退出逐鹿、到国外图王霸业的全过程，都显示了这一特点。他一旦领悟李世民是"真天子"，"此局全输矣"，便将自己原来为争夺天下而积累的资财，慷慨赠与李靖夫妇，并说：

> 太原李氏，真英主也。三五年内，即当太平。李郎以奇特之才，辅清平之主，竭心尽善，必极人臣。……持余之赠，以佐真主，赞功业也，勉之哉！此后十年，当东南数千里外有异事，是吾得事之秋也。一妹与李郎可沥酒东南相贺。

这个有志于取天下的虬髯客，显然不是寻常的义士侠客。他赠给李靖夫妇的第宅之宏伟，婢仆之众多，陈设之穷极珍异，宝货泉贝之丰裕，"虽王公家不侔也"；他所信赖的那个神秘的道士，实际上是他的智囊人物。虬髯客作为一个艺术典型，其竞争帝王的事迹，与李密较为近似，但其实是以晚唐时期割据一方、野心勃勃、妄图争夺帝王之业的地方豪强为模特儿的。

"虬髯客"，是就其胡子的特征来称呼的外号，其实他姓张，排行第三。有的学者因其外形，考证类似某一人物。汪辟疆《唐人小说》云："惟虬髯之称，颇近文皇。"并引《南部新书》："太宗文皇帝，虬须上可挂一弓。"又《酉阳杂俎》："太宗虬须，常戏张弓矢。"又杜甫《赠汝阳郡王琎》诗："虬须似太宗。"更引《送重表侄王砅评事使南海诗》，叙及王氏曾祖姑能识文皇云："自陈剪髻鬟，鬻市充杯酒。上云天下乱，宜与英俊厚。向窃窥数公，经纶亦俱有。次问最少年，虬髯十八九；子等成大名，皆因此人手。下云风云合，龙虎一吟吼，愿展丈夫雄，得辞儿女丑。秦王时在坐，真气惊户牖。"因而以为虬髯是唐太宗。虬髯客是作者虚构的艺术形象，外貌的某一特征，概括了生活中的某种现象，类似某人，是可能的，但不能拘泥坐实，穿凿太过，就失去艺术的典型意义。

《虬髯客传》的主题，诚如篇末所示："乃知真人之兴也，非英雄所冀。况非英雄者乎？人臣之谬思乱者，乃螳臂之拒走轮耳。我皇家垂福万叶，岂虚然哉！"这虽然是一种天命论观点，旨在说明李世民为真命天子，唐室历年长久，非出偶然，宣扬唐王朝统治的不可动摇；但在当时群雄纷争的特定历史条件下，想维护唐王朝的统一，反对"人臣思乱"，反对分裂割据，却有其合理性。这与作者的身世经历和思想状况，有着密切关系。

杜光庭，晚唐时括苍（今浙江省丽水市）人。参加进士考试未中，入天台山为道士。唐僖宗因避黄巢农民起义而入蜀，想得名士振兴道门，遂召杜光庭充任麟德殿文章应制。前蜀王建曾赐号为广成先生，在王衍归降后唐之后，他隐居青城山白云溪，自称"东瀛子"。他虽曾事王建父子，但对当时群雄割据、军阀混乱，致使人民遭殃的黑暗现实极为不满，却又找不到解决社会矛盾的办法，他个人消极遁世的道家思想又较浓厚，终于提出了群雄主动退出逐鹿场所，让"真命天子"统一天下，作为医治艰难时世的"良方"，并见之于传奇创作。

作品中所写的情节，有某些史实的影子，但又不能与历史事实相印证，这也正是传奇小说的特点之一。杨素固然是隋朝权臣，但他死于大业二年，并无留守西京之事。至于李靖，在唐高祖李渊起兵前，也并未到太原见李世民。据《新唐书》卷九十三《李靖传》云，高祖定京师，因私怨欲斩李靖。"靖呼曰：'公起兵为天下除暴乱，欲就大事，以私怨杀谊士乎？'秦王亦为请，得释，引为三卫。从平王世充，以功授开府。"扶余国的地理方位，与小说中所指也不一致。了解历史背景有助于理解作品的思想内容，但如果用历史考证的事实来要求传奇小说的艺术真实，却会背离艺术创作的规律。

后世戏曲据本篇为题材的，有明张凤翼《红拂记》，张太和、近斋亦均有《红拂记》传奇。凌濛初有《红拂三传》杂剧。

第九章　唐代小说鼎盛时期的结集

一、唐代中期小说集概述

关于唐代小说发展的分期，前面曾经提到，把通常诗歌发展分初、盛、中、晚四个时期，予以适当调整，即将初、盛唐合并，为唐代小说发展史的初期（或称前期），带有由六朝志怪小说余风向传奇小说过渡的性质；中唐是唐代小说的鼎盛时期；到了晚唐又有所发展变化。这样初、中、晚之分，也只是大而化之的做法，很难用确切的纪年来截然划分；特别是中、晚期的界线，是很模糊的，而且与诗歌分期的中、晚概念也不一样。大体上中期到宣宗大中年间为止，懿宗咸通起至五代末，统称晚唐五代。

在前几章分专题论述时，是侧重于著名的、有代表性的单篇，但实际上也已论及传奇集中的一些与专题内容相关的作品。为了更全面地反映唐代小说发展的状况，专章论述小说专集是很有必要的。但是我们在认识各个时期小说发展状况时，又不能把单篇与专集分割开来。唐人小说的名篇佳什，固然多半是单篇，但在小说专集中，也确实有不少脍炙人口之作。正是由众多作家的共同努力、产生众多的优秀作品，才造成唐人小说“与诗同为一代之奇”的局面。

在第二章论述唐人小说兴盛的原因时，曾阐明唐代进士

“行卷”之风与传奇小说发展的关系，以及古文运动与传奇小说的互相促进作用。明乎此，就不难理解在唐代中期出现传奇小说繁荣局面的成因。许多优秀作品，就是这个时期的代表作。传奇小说居然可以用来“行卷”，作为进身之阶，这自然要影响士人文学观和文坛风尚。一些著名的古文家或诗人，投入小说的创作，这对于扩大小说的题材、提高思想和艺术水平，无疑起了积极作用，也提高了小说作为文学的一种独立样式的地位。但宋人赵彦卫《云麓漫钞》举《玄怪录》、《传奇》为例，说明唐世举人，用传奇小说“行卷”或“温卷”，似乎还有些含糊，容易产生错觉。按情理而言，我认为用传奇小说集作一次性的投献当世显人，是不大可能的，而是在平时练习创作的多篇传奇中，选择最得意的一二篇去投献，为加深“显人”或“主司”对自己的印象，“逾数日又投”，即所谓“温卷”。如果行卷、温卷用的都是传奇集，势必粗制滥造，效果适得其反。何况有“进士纳卷不得过三轴”的限制，篇幅稍长的一篇传奇小说，就足以誊写成一个卷轴，刘子振“故纳四十轴”，带有恶作剧的性质，但从这一反常的举动中却说明正常行卷的轴数是不多的①。事实上，有两种以上传奇小说集的作家，尚属罕见；况且，在一个传奇集中，内容的时间跨度较长，《玄怪录》就并不都是在牛僧孺中进士之前写的。

---

①钱易《南部新书》甲集载：“李景让典贡年，有李复言者，纳省卷，有《纂异》一部十卷，榜出曰：‘事非经济，动涉虚妄，其所纳仰贡院驱使官却还。’复言因此罢举。”可见“行卷”之作，卷轴是不宜多的。至于“事非经济，动涉虚妄”不受欢迎，那是恰好碰上一个不喜欢志怪性传奇的主试官。

从社会文化的角度而言，传奇小说创作在文坛上已经蔚然成风；就作家个人而言，从事传奇创作已养成习惯性的爱好，于是日积月累，出现许多传奇小说专集。有的传奇集，从内容和形式来看，与进士“行卷”没有什么关系。如果以“文备众体”为传奇小说文体规范的重要特征，那么有些称为传奇小说集的，并不符合这一文体规范。小说家的创作心理，是广搜奇闻异事，所谓“传奇”者，传写奇闻异事之文言小说也。大都以传记的形式表现出来，并穿插有诗，即所谓赋（诗笔）、判（议论）、传（史才）三合一的传奇体制；但也不能一概而论，并不都是千篇一律的，重在文采意象和故事本身的艺术魅力。

在文言小说体制的分类上，唐人小说分传奇体与笔记体（或称轶事琐闻）两大类就行了，不拟再分志怪小说类，那是属于具体内容的性质问题，而不是小说的体制问题。许多著名的传奇小说，包括单篇和专集，题材内容带有志怪性，但其实质，与六朝志怪小说已不能相提并论。作家有意识地从事小说创作的自觉性大大提高了，是利用玄怪的题材，满足读者好奇喜异的审美心理。这与六朝志怪小说作者借以“发明鬼神之不诬”，是大不相同的。当然，唐人也有宗教徒“辅教之书”，但不能以偏概全。

这一时期的小说专集，从思想内容和艺术水平两方面来衡量，发展也不平衡。有的小说集，虽然总体成就不高、名气和影响不大，但是在某一方面或其中某几篇作品，却有其突出的特色。例如陆长源《辨疑志》，从破除对佛、道迷信的角度，“辨世俗流传之谬”、“里俗流传之妄”，这在当时可谓不同凡响。如《太平广记》卷二百八十八辑录的《李恒》、《姜抚先生》两条，原本《说郛》卷三十四辑录的《石老》、《女娲墓》两条，其主旨都在揭露神道方术之虚妄、讽刺修炼长生的谬误，这在佛、道势力昌炽、神怪意象充满小说创作之时，是颇具卓识的；而且能通过有趣的故事和生动的形象表现出来，有较强的感染力。称柳宗元撰的《龙城录》，有一篇《明皇梦游广寒宫》，是在唐代流传较广的故事，描写唐明皇在申天师、道士鸿都客的引导下，到天上游月宫，看见素娥十余人，穿白衣乘白鸾，笑舞于桂树之下，又听到清丽美妙的音乐，回到皇宫后，回想素娥风中飞舞之姿和动听的音乐，制《霓裳羽衣》舞曲，想象丰富，意境优美。陈劭《通幽记》中的《唐晅》，描写唐晅与早死的妻子张氏、女儿美娘的鬼魂重聚的情景，洋溢着家庭的生活气息，我们已在前面论及。

这一时期较为著名、影响也较大的传奇小说专集，首推牛僧孺《玄怪录》和李复言《续玄怪录》，其次是薛渔思（或作无名氏）《河东记》、谷神子《博异志》、李玫《纂异记》，薛用弱《集异记》带有传奇选集的性质；此外，卢肇《逸史》也是不容忽视的小说专集。

二、《玄怪录》与《续玄怪录》

《玄怪录》是唐代中期问世较早的传奇集，作者牛僧孺。从赵彦卫以来，人们提到唐人传奇集，往往标举《玄怪录》、《传奇》，可见其代表性。《新唐书·艺文志》丙部小说家类、宋人《崇文总目》、《宋史·艺文志》小说家类，均著录十卷。宋人尤袤《遂初堂书目》、曾慥《类说》始题作《幽怪录》，这是为了避宋始祖玄朗之讳。明人高儒《百川书志》卷八，亦题书名为《幽怪录》，云："唐陇西牛僧孺撰。载隋唐神奇鬼异之事，各据闻见出处，起信于人。凡四十四事。"但与《太平广记》所引三十三篇互校（按：其中《淳于矜》条，乃出自刘义庆《幽明录》，当排除），佚文尚多，《说郛》辑录了一篇重要佚文《郭元振》。程毅中根据现存唯一的《玄怪录》单刻本，即藏于北京图书馆的明人陈应翔刻本，书分四卷，凡四十四篇，附李复言续录一卷，予以点校，并参考其他书中辑录的有关佚文，将《玄怪录》与《续玄怪录》合为一本，于1982年由中华书局出版。其中《玄怪录》为四卷四十六篇，又补遗十二篇；《续玄怪录》四卷二十三篇，又补遗六篇。这当然是最完备的本子。只是一些作品显系李复言所作，校点者也知道像《尼妙寂》、《王国良》等篇归属牛僧孺是错误的，但仍然保持陈应翔本原样，归于牛僧孺《玄怪录》，似过于谨慎。因为这并不是重印陈应翔刻本，而只是以它为底本，进行整理、校点，可以参考各书，择善而从。其实，明人编刻传奇小说之类的书，乱题撰人、移花接木之事，是常有的。《太平广记》固然也难免有类似的舛讹，但毕竟编纂时离唐代时间较近，可凭借的图籍亦丰富，应该说基本上是可靠的。

牛僧孺简略的生平，以及他与李德裕之间的所谓"牛李党争"情况，前面已有所介绍。前人说《玄怪录》是他登上政治舞台前用以"行卷"的，但牛僧孺是顺宗永贞元年进士，宪宗元和三年应贤良方正科对策第一，而《玄怪录》中有不少故事发生在元和三年之后，最晚的是《崔绍》（《太平广记》卷三百八十五辑录），写的是文宗大和八年崔绍所经历之事。做了高官的牛僧孺，还有创作长至三千余言的传奇小说的兴趣，纯粹是有意识的艺术活动，与“行卷”以求仕进毫无关系。这也证明用于“行卷”的只是他早年写的几篇传奇，而不是后来才结成专集的《玄怪录》。

牛僧孺富于才情，善于构想新颖而玄怪神异的故事，以清俊雅洁的语言表现出来；尽管有些作品思想意义并不大，但却能描绘出具有审美价值的意象，使读者乐于看下去。

《玄怪录》所写之事虽多玄虚荒怪，但透过玄怪的迷雾，却曲折地反映了现实生活中的复杂关系。

如《王老》写剑南节度使兼西川采访制置使章仇兼琼，表面上怜悯亡尉崔某的遗孀，于青城山下置一别墅安置她，其实是垂涎她的美色，意图纳为姬妾。于是命衙官“遍报五百里内女郎，尅日会成都。意欲因会便留亡尉妻也”。但她已嫁给卢生，故辞疾不行。“兼琼大怒，促左右百骑往收捕。卢谈笑自若，殊不介怀。”将兼琼卑劣的用意告诉妻子，并让妻子穿上“非世人所有的”素色衣赴会。“兼琼觇于帷下，及尉妻入，光彩绕身，美色傍射，不可正视。坐者皆摄气，不觉起拜。会讫归，三日而卒。”兼琼具状奏玄宗，通过张果，召王老进京，乃知卢生即女仙太元夫人弟子，以亡尉妻微有仙骨，故娶为妻，盗太元夫人衣服与着，已受贬谪，妻也因此“堕无间狱”。虽笼罩着神仙家神秘色彩，但其实质却揭露了兼琼凭仗权势，乘人之危，强夺民妻的丑恶行径。对亡尉妻容貌之美，着笔很少，但从其衣着服饰和座间众人的反映中，表现出神仙家素淡潇洒之美的特征。

《崔书生》写崔书生与西王母第三女玉卮娘子的美满婚姻在崔母干预下演成悲剧的故事，是很有现实意义的。它的深刻性在于：不是简单地把崔母写成面目可憎的恶婆婆，而是从慈母的心理状态描绘出封建家长破坏儿子婚姻幸福的实质。"母曰:'有汝一子，冀得求全。今汝所纳新妇，妖媚无双。我于土塑图画之中未曾见此。必是狐魅之辈，伤害于汝，故致吾忧。'"这种心理很真实，婆婆既见不得丑媳妇，也忌讳过于妖媚艳丽的媳妇会有害于儿子。心灵受了创伤的媳妇，不得不与心爱的丈夫分手。描写崔生送玉卮娘子回山的情境，颇为凄恻动人，与开始时崔生在名花馥郁的氛围中迎候玉卮娘子时的场面，恰好形成鲜明的对比。

我们曾赞赏《南柯太守传》中大槐安国构想之奇。无独有偶，《张佐》中兜玄国的构思、《岑顺》中天那国与金象将军之战的描写，其规模、声势足以与《南柯太守传》相媲美。二三寸长的童子耳中，居然有一个兜玄国，薛君胄觇之,"乃别有天地，花卉繁茂，甍栋连接，清泉萦绕，岩岫杳冥。因扪耳投之，已至一都会，城池楼堞，穷极壮丽"。蒙玄真伯所居大殿，也宏伟壮观。君胄因赋思归诗，遂被童子疾逐，"如陷落地,仰视乃自童子耳中落。已在旧去处。随视童子，亦不复见"。《岑顺》对两国战争的描写，比《南柯太守传》中类似情节更为具体细致，有声有色。岑顺家人掘地见古墓，遗迹宛然。从幻设好奇回归现实之真，乃是牛僧孺传奇构思的一大特色。常为研究者举为"有意为小说"之例证《元无有》，其由幻返实之构思特色尤为显著。篇中主人翁元无有，即示其为虚构人物，而幻觉中出现的四个人，所吟之诗，与四种日常家具的特征非常贴切；而天明时无有于空屋中所见故杵、灯台、水桶、破铛四样物事，"乃知四人，即此物所为也"。作者自设幻境，而末尾又揭示其为幻。出现这种幻象的背景，是维扬郊野，风雨之夜，时值兵荒之后，人户多逃，于路傍空庄住宿，风雨霁止，斜月方出之际。在荒凉凄清的景象中，出现四种物象幻化而成的人物吟咏场景，荒怪中有其艺术的真实性。

《齐推女》和《曹惠》的故事更是玄而又怪。前篇写元和中，饶州刺史齐推之女，适陇西李某，而女留州宅，在生育时被强梁恶鬼乱殴致死，权瘗官道傍。李闻丧而往，乃竭诚求救于田先生，知恶鬼是西汉鄱阳县王吴芮，因齐推之州宅，是芮昔时所居，“至今犹恃雄豪，侵占土地，往往肆其暴虐，人无奈何”。经田先生审讯，将芮缚送天曹，而雪齐推女之冤，并招其三魂七魄，收合为一体，以续絃胶涂之，于是复活，生子数人。“他无所异，但举止轻便，异于常人耳。”这是比《离魂记》中倩娘离魂私奔，后又返魂合而为一的故事，更加离奇怪异的，是作者竭力“幻设”，“作意好奇”的结果。胡应麟认为：“唐人记返魂事，有绝相类者。《太平广记·神仙类·田先生》，即救齐推女者，而所记又不同，大率皆乌有耳。”将“乌有”之事，写得有声有色，饶有意趣，正是文艺创作虚构手段的妙用。《曹惠》记武德初年，江州参军曹惠，于官舍佛堂中见有二木偶人，长尺余，雕饰巧妙，因持归与小儿为玩具，木偶人竟伸手向小儿要饼子吃，并向曹惠陈述经历。二木偶原是南齐诗人谢朓的殉葬之物，被盗墓者发现后，取出与儿为戏具，后又流落数家，陈末被隋将麦铁杖带到这佛堂。木偶人轻素、轻红与曹惠言谈笑语，栩栩如生。此亦幻设之特异者。隋唐时已有木偶戏，可能由看木偶戏而触发创作冲动，故有此怪异之传奇。

《刘讽》写刘讽夜投夷陵空馆，月明不寝，忽见一女郎命青衣邀三女郎、一孩儿来聚会，赏月游乐，行酒令为戏，弹琴击筑唱歌，意境优美，因讽大声嚏咳，“视庭中无复一物。明旦，拾得翠钗数支”，并从聚会女郎对话中，可知是鬼魂相聚。

《古元之》则写后魏尚书令古弼族子古元之死后三日复活，诉说死后侍从远祖古说至和神国事。类似这两个故事的，在志怪小说中并不乏先例，但这两篇在艺术水平上，则远远超过前此同类题材的作品。

《刘讽》的特色在于描绘出具有诗意美的意境和生动活泼、个性鲜明的人物对话，兹仅以行酒令一段为例：

> 未几而三女郎至，一孩儿，色皆绝国。于是紫绥铺花茵于庭中，揖让班坐。坐中设犀角酒樽，象牙杓，绿罽花觯，白琉璃盏，醪醴馨香，远闻空际。女郎谈谑歌咏，音词清婉。一女郎为明府，一女郎为录事，明府女郎举觞浇酒曰："愿三姨婆寿等祗果山，六姨姨与三姨婆寿等，刘姨夫得太山府纠判官，翘翘小娘子嫁得诸余国太子，溢奴便作诸余国宰相，某三四女伴总嫁得地府司文舍人，不然，嫁得平等王郎君六郎子、七郎子，则平生素望足矣。"一时皆笑曰："须与蔡家娘子赏口。"翘翘录事独下一筹，罚蔡家娘子曰："刘姨夫才貌温茂，何故不与他五道主使，空称纠判官，怕六姨姨不欢，深吃一盏。"蔡家娘子即持杯曰："诚知被罚，直缘刘姨夫年老眼暗，恐看五道黄纸文书不得，误大神伯公事。饮亦何伤？"于是众女郎皆笑倒。又一女郎起，传口令，仍抽一翠簪，急说，传翠簪过令，不通即罚。令曰："鸾老头脑好，好头脑鸾老。"传说数巡，因令紫绥下坐，使说令。紫绥素吃讷，令至，但称"鸾老鸾老"。女郎皆大笑，曰："昔贺若弼弄长孙鸾侍郎，以其年老口吃，又无发，故造此令。"

作者没有逐个描绘聚会的人物，但从蔡家娘子的祝酒辞中，却明确了席间的人物关系，她的两番讲话，都是庄谐杂作、能言善辩、于爽朗明快中带有几分泼辣谑浪的风趣；翘翘罚蔡家娘子的话，于冠冕堂皇中蕴含着对六姨的戏弄挑逗；侍婢紫绥说令的吃讷窘态，也与其身分个性特点相称。绘声绘色，细腻传神，展现出一幅亲戚聚会行乐的生活画图，生趣盎然。从蔡家娘子的祝酒辞中，作者有意无意地揭示了朝廷的裙带关系。描写三更后，弹琴击筑、咏歌的意境优雅清丽。所歌的诗，清新隽永，不失唐人之致，表现出作者有意识的小说美学追求。

作者在不少篇章中都有景物描写，而且都很有特色，充分表现了作家的艺术才能，《古元之》篇的山川风光、人情物态，写得细致生动，尤为突出的是勾画出一个理想国的蓝图。在和神国，自然风景优美宜人，有甘香珍美的五谷，树木枝干上悉生五色丝纩，人们各取所需，气候四季如春，无恶禽猛兽之害，人人长寿，丰衣足食，无须有私人的粮仓，还有味甘而香的酒泉。人际关系也很和谐："国人日相携游览，歌咏陶陶然，暮夜而散，未尝昏醉。"当然，这还是封建时代的理想国，还有奴役与被奴役的关系："人人有婢仆，皆自然谨慎，知人所要，不烦促使。"虽有国家机构和官吏，但无为而治："其国千官皆足，而仕官不知身之在事，杂于下人，以无职事操断也。虽有君主，而君不自知为君，杂于千官，以无职事升贬故也。"风调雨顺，国泰民安，人与人之间，相亲如戚属，也不贪图财利。这个理想国，比陶渊明的《桃花源记》更具体化了。其故事背景虽假托后魏时代，但其创作时间很可能是作者的晚年，经历了"牛李党争"、朝政动荡、仕途风波之后，才产生的乌托邦思想。

《郭元振》当然是《玄怪录》的代表作之一，这在论述豪侠小说时已经论及，不多赘述。值得注意的是，这篇传奇的背景是开元中，郭元振下第途中的一件仁勇之举。按史实，郭元振于睿宗景云二年进同中书门下三品，玄宗诛太平公主，元振有功，进封代国公。可见"开元中下第"之说，是小说家幻设之惯技。汪辟疆认为："惟此文颇不类思黯，殊近李复言。"题材不同，文气笔调有异，乃是正常现象。此篇虽亦言及怪异，而旨在表现郭元振在铲除猪怪之害中的智慧、勇敢、仁义的品质及晓谕乡人的远见卓识，带有豪侠小说描写英雄人物的某些特色，文笔细腻而具有遒劲之气。其艺术构思方式，与《玄怪录》中其他作品有相似之处。开始就以雅洁的文字交代故事发生的背景：郭元振于下第途中，"夜行阴晦失道，久而绝远有灯火光，以为人居也；径往寻之。八九里，有宅，门宇甚峻"。接写矛盾冲突的发端，计斩乌将军惊心动魄的情景，发动乡人寻踪铲除猪怪的剧烈斗争；最后，击毙大猪，被救之女辞别父母随同郭元振而去。笔调细致而刚健，如写计斩乌将军的场景：

> 于是坐于西阶上，移其马于堂北，令仆侍立于前，若为傧而待之。……既而将军渐下，导吏复告之。将军曰："入。"有戈剑弓矢，引翼以入，即东阶下。公使仆前白："郭秀才见。"遂行揖。将军曰："秀才安得到此？"曰："闻将军今夕嘉礼，愿为小相耳。"将军者喜而延坐。与对食，言笑极欢。公于囊中有利刀，思欲刺之。乃问曰："将军曾食鹿脯乎？"曰："此地难遇。"公曰："某有少许珍者，得自御厨，愿削以献。"将军者大悦。公乃起取鹿脯，并小刀，因削之，置一小器，令自取之。将军喜，引手取之，不疑其他。公伺其机，乃投其脯，捉其腕而断之。将军失声而走。道从之吏，一时惊散。……

于细密中显露豪侠气概，刻画出郭元振机智、义勇的性格特征，而在说服乡人协力除怪的言词举动中，更表现出不同凡俗的器识。

《玄怪录》对唐人传奇小说的影响很大。李复言题自己的传奇集为《续玄怪录》，薛渔思《河东记》亦带有“续牛僧孺之书”的性质。其他志怪性传奇集如张读《宣室志》等，也受其影响。

《续玄怪录》，是李复言仿效《玄怪录》之作。在本编首章介绍唐人小说发展概貌时，曾论及《续玄怪录》“玄妙怪异比《玄怪录》有过之而无不及，受佛家生死轮回、因果报应和道家求仙问道、白日飞升的影响也更明显”云云。其胜于《玄怪录》之处，也很值得重视，此书非简单模拟前人而已，实多所创新。

《新唐书·艺文志》小说家类、《宋史·艺文志》小说类，均著录《续玄怪录》为五卷，李复言撰。《崇文总目》、《郡斋读书志》均作十卷。现存南宋临安府尹家书籍铺刻本，题作《续幽怪录》，为四卷。《四库全书总目》云：“是书世有二本。其附载牛僧孺《幽怪录》末者，盖从《说郛》录出；一即此本。凡二十三事，与唐《志》卷数亦不符，盖从《太平广记》录出者，虽稍多于《说郛》本，然亦非完帙也。”晁公武《郡斋读书志》衢州本卷十三著录此书时称：“分仙术、感应三（应是“二”字之误）门。”今所见者并不分门。中华书局版程校本，凡四卷二十三条，补遗六条，如将编入《玄怪录》的《杜子春》、《张老》、《尼妙寂》等条归还《续玄怪录》，虽非全帙，也尚可观。

李复言生平不详。或云字复言者即李谅，贞元十六年进士，曾官中丞，长庆四年为苏州刺史，大和七年终于岭南节度使任所。而《续玄怪录》书中所记，大多为元和年间异闻怪事，也有几篇记大和年间佚事。如《尼妙寂》云："大和庚戌岁，陇西李复言游巴南，与进士沈田会于蓬州。田因话奇事，录怪之日，遂纂于此。"其经历、游踪似乎不像是李谅。《麒麟客》所记之事更晚，故事发生在大中初，李谅已故至少十余年。或云李复言即开成五年应举进士被主司李景让所罢者。千帆师据前引钱易《南部新书》甲集所载材料主此说，详见《唐代进士行卷与文学》第85页。虽然此说也尚未尽善，但更近乎实际。

《续玄怪录》中写得最多的题材是修炼成仙了道、享受世外仙境清福的故事。如《杜子春》、《杨敬真》（宋人避讳改题《杨恭政》）、《裴谌》、《刘法师》、《张老》、《韦氏子》、《李绅》等篇，多数是道教神仙故事，也有佛教生死轮回、阴间地府、因果报应的故事。这原是六朝志怪小说的重要题材，但在表现手法上，要细致多了。佛、道修炼都要经历各种考验，这在葛洪《神仙传》中已经出现，《续玄怪录》在这方面新意不多。

《杜子春》的故事是从《大唐西域记》中关于《烈士池》的记载演化出来的。在描摹人物形象、刻画性格方面，有了较大的演进。杜子春是个落拓潦倒的浪子，纵酒闲游，恣意挥霍，是他的本性。他资产荡尽，投亲见弃时的困窘之态，也令人同情：

> 方冬，衣破腹空，徒行长安中，日晚未食，彷徨不知所往，于东市西门，饥寒之色可掬，仰天长吁。有一老人策杖于前，问曰："君子何叹？"春言其心，且愤其亲戚之

疏薄也，感激之气，发于颜色。

当他得到老人的资助时，“荡心复炽。自以为终身不复羁旅也。乘肥衣轻，会酒徒，征丝管，歌舞于倡楼，不复以治生为意”，于是又落到流浪街头的困境。如此反覆三次，终于收其放荡之心，在安顿世俗家事之后，随老人登华山云台峰，替老人守炉炼丹。经历了“尊神、恶鬼，夜叉，猛兽，地狱”的考验，无所动摇，在最后轮回为女人，“容色绝代，而口无声”，与进士卢珪结婚后产一子，卢怒其始终无辞，将子摔死，“血溅数步”。“子春爱生于心，忽忘（老人）其约，不觉失声云：‘噫！’噫声未息，身坐故处。”道士对他说：“吾子之心，喜、怒、哀、惧、恶、欲，皆忘矣；所未臻者，爱而已。向使子无噫声，吾之药成，子亦上仙矣。”以摔死亲子来考验道心，是灭绝人性之举；杜子春因有爱心，成不了仙，这是最伟大的母爱、神圣的人性对宗教的反叛。这也许不是作者的本意，但客观效果却揭露宗教的冷酷。

在写神仙生活的作品中，最具有生活气息和艺术魅力的，是《张老》。张老是个灌园叟，却敢于大胆求爱，托媒媪向年方及笄的韦恕之女求婚。韦恕在盛怒之下以“今日内得五百缗则可”为戏言，不料张老不移时就将钱如数“车载纳于韦氏”，韦恕无可奈何，使人观察女儿的态度，女儿居然毫无反对之意。这对老少配婚后生活得很和谐：“张老既取韦氏，园业不废，负秽镬地，鬻蔬不辍，其妻躬执爨濯，了无怍色，亲戚恶之，亦不能止。”却招致世俗社会的舆论压力，韦恕也向这个又老又穷的女婿流露出希望他们夫妻离开远去的意思。这下倒使张老割断对岳丈的留念之情，第二天就带着妻子离去，临别时对韦恕说：“他岁相思，可令大兄往天坛山南相访。”妻子骑驴戴笠，张老策杖相随而去。

作者通过韦恕令其男义方到天坛山访寻张老夫妇，以细腻清丽的笔调描绘了仙境的优美，府第陈设的豪华，生活的幸福，这当然是作者自己的理想与愿望。描写张老夫妇暂留义方在府第，而他们去蓬莱山旅游的情景，颇有现代生活色彩：

俄而，五云起于庭中，鸾凤飞翔，丝竹并作，张老及妹各乘一凤，余从乘鹤者十数人，渐上空中，正东而去，望之已没，犹隐隐闻音乐之声。……追暮，稍闻笙篁之音，倏忽复到。

这样的旅游是方便而又愉快的。与其说是作者借小说宣扬神仙家的出世思想，不如说是对美好的理想生活的憧憬。张老曾对义方说："人世劳苦，若在火中，身未清凉，愁焰又炽，而无斯须泰时。"极力描写仙境生活的美好，不正是对现实苦难生活的反衬吗？

诚然，在盛行佛、道崇拜的时代，作者难免也有佛道思想，在小说中宣扬佛道思想也是毋庸讳言的。例如《韦氏子》，主题就是劝人信佛，"敬佛奉教"，不然，就将得到恶报，打入地狱受苦，轻则变为异类。把韦氏子因平生谤佛，在地狱受惩罚之惨状，以及长女因其夫不信佛，死后也受到株连，神化为乌；幼女因其夫家敬佛积善，"不堕地狱，即当上生天宫"，都写得活灵活现。甚至把安史之乱造成的"名城大邑，旷荡无人，美地平原，目断草莽"的荒凉景象，也归于人们不信佛，"为善者少，为恶者多"。佛教的善恶概念，与人们的社会实践行为，并不一致；因此，这种说教，对于惩创人心不可能起积极作用。

《薛伟》写蜀州青城主簿薛伟，于病中魂游化为鲤鱼，被其同僚所获，脍手砺刃将此鱼投于几上，伟乞饶命而无回应，按于砧上而斩之，头适落，而伟亦醒悟。这固然也与佛家轮回之说有关，但非创作之主旨，而是传奇家好奇喜怪所使然。魂梦之中，各种离奇玄怪的幻想，都有可能出现；梦幻与现实人生的感应，也是传统文化中的一种迷信观念，非释教所独创。

在《续玄怪录》的某几篇中，带有民间传说中较浓的神话色彩，如《李卫公靖》、《定婚店》都是优美动听的故事，艺术手法也较精细。

描写李靖代龙行雨的缘起及其过程，既有玄怪离奇之感，又显得巧妙自然：

> 卫国公李靖微时，常射猎霍山中，寓食山村，村翁奇其为人，每丰馈焉，岁久益厚。忽遇群鹿，乃逐之，会暮，欲舍之不能。俄而阴晦迷路，茫然不知所归，怅怅而行，困闷益极，乃极目有灯火光，因驰赴焉。既至，乃朱门大第，墙宇甚峻。叩门久之。一人出问。公告其迷，且请寓宿。

在射猎夜行迷路的情况下，意外地来到龙宫投宿。而龙宫中“郎君皆已出，惟太夫人（龙母）在”，于是在半夜“奉天符”需紧急行雨、不得迟缓之时，龙母召见李靖，以实情相告，请他代为执行降雨任务，这是偶然中的必然。在代为行雨过程中，却因李靖报答山村父老的念头，犯了大错误：

> （龙母）遂敕黄头：“鞴青骢马来。”又命取雨器，乃一小瓶子，系于鞍前。诫曰：“郎乘马，无勒衔勒，信其行，马蹶地嘶鸣，即取瓶中水一滴，滴马鬃上，慎勿多也。”于是上马，腾腾而行，其足渐高，但讶其稳疾，不自知其云上也。风急如箭，雷霆起于步下。于是随所蹶，辄滴之。

既而电掣云开，下见所憩村，思曰："吾扰此村多矣，方德其人，计无以报。今久旱苗稼将悴，而雨在我手，宁复惜之？"顾一滴不足濡，乃连下二十滴。……

结果，"此村夜半，平地水深二丈"，龙母受谴，杖八十，背上血痕淋漓。因李靖不知"天此一滴，乃地上一尺雨"的奥秘，虽然犯了利用职权报私恩造成水灾的错误，龙母宁可自己受罚、儿子连坐，也不深责李靖，这是很通达人情的。对雷雨闪电现象的描写，符合古代人们神奇的想象。

《定婚店》所描写的"赤绳系足定姻缘"故事，原是古老的民间传说，如果从"有情人终成眷属"，或"有缘千里来相会"的角度来理解，是很优美、富有诗意的。本篇所写，是希望娶妻的韦固，遇到掌天下人婚姻的冥吏，谈到韦固的婚事，冥吏道：

"君之妇，适三岁矣，年十七，当入君门。"因问："囊中何物？"曰："赤绳子耳。以系夫妻之足。及其生，则潜用相系，虽雠敌之家，贵贱悬隔，天涯从宦，吴楚异乡，此绳一系，终不可逭；君之脚，已系于彼矣。他求何益？"

据冥吏所指，韦固的未婚妻乃是一卖菜眇妪襁褓之中的三岁女，且"弊陋亦甚"，而且这是命中注定、无法改变的婚姻关系。在这宿命论的婚姻中，就带有悲剧性。韦固认为："吾士大夫之家，娶妇必敌，苟不能娶，即声伎之美者，或援立之，奈何婚眇妪之陋女？"他派遣仆人到菜市中刺死那眇妪之陋女，却只刺伤眉间。十四年后，相州刺史王泰将女儿嫁给他，其女"可年十六七，容色华丽。固称惬之极。然其眉间，常帖一花子，虽沐浴闲处，未尝暂去"。后来韦固"忽忆昔日奴刀中眉间之说"，问起来，才知道妻子原是当年他派奴去刺杀的那个姑娘，只是她的身分变高贵了，叔父王泰把她收养为女，也长得漂亮了。这个故事既富有传奇性，又饱含着封建婚姻的悲剧性。旨在说明婚姻乃是“阴隲之定，不可变也”。这对于当时许多被扭曲的婚姻关系，也许是一副镇静剂。

科举制度从隋唐时代开始，与六朝仕宦的九品中正制相比，是一大进步；但它本身也伴随着不少弊端。主持科举考试的长官——主司，掌握士子的取去大权，利用机会结党营私、收受贿赂，在所难免。《李俊》就是讽刺科举制度弊端的妙文。作者以描述士子贿赂送进士名单的冥吏与阳世官场通关节走后门相照应的手法，揭露了科举制度的虚伪性。写的是李俊举进士，连不中第。贞元二年，俊之友人国子祭酒包佶，沟通主司，提携友人，但发榜前一日，须将录取名单送宰相审阅。李俊原以为这次是定能及第的，不料发榜前一天的五更时候，碰见送进士名单的阴间冥吏，冥吏为感谢李俊请他吃过糕点，就徇私情将送审之榜让李俊查看，发现榜中无自己便急了。冥吏曰：“能行少贿于冥吏，即于此取其同姓者易其名，可乎？”俊问：“几何可？”曰：“阴钱三万贯，某感恩而以诚告，其钱非某敢取，将遗牍吏……”李俊想把李夷简之名抹掉，冥吏说：此人禄重，不可动；于是李俊就把李温之名改为李俊。其实李俊向冥吏行贿改名的交易，也正是世间官场通关节徇私作弊丑剧的预演。原来主司允诺包佶录取李俊，却因“迫于大权，难副高命”。包佶发了火，主司才不得不“宁得罪于权右耳，请同寻榜，楷名填之”，重演了李俊与冥吏作弊的丑剧。描写科场人物丑态、当权者的徇私舞弊行为及其矛盾冲突，维妙维肖；讽刺之深刻，可谓入木三分。这也是《聊斋志异》中写同类题材的先例。

《柳归舜》构思新奇，文笔也优美流畅，善于描摹清幽秀雅的自然景色。例如开始一段，写柳归舜自江南抵巴陵，被大风吹到君山下，系舟登岸所见的景色，给人以清新幽雅之感。鹦鹉学舌原是平常之事，而君山鹦鹉数千，“丹嘴翠衣，尾长二三尺，翱翔其间，相呼姓字，音旨清越”，不但各有名字，且能歌唱以汉代后妃宫廷生活为题材的曲词，抒发各个后妃不同的思想情绪。名武仙郎的鹦鹉，与柳归舜对话，伶牙俐齿，不亚于《红楼梦》中王熙凤的丫环小红。名为凤花台的鹦鹉，不但能吟诵颇为清丽的五言诗，而且能恰当地评论柳归舜所诵薛道衡、江总的作品：“近代非不靡丽，殊少骨气。”可谓切中肯綮。这当然也表现了传奇作者的才华和审美意识。

其他如描写神医起死回生的《梁革》，也饶有意趣。写狐妖夜聚的《张庚》，意境似《玄怪录·刘讽》，而构思之完整稍逊一筹。《唐俭》则写夫妻死后，仍然保持夫妻之情，虽然穷困，却能互相关心，不无深意。《张逢》不仅写了人化虎的反覆变形之奇，且能以写景体物取胜。

就《续玄怪录》全书而言，瑕不掩瑜，多有新意，不失为一部较为优秀的传奇小说集，对后来的志怪性传奇，乃至《聊斋志异》的艺术构思与意境描写，有一定的影响。

三、《河东记》和《博异志》

《河东记》于两唐《志》均未见著录，宋人晁氏《郡斋读书志》入子部小说家类，曰：“唐薛渔思撰，亦记谲怪事。序云续牛僧孺之书。”可见晁氏曾读其全帙。原书可能亡佚于元明之际。《说郛》所录五则，大致简率不足观。存于《太平广记》者，尚有三十三则。薛渔思（“渔”一作“涣”），生平事迹不详，书中故事大多发生在贞元至大和年间，其生活年代大致与李复言同时，当时传奇创作之风正盛，仿效牛僧孺《玄怪录》者亦多。洪迈《夷坚志·癸集序》将此书与《玄怪录》、《续玄怪录》、《宣室志》等书并称，而赞赏之曰：“班班其传，整齐可玩。”在唐人小说中给予较高的地位，是应当的。

《河东记》的创作，固然沿袭《玄怪录》记谲怪事之风，但于谲怪中多涉政事世态。前在豪侠小说章，论及豪侠小说与藩镇割据势力的关系，曾例举《胡媚儿》以幻术劫取朝廷税纲，输送到东平帅李师道处；《胡媚儿》就是《河东记》中的一篇。又如《李自良》，写一个好鹰鸟的浪子，因得到太原节度使李燧的赏识，几年间骤升至牙门大将，不久又因李燧糊里糊涂的推荐，以李自良代替他为节度使；皇帝问宰相，宰相也一无所知，只好同意李燧的推荐。一个浮浪不务正业之徒，竟不次晋升为节度使、工部尚书，其间虽有狐仙作祟，但旨在针砭朝政之腐败，讽刺从皇帝、宰相到藩镇大员，都是昏聩无能之人。因此，这个李自良比玄宗朝的神鸡童贾昌更走运。

在统治秩序混乱的时代，也正是社会上各种邪恶的黑势力得以猖獗之时。《板桥三娘子》中的三娘子，就是开黑店张罗旅客、谋财害命的黑势力的代表人物。她表面上殷勤接纳旅客、以优惠价格提供交通工具毛驴、服务周到，“人皆谓之有道，故远近行旅多归之”。暗中却搞阴谋诡计，施展幻术，以一种特殊的荞麦制成饼子，旅客吃了这种荞麦烧饼，便变成毛驴，尽被三娘子驱入店中，“而尽没其货财”。她以贱价出卖给过往旅客的毛驴，就是她用幻术将人变成牲畜的。可见这个黑道人物的自私残酷，令人发指。她这套野蛮恐怖的罪恶勾当，被一个机警的旅客赵季和所识破。他不声张，过月余日，再到板桥店住宿，以其人之道还治其人之身，制伏了这个黑店老板娘：

> 季和自东都回，将至板桥店，预作荞麦烧饼，大小如前。既至，复寓宿焉。三娘子欢悦如初。其夕更无他客，主人供待愈厚。夜深，殷勤问所欲。季和曰："明晨发，请随事点心。"三娘子曰："此事无疑，但请稳睡。"半夜后，季和窥见之，一依前所为。天明，三娘子具盘食，果实烧饼数枚于盘中讫，更取他物。季和乘间走下，以先有者易其一枚，彼不知觉也。季和将发，就食，谓三娘子曰："适会某自有烧饼，请撤去主人者，留待他宾。"即取己者食之。方饮次，三娘子送茶出来，季和白："请主人尝客一片烧饼。"乃拣所易者，与啖之。才入口，三娘子据地作驴声，即立变为驴，甚壮健。季和即乘之发，兼尽收木人牛子等，然不得其术，试之不成。

赵季和侦破黑店老板作恶的内幕，打击了黑道势力，为民除害，是值得称道的。

写人虎关系的小说，自六朝以来，屡见不鲜。较有人情味的是义虎报恩的故事。至于虎化为女郎与人结婚的事，《集异记·崔韬》、《原化记·天宝选人》也有所描写，但那实在太可怕了。《河东记》中《申屠澄》的虎女，却写得情致动人，优美可爱。

故事的构思很巧妙。申屠澄在赴任途中，遇大风雪，马不能进，来到路旁茅舍中向火取暖。茅舍中乃是老父、妪、处女三口之家，环火而坐。作者通过申屠澄的视觉，渐次写出女郎仪表、心理活动、才情和灵魂的美："其女年方十四五，虽蓬发垢衣，而雪肤花脸，举止妍媚。"犹如尚未雕琢的美玉。父、妪热情地留下申屠澄住宿。"其女见客，更修容靓饰，自帷箔间复出，而闲丽之态，尤倍昔时。”少女的注意修饰容仪，正是萌发爱心的表现。描写主客环火夜饮的场面，具有浓郁的生活气息。作者更以细腻的笔触，描绘出少女美的神情与聪慧灵秀："女子即回眸斜睨曰：'酒岂足贵？谓人不宜预饮也。'母即牵裙，使坐于侧。”澄想借行酒令之机，试探她的文化修养：

澄执盏曰："请征书语，意属目前事。”澄曰："厌厌夜饮，不醉无归。”女低鬟微笑曰："天色如此，归亦何往哉？”俄然巡至女，女复令曰："风雨如晦，鸡鸣不已。”澄愕然叹曰："小娘子明慧若此，某幸未昏，敢请自媒如何？”

这么美丽、聪慧的姑娘，申屠澄在敬佩爱慕之际，提出求婚，是很自然的。况且，女郎的酒令，不但针对澄的酒令回答得非常恰当，而且也表露出留恋之情。因此，他们的结合，是美的融和。他们婚后的生活是幸福美满的。申屠澄的俸禄虽然很微薄，但她勤俭持家，交结宾客，厚待亲族，且生一男一女，夫妻情义深笃。澄任满将归之时，所作《赠内诗》，是出自内心的佳作："一官惭梅福，三年愧孟光。此情何所喻，川上有鸳鸯。”她大概受封建礼教的影响吧，“终日吟讽，似默有和者，然未尝出口”，认为妇女应知书达礼，但不可作诗。她真是封建社会中理想化了的贤妻良母。

在澄罢官途中，其妻触景生情，终于将往日吟和之诗，吟诵出来：

……至嘉陵江畔，临泉藉草憩息。其妻忽怅然谓澄曰："前者见赠一篇，寻即有和，初不拟奉示，今遇此景物，不能终默之。乃吟曰："琴瑟情虽重，山林志自深。常忧时节变，辜负百年心。”吟罢，潸然良久，若有慕焉。

情深词丽，意蕴隽永，带有凄清悲凉的气氛。预示着他们将要永别。与其他类似题材不同，本篇构思之巧在于从他们相识、结婚、生儿育女、吟诗应和的过程中，都没有暗示女子的真实身分面貌，全然与正常人间的贤德美貌的妇女一样。读惯传奇、志怪小说的敏感读者，也许会怀疑她是任氏一类的狐妖或龙女、琼英一类的神仙女子。作者最后揭示的真相，却是披上故衣虎皮，即变为虎，突门而去，也不伤害人。所以虎女的真相大白，也不使人有恐怖感。作为一个艺术形象，她留给读者的印象，始终是温柔善良、聪慧美丽、富于才情的，是美的化身。

思想上能给人以启示，艺术上能得到美感享受的，还有《卢佩》。写的是渭南县丞卢佩之母，卧病不堪痛楚，佩性笃孝，弃官奉母长安，欲竭产以求国医王彦伯诊治；彦伯架势大，不愿到家看一回。作品描写卢佩盼望彦伯的心情神态颇为生动，结果却意外地盼来了女神医：

> 佩期某日平旦，是日亭午不来。佩候望于门，心摇目断。日既渐晚，佩益怅然。忽见一白衣妇人，姿容绝丽，乘一俊马，从一女僮，自曲之西疾驰东过。有顷，复自东来，至佩处驻马，谓佩曰："观君颜色忧沮，又似有所候待来，请问之。"……（佩）乃具以情告焉。妇人曰："彦伯国医，无容至此。妾有薄技，不减王彦伯所能，请一见太夫人，必取平差。"佩惊喜，拜于马首曰："诚得如此，请以身为仆隶相酬。"……

果然，妇人手到病除，卢母喜出望外，感激不尽；妇人不但不要酬答，并愿为佩之妻室。成亲之后，"妇人朝夕供养，妻道严谨"。只因她行踪诡秘，引起卢佩的疑虑；于是潜跟窥视，终于发现她在墓地上饮食祭品、收拾纸钱的非人行为，“佩心甚恶之”，并将实情告诉母亲。从此，妇人就“绝不复归佩家，佩亦幸焉”。故事最后才说明妇人的身分，乃是地祇，管京兆府三百里内人家丧葬所在，而且与卢佩离异后已经改嫁了。

这个故事似乎带有怪异性，其实它的意蕴是深长的。从人物形象的关系中，表明人际之间必须精诚相待，妇人主动为卢母治病，并愿与佩结为夫妻，就是受了卢佩的纯笃真诚之情所感动，委身于佩是值得的；唐代社会是开放性的，思想比较解放，妇女要求有自己的独立人格，她们既尽了妻子的责任，又需要有行动的自由；如果丈夫对自己的行动进行监视，那是无法容忍的，感情既然破裂，就不应该再维持夫妻关系，离异改嫁视为正常行为，无损于妇女的名节。从妇人的形象中，还体现了女性渴望有正当的职业。地祇虽是神，但掌管墓葬之地原是她的职责范围内之事，与《孟子·齐人有一妻一妾章》中那个无耻的乞墦者不同，何况她还有能治癎疾的一技之长，无可指责。

《卢佩》整个故事宛曲动人，构思新颖，白衣妇人的形象优美，心地善良而个性鲜明，是一个有独立人格、自强自立的女性。

此外，如《独孤遐叔》、《韦丹》等篇，孤立地看，还有其可读性，但就文言小说史的角度而言，殊无新意，故事情节、艺术构思、人物形象都似曾相识。

《博异志》也记玄怪奇异之事。《新唐书·艺文志》、郑樵《通志》皆云三卷。《宋史·艺文志》、晁公武《郡斋读书志》、陈振孙《直斋书录解题》、马端临《文献通考》则均云一卷，可能已有散佚。明人刻本如《古今逸史》等题作《博异记》，《四库全书总目》也题作“记”，当系后人改“志”为“记”。作者谷神子，名还古，而不知其姓。明胡应麟《少室山房笔丛》卷三十六《二酉缀遗》，认为即唐代诗人郑还古。余嘉锡《四库提要辨证》提供了一些佐证，故多从此说。本书作者自序其创作动机曰：“非徒但资笑语，抑亦粗显箴规。或冀逆耳之辞，稍或周身之诫。只求同己，何必标名。”虽大多志怪，亦有意于箴规也。郑还古登元和年间进士第，开成五年有他书写的碑文。

《博异志》除《太平广记》所辑录者外①，明清以来的丛书、类书收录的版本亦多，如《顾氏文房小说》本、《古今逸史》本、《说郛》本、《五朝小说》本、《唐人说荟》本、《增订汉魏丛书》本、《说库》本等。1980年中华书局《古小说丛刊》本较为完善。

凡志怪性传奇，都离不开神怪仙道、异境奇物，而所表现的主题和艺术手法各有不同。《博异志》的特点在于把作品中主人翁所经历的境界或所遇合的人，写得很美，颇有吸引力，而最后揭示其境其人的真相，使读者从笑语中突然猛省，明白作者的箴规之意。

透过表象，揭露人际关系的残酷本质，是《博异志》思想内容深刻性的突出特点。如《许汉阳》写许汉阳舟行旅途中，应龙女之邀入“夜明宫”宴饮聚会，与会龙女六七人，“诸乐弦管尽备，……女郎举酒，众乐俱作，萧萧泠泠，窨如神仙”。宴毕，又诵赋作诗，并请汉阳书录、署名，然后诸龙女与汉阳恋

① 《太平广记》中凡作《博异记》、《博异传》、《博异录》者，均系《博异志》之讹。

恋不舍地分别。汉阳回到客寓之地，忽闻凶耗："江口溺杀四人，至二更后，却涝出。三人已卒，其一人，虽似死而未甚。……久之能言曰：'昨夜水龙王诸女及姨姊妹六七人归过洞庭，宵宴于此，取我辈四人作酒。缘客少，不多饮，所以我却得来。'"汉阳问："客者为谁？"才知道与会作客者就是自己。于是"觉腹中不安，乃吐出鲜血数升，知悉以人血为酒尔"。这故事虽然怪异，但却通过诸龙女宴会取人血作酒的恐怖事件，曲折地反映了现实社会中贵族妇女的奢侈豪华生活，是建筑在榨取人民膏血基础上的事实；她们邀约文士谯游，诵赋吟诗、题名卷轴，乃是附庸风雅。作者可能有感于时事而写。

再如《马侍中》写唐代勋臣马燧贫贱时的遭遇，寓游当时的北京（今太原市），求谒府尹，被拒之门外；谒护戎（相当于节度使的副职），因犯其家讳，不但被庭叱逐出，而且派铁骑满城搜索，并追捕八九十里之远，必欲置之于死地。幸有园吏设计，将他藏在粪车中逃脱搜捕；又承胡二姊相救，蔽于逃民败室中，得免夜叉"恐劫"之厄，护戎派出追捕的人马，反被夜叉所食。这个故事主要反映了藩镇势力的飞扬跋扈，擅作威福，恣意残害无辜，是唐代社会的一大祸根。园吏是善良小吏的代表，有心行善，但位卑力薄，不能使被迫害者最终逃脱恶势力的追捕；因此幻想出神奇力量的化身——胡二姊，她"以灰数斗放于燧前地上，横布一道"，就使穷凶极恶的夜叉"不敢越胡二姊所布之灰"。这正是人民在灾难深重的时代，希望出现足以保护自己的超凡力量的具体表现。而从护戎追捕马燧的人马被夜叉所食的景象中，曲折地反映了邪恶势力之间互相吞并残杀的状况。

《博异志》对男女关系的描写，寓含着意味深长的哲理，也粗显箴规之意。《杨真伯》和《李黄》所写的两个不同的故事，形成对比，从正反两个方面说明问题。杨真伯专心致志好学，以至忘寝食，于精舍空院读书，中秋之夜，有女郎扣窗启扉而入，并称："女郎久栖幽隐，服气茹芝，多往来洞庭云水间，知君子近至此，又骨气清净，志操坚白，愿尽款曲。"真伯不为所动。三更后，青衣又报"女郎且至。年可二八，冠碧云凤翼冠，衣紫云霞日月衣，精光射人，逡巡就坐，真伯殊不顾一言"，女郎留诗曰："君子竟执逆，无由达诚素。明月海上山，秋风独归去。"作者没有说明女郎的身分，留下一种朦胧的意象。但其主题是明确的，即杨真伯专心好学，不为女色所动。而读者对《许汉阳》故事记忆犹新，自然会联想起诸龙女取人血为酒的可怖景象，因而会产生杨真伯不为"往来洞庭云水间"的女郎所惑，也许是很明智的想法。《李黄》是写纨袴子弟李黄被白蛇妖的美色所迷惑，仅同居三日，就一病不起，"口虽语，但觉被底身渐消尽，揭被而视，空注水而已，唯有头存"。李黄以三十千钱换得"白衣之姝"的三日饮乐之欢，却落得死无完躯的恐怖下场。这也是对贪图美色之徒的惩罚。白娘子的身分，侍婢说是"孀居，袁氏之女，前事李家"，虽然被写成白蛇妖的化身，但就李黄与她发生关系的过程来看，很像当时社会上纨袴子弟与妓女的关系。李黄在长安东市见到她，从侍婢口中得知她孀居的境况，就代她付钱买锦绣，随即就跟她们到住所。经过李黄与其侍婢及姨的对话，李黄花三十千钱就留宿三日，完全是一种钱财与色相作交易的嫖娼行为。从人物间的对话中，很容易使读者联想起荥阳生初进李娃家的情景。荥阳生是在钱财花尽后被耍弄倒宅计甩掉，李黄的遭遇更加悲惨、可耻！作者的箴规之意是很明显的。

《博异志》中有的作品是借助对神仙精怪和冥府中复杂关系的描写，曲折反映或隐喻人世权豪势要与官府衙门间的关节。《张遵言》写张遵言求名下第，途次商山馆中，夜间得一白犬，爱护备至，“饮食专加精爱，夜则同寝，昼则同处，首尾四年”。后遵言于梁山途中，风雨之夕，忽失宠犬，而出现一白衣人，自称苏四，亦即是白犬化身，告知遵言：“君今灾厄合死，我缘受君恩深……我今誓脱子厄，然须损十余人命耳！”在苏四保护下，路上先后遇见三批受冥府大王之命追取张遵言的差役，第一批“有三四人，衣白衣冠，人长丈余，手持弓剑，形状瑰伟，见苏四郎，俯偻迎趋而拜”。第二批“夜叉辈六七人，皆持兵器，铜头铁额，状貌可憎恶，跳梁企踯，进退狞暴。遥见四郎戢毒慄立，愓伏战悚而拜”。第三批“兵杖等五十余人，形神则常人耳，又列拜于四郎前”。又言曰：“前者夜叉牛叔良等七人，为追张遵言不到，尽以付法，某等惶惧。不知四郎有何术，救得某等全生。”这苏四郎是很不平凡的头面人物，不但夜叉鬼役之流畏惧他，而且冥府大王都恭敬地接待他，“命酒具乐”款待，还有一班女乐、伺候斟酒的美人。可见苏四地位之高，权势之重，保护张遵言摆脱重厄，似乎是小事一桩。这个神秘而又显赫的人物究竟是谁呢？故事的最后，经龙兴寺老僧才点明：“苏四郎者，乃是太白星精也；大王者，仙府之谪官也，今居于此。”太白星是神仙世界的大人物，从仙府贬谪为冥王的，当然要仰仗于他，竭尽逢迎之诚，至于夜叉之类的差役，在他面前更是奴颜婢膝。有趣的是这个仙界权威，也见色思淫，调戏与会的美人，这个美人怒斥了他，捍卫了自己的尊严；他恼羞成怒，破坏了宴会，不欢而散。从这个谲诡怪异的故事中，引发人们对当时等级森严的社会现实人际关系的思考，只要权要人物出面干预，纵然有该死的大厄，也可以保护平安过关，地方长官对位高权重的要员是无可奈何的；而冠冕堂皇、道貌岸然的大人物，在美人面前却露出了卑鄙无耻的丑恶嘴脸。

在科举时代，知识分子在功名场上失意之后，容易产生对神仙境界的幻想，于是弃绝仕宦之途，由儒入道。这不一定反映士人的信仰，而是表现了一部分士人对功名仕途的绝望，幻想在神仙世界中找寻精神寄托，填补功名失落后的空虚心态。《白幽求》就是描写失意士人弃儒入道过程的。

当然，《博异志》也并非每篇都寓含箴规或讽喻之意，有的作品是资谈笑的戏谑之笔，或表现某种具有美感的意象。例如《吕乡筠》，就是描写商人吕乡筠品格高尚、情趣幽雅脱俗的品性的。他经商获利，都施与穷人，“更无余贮。善吹笛，每遇好山水，无不维舟探讨，吹笛而去。尝于春月夜，泊于君山侧，命樽酒独饮，饮一杯而吹笛数曲”。他嘹亮悦耳的笛声，引来了一个自少“业笛”的老父，教他笛艺。老父有大、次、小三支笛子，其大者、次者均因音响强烈不可对人吹，抽其小笛而吹，“湖上风动，波涛沆瀁，鱼鳖跳喷，乡筠及童仆恐耸詟慄。五声六声，君山上鸟兽叫噪，月色昏昧，舟楫大恐，老父遂止”。这也表现了唐代音乐艺术的高超。从《甘泽谣·许云封》、《国史补·李謩》、《逸史·李謩》诸篇中，也都可见唐代吹笛的技艺达到多么完美的程度。老父指点吕乡筠吹笛，仅是其中一例。而老父所吟之诗，亦为唐诗中上乘之作：“湘中老人读黄老，手援紫藟坐翠草。春至不知湘水深，日暮忘却巴陵道。”此诗为东坡所盛称。

《博异志》文笔淡雅简洁，写景体物，都曲尽其妙，且想象亦丰富优美。如许汉阳应邀会见诸龙女，宅中景色优美而善于变幻：

> 须臾，青衣命汉阳入中门，见满庭皆大池。池中荷芰芬芳，四岸斐如碧玉。作两道虹桥，以通南北。北有大阁，上阶，见白金书曰“夜明阁”。四面奇花果木，森耸连云。……女郎揖坐讫，青衣具饮食，所用皆非人间见者。食讫命酒，其中有奇树高数丈，支干如梧，叶似芭蕉，有红花满树未吐，盎如杯。正对饮所，一女郎执酒，命一青衣捧一鸟如鹦鹉，置饮前栏杆上，叫一声，而树上花一时开，芳香袭人，每花中有美人长尺余，婉丽之姿，挚曳之服，各称其质。

正所谓景中有景，在同一场景中，写出多层次的景象，变幻离奇，饶有意趣。

《李黄》的结局固然令人毛骨悚然，但对白蛇妖的形象描写以及人物之间的语言、举止的描绘，都是形神活现的。白衣妇的容颜，几乎可与任氏相媲美，因此李黄的被诱惑也非偶然，并为后来把白蛇妖改变成真挚、善良、美丽、追求爱情幸福的女性，创造了某些良好的基础，淡化妖气、浓化人情味，成为美的典型。

《刘方玄》写刘方玄于巴陵旅次，夜间听鬼魂对话的情景。从老青衣说话的口吻中，刻画出这个保姆身分的老奴婢善良、念旧的性格特点：“往年阿郎贬官时，常令老身骑偏面骣，抱阿荆郎。阿荆郎娇，不肯稳坐，或偏于右，堕损老身左髆，至今天欲阴，使我患酸疼焉。今又发矣，明日必大雨。如今阿荆郎官高也，不知知有老身无？”若闻老保姆之声，若见她当年抱着娇惯的阿荆郎从牲口上跌落时的情景。抓住往昔的一个细节，从回忆性的语言中，活现出人物的性格和身分特征。

《崔玄微》也善于以雅洁的语言描绘幽静的意境，从杨、李、陶、石四个花精及风神封十八姨的对话和举止神态中，刻画出不同的个性：

> 至十八姨持盏，性轻佻，翻酒污醋醋衣裳。醋醋怒曰："诸人即奉求，余不奉求。"拂衣而起。十八姨曰："小女子弄酒！"皆起，至门外别；十八姨南去，诸子西入苑中而别。

封十八姨的轻狂傲慢、盛气凌人之态，石榴花精醋醋的不甘示弱，敢于反抗的精神，都活生生地表现了出来。

在唐人传奇集中，《博异志》不失为一部较优秀的作品。胡应麟评曰："余读之，词颇雅驯，盖亦晚唐稍能文者，视牛氏《玄怪》等录觉胜之。"①谓胜于《玄怪》等录，似言过其实，伯仲之间则无愧色。

四、传奇选集《集异记》

《集异记》的作者，据《新唐书·艺文志》小说家类著录，称撰人为薛用弱，其书为三卷。《郡斋读书志》、《宋史·艺文志》均著录，作一卷。《四库全书总目》入小说家类，亦作一卷，云："是书所记凡十六条。"《顾氏文房小说》重镌宋本《集异记》二卷，亦仅十六条，第一条写徐佐卿化鹤事，与《郡斋读书志》所言"首载徐佐卿化鹤事"相符。清人陆心源《群书校补》据《太平广记》辑补四卷，而《太平广记》

---

①见胡氏《少室山房笔丛》卷三十六《二酉缀遗》。

所引已有误，故1980年中华书局刊本，是以《顾氏文房小说》本作为底本，而将陆心源辑录佚文补入，删去《太平广记》引书之有错误者，鲁迅已辑入《古小说钩沉》，实出于郭季产《集异记》者，概不收入。这是一个较为完善的本子，但也可能还有遗佚或误收者。从《集异记》所写故事思想内容的倾向性并不统一，体制与艺术风格也不一致来看，我认为此书带有传奇小说选集的性质，薛用弱是编纂者，其中可能多数作品出自薛用弱的创作，也有一部分是他人之作，为他所选录，或经他修改加工。

薛用弱，河东（今山西永济）人，字中胜，长庆中任光州刺史。大和初，自仪曹郎出守弋阳。光州即弋阳郡，自长庆至大和初，这七八年间，可能一直在弋阳，也可能有过调动。《太平广记》卷三百十二引《三水小牍·徐涣》条，称其“为政严而不残”，可算是个良吏。但其事迹无可考。

《集异记》“集隋唐间谲诡之事，一题《古异记》”。所记虽多怪异无稽，但如《集翠裘》、《王维》、《王涣之》等篇人物佚事，则具有较强的写实性。它是一本为人所熟知的唐人传奇集，有些故事为后世戏曲、小说所取资。

唐代盛行道教，士大夫也多有信奉道教者，即使并不迷信它，在文学特别是在传奇小说创作上，受道教神仙思想的影响亦颇大。《集异记》中志怪性的传奇小说，道教神仙思想的烙印亦较明显。

如《徐佐卿》写得道成仙的徐佐卿，于天宝十三载重阳日，化鹤徊翔于沙苑上空。适值明皇出猎，一箭射中孤鹤，鹤“带箭徐坠，将及地丈许，欻然矫翰西南而逝”。飞回成都郊外明月观，将中箭经过告诉观中人，并嘱：“此箭非人间所有，吾留之于壁上，后年箭主到此，即宜付之……。”届时为避安史之乱而逃到成都的唐明皇，果然到观游览，见此箭及徐佐卿在壁上所题年月日，方知在沙苑中箭的鹤乃是徐之化身。情节简单，意在神化道教。文字简洁清幽，善于以洗炼的语言表现幽静雅致之景。

《蔡少霞》写“性情恬和，幼而奉道”的蔡少霞，于梦幻中应神之邀，书写紫阳真人山玄卿撰的《苍龙溪新宫铭》，铭文的辞采瑰奇，描绘出新宫的环境之美，建筑的宏伟壮丽，对仗工整，音调抑扬顿挫，具有庄重整肃而又自然浑成之美。少霞梦醒后记下铭文，“素不工书”又不善文的蔡少霞，居然能于梦境书写此铭，薛用弱就求“第一本视之，笔迹宛有书石之态”。众人固然好奇诣访，少霞更“修道尤剧”。苏轼对这篇传奇中的铭文，也颇为赞赏，在其《游罗浮山》诗中云：“负书从我盍归去，群仙正草《新宫铭》。汝应奴隶蔡少霞，我亦季孟山玄卿。”并注明蔡少霞梦书《新宫铭》的概况，其中虽有记忆性的错误，曾为洪迈《容斋随笔》卷十三《东坡罗浮诗》条所指出，但洪迈也承认：“玄卿之文，严整高妙，非神仙中人嵇叔夜、李太白之流不能作。”并仿效其体作《广州三清殿碑》。胡应麟认为：“山玄卿一铭殊工。盖唐三百年，如此铭者亦罕睹矣。……铭辞精炼奥古，奇语甚多。”①

如果说《徐佐卿》、《蔡少霞》倾向于神道之奇，《刘元迥》则着重揭露“以鬼道惑众”的江湖骗子，批判求仙问道、点铁成金之伪。狡妄人刘元迥，“自言能炼水银作黄金”，他根据平卢节度使李师古既贪图黄金、又希求炼丹长生的心理特点，

①《少室山房笔丛》卷三十七《二酉缀遗》。

投其所好，诱之上钩，使师古心甘情愿地“以藏金二十斤，恣元迥所为”。元迥以铸换泰岳天齐王之首为名，“乃以铅锡杂类，熔其外而易之。怀其真金以归”，使得师古心悦诚服，“事迥如兄，玉帛姬妾居第”供其享受。结果，李师古遭到五岳之神的惩罚，“暴疡，不数日，脑溃而卒”。元迥则被师古之弟师道“戮之于市”。从本篇故事中，可见唐代上层社会服药炼丹、求仙问道、以期长生不老、荣华富贵之风，而狡妄道徒则乘机得逞其奸。

《集异记》中有几篇写人虎关系的，这是继承六朝志怪小说的遗风。例如《裴越客》是写虎为人送亲的，所谓“虎媒”；明人凌濛初据以改编为拟话本《感神媒张德容遇虎，凑吉日裴越客乘龙》。《丁岩》则写设陷阱捕虎的人与猛虎都坠入陷阱，气氛极其紧张。捕虎人丁岩对虎晓之以理，表明救虎之诚，猛虎表示同意让丁岩先出陷阱，丁岩也实践诺言，创造条件让猛虎跳出陷阱，猛虎就率领在该州为害的虎群出境。这个离奇的故事，意在表现“信诚交感”导致两全其美的结果：“信诚之为物也，何其神欤！”《崔韬》写虎脱去虎皮化成美女，与人结婚、生子，大略与《河东记·申屠澄》相类似；但此篇结局，是虎复经旧地披上虎皮现出原形后，将丈夫崔韬及儿子都吃掉，给人以恐怖感。

《集异记》有一篇近三千字的志怪性传奇《蒋琛》，载《太平广记》卷三百九《神》类，中华书局本据以收录，而明钞本《太平广记》则作引自《纂异记》，钞本易误，亦是常事。但此篇体制与文章风格，有异于其他各篇。如果从《集异记》是选集，不一定属一人之创作这个角度来理解，也就不足为奇。

它写的是霅溪乡村教师蒋琛，在太湖中流设网获巨龟，琛将龟放生，龟为报恩，告知琛："今夕太湖霅溪松江神境会，川渎诸长，亦闻应召。……恐水族乘便，得肆胸臆。"希望蒋琛"能退咫尺以远害"。于是琛听从其美意，在安流中缆舟以伺。一会儿，果然水族纷至，不可胜计："周匝二里余，鼍波为城，遏浪为地，辟三门，垣通衢。异怪千余，皆人质螭首，执戈戟，列行伍，守卫如有待。"蛟蜃嘘气"为楼台，为琼宫珠殿，为歌筵舞席，为座榻茵褥，顷刻毕备"。迎宾礼仪，恍然如同人间官场。溪神、湖神、江神先后到会，并相携邀请范蠡、湘王、屈原、伍子胥、徐衍处士、申屠先生赴会，极其隆盛。宴会上轮流献诗，诗中表现了各自的经历、遭遇与个性，颇有特色。例如屈原"左持杯，右击盘，朗朗作歌"的气概，及其歌辞的内容与艺术形式，都与他怀才不遇、忠而见弃、被小人所谗害，最后自投汨罗江而死的遭遇、郁愤的心情很相称，其中有"是知贪名徇禄而随世磨灭者，虽正寝而死兮无得与俦"两句，显然有所讥刺。范蠡功成身退，泛舟五湖，原是明智豁达之士，但他于席间对屈原的奚落嘲讽却有失风度，有恃功傲慢、盛气凌人之势。这与范蠡的身分、气质、风度不相称，屈原回答他的一番话倒是很得体的。

《王积薪》末尾虽有怪异色彩，实写人间佚事。唐朝是文学艺术全面发展的时代，除诗、文、小说外，音乐、舞蹈、绘画、棋艺诸多艺术都达到极致。本篇所写，就是通过天宝末年，安史之乱爆发后，善于围棋的翰林王积薪，于入蜀途中，耳闻目睹民间有婆媳俩夜间隔屋对弈的神奇妙象，反映了唐代全民的艺术素养。

《集异记》中有一些纯属写实性的佚事小说，最具有代表性的，是《集翠裘》、《王维》、《王涣之》等篇。

《集翠裘》写的是武则天朝的名臣狄仁杰敢于嘲讽则天宠臣，刚正不阿的故事。则天将“珍丽异常”的集翠裘赐给身边的男宠张昌宗，并命披裘陪她作双陆之戏。狄仁杰入奏国事，于是则天就让仁杰与昌宗以双陆为赌：

> 则天曰：“卿二人赌何物？”梁公对曰：“争先三筹，赌昌宗所衣毛裘。”则天谓曰：“卿以何物为对？”梁公指所衣紫絁袍曰：“臣以此敌。”则天笑曰：“卿未知此裘价逾千金，卿之所指，为不等矣。”梁公起曰：“臣此袍乃大臣朝见奏对之衣，昌宗所衣乃嬖幸宠遇之服，对臣之袍，臣犹怏怏。”则天业已处分，遂依其说。而昌宗心赧神沮，气势索莫，累局连北。梁公对御就褫其裘，拜恩而出。及至光范门，遂付家奴衣之，乃促马而去。

全篇仅二百余字，却能从人物的对话、动作、心理状态中，刻画出三人的性格特征与精神状态：狄仁杰耿直刚正、机智善辩，既敢于斗争，又善于斗争；武则天在正直才智的大臣面前，也不失宽容豁达的君皇风度；张宗昌虽是则天嬖幸宠臣，但在狄仁杰正气凛然、咄咄逼人的威势之下，终于露出邪不敌正的内囊，“心赧神沮，气势索莫”，把嬖幸之徒的精神面貌生动地描绘出来。作者还通过狄仁杰将集翠裘“付家奴衣之”这一细节，体现出他蔑视嬖幸宠臣，乃至冷嘲武则天的心理活动。史书当然不会具体记载这样的逸事，却是小说的好题材。《新唐书》卷一百十五《狄仁杰传》云：“（武后）召谓曰：‘朕数梦双陆不胜，何也？’”当时君臣喜双陆之戏，故小说家借题发挥，讽刺嬖幸宠臣，张扬正派大臣刚正凛然之气，亦是快心之事。

《王维》写唐代著名诗人王维在科举功名道路上的机遇，

并涉及他一生仕宦生涯的成败利钝。从中可见当时科举场上类似"行卷"、通关节走后门的风气。原来进士张九皋利用关系辗转取得太平公主管家的支持，假公主之名发推荐文书给京都主试官，保举张九皋为"解头"①。而王维则利用自己在诗歌、音乐方面的优势，通过岐王的引荐，得到太平公主的赏识，"召试官至第，遣宫婢传教。维遂作解头，而一举登第矣"。王维当然是个诗歌、书画、音乐全能的文学艺术家，荐为"解头"是当之无愧的。看来他的品格不高，但促使他利用与权贵的关系达到自己目的的做法，又是当时风尚所使然。何况他是以"文章得名，性闲音律，妙能琵琶"为岐王所眷重的名士，拜谒公主，奏琵琶，献诗卷，乃是岐王为他出的主意。他真正的悲剧，是在安史之乱中，"处贼庭"，被授伪职，虽非所愿，毕竟名节有亏。据《新唐书》卷二百二《文艺・王维传》载："禄山大宴凝碧池，悉召梨园诸工合乐，诸工皆泣。维闻悲甚，赋诗悼痛。贼平，皆下狱。或以诗闻行在，时缙位已显，请削官赎维，肃宗亦自怜之。"所赋《凝碧诗》云："万户伤心生野烟，百官何日可朝天？秋槐花落空宫里，凝碧池头奏管弦。"有此诗表明仍然忠于唐皇朝，加上其弟王缙的赎保活动，才幸免被杀，肃宗还任命他为右丞。

因王维在太平公主前所奏之新曲名为《郁轮袍》，故明人王衡根据本篇故事改编的杂剧题名为《郁轮袍》。

《王涣之》写的是盛唐诗人王昌龄、高适、王涣之（即王之涣）的佚事趣闻。当他们风尘未偶之时，于雪天到酒楼赊酒

---

①解头，在由州郡推举解送应试的举人名单中列为头名者。明、清时代则以乡试第一名为"解元"。

小饮，恰有梨园伶官及歌妓四人亦至酒楼。歌妓在宴席上歌唱当时脍炙人口的著名诗篇，也是社交活动的风尚。因此三位自负才名的诗人，就“避席隈映，拥炉火以观”，测试自己诗歌的社会效应。并私相约：“密观诸伶所讴，若诗入歌词之多者，则为优矣。”伶人始唱“寒雨连江夜入吴，……”，王昌龄引手画壁曰：“一绝句。”又一伶讴“开箧泪霑臆，……”，高适引手画壁曰：“一绝句。”又一伶唱的是王昌龄的绝句“奉帚平明金殿开”，于是出现了戏剧性的情境：

> 涣之自以得名已久，因谓诸人曰：“此辈皆潦倒乐官，所唱皆《巴人》、《下俚》之词耳：岂《阳春》、《白雪》之曲，俗物敢近哉？”因指诸妓之中最佳者曰：“待此子所唱，如非我诗，吾即终身不敢与子争衡矣。脱是吾诗，子等当须拜床下，奉吾为师。”因欢笑而俟之。须臾，次至双鬟发声，则曰：“黄河远上白云间，……。”涣之即揶揄二子曰：“田舍奴，我岂妄哉？”因大谐笑。……

从这一文人趣事中，刻画出几个人的心理活动和性格特点。王昌龄等私相约的言动，就表现了诗人们共同的心态。谚云：“文章自己好。”作品受到人们的欢迎、爱好，是诗人极大的欣慰。昌龄、高适引手画壁记自己的诗被用作歌词的频率，正好表现了诗人快慰的心情。王涣之的一番激动的言词，更充分地体现了他自信中带有狂妄的个性特点。曹丕曾云：“文人相轻，自古皆然。”王涣之与昌龄、高适都是好友，但好胜之心亦在所不免，这也是诗坛佳话。

还值得一提的是《邢曹进》和《贾人妻》两篇传奇。前者写邢曹进“因讨叛飞矢中目。左右与之拔箭，而镞留于骨，微露其末焉。即以铁钳，遣有力者挟而出之，痛毒则极，其镞坚然不可摇动”，甚至“以索缚身于床，复命出之，而特牢如故”。虽乏关羽刮骨疗毒，饮酒弈棋，谈笑自若的风度，但其坚毅顽强的精神亦颇可嘉。后来居然听从胡僧之言，以米粥调饴糖注入创口，“钳才及脸，镞已突然而出。后敷药，不旬月而差矣”。其间胡僧预先托梦曹进，然后面晤，告以如梦中之法，当即神验，带有神秘色彩，但具体方法也许有一定的药理依据；不过传奇家之言，原以玄怪奇异为特色，不足深信。《贾人妻》曾于豪侠小说专章中论及，此不赘述；只是这类女侠，凡是与人结婚生子者，在达到其除奸复仇目的后，临别时往往要杀掉亲生之子，“以绝其念”。本篇和《崔慎思》的结尾，都是如此。这当然是很残酷的，但女侠结婚生子原是掩护复仇的权宜之计；侠者重恩怨、讲义气，而寡于情，为断绝情念而杀子，恐怕也是为了保护自己，便于神出鬼没的自由行动。这种灭绝人性的行为，是不足为训的。

五、《逸史》及其他

在传奇小说鼎盛时期，有众多的小说专集。除了以上所论及者外，《逸史》及《纂异记》等，都是有一定影响的专集。

《逸史》见于《新唐书·艺文志》小说家类著录，三卷，注云：“大中时人。”作者尚撰有《卢子史录》，可见其姓氏为卢。《宋史·艺文志》作《卢氏逸史》一卷。宋人叶梦得《避暑录话》卷上录白居易《答客说》诗后云：“顷读卢肇《逸史》，记此事差详。”故知作者为卢肇。

卢肇，字子发，袁州宜春（今属江西）人。宋人孙光宪《北梦琐言》卷三载：肇以文才见知于相国李德裕，德裕“门无宾客，唯进士卢肇，宜春人，有奇才，每谒见，许脱衫从容”。会昌三年状元。据说在临近考试前，主试官向李德裕请示取士工作，德裕曰：“某不荐人，然喜今榜得一状元矣。”①果然卢肇夺魁。这说明李德裕对肇的赏识，对主试官之言，带有提示性。中魁后，任著作郎，迁京兆府司录。咸通中出知歙州，移宣、池、吉三州。

《逸史》成书于大中元年。所记皆为唐代逸事异闻，名为逸史，实系志怪小说。作者自序谓：“卢子既作《史录》毕，乃集闻见之异者，目为《逸史》焉。其间神仙交化，幽冥感通，前定升沉，先见祸福，皆摭其实，补其缺而已。凡纪四十五条，皆我唐之事。”②概括地说明此书的特色。但现见于《太平广记》的佚文有七十多条，其他书中也引有佚文近二十条，共约九十条，比自序所云之数几多出一倍，其中可能有不少是误引。

《李林甫》写玄宗朝奸相李林甫，虽有神仙交化、前定升沉之语，但却暴露了他一生的罪恶。他年轻时是游手好闲、不学无术之徒：“年二十，尚未读书，在东都，好游猎打球，驰逐鹰狗。每于城下槐坛下，骑驴击球，略无休息。”有道士预告其祸福，要他在升天成仙和在人间做二十年宰相两者之间择其一，他选择了“重权在己”的宰相。道士告诫他：“二十年宰相，生杀权在己，威振天下。然慎勿行阴贼，当为阴德，广救拔人，无枉杀人。”三百年后还能成仙。但他为相后，“权巧深密，能伺上旨，恩顾隆洽，独当衡轴。……大起大狱，诛杀异

①见赵希弁《郡斋读书志·附志》。

②原本《说郛》卷二十四。

己，冤死相继，都忘道士槐坛之言也”。终于因“枉杀人”，所行“不合其道”，受到惩罚。以神仙志怪的形式，揭露了李林甫打击异己，独揽大权，滥杀人的罪恶本质。与此篇构思类似的是《太阴夫人》，写奸相卢杞愿当人间宰相、不愿住水晶宫做神仙的故事。卢杞穷困时，经邻居麻氏妪的引荐，将仙女太阴夫人嫁给他。仙女对卢杞说：“君合得三事，任取一事：常留此宫，寿与天毕；次为地仙，常居人间，时得至此；下为中国宰相。”卢杞当仙女之面说：“在此处实为上愿。”但当要他在上帝使者面前明确表态时，卢杞却呼曰：“人间宰相！”既暴露了他耍两面派的丑恶嘴脸，又揭示了他内心世界的权力欲望。

《乐生》和《严武盗妾》两篇都是写无辜者被冤杀后，鬼魂伸冤复仇之事。前者写乐生受桂州观察使杜式方、招抚使裴某之命，与两副将同去招抚贼帅黄少卿；黄服乐生是有心义的儒士，大喜，又因悦乐生之佩刀，恳请赠与，少卿以二小婢相酬。副将与乐生不和，在裴某前诬陷乐生通敌，乐生“辞色颇厉”予以反驳；裴愈怒，报请式方，诬为大过，必杀不赦。式方虽知其冤，但碍于裴某之请，遂令捕乐生，而示意让乐逃走。乐生则宁死不逃，于是被冤杀。临刑时，乐生曰：“吾日中死，至黄昏时，便往宾州取副将某乙，及明年四月，杀制使裴郎中。”誓言果然实现。明知其冤而不予以昭雪的杜式方，亦暴殒。乐生死所，“方圆丈余，竟无草生”。乐生宁死不屈和誓死复仇的精神是可敬佩的。这对公报私怨、颠倒是非、不能主持正义的官吏，至少是一种精神打击。《严武盗妾》写的是严武年轻时，爱慕邻居一军使之女，诱骗她一同逃走；途中严武慑于制使追捕，“乃以酒饮军使之女，中夜乘其醉，解琵琶弦缢杀之，沉于河”。冤死者过了将近三十年，向严武索命复仇。从这一事件中，暴露了严武的极端自私残忍，诚如该女子向他索命时所言："公亦太忍！某从公，是某之失行，于公则无所负。公惧罪，弃某于他所即可，何忍见杀？"冤魂索命，是值得同情的。

《李君》虽旨在宣扬命定论思想，但在描写李君行贿一千贯，得以进士及第的过程中，却揭露了唐代科举制度的弊端。《许飞琼》意在描绘"神仙交化，幽冥感通"的意象，但进士许瀍魂游瑶台，应仙女许飞琼之请，挥笔题诗又改诗的故事，却传为佳话，且所题之诗，亦饶有诗的意趣："晓日瑶台露气清，坐中唯有许飞琼。尘心未尽俗缘在，十里下山空月明。"第二句应许飞琼的要求，改为"天风飞下步虚声"。这一改，既表现了"尘心未尽"的许飞琼"不欲世间人知有我"的矛盾心理，也使全诗的意境更加和谐，具有神话诗的美感。孟棨《本事诗》"事感"第二、《唐诗纪事》许浑条、《全唐诗》均将许瀍改为许浑，大概正由于这首诗非许浑莫属的心理作用吧。当然，"瀍"与"浑"字形相似，误写也有可能。

程毅中从《岁时广记》卷四十辑得《逸史》佚文《梦钟馗》，找到了现存关于钟馗捉鬼的最早记载，是很有趣的。它写的是唐明皇昼寝梦见小鬼作祟盗物，小鬼自称"虚耗"，并解释："虚者，望空虚中盗人物如戏，耗即耗人家喜事成忧。"是个调皮捣蛋的恶鬼。于是大鬼钟馗出来捉他："俄见一大鬼，顶破帽，衣蓝袍，系角带，靸朝靴，径捉小鬼，先刳其目，然后擘而啖之。"原来钟馗是个落第进士，因羞归故里，触阶而死，皇恩赐绿袍以葬。他为王"除天下虚耗妖孽之事"以报皇恩。画家吴道子根据明皇所述梦见钟馗的形象，画了出来，也就成了钟馗形象的定型，他的功能是捉鬼除邪。这故事广为流传，对戏曲、小说创作都有影响。

《逸史》在志怪小说的艺术想象方面，也具有新鲜感。如《太阴夫人》描写麻婆与卢杞各乘一个葫芦远程飞翔，颇似宇宙飞船：

> 麻婆与杞各处其一，仍令具油衣三领，风雷忽起，腾上碧霄，满耳只闻波涛之声。久之觉寒，令着油衫，如在冰雪中，复令着至三重，甚暖。麻婆曰："去洛已八万里。"长久，葫芦止息，遂见宫阙楼台，皆以水晶为垣墙。……

文学艺术的想象，乃是科学发展的先驱。一千多年前的小说家，如此丰富优美的想象，不能不叹为观止。《崔生》描写崔生用隐形术潜入皇宫，窃取剑南进贡太真妃生日锦绣之尤者，被宫中道士罗公远作法将崔擒获，崔用仙伯所授之符将罗公远与捉他的人都击倒。崔生回到洞府，其妻至，"掷一领巾过，作五色彩桥，遣生登，随步即灭。……须臾，云雾四起，咫尺不见，唯闻鸾鹤笙歌之声，半日方散"。领巾化作五色彩桥，是多么美丽的幻想。对仙境的描绘，具有朦胧的神秘之美。

《逸史》的某些篇，在写景体物方面也有其特色。如《李谟》对镜湖的景色描写，为表现李谟、独孤生的吹笛艺术创造了宁静、优雅的环境气氛。作者善于用铺垫烘托的艺术手法，突出所描写的主要对象。先极力描写李谟吹笛之妙："李生捧笛，其声始发之后，昏曀齐开，水木森然，髣髴如有鬼神之来。"在众人赞美声中，唯独孤生不发一言；李生以为轻视自己，"又静思作一曲，更加绝妙，无不赏骇。独孤生又无言"。在独孤邻居惭悔、众人诮责、李谟质问的情况下，独孤生才从容自如地显示出吹笛圣手的真本领，并指出李谟吹《凉州曲》

的特点："声调杂夷乐，得无有龟兹之侣乎？"又揭示第十三叠之谬误，然后取李谟笛曰："此至入破，必裂。得无恡惜否？"李生表示"不敢"后，遂吹。"声发入云，四座震慄。李生蹙踖不敢动。……及入破，笛遂败裂，不复终曲。"此时无声胜有声，充分表现了独孤生笛艺的理论修养和实际表演的高超、精湛。

《纂异记》一卷，《新唐书·艺文志》小说家类著录，云："李玫《纂异记》一卷。"注："大中时人。"又据《太平广记》卷三百八十八引《纂异记·齐君房》条，写齐君房受胡僧点化，顿悟前生之事，遂至灵隐寺，剪发具戒，法名镜空。作者自述云："大和元年，李玫习业在龙门天竺寺，镜空自香山敬善寺访之，遂闻斯说。"可知大和元年李玫已近弱冠之年，大约出生于元和初，则大中时已年近半百。康骈《剧谈录》卷下《元相国谒李贺》条后有李玫等人"丽藻英词，播于海内"，而"厄于一第"之说；其所以受厄于科举仕进，则与他曾受知于王涯有关。大和九年甘露之变，王涯毁败，对受知者势必牵连。《太平广记》卷三百五十引《纂异记·许生》条，写许生下第东归，于甘棠馆西逢白衣叟，生知其是鬼，却纵马相随，至甘泉亭下马，伏于荆棘丛中，屏气以窥。见四个状貌各异的丈夫，与叟相会。叟将在甘棠馆亭西楹见到的一首诗告诉他们，并说："此诗有似为席中一二公有其题，而晦其姓名，怜其终章皆有意思。"于是诵其诗曰：

浮云凄惨日微明，沉痛将军负罪名。
白昼叫阍无近戚，缟衣饮气只门生。
佳人暗泣填宫泪，厩马连嘶换主声。
六合茫茫悲汉土，此身无处哭田横。

四鬼听了这首诗，“皆以襟袖拥面，如欲恸哭”。其中有神貌扬扬者云：“我知作诗人矣，得非伊水之上，受我推食脱衣之士乎？”于是，白衣叟建议以《喷玉泉感旧游书怀》为题，各赋七律一首，诗的意境都很清冷凄凉，意味深沉浓郁。毫无疑问，白衣叟所见楹上题诗的作者，就是本篇小说作者李玫。宋人钱易《南部新书》既言及《纂异记》中有此诗，却云“李纹者，早年受王涯恩”，“纹”字显系“玫”字之误；而刘克庄《后村诗话》称此诗“妙甚，此必是涯、元舆门生故吏所作”。他明知诗载于《太平广记》所辑录的《许生》条，却不明说诗的作者姓氏。李玫对王涯有感激知遇之恩，借志怪小说抒发哀悼之情，是合乎情理的。

《纂异记》中的作品，有一个特色，就是在故事展开过程中，穿插较多的诗。这固然是传奇文体规范的特点之一，但《纂异记》尤为突出，诗歌不是重复或概括叙事散文的内容，而是情节的有机组成部分。这在上述《许生》中已表现得很明显。又如《刘景复》于苏州泰伯庙东通波馆方寝，梦魂应吴泰伯之邀，作《胡琴歌》，在艺术表现手法上近似白居易《琵琶行》，特别是在描写音响及其效果方面，显受白诗影响；在思想内容上，安史之乱以前国家的强盛与乱后国力之衰形成鲜明的对比，气氛是郁愤幽怨的。再如《张生》，故事梗概与沈亚之《三梦记》中的一梦相同，即丈夫于归途中见一伙男女杂处宴会，发现其中有自己的妻子，席间某男有越礼之举，丈夫忿而投石，男女散尽；回到家，才知途中所见情景乃是妻子的梦境。在这旧故事中却翻出新情节，张生之妻受众人的劝请，在宴席上赋诗歌唱，作歌四首，每首诗都围绕着思念丈夫之情，深切感人，风格婉转凄清。如果把论及《集异记》时所述《蒋琛》一篇，也回归《纂异记》，那么作者善于在传奇小说中充分发挥诗歌艺术才能的特色，就更为突出。

《纂异记》中还有一篇《三史王生》，故事颇为离奇有趣。王生精通“三史”，而“性好夸炫”，喜欢辩论。他醉入汉高祖庙，看着高祖神座，发出蔑视的笑容，并说：“提三尺剑，灭暴秦，剪强楚，而不能免其母乌老之称，徒歌大风起兮云飞扬，曷能威加四海哉？”于是激怒了汉高祖，下令捉拿王生，质问他：“乌老之言，出自何典？”王生引《史记》、《汉书》的原文及注作证。刘邦竟将他“付所司劾犯上之罪”。还对刘太公说：“此虚妄侮慢之人也。罪当斩之。”因而触发一场饶有风趣的矛盾冲突：

> 王生逞目太公，遂厉声而言曰：“臣览史籍，见侮慢其君亲者，尚无所贬，而贱臣戏语于神庙，岂期肆于市朝哉？”汉祖又怒曰：“在典册，岂载侮慢君亲者？当试征之。”……王生曰：“王即位，会群臣，置酒前殿，献太上皇寿，有之乎？”汉祖曰：“有之。”“既献寿，乃曰：‘大人常以臣无赖，不事产业，不如仲力。今某之业，孰与仲多？’有之乎？”汉祖曰：“有之。”“殿上群臣皆呼万岁，大笑为乐，有之乎？”曰：“有之。”王生曰：“是侮慢其君亲矣。”

在刘太公的调解下，刘邦只得不了了之。在文学作品中，如此辛辣地讽刺汉高祖的无赖行径，这篇传奇恐怕是最早的。“侮慢君亲”，这在封建社会是大逆不道之罪。后来睢景臣的散曲《汉高祖还乡》，对汉高祖的讽刺当然更具体，也很辛辣，但还没有提得如此尖锐。

在这里，我们不可能对该时期的小说专集逐一论述，但由所论及的几部有代表性的小说专集中，已可窥见其盛况。其题材内容，虽大多带有志怪性，但活动其间的角色主要是人，即使是神仙精怪、飞禽走兽，也予以人格化，具有现实人的思想感情。作品的艺术水平，比前一时期有较显著的进步，叙述故事宛曲动人，塑造了一系列具有鲜明个性的人物形象；作意好奇、虚构情节的才能有所提高；“文备众体”的特点表现得更突出，传奇体制规范化。

第十章 晚唐五代时期小说集

一、晚唐五代时期小说集概述

从中唐以来，朋党之争、宦官擅权、藩镇跋扈，就成了唐代社会的三大祸害。到了晚唐时代，朋党之争消失了，但是后两大祸害、尤其是藩镇之祸却愈演愈烈，不仅大大地削弱了唐王朝中央的权力，也激化了整个社会的矛盾。“山雨欲来风满楼”，唐王朝处于混乱黑暗、动荡不安之中。农民起义虽然被镇压下去了，而藩镇军阀势力却在镇压农民起义过程中愈益扩张，终于取代了唐朝的统治。梁、唐、晋、汉、周五代，实际上是几大军阀集团互相争夺统治权的混战时代，国家破碎，民无宁日。

在政治、经济全面趋向崩溃的时代，文学艺术要想出现蓬勃发展的繁荣局面，几乎是不可能的；但是社会政治、经济与文学艺术毕竟是不能等同的。在晚唐五代，就总的趋势来说，传奇小说创作逐渐失去它鼎盛时期的繁花似锦的景象，但也并不是秋风萧飒、百花凋零。一种文学样式的盛衰，有其渐进的惯性运动过程。这一时期的小说集，数量不少，题材有所开拓，艺术表现形式也有发展变化。随着传奇小说与进士“行卷”之风的脱钩，逐渐摆脱了史传、诗歌、议论“三合一”的文体模式，更注意人物性格的刻画；叙事、写景、体物的笔调较细致，清丽流畅，可读性较强。思想内容较复杂，处于乱世的人们，不能把握自己的命运，佛、道思想也更容易为人们所接受。对于佛、道宗教文化给予小说的影响，应一分为二，具体情况作具体分析，简单地否定或盲目地肯定，都是不对的。重在透过宗教表象看其实质。

在这一时期的小说专集中，豪侠类小说比前一时期多。豪侠往往是女主角，或者是奴仆。女流之辈和奴仆，在封建社会是被压迫的对象，而在豪侠小说中却以崭新的面貌出现，成了有远见卓识、武艺神奇、敢于反抗压迫、勇于自求解放之路的英雄人物。红拂、红线、红绡、聂隐娘、车中女子、昆仑奴等人物，都是这一时期豪侠小说中的艺术形象。这类小说有其超乎现实的神奇性，但是透过神奇的表象，却可以认识当时现实生活中矛盾斗争的真实状况。

有些涉及农民起义的作品，作者在叙述过程中，流露出对农民起义持反对态度，并渲染神仙道术等神秘色彩，但从中也反映了农民起义本身的弱点以及导致失败的原因。

在志怪性传奇中，继承了以往的传统，描写人与神鬼仙妖的婚恋关系，情致缠绵，形象生动。神鬼仙妖亦富有人情，为后来的同类题材的小说、戏曲积累了丰富的艺术经验。

就文体样式来看，在以传奇小说为主的同时，也出现了不少笔记体小说。传奇小说集最具代表性的有《甘泽谣》、《传奇》、《原化记》、《宣室志》、《异闻集》以及《三水小牍》等，其中志怪、志人的都有。笔记体小说，主要记载佚事琐闻，较著名的有《幽闲鼓吹》、《开元天宝遗事》、《北里志》、《大唐新语》、《北梦琐言》、《杜阳杂编》等。有的小说集则兼具志怪性传奇和笔记小说两大类的内容与形式特征，例如一部很著名的小说集《酉阳杂俎》，从内容到形式，都相当庞杂。

二、传奇体小说的正宗《传奇》

称唐人文言小说为传奇，究竟从何时开始？很难作出准确的判断。《太平广记》卷四百八十八所载《莺莺传》篇名，不一定是元稹原作之题，陈翰选编《异闻集》时辑入此篇，就题为《传奇》；曾慥《类说》载《异闻集》节要收入此篇，题名《传奇》是沿陈翰之旧题。因为早于曾慥的赵令畤《商调蝶恋花词·序》曾云："夫《传奇》者，唐元微之所述也。"如果赵令畤根据的是单行本，就可能是元稹撰写本篇之旧题，这是以"传奇"题写篇名之始。裴铏则题自己的小说专集为《传奇》。裴铏与陈翰同时。以文体名称为某篇某集之题，并非罕见。也许唐代在传奇小说的鼎盛时期，对这种文学样式的文体规范基本特征，人们已心领神会，而尚未有规范化的名称，这需要有一个约定俗成的过程。裴铏题小说专集为《传奇》，说明这类作品很受读者欢迎，标举自己的作品是传奇体的正宗，有耸动读者的心理。时下的图书市场不就是这样吗？同样一本书，如果用"文言小说"这样一本正经的书名，恐怕问津者寡；改题为"传奇精萃"之类投合一般读者审美心理的书名，也许可能畅销。至于尹师鲁戏称范仲淹《岳阳楼记》为"传奇体耳"，从消极意义上来说是正统派文人对传奇小说的轻视；但从积极意义上来说，正好说明传奇小说影响之大，为中上层士大夫所熟悉。按情理而言，不可能到了宋代才有"传奇体"的名称。传奇的鼎盛时期是在唐德宗贞元年间至宣宗大宗年间，盛行了七八十年，这还不算它的前期。很难想象，为众多士大夫所喜爱、甚至躬践创作这种体裁的作品，会连一个名称也没有。许多传奇小说专集的名称，诸如玄怪、博异、集异、通幽、纂异等等，实际上都包含着“传奇”的意义。裴铏直截了当地题小说集为《传奇》，等于公开为这种小说体裁正名。

《传奇》，《新唐书·艺文志》子部小说家类著录，裴铏撰，三卷，注云：“高骈从事。”晁公武《郡斋读书志》于《传奇》条下云：“唐《志》称铏高骈客，故其书所记皆神仙怪谲事。骈之惑吕用之，未必非铏辈导谀所致。”这种“莫须有”的想当然之词，是不符合事实的。清陈鸿编《全唐文》于卷八百五“裴铏”条云：“咸通中，为静海军节度高骈掌书记，加侍御史、内供奉，后官成都节度副使，加御史大夫。”宋计有功《唐诗纪事》卷六十七云：“乾符五年，铏以御史大夫为成都节度副使，《题石室诗》曰：‘……更叹沱江无限水，争流只愿到沧溟。’”高骈好神仙道术，是晚年调镇淮南后的事，在僖宗广明、中和年间；那时，裴铏已是成都节度副使、加御史大夫，高官显爵，怎么可能从成都到淮南去与吕用之为伍、阿谀逢迎高骈呢？《传奇》是裴铏早年用于“行卷”之作，投献给高骈，借以向主司推荐，是很可能的，书中所记也确实有不少“神仙怪谲事”，但说不上以此书去“导谀”高骈迷信神仙道术、嬖信吕用之。

陈振孙《直斋书录解题》解此书云：“唐《志》三卷，今六卷，皆后人以其卷帙多而分之也。”留存至今的才三十一篇，至少亡佚一半。今人周楞伽辑注本，根据郑振铎辑录的《世界文库》本、《类说》、《太平广记》等书，共辑得三十一篇，虽然参校他书，还有可增补的篇目，但已是较为完备的本子了。

传奇小说经过长时期的发展，已积累了丰富的艺术经验。除了出现不少优秀的单篇传奇以外，传奇小说专集《传奇》，是一部具有代表性的、影响较大的作品。在现存的三十余篇中，几乎都是志怪性的神仙道术之作，具体内容大致有以下几个方面：

一是人与神、鬼、仙、妖的婚恋。这方面的题材，几占现存篇目的三分之一。这原是六朝志怪小说至唐传奇小说鼎盛时期的一个传统题材，多数此类故事都写得优美动人，但其结局有许多是带有悲剧性的。《传奇》中这类作品有几篇写得很有艺术魅力，艺术形象、构思、意境描写有所创新，有的则殊无新意。写得最有特色的是《孙恪》、《裴航》、《崔炜》、《薛昭》等篇；此外，《颜濬》、《张无颇》、《文箫》、《曾季衡》、《姚坤》诸篇，故事离奇而新意不多；《卢涵》则令人毛骨悚然。

《孙恪》写孙恪秀才与猿妖袁氏结婚，生儿育女的故事。中间虽经张处士道术的破坏，但为袁氏所挫败，夫妻间发生过误会，仍归于和好，他们有一个美满幸福的小家庭。十余年后，在孙恪偕同妻儿去南康赴任途中，经过端州峡山寺，袁氏见了昔日豢养他的僧人，复见众猴喜跃，乃告别孙恪和两子，复归猿猴原形，跃入深山而去。孙恪怅然，携二子回棹，不复赴任。猿妖与人婚恋生子，从六朝志怪小说《猳国马化》到唐人《白猿传》和《孙恪》，可谓源远流长。可能与印度传来的佛经中猴王的故事有些瓜葛，但经过在中国民间流传，完全中国化了，带有中国所特有的道教文化气息。而从袁氏形象塑造及其结局来看，又似乎受《任氏传》的影响。文学艺术的创造，是复杂细致的劳动，融汇万象，推陈出新，很难确定仅仅从某一方面采用题材或借鉴经验。

袁氏的形象塑造是成功的，从容貌到心灵都很美。作者通过孙恪的视听，表现出她异乎寻常的美：

> 良久，忽闻启关者，一女子，光容鉴物，艳丽惊人，珠初涤其月华，柳乍含其烟媚，兰芬灵濯，玉莹尘清。恪疑主人之处子，但潜窥而已。女摘庭中之萱草，凝思久立，遂吟诗曰："彼见是忘忧，此看同腐草；青山与白云，方展我怀抱。"……良久，乃出见恪，美艳逾于向者所睹。

在描写他美艳容颜的同时，写出了她的风度气质和才情。随着情节的发展，在矛盾冲突中更显示出她超凡的智慧和才能。孙恪由一个潦倒的下第秀才，顿为富家郎君的气派，引起亲友的疑讶妒忌。表兄张闲云处士对孙恪进行挑拨蛊惑，阴谋暗害袁氏，却为袁氏所揭穿，挫败张处士的道术暗算。孙恪向她表示忏悔："愿以饮血为盟，更不敢有他意。"她也表示谅解和宽容，一心一意与孙恪过着美好的夫妻生活。"鞠育二子，治家甚严，不喜参杂。"在家庭生活中称得上贤妻良母。她既是现实生活中一个正派的家庭主妇，又有异乎常人的特性。这在前面所引的"青山与白云，方展我怀抱"的诗句中，已经可以察觉到她非同常人。将张处士用以暗害她的剑，"寸折之，若断轻藕耳"，这当然不是一般家庭妇女所能为之事。在旅途中，"每遇青松高山，凝睇久之，若有不快意"，也是异常的表情。她的结局，对孙恪这个家庭来说，是个悲剧；但对袁氏来说，诚如题僧壁诗所云："刚被恩情役此心，无端变化几湮沉；不如逐伴归山去，长笑一声烟雾深。"摆脱人世间的烦恼，回到山林里去过自由自在的生活，返樸归真，意味着从桎梏中解放出来。这与任氏被猎犬所毙的悲剧，是不同的。

就艺术水平来看，《裴航》的浪漫主义创作方法和人物形象描写，是最有特色的，将在下章论及。这里也不再全面论述其思想意义，只指出一点，它高出于当时同类题材作品的最显著之处，就是裴航为了追求云英的爱情，宁可牺牲当时士人视为最崇高的事业——科举考试。他赴长安采购关系云英爱情得失的玉杵臼，“及至京国，殊不以举事为意”。他作为一个下第秀才，回到长安，按一般知识分子的心理，当然是为参加新一轮考试作积极的准备。《莺莺传》中的张生，就是为了参加再次考试，把莺莺抛弃掉的。相比之下，裴航的思想境界就高尚多了，他对云英的爱情是执著、真挚的，因而，这种爱情也是美的。

在写人与鬼魂的婚恋故事中，荒唐离奇，活人与几百年乃至上千年前的女鬼恋爱之事，在志怪小说中是常有的。托名牛僧孺撰的《周秦行纪》，就以牛僧孺自叙的方式，于夜行迷路，来到汉文帝母薄太后庙，与几朝妃嫔聚会，并由王昭君伴宿。《传奇》中这类故事更离奇，《薛昭》中的薛昭，与杨贵妃侍婢张云容婚恋，张得生人精气，居然起死回生。《颜濬》则写颜濬与陈后主的贵妃张丽华发生婚恋关系。《崔炜》构思尤为谲异，它的离奇曲折表现在经过多层次的跌宕起伏，最后才描写崔炜与汉初南越王赵佗之嫔妃田夫人结婚。崔炜得乞食老妪赠与的灸治赘疣之药，为海光寺老僧治愈耳赘，于是老僧介绍他为任翁治此病，并云“当有厚报”；不料任翁之病治愈后，反恩为仇，阴谋杀他以飨独脚怪，幸任翁之女相救，越窗逃脱。因迷路，失足坠入大枯井中，却是一大穴，可容千人，见一白蛇盘屈其间，长数丈，并无相害之意，“细视蛇之唇吻，亦有疣焉”。炜为蛇灸愈赘疣，不愿得径寸之珠酬报，但请蛇载他出此洞穴。蛇载他于洞中行数十里，豁然明朗，蛇低首卸下炜；炜以为已达人世，却别有洞天，富丽堂皇。此洞府原来是皇帝玄宫，虽然皇帝暂赴祝融峰，但已许将田夫人嫁炜，夫人即齐王田横之女。有顷，使者传皇帝之旨，命炜与使者同往番禺，并赠与国宝阳燧珠，有侍女谓炜曰：“中元日，须具美酒丰馔于广州蒲涧寺静室，吾辈当送田夫人往。”遂与使者乘羊出穴履于平地，而失使者与羊所在，却闻蒲涧寺钟声，归广州邸舍，方知已离舍三年。炜潜抵波斯商人邸鬻珠，一老胡人匍匐下拜，告知炜曾入南越王赵佗墓中，因炜所鬻之珠乃是赵佗衔口中殉葬之宝，遂以十万缗易此珠。阳燧珠乃是大食国宝，系汉初赵佗使异人盗归番禺，已历千载。炜得金，遂置家产。中元日夜将半，果有四女送田夫人至，“容仪艳逸，言旨雅淡”。田夫人将所经历之事告炜，知赠灸赘疣之艾者，乃是葛洪之妻鲍姑。后散金破产，挈室往罗浮山访鲍姑，不复返。故事情节较复杂，借崔炜的经历串连几个故事，跌宕有致，浑然一体，最后才揭开迷离恍惚的谜底。以鲍姑赠药始，仍以访鲍姑作结，首尾照应，离奇怪诞而有序，山重水复，摇曳多姿。

《郑德璘》故事之离奇怪异近乎这一类，但写的是人间婚恋。女主角韦氏与郑德璘于舟次相识相恋，韦氏女之舟遇风覆没，尸体为洞庭水府所救，知郑、韦有姻缘之分，而郑德璘将任巴陵宰，洞庭属巴陵辖境，且郑为良宰，故将韦氏之躯送到德璘船旁，救活后，原是有情人，喜出望外，结为夫妇。而最初使韦、郑相识相恋的是一首红蕖诗：

物触轻舟心自知，风恬浪静月光微。

夜深江上解愁思，拾得红蕖香惹衣。

自然清新，有“清水出芙蓉”之美。诗原是江中一秀才偶有所感而吟，为韦氏邻女取妆奁中红笺题录；郑德璘睹韦氏而悦其美艳，乃取一尺红绡题诗云：

纤手垂钩对水窗，红蕖秋色艳长江。

既能解佩投交甫，更有明珠乞一双。

德璘将这首题在红绡上的诗，缠在正在垂钓的韦氏女的鱼钩上。但韦氏女不善于文墨，又耻无所报，于是就将邻女录得之诗以鱼竿钩丝投给德璘，恰巧成了对郑诗的酬答。韦氏女因爱慕德璘，而将所赠的红绡题诗缠于臂上。郑德璘发现船旁女尸时，见到臂上红绡题诗，知是所钟爱之人，红绡题诗起了媒人的作用。构思奇巧，题诗亦佳。

二是豪侠义士性质的传奇。像《聂隐娘》、《昆仑奴》这样的名篇，已在豪侠小说专章中论及。其实，《韦自东》、《陈鸾凤》、《蒋武》、《周邯》以及《赵合》等，也都写出豪侠义士的某些值得称道的行为和品格，而与道术的关联，几乎是这类小说的共同特点。

《韦自东》着重描写“义烈之士”韦自东的壮勇之举，他平生“操心在平侵暴”、“济人之急”，主要通过两件事来表现他的性格特征。一件事是段将军告诉他山顶上寺庙，有二僧被怪物所食，并听说山上有夜叉作怪。他就“仗剑奋衣”而往，进入佛堂一看，“细草茸茸，似有巨物偃寝之处。四壁多挂野彘、玄熊之类，或庖炙之余”，这些迹象说明夜叉作怪之说是真的。于是，他就做好除怪的准备：“遂拔柏树，径大如碗，去枝叶为大杖，扃其户，以石佛拒之。”从除怪过程中，表现出他壮勇之中也含有智慧："夜未分，夜叉挈鹿而至，怒其扃镭，大叫，以首触户，折其石佛而踣于地。自东以柏树挝其脑，再举而死之。拽之入室，又阖其扉。顷之，复有夜叉继至，似怒前归者不接已，亦哮吼，触其扉，复踣于户阈。又挝之，亦死。自东知雌雄已殒，应无侪类，遂掩关烹鹿而食。"第二件事，是有道士炼灵药将成，"而数有妖魔入洞，就炉击触，药几废散。思得刚烈之士，仗剑卫之"。自东仗剑从道士而去，守卫洞门。结果，有长数丈的巨虺，张牙舞爪，被自东以剑击之，"似中其首"，若轻雾而化去；接着又有"颜色绝丽"的女子来迷惑他，自东又以剑拂之，若云气而灭。第三次，妖魔化为道士的师父，"乘云驾鹤，导从甚严，劳自东曰：'妖魔已尽，吾弟子丹将成矣，吾当来为证也。'……"自东信以为真，"遂释剑而礼之。俄而突入，药鼎爆裂，更无遗在"。功败垂成，固然与自东粗心大意、警惕性不高有关，但也说明一个深层次的哲理：对巧于变化的妖魔，必须百倍警觉，保持清醒的头脑，擦亮眼睛；不然，就可能上当受骗。后来《西游记》中"孙悟空三打白骨精"，在识别妖魔变形惑人的本质方面，也许从韦自东的上当受骗中吸取了经验教训。这故事至今仍有其深刻意义。

"负义气，不畏鬼神"，有"后来周处"之称的陈鸾凤，是《陈鸾凤》所描写的豪侠。当地有雷公庙，"邑人虔洁祭祀，祷祝既淫，妖妄亦作"。时逢大旱，邑人祈而无应。鸾凤大怒，斥责雷神："为神不福，况受人奠酹如斯；稼穑既焦，陂池已涸，牲牢飨尽，焉用庙为？"就将庙烧毁。他故意食用雷神所忌的以黄鱼彘肉相和之食，向雷神挑战，果然雷雨大作。"鸾凤乃以刀上挥，果中雷左股而断。雷堕地，状类熊、猪，毛角，肉翼青色，手执短柄刚石斧，流血注然，云雨尽灭。"

鸾凤借此宣传“雷无神”，破除迷信；雷神报复他，他“持刀立于庭，雷终不能害”。实践教育了群众，从此以后，每有旱灾，邑人就请鸾凤向雷神挑衅，持刀挥舞砍雷，促使“云雨滂沱，终不能震”。鸾凤博得“雨师”的称号。他是个无神论者，为人民大众，不惜牺牲自己。他曾说：“少壮之时，心如铁石，鬼神雷电，视之若无当者。愿杀一身，请苏万姓，即上玄焉能使雷鬼敢骋其凶臆也？”这样的英雄豪侠，是值得赞美的。

《周邯》中的水精，是周邯从外国人那里买来的奴仆，其身分与昆仑奴磨勒相似，他的特殊本领是潜水：“视其貌，甚慧黠，言善入水，如履平地，令其沉潜，虽经日异时，终无所苦；云蜀之溪壑潭洞，无不届也。”令人惋惜的是，这样一个豪侠之士，却不逢其主。周邯是个贪得无厌的所谓“文学豪俊之士”，利用水精之长，专为他潜水探险攫取金银宝物，成为他致富的工具。在牛渚矶最深处，虽为周邯取得宝玉，但水精因此触怒水怪，身仅免祸。周邯却并不怜恤他，在友人相州刺史王泽前炫耀自己有潜水探宝的奴仆，于是又命水精潜入八角井底探宝，结局是很悲惨的：“忽见水精自井面跃出数百步，续有金手亦长数百尺，爪甲锋颖，自空拏攫水精，却入井去。”为主人探宝而葬身龙腹，有本领的奴隶却遭此悲惨命运。

三是求仙问道的故事，其特点是除艺术想象较丰富外，能于此类故事中寄托某种理想或批判历史上的暴政。如《许栖岩》描写举进士业的许栖岩如何弃儒从道的过程，对神仙洞穴、龙马、龙山桥玩月的描绘，尚有新意。《陶尹二君》写的是唐大中初，陶太白、尹子虚二老人，游嵩、华二峰，采松脂、茯苓，却遇秦时役夫和宫女，通过役夫自述经历，揭露了秦朝的暴政，役夫和宫女是劫后余生。役夫经历了五大劫难：

一次是秦始皇好神仙术，派徐福搜童男童女去海岛求不死之药，此役夫是被选中的童男之一，他出奇计逃脱此祸；二次是他易姓业儒，又遭秦始皇焚书坑儒之祸，出奇计又逃脱；三次是他易姓氏为板筑夫，又遇上秦始皇集结役夫筑长城，他在被征役夫之列，又以奇计逃脱；第四次是为秦始皇穿凿骊山，大修陵墓，“工人匠石，尽闭幽隧”，他在工匠数中，又出奇谋得脱此难。四次逃脱大祸，躲进山中，赖“食松脂木实，乃得延龄”。跟他一起逃入山中的毛女，是秦始皇的宫女，同为殉葬人，同脱骊山之祸，“共匿于此，不知于今经几甲子”。从役夫与宫女的苦难经历中，淋漓尽致地暴露了秦朝暴政的残酷，给人民造成的灾祸。两个侥幸逃脱大祸的男女，是活的历史见证人。这比陶渊明《桃花源记》中避秦祸祖先逃入桃花源中的人，更离奇，而揭露秦的暴政则更具体。陶渊明重在于乱世中构想摆脱现实苦难的乌托邦，裴铏则重在对暴政的批判。从役夫的自述中，还剥掉了求仙问道、长生不死的宗教神秘色彩。陶、尹二君听说役夫与毛女从秦活到唐大中初已千余年，以为有什么“金丹大药”，役夫说：

> 余本凡人，但能绝其世虑，因食木实，乃得凌虚，岁久日深，毛发绀绿，不觉生之与死，俗之与仙。鸟兽为邻，猿狖同乐，飞腾自在，云气相随。亡形得形，无性无情，不知金丹大药为何物也。

这是老庄的养生哲学，“绝其世虑”、“亡形得形，无性无情”，任其自然，并非神仙道教蓄意炼金丹、求长生。当然，役夫所述也是虚妄之言，但与宗教徒的故神其教有所不同。受道教文化的影响，开拓艺术幻想的空间，是有意识的“幻设”，这从尹子虚的姓名中也有所提示，与“元无有”是同样的含义。

《传奇》中绝大部分作品都穿插了诗，人、神、鬼、怪都能赋诗。而故事奇特怪异，有较性格化的形象，并善于把动物、植物人格化，如《江叟》中槐树神的人格化，《宁茵》中虎、牛的人格化，有动、植物的原形，又有其化形；而作为化形出现时，既具有动、植物属类的特性，又有社会上某种类型人物的个性。这在《茵宁》中表现得尤为突出。为后来的神魔小说提供了怪诞美的艺术经验。《传奇》是传奇小说的正宗，但又有所发展变化。它淡化了传记体的结构模式，更着意于小说艺术幻设的奇异性。

三、怪异之作《宣室志》与《甘泽谣》

在晚唐描述仙鬼灵异故事的传奇小说集中，张读的《宣室志》，也是一部具有代表性的作品。此书见于《新唐书·艺文志》小说家类著录，十卷。《宋史·艺文志》、《郡斋读书志》、《直斋书录解题》诸书著录均同。据《郡斋读书志》云，书前有苗台符序，可见宋时尚存此书十卷足本。后在流传中有散佚。现传最早的版本为明钞本和《稗海》本，于十卷之外附"补遗"一卷，中华书局古小说丛刊本据以点校，增辑佚文六十五条。

张读，生于唐文宗大和八年或九年，卒于僖宗中和初年以后。字圣朋（一作"圣用"），深州陆泽人。系张鷟后裔，牛僧孺的外孙。于宣宗大中六年进士及第，"时年十九"，"有俊才。累官至中书舍人、礼部侍郎，典贡举，时称得士。位终尚书左丞"。其生平附见于两《唐书·张荐传》。

《宣室志》可能作于登进士第之前，但成书不会早于大中五年，因书中“侯道华窃药升仙”、“鬼友来访”两个故事发生在此年。当时进士“行卷”之风尚存，本书之作，也许与“行卷”有关。该集题为“宣室”，是取汉文帝召见贾谊于宣室论鬼神之事，故书中多记仙鬼灵怪奇异之事。

从《宣室志》中可以看出，作者受佛、道两教的影响都有，但更多的倾向于佛教。宗教文化经过作家的艺术加工，创造出新的意象。

描写精灵鬼怪的变异，原是志怪性传奇的传统题材，《宣室志》在这方面有所创新和发展，故事情节宛曲，人物描写富有个性，笔调清新而较细致，且能根据人物身分和具体环境有所变化。

例如写狐妖变异的作品，从六朝志怪小说到唐人传奇，为数甚多，而真正能写出其特色、有个性的佳作并不多。《宣室志》中的《计真》①，不失为佳作之一，情节曲折有致。先写计真游陕醉酒后堕马，黑夜迷路，来到“朱门甚高，槐柳森然”的李外郎别墅；接写李外郎宾馆的雅致：“其左有宾位甚清敞。所设屏障皆古山水及名画图，经籍、茵榻之类，率洁而不华。”如此陈设，与李外郎儒雅的身分、风度很相称。李外郎“语甚敏博，真颇慕之”。本篇与一般写人与狐妖精怪婚恋一见钟情的构思方式不同，李外郎并没有让他的女儿出来与计真会面，而是与计真分别月余之后，由一个自称进士独孤沼者到京师计真寓邸说媒。然后，计真再到李别墅提亲，经双方同意，才卜日就礼。对狐女的外貌描写极其简略：“妻色甚姝。”而对其性格刻画则较细腻，先概略地说她“聪敏柔婉”，然后在婚后

---

①一作“许真”，今据《太平广记》卷四百五十四。

的日常生活中具体展现其思想性格特征。她以秦皇汉武求仙不成为例，劝阻计真奉道，不要“惑于求仙”。这与一般狐妖崇信求仙问道很不相同，表现出她的敏慧。狐妖与人婚恋，为期都较短促。本篇写李氏女与计真的婚姻生活为时甚长，生七子二女，而“才质姿貌皆居众人先”，“容色端丽，无殊少年时”。写她临死时与计真诀别，倾诉心曲，凄楚感人：

> 一旦，屏人握生手，呜咽流涕自言曰：“妾自知死至，然忍羞以心曲告君，幸君宽罪宥戾，使得尽言。”已歔欷不自胜，生亦为之泣，固慰之，乃曰：“……且妾非人间人，天命当与君偶，得以狐狸贱质奉箕帚二十年，未尝纤芥获罪，敢以他类贻君忧。一女子血诚自谓竭尽，今日求去，不敢以妖幻余气托君。念稚弱满眼，皆世间人为嗣续，及某气尽，愿少念弱子心，无以枯骨为仇，得全支体，埋之土中，乃百生之赐也。”言终又悲恸，泪百行下。生惊恍伤感，咽不能语，相对泣良久。……

这是人间结发夫妻生离死别的一幕悲剧，却又有狐女与人婚恋的特殊性，更浓化了家庭悲剧的气氛。李氏的狐狸原形，是到最后才暴露的，仍然具有浓郁的人情味。

《裴少尹》写的就是俗谚所谓“托鬼诊病”的故事，讽刺某种事理的荒谬性，但本篇之意似在嘲讽道术害人。裴少君之爱子患病，希求“道术士，用呵禁止，冀瘳其苦”。先后有高氏子、王生、道士三人，均自称有符术能“除去妖魅疾”，互相指责对方是妖狐，以至于闭户相斗殴，最后“三狐皆仆地而喘，不能动矣。裴君尽鞭杀之。其子后旬月乃愈矣”。这个故事是发人深思的。狡猾之徒往往迎合被欺骗者的心理，以假乱真，而弄虚作假者之间，为掩饰自已假伪的面目，往往互相攻讦，以抬高自己。对这些狡猾的丑类，除了严惩以外，别无他法。

《卢虔》和《张景》则是描述制伏神怪的。卢虔是个不怕鬼神的人，他明知某故宅“有怪不可居”，却充满信心地说：“吾自能弭之。”住进此宅后，有自称“吾家于此有年矣”之“柳将军”，给卢虔写恐吓信：“君速去，勿招败亡之辱。”恐吓无效，“柳将军”就登门挑衅，被卢虔的从吏射中其手执之瓢；第二次又来，从吏又射中其胸。天明一看，原来是宅东空地上一棵高百余尺的柳树，“有矢贯其上，所谓柳将军也。虔伐其薪，自此其宅居者无恙”。又在重修堂室时，“于屋瓦下得一瓢，……有矢贯其柄，即将军所执之瓢也”。这个不怕神怪的故事，启发人们在任何强大的神怪面前，敢于坚决斗争，必能彻底根除。当然，这是在承认有神怪的前提下，设法如何制伏神怪的；这在古代人们普遍迷信有神怪的时候，敢于制伏神怪，自有其积极意义。《张景》则是写张景之女遭精怪调戏，张景授女一金锥，极其锋利，教女曰：精怪来时，用此锥刺进其身，留下标记，以便捉怪。女遵嘱依计而行，“密以锥倳其项。其魅跃然大呼，曳缕而去”。第二天按血迹寻觅，于古木下穴中获一蛴螬，“锥表其项……景即杀之，自此遂绝”。弱女子敢于以利锥刺精魅，卫护自己不受侵犯，这种精神，也是值得肯定的。

《宣室志》中出现一种新奇的构想，是人与鬼论诗或题诗。《陆乔》写元和初进士陆乔，好为歌诗，且富而好客。于风月晴莹之夕，却有南朝诗人沈约造访，沈又邀友人范云并召爱子青箱与会；青箱亦能诗，沈约原寄希望于青箱能传其学，不幸先约而逝，于是讽其诗曰：“六代旧山川，兴亡几百年，繁华今寂寞，朝市昔喧阗。夜月琉璃水，春风柳色天。伤时与怀古，垂泪国门前。”诗亦不恶，俨然是唐人律诗风韵，故陆乔于叹赏之余问约曰：“……自唐朝沈佺期、宋之问方好为律诗。青箱之诗，乃效今体，何哉？”沈约的回答很妙：“今日为之，而为今体，亦何讶乎？”沈约与范云还论及昔日时事，并预告陆乔此地将有兵乱，不久果然有李锜之叛。类似的有好为七言诗的唐燕士①，步月上山，见有白衣丈夫吟诗曰：“涧水潺潺声不绝，溪陇茫茫野花发。自去自来人不知，归时常对空山月。”原来吟诗者是已故数年的胡氏子。

《梁璟》写中秋之夜，梁璟与自称萧中郎、王步兵、诸葛长史者鬼魂联句赋诗，美人惠娘歌《凤楼之曲》。结果却因嘲笑梁璟不是举进士科而是“将举孝廉科”，闹得不欢而散。梁璟往往梦见中郎、步兵，心里很厌恶他们，用术士辟鬼符才绝迹。从这离奇故事中，既反映了当时文士聚会联句赋诗的风尚，更揭示了士人对科举考试特重进士的心态。

这类作品，写得最好的是《谢翱》。谢翱曾举进士，好为七言诗，所居庭院中又多牡丹。高雅的人及其所生活的优美环境，引来了非人世间美人的光顾。在美人驾临前，先写一“高髻靓妆，色甚姝丽”的使者骑马而来，请翱归所居；次写青衣三四人，入拜谢翱，在“堂中设茵毯，张帷帝，锦绣辉映，异香遍室……”。这些描写，都为美人的出场起了铺垫烘托的作用。然后笔锋转向正面描写美人的不同凡俗，非止“风貌闲丽，代所未识”，且出语雅致，对谢翱说：“闻此处有名花，故来与君一醉耳。”翱问她的身分与来意，她笑而不答，只说：“但知非人则已，安用问耶？”因翱善为七言诗，故愿翱赠诗。谢翱所

---

①《太平广记》习惯以作品中主要人名题篇名，而新校点本往往加新标题。笔者一般沿用《太平广记》所题篇名。

赠和美人所答，诗都写得不坏，于怅惘中具有朦胧的意象。第二年春，谢翱下第东归途中，因感前事，又作诗云：

一纸华笺丽碧云，余香犹在墨犹新。
空添满目凄凉事，不见三山缥缈人。
斜月照衣今夜梦，落花啼雨去年春。
红闺更有堪愁处，窗上虫丝镜上尘。

谢翱对美人真挚深切的思念，感动美人前来与他会见，并酬诗一首：

惆怅佳期一梦中，五陵春色尽成空。
欲知离别偏堪恨，只为音尘两不通。
愁态上眉凝浅绿，泪痕侵脸落轻红。
双轮暂与王孙驻，明月西驰又向东。

可见美人对翱也是情深意切的。全篇作品始终不明确美人的身分，与翱的关系也是扑朔迷离，意态朦胧。翱虽知其为怪，却眷念难忘，终至怨结而死。故事优美而凄惋，犹如现实生活中一对有情人却难成眷属，笼罩着幽怨凄凉的情绪，留给人们较为宽阔的想象空间。这四首诗以及前面论及的同类作品中的诗，均收入《全唐诗》。

明因果、说报应，是《宣室志》的内容之一。这类作品，受佛教思想影响较为明显。《陈袁生》中的陈袁生，平生并没有做坏事，但他却辜负了赤水神的委托。赤水神告知陈袁生既往之事，并预言“来岁当调补新明令”，托陈袁生为他重建祠宇，以时奠祀，恳求他不要忘记。陈袁生表示听从他的嘱托。此岁冬，袁生果然补新明令，于是到赤水神庙拜谒，“见其檐宇摧毁，蓬荒如积”。赤水神感谢他不负前约来访。见阶垣下有一老僧，桎梏受苦，据赤水神说是县东兰若道成师的魂魄，十几天后当释放他。袁生无钱实践重建祠宇的诺言，就在道成师身上打主意；将在赤水神庙看见他魂魄被桎梏受苦的情况告诉道成师，要他病愈后重建祠宇。不料道成师病愈后，反而认为自己得病是赤水神为害，率众徒“持锸诣庙，尽去神像及祠宇，无一遗者”。结果得到恶报的是袁生，因他不信守诺言，违背赤水神的托付，把道成毁庙也归罪于袁生，“后数日，竟以疾卒”。这样的报应，当然是宗教迷信。但其潜在的意义，在于说明：受人之托，就必须成人之事，背信弃义，辜负人之所托，必将自食恶果。强调人的诚信，还是有其积极意义的。

《闾丘子》则是写郑又玄以门望清贵，骄于寒贱者闾丘子。闾丘子死后，转世为仇生，为大贾之子，又玄累受其金钱赂遗，常与宴游；只因仇生不是士族，郑又玄总是不以礼相待，骂他是市井之民，骄狂之甚，仇生被羞辱而死。郑又玄却好黄老之道，罢官后，愿拜在吴道士门下为弟子，因“汲汲于尘俗间”被辞退。后来在旅途遇见一个“辨慧千转万化”的童子，原来童子是太清真人，闾丘氏、仇生都是他的化身，本来想与郑又玄为友，“授真仙之诀，而汝以性骄傲，终不能得其道”。又玄感寤其事，“甚惭恚，竟以忧卒”。以门望清贵作为骄傲的资本，是唐代特有的社会现象。荥阳郑氏是五大氏族之一，郑又玄以此骄人，到头来却搬起石头砸了自己的脚，断送了性命。这也是有讽刺意味的。

《赵生》描写人参精帮助愚钝而勤奋好学之士终于成才，也有其哲理性，激励天赋较差的人刻苦自励，可以弥补先天的不足。《俞叟》则写仙人帮助穷愁潦倒之士，而惩诫负人的官僚，有较深刻的寓意。

描写变幻之奇异，原是志怪小说的特长，《宣室志》在这方面也作出了新的贡献。《陆颙》描写陆颙"自幼嗜面，为食愈多而质愈瘦"。下第后为太学生，忽有几个胡人挈酒食诣门，把他夸奖了一番，后来又以金缯为陆颙寿。于是招致太学生们的怀疑："彼胡率爱利不顾其身，争盐米之微，尚致相残杀者，宁肯弃金缯为朋友寿乎？……"劝他避居于渭水上，杜门不出。这却正中胡人下怀，认为比住在太学中谈话更方便。胡人给陆颙吃了一粒药，陆颙吐出一条二寸许长的虫，原来这虫叫"消面虫，实天下之奇宝也"。胡人以"十二重辇，金玉缯帛约数万献于颙"，把消面虫放在金函中拿走了。后来胡人又邀陆颙游海，"探海中之奇宝"。胡人"置油膏于银鼎中，构火其下，投虫于鼎中炼之，七日不绝燎，忽有一童，……自海中出，捧月盘。盘中有径寸珠甚多，来献胡人"；胡人不满意，于是"又有一玉女……捧紫玉盘，中有珠数十，来献胡人"；胡人又骂之，复有一仙人……捧绛帕籍，籍中有一珠，径三寸许，奇光泛空，照数十步。仙人以珠献胡人，胡人笑而授之，喜谓颙曰："至宝来矣。"胡人吞其珠，带陆颙入海中："其海水皆豁开数十步，鳞介之族，俱辟易回去。游龙宫，入蛟室，珍珠怪宝，惟意所择。才一夕而获甚多。"在志怪小说中，搜罗奇珍异宝往往与胡人（实际上是外商）联系起来，商人唯利是图是职业的本性，他们不惜高价购求之物，必是至宝，对他们来说，还是一本万利之事。这个故事的奇幻性在于：本是危害人健康的消面虫，居然是引出海上奇珍的至宝。产生这类故事，与人们好奇喜幻、梦想发意外横财的心理也有关系。

《王先生》的变幻之奇，是神仙化的超级魔术。被里人视为妖妄的王先生，当"里中火起，延烧庐舍"时，厉声呼曰："火且止，火且止！"火就灭了。他要七十余岁的女儿"为吾刻纸状今夕之月，置于室东垣上”，纸月居然发出奇光，“洞照一室，纤毫尽辨”。若在电器化的时代，要这种魔术是不足为奇的，而在用油灯、蜡烛的时代，则不可思议。变幻更为奇妙的是，王先生以杖击之，“俄有尘起，天地尽晦，久之尘歛，视其庭，则悬崖峻险，山谷重叠，前有积石尽目”，复以彗扫其庭，“又有尘起，有顷尘歛，门庭如旧”。这种奇特的想象，就神仙化了。宗教文化的想象力是很强的，真可谓异想天开。

《李征》描写李征化虎，恰遇友人袁傪，托付家事，代为整理保存文稿，奇幻而富于人情。

《宣室志》中有讽刺性的作品，写得饶有风趣而又尖锐泼辣。例如《杨叟》描写杨叟之子宗素以孝著称，父病求医，陈生究其病原："是翁之病心也。盖以财产既多，其心为利所运，故心已离去其身，非食生人心，不可以补之，而天下生人之心，焉可致耶？"陈生之言就具有讽刺性，而宗素却千方百计求索生人心以补父之心。一日，他误入山中，见一"貌甚老而枯瘠"的胡僧，僧人自称："常慕歌利王割截身体，及菩提投崖以伺饿虎，……恨未有虎狼噬吾，吾亦甘受之。"于是宗素向胡僧提出要求，以僧之心治父之病，并满足僧人饱吃一餐的愿望。吃完饭，僧却腾上一高树，跟宗素开起玩笑来。因宗素自称"某素尚浮图氏"，愿听胡僧说《金刚经》之奥义，僧人就说："《金刚经》云：'过去心不可得，现在心不可得，未来心不可得。'檀越若要取吾心，亦不可得矣！"说完，化为一猿而去。从宗素这个"素尚浮图氏"的孝子向老弱僧人索生人心的反人性行径中，暴露了信佛行孝之徒的虚伪与残酷。

《甘泽谣》也是"载谲异事"的传奇集，虽然全书只有九篇，但是名气不小，影响较大。对于此书的题名，《郡斋读书志》和《直斋书录解题》有类似记载，而后者稍详，并提及作者："唐刑部郎中袁郊撰，所记凡九条，咸通戊子自序。以其春雨泽应，故有甘泽成谣之语，遂以名其书。"戊子为咸通九年，书当成于此年春。前者则云："咸通中久雨卧疾所著。"是养病中记怪异事自娱的。今本系明人杨仪从《太平广记》辑录，仅八篇，而缺自序，故论者或疑九章之数包括自序。

袁郊，字之乾（《唐诗纪事》作"之仪"），蔡州朗山（今河南汝南）人。生卒年不详。据《新唐书》宰相世系表及袁滋传，郊官至翰林学士，虢州刺史。昭宗时在世。《唐诗纪事》录袁郊诗咏月、霜、露、云等，系与温庭筠酬唱之作。庭筠集有《开成五年秋，以抱疾郊野，不得与乡计偕至王府》一首，即为兼呈袁郊之诗。

志怪性传奇，往往事涉幽渺，且受宗教文化影响，但此书诚如《四库全书总目提要》所云："琐事轶闻，往往而在。"对于了解唐代社会风貌、人们思想信仰、历史人物事迹，都有参考价值；且故事谲异，构思奇巧，文笔亦跌宕有致，有较高的审美价值。

佛教文化对传奇作者的潜移默化，使传奇小说创造出一些新奇神异的意象。《甘泽谣》中的《懒残》、《圆观》就是描写僧人成佛和轮回转世的佛家故事的。

懒残是天宝初衡岳寺的执役僧。其所以号懒残，是"性懒而食残"，二十年间，"昼专一寺之工，夜止群牛之下，曾无倦色"，是寺中处于最底层操持劳役的苦行僧。写李泌与懒残的关系，富有神秘色彩，可以说是佛、道融化合流。少慕黄老鬼神之说的山人李泌，察觉懒残是非同凡俗之人。"听其中宵梵唱，响彻山林，李公情颇知音，能辨休戚，谓：'懒残经音凄婉而后喜悦，必谪堕之人，时将去矣。'"懒残的秘密被李泌发现，懒残由恼怒终于成为李泌的知交。嘱李泌："慎无多言，领取十年宰相。"这当然是宗教的宿命论，但却说明懒残也看出李泌不同寻常的才能。最具有神奇性的情节，一是被风雷颓坍的大石拦住缘山磴道，"以十牛縻绊以挽之，又以数百人鼓噪以推之，力竭而愈固"，懒残却在众人的嗤笑声中，不假人力，"履石而动，忽转盘而下，声若雷震。……"于是从百姓到刺史，都把他奉若神明，而"懒残悄然，乃怀去意"。二是寺外忽然虎豹成群，日有被害者，懒残只求一箠驱虎，他才出门，"一虎衔之而去"。佛家的观念，就是懒残成佛，回天堂去了，"虎豹亦绝踪迹"。佛家以肉体为躯壳，本非己有，只有灵魂，才是真正属于自己的。

《圆观》写的是洛阳惠林寺僧圆观，与公卿之子李源的二世友谊。圆观于梵学之外，音律贯通。而李源因父被安禄山所杀，绝意仕途，将全部家业献给惠林寺，"寺人日给一器食一杯饮而已。……绝其知闻，唯与圆观为忘年交，促膝静话，自旦及昏"，尽管遭到世人讥诮，三十年交谊不衰。这种友谊，甚至延续到再世。生死轮回，是佛家的主要观念之一。两人从荆江上三峡入蜀途中，圆观见到一怀孕的王姓妇女，就"望而泣下"，他对李源说："孕妇姓王者，是某托身之所。逾三载尚未娩怀，以某未来之故也。今既见矣，即命有所归。释氏所谓循环也。"希望李源在他出生三日时临访。"若相顾一笑，即其认公也。更后十二年中秋月夜，杭州天竺寺外，与相见公之期也。"①李源不负所约，以符咒让孕妇顺利生产，第三日"往观新

①此句似应是"与公相见之期也"。

儿，襁褓就明，果致一笑”。十二年后秋八月，诣杭州赴约的情景，更富有佛教文化的诗情画意：

> 时天竺寺，山雨初晴，月色满川，无处寻访。忽闻葛洪川畔有牧竖歌《竹枝词》者，乘牛叱角，双髻短衣，俄至寺前，乃圆观也。李公就谒曰：“观公健否？”却问李公曰：“真信士矣，与公殊途，慎勿相近。俗缘未尽，但愿勤修，勤修不堕，即遂相见。”李公以无由叙话，望之潸然。圆观又唱《竹枝》，步步前去。山长水远，尚闻歌声，词切韵高，莫知所谓。……

轮回转世，相认前世友人，这当然是佛教的虚妄之谈。但就两人对友谊的真挚、执著、诚信而言，却是感人至深的。写圆观见孕妇后与李源话别时的情景，凄切悲凉中包含着希望；天竺寺外故友重逢，但已仙凡殊途，可望而不可即，欢快中又蕴含凄凉。葛洪川畔幽静凄清的意境，词切韵高的歌声，兼有田园山水诗的诗画相映之美。按，李源实有其人，本篇传奇所写，除与圆观轮回转世为友之说以外，寓居惠林寺、绝意仕进等事，均大致属实，新、旧《唐书》有传。

《圆观》故事后世流传较广。苏轼撰《圆泽传》即根据本篇传奇改编，清人古吴墨浪子《西湖佳话·三生石迹》亦据此改写。

豪侠小说的代表作之一《红线》，也出自本书，我们已在豪侠小说专章中论及。还有《陶岘》，也是《甘泽谣》中的名作。陶岘的昆仑奴摩诃，性格、武艺近似《传奇·昆仑奴》中的磨勒，而其悲惨的结局又类似《周邯》中的奴仆水精，基本上属于豪侠型的性格。但由于其身分是奴仆，陶岘表面上也重视他，可是在对待他与剑、玉环两件宝物的关系上，陶岘却重物轻人。认为摩诃存在的价值，就是能够使他以投剑、玉环入水为戏的活动不断地重复下去。摩诃能潜入深水中把剑、环找回来；当最后一次摩诃从黑水中出来，告诉陶岘水中有龙的险情时，陶岘却强迫摩诃非再次下去找回剑、环不可。这个场面描写惊心动魄，笼罩着浓郁的悲壮凄凉气氛：

> 行次西塞山，泊舟吉祥佛舍，见江水黑而不流，曰："此下必有怪物。"乃投环剑，命摩诃汩没波际，久而方出，气力危绝，殆不任持，曰："环剑不可取。有龙高二丈许，而环剑置前，某引手将取，龙辄怒目。"岘曰："汝与环、剑，吾之三宝。今者既亡环剑，汝将安用？必须为我力争也。"摩诃不得已，被发大呼，目眦流血，穷命一入，不复出矣。久之，见摩诃支体磔裂，浮于水上，如有视于岘也。……

尽管陶岘视摩诃与环、剑为三宝，实际上是把摩诃当作环、剑的附属物，取不回环、剑，摩诃就失去存在的意义。摩诃明知此去有丧命之险，而又不得不服从主子的命令，这正是奴隶的悲惨命运；"被发大呼，目眦流血，穷命一入"，充分表现了他悲愤的心情。作者也没有把陶岘的形象图式化、简单化。先交代他是陶渊明的子孙，富有家业，悉付忠实能干的管家料理，自己则"泛然江湖，遍游烟水"，颇有其祖淡泊名利、超尘绝俗之风；但又有纨袴子弟恣肆任性的恶劣习气。他自得到摩诃、古剑、玉环三宝后，为了斗胜好奇、炫耀自己的珍宝，每遇水色可爱，就故意把剑、环投入水中，然后命"善游水而勇健"的奴仆摩诃下水取回，"以为戏笑"。主子把奴隶的性命作为戏笑之具，既是罪恶的制度所使然，又是貌似名士风流、实为虚荣无聊的浪荡子弟的习性。当他看到摩诃被支解的尸体浮出水面，且"如有视于"自己时，又伤感流泪，不再泛游江湖。这样描写陶岘的性格、气质、作风，是真实可信的。

《甘泽谣》中有的作品，是借人物轶事而以志怪，或从人物轶事中表现唐代的音乐歌舞艺术。例如《素娥》和《许云封》。前篇写武三思之歌妓素娥，并穿插了以强毅刚正著称的梁公狄人杰轶事；后篇则写李謩的外孙许云封吹笛的理论和表演艺术。

武三思是武则天的侄儿，位高权重，滥作威福。篇中所写“得乔氏青衣窈娘，能歌舞，三思晓知音律，以窈娘歌舞，天下至艺也。未几，沉于洛水。遂族乔氏之家”。据孟棨《本事诗》、张鷟《朝野佥载》所云，此乃是武承嗣所为。乔氏指乔知之，则天时累除右补阙、迁左司郎中。知之有侍婢名窈娘，美丽善歌舞，为武承嗣所夺。知之怨惜，因作《绿珠篇》以寄情，密送与婢，婢感愤自杀。承嗣大怒，因罗织知之罪名诛之。本篇却写成武三思所为，此亦小说家常有的移花接木、张冠李戴的手法。

有趣的是为武三思所物色的“善弹五弦，世之殊色”的姬妾素娥，听说在公卿大夫都赴三思盛宴，唯独仁杰称疾不来，因而三思恼羞成怒之际，劝诫三思曰：“梁公强毅之士，非款狎之人，何必固抑其性，再宴……请不召梁公也。”三思曰：“倘阻我宴，必族其家。”三思盛宴请宾客，目的在于炫耀有色艺双绝的姬妾素娥；狄仁杰赴宴，素娥却躲藏起来，三思去找，也不见。“忽于堂奥隙中闻兰麝芬馥，乃附耳而听，即素娥语音也。细于属丝，才能认辨。曰：‘请公不召梁公，今固召之，不复生也。’三思问其由，曰：‘某非他怪，乃花月之妖，上帝遣来，亦以多言荡公之心，将兴李氏。今梁公乃时之正人，某固不敢见。某尝为仆妾，敢无情？愿公勉事梁公，勿萌他志。

不然，武氏无遗种矣！'……"武三思将此事密奏则天，才收敛废唐宗室传武氏继位的野心；因勿立武氏，正是狄仁杰的主张。素娥隐形说三思，实际上是作者假花月之妖戏弄嘲讽武三思，也间接地揭露则天传位武氏的祸心。

《许云封》写韦应物自兰台郎出为和州（应是滁州之误）刺史，途次灵壁驿，闻云封笛声，说这笛声"酷似天宝中梨园法曲李谟所吹者"，询问乃知云封是李谟外孙。云封谈及李白以题诗的方式为李谟外孙命名的佚事，也谈到如何得到外祖的培养，教他吹横笛，被选为梨园法部小部音声成员之一，在长生殿演奏《荔枝香》新曲的盛况。韦应物和许云封既互为知音，自然着重谈论笛的奥秘。韦的乳母子曾于天宝年间受李谟吹笛之教，据说韦应物所吹的笛，就是李谟赐予的。许云封看了那枝笛，说："信是佳笛，但非外祖所吹者。"于是说出一番颇有理论价值的制作笛的奥秘：

> 竹生云梦之南，鉴在柯亭之下。以今年七月望前生，明年七月望前伐。过期不伐，则其音窒；未期而伐，则其音浮。浮者，外泽中干；干者受气不全。气不全，则其竹夭。……其已夭之竹，遇至音必破。所以知非外祖所吹者。

韦应物要鉴别真假，就请许云封以实践来鉴别，云封捧笛吹《六州遍》一叠，"未尽，駴然中裂"。实践证明许云封论制笛的理论是正确的，至今也是一分珍贵的文化遗产。从本篇可窥见唐代器乐发达的一个方面。许云封提到的"柯亭"，又称高迁亭。相传其地产竹，为制笛的上等材料。《后汉书·蔡邕传》李贤注引张骘《文士传》云："邕告吴人曰：'吾昔尝经会稽高迁亭，见屋椽竹东间第十六可以为笛，取用果有异声。'"又《玉台新咏》有梁武帝《咏笛》诗云："柯亭有奇竹，含情复抑扬。妙声发玉指，龙音响凤凰。"可见云封之论，也是有历史根据的。

四、小说选集《异闻集》

陈翰辑录的《异闻集》，是唐人选唐传奇的一部选集。原书十卷，已佚。佚文见《太平广记》、曾慥《类说》、朱胜非《绀珠集》者，凡四十六篇①，除《王魁》、《书仙传》两篇系宋人作品为后人掺入外，其余均为唐人之作，大多可谓唐传奇之名篇。鲁迅辑《唐宋传奇集》、汪辟疆辑《唐人小说》，所选篇目有二十多篇与《异闻集》相同，可见陈翰选此小说集，是颇有眼力的。有的选自单篇，有的选自小说专集，其中有些名篇，赖此选集得以保存流传。我们在研究唐人小说时，是不能忘记陈翰选《异闻集》之功的。

《新唐书·艺文志》，将此书列入丙部小说家类，并注明陈翰为"唐末屯田员外郎"。晁公武《郡斋读书志》入子部小说家类，称："唐陈翰编，以传记所载唐朝奇怪事，类为一书。"而陈振孙《直斋书录解题》已指出该书"第七卷所载王魁乃本朝（宋）事，当是后人剿入之耳"。可见陈振孙读过十卷全本。《文献通考》入小说家类。

该集所辑传奇名篇，如《古镜记》、《枕中记》、《柳氏传》、《李娃传》、《柳毅传》、《霍小玉传》、《离魂记》、《传奇》（即《莺莺传》）、《南柯太守传》、《谢小娥传》、

①参见程毅中《古小说简目》附录二《异闻集考》。

《周秦行记》、《上清传》、《任氏传》、《湘中怨》、《沈亚之》（即《秦梦记》）、《东城老父传》等，已分别于前面有关各章论述。现就尚未论及而具有一定代表性的作品，予以阐述。

诚如书名题为"异闻"，顾名思义，所记皆是奇闻异事。尽管有的作品现实性较强，有真人真事作素材，经过艺术加工，予以典型化，就颇耸人听闻；有的作品本身，就具有志怪性，其奇异虚妄色彩，更为浓厚。如《秀师言记》，写崔晤、李仁钧二人，于建中末，赴京参加吏部选授调派官职。一日，崔、李同访荐福寺僧神秀；秀私约李改日留宿谈心。李赴留宿之约，夜半，秀乃以李今后前程相告："今合选得江南县令，甚称意。从此后更六年，摄本府糺曹。斯乃小僧就刑之日，监刑官人即九郎（指李）耳。小僧是吴儿，酷好瓦棺寺后松林中一段地，最高敞处。上元佳境，尽在其间。死后乞九郎作窣堵坡（即佛塔）于此，为小师藏骸骨之所。"李答应了他的要求；秀师还要李转告崔，意谓崔身后家事飘零，李将成为崔的女婿。事情的发展，一切如秀师所预言，李仁钧亦实践其诺言；崔之孤女，果然成为李的继室。这当然是很奇巧的事。因多种原因，事与所预料相吻合，偶或有之，但如此篇所写，则是佛家宿命之言。秀师既是僧，而又"晓阴阳术数"，以卜筮、星相等预测命运，近乎方士。由此略可窥见，释、道两教，在发展过程中互相吸收的情况。在艺术上，未卜先知，给读者以神秘感，这也是小说家惯用的手法。

《樱桃青衣》仿效《枕中记》。写卢子频年不第，渐感窘迫，见一精舍有僧开讲，诣讲筵，倦入梦境。由手携一篮樱桃的青衣引路，与卢子再从姑相见。凭阿姑作伐，与郑氏美丽女子结婚，又借阿姑裙带关系，科举擢第，再应宏词，复登甲科。自此仕途青云直上，官至黄门侍郎平章事，直谏忤旨，亦仅罢相降官而已。婚后二十年间，有七男三女，婚宦俱毕，内外诸孙十人。后又到昔年逢携樱桃青衣精舍门，下马入听讲筵，昏昏然，闻讲僧唱云："檀越何久不起？"忽然梦觉，服饰如故。醒后意象，亦似《枕中记》："卢子惘然叹曰：'人世荣华穷达，富贵贫贱，亦当然也。而今而后，不更求宦达矣！'遂寻仙访道，绝迹人世矣。"在艺术水平上，不如《枕中记》描述卢生仕途之曲折顿挫，失于平淡，不能于奇幻中翻出新意。可谓青取于蓝，却逊于蓝。但这类作品，在唐代知识阶层，可能引起广泛的共鸣。

描写人与神鬼婚恋的故事，自六朝志怪小说至唐人传奇，可称之作不少，而主旨各有不同。《异闻集》中的《韦安道》，类似《玄怪录·崔书生》，而思想内涵更丰富，艺术上场面铺排宏大壮丽，人物形象也更鲜明，篇幅漫长，叙事宛转中显其条畅。它写的是韦真之子韦安道与女神后土夫人的悲剧性婚恋故事。韦安道于洛阳早出，见街上仪仗侍卫有如帝王出巡的排场，但"有月旗而无日旗，……伞下见衣珠翠之服，乘大马，如后之饰。美丽光艳，其容动人。又有后骑，皆妇人才官。……时天后在洛，安道初谓天后之游幸"，原来是后土夫人。安道被召见，并与之结婚。所服御饮馔，如帝王之家。后土夫人虽是位尊权重的神，却通达人情，主动向安道提出要去拜见公婆，以成妇礼。新妇隆盛的仪仗排场、众多的侍从、奉送公婆及叔伯诸姑家人丰厚的礼物，却把韦的父母吓坏了，因为"是时天后朝，法令严峻，惧祸及之，乃具以事上奏请罪"。天后曰："此必魅物也，卿不足忧，朕有善咒术者，释门之师，九思、怀素二师，可为卿去此妖也。”结果，二僧及能以太乙异术制录天地诸神祇的正谏大夫明崇俨，先后都被后土夫人所击倒。最后还是公婆出面干预，要新妇离去，终于出现封建社会传统性的悲剧：

新妇泣涕而言曰：“某幸得配偶君子，奉事舅姑，夫为妇之道，所宜奉舅姑之命。今舅姑既有命，敢不敬从。”因以即日命驾而去，遂具礼告辞于堂下。因请曰：“新妇女子也，不敢独归，愿得与韦郎同去。”真悦而听之。遂与安道俱行。

封建礼教造成后土夫人与韦安道婚恋的悲剧。就这一点而论，与崔书生和玉卮娘子的人神婚恋悲剧，颇为相似。所不同的是韦安道父母感到忧惧的特殊时代背景，他们是慑于天后朝“法令严峻，惧祸及之”，才主动上奏请罪的。酷政与封建礼教的双重压力，酿成青年男女婚恋的悲剧。

《韦安道》的意义不仅于此，它包含更深刻的讽刺意味。武则天的严刑峻法，可以使朝野慑服，她的权威可以随意叱令僧、道制怪，但她却不得不听命于被封建礼教所迫而离异的后土夫人。大罗天女武则天与山林树木之神、天下诸国之王一样，都得向后土夫人顶礼膜拜，唯命是从。作者笔下的后土夫人，不但有至高的权威，而且有丰富的感情。她尽管与安道离异了，“然不能与之无情”，嘱咐武则天给安道钱五百万、官至五品，天后听命照办。还使安道的画艺发挥作用，“以成千世之名”；与安道诀别时，“涕泣执手，情若不自胜，并遗以金玉珠宝，盈载而去”。这位后土夫人是很有人情味的。

另有《沈警》，也是描写人与神女恋情的，缠绵悱恻，曲尽人情；沈警与神女互相赠答的诗，也写得富有情致。又有《华岳灵姻》，写韦子卿应举，旅次华阴庙，至三女院，见其姝丽，誓言："我擢第回，当娶三娘子为妻。"登第后，如约与神女三娘子成婚。七日后，三娘子主动让子卿离去，并要他到宋州与刺史之女结婚，但不能泄露他们之间这段风流韵事。后因刺史之女患病，道士说是韦生妖气所致，韦生在道士逼迫下，供出他与神女三娘子的关系，使神女受到道士的惩罚，挨了三杖。这当然是韦子卿的失信之过，表现出书生的软弱性；但三娘子对子卿的报复，捶扑致死，亦未免过火。与后土夫人相比，神女三娘子就显得太无情了。从中也曲折地反映了现实生活中婚恋关系的某些复杂变异的现象。

《独孤穆传》也写人鬼婚恋故事，事特奇而情致动人。写的是唐贞元年间的独孤穆，自河南客游淮南，途次大仪县（位于今江苏省江都县西），在一青衣引导下，与二百年前隋炀帝的孙女自称县主者相见。因穆之先祖独孤盛为隋将，忠烈殉职，县主亦为乱兵所害。有这层家族历史关系，县主特将经历及九泉之下的难言苦衷向穆倾诉，虽幽显殊途，但两人思想感情激起强烈的共鸣。穆明知县主是鬼，亦无所惧，情投意合，结为生死夫妻。杨氏托独孤穆以道士王善交符制服恶王墓的骚扰，并希望穆将她的骸骨带回洛阳北邙山安葬，以便与穆相近，永有依托。穆回答她："死且不顾，其他有何不可乎？"并以实际行动完成杨氏托付的心愿。穆死后，合葬于杨氏之墓。在整个故事发展过程中，叙事与抒情相交错，事既凄凉，情复感人。独孤与杨氏互相酬答的诗篇，情深意真，不失为佳作。全篇洋溢着哀婉动人的抒情气氛。隋为唐所灭，在唐代能自由地创作深怀前朝之情的传奇作品，毫无忌讳，也说明这样开明的环境，是有利于文学艺术发展的。

纵览前面所论收入《异闻集》的作品以及本节所举数例，足见这是一部优秀的传奇小说选集，在文言小说史上，给予应有的地位，是无庸置疑的。

五、《三水小牍》及其他

（一）《三水小牍》

《三水小牍》是晚唐五代时期出现较晚而比较优秀、影响较大的一部传奇小说集。作者皇甫枚。《旧唐书·经籍志》和《新唐书·艺文志》未见著录。陈振孙《直斋书录解题》小说类，载此书为三卷，《文献通考·经籍考》、《宋史·艺文志》并载之。明常熟杨仪有二卷本，嘉靖甲寅（公元1554年）姚咨抄录，十一年后，由秦汴刊刻，范氏天一阁藏此书。清乾隆年间，卢文弨收入《抱经堂丛书》。近人缪荃荪据卢本，而参校《太平广记》、《续谈助》、《说郛》、《说海》，"校得误处数十"，并辑逸文十二条，刻入《云自在龛丛书》，仍为二卷本，虽未复旧观，但已为最完善之传本。

皇甫枚，字遵美，唐末安定三水（今甘肃固原县）人，故称其书为《三水小牍》。懿宗咸通末年，曾为汝州鲁山令。自谓："以余有《春秋》学，命笔削以备史官之阙。"汪辟疆云："今细绎其书，虽多纪仙灵怪异，而每及义烈。亦复凛凛有生气。……是于侈陈灵异之馀，隐寓垂诫之旨。至文辞雅饰，不失唐人轨范，又未可以猥琐诞妄视之也。"书中有不少脍炙人口的名篇佳作，大都以"史才"见长，间或有抒情诗意颇浓的篇章。作者痛感唐室衰微，社会动乱，不乏爱国之思。对飞扬跋扈的军阀、擅作威福的官僚，多有讥刺贬抑之词；而对黄巢起义持否定态度。唐亡后，仍不愿奉梁正朔。

纪神灵鬼魅怪异之事，隐寓讽喻之旨，是本书的一大特色。最突出的，例如《张直方》、《温京兆》等篇。

军阀张直方原是纨袴子弟，世袭为卢龙军节度使，不以“民间休戚为意”，恣意酣饮游猎，遭到三军的怨恨，入京避祸。懿宗却授予左武卫大将军之职。而直方本性不改，飞苍走黄，设置罘于通道，“臧获有不如意者，立杀之”。其母也妄自尊大。皇帝姑息纵容，把他调到洛阳任昭王府司马。直方“既不自新，而慢游愈亟。洛阳四旁翥者走者，见皆识之，必群噪长嗥而去”，连飞禽走兽见他都怕。作者对王直方的劣迹，采取客观纪实的史家笔法，不作直截的评论，却塑造另一个人物，即落魄潦倒、投靠张直方充当狎客鹰犬的王知古，通过他的一次戏剧性事件所引起的轰动效应，间接抨击了张直方。这种打狗伤主的手法，取得了强烈的艺术效果。在一次出猎时，王知古失群迷路，来到一座朱门甲第投宿，守门人禀报主人后，主妇嘱保母出面殷勤地接待他。谈及知古的家世出身，保母为媒将主妇的小女许配给他，知古喜出望外，感激涕零。时已夜深，保母请知古脱衣休息，于是演出了一场极其辛辣的讽刺剧：

既解麻衣，而皂袍见。保母诮曰：“岂有逢掖之士，而服从役之衣耶？”知古谢曰：“此乃假之于与游所熟者，固非己有。”又问所从。答曰：“乃卢龙张直方仆射所借耳。”保母忽惊叫仆地，色如死灰。既起，不顾而走入宅。遥闻大叱曰：“夫人差事，宿客乃张直方之徒也。”复闻夫人者叫曰：“火急斥去，无启寇雠。”于是婢子小竖辈，群出秉猛炬，曳白梧而登阶。知古倀儴，避于庭中，四顾逊谢。

骂言狎至，仅得出门。既出，已横关阖扉，犹闻喧哗未已。

原来王知古所投宿的是座古墓狐窟，接待他的是狐魅化形。从热情款待、许嫁小女的欢乐气氛中，保母一听说他的皂衣是张直方借给他的，竟“惊叫仆地，色如死灰”，夫人得知宿客“乃张直方之徒”，就下令“火急斥去”，众婢仆执火炬、棍棒把他谩骂、侮辱逐出门外，可见群狐对张直方之痛恶。人居然遭到狐狸戏弄辱骂，说明这种“人”的行为比禽兽还不如！张直方对群狐的大举捕猎报复，更说明他的狩猎，完全是一种破坏性的野蛮行径。晚期传奇集中的作品，一般是诗笔多、史才寡，篇末发表作者议论的文字极为罕见，本篇却采取传记体的通例，篇末以“三水人”之名评曰：“嗟乎王生！生世不谐，而为狐貉所侮，况其大者乎？向若无张公之皂袍，则强死于秽兽之穴也。……岂曰语怪，亦以摭实，故传之焉。”这是言在此而意在彼，指知古而讥直方，借语怪而纪实的写法。篇中构思巧妙，着重写张直方的飞扬跋扈，祸及禽兽，而穿插王知古的受侮狎于狐窟，起了张直方替身的作用。写实与语怪相交错，避免平铺直叙，使文章富有波澜跌宕之致。

《温京兆》的写法也是于纪实中穿插语怪，虚实结合，虚中见实，幻中见真。本篇写的是赃官酷吏温璋遭神灵责罚、落得可耻下场的故事。京兆府尹温璋，“性黩货，敢杀，人亦畏其严残不犯，由是治有能名”。他的“能名”是建立在贪赃枉法、滥杀无辜基础上的，这在封建社会中具有一定的典型意义。“京兆尹之出，静通衢，闭里门，有笑其前道者，立杖杀之”，原是制度使然。温璋借此旧制摆威风，却遇到一个戏弄他的神仙。微服出行的神仙触犯禁令，温璋“命捽来，笞背二十，振袖而去，若无苦者。温异之，呼老衔吏，令潜而觇之”。衔吏在仙府拜见真君时听到其盛怒之言：“酷吏不知祸将覆族，死且将至，犹敢肆毒于人，罪在不赦！”以及温璋祈求真君宽恕时，真君的斥责之词：“君忍杀立名，专利不厌，祸将行及，犹逞凶威！”这都是作者借真君之口，表达自己对赃官酷吏的痛恶之情，也符合人民的意愿，是以虚而寓实的艺术手法。温璋在故事中的结局是因“鬻狱缓刑，纳……金带及余货，凡数千万，事觉，饮酖而死”。作者的意图，是借此典型形象垂诫现实社会中的酷吏赃官，也让人们抒发怨愤之气。温璋实有其人，以父荫累官大理寺丞，出为武宁节度使，后徙邠宁节度使，历京兆尹。据史载：“璋素强干，钼宿弊，豪右慴服。”后加检校吏部尚书。同昌公主薨，懿宗诛医无效验者，拘亲属三百余人，温璋极谏，贬振州司马。叹曰：“生不逢时，死乌足惜！”仰药死。看来历史人物温璋，并非酷吏赃官，但这不妨碍小说家把他塑造成“黩货敢杀”、“鬻狱缓刑”的酷吏赃官典型。艺术真实与历史真实有关联，却不能等同。正如要恰当评价历史人物曹操而不必贬抑《三国演义》中的曹操形象、批评罗贯中歪曲历史一样，作为艺术典型，自有其社会意义和审美价值。

在某些具有因果报应的怪异性作品中，蕴含着生活的朴素辩证法。为逞己欲而加害于人，终于得到恶报，这是生活的逻辑，也是人们的愿望。例如《绿翘》、《王表》、《宋柔》就是这类作品。

“色既倾国，思乃入神，喜读书属文，尤致意于一吟一咏”，才貌双绝的鱼玄机，不得已出家为女道士，原是令人惋惜、值得同情的，至于其生活放荡、迹近倡妇，也有其主客观的原因，无须苛责。但她为了满足自己的私欲，而怀疑纯洁无辜的绿翘与己之相昵者有私，恼怒之下，将女僮绿翘“裸而笞百数”以致死，则是极端残酷野蛮的犯法行为。绿翘临死前云：“炼师欲求三清长生之道，而未能忘解珮荐枕之欢；反以沈猜，厚诬贞正。翘今必毙于毒手矣！无天则无所诉，若有，谁能抑我强魂，誓不蠢蠢于冥冥之中，纵尔淫佚。”这番言词，既揭露了女道观中的黑暗腐朽及其虚伪性，也表现了被压迫者强烈的反抗精神。绿翘冤死的真相得以侦破，作者主观上也许有报应观念，但写得合情合理，非常自然。鱼玄机把绿翘埋于后庭，“自谓无人知者”，但从参与玄机宴会的客人于后庭发现可疑迹象，到府街卒乘机报复，突入玄机院中发掘绿翘遗体，以至玄机被捕伏法，全过程写得简洁而缜密，合乎生活逻辑，而又带有传奇性。鱼玄机是女诗人，本篇所摘录的数联，具有代表性，传奇作者并不因其人之品行而埋没其诗才。

《王表》所写的卫南县尉裴光远，是个“性贪婪，冒于货贿，严刑峻法，吏民畏而恶之”的酷吏。他看上里长王表的独生子，就想利用职权掠为己有。王表不允，裴怀恨在心，就派遣王表出差曹南，而“使盗待诸境上，杀之而取其子”。后来，裴患病，精神错乱，自言自语，说要还给王表儿子；又以王表的身分，说：“已诉于天，今来请命。”裴向王表许诺还儿、作功德，王表皆曰：“不可！”裴还曾为满足自己击鞠之戏，于盛夏役使一匹骏健的白马，马被折腾致死，这时白马也向他来索命。平时作了亏心事，于重病之际，出现各种恐怖的幻觉，原是病人变态心理的反映。小说家则从宗教文化的角度把这种心理错觉予以神秘化，以此达到从精神上惩创人心的目的。本篇人物对话简炼而富有个性特色，王表拒绝裴光远无理要求的一番话，语气委婉，情理动人，而态度坚决。裴病中出现与王表、白马对话的幻觉，恰如其分地表现出三种不同的语气与心情。

以黄巢起义为背景的《宋柔》，则揭露了唐军内部的腐朽性。斗筲小人何群，自少"凶险，亲姻多颇薄之"，却因干谒中贵，凭借宦官势力，充当都监下的都押衙，都监西门季玄将"戎事一以委焉。群志气骄佚，肉视其人"，小人得志，滥施淫威。汝州监军使董弘贽，令孔目官宋柔奉启于都监，只因宋柔没有先礼谒何群，就令部下把宋柔打了一顿；后来宋柔又遇见何群，群竟然将柔"杀而支解，纳诸溷中"。宋柔活着受凌辱，死后成厉鬼，当夜就出现在何群面前："既张灯，宛见宋柔被发徒跣，浴血而立于灯后。……厥后夜见之。"只是复仇的时机尚未成熟。但已使得何群"神情惝怳，渐不自安"，于是与裨将窦思礼等谋叛，这就为宋柔复仇创造了条件。何群梦见宋柔向他大叱曰："吾雠雪矣！"果然，他策动叛乱的阴谋遭到挫败，被裨将董思礼所杀，落得可耻下场。多行不义必自毙，这是生活的逻辑。董思礼等人从何群杀无辜者宋柔、妄图乘都监赴太守宴会之机发动叛乱等一系罪恶活动中，认识到何群的丑恶面目，乘他出逃之机杀掉，合乎情理。作者巧妙地剖析了作恶者的心理活动，何群幻觉中或梦幻中出现被害者宋柔的恐怖形象、神情恍惚之态，都是很可能产生的心理现象，作者却以传奇家的志怪手法，将这种心理活动转化为宋柔厉鬼的复仇行动，强化了故事的传奇性。

《三水小牍》中有直接描写农民起义的作品，虽然带有历史唯心论的观点，但是基本上反映了古代农民起义的方式及其失败的原因。而农民起义过程中很难避免的无组织、无纪律现象，也容易使封建文人产生反感。这也是很自然的，无须多加指责。

例如《侯元》写上党郡铜鞮县山村樵夫侯元，于谷口巨石旁休息之际叹息自己的劳苦贫穷，也就是对现实命运的不满。叹息之声未绝，“石砉然豁开若洞”。“中有一叟，羽服乌帽鬒发如霜，曳杖而出。元惊愕，遂起前拜。叟曰：‘我神君也，汝何多歎？自可于吾法中取富，但随吾来。’”借助于某种法术致富，是处于贫困之境的农民可能产生的幻想。洞中出现的新天地，也正是他们的生活憧憬：

行数十步，廓然清朗。田畴砥平，时多异花芳草。数里，过横溪。碧湍流苔，鸳鹚泝洄。其上长梁夭矫，如晴虹焉。过溪北，左右皆乔松修篁，高门渥丹，台榭重复。引元之别院，坐小亭上，榰楹阶砌，皆奇宝焕然。及进食行觞，复目所未睹也。

农民渴望过富裕美好的生活，但如此境界，却又是文士化了的，带有作者理想的标记。神君传授秘诀时对侯元说：“汝虽有少福，合于至法进身，然而有败气未除，亦宜谨密自固。若图谋不轨，祸必丧生！……”这也反映了作者同情农民改善生活的愿望，但警告农民不能发动取唐王朝而代之的暴动。

侯元既掌握了道术，“能变化百物，役召鬼魅；草木土石，皆可为步骑甲兵”，于是发动起义是势所必然。利用宗教迷信作为起义的手段，这是封建社会农民起义惯用的方式。侯元只是一小股农民武装，却过早地组织政权形式：“出入陈旌旗幢盖，鸣鼓吹，仪比列国焉。自称曰‘贤圣’。官有三老、左右弼、左右将军等号。”神君告诫他：“若固欲举事，宜待天应。”等候时机成熟再举义旗，是正确的。篇中所云“至庚子岁，聚兵数千人”，即《宋柔》提及的唐僖宗广明元年，正是黄巢起义军攻克长安之时，应该说侯元起兵的时机是有利的；但农民起义本身的弱点，使他们都归于失败。黄巢和明末的李自成，起义规模都很大，取得了一些胜利，但都犯了流寇主义的错误，没有建立巩固的根据地，在还没有消灭旧王朝武装主力的情况下，过早地攻克首都，建立新王朝；内部争权夺利，纪律混乱，失去民心，终于失败。侯元式的小股农民武装暴动，尽管大气候有利，但各自为王，孤立无援，很容易被镇压下去。神君在篇中起了侯元军师的作用，当上党帅派都将进讨时，神君嘱咐侯元："但当偃旗卧鼓以应之，彼见兵威若是，必不敢内薄而攻我，志之，慎勿轻接战。"这是很巧妙的疑兵之计。侯元却阳奉阴违，刚愎自用，以小股武装与强大之敌正面对抗，遭到彻底覆灭。在唐人小说中，这是值得重视的一篇。

从"垂诫"的意义来看，《三水小牍》中的一些小故事，也是发人深省的。一种是法可恕而情难容，一种是法难恕而情可悯。前者如《王公直》，在饥荒之年，谷价昂贵，桑多为虫食，叶一斤，直一镮（将近半两银子）。王公直家的数十株桑树，却长得特别茂盛，于是公直夫妻商量，决定卖桑叶买粮食，而把数箔蚕埋掉。结果却得到报应，尽管"王公直虽无杀人之事，且有坑蚕之咎，法或可恕，情在难容"，被判处死刑。篇中描写腐蚕化为人的尸体，使王公直受到杀人罪的惩处。这种因果报应是荒唐的，作者所要告诫人们的是：不要见近利而忘义，蚕是"绵帛之本，故加剿绝，与杀人不殊"。杀的虽然不是人，但其性质是违反人性的不义行为，是情所难容的。后者如《李龟寿》，写白敏中任宰相，不愿勾结当道权贵，而以公正诚信主宰国家大事，"四方有所请，碍于德行者，必固争不允，由是征镇忌焉”。藩镇忌恨他，以重金收买卢龙塞人李龟寿，到白敏中书斋行刺，预先伏于梁上。白敏中的爱犬花鹊异常的行动和吠声，使白敏中警觉，显示出凛然正气。李龟寿不得不从梁上跳下来请罪，供出实情。白敏中饶恕他不治死罪。第二早晨，李龟寿的妻子来到白府门前，“服装单急，曳履而抱持襁婴”。“请于阍曰：‘幸为我呼李龟寿。’龟寿出，乃妻也。且曰：‘讶君稍迟，昨夜半自蓟来寻。’”这说明李龟寿的被藩镇收买充当刺客，是迫于穷困和豪强的压力，他的妻子急忙赶来劝阻，况且还抱着婴孩。因此，李龟寿于法难恕，但于情可悯；白敏中不杀他，是仁义之举。这就提示人们不要从表象论罪，而要透过表象体察实情，从宽处理，无害于己，而有恩于人。白敏中于武宗、宣宗二朝先后二度任宰相，事见《旧唐书》卷十八上、下《武宗纪》、《宣宗纪》，本传见卷一百六十六。

《三水小牍》中以婚恋为题材的不多，但却留下了《步飞烟》这样的名篇佳作。将列入有关专题论述，此处从略。

《三水小牍》各篇的艺术构思善于在写实中显其奇巧，而其语言文字简炼雅饰，富于表现力，故能在极短的篇幅中，叙事写人，生动活泼，给人以深刻印象。例如《却要》：

> 湖南观察使李庾之女奴，曰却要。美容止，善辞令，……巧媚才捷，能承顺颜色，姻党亦多怜之。李四子……皆年少狂侠，咸欲蒸却要而不能也。尝遇清明节，时纤月娟娟，庭花烂发，中堂垂绣幕，背银缸，而却要遇大郎于樱桃花影中，大郎乃持之求偶。却要取茵席授之，曰：“可于庭中东南隅，伫立相待；候堂前眠熟，当至。”大郎既去至廊下，又逢二郎调之。……四郎皆去。（大郎）延

禧于厅角中，屏息以待。厅门斜闭，见其三弟比比而至，各趋一隅。心虽讶之，而不敢发。少顷，却要突燃炬，疾向厅事，豁双扉而照之，谓延禧辈曰："阿堵贫儿，争敢向这里觅宿处！"皆弃所携，掩面而走。却要复从而哈之。自是诸子怀渐，不敢失敬。

全篇不到四百字，把却要的身分、处境、性格特点、应变的才智，叙述得清清楚楚，并把李氏四子的丑恶行径，穷形极态地揭露出来。

如果说《三水小牍》是唐人传奇小说的终结，那么，这个终结是光彩夺目的。它以史才见长，但也有像《步飞烟》那样既善于叙事，又长于抒情，兼有史才与诗笔的绝妙佳作。

（二）《原 化 记》

在晚唐五代诸多小说专集中，皇甫氏的《原化记》也是具有一定代表性的。此书见于《通志·艺文略》小说类著录，原书久佚，《太平广记》辑录五十九则，曾慥《类说》辑录九则。或有讹作《原仙记》者。《绀珠集》本、《说郛》本，也都不全。

皇甫氏的生平无可考。《原化记》的思想内容较复杂，多为道家服食导引及鬼神怪异之事，但也有描写市井豪侠、刻画人情世态的作品，从中反映了晚唐社会生活的某些方面。其中少数篇章，旨在揭露愚昧迷信，具有一定的教育意义。

《原化记》中的志怪小说，有些是沿袭六朝志怪小说以来的已有题材，略有发展，如《吴堪拾螺》、《天宝选人》、《中朝子》等；有些是别开生面的新题材，在志怪中注入豪侠意识，如《刘氏子妻》、《韦滂》、《张仲殷》等。

《吴堪拾螺》前半篇的情节沿袭《搜神后记·白水素女》，只是把男主人翁的身分由农夫改为县吏；后半篇的情节有所发展。螺精的秘密被吴堪发现后，结为夫妻，县官垂涎吴妻的美色，加害于吴堪，均被螺精以智慧脱难，反将县衙和县官焚死，吴堪及妻不知去向。如此结局，圆了人们的美满之梦，且赋予故事以反抗压迫的精神。《韦滂》中所写的韦滂，是个“膂力过人，夜行一无所惧，善骑射”的豪勇之士，他敢于求宿于一座凶宅之中，发现怪物出现，毫无所惧，连射三箭，怪象消失，取火照之，乃是一团肉，四向有眼，就令奴仆烹而食之，“肉味馨香极甚……啖之，尤觉芳美”，并将一半赠给凶宅的主人。这个怪物的怪象，是当它降临宅中之时，“光如大盘，自空飞下厅北门扉下，照曜如火”，迷信有鬼怪而又怯懦者，就会被吓致死；而勇敢无所畏惧、敢于与怪物作斗争的人，却杀怪而食。《刘氏子妻》的故事更为荒怪，而又是并非不可能之事。写的是“少任侠，有胆气”的刘氏子，爱上邻人王氏女，因他交游多市井恶少，故求聘王氏而不许亲。数年后，刘氏子从戎归来，与旧友出郭郊游，见一坏墓，棺柩暴露。归而夜饮，众人戏言：谁能将一块写有与会者各人姓名的砖，放到所见的棺柩上，就由众人赏一筵席。时暴雨初止，刘氏子秉酒恃气，将此砖送到墓地。“月初上，如有物蹲踞棺上，谛视之，乃死妇人也。生舍砖于棺，背负此妇而归。……门开，直入灯前。置尸于地，卓然而立，面施粉黛，髻发半披。一座绝倒，亦有奔走藏伏者，生曰：‘此我妻也。’遂拥尸致床同寝。……忽觉口鼻微微有气，……问所以，乃王氏之女，因暴疾亡。”原来此女暴卒未殓，因雷声，忽失其尸，复活后，“王氏悲喜，乃嫁生焉”。暴卒惊雷而苏，事或可能，但传奇家着意好奇，予以渲染，旨在强调其“冥契，亦伏生之不惧也”。篇幅简短，而故事的核心部分，描述细致，突出了中心思想。明人据以改编为拟话本。

与《韦滂》、《刘氏子妻》夸奖豪勇之士无所畏惧的大胆行为相反，《京都儒士》则是讽刺自吹有胆气、其实为懦夫的儒士的。

随着晚唐社会矛盾的激化，出现不少豪侠小说，豪侠或充当藩镇、权贵打击政敌的刺客，或扮演为人民铲除贪官污吏、权豪势要的英雄，也有自求解放、报仇雪恨铤而走险的豪客。在论豪侠小说专章中，曾提及的《嘉兴绳技》、《车中女子》、《崔慎思》等篇，都出自《原化记》，它们都与藩镇势力无关。其共同特点是，篇中主人翁的豪侠行动，不是受人的利用派遣，而是出于自觉的侠义之举。《义侠》中的侠者，原是受县官的派遣去旅途中行刺某客的，但他一发觉县官是恩将仇报的不义之徒，出于正义感，不但不执行县官之命，反而回县中杀掉县官。这是一个明辨是非、除恶扶危的义侠。这种精神，对《水浒传》塑造义侠型英雄形象，也许有所启发。

作者虽也描述道术怪异之事，但那只是传奇家创作志怪小说的风尚，实际上对道术、仙人多所讽刺，并非信其为实有。如《陆生》对仙人势利好色本质的揭露，《李老》对“善卜者”教人谋取私利的行为也持讽刺态度。至于《画琵琶》，破除迷信的意图更为明确。某书生于旅途中因风阻泊船，上山游僧院，于房门素壁上偶画一琵琶，僧人戏言为“五台山圣琵琶”，村人遂传说为“求福甚效”、“灵应非一”的圣琵琶，形成偶象崇拜之风。书生返回时再经此地，得悉此事，就到僧院将所画琵琶洗刷掉，并向众人说明事实真相，“僧及村人信之，灵圣亦绝耳”。说明迷信的偶像原是人为的，也可以由人主动破除。

（三）《潇湘录》

柳详《潇湘录》，前人评价不高。洪迈《夷坚支志》癸集序云：“惟柳详《潇湘录》大谬极陋，污人耳目，与李隐《大唐奇事》只一书，而妄名二人作，唐《志》随而兼列之，则失矣。”洪氏之言，似不甚允当。此书大都是志怪之作，山间狐魅兽怪，水中精灵，乃至草木之精，无不成为创作题材。但通过志怪的手法，也在一定程度上，反映了自唐初贞观至晚唐咸通年间的社会风貌。有的故事，还有科学幻想的价值。

《襄阳老叟》写襄阳老叟传授唐并华制作飞行器木飞鹤的故事，可能受战国时代关于公输般为木鸢窥宋城的传说影响，张鷟《朝野佥载》中亦有类似记载。工匠并华得叟授与的斧后，“造飞物即飞，造行物即行”，爱上“容色姝丽”的王枚之女，就“以木造成飞鹤一双”，夜间与王枚之女俱乘鹤而归襄阳。这个科幻与爱情相结合的故事，是颇有现代文明意识的。王枚发觉此事后，到襄阳向州牧告状。“州牧怒，杖杀之。所乘鹤亦不能自飞。”对爱情与科技的破坏，是封建社会愚昧所产生的悲剧。

《贾秘》写贾秘于古洛城绿野中，见数人环饮，自歌自舞，秘因诣之同欢。其中有一人曰：“我辈七人，皆负济世之才，而未用于时者。亦犹君之韬蕴，而方谋仕进也。我辈适偶会论之间，君忽辱临。幸且共芳樽，惜美景，以古之兴亡为警觉，以人间用舍为拟议，又何必涉绮阁，入龙舟，而方尽一醉也？”从人物间的对话，故事背景在唐顺宗“开直言之路”时，以及七人乃是松、柳、槐、桑、枣、栗、樗等七种树木精灵的化身来看，作品的主旨是假借树木的人格化，抒发儒士想有所作为而怀才不遇之感。贾秘自睢阳至长安的目的，就是想乘顺宗登基、广开言路之机，向朝廷献策，“一豁鄙怀”，施展才略。但实际上又使才识之士，不可能有所作为。顺宗朝所谓“永贞革新”很快就夭折了，主张革新者被贬谪。作者身处唐末政局动荡之时，作品以顺宗时为背景，似有借古讽今之意。儒士怀才而无进身之阶，人生价值无法兑现。松精之言，形象地抒发了才俊之士的失落感：

我本处空山，非常材也。负坚贞之节，虽霜凌雪犯，不能易其操。设若哲匠构大厦，挥斤斧，长短之木，各得其用。榱桷虽众，而欠梁栋，我即必备栋梁之材也。我得其用，则永无倾危之患矣。

其他几种树精，也倾诉了各自的处境、特性与愿望。这正是处于衰颓之世的士人自我抱负、才能与无法确认其价值的社会环境之间矛盾的表现。树精变形，各抒心曲，而又表明真相，与《玄怪录·元无有》、《东阳夜怪录》的器物或动物变形的艺术手法，可谓一脉相承，但本篇的意蕴较丰，于游戏之笔中寓含深意。

狐、猿、虎等动物精怪化形为美女与人婚恋，在前述志怪性传奇中已屡见不鲜。《潇湘录》中《焦封》描写猩猩化形美女与焦封婚恋，女以卓文君私奔司马相如自比，说明主动追求焦封的合理性，互相以诗酬答，宛曲有致。经月余，焦封意欲进取名宦，女为了成全焦封的功名，以金宝送封，临别时，又赠玉环一枚，离情别意，缠绵动人。焦封回顾夫人，夫人遽至封前，悲泣不已；最后，夫人见众猩猩，才化为猩猩原形，与同伴相逐而去，余意无穷。这实际上是人世间男女恋情的写照，而以志怪的形式表现出来，这也是传奇小说在审美上追求奇幻美的特征之一。

至于《杨真》描写癖好画虎的杨真，竟然化为虎自食其子；《杜修己》描写杜修己之妻薛氏与家中豢养的白犬私通，生犬子，长大后领群盗杀外公全家，唯留其母。这些反常的怪异之事，曲折地反映了晚唐衰败混乱之世，伦理道德也沦丧殆尽。

（四）《干 臊 子》

唐代著名诗人温庭筠（公元812？—870？），是以写香艳词著称的。他还写过志怪小说集《干臊子》。《新唐书·艺文志》小说家类著录三卷，今已佚。《太平广记》辑存三十余则。《郡斋读书志》云："序谓语怪以悦宾，无异臊味之适口，故以干臊名书。"《直斋书录解题》亦有类似的对书名的解释。"干臊"，就是干熟肉，属美味。以此题书名，旨在说明谈怪说异，颇有娱乐趣味，足以取悦宾客。而鲁迅则称其书曰："仅录事略，简率无可观，与其诗赋之艳丽者不类。"温庭筠的自我感觉与鲁迅的客观评价之间，甚为悬殊。其实全书各篇亦不平衡，有百字左右的简率之作，也有长达数千言的赏心悦目佳构。

写真挚精诚的爱情，冲破幽明殊途的障碍，结成生死不渝的夫妻，是六朝以来志怪小说的一个传统主题。《干臊子》中的《华州参军》，继承这一主题而有所创新。柳参军与崔氏曲江一见钟情，但却好事多磨。崔氏母碍于其兄执金吾王某为子求亲，遂许聘王生；而崔氏则愿嫁柳生，其母念女深情，允柳生偷成婚约，迅结良缘，柳生挈妻与丫环轻红于金城里安居。

不久，王某至崔家探望，崔母诈称其女已被侄儿强娶而去。王某密令其子暗中察访，经年一无所获。后因崔母病故，柳生与崔氏去吊丧，被王某发现，遂讼于官，判归王家。但崔氏眷恋柳生，使轻红访知柳生住所，乃与轻红奔往柳寓。柳挈崔氏及轻红迁居，又被王生夺回，柳生被流放江陵。二年后，崔氏与轻红相继而殁。柳生在江陵，思念崔氏音容形貌，不知其存亡。忽闻扣门之声，见轻红抱妆奁而入，崔氏亦乘车来到，久别重聚，悲欢交加。二年间，享尽夫妻间一生的恩爱。不幸他们的秘密被王生旧仆发现，于是王生赶到江陵，窥见柳生正坦腹榻上，崔氏在梳妆，轻红捧镜于其侧。王生遂入，轻红、崔氏先后不知去向。王生与柳生谈及事情经过，一同到长安，掘开崔氏墓葬验证，发现在江陵时所施粉黛如新，轻红也如此。柳与王发下誓言，原样安葬好后，二人入终南山访道。整篇构思奇异新颖，情节曲折，富于波澜，多层次的意外转折，令人悬念。写崔氏对柳生的钟情，屡经变故而此情不悔，生死不渝。诚如她死后到江陵与柳生欢会时所言："人生意专，必果夙愿。"这也正是本篇的主题。情致缠绵，感人至深。从柳生在曲江初见崔氏，到最后结局，都别开生面，不落俗套。

《陈义郎》的基本情节与《原化记·崔尉子》、《闻奇录·李文敏》大致雷同，但也不乏新意。大概当时社会上发生过类似的案件：一对青年夫妇，在赴任途中，丈夫被凶徒谋害，妻子被劫持，因怀抱幼儿，不得不权从凶徒；凶犯假冒其夫赴任，儿长成后，得知真相，为父伸冤报仇。传闻过程中，具体细节自然会有所不同，加上不同作家对同一题材的处理手法也不一样，故同中有异。相比之下，《陈义郎》的现实性更强，而少志怪色彩，更近乎情理。

《窦义》是描写我国封建社会中商贾发迹史的好作品，有较高的史料价值。窦义十三岁时，凭伯父所送的一双鞋袜（称“緉”）卖得五百钱起家，以自己的辛勤劳动、智慧才能、善于经营管理，成为巨富。在他一生中，基本上是合法经营，但也有贿赂权臣、从中谋取私利的不法行为。他迎合德宗朝功臣李晟的需求，将一处房地产赠送给李晟为击球之所，然后利用与李晟的关系，为几个富商子弟攫取肥美官职，义又获钱数万。可见高官的权力与富商的钱财相勾结所产生的严重恶果，财富腐蚀了功臣，也使政府机构腐化。这也是一面历史镜子。

六、《酉阳杂俎》与轶事小说

（一）《酉阳杂俎》

前面曾提及《酉阳杂俎》内容之庞杂，在小说分类上很难对全书作简明准确的归属，志怪、传奇、轶事琐闻乃至典章制度、风俗民情，应有尽有。但是志怪性传奇小说意味较浓的作品，又往往是选录前人的，并非创作。例如《支诺皋》中《崔玄微》，就录自《博异志》；《盗侠》中除少数几条以外，大多是见于别人小说集中的豪侠类小说。作者自序云：“……及怪及戏，无侵于儒。……固役而不耻者，抑志怪小说之书也。”其实，够得上称为志怪小说而有新意者，也并不多。把它列于轶事琐闻一类，虽然也不完全恰当，庶几近乎实际。

《酉阳杂俎》前集二十卷，分三十篇；续集十卷，分六篇。晚唐段成式撰。《新唐书·艺文志》入小说家类。秘藏典籍，琐闻杂事，多为所录，虽亦搜奇记怪，杂涉仙佛变异，但就总体而言，文化史料价值高于小说文学价值。宋人周登曾指出："至于推析物理，《器奇》、《艺绝》、《广动植》等篇，则有前哲之所未及知者。"明毛晋亦谓："其博物殆张茂先之流。"这是针对书中所记，涉及遐国异域、中西文化、贸易交流以及古代自然科学的某些发明而言的。但《四库全书总目提要》则云，书中"诡怪不经之谈，荒谬无稽之物"亦颇多。其分篇标目也诡异怪诞，如《天咫》、《玉格》、《壶史》、《贝编》、《尸穸》之类，多受释、道两教思想影响。大体上将杂记怪异者名为《诺皋记》，"理想之空灵，才情之恣肆，堪与《博异记》并传"①。又有《支诺皋》，宗旨也大致相同。还有《怪术》、《事感》、《盗侠》、《物异》等篇名。近人王文濡辑《说库》，则将其一分为四，即：《诺皋记》、《支诺皋》、《酉阳杂俎》（注云："遗闻琐事，搜罗较为繁富，后人引用颇多，上下共两卷。"）、《剑侠传》（注云："所记除《老人化猿》外，皆为唐代剑侠事，虽亦杂见他书，要足以资考证。"）。

段成式（公元803？—863年），字柯亭，齐州临淄（今山东淄博市东北）人，系元和末年宰相段文昌之子。文宗时，以父荫为秘书省校书郎。史称："研精苦学，秘阁书籍，披阅皆遍。"累迁尚书郎。大中初，出为吉州刺史。咸通初，任江州刺史。终太常少卿。他精于佛学，擅长骈文，与温庭筠、李商隐齐名，称"三十六体"。新、旧《唐书》有传。

《酉阳杂俎》中有的故事带有神话传说性质，想象奇特而优美动人。如前集卷五《怪术》"云安井"条，讲长江支流近江

①王文濡辑《说库·目录》为《诺皋记》所作注。

十五里，“皆滩石险恶，难于沿溯”。翟乾佑为了让商旅便于通行，施术召群龙，“一夕之间，风雷震击，一十四里，尽为平潭矣。唯一滩仍旧，龙亦不至”。乾佑又敕神召龙，应召的是个女子，她回答原先不应召的理由，颇有劳苦大众的意识：

女子曰：“某所以不来者，欲助天师广济物之功耳。且富商大贾，力皆有余，而佣力负运者，力皆不足。云安之贫民，自江口负财货至近井潭，以给衣食者众矣。今若轻舟利涉，平江无虞，即邑之贫民，无佣负之所，绝衣食之路，所困者众矣。余宁险滩波以赡佣负，不可利舟楫而安富商。所以不至者，理在此也。”乾佑善其言，因使诸龙各复其故。风雷顷刻，而长滩如旧。

这大概是民间关于为什么有险滩恶波的神话传说。贫苦的劳动大众，借出卖苦力以谋生，冒滩波之险，原是不得已的，但毕竟是一条衣食之路。这个龙女，是贫民的代言人。

记载帝王轶事，也是本书的内容之一。除《忠志》专记这方面内容以外，如前集卷十二《语资》“宁王”条，写宁王狩猎时，发现草中一柜，打开一看，乃是一个美女，是贼僧把她劫持来的。宁王悦其美貌，就将她带回献给“方求极色”的唐明皇，而把生获的一头熊置柜中，如旧锁好。那二个贼僧把柜抬进旅店。第二天，店主开房门，熊冲人奔出，二僧已死，体骨悉露。“上知之，大笑，书报宁王：‘大哥善能处置此僧也。’”从这件轶事奇闻中，我们认识到两点：一是僧人的丑恶行径，为僧念佛者，竟抢劫民女，图谋奸淫，落得葬身熊腹的可耻下场，可谓咎由自取。二是宁王从僧人柜中救出莫氏女，献给了好色之君唐明皇，投其所好，赢得了嘉奖；这在当时制度固然是允许的，但从中也可以看出宁王和明皇兄弟君臣心灵之丑陋、生活之荒淫。

从小说文学角度来看，可读性最强的是记载豪侠人物的一些故事，如前集卷九《盗侠》中的“僧侠”、“京西店老人”、“兰陵老人”等条，《语资》的“周皓”条、续集三《支诺皋》下的“张和”条，都是较为精采的豪侠小说。谚云“强中自有强中手”，“僧侠”中韦生所遇的僧人及其子飞飞，“京西店老人”中韦行规所遇的箍桶老人，就是强中之强。

士人韦生素善弹，在感到僧人可疑之时，密取弹弓弹之，正中其脑。“僧初若不觉，凡五发中之，僧始扪中处，徐曰：‘郎君莫恶作剧。’韦生知无可奈何，亦不复弹。”僧人慕韦生弹弓的技艺，乃以盗的真正身分相告，并“举手搦脑后，五丸坠焉”。这已经够神奇的了，作者却能将情节更推进一层，引出“技过老僧，欲请郎君为老僧断之”的高手比武扣人心弦的场面：

> 乃呼飞飞出参郎君。飞飞年才十六七，碧衣长袖，皮肉如脂。僧曰：“向后堂侍郎君。”僧乃授韦一剑及五丸，且曰：“乞郎君尽艺杀之，无为老僧累也。”引韦入一堂中，乃反扃之，堂中四隅，明灯而已。飞飞当堂执一短鞭，韦引弹，意必中，丸已敲落。不觉跃在梁上，循壁虚蹑，捷若猱猿。弹丸尽，不复中。韦乃运剑逐之，飞飞倏忽逗闪，去韦身不尺。韦断其鞭数节，竟不能伤。僧久乃开门，问韦：“与老僧除得害乎？”韦具言之。僧怅然，顾飞飞曰：“郎君证成汝为贼也，知复如何？”

老僧虽说要借韦生之手以断其累，“欲改前非”，但实际上是想测试飞飞能否继承他盗侠的事业。事实证明，飞飞的武艺已经到了入神出化的境地。情节之生动，武艺之绝妙，引人入胜。

“京西店老人”故事简短，写了自称“留心弧矢，无所患也”的韦行规，不听店中老人之劝，恃勇夜行，老人略施剑术，使韦行规惊惧万状，“投弓矢，仰空乞命”。虚心接受老人指点击剑事，得其一二。可见老人剑术之精湛神奇。类似这种盗侠故事，对明清小说也有影响。

《酉阳杂俎》也志荒怪故事，似与六朝志怪小说一脉相承。如前集卷十四《诺皋记上》中的“长须国”条，想象丰富，尚有新意。故事背景是在武则天大足初年，有士人随新罗使者，被风吹到一处，“人皆长须，语与唐言通，号长须国，人物甚盛，栋宇衣冠，稍异中国。地曰扶桑州”，国王召见士人，官司风长，兼驸马。公主很美，但有须数十根；因此，尽管权势显赫，富贵荣华，见到妻子长胡须总感不悦。后来会见嫔姬等女流之辈，都是有须的。士人赋诗讽刺：“花无叶不妍，女有须亦丑。”与公主生活十余年，生一儿二女。忽然国王哭泣曰：“吾国有难，祸在旦夕，非驸马不能救。”于是士人奉命谒海龙王，言东海第三汊第七岛长须国，有难求救。龙王派使者调查，原来该国是虾国，这些虾应供龙王本月食料，已被征收。龙王看在士人的分上酌量减食。士人“见铁镬数十如屋，满中是虾。有五六头，色赤，大如臂，见客跳跃，似求救状。引者曰：‘此虾王也。’士人不觉悲泣。龙王命放虾王一镬，令二使送客归中国，一夕至登州。顾二使，乃巨龙也”。这个故事的特点，是在一定的地理博物知识的基础上，予以志怪化的构想，然后将动物人格化，最后又回归原形。新罗，即今之朝鲜半岛东南部，扶桑，指日本。船航向新罗而被风吹到扶桑，是可能的。被岛上的虾精所魅，并与虾王的公主成婚，生儿育女，这当然是志怪艺术的想象，而有其现实生活的基础。故动物亦富人情，虾王国乃是现实中某个小王国的缩影，又有虾的特征——长须、供食用。动物的变形与回归原形之间，有其形象思维的内在联系。

志怪小说中，记奇珍异宝，往往与胡僧或胡商联系起来，曲折地反映了当时与国外的文化、经济交流关系。前集卷一《天咫》中“王布”条，描写“知书，藏钱千万，商旅多宾之”的富商王布，有个艳丽聪悟的女儿，鼻两孔各垂息肉如皂荚子，“其根细如麻，长寸许，触之痛入心髓”。胡僧却知道这两条息肉是珍宝，将其摘去，势疾如飞地离开；天人下凡来找此息肉，方知息肉乃是两个乐神。这也是怪异的趣事。

总而言之，《酉阳杂俎》是一部内容较丰富、可读性较强、影响也较大的小说集，但《四库全书总目提要》称它“自唐以来，推为小说之翘楚”，似言过其实。

（二）《大唐新语》

唐代自张鷟撰《朝野佥载》，陆续出现记载朝野人物异闻轶事的作品。作者写作这类轶事琐闻，主要是拾遗补佚，也可资趣谈。不少作品为后来撰写新、旧《唐书》提供了资料；又受传奇小说的影响，所记不一定都是历史的真实。可供编纂史书者参考，却不能当作信史，其中包含着较多的小说成分，并不像六朝的志人小说《语林》、《世说新语》那样强调历史的真实。

唐代士大夫视编修史书为崇高的事业，但又不可能都有如愿以偿的机遇，私人编修史书固然也有，但毕竟不是轻而易举之事。于是有些士人就从事轶事琐闻的记载，大都是史料价值高于小说价值，但有些记载趣味性较强，可以作为笔记体小说来欣赏。有的作品本来应该放在唐代小说鼎盛时期叙述的，为了便于论述其概貌，就都在这里介绍。

刘肃《大唐新语》，是仿效刘义庆《世说新语》体裁的代表。此书共十三卷，所记起武德之初，迄大历之末。分匡赞、规谏、极谏、刚正、公直、清廉、持法、嗤鄙等三十门，侧重于帝王臣佐政事之得失，见识才能的高低，从历史经验教训中为当政者提供借鉴。作者自谓："昔荀爽纪汉事，可为鉴戒者，以为《汉语》，今之所记，庶嗣前修。"故《新唐书·艺文志》列为杂史类，《宋史·艺文志》则列为别史类，题名《唐新语》，明人改题为《唐世说》。纪晓岚《四库全书总目提要》列于小说家类，大概因有"谐谑"一门，有乖史家之体的缘故。所收轶文旧事，足资劝戒，亦广见闻。有明万历年间潘玄度刻本、王世贞刻本、笔记小说大观本（缺"嗤鄙"门）。中华书局许德楠、李鼎霞校点本较完善。

从政事的理乱着眼，本书提供了颇有认识意义的轶事琐闻。如《匡赞》、《极谏》等篇，记载杜如晦、房玄龄、魏征辅佐唐太宗致治；则天朝重用嬖臣张易之兄弟和酷吏周兴、来俊臣等，浊乱朝纲、陷害忠良；玄宗不采纳张九龄处决失机将领安禄山的忠谠之言，养虎贻患。《褒锡》篇"太宗剪须疗李勣疾"条，虽有神化唐太宗之弊，但从小说艺术角度看，作者通过太宗剪须疗李勣疾、解御服覆盖沉醉的李勣等细节描写，以及太宗对李勣所说"朕当属卿以孤幼，思之无逾公者；往不负李密，岂负于朕哉"这番推心置腹之言，李勣"流涕而致谢，噬指而出血"的言动，生动地表现了君爱臣、臣忠君、互相信任的情景。

轶事小说的传统，是要在极简短的文字中，刻画出人物的精神面貌、气韵风度。《大唐新语》在这方面固然逊于《世说新语》，但也可见其匠心。如《惩戒》篇“阎立本”条，记载太宗与侍臣泛舟春苑池，见有异鸟随波，“击赏数四，诏坐者为咏，召阎立本写之”，表现出君王的闲情逸兴；而描写当时为主爵郎中的阎立本，听到传呼时的情状心态，尤为深刻：“奔走流汗，俯伏池侧，手挥丹青，不堪愧赧。既而，戒其子曰：‘吾少好读书，幸免面墙。缘情染翰，颇及侪流。唯以丹青见知，躬厮养之务，辱莫大焉。汝宜深戒，勿习此也。’”阎立本是著名的画家，在我国绘画艺术上有着杰出的贡献，但他以充当御用画家为耻，并告诫其子不要走他的老路。这种心态，正是有着独立人格的知识分子的特征。同篇“王义方”条，对王义方买宅酬直后数日，“对宾朋，忽惊指庭中双青梧树曰：‘此忘酬直。’遽召宅主，付直四千”的心理，以及决定弹劾李义府的思想斗争过程，都写得很真实。加酬不必要的树价是“以居要津作宰相示大耳”。“将弹劾李义府，惧不捷，沉吟者久之。独言曰：‘可取万代名耶？循默以求达耶？’他日忍言曰：‘非但为国除蠹，亦乃名在身前。’遂弹焉。”这种心理活动与精神状态，与他所处的地位、身分、思想性格，是很相称的。

《嗤鄙》，近乎讽刺小说。例如“李秀才”条，描写李生谒见蕲州刺史李播时所投献的诗卷，竟全是李播当年应举时的行卷之作，李生却厚颜无耻地说是“吾平生苦心所著”；在点穿诗卷原“笺翰未更”的事实之后，才不得不承认这是二十年前于京都书肆中买来的。这已是既可鄙又可悲的了，临辞别李播时，还要求李播将这诗送给他，以“光扬旅寓”，便于招摇撞骗、欺世盗名；又在李播前吹嘘荆南节度使卢尚书是自己的表丈，被播当面揭穿，因卢尚书正是李播的亲表丈。李生“惭悸失次"，乃复进曰："诚若郎中之言，则并荆南表丈，一时曲取。"真不知人间有羞耻事。李生行骗，都被李播戳穿，在这种"无巧不成书"的偶然性中，却寓含着欺世盗名者被揭穿真相的必然性。以自我暴露、当场戳穿、出乖弄丑的方式，绝妙地讽刺了儒林败类的卑鄙灵魂，可谓《儒林外史》之先声。

（三）谭宾录

《谭宾录》也是一部较有价值的轶事小说集。《新唐书·艺文志》小说家类著录十卷，《宋史·艺文志》则作五卷。原书已佚。《太平广记》辑存一百二十余条。作者胡璩，字子温，文、武宗时人。

此书所录，诚如《郡斋读书志》所云："皆唐朝史之所遗。"书名"谭宾"，是因为以史事为谈资，应对宾客。有关唐代人物的一些轶事，已为史家采录入新、旧《唐书》。它不是人物完整的传记，而是通过某一事件，刻画人物某一方面的性格特征，笔法细腻，形象生动，颇具小说情趣。篇幅长短灵活自如。大都以人名为题。涉及初、盛、中唐时期的帝王后妃、文臣武将、书画音乐等艺术家及诗人、医学家，记载了众多人物的一些具有典型特征的事件，意趣横生，人物性格跃然纸上，足为娱宾之资。

宦官是唐朝的一大祸害，昏庸的皇帝宠信依赖宦官，宦官则凭借权势擅作威福。《薛盈珍》条，记德宗朝宦官薛盈珍，任郑滑节度使姚南仲部监军，"盈珍怙势，干夺军政，南仲不从，数为盈珍构谗于上，上颇疑之"。这仅仅是矛盾冲突的缘起，本条所着重描写的是姚南仲裨将曹文洽智勇刚烈的性格：

后盈珍遣小使程务盈，驰表奏南仲不法，谗构颇甚。

南仲裨将曹文洽时奏事赴京师，窃知盈珍表中语。文洽私怀怒，遂星夜兼道追务盈，至长乐驿及之。与同舍宿，中夜杀务盈，沉盈珍表于厕中，乃自杀。日旰，驿吏开门，见流血满地，旁得文洽二缄：一缄告盈珍罪，一缄表理南仲冤，且陈谢杀务盈。

从窃知盈珍表中谗构语，到星夜兼程追杀务盈、沉盈珍表于厕，然后自杀，一系列节奏紧促的行动，文洽刚烈果决的性格特征，鲜明地表现了出来。留下二封奏表，弹劾盈珍之罪，明南仲之冤，并说明杀务盈的原因，思虑周密，非一勇之夫可比。姚南仲入朝面奏时，回答德宗的话，言简意赅，力重千钧，切中宦官监军的弊端。“德宗默然久之”，活现出德宗内心矛盾的精神状态。

在皇帝昏庸、宦官权臣当道的时代，善于权变钻营、耍弄手腕的人，可以左右逢源，升官发财。《陈少游》条，描写“长于权变……厚敛财货、交结权右”的陈少游劣迹，细致生动。他为了摆脱桂管观察使偏远的任所，改授美官，既纳贿于当朝宰相元载之子仲武，又抓住宦官董秀贪图钱财的心理特征，以请君入瓮的巧妙方式，引诱董秀收取他每岁五万贯的贿赂，然后向董秀泣诉：“南方毒瘴深僻，但恐不得生还，再睹颜色！”在秀、载内外引荐之下，数日，改拜宣歙观察使。他三总大藩，“敛财积宝，累巨万亿”。元载得势时，他每年纳贿十万贯；后载子伯和贬官扬州，少游外表上与之深交，而阴使人搜集过失，向皇帝告黑状，以取得皇帝的信任，“待之益厚”。他乘姚令言叛乱、德宗出走之机，夺取在扬州的国家税款八百万贯；又向发动叛乱的李希烈表忠心。卑鄙无耻，唯利是图，不择手段。在封建士大夫中，像陈少游这样的败类，也是具有典型意义的，至今犹不失其认识价值。

（四）《幽闲鼓吹》

有的轶事小说集，是专记一朝遗闻轶事的。如记载唐玄宗朝开元天宝年间故事的专集，就有好几种，我们在前面有关专章中，曾有所引述。此外，如张固撰《幽闲鼓吹》，则是专采摭宣宗遗事的，共二十五条。明人顾元庆于此书末跋谓："固在懿、僖间，采摭宣宗遗事，简当精覈，诚可以补史氏之阙。"但偶或杂记他朝事，如《安禄山将反》条，即是玄宗天宝末年事。有几条常为人们引用的文坛佳话，对研究这一时期的文学史，也有参考价值。如记白居易与顾况事：

> 白尚书应举，初至京，以诗谒著作顾况。顾睹姓名，熟视白公曰："米价方贵，居亦弗易。"乃披卷首篇，曰："离离原上草，一岁一枯荣。野火烧不尽，春风吹又生。"即嗟赏曰："道得个语，居即易矣。"因为之延誉，声名大振。

从顾况对白居易的名字由揶揄到赞赏态度的转变，可见顾况识拔人才的卓见。这则文坛逸事，也是当时举子以诗行卷的一个佐证。再如李贺谒韩愈条，也颇有趣：

> 李贺以歌诗谒韩吏部，吏部时为国子博士分司，送客归，极困。门人呈卷，解带旋读之，首篇《雁门太守行》曰："黑云压城城欲摧，甲光向日金鳞开。"即援带命邀之。

可见文坛领袖奖掖青年诗人的可贵精神。全篇寥寥数十字，抓住韩愈困极解带欲息、阅诗首篇首两句即援带命邀两个细节，既表现了李贺歌诗的艺术魅力，更突出了韩愈对人才的珍惜。

在中晚唐的帝王中，宣宗算是比较开明的。《幽闲鼓吹》首篇即以赞誉之情描写宣宗对万寿公主既宠爱又严格教育的趣闻。唐朝为巩固皇室的统治基础，往往将公主下嫁功臣勋贵或世家大族子弟；世家子弟倒不愿被招为驸马，与骄贵的公主是难以和谐相处的。万寿公主恃宠生骄，驸马郑颢得危疾，她却去慈恩寺看戏，而不探望郑颢之病。宣宗得知此事，“大怒叹曰：‘我怪士大夫，不欲与我为亲，良有以也。’命召公主。公主走辇至，则立于阶下，不视久之。主大惧，涕泣辞谢。上责曰：‘岂有小郎病，不往视，乃观戏乎？’立遣归宅”。读者会感到，这位皇帝是通情达理的。这里我们也联想到赵璘撰《因话录》中一则类似的故事，即宫部《郭暧》所记，代宗处理升平公主与驸马郭暧吵嘴的事：

> 郭暧尝与升平公主琴瑟不调，暧骂公主：“倚乃父为天子耶？我父嫌天子不作。”公主恚啼，奔车奏之。上曰：“汝不知，他父实嫌天子不作，使不嫌，社稷岂汝家有也。”因泣下，但命公主还。尚父拘暧，自诣朝堂待罪。上召而慰之曰：“谚云：‘不痴不聋，不做阿家阿翁。’小儿女闺帏之言，大臣安用听？”锡赉以遣之。尚父杖暧数十而已。

这是一个为人们所熟知、传为美谈的有趣故事。短短百余字，写出不同人物、不同层次的解决家庭纠纷的方式。小两口吵嘴原是家常事，气头上的过激之词，在所不免。但这是一对有特殊背景特殊身分的少年夫妻，升平公主是金枝玉叶，固然骄贵娇嗔，郭暧驸马也自恃父亲的盖世功勋，激愤之下说出那样过火的话，公主一气之下哭着脸“奔车奏之”，这场矛盾非常尖锐，不同寻常，处理不当，后果不堪设想。代宗与郭子仪面对这一矛盾，都很明智。代宗的举措言语，表现出君王的宽容大度；郭子仪不居功自傲，采取了恰如其分的措施，表现其谨慎守法，躬行为臣之道，不使代宗感到难堪。因而，把这场尖锐的矛盾，巧妙地化解了。这个故事，至今仍不失其启发作用。

（五）《杜阳杂编》及其他

在晚唐的轶事小说中，苏鹗《杜阳杂编》是较好的一种。书凡上、中、下三卷，《新唐书·艺文志》、《宋史·艺文志》、《四库全书总目》等均著录五十二条。此书的版本较多，据《笔记小说大观》本所载，为四十八条。《太平广记》辑录三十五条，条末注引书为《杜阳编》，即指此书。

晁氏《郡斋读书志》云苏鹗“家武功杜阳川”，则此书是作者家居杜阳时所编。全书按时代顺序编次，上自代宗广德元年，下迄僖宗皇帝即位，记十朝之轶事，有史料价值，但不能作信史看。其间记述宝物奇技，颇涉荒怪；有些异国名称，亦属虚构，记轶事而多所夸饰。“且葩藻纷披，较之《拾遗》、《洞冥》二记，尤为缛艳可喜，词章家往往乐于取材。”① 继承了王嘉《拾遗记》、郭宪《洞冥记》的创作精神与艺术手法，而有所发展、提高。

书中对所记十朝皇帝，固然多有溢美之词，但具体事实，也并非虚饰。封建帝王有腐化昏庸的一面，但也有励精图治、善于笼络臣佐、玩弄权术的一面。例如卷上称颂德宗皇帝“英明果断，无以比德”之类的话，是言过其实的；但描写他因避朱泚、姚令言之乱出走奉天途中，对姜公辅所说的坦诚反思之

① 《笔记小说大观》本对此书所作《提要》。

言，特别是将佩带的火精剑琥珀匣打碎，治疗裨将金疮的情景，颇为感人：

> 上始于行在，无药饵以备将士金疮。时有裨将为流矢所中，上碎琥珀匣以赐之。其匣，则火精剑匣也。近臣谏曰："陛下奈何以裨将金疮，而碎琥珀匣？"上曰："今凶奴逆恣，欲危社稷，是军籍材用人之际。而战士有疮，如朕身之疮也。昔太宗剪须以付英公，今朕以人为宝，岂以剑匣为宝也。"左右及中外闻者，无不感悦。

这容易使人联想起刘备于当阳大败时掷阿斗感赵云的那番言动，包含着深层的权术意味，即使称不上英明，但至少不昏庸。对宪宗的宽仁大度、进善出恶、不纳四方所进歌舞妓乐等"俭德"，亦多褒词。卷中《吴元济之乱》条，宪宗选择宰臣裴度为平淮西元帅，他作了很形象的比喻："且安天下用将帅，如造大舟以越沧海，其功则多，其成则大，一日万里，无所不届；若乘一叶而蹈洪波，其功也寡，其覆也速。朕今托元老以摧狂寇，真谓一日万里矣。"这比喻包含着深刻的哲理性。从文学角度而言，也是很准确、生动的，故能使裴度深受感动。

作者善于以简洁优美而富有感染力的文字，描绘出人物的内心状态、思想活动。如同卷《文宗皇帝》条，描写文宗尚贤乐善、勤于政事、博览群书的情态："每视朝后，即阅群书。见无道之君行状，则必扼腕歔欷；读尧舜禹汤传，则欢呼裣衽。"喜怒爱憎之情，活现在字里行间。《大和九年》条，描写文宗在诛王涯、郑注后，对仇士良恣意专权的憎恶而不便于发作的神情："或登临游幸，虽百戏骈罗，未尝为乐。往往瞠目独语，左右莫敢进问，因题诗曰：'辇路生春草，上林花满枝。凭高何限意，无复侍臣知。'"神态与诗的含意，都深刻地表现出文宗抑郁寡欢、孤掌难鸣的苦闷心情。再如记宣宗大中年间顾师言奉敕与日本王子围棋的故事，描神写态尤为精妙：

> ……及师言与之敌手，至三十三下，胜负未决。师言惧辱君命，而汗手凝思，方敢落指，则谓之镇神头，乃是解两征势也。王子瞪目缩臂，已伏不胜，回语鸿胪曰："待诏（指师言）第几手耶？"鸿胪诡对曰："第三手也。"师言实为第一国手矣。王子曰："愿见第一。"曰："王子胜第三，方得见第二；胜第二，方得见第一。今欲躁见第一，其可得乎？"王子掩局而吁曰："小国之一，不如大国之三，信矣！"

师言"汗手凝思，方敢落指"的心理活动，王子"瞪目缩臂"的神态，鸿胪的诡对，都写得真实生动，表现出各自的风神或智慧。

对穆、敬二朝昏君，没有一字褒意，颇似《春秋》笔法。写穆宗皇帝在殿前张网、"纵嫔御追捉，以为娱乐"，喜欢卫士韩志和彫木作机器玩具，当他足踏机关龙床，"而龙夭矫，若得云雨"之状时，又感到畏怖，遂令撤去，只能赏玩微型机器玩具蝇虎子的表演，足见其昏懦无能、玩物丧志。敬宗皇帝欣赏南昌国献的玳瑁盆，贮水满，与嫔娱"相沃以为嬉戏"；披浮光裘冒雨驰马从禽，解夜明犀为腰带，用以夜猎，也都表现出昏聩腐朽的特性。

对懿宗，虽赞其"器度沉厚，形貌瓌伟"，实多贬斥之词。下卷《同昌公主出降》、《法门寺迎佛骨》二篇，极写其挥霍无度、滥用民脂民膏、佞佛丧身，淋漓尽致地暴露了懿宗昏庸腐败、不纳忠谏的恶劣品性，且于叙事之中，寓讽刺之意。如叙同昌公主出降，懿宗"赐钱五百万贯，仍罄内库宝货，以实其宅”。实质上皇帝是最大的贪污犯。大将军李可及为取悦于懿宗，进《叹百年曲》、作《叹百年队》，“取内库珍宝，彫成首饰，画八百匹官绝，作鱼龙波浪文，以为地衣。每一舞而珠翠满地，可及官历大将军，赏赐盈万，甚无状。左军容使西门季玄，素鲠直，乃谓可及曰：‘尔恣巧媚以惑天子，灭族无日矣。’可及恃宠，亦无改作”。明斥李可及，暗贬唐懿宗。有昏君，奸佞之臣才得以“恣巧媚以惑天子”，恃宠逞奸，自古皆然。

《杜阳杂编》中所记的有关外国异域所贡的奇珍宝物，固承六朝博物志怪之流觞，但也不乏新奇怪异之美。描写帝王迷信佛、道神仙的具体活动，也为我们提供了比史籍更为生动的资料。

此外，范摅撰《云溪友议》，虽然一般来说小说文学的意味不浓，但是记载了中、晚唐文坛上的不少轶事趣闻，还是很有资料价值的。书凡十卷，其中许多遗闻轶事，如元载之出处、柳棠之狂诞、张籍以一诗表章朱庆余，皆唐人笔记所缺佚。诚如纪晓岚《四库全书总目提要》所云：“大抵为孟棨《本事诗》所未载，逸篇琐事，颇赖以传。又以唐人说唐诗，耳目所接，终较后人为近。故考唐诗者，如计有功《纪事》诸书，往往据之以为证焉。”除记中、晚唐文坛趣事外，也有少数志怪性故事，例如对后世戏曲、小说颇有影响的韦皋与玉箫两世姻缘的奇闻，就出于本书《玉箫化》条。元人乔梦符《两世姻缘》杂剧、明人拟话本小说集《石点头·玉箫女再世玉环缘》，均据此改编。关于《题红怨》的故事，也是脍炙人口的，不过它影响之扩大，是经过孟棨、张实的再创作之后，此处从略。

孟棨《本事诗》是一种纪事体的诗话，故《新唐书·艺文志》将它列于总集类，而书中收录的故事，大都属于小说，把它作为小说来读不乏其魅力。

孟棨，字初中，唐文宗开成中，曾官梧州（今广西梧州市）。《本事诗·自序》作于僖宗光启二年，书当脱稿于此时。据王定保《摭言》卷四《与恩地旧交》条所云，可知“棨出入场籍三十余年”，到僖宗乾符二年裴沆知贡举时才及第，他在功名道路上是久经坎坷的。

全书仅一卷，按事分类，分情感、事感、高逸、怨愤、征异、征咎、嘲戏七章。诚如作者自序所言：“其间触事兴咏，尤所钟情。”对于真挚的爱情，写得格外动人。最扣人心弦、影响也最深远的，当然是《崔护渴浆》条。先写崔护于清明日游春至一“花木丛萃”、“寂静幽雅”的居人庄；次写崔护叩门求饮，女以杯水招待，“独倚小桃斜柯伫立，而意属殊厚，妖姿媚态，绰有余妍。崔以言挑之，不对，目注者久之。崔辞去，送至门，如不胜情而入。崔亦眷顾而归”。以传神之笔，写出了一对初恋男女的风神韵致、心理状态。特别是把初见可意人的少女举止神态、内心世界维妙维肖地表现了出来，为此后情节的发展埋下伏线。再写来年清明崔护思念女郎，复至庄中相寻而门已锁，因题诗门上云：“去年今日此门中，人面桃花相映红。人面只今何处去？桃花依旧笑春风。”这诗真可谓唐人之绝唱；形象地描绘出崔护对少女的美好回忆，“人面桃花”句活现少女容颜神韵之美，也流露今年未能会见的怅惘情绪。正因为诗中表现出崔护对女郎深挚的爱，与前次女郎所流露的对崔的爱慕而羞于言表的心理，可说已经心心相印。所以才发展到女郎见题诗后一病不起，以至抑郁而死。这时，作者把情节再往前推进一层：恰好崔又来到女郎家，而闻老父之哭诉，崔举女郎之尸，哭而祝曰："某在斯！"真挚的爱情，使女郎死而复活。小说中写为爱情而死，复为爱情而活的作品，六朝志怪小说就有几篇，但这是写得最优美动人的一篇。明人孟称舜据以写成《桃花人面》杂剧。

《顾况红叶题诗》，比《云溪友议》中相应的内容，翻进了一个层次，在顾况于叶上题和宫女梧叶诗后，有客于苑中寻春，又于叶上得一诗，是宫女见顾况和诗后再题之诗。但无红叶题诗结良缘之事。到了宋人张实《流红记》，将《云溪友议》中两则同类故事和《本事诗》中这条故事，予以融汇，推陈出新，圆了良缘之梦，男主角是僖宗时的于祐。《乐昌公主破镜重圆》的故事，也向来传为美谈。《开元制衣女》，虽极简短，而事感人：

> 开元中，颁边军纩衣，制于宫中。有兵士于短袍中得诗曰："沙场征戍客，寒苦若为眠。战袍经手作，知落阿谁边？蓄意多添线，含情更著绵。今生已过也，结取后身缘。"兵士以诗白于帅，帅进之。玄宗以诗遍示六宫，曰："有作者勿隐，吾不罪汝。"有一宫人自言："万死！"玄宗深悯之，遂以嫁得诗人。仍谓之曰："我与汝结今身缘。"边人皆感泣。

这故事固然也赞颂了玄宗的开明，更表现了宫女对戍边战士的同情，及其对正常夫妻生活的盼望心理。

对了解与唐代科举制度有关的轶事琐闻来说，王定保《摭言》，还是颇有参考价值的书。前面论及唐代科举制度与传奇小说兴盛的关系时，曾多处引用此书所记资料。记载士大夫的某些轶事，既有小说意趣，且为后世戏曲、小说所取资。例如《裴度还带》条，虽有看相者的神秘之说，但亦可见裴之人品。写裴度于贫贱之时，游香山寺拾得某祈祷妇人所遗包袱，内有玉带、犀带，裴度遂收取以待至暮，并于次日继续等待失主。失主是一位妇女，告之曰："新妇阿父无罪被系，昨告人，假得玉带二，犀带一，直千余缗，以赂津要。不幸遗失于此。今老父不测之祸，无所逃矣！"度还其包袱，并谢绝了失主以一带相赠。拾珍品而不昧，又不受报酬，这种品德，是很高尚的。关汉卿据以改编为《山神庙裴度还带》杂剧。

崔令钦《教坊记》与孙棨《北里志》，虽然都收入《古今说海》之中，其实《教坊记》是不能列于小说之林的；但是这两种书，对研究唐人小说乃至后世戏曲、小说，都很有参考价值。《四库全书总目》为《教坊记》所作提要云："所记多开元中猥杂之事。故陈振孙讥其鄙俗。然后记一篇，谆谆于声色之亡国，虽礼为尊讳，无一语显斥元宗，而历引汉成帝、高纬、陈叔宝、慕容熙，其言剀切而著明，乃知令钦此书，本以示戒，非以示劝。唐《志》列之于经部乐类，固为失当，然其风旨有足取者。虽谓曲终奏雅，亦无不可。不但所列曲调三百六十五名，足为词家考证也。"《中国古典戏曲论著集成》将《教坊记》辑入，是有充分理由的。从研究唐人小说角度来看，颇有资料价值。如："坊中诸女，以气类相似，约为香火兄弟，每多至十四五人，少不下八九辈。有儿郎聘之者，辄被以妇人称呼。即所聘者兄见呼为新妇，弟见呼为嫂也。……"这对我们理解《游仙窟》、《任氏传》等类似涉及狭邪的作品中人物关系与身分，是有帮助的。

孙棨《北里志》专记长安平康里妓女生活起居、日常交游、年长色衰后的悲惨命运，以及进士与妓女交往的风习。为研究唐人小说中描写进士与妓女的风流韵事及其悲剧性结局，提供了具体生动的资料。作者为本书所作的自序，是常为学术界所引用的。全书正文十三条，除首条《海论三曲中事》总论平康里不同等级的妓女生活情况、妓女来源、与假母的关系以外，其余各条分别介绍具有不同个性特点、命运的几个妓女。又附录《狎游妓馆五事》，分记五个士大夫与妓女的关系；《北里不测堪戒二事》，记述妓院母女如何谋害嫖客之事。小说意味较浓的，是分写各个有姓名的妓女，可以作为轶事小说来读。

《海论三曲中事》论及妓女所居等级之差别云：

> 平康里入北门，东回三曲，即诸妓所居之聚也。妓中有铮铮者，多在南曲、中曲；其循墙一曲，卑屑妓所居，颇为二曲轻斥之。其南曲中者通十字街，初登馆阁者，多于此窃游焉。二曲中居者，皆堂宇宽静，各有三数厅事；前后植花卉，或有怪石盆池，左右对设。小堂垂帘，茵榻帷幌之类称是。

这里着重描写的是"妓中铮铮者"，即所谓名妓之居，堂宇宽静，花卉盆景，前后左右结构，讲究对称之美，颇有士大夫庭院的雅趣。"卑屑妓所居"，大概是比较简陋的。书中所志十几家妓女，多数属于居南曲、中曲之"铮铮者"；也有像刘泰娘那样的小家女，且"年齿甚妙，粗有容色"者，居北曲，尽管众多游冶郎对她有好感，"以居非其所"而无意问津。作者得知她门前有一樗树，一夕偶过其门，恰遇泰娘犊车归来，他就题诗其舍："寻常凡木最轻樗，今日寻樗桂不如。汉高新破咸阳后，英俊奔波遂喫虚。"于是"诘朝诣之者结驷于门矣"。妓女的声价，也与士人的文名一样，是需要有人标榜捧场的。

妓女与嫖客之间，大多是声色与金钱的交易，但也不乏真挚的爱情。《楚儿》条，写楚儿“素为三曲之尤”，从良为郭鍜之妾，但不能忍受郭的束缚，仍与其旧识交往，尽管郭“为人异常凶忍且毒，每知必极笞辱，润娘(楚儿字)虽甚痛愤，已而殊不少革”。甚至同郭出行，与旧情人郑光业相遇，楚儿“遂出帘招之，光业亦使人传语，鍜知之，因曳之中衢，击之马箠，其声甚冤楚，观者如堵，光业遥视之甚惊悔，且虑其不任矣。光业明日特取路过其居侦之，则楚儿已在临街窗下弄琵琶矣”。并彩笺题诗送光业，表示不为郭鍜的殴打所吓倒，足见其对旧情人光业是很执著真挚的。

妓女的结局，一般是悲剧。或色情过度而早死，如《颜令宾》条的颜令宾；或年长色衰退而为假母，如《杨妙儿》条的杨妙儿；或想从良而所遇非人，如楚儿。受士族婚姻制门第观念的局限，士人娶所爱的妓女作妾，也是很不容易的，前面曾论及的《霍小玉传》，李益就不能满足霍小玉欢爱八年的愿望。本书《王团儿》条，写的就是作者所经历的与妓女宜之一段悲剧性的风流韵事。宜之“丰约合度，谈论风雅，且有体裁”，也能作诗。作者很爱她，她也寄希望于孙棨，能为她赎身，结为终生伴侣，但孙棨却缺乏这种勇气：

> 宜之每宴洽之际，常惨然悲郁，如不胜任，合坐为之改容，久而不已。静询之，答曰：“此踪迹安可迷而不返耶？又何计以返？每思之，不能不悲也。”遂呜咽久之。他日忽以红笺授予，泣且拜，视之，诗曰：“日日悲伤未有图，懒将心事话凡夫。非同覆水应收得，只问仙郎有意无？”余因谢之曰：“甚知幽旨，但非举子所宜何如！”又泣曰：“某幸未系教坊籍，君子倘有意，一二百金之费尔。”未及答，因授予笔，请和其诗。予题其笺后曰：“韶妙如

何有远图，未能相为信非夫。泥中莲子虽无染，移入家园未得无！”览之，因泣不复言。自是情意顿薄。

宜之对孙棨寄予满腔的希望，但是，孙棨的回答却使她的希望成为泡影。这正是妓女命运的悲剧。

《张住住》条，描写倡门女子张住住，少而敏慧，能辨音律，与邻居庞佛奴同岁，互相爱慕，青梅竹马，私有结发之约。住住长成后，佛奴因家贫不能致聘。里南陈小凤，出于不良的动机，向住住家纳薄聘，并将择日占有住住。经过住住与佛奴私下策划，并得到邻居宋媪的协助，先于陈小凤，了却宿愿；最后，在徐某的帮助下，佛奴礼聘住住，结成良缘，得美满结局。这在唐人小说中是罕见的。

此外，五代时孙光宪撰佚事小说集《北梦琐言》，所记内容虽庞杂，史料价值重于小说意趣，但文笔雅淡，也尚有可读之作。如《女商荆十三娘》，写荆十三娘仗义行侠，慷慨豪爽，言必信，行必果的风采，颇为生动。《李茵与云芳子生死相恋》故事，则可与《本事诗》和《云溪友议》中关于红叶题诗的作品相比较。云芳子红叶题诗结识李茵，但与李茵结婚的却是云芳子被宦官迫害自尽后的鬼魂。于喜悦中饱含着凄凉和悲伤。书中还辑录了不少唐五代诗人的诗句和佚事，也可资参考。

第十一章　唐人小说的艺术美（上）

小说艺术，经历了先秦、西汉的萌芽时期。东汉至南北朝，一般说法是雏型时期，但从创作实践来看，至少有一部分作品已渐趋成熟。如果我们不被传统的“小说”概念所束缚，那么，在先秦诸子散文、野史杂传之类史传文学中，都可以看到富有民族特色的早期小说。魏晋南北朝的某些志怪小说，也并非只是“粗陈梗概”，其幻设之奇巧、想象之丰富、人物形象之完整、叙事之宛曲，已经可以看出有意创作小说的端绪。我们不能因为作品中有宗教文化的色彩，就否定它是有意创作小说；只不过自觉的程度不同、艺术水平的高低有差异。实际上，唐人小说正是在继承前人丰富的艺术经验基础上，才臻于成熟完美的阶段，给我们以愉悦的美感享受。

一、唐人小说艺术方法的演化

唐人小说继承和发扬了史传文学和轶事小说写实主义的艺术传统，也汲取了神话、志怪小说以虚而用实的幻想性和奇异性艺术精神，构成传奇小说创作方法的核心，从而使小说艺术发展到一个新的水平，提高了小说艺术的审美价值。我们认为唐人更自觉地从事小说创作，除了对小说功能的认识有所提高以外，主要是在创作方法上有了较大的进化。当时虽然还没有现实主义、自然主义或浪漫主义等创作方法上的概念，但在创作实践中，都存在着与这几种创作方法相类似的倾向。而这几种创作倾向，在我国古代文学史上早就存在了，至于用什么概念来表述更为切合中国文学史的特色，那是需要化大功夫研究的。借用外来的概念当然是可以的，但是不能生搬硬套。如《诗经》有较强的写实精神，《楚辞》有丰富奇妙的幻想性，但如果称前者是现实主义，而称后者是浪漫主义，是否很确切？还是值得探讨的问题。又如在南北朝时代的南朝文学中，曾经产生过类似自然主义倾向的作品，并且往往与追求形式美的倾向相结合。

在唐代早期的传奇小说中，自然主义却与很难相容的浪漫主义倾向有某种联系。自然主义的特征在于强调客观的记录，赤裸裸的描写事物的现象，而不揭示其本质，缺乏典型意义，思想倾向不鲜明；浪漫主义的特征在于强调主观意念的飞翔，理想主义的感情色彩特别浓烈，更富于想象的成分，以幻想代替现实。产生于隋唐之际的《古镜记》就揉合着这两种不同创作方法的成分。在那剧烈动荡的时代，远出旅行或在仕宦生涯中，难免遭遇各种劫难；作者希望摆脱劫难，逢凶化吉，但缺少有效的办法，只能幻想得到护身的法宝。持宝镜而“百邪远人”，便是这种幻想的表现。这篇传奇描写王度兄弟先后远游，都赖古镜除邪全身：使狐狸精现出原形，铲除兴妖作怪的大蛇，免疫消灾，除灭龟、猿、蛟、鸡、鼠狼、老鼠、守宫诸妖，持镜渡江涉水则使波涛敛息，海潮不兴。这面古镜具有非凡的力量，但实际上王度却缺乏或者失去这种在乱世中得以保全自己的依持，所以才发出无可奈何的哀叹。全篇缺乏具有典型意义的艺术形象，只把显示宝镜神奇威力的几件事情按年月连贯起来，似乎是客观的记录，但又渗透着作者的幻想。

在本编第三章，曾论述在武则天统治时代出现的张文成《游仙窟》，是一篇自然主义的杰作，其实它也带有某些浪漫主义的色彩。它既是当时文人逢场作戏、放荡生活的自然写照，又把这次逛妓院性质的风流韵事予以理想化，故意把女方的家世抬高，说是名门望族出身，极力渲染其宅第的富丽堂皇，宴席的丰盛，并对“神仙窟”的境界作了理想化的虚构：

> 行至一所，险峻非常：向上则有青壁万寻，直下则有碧潭千仞。古老相传云：“此是神仙窟也；人迹罕及，鸟路才通。每有香果琼枝，天衣锡钵，自然浮出，不知从何而至。”余乃端仰一心，洁斋三日。缘细葛，泝轻舟。身体若飞，精灵似梦。须臾之间，忽至松柏岩，桃华洞，香风触地，光彩遍天。

这真是个世外仙境，意境类似《幽明录·刘晨阮肇遇仙》，但实际上完全是两回不同性质的事。在描写男女相恋过程中，感情气氛浓烈而显露，与一般文言小说在审美意趣上追求含蓄、意韵之美不同，显得俚俗肤浅，类似话本小说。作品中出现的几个人，既称不上是正面的艺术典型，却也不是反面人物，男女之间纯粹出于一种性爱的互相吸引，并无金钱财物与色相伎艺的交易，这又不同于嫖客与妓女的关系，思想倾向扑朔迷离。

尽管《游仙窟》的格调不高，文辞轻佻，自然主义倾向较为明显，但它在写景抒情和描摹物态上，都相当细腻生动。如对五嫂起舞姿态的描写：

> 遂即逶迤而起，婀娜徐行。……举手顿足，雅合宫商，顾后窥前，深知曲节。欲似蟠龙宛转，野鹄低昂。回面则日照莲花，翻身则风吹弱柳。斜眉盗盼，异种婠姑，

缓步急行，穷奇造凿。罗衣熠耀，似彩凤之翔云；锦袖纷披，若青鸾之映水。千娇眼子，天上失其流星；一搦腰支，洛浦愧其回雪。光前艳后，难遇难逢；进退去来，希闻希见。

借形象化的比喻，来描绘人物的形貌神态，细致逼真，出神入化。在这方面，又为后来现实主义小说的表现艺术，提供了借鉴。所以，称《游仙窟》是自然主义作品，也并不是很确切的，只是就其基本倾向而言，创作的实际情况比简单的理论概括复杂得多。

唐代传奇小说在创作方法上，表现得特别显著的是现实主义的发展。在某些具有代表性的传奇作品中，比较注意"对于人和人的生活环境作真实的、不加粉饰的描写"①。作家对生活的观察相当深刻、细致，抱着积极干预生活的态度；表现在创作中，不但在细节描写上是真实的，并且塑造了典型环境中具有典型性格的形象；通过情节发展自然表现出来的倾向性也比较鲜明。如《霍小玉传》中对伪君子的典型李益形象的塑造，就是极好的例子。作者对这个纨袴子弟典型性格的把握非常准确，从对人物的语言、行动和具有典型意义的细节描写中，真实地表现了李益好色、虚荣的心理状态和性格特征。这个人物最本质、也是最卑劣的品性，是虚伪。但作者并没有对他作简单的、漫画式的丑化，而是结合人物所处环境的变化，先极力描写他表面上对霍小玉的赤诚与钟情，把"引谕山河，指诚日月，句句恳切，闻之动人"的誓词，写在盟约上；然后用与这种现象相矛盾的、辜负盟约的一系列行动，揭穿其自私、虚伪

---

①引自高尔基《谈谈我怎样学习写作》。

的本质。进而又通过韦夏卿对李益的规劝、黄衫客的打抱不平、霍小玉临死前悲愤痛斥李益的场面，极其鲜明地反映了作者爱与憎的思想倾向。类似这样的例子还很多，这也正是唐人传奇现实主义精神的体现。

传奇小说的题材颇为广泛，几乎触及隋唐社会的各个角落。上至帝王将相、后妃宫嫔、下至士子商人、妓女乞丐、僧道尼姑、奴仆侍婢、侠士役夫、能工巧匠，各个阶层人物的生活风貌，无不在作品中得到反映。许多优秀的传奇，尽管题材不同，但主题的社会意义都较深刻。有的揭露和批判封建帝王腐朽生活及其残暴统治，有的歌颂风尘女子对爱情的忠诚和奇行德操，也有鞭笞在门阀制度的影响下负心背约的伪君子，或谴责封建婚姻制度的罪恶；对封建统治集团内部的矛盾或社会上尖锐的阶级斗争，有不同程度的反映；对追求功名富贵、求仙问道等人生态度的描写，也触及到当时社会的某些本质问题。至于对朋友情谊的赞颂，如《纪闻·吴保安》，对音乐伎艺的欣赏，如《逸史·李謩》、《甘泽谣·许云封》、《博异志·吕乡筠》等，对豪侠行为的称道，都从各个不同侧面反映了那个时代的精神面貌。它们把当时现实生活中提出来的实际问题，或社会上存在的复杂生活现象，从各个不同的角度，通过各种艺术形象，作了本质的、合乎规律的反映，这从以上各章的论述中，可以看出粗略的轮廓。虽然每个短篇所反映的，只是社会生活中的某个横断面或一个角落，但是传奇小说作为一个整体，却描绘出隋唐五代时期社会的生活图画。它为我们提供了比某些史籍更为具体、生动的材料，其认识意义和审美价值都是很高的。

作为文学艺术的传奇小说，它之所以具有不可磨灭的艺术光辉，更重要的是它借助于一系列艺术典型，将具有各种性格的人及其典型环境，活生生地展现在我们的眼前，使我们在审美的同时，也认识了那个时代的本质特征。如《霍小玉传》、《李娃传》、《柳氏传》、《东城老父传》、《长恨歌传》、《莺莺传》以及《虬髯客传》、《甘泽谣·红线》、《三水小牍·步飞烟》等等，都称得上是短篇小说的现实主义杰作。善良真挚、钟情不渝、爱深恨切的霍小玉，好色轻浮、虚伪薄幸的李益，老练精明、知过能改、果敢主动的李娃，矜持深沉、温柔多情、怨而不怒的莺莺，敢爱敢恨、宁死不屈的步飞烟，昏聩腐朽、骄奢淫逸的唐玄宗，暴虐淫乱、刚愎自用的隋炀帝，侠义爽朗、机智精灵的红拂，这一系列艺术形象，够得上是典型环境中的典型人物，其形象所蕴含的内容很丰富，经得起人们的品味，这也正是现实主义传奇作品的重要艺术贡献。通过艺术典型，再现生活的真实，是现实主义创作方法的基本特征。它不同于后来的通俗小说追求生活细节和人物形貌的再现，而是写意性的、传奇化、艺术化的表现，重在传神与意象，不拘泥形似。因此，唐人传奇对典型形象的塑造和对生活的描写，虽然比它以前的史传文学和六朝小说确实精细得多，但是它还不是精雕细刻的。我们前面说它细节描写真实，也不是从再现艺术的角度来提的，而是从表现艺术传神写意的角度而言的。正如《世说新语·巧艺》写顾恺之画裴叔则："颊上益三毛。人问其故，顾曰：'裴楷俊朗有识具，正此是其识具。'看画者寻之，定觉益三毛如有神明，殊胜未安时。"这正是表现艺术以细节描写传神的妙用。

从上述有代表性的唐人传奇中，我们还可以看出，这些称之为现实主义的作品，与《游仙窟》之类有着自然主义倾向的作品，有一个显著的区别：它们不仅真实地表现生活的现象，而且能够对这些现象作出判断，使读者能较明显地感觉出哪些是善的，美的，哪些是恶的、丑的，谁是谁非，毫不含糊。既具有鲜明的倾向性，又没有枯燥乏味的说教。这是现实主义文学艺术又一重要的基本特征。我们之所以感到《长恨歌传》中唐明皇与杨贵妃的所谓爱情关系是丑的、恶的，是因为从唐明皇掠寿王妃为己有的乱伦行为，以及因宠爱杨贵妃而搞裙带政治、荒废国事、败坏朝政，以致酿成祸国殃民的安史之乱等等具体描写中，认识到马嵬事变的正义性。我们之所以乐于接受《李娃传》结局的处理，是因为李娃以实际行动完成了她的灵魂由丑向美的转化。作者的成功，也正在于此。步飞烟的婚外恋及其悲惨之死，能赢得读者的同情，原因在于作者以现实主义的笔触，写出了步飞烟这个孤弱而才貌双全的女子，被穷困的生活所迫，上当受骗，卖给粗悍的武公业做妾，她如同囚笼中的美丽的小鸟，供武生赏玩，没有自由，没有爱情，没有幸福，心灵非常苦闷，这是丑恶的婚姻关系；因此，当她得知端秀有文、年方弱冠的青年赵象钟情于她的时候，她"含笑凝睇而不答"，意识到生活中存在着一线希望和光明，进而大胆地接受了赵象对她真挚的爱情。她对武生的背叛，应该说是一个女奴要求人身自由、追求爱情的正义行动。作者写了步飞烟悲剧性的死，是令人同情的；作为传奇文学，则是现实主义创作方法的范例之一。在唐人传奇中，真正优秀的现实主义作品，其现实主义精神，往往是和众多读者的爱憎感情一致的。

二、以虚而用实的浪漫手法

以虚而用实、幻中见真的浪漫手法，在我国古代文学中，由来已久。从古代神话到六朝志怪小说，都善于以虚幻的想象表现真实的理想，不过这还不能算是成熟的浪漫主义创作方法。产生这种浪漫性的艺术手法的土壤，是人的主观愿望与客观现实的矛盾，幻想以主观愿望征服、驾驭客观现实，创造一种现实中还不存在或者极为罕见的理想生活。这种矛盾愈尖锐，人们要求达到理想目的的主观愿望也越强烈，于是幻想的翅膀就任意飞翔了。古代神话主要是人与自然环境矛盾的产物，而六朝志怪小说和唐人传奇中的志怪性作品的浪漫性艺术手法，则主要是人与社会环境、人与人之间矛盾关系的表现。从浪漫主义文学发展史的角度来看，唐人传奇运用这种艺术方法，已经有了长足的进步。

在唐人传奇中，以幻见真、以虚用实的浪漫手法，有几种类型，而具体表现也比较复杂，尽管在作品中都试图用美丽的理想去代替那不足的真实，但什么理想才是美丽的，不同作家受世界观和审美意识的制约，有各自的理解；更由于古代作家的世界观往往是不固定的，或是不连贯的，有的作家本身还带有矛盾性，所以在同一部传奇集的各篇中，就有不同的表现。

其一是通过对梦魂境界的描写，表现生活中理想与现实的矛盾。这类借梦幻以反映现实的艺术方式，六朝志怪小说中就有。如巨鹿石氏女离魂私奔意中人庞阿、杨林受焦湖庙祝之柏枕而做娶妻育子的美梦，但故事极简略，只是舛讹的传闻或幻梦的记录，说不上浪漫性艺术手法的运用。

陈玄祐《离魂记》则善于以奇妙的艺术想象，表现美丽的理想与意境。先写理想与现实的冲突，张倩娘与王宙互相爱慕，而倩女之父却背约将她许配他人，因此，“女闻而郁抑，宙亦深恚恨”。然后，写张倩娘离魂私奔衔恨而去的王宙，突破现实生活中礼教的桎梏，实现爱情的理想，离魂私奔的意境优美动人：

宙阴恨悲恸，决别上船。日暮，至山郭数里。夜方半，宙不寐，忽闻岸上有一人行声甚速，须臾至船。问之，乃倩娘徒行跣足而至。宙惊喜发狂，执手问其从来。泣曰：“君厚意如此，寝梦想感。今将夺我此志，又知君深情不易，思将杀身奉报，是以亡命来奔。”宙非意所望，欣跃特甚。遂匿倩娘于船，连夜遁去。……

离魂私奔，生儿育女，事虽荒怪，而写从私奔到归省过程，合情合理，体贴入微。在现实生活中，青年男女互相爱恋受封建家长的阻挠，“父母之命，媒妁之言”把互不相识、毫无感情的人强逼为婚，而真正的有情人却不能结成眷属。这种主观愿望与客观现实之间的矛盾，不可能按照常规的方式来解决。汉代卓文君私奔司马相如，为女子选择自己理想的配偶树立了一个榜样。但是，随着意识形态领域中儒家思想统治地位的巩固，“聘则为妻奔是妾”的观念，被公认为婚姻关系的法则，在现实生活中女子私奔的实际可能性很少。唐代受西北少数民族生活习惯和风俗的影响，在婚姻问题上封建礼教的束缚不那么严格，“闺门失礼”之事是常有的。但唐玄宗以后，儒家思想的统治又有所加强，青年男女婚姻自主的权利又被剥夺了；于是，离魂私奔之类的浪漫性激情，又像火花一般迸发出来。陈玄祐的艺术创造力，使这个传统性的浪漫故事，发展得更加充分、完美。理想突破现实的禁锢，爱情战胜了封建礼教，这正是以虚而用实、幻中见真浪漫艺术手法的妙用。

沈既济《枕中记》和李公佐《南柯太守传》，艺术水平固然有高低之分，后者比前者更加成熟，而就其创作方法而言，都是浪漫主义的。通过对梦境荣辱得失、喜怒哀乐的描写，曲折地反映了现实社会中的仕途风波和统治集团内部的矛盾斗争。士人理想与残酷现实的矛盾，产生了《枕中记》、《南柯太守传》这样专写仕宦如梦的作品。梦，是虚幻的，但梦幻中所经历的情景，却是有深厚的现实生活为基础的，具有生活的真实性。由于作者佛道思想的影响，在这两篇梦幻作品中，艺术想象力更丰富了。特别是对槐安国的描写，就是以虚而用实艺术的一大创造。宗教文化与梦幻艺术的结合，促进了浪漫主义在小说领域的发展。

其二是借神鬼仙妖与人的恋爱关系的描写，表现现实社会中各种类型的婚姻关系，以及人们对恋爱婚姻的理想。《柳毅传》写了龙女与人世间志诚君子柳毅结婚的故事，想象更是丰富优美。龙女在柳毅的帮助下，从丈夫和公婆的虐待中解放出来，与有情有义的柳毅结成美满姻缘，这对处于封建家庭关系残酷压迫下的妇女，是极大的鼓舞。对富丽豪华的龙宫生活的描写，显然是现实宫廷生活的投影，但对龙宫水府奇特景象的描绘，又洋溢着作者的奇思妙想，给人们以神话艺术的美感。张荐《灵怪集·郭翰》写织女下凡与郭翰恋爱的故事，牛僧孺《玄怪录·崔书生》写志诚的崔书生使西王母第三女玉卮娘子深受感动，情愿下嫁，但因崔母怀疑她是狐魅之辈，伤害了她的自尊心，毅然告别而去。如果说《柳毅传》中龙女与泾河小龙的婚变反映了以“父母之命，媒妁之言”为宗旨、以门当户对为条件的士族婚姻制的悲剧，那么，《郭翰》和《崔书生》的悲剧性结局，则反映了封建社会家长制对青年男女爱情婚姻的破坏作用。

写狐妖与人恋爱的《任氏传》，也是现实生活中两性关系的曲折反映。它比六朝志怪小说中的同类故事优美，更富于人情味。它成功地塑造了狐妖任氏这个完整、优美的艺术形象。任氏不但不伤害人，而且富于同情心，对贫穷的郑子的爱情坚贞不渝，“遇暴不失节，徇人以至死”，这正是人们对于爱情的理想。任氏悲剧性之死，使人们感到惋惜、同情；而她的死，又是与狐的原形分不开的。但就全篇所描写的人物关系来看，任氏类似现实生活中妓女从良做妾的身分。郑六有妻室，而钟情于任氏，税屋同栖止，这与当时纳妾的风俗有着密切关系。在封建社会里，正妻是根据封建婚姻关系的准则由父母包办的，往往缺乏真正的爱情，而妾倒是可能有真正的爱情，不过结局多半是悲惨的。

写仙人恋爱的传奇，最富有创造性的，是裴铏《传奇·裴航》。在晚唐混乱黑暗的社会里，人们向往一种安宁、幸福的生活，也希望有美满、如意的爱情婚姻。因而神话传说中的神仙生活，就很有吸引力。这便是此类作品产生的社会基础。裴航在追求功名的道路上遭到挫折，在旅途中偶然遇到美丽的仙女云英，就很自然地把全部感情倾注于这理想的爱情之中。裴航为了得到云英的爱情，千方百计、尽其所有，赴长安买得捣药的、也是作为定婚礼物的玉杵臼；仙女云英也不是虔诚于宗教的禁欲主义者，她为裴航的真挚爱情所感动，终于以身相许。在描写裴航与云英的恋爱过程中，很巧妙地穿插了“玉兔捣药”的神话传说，更增添了传奇的浪漫主义抒情诗的气氛：

（裴航果获得杵臼）遂步骤独挈而抵蓝桥。昔日妪大笑曰："有如是信士乎？吾岂爱惜女子而不酬其劳哉！"女亦微笑曰："虽然，更为吾捣药百日，方议姻好。"妪于襟带间解药，航即捣之。昼为而夜息。夜则妪收药臼于内室。航又闻捣药声，因窥之，有玉兔持杵臼，而雪光辉室，可鉴毫芒。……

神仙也不能忘却尘世情爱，并非四大皆空。裴航随同仙女离开人世，来到山中的仙境洞府，与其说是神仙家虚无缥缈的幻境，不如说是乱世人们理想中的桃花源，是以仙境的幸福和光明，来反衬现实的黑暗和苦难。《续玄怪录·张老》，也属于这一类。

其三是痛恨现实社会中的某种邪恶势力，或有感于无法解脱的压迫，幻想借助神奇的力量，改变现状。这突出地表现在豪侠小说的豪侠形象中。如红线以神术制服祸国殃民、野心勃勃的大军阀田承嗣；聂隐娘以老尼传授的剑术和隐身法，刺杀无故害人、罪大恶极的大官僚；磨勒为崔生从勋臣一品的深宅高垣中救出红绡姬，使有情人成为眷属；贾人妻以高超的剑术报了丈夫之仇；车中女子能从戒备森严的国库中取出皇家的不义之财，于死囚中救出无辜的受害者；嘉兴绳技以自己超凡的绳技摆脱冤狱之苦。这些豪侠多数是身分卑下的女子，却干出了很不平凡的惊人之事；他们的武艺本领，当然是经过作家艺术夸张、予以理想化了的，有着较浓厚的浪漫主义色彩，但却体现了善良人们的愿望，也满足了读者的审美心理。

其四是由于对现实的厌倦，而求仙问道，幻想炼丹服药，长生不老，超脱人世间的生死轮回，成仙了道，受佛道思想的影响很明显。这类作品，为数甚多。如李复言《续玄怪录》中就有好几篇：《杨恭政》写农家之妇杨恭政于十五日夜忽应仙师之邀，乘白鹤会众仙于西岳云台峰，与诸女仙赋诗应和，恭政诗曰："人世徒纷扰，其生似蕣华。谁言今夕里，俛首视云霞。"又乘鸾到蓬莱仙岛会见大仙伯。恭政不忍因享仙境之乐而忘其翁，请回侍其残年；仙伯曰："恭政！汝村一千年，方出一仙人，汝当之会，无自坠其道。"极言仙境之欢乐，人世之纷扰无常，生命如朝开暮落的木槿花似的短暂，宣扬出世才能享受永恒的幸福。《杜子春》讲修道炼丹，杜子春已历经种种魔难的考验，喜、怒、哀、惧、恶、欲皆无动于衷，但尚存爱子一念，终于炼丹功败垂成。意在鼓吹人们必须断绝正常人的各种感情，超脱凡尘，才能得道成仙。《裴谌》更以裴谌虔诚修炼，终于得道成仙，享尽仙境之福，而王敬伯不能忍受修道之苦，眷恋人间物质生活的享受，仕宦仅得大理廷评而已，使仙境之幸福与人世之烦忧形成鲜明的对比，诱惑人们坚持求仙问道，弃绝尘世的一切杂念。这类深受宗教文化影响的传奇，为后来元明杂剧中的神仙道化剧所取资。思想意识上有消极影响，但艺术上想象异常丰富，对仙境洞府的描写，有较强的艺术魅力，它比六朝志怪小说中的同类作品，高出一个层次，《神仙传》等作品以变幻之奇吸引人，而唐人此类作品则以意境之清幽奇妙供人鉴赏。

唐传奇中大量带有浪漫主义倾向的作品，尽管表现的艺术手法不同，或作梦魂境界的恣意描绘，或就求仙问道、炼丹服药之事进行渲染，或写神鬼仙妖与人的婚恋关系，多有虚设幻想之境，但又都是现实人生中各种关系的曲折反映，或者是人们某种生活意愿的体现。

在唐人传奇的优秀之作中，有的是既具现实主义精神，又有浪漫主义色彩，既反映客观现实，又表现主观理想，两者水乳交融，浑然一体。如《李娃传》、《霍小玉传》、《长恨歌传》以及某些豪侠小说，它们在揭示现实生活矛盾的深刻性和真实性方面，比较严格地遵循着现实主义的基本法则；而在表现作者的理想和愿望方面，则又洋溢着浪漫主义的激情。李娃形象固然有较多的理想化成分，霍小玉死后为厉鬼，对李益进行报复性惩罚，唐玄宗命方士上天界、下地府、极天海、跨蓬壶，求索杨贵妃的魂魄，以及红线、磨勒、车中女子等豪侠的神奇力量，又何尝不是作者理想的体现呢？至于某些违反人性的辅教之作，虽然在艺术上不无可取之处，但是反人性的文学，毕竟是缺乏艺术光彩的。

三、唐人小说的结构艺术

我国古典短篇小说，在艺术上自有其民族特色，唐人小说在结构艺术上，民族风格就很鲜明。在篇幅上虽比六朝小说显得长一些，但是传奇体的代表作，一般都在五千字之内。《游仙窟》的篇幅最长，也没有超过一万字。笔记体小说一篇只有几百字。提到艺术结构，自然要联想到形成结构的重要成分——情节，作品往往以奇异的情节取胜。有些外国小说是不重视情节的，只强调人物的心理活动和思想性格，认为不依赖情节而依赖性格恰恰是写作技巧的特色，有的作家宣称自己的一些短篇是没有情节的。现代派的小说创作，也不重视情节，所谓“意识流”小说，更强调内心世界的描写。而包括唐人传奇小说在内的我国古典小说，情节却是小说的基本要素之一。艺术结构，指的是文学作品的构造，离开情节又如何构造小说？

小说就是凭借情节的安排，即对材料的剪裁和布局，形成为统一的整体，形象地再现社会生活图画、表现作品的思想倾向。通常所说的艺术结构，就是这个意思。

唐人传奇小说的艺术结构颇具匠心。它的显著特色，是情节安排上的严谨完整，波澜起伏，曲折有致，富于悬念。篇幅短小，却能在情节上显得委婉曲折，摇曳多姿，引人入胜。它既善于揭开矛盾冲突，充分表现主题，又合情合理，剪裁得体，对读者具有较强的艺术吸引力。

艺术结构上的这一特色，是与史传文学和志怪小说的影响分不开的。史传文学中的人物传记，在结构上很注意严谨完整，有关这个人的姓氏、籍贯、家世、性格特征、主要事迹及功过是非，都有叙述，最后以作者对这个人物的简要评论，作为文章的结尾；而对于人物的生平事迹的处理，又不像记流水账那样有事必录，而是经过严格的选择，取其足以表现人物性格特征者加以描述。唐人传奇不仅继承史传文学艺术结构的长处，同时还吸取六朝志怪小说和稗官野史在情节处理、艺术构思上奇异新颖、富于变化的特点，在结构上就显得曲折婉转、婀娜多姿，避免了平铺直叙、一览无余的毛病。如《任氏传》，一开始就点明“任氏，女妖也”，随即交代了主要人物郑六与韦崟的关系，从而描述郑六结识任氏的过程，合乎人情，又带有奇异神秘的色彩。郑六早知任氏是狐妖，却毫不介意；两人始终互相爱恋，情深义重。在剪裁和布局方面，作者根据主题的需要，重点描写任氏对郑六爱情的忠诚，首先选择她抗拒韦崟的强暴行动。韦崟贪恋任氏的美色，以郑六有求于己作为要挟，想把任氏占为己有，却遭到对方强烈的抵抗和严厉的斥责，使韦崟不得不向她表示歉意。末了又着意描写任氏悲剧性之死，她明知“是岁不利于西行”，但为了满足郑六的要求，情愿牺牲自己的生命。通过以上两件典型事例，突出了任氏对爱情坚贞不渝的品格。作品结尾作者深有感慨的评论，也正是全篇的主题思想。中间穿插了一些出人意料的情节，显示出这个异类不同寻常的智慧。

传奇小说在艺术结构上，除了严谨完整这一共同特色以外，还由于作家各自的艺术构思、审美心理不同而显得千变万化，绚丽多姿。即便是许多同类题材的作品，也各具特色。例如描写爱情婚姻的代表作，《李娃传》、《霍小玉传》、《莺莺传》、《柳毅传》、《飞烟传》，就其内容的丰富性和结构的完整性来说，是共同的，如果拿绘画来比喻，它们并不是一幅画的一角，而是一幅完整的生活图画，但又不是长篇小说内容的压缩和凝结，而是选择一个有典型意义的事件，来展开矛盾冲突；场面的描写，矛盾的发生和发展，故事的高潮以至结局，都紧紧围绕这一中心事件。在矛盾的发展过程中，故事情节跌宕起伏，曲折回环，迭出悬念，往往出人之意外，而又在情理之中。

如《李娃传》，就故事发展的时间来说，几乎涉及男女主人翁一生中最重要的时期，人物活动的空间也相当广，具有中篇小说的规模，但所围绕的中心事件是荥阳生嫖妓落难的故事。作品从开头到会见李娃，极写荥阳生的才貌双全、深为时辈所推伏，更为其父所器重，上京应举盛其服玩车马，丰其京师薪储之费，荥阳生也“视上第如指掌”，这都是为嫖妓落难这一中心事件作铺垫，也是一种欲抑先扬的艺术手法。从荥阳生进院到李娃母女要弄“倒宅计”将他甩掉，是写他落难的必然性；同时，又写了鸨母与李娃对待郑生的两种不同的微妙态度。在他资财荡尽之时，“姥意渐怠，娃情弥笃”，为后来李娃拯救他的可能性埋下伏线。作者以浓墨重彩着意描写荥阳生落难的过程，写得山重水复，曲折有致，扣人心弦。一个声誉显赫、资财丰硕的应举士子，竟因嫖妓落魄到流浪街头、寄身凶肆、借唱挽歌以餬口的不堪境地，已经是够凄惨的了；但是，作者根据生活发展的客观逻辑，却把矛盾更推进一步，借描写东西两凶肆比赛唱挽歌的热闹场面，竭力渲染荥阳生唱挽歌的才调风致，既表现了落难才子的聪明才智，又为更悲惨的遭遇创造条件。“无巧不成书”，就在赛挽歌时，荥阳生被其父发现，以至几乎被毒打致死；虽然被凶肆中的患难弟兄所救，但是却落到持破瓯乞食闾里、夜入粪壤窟室、昼游廛肆的困窘境地，矛盾冲突也推上了高潮。荥阳生在饥寒交迫的困境中，饱尝人世间的苦难，濒临死亡的边缘。很自然地引起读者对这个人物命运的关心。就在这矛盾的尖端，作者将笔锋一转，以千钧笔力，描写李娃如何情深谊重、见义勇为，拯救荥阳生于死亡线上，并千方百计“复其本躯”，成就其功名，洗污垢而成大器。所以，中心事件是荥阳生嫖妓落难，但运用各种艺术手段描写这一事件的目的，在于表现李娃灵魂觉醒后的高尚品德。把荥阳生落难的境遇写得越惨，越显示出李娃拯救他的难能可贵。这也正是作者在艺术构思上独具的匠心，是本篇结构上所取得的最强烈的艺术效果。“心比天高，身为下贱”的李娃这种瓌奇的节行，赢得了人们的称赞，她的灵魂完成了由丑向美的转化。因此，喜剧性的结局，是顺理成章的事，也是符合人们愿望的。尽管当时残酷的门阀婚姻制度不可能允许有这种结局出现，但是作者所安排的艺术结构的逻辑力量，喜剧结局却是很自然的，与后来戏曲中经常出现的画蛇添足性的大团圆不同。

全篇结构极尽回环曲折之趣，而又无离奇怪诞之弊。

再如《霍小玉传》和《莺莺传》都是悲剧性的结构，由于作者的身分、立场与态度不同，所要表现的主题思想各异，采取的结构方式也有很大的区别。我们所说的悲剧结构，是指在矛盾冲突中真、善、美的事物被毁灭，正面形象——真、善、美事物的具体化身，被邪恶、虚伪、黑暗势力所欺骗、摧残乃至被扼杀。这两篇传奇小说都是以“始乱终弃”的爱情故事为主要线索的，但是主题思想却恰好相反。前者意在表现辜负盟约无理，负心人理应受到惩罚；后者却要申辩“始乱终弃”有理，不为“尤物”所惑是善于补过，应该受到称赞。因而，在结构上，前者是用对比、烘托的方式，来突出真与假、善与恶、美与丑的矛盾。作者把霍小玉写成是心灵纯洁、形貌美丽、执著于爱情的正面形象。从美学的角度来看，把妓女塑造成悲剧的正面形象，难度较大，但处理得当，也能感人，《茶花女》中的玛格利特、《怒沉百宝箱》中的杜十娘，就是成功的典型。《霍小玉传》的作者，借助巧妙的构思，赋予霍小玉足以成为悲剧中正面形象的素质。她仅仅出身“贱庶”而沦为倡门之女，这一不幸遭遇就是值得同情的；况且她虽身陷污淖而似未染的荷花，并不是倚门卖俏、作声色与金钱交易的堕落妇女。她把少女的心和真挚的爱情，全部呈献给李益，把李益作为生活的希望、终生的伴侣。而李益则是虚伪、自私、冷酷的伪君子，他先以自己的才名和花言巧语骗取了霍小玉的爱情，随后又为了自己妙选高门、结媛甲族的卑鄙目的，轻易地抛弃了霍小玉。于是在霍小玉的真、善、美与李益的假、恶、丑之间，产生了尖锐的矛盾，也就形成鲜明的对比：一方面是李益为娶甲族卢氏女，筹措百万财礼，封锁消息，以断小玉之望；另一方面是霍小玉为寻访李益音讯，求神问卜，怀忧抱恨，卧病空闺，“虽生书题竟绝，而玉之想望不移”。真与假、善与恶，对照之下，褒贬自明。霍小玉卖钗求人寻信之日，正是李益到长安就亲卢氏、潜卜静居之时，苦与乐、悲与喜的对比，更突出两人截然不同的品质和性格。同时又以多侧面的渲染烘托，加重悲剧气氛。一是霍小玉的侍婢浣纱拿紫玉钗去卖，当年皇家的老玉工认出这是霍王小女上鬟时的纪念物，睹物伤情，凄然泪下；二是李益的中表弟、“性甚长厚”的崔允明，把李益潜居长安的真实情况告诉霍小玉，表示对小玉的同情；三是长安人们的舆论：“风流之士，共感玉之多情；豪侠之伦，皆怒生之薄行。”李益的密友韦夏卿指责李的残忍，以至出现黄衫客劫持李益的侠义行动。所有这些描写，都烘托出霍小玉作为一个悲剧性形象的美，和李益这个伪君子的丑，从而激起人们对霍小玉的深切同情，对李益的强烈义愤。这正是作者采取男女主角两相对照、多方烘托的结构方式所产生的艺术效果。

《莺莺传》的悲剧结构，又有其独特之处。作者的主观意图，是要把这件难以忘却的风流韵事夸耀于众，但又要为张生的负心薄行辩护。创作意图的这两个方面，决定了作品在艺术结构上的矛盾性，而这种矛盾的结果，在客观上却暴露了张生灵魂的虚伪和丑恶，表现了莺莺真挚的爱情和善良温柔的性格及其不同寻常的美貌。作者既要夸耀张生忍情弃“尤物”的明智行为，就得极力描写当初赢得莺莺爱情的不易，写出这个大家闺秀由“贞慎自保，虽所尊不可以非语犯之”，到主动私奔张生的过程，并且细致地描写了莺莺在诗、书、琴多方面的才艺，以及对张生的一片深情。但是作者描写莺莺的美貌、深情与才艺，并不是颂扬崔、张爱情的幸福和合理，而是为张生抛弃莺莺这个"尤物"找借口，为赞赏张生的"善补过"作铺垫，为把莺莺诬为妖孽制造舆论。因而，尽管是"始乱终弃"的不道德行为，但张生忍情弃"妖孽"却能为当时士大夫所谅解。这是作者所追求的艺术效果。但经过历史的检验，实际效果恰好相反。因为全篇的艺术结构，情节安排，已经把莺莺塑造成真、善、美的艺术典型，而张生的说教和辩护，反而激起人们的憎恶，使人愈加同情莺莺的不幸遭遇。这却是作者始料所不及的。

唐人某些优秀的传奇，在艺术结构上，一般都做到情节新颖动人、变化曲折，又不远离生活真实。《李娃传》、《霍小玉传》、《莺莺传》是一种类型。它围绕爱情婚姻问题，传写主人翁一生中的重要事件，在不长的篇幅中，曲尽人情变化之妙，矛盾冲突比较集中，也写得细腻委婉。

《开元升平源》、《东城老父传》、《长恨歌传》、《开河记》、《迷楼记》、《海山记》的结构又是一种类型。它以主人翁所经历的某一事件为中心，反映封建王朝理乱盛衰的演变过程，以重大的历史变故为促使故事情节发展变化的社会背景，重点是记叙人物的生活状况、思想面貌和心理状态。具有条理清晰、层次分明、故事性强的特点，采取系事于人，由人及事的结构方式。例如《东城老父传》，主要人物是东城老父贾昌，中心事件是斗鸡，通过唐玄宗乐于斗鸡之戏，斗鸡小儿贾昌骤得富贵荣华的反常现象，反映帝王的奢侈腐化及政局动乱的根源。贾昌由一个得到皇帝特殊恩宠的神鸡童，落魄为寄迹寺院的僧人，变化巨大；作者在记述这种变化过程中，完成了对贾昌形象的塑造，又借贾昌的形象，生动地反映了国家盛衰的状况，表露了今不如昔的感慨。《长恨歌传》则以唐明皇宠爱杨贵妃这一昏聩误国的事件为中心，揭露他生活上骄奢淫逸，道德上沦丧堕落，政治上污浊昏暗的一系列罪恶，是造成国家分裂、人民涂炭的罪魁祸首；而通过对“马嵬事变”的描写，表明愚弄人民的人终将受到正义力量的惩罚。后半篇写玄宗对杨贵妃悼念之情，命方士求索杨妃魂魄，是根据《长恨歌》的诗意予以敷衍，而寓讽刺之意。全篇的结构和主题是统一的。《开河记》、《迷楼记》、《海山记》是姊妹篇，每篇选择隋炀帝骄奢佚乐生活中的一个典型事件为中心，来表现炀帝的昏暴无道。如果把这三篇情节上有内在联系的作品合成一个整体，就相当于一部中篇小说。

唐人传奇小说善于以不太长的篇幅，描写士大夫一生宦海浮沉，荣辱得失，喜怒哀乐，悲欢离合之情，而无概念化之弊。其奥秘在于作者采用巧妙的梦幻结构，把漫长的人生、广阔的天地，借助于对梦境的艺术构思，以短暂的时间，表现丰富复杂、变化多端的生活。如《枕中记》、《南柯太守传》以及其他一些梦幻小说。

唐人传奇集中的有些作品，篇幅很短，并非完整的人物传记，但故事性却较强，结构精巧，饶有风致。如《玄怪录·郭元振》、《传奇·昆仑奴》、《原化记·京都儒士》、《三水小牍》中的《却要》和《温京兆》等，它们都善于就某个人物的某件事，集中地描写他某一方面的才智或品性。故事的开端，对这个人物作极其简要的介绍，接着就围绕所发生的这件事，迅速展开矛盾冲突，矛盾一旦解决，结尾也很干脆利落，但又给人们留有咀嚼和回味的余地。《京都儒士》便是极好的例子。这是一篇不到五百字的讽刺小说，作品开头就指出京都某儒士好说大话、自我吹嘘有胆量的特点。紧接着描写人们试验他是否真的有胆量，要他独宿于一座据说有鬼怪的房子里，如能宿一夜而不畏惧，便请他吃喝一顿。作者在行文中略加点破：房中并无鬼怪，只是暂时空着罢了。可是儒士实际上是个懦夫，进入那座房子之后，他便坐卧不安，接连产生可怕的错觉，把风吹席帽翻动的影子、毛驴喘息的声音，都以为鬼怪作祟，如临大敌，战战兢兢，连手中的剑都吓掉了，终至踡伏床下，不敢动弹。翌日与人们相见，还煞有介事地诉说与怪物战斗的情况。可是人们发现他与之战斗的，乃是席帽和毛驴，因而闹了一场大笑话。作者在结尾写道："士人惊悸，旬日方愈。"寓辛辣的讽刺于欢乐的笑声之中，余味无穷。

在艺术结构上别具一格的是《游仙窟》。它基本上摆脱了从史传文学沿袭下来的格局，也不像志怪小说那样离奇多变，而是比较近似现代小说的结构方式。传奇的全部情节所经历的时间和地点高度集中，只描写张文成与崔十娘、五嫂在神仙窟的一夕之欢。它的故事性不强，也不以情节取胜，近一万字的篇幅，着重于对人物的外貌、思想情绪和心理状态的刻画，而不作情节的铺叙。

由此可见，决定传奇小说在艺术结构上的多种方式，与作品的主题密切相关；至于如何通过最恰当的艺术结构，成功地表现主题思想，就有赖于作家的艺术匠心，看他艺术构思、提炼情节和剪裁布局的才能。

第十二章　唐人小说的艺术美（下）

一、丰富多样、栩栩如生的人物描写

唐人传奇小说塑造了丰富多样、栩栩如生的艺术形象，是它艺术美的突出表现。也是它比史传文学、六朝小说有显著进步的标志。它不但能以奇异的故事情节取胜，而且塑造出一系列具有永久魅力的典型形象。李益和张生，都是负心薄行的士人，而他们的个性却截然不同。李益的好色、虚荣、轻狂，是外露的，辜负盟约后，自感心虚理亏，对霍小玉采取欺瞒躲匿的方式；张生则表面上显得庄重、深沉、诚挚，背约之后，还摆出正人君子的面孔，无耻地然而又是理直气壮似地为自己的行为辩护。霍小玉和李娃同是忠于爱情的妓女，小玉显得痴情、善良、单纯，李娃则深于世故、老练沉着。唐玄宗和隋炀帝都是昏君的典型，沉溺声色、奢侈无度是他们的共性，但玄宗的昏聩主要表现在裙带政治和用人不当上，炀帝的昏聩却与暴虐残忍、专横独裁的苛政紧相联系；玄宗带有“风流天子”的气质，炀帝则是典型的末代暴君。任氏和龙女，都属于“异类”女子，基本上是志怪性传奇中的神话形象，而任氏的形迹、性格近乎风尘女子，龙女则更像现实生活中的名门闺秀。红拂和红绡同是位极人臣的大官僚的侍婢，都向往自由幸福的爱情，但红拂在智慧中表现出豪侠的爽朗明快，红绡的机敏却包含着身处逆境女子的忧伤与期望。红线和聂隐娘都是女侠，也都有感恩知遇之念，而红线却能顾大局、识大体，具有远见卓识，聂隐娘则较多地局限于个人恩怨。上述情况说明：在传奇小说所塑造的同一类型的人物中，既有共性，又各有其鲜明的个性，举止神态，韵致各异。在短篇小说中，能塑造出有生命力的人物形象，且在艺术上给人以美感，其秘诀是值得探讨的。归纳其艺术创作经验，大致如下：

一是把史笔性的概括介绍，与具体、细腻的形象化描写融为一体，直接描绘与间接的或多侧面的烘托互相映衬。这就使人物描写避免了冗长烦琐的自然主义倾向，或抽象空洞的概念化弊病。史学家的笔法，是高度概括、凝炼，写人叙事，往往是直叙实录，寓褒贬于字里行间，这就是所谓“春秋笔法”。一般正史以及笔记体小说《世说新语》之类，基本上都采取这种笔法。六朝志怪小说，侧重于故事情节的离奇，于人物形象则勾画轮廓而已。倒是野史别传比较具体、细致，颇多想象虚构的成分，有的人物形象已相当生动。唐人传奇在人物描写方面，则兼收前人之长，融汇变化，为我所用。

传奇小说的故事情节固然奇异动人，但它主要是为了传人，文体规范接近人物传记。一般都在开头时对人物作很概括的介绍，然后随着故事情节的展开，对人物逐渐作具体的描写。

如《谢小娥传》，开始时简略地介绍了谢小娥的身世和不幸遭遇，对小娥的形貌性格，都不曾提及。但这并不影响这个人物形象的生动性，因为她的性格特点表现在遭到劫难之后，坚毅顽强、节烈机智、勇敢果决，为父夫复仇的精神，所以，作者着重描写她得知仇人姓名以后，如何女扮男装，以江湖佣人的身分，侦察仇敌。写她找到仇人，并不立即鲁莽行事，而是“心愤貌顺”，取得仇人的充分信任，但暗中常常落泪。待到群贼聚会之夕，小娥才乘机采取果敢的行动，一举除尽群贼：

……是夕，（申）兰与（申）春会群贼，毕至酣饮。暨诸凶既去，春沉醉，卧于内室；兰亦露寝于庭。小娥潜锁春于内，抽佩刀先断兰首，呼号邻人并至，春擒于内，兰死于外，获赃收货，数至千万。初，兰、春有党数十，暗记其名，悉擒就戮。

这段具体描写，笔墨并不多，而把谢小娥沉着智勇的性格特点，生动地表现出来了。

再如《任氏传》对任氏容貌的直接描写，只寥寥数字，“容色殊丽”、“其妍姿美质，歌笑态度，举措皆艳”，而间接描写则较多。当韦崟听说郑子“新获一丽人”时，便派一个聪明机灵的家僮，跟随郑子之后侦察：

俄而奔走返命，气吁汗洽。崟迎问之：“有乎？”又问：“容若何？”曰：“奇怪也！天下未尝见之矣。”崟姻族广茂，且夙从逸游，多识美丽。乃问曰：“孰若某美？”僮曰：“非其伦也！”崟遍比其佳者四五人，皆曰：“非其伦。”是时吴王之女有第六者，则崟之内妹，秾艳如神仙，中表素推第一。崟问曰：“孰与吴王家第六女美？”又曰：“非其伦也。”崟抚手大骇曰：“天下岂有斯人乎？”

作者运用烘托映衬的手法，通过韦崟与家僮的一番对话，突出了任氏不同寻常的美丽，取得“万绿丛中红一点”的艺术效果。

《莺莺传》中对莺莺的形象，是采取多侧面描写的手法，从各个角度去观照，突出莺莺之美。先从描写张生的性情、容仪、操守着笔："性温茂，美风容，内秉坚孤，非礼不可入。或朋从游宴，扰杂其间，他人皆汹汹拳拳，若将不及，张生容顺而已，终不能乱。以是年二十三，未尝近女色。知者诘之。谢而言曰：'登徒子非好色者，是有凶行。余真好色者，而适不我值。何以言之？大凡物之尤者，未尝不留连于心，是知其非忘情者也。'"说明他选择对象美的要求特别高；然后描写他见到莺莺后，如何为之倾倒，这就从侧面间接地表现了莺莺的无比美丽。同时，也从正面描写了莺莺在各种不同场合所表露的各种美的素质，还从莺莺善于诗文、夜独操琴等方面，显示她的聪明才智，使莺莺这个艺术形象显得更美。王实甫《西厢记》杂剧，继承并发展了这种多侧面映衬烘托的技法，更突出莺莺形象的艺术美。

二是善于通过个性化的对话、具有典型特征的动作，表现人物的个性。在人物描写方面，如何处理典型化与个性化、一般与特殊的关系，是极为重要的。金圣叹在《读第五才子书法》中，正是从这个角度出发肯定《水浒传》人物描写的成功，而曹雪芹对才子佳人小说的批评，也是因为它在人物描写方面的"千人一面"、公式化。恩格斯在评价明娜·考茨基的作品时，恰好也着眼于人物描写的个性化："……这两种环境的人物都有着你平素的精确的个性描写；每个人是典型，然而同时又完全是特定的个性，正如黑格尔老人所说的'这一个'；这是应当如此的。"说明作家在塑造典型人物时，应当充分注意人物性格的个性化。歌德也曾指出：艺术的真正高大的难关，"就是对个别事物的掌握"。"艺术的真正生命正在于对个别特殊事物的掌握和描述。此外，作家如果满足于一般，任何人都可以照样摹仿；但是如果写出个别特殊，旁人就无法摹仿，因为没有亲身体验过。”这些经验之谈，是很精辟的。

在典型人物的个性化方面，唐人传奇比史传文学、六朝小说有了显著的进步。例如《霍小玉传》中的霍小玉、李益以及着墨不多的媒婆鲍十一娘，典型性和个性特点都很鲜明。下面一段人物对话和动作，个性就很突出：

申未间，忽闻扣门甚急。云是鲍十一娘至。（李益）摄衣从之，迎问曰：“鲍卿今日何故忽然而来？”鲍笑曰：“苏姑子作好梦也未？①有一仙人。谪在下界，不邀财货，但慕风流。如此色目，共十郎相当矣。”生闻之惊跃，神飞体轻，引鲍手且拜且谢曰：“一生作奴，死亦不惮。”因问其名居。鲍具说曰：“故霍王小女，字小玉，……姿质秾艳，一生未见，高情逸态，事事过人，音乐诗书，无不通解。昨遣某求一好儿郎格调相称者。某具说十郎。他亦知有李十郎名字，非常欢惬。住在胜业坊古寺曲南，上车门宅是也。已与他作期约。明日午时，但至曲头觅桂子，即得矣。”鲍既去，生便备行计。遂令家僮秋鸿，于从兄京兆参军尚公处假青骊驹，黄金勒。其夕，生浣衣沐浴，修饰容仪，喜跃交并，通夕不寐。迟明，巾帻，引镜自照，惟惧不谐也。

从鲍十一娘的一番笑语中，她那轻佻谄媚、花言巧语的媒婆特性，就活现出来了。而从李益听了鲍十一娘的介绍后所表现的神态、举止和话语中，一个贪色、虚荣的伪君子的个性，便跃然于纸上。描写霍小玉初见李益时，通过她与李益细语调谑、

①苏姑子作好梦，应是古代俗谚，带有调笑意味。《聊斋志异·翩翩》：“薛姑子好梦，几时做得？”义与此同。

“低鬟微笑”，以及与母亲“相顾而笑”的姿态、言语、表情，表现出一个初次进入社交活动的女子娇痴、天真的个性特点。她不同于闺门女子莺莺会见张生时所表现出来的那种矜持稳重的性格特征，与倡门女子李娃会见荥阳生时所显示出来的那种精明中包含世故、殷勤中包含假意的性格相比，也有着显著的不同。如果我们把霍小玉与李益分别前夕所说的话，同李娃送别荥阳生、莺莺诀别张生之夕所说的话加以对照，三个女性的不同个性就显得更分明了。

又如《柳毅传》中的龙女、《任氏传》中的任氏、《孙恪》中的袁氏，都属“异类”女性，但从她们的语言和行动中所显示出来的性格，又多么不同：龙女忧郁中包含着丰富的感情，任氏多情智慧中包含着义烈贞节，袁氏则于辩慧多能中包含着刚毅果决。

红拂、红线、聂隐娘三个女侠，也各有鲜明的个性。红拂女扮男装私奔李靖，李靖对她说：“杨司空权重京师，如何？”红拂答道：“彼尸居余气，不足畏也。诸妓知其无成，去者众矣。彼亦不甚逐也。计之详矣，幸无疑焉。”当她和李靖在旅店中遇见虬髯客时，虬髯客“取枕欹卧，看张梳头”，惹起李靖对虬髯的误会，正要发怒，红拂却“熟视其面，一手握发，一手映身摇示公，令勿怒。急急梳头毕，敛衽前问其姓”，主动结识虬髯客。从这些对话和举动中，刻画了红拂机智豪爽的个性。红线则从对薛嵩的宽慰之词和从田承嗣床头取回金合为信的行动中，突现她智勇双全、处事周密的性格特点。而从聂隐娘受魏帅之命行刺陈许节度使刘昌裔，结果却背叛魏帅，甘心为刘昌裔效劳的行动中，既具有“择主而事”的识见，也表现出狭隘的恩仇观念。

三是从尖锐的矛盾冲突和日常生活细节描写中，深化和丰富艺术形象。文学是人学，它总要反映人与人的关系。对于人物形象的描写，也只有把人物置于社会人际关系和矛盾冲突中，才有可能塑造出具有社会意义的艺术典型，即使是神话、志怪小说，也是如此。既然是活人，总是处在日常生活之中，如何提炼具有典型特征的生活细节，对于丰富人物形象，突出人物性格，有着重要的作用。唐人传奇某些艺术典型的成功，就是这种艺术手段运用的范例。

李娃这个艺术形象，在读者的印象中特别深刻，主要原因在于作者善于通过她与荥阳生与假母之间的矛盾冲突刻画出她复杂的性格。她可以殷勤接待荥阳生，又可以与假母合谋甩掉他，迎新送旧，乃是妓女职业的本性。她异乎一般妓女的特殊性在于：她与荥阳生之间除了色相与金钱交易的丑陋关系以外，还存在着真挚的爱情，所以，一旦大雪纷飞时，她听到荥阳生啼饥号寒的凄惨之声，就立即从阁中“连步而出”，把饥寒交迫、“枯瘠疥厉，殆非人状”的荥阳生拥扶到自己房里，也因而与假母发生矛盾。正是在这场尖锐的矛盾冲突中，体现了李娃灵魂的美和人性的尊严。她义正词严地斥责了假母，从精神上压倒假母的气焰，提出赎身与荥阳生同居的合理要求。她对荥阳生纯真的爱、“节行瑰奇”及精明练达的性格，都得到充分的表现。荥阳生成都赴任前夕，是李娃荣辱得丧的关键时刻，她思想上自然会有矛盾斗争，但她终于主动提出“愿以残年，归养老姥”，劝荥阳生“结媛鼎族”，更表现出她光明磊落，不计个人得失的品格。

《冯燕传》描写冯燕在杀了与自己通奸的张婴之妻后，张婴蒙冤被判处死刑，在这生死关头，冯燕排开观众，闯进刑场，呼曰："且无令不辜死者。吾窃其妻，而又煞之，当系我。"这一行动，显示了冯燕豪侠正直的性格。

《郭元振》在描述郭元振智斩乌将军之手，救出落难女子，说服众乡人协力铲除猪妖的惊险斗争中，刻画了郭元振智勇兼备、有胆有识的大丈夫气概。

《红线》中红线那种英勇机智的性格，以及明大义、顾大局的品质，也是在与飞扬跋扈的藩镇田承嗣作尖锐而巧妙的斗争中表现出来的。

《莺莺传》中的莺莺，在与张生"始乱终弃"的负心行为发生矛盾冲突的过程中，逐步显露出她那深沉、抑郁、忧伤、怨而不怒的性格。

作为短篇小说的唐人传奇，题材涉及重大历史事件的，如隋末农民大起义、铲除武后和韦后两大集团、安史之乱、藩镇之乱、唐末农民大起义等，固然也有，但并不多。一般说来，它并不是直接描写龙争虎斗、惊心动魄、场面宏大的矛盾斗争，既不可能出现像"赤壁之战"、"武松打虎"、"林冲逼上梁山"、"大闹天宫"那样势气磅礴的斗争场面，也不可能出现像《宝玉挨打》、《抄检大观园》那样复杂的矛盾冲突。它较多地侧重于通过具有典型意义的日常生活的描绘，塑造人物形象，刻画性格特征。传奇作者忠实于生活，或者比较贴近生活，像生活的本来面貌那样，描写千差万别、丰富多样的生活状况，塑造出多种多样的人物，决不是一个阶级只有某一种典型人物。

霍小玉与李娃的身分地位相同，也都钟情于自己所欢爱的对象，但从日常生活中所表现出来的忠实于爱情的方式，却很不相同。霍小玉对李益是一往情深，在李益辜负盟约后，倾其所有，遍访李益的消息，痴情不断，饮恨而终；李娃对荥阳生的爱情却经历了一番曲折，在荥阳生濒临死亡之际，毅然赎身，同荥阳生甘苦与共，情长义深。身分与李娃、霍小玉类似的任氏，则从“遇暴不失节，徇人以至死”这两件生活中的典型事例，表现出对郑子的忠贞节烈。

红拂与红绡，既有所相似，又有明显的区别。红拂在看中李靖后，乘李靖告辞杨素的机会，“临轩指吏”曰：“问去者处士第几？住何处？”她把李靖的回答，暗记于心，为当夜私奔作好了准备。从这一生活细节中，表现了红拂的机智聪慧、精明干练。红绡准备私奔崔生的情景与红拂相似，但裴铏对这一生活细节的描写更为细致，从而刻画出红绡的个性特点：

……时三妓人，艳皆绝代，居前以金瓯贮含桃而擘之，沃以甘酪而进。一品遂命衣红绡妓者，擎一瓯与生食。生少年赧妓辈终不食。一品命红绡妓以匙而进之，生不得已而食。妓哂之。遂告辞而去。一品……命红绡送出院，时生回顾，妓立三指，又反三掌者，然后指胸前小镜子，云：“记取。”余更无言。

红绡妓以笑容和手势语示意，表现了她的聪明细致和要求冲破牢笼的迫切心情，并给读者以鲜明的立体感。

在唐人传奇小说中，许多成功的艺术典型，在生活细节描写方面，都是很有特色的，使得人物的形象更为丰满，生活气息更加浓郁。

此外，还值得注意的是唐人传奇在人物描写中，已经开始重视对人物肖象的描绘和心理的刻画，特别是对人物眼睛神态的描写，比较灵活。在这方面，虽然着墨不多，但由于不是像西方小说经常出现的那种静止的、孤立的描写，仍然能给读者留下深刻的印象。

如《柳毅传》对龙女的肖象描写和心理刻画，开始只简略地几笔："见有妇人，牧羊于道畔。毅怪视之，乃殊色也。然而蛾脸不舒，巾袖无光，凝听翔立，若有所伺。"活画出这个落难时忧伤抑郁而有所期待的美丽少妇的仪态神情。随着情节的发展，不断渲染，逐步加深。她向柳毅泣诉自己的不幸遭遇，"歔欷流涕，悲不自胜"，自然赢得柳毅的同情。当她从泾阳回到娘家时，已经由难妇变为华贵娇媚的龙庭公主，在仪仗音乐、红妆笑语声中，衬托出龙女的高贵形象，对她这时"若喜若悲，零泪如丝"的形貌和心理状态的描摹，是十分真切的。

《虬髯客传》对虬髯客形貌神态的描写也妙肖如生："公（按：指李靖）方刷马，忽有一人，中形，赤髯如虬，乘蹇驴而来。投革囊于炉前，取枕欹卧，看张梳头。"这个不同凡俗的豪侠，肖象特征是"赤髯如虬"，神态举止于玩世不恭中给人以神秘感，而真正的心理活动，是他察觉红拂也不是寻常女子，并非有越礼的妄念，而是给李靖、红拂发出有意对话的信息。对李世民神采、风度、气派的描写，也是传神之笔，并且通过虬髯客、道士的表情和对话，真实、细致地刻画出他们的心理状态。

鲁迅在《我怎么做起小说来》一文中，曾经说过："总之是要极省俭的画出一个人的特点，最好是画他的眼睛。我以为这话是极对的，倘若画了全副的头发，即使细得逼真，也是毫无意思。"这也可以说是我国古典小说、绘画艺术对人物描绘的一个传统手法。所谓画龙点睛，会使所画的龙顿生飞腾之势。唐人传奇在极俭省的人物肖象描写中，却比较注意对眼睛的描写，从人物眼神中，刻画出心理状态和精神面貌。例如白行简描写荥阳生于途中见到李娃的情景："妖姿要妙，绝代未有。生忽见之，不觉停骖久之，徘徊不能去。乃诈坠鞭于地，候其从者敕取之。累眄于娃，娃回眸凝睇，情甚相慕。"借互相以目传情之态，把两个人的内心世界都写活了。《长恨歌传》对杨贵妃外貌美的描写，花的笔墨比之于《长恨歌》要多，但在艺术效果上却不如《长恨歌》；《传》中写杨贵妃"鬓发腻理，纤秾中度，举止闲冶"，固然也具有美的素质，但并没有写出人物的特征，而《歌》中写杨贵妃"回眸一笑百媚生，六宫粉黛无颜色"，却是传神的生花妙笔。元稹写莺莺的容貌之美也是很有特色的："常服睟容，不加新饰，垂鬟接黛，双脸销红而已。颜色艳异，光辉动人。……以郑之抑而见也，凝睇怨绝，若不胜其体者。"不但写出了她"淡妆浓抹总相宜"的外貌之美，而且活现出闺门少女骄矜而又有所爱慕的精神状态。对步飞烟的肖象描写非常简单，"容止纤丽，若不胜绮罗"，仅仅写出其娇艳之态，而当她得知美貌少年赵象对她怀有爱情的时候，她"但含笑凝睇而不答"，眼神笑貌把她的心理状态和盘托出。

二、精警华艳、优美动人的语言艺术

唐人传奇小说的语言精警华艳、优美动人，这是它在艺术美方面不容忽视的一大特色。它继承了古代散文和骈体文以及诗歌、民间俚语俗谚中有生命力的词汇，也汲取了前人在语言结构方面严谨而又灵活、精炼而又准确的优良传统，形成唐人传奇小说独特的语言风格。当然，这并不是说，所有传奇作品的语言风格都是同一类型的，一般来说，在语言艺术上，它们具有以下特点：

一是散韵结合、雅俗交融。唐人传奇大都是用流丽明畅的古代散文写的。传奇的兴盛，对古文运动具有促进作用，而古文运动在一定程度上也为传奇创作提供了方便的工具。唐传奇除以散文作为叙事的主要工具以外，也带有较多的韵文成分。这固然与当时用传奇"行卷"的风气有关，所谓"史笔"与"诗才"的结合，也是散文与韵文的统一。但是，在"行卷"之风盛行之前的传奇作品中，就存在这种现象，这又与民间文学的传统密切相关。特别是民间说唱文学，例如"变文"，就是用散文叙述用韵语歌唱的；而韵语的内容，基本上是把散文所叙述的故事重复一遍，有讲有唱，借此吸引听众，取得较好的效果。在讲说部分，有许多四言六言的句子，歌唱部分则采用五言诗或七言诗的形式。僧侣不但对佛教徒讲唱经文（即所谓"僧讲"），也对世俗的人们讲经（即"俗讲"），因而产生较大的社会影响。民间艺人也运用变文的形式来说唱故事，这对传奇创作也有潜移默化的作用。前面曾列专节论述的张文成《游仙窟》，就是明显的例子。它叙述故事、描写情景，既有散文，又有大量骈文，而且穿插了许多五言诗。男女主人翁互相酬答的诗，显得俚俗粗野，与一般文言小说讲究雅洁含蓄之美异趣；尽管在骈文中用了不少典故，词藻华丽，实质上它是介乎雅俗之间的文学样式，是由雅向俗变迁的一种变体，从文体规范来看，它并不是正宗的传奇体。但其散韵结合、雅俗交融的语言结构方式，对后来的传奇小说颇有影响，只不过后者又矫正了其过于俚俗粗野的倾向。

在中唐传奇繁荣时期的作品中，骈体文基本上为古文所代替，但在某些场合，间杂一些较为平易的骈俪文字，不仅没有凝滞之感，反而能较好地表达出人物的思想感情和性格特征，也加浓作品的书卷气，这在文书通信中出现较多。如《莺莺传》描写莺莺的个性特点："大略崔之出人者，艺必穷极，而貌若不知；言则敏辩，而寡于酬对。待张之意甚厚，然未尝以词继之。……"莺莺写给张生的信，以半骈半散的笔调，深刻地表现了莺莺的内心世界，也增强了作品的悲剧气氛。作品中穿插的诗篇，与叙述故事的散文相互辉映，使这个悲剧性的爱情故事更为动人。《甘泽谣·红线》描述红线向薛嵩诉说到田承嗣卧室中取回金合的经过，也是用骈散结合的文体，读起来颇有气势韵致。《长恨歌传》则与《长恨歌》相辅相成，诗与文都写得隽美秀丽。《湘中怨解》、《郑德璘》、《玄怪录·元无有》以及《三水小牍·步飞烟》等篇，诗的成分都占了相当的比重。《长恨歌传》和《东城老父传》，都善于引用民间歌谣，既使文章具有生活气息，也提高了故事的真实感。《柳氏传》中穿插了韩翊与柳氏互相酬答的诗，也富于民间风味。韩翊为兵荒马乱中失散的情侣柳氏题诗道："章台柳，章台柳！昔日青青今在否？纵使长条似旧垂，亦应攀折他人手。"柳氏答诗曰："杨柳枝，芳菲节，所恨年年赠离别，一叶随风忽报秋，纵使君来岂堪折！"咏物托情，语意双关，颇有民间歌词的风味，词浅意深，清新隽永。有的作品，在人物对话中采用当时口语，使读者若闻其声，格外生动。如《上清传》，写上清向德宗申诉窦参被陆贽陷害的冤情后，德宗怒骂陆贽道："这獠奴！我脱却伊绿衫，便与紫衫著①。又常唤伊作陆九。我任窦参，方称意，次须教我枉杀却他。及至权入伊手，其为软

①绿衫、紫衫，封建时代以不同颜色的衣服，标志人物的身分。唐时小官穿绿衫、大官着紫衫。

弱，甚于泥团。"纯是口语。再如《周秦行纪》中，薄太后与诸妃的对话，也间杂口语。在封建时代的上层社会中，人际间用半文半白的语言对话，是习以为常的，所以在小说中出现这种现象，具有真实感。

二是精炼准确，文辞雅洁。唐人传奇小说，在语言艺术上，还吸取史传文学、志人小说乃至诗赋的语言特点，很善于锤炼和修饰语言，使它的语言既精炼准确，又文采斐然，具有雅洁之美，表现力也较强。

传奇作品叙述性的语言，一般都很精炼，要言不繁，绝无冗长拖沓之弊，而能把事件原委、人物遭遇叙述得完整具体，给人以明确的印象。例如《枕中记》，叙述卢生梦中情事，先写娶崔氏女："女容甚丽，生资愈厚。……衣装服驭，日益鲜盛。"接写举进士登第后，建功立业，凿河、开边，于是"归朝册勋，恩礼极盛，……群情翕习。大为时宰所忌，以飞语中之"，遭贬，又起用，居高位。"嘉谟密令，一日三接，献替启沃，号为贤相。同列害之，复诬与边将交结，所图不轨。制下狱。……生惶骇不测，谓妻子曰：'……思衣短褐，乘青驹，行邯郸道中，不可得也。'"冤案昭雪后，又得皇帝特殊的恩宠。"两窜荒徼，再登台铉，出入中外，徊翔台阁，五十余年，崇盛赫奕。"全文不过千余字，写尽人生婚姻功名、仕宦风波，荣辱得失，曲尽其趣，其语言的精炼准确，真是达到炉火纯青的地步。

传奇作者善于在较短的篇幅中，叙事写人，而不流于概念化，这既有赖于剪裁的艺术，抓住中心事件，着力描写，而删其不必要的支蔓，更得力于语言的表现力。如《柳氏传》，中心事件是侠士许俊为韩翊从蕃将沙吒利的第宅中救出柳氏，这一过程写得有声有色，而对于这一事件的历史背景，则以极精炼的语言作了交代："天宝末，盗覆二京，士女奔骇。柳氏以艳独异，且惧不免，乃剪发毁形，寄迹法灵寺。"短短数语，准确地反映了柳氏不幸遭遇的背景。《三水小牍·却要》全篇不到四百字，把却要的身分、处境、性格特点、应变的才智，叙述得清清楚楚，并把李氏四子的丑恶卑劣行径，穷形极态地揭露出来。该集《绿翘》的语言也极其精炼，叙述鱼玄机的色相风韵和放荡的生活、对绿翘的残酷迫害，以及绿翘冤案的被人发觉，都写得真切准确。如叙述绿翘尸体的被发现过程：

> ……客有宴于机室者，因溲于后庭，当瘗上见青蝇数十集于地，驱去复来；详视之，如有血痕且腥。客既出，窃语其仆。仆归复语其兄。其兄为府街卒，尝求金于机，机不顾。卒深衔之。闻此，遽至观门觇伺，见偶语者，乃讶不睹绿翘之出入。街卒复呼数卒，携锸具，突入玄机院，发之，而绿翘貌如生平。

以最简炼的文字，准确生动地叙述了较为复杂的人物关系、事件过程，给读者以明晰、深刻的印象。

在这方面，最出色的当然是陈鸿的《长恨歌传》。一开始，用简洁而带有讽刺性的笔调，叙述了唐玄宗如何荒于政事、沉溺声色，而"诏高力士潜搜外宫，得弘农杨玄琰女于寿邸"则是秉笔直书、不为尊者讳的春秋笔法。对于杨贵妃如何谄媚邀宠，没有多用笔墨，而是以简约锐利的笔触作扼要的叙述："由是冶其容，敏其词，婉娈万态，以中上意。""非徒殊艳尤态致是，盖才智明慧，善巧便佞，先意希旨，有不可形容者。"在极简炼的几句话中，寄寓着深刻的讽刺贬斥之意，表面上是批杨贵妃，实质是贬刺唐玄宗。也可见唐代文学创作之自由。

在描写人情物态方面，唐人传奇的语言，更是色彩绚丽，优美细腻，具有形象鲜明、描摹生动的特点。如《续玄怪录·张逢》描写张逢化虎的情景，卓然可观：

……时初霁，日将暮，山色鲜媚，烟岚蔼然，策杖寻胜，不觉及远。忽有一段细草，纵横广百余步，碧鲜可爱。其旁有一小林，遂脱衣挂林，以杖倚之，投身草上，左右翻转。既而酣甚，若兽蹍然，意足而起，其身已成虎也，文彩烂然。自视其爪牙之利，胸膊之力，天下无敌。遂腾跃而起，超山越壑，其疾如电。

写景状物，体贴入微，如身临其境；不但想象奇妙，文笔也新鲜活泼，变化腾跃之状，历历如在眼前。

描写世态人情，则善于抓住其特征，以简洁明快而含意隽永的语言，生动地表现出来。如《李娃传》描写李娃母女互设诡计、甩掉荥阳生的那段文字，就很出色：

……娃谓生曰："与郎相知一年，尚无孕嗣。常闻竹林神者，报应如响，将致荐酹求之，可乎？"生不知其计，大喜。乃质衣于肆，以备牢醴，与娃同谒祠宇而祷祝焉，信宿而返。策驴而后，至里北门，娃谓生曰："此东转小曲中，某之姨宅也。将息而觐之，可乎？"生如其言，前行不逾百步，果见一车门。窥其际，甚弘敞。其青衣自车后止之曰："至矣。"……俄有一妪至，年可四十余，与生相迎，曰："吾甥来否？"娃下车，妪迎访之曰："何久疏绝？"相视而笑。娃引生拜之。既见，遂偕入西戟门偏院中。有山亭，竹树葱蒨，池榭幽绝。生谓娃曰："此姨之私第耶？"笑而不答，以他语对。俄献茶果，甚珍奇。食顷，有一人控大宛，汗流驰至，曰："姥遇暴疾颇甚，殆不识人。宜速归。"娃谓姨曰："方寸乱矣。某骑而前去，当令返乘，便与郎偕来。"生拟随之。其姨与侍儿偶语，以手挥之，令生止于户外，曰："姥且殁矣。当与某议丧事以济其急。奈何遽相随而去？"乃止，共计其凶仪斋祭之用。日晚，乘不至。姨言曰："无复命，何也？郎骤往视之，某当继至。"生遂往，至旧宅，门扃钥甚密，以泥缄之。生大骇，诘其邻人。……

这段文字，描写妓院母女，如何合谋要弄"倒宅计"，把已无利可图的嫖客甩掉，不露一丝破绽，玩弄荥阳生于股掌之上。作者在行文中，紧扣妓院母女的身分地位和心理特征，措词用语，传神写态，都显得非常自然真切。同篇描写东、西两凶肆比赛唱挽歌的场面，更是细致入微：

……（西肆）乃置层榻于南隅，有长髯者，拥铎而进，翊卫数人。于是奋髯扬眉，扼腕顿颡而登，乃歌《白马》之词；恃其夙胜，顾盼左右，旁若无人，齐声赞扬之；自以为独步一时，不可得而屈也。有顷，东肆长于北隅上设连榻，有乌巾少年，左右五六人，秉翣而至，即生也。整衣服，俯仰甚徐，申喉发调，容若不胜。乃歌《薤露》之章，举声清越，响振林木，曲度未终，闻者歔欷掩泣。西肆长为众所诮，益惭耻。密置所输之直于前，乃潜遁焉。四坐愕眙，莫之测也。

这个场面描写，真是绘声绘色，维妙维肖，把唱挽歌的神态举止、声调表情，乃至客观效果，都逼真地刻画出来，使读者有耳闻目睹之感。那语言的精警、准确、生动，是不能不令读者叹服的。

三是比譬形象，鲜明贴切。我国古典文学，从《诗经》、

《楚辞》，以至诸子散文和辞赋，在语言运用上有一个特点，就是善于以形象化的比譬，把所描写的对象很鲜明地表现出来。这一特点，也为唐人传奇小说所汲取。用于对人物形象的描写，使人物的形貌更为具体生动。如《游仙窟》对崔十娘体态的描写："依依弱柳，束作腰支，焰焰横波，翻成眼尾。才舒两颊，孰疑地上无华；乍出双眉，渐觉天边失月。"把女子的腰肢比为摇曳多姿的弱柳，眼睛比作水光潋滟的秋波，笑脸比作开放的鲜花，眉毛比作弯月，尽管在后来的才子佳人小说中成为陈词滥调，但是起初这种比譬还是很新鲜优美的。特别是在用来比譬的物象前加一动词，化静为动，神态活现。再如《传奇·裴航》，以各种具体事物作比譬，形容云英的美貌，就非常恰当："睹一女子，露裛琼英，春融雪彩，脸欺腻玉，鬓若浓云，娇而掩面蔽身，虽红兰之隐幽谷，不足比其芳丽也。"形象鲜艳美丽，色彩也很协调和谐。传奇作者也往往通过比譬、象征的艺术手法，把人物内心的感情细致真实地表达出来。如《莺莺传》中莺莺在给张生的信里，以"骨化形销，丹诚不泯，因风委露，犹托清尘"，形容对张生爱情的忠诚，已经很感人了，但就形象性而言，还不够鲜明，于是进而借赠送给张生玉环、乱丝、文竹茶碾子等礼物，来比譬互相之间爱情的坚贞不渝："玉取其坚润不渝，环取其终始不绝。……此数物不足见珍。意者欲君子如玉之真，弊志如环不解。泪痕在竹，愁绪萦丝。因物达情，永以为好耳。"这就把莺莺对张生真挚深切的感情和忧虑万端的心理状态，很形象地体现出来了。

传奇中还经常借用人们所熟知的古代人物、典故作比喻，来形容所描写的对象或说明人物的处境和心情，也能取得良好的艺术效果。如《游仙窟》中形容崔十娘之美貌和作者的心理状态："能使西施掩面，百遍烧妆；南国伤心，千回扑镜。洛川回雪，只堪使叠衣裳；巫峡仙云，未敢为擎鞾履。忿秋胡之眼拙，枉费黄金；念交甫之心狂，虚当白玉。"再如《纪闻·吴保安》，郭仲翔兵败被俘，身陷南蛮为奴，在给吴保安的信中，形容自己的处境和心情："李公战没，吾为囚俘，假息偷生，天涯地角。顾身世已矣，念乡国窅然。才谢钟仪，居然受絷；身非箕子，日见为奴。海畔牧羊，有类于苏武；宫中射雁，宁期于李陵。"以上引用的人物、典故，或比喻美人，或比喻被俘拘禁之人，都较恰当地、形象化地表达了所要描述的内容。

四是人物对话的灵活婉转、细腻传神。唐人传奇小说的人物对话，虽然也多半是古文，但能根据人物的处境、身分和思想感情，用灵活婉转的语言，把人物的个性特点和内心活动，非常细腻地、声情并茂地刻画出来。

如《任氏传》写郑子与任氏在西市衣肆相遇时的情景：

……郑子遽呼之。任氏侧身周旋于稠人中以避焉。郑子连呼前迫，方背立，以扇障其后，曰："公知之，何相近焉？"郑子曰："虽知之，何患？"对曰："事可愧耻，难施面目。"郑子曰："勤想如是，忍相弃乎？"对曰："安敢弃也，惧公之见恶耳。"郑子发誓，词旨益切。任氏乃回眸去扇，光彩艳丽如初。……

通过人物对话和举止的描绘，把狐妖任氏和郑子都写活了。特别是任氏的姿态、言语，更是妙肖如生，呼之欲出。

再如《柳毅传》写龙女与柳毅婚后在日常生活中的一番对话，声容笑貌，如见如闻，并且深刻地表现出龙女的内心世界：

既产，逾月，乃秾饰换服，召亲戚。相会之间，笑谓毅曰："君不忆余之于昔也？"毅曰："夙为洞庭君女传书，至今为忆。"妻曰："余即洞庭君之女也。泾川之冤，君使得白，衔君之恩，誓心求报。洎钱塘季父论亲不从，遂至睽违，天各一方，不能相问。……今日获奉君子，咸善终世，死无恨矣。"因呜咽，泣涕交下。对毅曰："始不言者，知君无重色之心，今乃言者，知君有感余之意。妇人匪薄，不足以确厚永心，故因君爱子，以托相生。未知君意如何？愁惧兼心，不能自解。君附书之日，笑谓妾曰：'他日归洞庭，慎无相避。'诚不知当此之际，君岂有意于今日之事乎？其后季父请于君，君固不许，君乃诚将不可邪，抑忿然邪？君其话之！"……

夫妻间促膝谈心，抒情说理，娓娓动听，洋溢着浓厚的生活气息。对话虽较长，而情趣盎然，并无冗长寡味之弊。

又如《莺莺传》，写张生西厢赴莺莺的约会时，红娘、张生、莺莺三人的对话，真是传神之笔：

既望之夕，张因梯其树而逾焉。达于西厢，……红娘骇曰："郎何以至？"张因绐之曰："崔氏之笺召我也。尔为我告之。"无几，红娘复来，连曰："至矣，至矣！"张生且喜且骇，必谓获济。及崔至，则端服严容，大数张曰："兄之恩，活我之家，厚矣。是以慈母以弱子幼女见托。奈何因不令之婢，致淫逸之词？始以护人之乱为义，而终掠乱以求之。是以乱易乱，其去几何？诚欲寝其词，则保人之奸，不义；明之于母，则背人之惠，不详；将寄于婢仆，又惧不得发其真诚。是用托短章，愿自陈启。犹惧兄之见难，是用鄙靡之词，以求其必至。非礼之动，能不愧心？特愿以礼自持，毋及于乱！"言毕，翻然而逝。

张自失者久之。……

由于作者对所描写的生活和人物是很熟悉的，对人物语言的掌握也极其准确，因此，他能把传奇中的人说话的声调、神态、心情都很生动地描绘出来。张生对红娘的欺诳之语，流露出他有恃无恐，欢悦自得的心理；红娘的连曰“至矣，至矣”，活现出她天真、热情、直率的个性和成人美事的急切、喜悦的心情；而莺莺一番违心的慷慨陈词，深刻地揭示了这个闺门少女响往爱情的幸福而又骄矜持重的矛盾心境。

传奇作者在写人物对话时，还善于以最简洁而贴切的语言，来表达人物较为复杂的身世和思想。如《传奇·昆仑奴》，当红绡姬见到崔生如约来会时，心中自然有千言万语想倾诉，但是作者根据约会的环境和人物的迫切心情，让红绡姬向崔生诉说了一段最能激起人们同情的话：把自己由一个富家小姐如何被“逼为姬仆”的过程，和目前“如在桎梏”的处境，以及勉强偷生、“脸虽铅华，心颇郁结”的苦衷，以极简短而饱含血泪之词，诉说了出来，进而表达出“为脱狴牢”，渴望自由和真正爱情的愿望。通过对红绡的内心世界的揭示，提高了这个人物的思想境界，使她与一般庸俗的男女偷情私奔区别了开来。

传奇作者能洞悉人物的心态、把握其感情脉搏，体贴入微，从而借助人物语言，细致真实地表现出蕴藏在灵魂深处的喜怒哀乐之情，加上对环境气氛的渲染，使不同人物的语言，具有浓郁的感情色彩；甚至同一人物，在不同场合所说的话，语调声息具有不同的特色。如《东城老父传》，贾昌对陈鸿祖诉说自己的身世遭遇和今昔的变化，流露出对唐玄宗的深情。又如霍小玉在三个不同场合对李益所说的话，明显地表现出她性格、情绪发展变化的三个阶段：定情之夜，流涕对李益诉说之言，表现了一个出身卑贱的新婚女子，对爱情既痴且忧的心情；与李益诀别前夕所提的短愿，饱和着懂得世态炎凉的钟情少妇的凄楚辛酸；最后与李益永诀时的痛斥言词，充分表现了一个弃妇内心的激愤和怨恨。作者掌握人物语言分寸的严谨态度和熟练的技巧，令人钦佩。

三、唐人小说的审美追求

以上各节，我们从创作方法、结构艺术、人物描写、语言艺术诸方面，对唐人小说的艺术美作了探讨，从中已经涉及作家的审美心理及其美学追求的问题。这里，我们想在前几章论述的基础上，就唐人小说的审美追求作综合性的进一步研究。

前面曾谈过传奇小说和笔记体小说文体规范的异同。与白话小说相比，无论是传奇小说或以记轶事遗闻为主的笔记小说，都属于雅文学的范畴。在艺术手法上，它近似绘画艺术，在形、神兼顾的情况下，更侧重于人物的神韵、气质、风度，往往遗貌取神，基本上是一种表现艺术，对人物的形貌言动，很少作淋漓尽致的再现。作者和读者又大都是文化素养较高的士人阶层，因而，在审美追求上，自有其特殊性。

第一，唐人传奇小说文体规范的形成，就是与士人的审美心理结构密切相关的。进士行卷对这种文体规范形成仅仅起了促进作用，士人的审美心理才是决定性的。史才、诗笔、议论三合一的传奇体制，并不能概括所有传奇小说的文体特质，但是相当一部分具有代表性的作品确实具有“文备众体”的形体特征。这固然适应进士行卷的需要，更符合士人的审美心态。中国古代丰富的史文化，培育、熏陶了广大士人，史的意识既提示他们的事功、言动，更影响着他们的著述。修史成为士人三大理想之一，即使从事小说创作，在结构形式上，也往往以人物传记的形态出现，而语言力求雅洁和寓褒贬于字里行间的《春秋》笔法。诗歌艺术，经过了长期的发展，到了唐代已臻登峰造极之境。本来在六朝志怪小说中，就间杂有诗的成分，唐代士人多数能诗，在小说创作中充分施展其诗才，是很自然的，何况还有行卷的实用价值。仿效史书的人物传记，注意结构的严谨完整之美，而在故事发展过程中，穿插着诗，使整篇故事洋溢着诗意美，就成了小说作者审美追求上的特征之一。与这一特征相关联，产生审美追求方面的许多特征，形成唐人有意为小说的重要标志。

第二，唐人小说作意好奇，而隐寓垂诫。在奇特怪异、耸人听闻的故事情节和生动的人物形象中，寓含垂诫之意，这也是作者的审美追求之一。传奇小说在题材、立意上的显著特征，就是奇。无论是以现实生活为题材，还是描写神、鬼、仙、妖乃至飞禽走兽等志怪性小说，都是以其瑰奇或诡谲怪异的内容满足读者好奇爱异的审美心理。人物传记式的结构使这种奇异的故事内容增强可信性，从而让读者在潜移默化中接受所寓含的垂诫之意。如《任氏传》、《枕中记》、《南柯太守传》、《谢小娥传》、《李娃传》等或写实或志怪的小说，于篇末都有议论性的垂诫之意，但更多的作品并不是将隐含的垂诫之意用这种议论的形式予以点明，而是让读者自己去体会，受启发，产生联想。例如《博异志》中所记《张遵言》等玄怪奇异之事，《三水小牍》中的《张直方》、《温京兆》等以荒怪的形式表现出来的现实性很强的内容，虽不加明确的褒贬之论，读者则自然可以领会其箴规。

第三，唐人小说作者不是满足于故事情节瑰奇怪异，而是有更高层次的审美追求，最突出的是美的意境。我们不妨回忆一下《柳毅传》描写柳毅初见龙女牧羊道畔、“凝听翔立，若有所伺”，终于对柳毅泣诉其不幸遭遇的情景；《李娃传》写李娃在大雪天听到荥阳生啼饥号寒之声，急忙“连步而出。见生枯瘠疥厉，殆非人状。……娃前抱其颈，以绣襦拥而归于西厢”，拯救荥阳生、忏悔自己的场面；《霍小玉传》写霍小玉新婚中宵之夜，“极欢之际，不觉悲至”，对李益泣诉苦衷，以及李益“引谕山河，指诚日月，句句恳切，闻之动人”的情境，乃至最后霍小玉怒斥李益负心，“引左手握生臂，掷杯于地，长恸号哭数声而绝”的悲剧境界；《离魂记》写倩娘之魂魄夜半跣足奔王宙，“宙惊喜发狂，执手问其从来。泣曰：‘君厚意如此，寝梦相感。今将夺我此志，又知君深情不易，思将杀身奉报，是以亡命来奔。’宙非意所望，欣跃特甚”，悲喜交加之情，都是沁人心脾的。我们读唐人小说，经常可以品赏到抒情诗意浓郁的意境美，这不仅表现在写现实性较强的闺阁之事，绰有情致，更表现在志怪性的作品中，抒情、写景、叙事，都有诗情洋溢之感。例如《异闻集·独孤穆》写隋炀帝孙女杨氏鬼魂向独孤穆叙述当年遇害的悲惨事件、独孤先祖与杨家政权的关系、在九泉之下孤魂无依备受骚扰的凄苦景象，真如其口出。独孤生与杨氏互相酬答的诗篇，情真意深，诗味较浓。《玄怪录》中的《刘讽》、《崔书生》，《博异志》中的《吕乡筠》、《崔玄微》等篇，都善于以雅洁的语言描绘出清幽秀丽的自然景色，历历如在眼前，且其景与所要表现的情致非常和谐融洽，所谓情景交融，相得益彰，构成美的意境。在这方面，轶事小说《本事诗·崔护》人面桃花的意象和崔护的题诗，把意境美的描写推向极致。作者所花的笔墨非常简洁，而人的面容、神态思绪、桃花景色，构成一幅色彩鲜明、意境优美的图画。作者是把绘画艺术的技法与匠心，运用到小说艺术的情景描写上，取得了成功。

第四，唐人小说作者对奇幻荒怪之美怀有浓厚的兴趣。唐代士人对儒、释、道文化兼收并蓄，这既影响士人的人生观，也为他们从事文学艺术的创作提供丰富的滋养。孔子“不语怪、力、乱、神”，而唐人小说作者在其志怪性传奇小说中大肆渲染神、怪、仙、鬼，追求奇幻之美的意趣。在众多志怪小说中，描写士人与神、鬼、仙、妖的婚恋关系，是很突出的题材。尽管其中有悲剧，也有喜剧，但是以悲剧性结局居多，悲剧美也最具有震撼人心的艺术力量。如《任氏传》和《宣室志·计真》，都写人与狐妖的婚恋；《传奇·孙恪》、《河东记·申屠澄》则分别写人与猿妖或虎怪的婚恋；《玄怪录·崔书生》、《异闻集·韦安道》都写人与仙的婚变；《独孤穆传》、《传奇》中的《薛昭》、《崔炜》则都写人与几百年前的女鬼婚媾。这些作品的结局大都带有离异的悲剧性，却不使人感到恐怖，而是给人以悲剧的美感。这与后来的戏曲，往往把悲剧性的题材写成喜剧性的团圆，在审美追求上是有很大差别的。唐人小说作者创作这类题材的作品，一方面是受六朝志怪小说同类题材的影响，另一方面是受多种文化因素的熏陶和现实生活的激荡而形成的审美心理结构决定的。与世家士族之女通婚，原是唐代士人的婚姻理想，但事实上士族婚姻制下结成的配偶，能如意和谐者甚少。人与神、鬼、仙、妖的婚恋，弥补了现实婚姻的缺憾。由各种神、鬼、仙、妖化成的女子，总是“颜色殊丽”，富于人情，而且有非凡的本领、权势或奇珍异宝。但又毕竟不能摆脱现实社会生活的制约或世俗的偏见，结局往往是悲剧性的。

追求奇幻美的另一表现，是对变形艺术的创造和对洞窟境界理想生活的向往。《传奇·崔炜》写崔炜因迷路坠入枯井之中，蛇驮着他经过漫长曲折的摸索，最后发现富丽堂皇的汉初南越王宫殿，赵佗把嫔妃田夫人嫁给他，并得大食国之宝阳燧珠；返回世间后，又散金挈家到罗浮山访道。这体现了唐代某些士人所追求的幻想，及其幻想破灭后的出世心理。《续玄怪录·张老》所描写的仙境，也是向往世外桃源式理想社会的模式。有趣的是对航天飞行器的幻想。张老和妻子韦氏外出远程旅游，是乘鹤飞行，当天往返。《逸史·太阴夫人》中则是乘葫芦远程飞翔。《玄怪录·古元之》所描写的和神国，则是比桃花源更美好的理想国，自然环境之优美，令人神往：

> 其国无大山，高者不过数十丈，皆积碧珉，石际生青彩簵篆，异花珍果，软草香媚，好禽嘲哳。山顶皆平正如砥，清泉迸下者三二百道，原野无凡树，悉生百果及相思石榴之辈。每果树花卉俱发，实色鲜红，翠叶于香丛之下，纷错满树，四时不改。唯一岁一度暗换花实，更生新嫩，人不知觉。田畴尽长大瓠，瓠中实以五谷，甘香珍美，非中国稻粱可比，人得足食，不假耕种。……树木枝干间悉生五色丝纩，人得随色收取，任意纴织，异锦纤罗，不假蚕杼。四时之气，常熙熙和淑，如中国二三月。……

人们生活在这样优越美好的环境里，是很幸福的。人际关系融洽，没有你争我夺、追名逐利的现象，虽有君主仕宦，而无人压迫人的现象，国泰民安，风调雨顺，其乐无穷。这是封建时代士人理想中的乌托邦。

变形艺术是与志怪小说俱生的，不过，六朝志怪小说的变形比较简单，唐人志怪小说的变形艺术则有所发展，比较丰富多样。《玄怪录·元无有》描写日常生活用具故杵、烛台、水桶、破铛，变化为四个人，而且各能吟咏与其原形功能相称的诗句，不仅具有人的形貌，并赋予人的智慧。这在变形艺术上是一大进步。《续玄怪录·张逢》写张逢化为虎后，仍具有人的思想活动，又复归为人的原形。也有狐、猿、猩猩、虎等动物精灵变化为美女，与人婚恋、生儿育女、治家立业的，有人的思想感情和性格特征，复归动物原形后，一般都不使人感到恐怖；也有恢复虎的吃人本性，吞噬丈夫儿子的。有的动物精怪变化为美女的目的,就是为了便于害人,如《博异志·李黄》的白蛇妖化为美丽的女子，引诱好色之徒上当受害。在变形中,除了给人以艺术上的奇幻感外,也还包含着某种哲理性，启发人思考。还有一种情况，形貌未变，而功能发生巨大变化的，如《续玄怪录·李卫公靖》，受龙神的委托，代龙行使下雨的职能，也给人以艺术的美感。

第五，唐人小说作者对各种表现艺术美的向往与追求。唐代是各种文学艺术都繁荣昌盛的时代，因而小说作者，力图表现各种艺术美的境界，也是他们的审美追求之一。《集异记·王焕之》、《幽闲鼓吹》中的《顾况》、《韩愈》等篇，分别对王昌龄、高适、王涣之、白居易、李贺等人的诗歌艺术，作了生动的表现。《集异记·王维》则描写王维以弹琵琶的伎艺和献诗卷而得以进身仕途。《甘泽谣·许云封》、《逸史·李谟》、《博异志·吕乡筠》对三位笛艺高手的演奏艺术作了极其形象的特写。《逸史·梦钟馗》、《大唐新语·惩戒·阎立本》分别对吴道子和阎立本的绘画艺术作了传神的表现。《集异记·王积薪》、《杜阳杂编·宣宗大中》则对王积薪夜听民间婆媳隔户下棋、顾师言与日本王子赛棋情景的描写，表现了民间妇女和顾师言棋艺的高超。《甘泽谣·素娥》、《龙城录·明皇梦游广寒宫》等篇对唐代歌舞艺术的表现，也是令人神往的。

第六，在笔记体的轶事小说中更重视传神写意的表现艺术技法。在论述唐人小说的人物描写时，我们侧重于传奇小说作者塑造人物形象的艺术手法，笔记体轶事小说作为文言小说的一个分支，在艺术手法、审美追求上，与传奇体小说既有某些共同性，又有其特殊性。两者的文体规范不同，审美追求上自然有其差异，但两者都为士人所创作、为士人所鉴赏，则是一致的。笔记轶事小说作者着眼于记载某人的某件琐闻逸事，不像传奇小说那样带有人物传记的性质。如果说传奇小说好像一棵树，那末轶事笔记小说只是一棵树上的某一枝干甚至一片叶子。一棵树固然是一个整体，可见其全貌与本质特征；某一枝干、一片叶子，只是树的局部，却也可以辨认出这种树的最本质的特征。在一则短小的轶事琐闻中，要表现出人物性格的某一特征及事件本身的典型意义，具有艺术魅力或认识价值，就必须在技法上下功夫。六朝志人小说《世说新语》在这方面作出了榜样，唐人笔记小说就某一部而言，没有能超越《世说新语》水平的，但集唐人笔记轶事小说之精粹，则堪与《世说新语》相媲美。

笔记轶事琐闻，在审美上不追求“文备众体”的体制与人物故事的完整性，也不讲究艺术形象的丰满、形貌的逼真，而是追求传神写态、气韵风度之美。它好似绘画艺术的写意画技法，而不是工笔画的细致描摹。以极其精炼的笔墨，着意于最具有典型特征的举止言动、形神心态，寥寥数笔，就使人物跃然于眼前。上述《本事诗·崔护》就是较为典型的例子。前面曾论及的传奇小说专集中，也有一些精采的轶事小说。如《集异记·集翠裘》，全文不到二百字，专就武则天命狄仁杰与嬖幸宠臣张昌宗比赛打双陆之戏，狄仁杰提出要以则天赐给张昌宗的集翠裘为赌注这件日常趣事，以简约与细致相结合的笔法，写则天站在张昌宗立场对狄仁杰的"笑曰"，仁杰义正词严的应对，昌宗"心赧神沮，气象索莫"的委琐心虚之态，以及仁杰赢后"对御就褫其裘"，出宫"遂付家奴衣之"的动作，既突出狄仁杰刚正不阿的品格和应对从容得体的大臣风度，也表现出则天貌若豁达而意有所偏的女皇心态，以及嬖幸宠臣空虚羞愧的内心活动。

在记载唐明皇逸事遗闻的几种轶事小说中，如李德裕《次柳氏旧闻》、郑棨《开天传信录》、王仁裕《开元天宝遗事》等书，都足以补史书之阙。尤以王仁裕所著，极尽轶事小说之趣。玄宗由英主蜕化为昏君，有一个逐渐演变的过程。在一条记一事的轶事小说中，当然不可能描写这种演变过程，但从全部记载来看，则英主与昏君两种素质，却从各个侧面得到了反映。《次柳氏旧闻·玄宗初即位》，着重写玄宗礼貌大臣，但宰相姚崇向玄宗奏序进郎吏事，玄宗却"顾视殿宇"不予理会，姚崇"再三言之，冀上少售，而卒不对。崇益恐趋出"。经高力士向玄宗奏明如此无视大臣，"恐宰相必大惧"。玄宗说："朕既任崇以庶政，事之大者当奏，朕与之共决。如郎署吏，秩甚卑。"崇知此意，"自解而喜，朝廷闻者，以上有人君之度，得信任之道焉"。短短几行字，写出了玄宗举止言动的特殊性，表明他用人不疑，既委之重任，就重之以权的明君风度，而且写出高力士、姚崇的不同身分及其心理状态，以及朝廷群臣的反映。《开元天宝遗事·步辇召学士》通过玄宗想召姚崇论时务而苦雨不止，泥泞难行，就令侍御者抬步辇接姚崇这一细节描写，表现了玄宗尊贤勤政的气度。《盆池鱼》写玄宗宴近臣于禁苑中，对张九龄、李林甫曰："槛前盆池中，所养鱼数头，鲜活可爱。"林甫曰："赖陛下恩波所养。"九龄曰："盆池之鱼，犹陛下任人；他但能装景致，助儿女之戏尔！"帝甚不悦。因在这之前，玄宗曾征求张九龄的意见：李林甫可否为相？所以这里关于盆池鱼的对话，三人的声息语气各有不同：玄宗似有欣赏盆池鱼的逸兴，而意蕴试探两人的态度；李林甫则巧于逢迎谄媚，以取悦于玄宗；而张九龄则忠直不阿，直言敢谏，以盆鱼喻任人，不在于外表的好看，言词的动听，而要看其本质，任人事关重大，非同儿女之戏。玄宗虽然不悦九龄之言，却仍不失明君的宽宏大度。而《助情花》、《被底鸳鸯》、《解语花》诸条，则从玄宗的言动、细节中，活现出这个风流天子腐朽昏庸的一面。在对人物刻画的传神写态方面，苏鹗《杜阳杂编》，可谓得其神髓。《德宗碎琥珀匣治裨将伤》、《顾师言与日本王子围棋》，就是传神之妙笔。

第十三章　唐人小说的地位与影响

一、与唐诗并为"一代之奇"

在本书《绪论》中，就曾论及我国文学史向来以诗、文为正宗的状况。这固然与儒家的文艺思想有关，也与唐宋以前文艺创作的实际情况分不开。那时候的政治家、思想家以至文学家，在理论上一般都倡导、推崇诗文的社会功能，从先秦诸子到刘勰、白居易，都是这样。虽然汉以前就有所谓"小说家"，但那指的是不本经传、背于儒术的琐屑之谈，以及街谈巷语、稗官野史之类，与作为一种文学体裁的小说不同，也不为人们所重视。孔门之徒固然没有完全排斥这种"小道"，但也认为"致远恐泥"，是不能登大雅之堂的。所以，汉以前的小说，流传下来的极少；一些假托汉代的作品，其实是魏晋时人的冒名之作。一些零星的神话、寓言故事，以及其他具有小说因素的作品，只是小说的萌芽，我们都把它们归列于"前小说"；六朝小说的发展，很不平衡，尽管有的作品已渐趋成熟，但就总体而言，还处于小说的雏型阶段。唐人小说则有了长足的发展，无论是以传写人间奇事为主的传奇体小说，还是以写神鬼灵怪之事为主的志怪性小说，都已经臻于成熟。虽然在当时，与诗文相比，它还不大被人们瞧得起，有人还要批评小说作者，似乎创作非载道性的小说是越轨的行动，但由于文学发展的内部规律和社会的多方面原因，小说创作仍然得到蓬勃的发展。后来的评论者，或褒或贬，都不能无视唐人小说这个文学样式的客观存在；具有真知灼见的研究者，则把小说与唐诗并提，称为“一代之奇”，充分肯定它在文学史上的地位。

首先，从我国小说发展史来看，唐人小说具有承前启后、继往开来的作用。它汲取了古代神话、史传文学和六朝小说的艺术实践经验，把处于雏型状态的小说，发展到比较成熟的新阶段。它不仅在故事情节上不同于“粗陈梗概”的六朝小说，注意结构的完整性和情节发展的波澜起伏、曲折有致，并且塑造出多种多样的、血肉丰满的艺术形象。它的故事情节和人物形象，对后来小说、戏曲的发展，有着深远的影响。唐人小说以丰富多采的创作实践，争得了在文学史上应有的地位。

其次，唐人有意识地进行小说创作，不但扩大了小说的题材，而且提高了小说创作的艺术水平。唐人小说的某些题材和艺术手法，虽然是继承六朝小说而来的，但富于创新精神；即使是类似的题材，经过作者的再创作，注入了新的艺术血液，从而创造出新的意境。例如《枕中记》比之于《焦湖庙祝》，《离魂记》比之于《庞阿》，《白猿传》比之于《猳国马化》，以及一些描写人与神鬼恋爱的作品，继承性与创造性都是十分明显的。由于传奇题材的扩大，所反映的生活面比六朝小说要广泛得多，也增强了作品思想内容的社会意义。至于塑造人物形象的艺术方法、驾驭语言艺术的才能，也都有显著的提高。作者充分利用散文与诗歌相结合的艺术形式，并融入史文化的成分，既擅长叙事，也善于抒情，许多优秀的传奇小说，洋溢着抒情诗的气氛。这也就提高了唐人小说的认识作用和审美价值，读者不但从中可以认识隋唐五代的社会生活，并且得到美感的享受。

再次，唐人小说创造的一系列艺术典型，具有强烈的艺术魅力，长久地震撼着人们的心灵。如霍小玉、李娃、莺莺、红拂、红线、任氏、柳毅、倩娘、吴保安、郭元振等，都是富于艺术生命力的人物形象，也为小说创作中艺术形象的典型化，提供了有益的经验。后来根据唐人小说的题材进行再创作的小说、戏曲，尽管故事情节更加丰富了，但就作品的艺术形象而言，除了王实甫《西厢记》杂剧中的莺莺、张生、红娘、老夫人等艺术典型，洪升《长生殿》传奇中李隆基、杨玉环的形象，陈遇乾《义妖传》弹词和黄图珌《雷峰塔》传奇中白素贞的形象，比唐传奇小说有关的原著，可以说是“青，取之于蓝而青于蓝”之外，其他改编的小说、戏曲中的人物形象，一般很少有超过唐人小说艺术水平的。

最后，还应当指出，唐人小说的创作方法，无论是通常称之为现实主义、浪漫主义、自然主义的，或者以其中的某种方法为主兼有其他创作倾向的，都对后来的小说、戏曲提供了良好的借鉴或有益的教训；而“文备众体”的传奇小说文体规范，善于“幻设”、“作意好奇”的艺术构思，和兼收辞赋诗文的语言艺术特色，对后来小说的表现艺术，更有着深刻的影响。蒲松龄用“传奇法以志怪”，创作《聊斋志异》，得以登上文言小说艺术的最高峰，受唐人传奇小说的影响尤为显著。而从六朝以来的笔记体小说，经张鷟《朝野佥载》、胡璩《谭宾录》、李德裕《次柳氏旧闻》、王仁裕《开元天宝遗事》、李肇《国史补》、刘悚《隋唐嘉话》、刘肃《大唐新语》、王定保《唐摭言》、段成式《酉阳杂俎》、孙棨《北里志》、孟棨《本事诗》

等作家作品的实践，积累了更丰富的艺术经验，在文言小说史上形成与传奇体小说齐头并进的两种文体规范。到了清代，终于出现以纪晓岚《阅微草堂笔记》为代表的笔记体小说，同与蒲松龄《聊斋志异》为代表的传奇体小说争强斗胜的新局面，共同把文言小说推向新的艺术高峰。

二、唐人小说对后世文学的影响

唐人小说的题材，常为宋元明清的戏曲、小说及讲唱文学所取资。为便于说明问题，现列表举例如下：

唐人小说	宋元明清小说	讲唱文学	宋元明清戏曲
白猿传	宋话本　陈巡检梅岭失妻		宋戏文　陈巡检梅岭失妻
离魂记	宋话本　惠娘魄偶	金　倩女离魂诸宫调	元　倩女离魂杂剧
枕中记	宋话本　黄粱梦		宋元戏文　吕洞宾黄粱梦
			元　黄粱梦杂剧
			明　邯郸记传奇
任氏传		金　郑子遇妖狐诸宫调	
柳氏传	宋话本　章台柳		宋元戏文　章台柳
			元　章台柳杂剧
			明　玉合记传奇

（续表）

唐人小说	宋元明清小说	讲唱文学	宋元明清戏曲
			章台柳传奇
			练囊记传奇
柳毅传		金 柳毅传书诸宫调	宋官本杂剧 柳毅大圣乐
			宋元戏文 柳毅洞庭龙女
			元 柳毅传书杂剧
			明 橘浦记传奇
			龙箫记传奇
			清 蜃中楼传奇
霍小玉传			明 紫箫记传奇
			紫钗记传奇
			清 紫玉钗传奇
南柯太守传	宋话本 大槐王（?）		明 南柯记传奇
谢小娥传	明拟话本 谢小娥智擒船上盗		清 龙舟会杂剧
李娃传	宋话本 李亚仙		宋元戏文 李亚仙
			元 打瓦罐杂剧
			曲江池杂剧

（续表）

唐人小说	宋元明清小说	讲唱文学	宋元明清戏曲
			明　绣襦记传奇
长恨歌传	宋传奇　杨太真外传	元　天宝遗事诸宫调	金院本　击梧桐
			元　哭香囊杂剧
			梧桐雨杂剧
			霓裳怨杂剧
			华清宫杂剧
			杨贵妃杂剧
			明　惊鸿记传奇
			沉香亭传奇
			清　长生殿传奇
莺莺传	宋话本　莺莺传	宋　商调蝶恋花会真记鼓子词	宋官本杂剧　莺莺六么
			宋元戏文　西厢记
		金　董解元西厢记诸宫调	元　西厢记杂剧
			明　南西厢记传奇
		清　西厢记鼓词	清　续西厢传奇
			西厢印传奇

（续表）

唐人小说	宋元明清小说		讲唱文学	宋元明清戏曲	
					不了缘传奇
					翻西厢传奇
异梦录	宋元话本	邢凤此君堂遇仙记			
无双传				明	明珠记传奇
虬髯客传				明	虬髯翁杂剧
					北红拂杂剧
					红拂记传奇
					女丈夫传奇
吴保安	元明话本	吴保安弃家赎友		明	埋剑记传奇
					大节记传奇
郑德璘				明	红蕖记传奇
裴伷先别传				明	节侠记传奇
					留生气传奇
续玄怪录·杜子春传	明拟话本	杜子春三入长安		明	广陵仙传奇
				清	扬州梦传奇
续玄怪录·薛伟	宋元话本	薛录事鱼服证仙			

（续表）

唐人小说	宋元明清小说	讲唱文学	宋元明清戏曲
扬州梦记			元　扬州梦杂剧
传奇·封陟			宋官本杂剧　封陟中和乐
			金院本　封陟
			元　封陟先生骂上元杂剧
			封陟遇上元杂剧
传奇·孙恪			元　孙恪遇猿杂剧
传奇·聂隐娘			清　黑白卫杂剧
传奇·昆仑奴			元　盗红绡杂剧
			元戏文　磨勒盗红绡
传奇·薛昭传	宋话本　兰昌幽会		金院本　兰昌宫
			元　兰昌宫杂剧
甘泽谣·红线	宋话本　红线盗印		明　红线女杂剧
			双红记传奇（合红线、红绡两剧）
柳参军传	宋话本　柳参军		
宣室志·李征（人虎传）	宋话本　人虎传		
博异志·李黄（白蛇记）	宋话本　西湖三塔	清　义妖传弹词	元　西湖三塔杂剧

（续表）

唐人小说	宋元明清小说	讲唱文学	宋元明清戏曲
	明话本　白娘子永镇雷峰塔	清　白蛇传宝卷	清　雷峰塔传奇
	明拟话本　西湖佳话·雷峰怪迹		
	清中篇小说　雷峰塔传奇		
兰亭始末记			元　兰亭记杂剧
集异记·李清传	明话本　李道人独步云门		
集异记·王维			明　郁轮袍杂剧
			郁轮袍传奇
			清　郁轮袍杂剧
集异记·王涣之			明　旗亭记杂剧
			旗亭燕杂剧
			旗亭记传奇
续仙传·马自然传	明拟话本　马神仙骑龙升天		
本事诗·崔护			元　崔护渴浆杂剧
			明　桃花人面杂剧

唐人小说的题材，对后世小说、戏曲、讲唱文学的影响，上表所列，仅举其主要者，还有一些篇目未一一列出。再就同类题材作品的渊源及其流变，略举一二种，来说明唐人小说源

远流长、继往开来的重要地位和影响。

在六朝志怪小说中，有一些写狐妖变化的作品，例如在《搜神记》中，就有好几篇。但是它们的情节都较简单，篇幅很短，像《搜神后记》中的《陈斐》等情节较完整者，狐妖伯裘形象也只略具轮廓而已，还谈不上艺术典型的塑造。唐人小说则继承了这类题材，而在故事情节上有所创新，塑造了完整、丰满、优美的艺术形象，令人有可亲可爱之感，主题思想也更明确了。《太平广记》卷四百四十七至四百五十五，都是以狐妖为题材的作品，其中绝大多数是唐人之作，多半出于《广异记》。如《李麐》，情节之婉转动人、郑四娘的艳丽聪慧，可与沈既济的杰作《任氏传》媲美。其他传奇小说专集中，也有不少狐鬼故事，一般都比六朝小说的同类作品写得委婉生动。

唐人小说中，关于狐鬼仙妖的故事，对蒲松龄《聊斋志异》的影响，是显而易见的。《聊斋志异》中这类题材的作品，总的来说，思想意义和艺术技巧比唐人同类作品有所提高，但就单篇而言，却很少有超过《任氏传》的。

在六朝志怪小说和唐人小说中，描写青年男女为爱情而死、又因爱情的力量起死回生的故事也不少。如刘义庆《幽明录·买粉儿》，孟棨《本事诗·崔护》，其他与婚恋有关的死而复活的故事更多。后来的话本小说《杜丽娘慕色还魂》和汤显祖《牡丹亭》传奇、孟称舜《桃花人面》杂剧、《聊斋志异·连城》等，虽然故事情节各不相同，但就爱情战胜死亡的艺术构思而言，却是一致的。

从六朝志怪至唐人小说，写神仙道化的作品，为数甚夥；元明清戏曲中，也有大量神仙道化剧，这当然与时代环境、文化氛围、作家的世界观有着密切关系，问题较为复杂，需作具体分析；但是与唐人小说的同类作品，有着历史的渊源关系，却是可以肯定的。

再从文言小说这一文学样式的演变来看，自宋以后，已趋衰落，白话小说（包括短篇的话本、拟话本和长篇章回小说）成了小说的主流，但文言小说在明清仍然有相当势力和影响。就具体作品而言，与白话小说相比，固然相形见绌，但也不乏名篇佳作。明初瞿佑仿效唐人传奇，作《剪灯新话》，其中有些作品，文笔意境，颇能新人耳目，写得情致宛曲，凄恻动人。而模拟《剪灯新话》的，有李祯《剪灯余话》、邵景詹《觅灯因话》，内容上固然有讲因果报应、封建说教和迷信观念等缺点，但也开拓了前人未曾涉及的题材，有鲜明的时代特色；形式上有过多地穿插与正文无关的诗词的弊病，而在艺术表现手法上也更多样化了，人物心理刻画较细致，吸收了通俗小说的某些艺术成分。除了文言小说的一些专集以外，散见于明清时期一些诗文集中的传奇小说，如高启《南宫生传》、马中锡《中山狼传》、张岱《柳敬亭说书》、李渔《秦淮健儿传》，以及其他作家的某些人物传记，也带有文言小说的性质，思想内容和艺术形式都有各自的特色。清康熙年间蒲松龄的《聊斋志异》，继承了六朝志怪小说和唐人传奇的艺术经验，汲取民间故事传说的滋养，“用传奇法，而以志怪，出于幻域，顿入人间”①，别开生面。乾隆、嘉庆年间，纪昀讥讽《聊斋志异》有唐人传奇之详，又杂以六朝志怪之简，著《阅微草堂笔记》，文笔崇尚朴实，反对浮华，近乎六朝志怪小说，而偏于议论，但也别有风味：“凡测鬼神之情状，发人间之幽微，

①见鲁迅《中国小说史略》第十二篇。

托狐鬼以抒己见者，隽思妙语，时足解颐；间杂考辨，亦有灼见。叙述复雍容淡雅，天趣盎然。”① 遂形成藻绘与质实两派。

三、唐人小说研究的历史与现状

我们这里所指的唐人小说，当然主要是指传奇体小说，也包括笔记体小说。唐人小说的一些单篇或专集，在宋以前就流行了，而且有的本子带有选集的性质，如《异闻集》之类。但是对它进行系统、全面整理的，是北宋初年的李昉等人。他们奉旨编纂自汉代到宋初的小说总集，因成书于太平兴国年间，题名为《太平广记》。它所搜集的作品相当丰富，今所传大部分唐人小说赖以保存。全书五百卷，目录十卷，按题材性质，分为九十二大类，一百五十余小类。这对研究宋以前小说发展的情况，很有帮助。宋初朝廷为什么要聚集众多士大夫编修大型图书？诚如鲁迅所言：“宋既平一宇内，收诸国图籍，而降王臣佐多海内名士，或宣怨言，遂尽招之馆阁，厚其廪饩，使修书，成《太平御览》、《文苑英华》各一千卷，又以野史传记小说诸家成书五百卷，目录十卷，是为《太平广记》。以太平兴国二年三月奉召撰集，次年八月书成表进，八月奉敕送史馆，六年正月奉旨雕印板（据《宋会要》及《进士表》）后以言者谓非后学所急，乃收板贮太清楼，故宋人反多未见。”鲁迅在《中国小说的历史变迁》中还曾指出：“此在政府的目的，不过利用这事业，收养名人，以图减其对政治之反动而已，固未尝有意于文艺，但在无意中，却替我们留下古小说的林薮来。”

---

①见鲁迅《中国小说史略》第二十二篇。

这话说得很透彻。

至于《说诲》、《古今逸史》、《五朝小说》、《龙威秘书》、《唐人说荟》、《艺苑捃华》等书，乃是明代商品经济兴盛以来，商人为了牟利而编刻的。书商"为欲总目烂然，见者眩惑，往往妄制篇目，改题撰人，晋唐稗传，黥劓几尽"，弄得原著的面目似是而非。鲁迅鉴于这种弊病，决意拨乱反正，先把自汉至隋的小说编辑为《古小说钩沉》，随后又以严谨的态度，编选《唐宋传奇集》，比一般通行本可信。鲁迅以近代小说的概念，来衡量唐宋传奇，所选大都是属于杂传记一类的单篇传奇。该集末卷《稗边小缀》，系对所选各篇的考证性文字，便于研究者参考。汪辟疆校录《唐人小说》，主要也是根据《太平广记》选录，同时用《道藏》、《文苑英华》、《太平御览》、《资治通鉴考异》、《太平寰宇记》、《明钞原本说郛》、《顾氏文房小说》、《全唐文》及涵芬楼影印的旧本唐人专集小说校补。汪先生不但在文字、篇目上作了大量校补工作，而且在所选录的各篇小说之后，附录了许多有关资料，为阅读和研究唐人小说提供了方便。吴曾祺编《旧小说》，选录了较多的唐五代小说，但疏于校点，对作者和版本情况概不作介绍，影响其学术价值。张友鹤《唐宋传奇选》、徐士年《唐代小说选》，是在鲁迅、汪辟疆选本基础上的选注本，选篇较精，文字校勘也较准确，并作通俗注解，适合一般读者的需要。我们编选的多卷本《文言小说·唐五代传奇集》,主观上是想为研究者提供较多的资料，也便于爱好者阅读，但也难免有所疏漏。王汝涛等人的《太平广记选（注）》，在前人所选篇目之外，选出不少较好的作品。

研究唐人小说，宋人洪迈、明人胡应麟都作了不少工作，提出过一些精辟的见解。对唐人小说作系统研究而且成绩卓著的，当推鲁迅和汪辟疆两位先生。鲁迅《中国小说史略》第八、九、十等三篇，是论述唐人传奇的，既吸取了日本学者盐谷温《中国文学大概》第六章有关部分的成果，又以创造性的劳动提出了很有见地的论点。汪辟疆以毕生精力从事唐人小说的研究，在校勘、资料辑录、考据等方面下了很深的功夫，有关阐述也言简意赅，具有灼见。陈寅恪、孙望、戴望舒诸先生，对某些单篇传奇，作了详细的考证。刘开荣《唐人小说研究》，在吸取陈寅恪研究成果的基础上，对于唐人小说的社会背景，做了许多考证工作。为给研究生讲授唐人小说研究这门课，我于1979年撰写了《唐人传奇探说》讲义，应上海古籍出版社的邀约，根据《中国古典文学基本知识丛书》体例的要求，作了削足适履的改写工作，以《唐人传奇》的书名，于1980年3月出版。80年代中期出版的《中国大百科全书·文学卷》，唐人传奇部分占有较多的篇幅，对具有代表性的名篇和传奇集作了平实准确的评介。《中国历代小说辞典》关于唐五代部分，分量也较重，评介亦较全面。程毅中《唐代小说史话》，显著的特点是不求全，而所论及者，较深入，材料翔实。侯忠义《中国文言小说史稿》上册，对唐代小说的分类较细致。此外，其他先生对唐人小说也写过介绍性或鉴赏性的文章，学术性论文也还有，恕不一一列举。

第三编

宋 金 元

第一章　宋元传奇小说的演变

一、宋元传奇小说概述

人们提及传奇体小说，往往盛称唐人传奇，偶或馀惠及宋，如鲁迅辑录《唐宋传奇集》。宋人传奇小说之不如唐人传奇，原如同宋诗之不及唐诗。但也正如不能因肯定唐诗而否定宋诗一样，与唐人传奇相比，宋人传奇自有其不容抹煞之特色与成就。

经晚唐五代近一个世纪的混乱、分裂局面之后，赵宋王朝重新统一寰宇，其气象规模虽逊于汉、唐，也尚可观；文治武功，颇有建树。特别是文学艺术方面，曾有其辉煌的历史。从文学一代有一代之所胜的观念出发，于宋代独标举其词，是有很大片面性的。宋代诗、文、小说（包括文言小说和话本小说）、戏曲，又何尝不有其难以取代的风采呢？

宋初尽招降王臣佐于馆阁，给与优厚的待遇，让他们安心修书，这是很文明的政策。无论其目的如何，客观效果是非常好的。单就修成《太平御览》、《文苑英华》、《太平广记》这几部浩瀚的大书，业绩就够辉煌的了。从小说学的角度来看，汉魏六朝至唐五代，许多小说单篇或专集，原著大都已散佚，幸亏有洋洋大观五百卷《太平广记》分类辑录，得以保存丰富的文言小说作品。《太平御览》、《文苑英华》的性质虽与《太平广记》不同，但其中也有一些小说资料。自明代至今，整理、编纂的文言小说总集、专集或选集，基本上是根据这几部书，特别是《太平广记》，“盖不特稗说之渊海，且为文心之统计矣”① 。鲁迅这一评价是极其允当公正的。宋初有这样的文化环境，使唐传奇的流风馀韵得以产生应有的影响，在传奇小说趋向衰落的过程中，仍然出现一些好作品；并随着社会历史的发展，市民文化的兴起，话本小说的繁荣，使传奇小说这一士人的雅文学，与话本小说这种市民的俗文学，互相渗透融汇。从北宋中期一直到明代，出现一批带有话本化倾向的传奇小说。

纵览宋元传奇小说的演变过程，大体上可分三个阶段：

宋初为唐人小说的延续期，作者基本上是由五代入宋的士大夫，如志怪小说集《稽神录》作者徐铉、《江淮异人录》作者吴淑、单篇传奇《绿珠传》、《杨太真外传》作者乐史，都是由南唐入宋的。但徐铉、吴淑之作，非传奇之正宗，拟列于下章“笔记体志怪与志人小说”中论述。还有《流红记》的作者张实，《赵飞燕别传》、《骊山记》、《温泉记》、《谭意歌传》作者秦醇，《王幼玉记》作者柳师尹，以及《越娘记》作者钱易，虽然他们的生卒年不详，但上举作品都为北宋中期人刘斧编文言小说总集《青琐高议》所辑录，也应该算是宋初传奇作家。传奇小说集《洛阳搢绅旧闻记》作者张齐贤，是由五代入宋的，宋真宗时官至宰相。这一时期传奇作品，在文体规范上大致规抚唐人，构思辞藻亦尚婉曲清丽，略显平实严冷；

①见鲁迅《中国小说史略》第十一篇。

题材大都取资于历史故事，亦有少数取材于现实生活，内容尚较充实。

北宋中期至南宋中期，是形成宋传奇特色的时期。其显著特征是雅俗融合，审美心理由士大夫之雅趋向市民之俗。作者虽然也有士大夫，但是也有一些社会地位不高、逐渐市民化的中下层士人，有些佚名作者的身分，可能带有书会才人的性质，至少对市民生活、思想意识、审美观念是比较了解的；因而，传奇小说的文体规范也发生了变化，语言上受话本的影响，变得通俗浅显，颇有文不甚深、白不甚俗近似后来《三国演义》的语言风格。散韵杂糅，本来在唐人传奇中就存在，但除了像张文成《游仙窟》这样的异体传奇（实际上是话本体传奇的先驱）以外，穿插在故事发展过程中的诗歌，或者少量骈俪文字，是用以抒发人物感情、表现人物才气风度，或浓化叙事的环境、心理气氛的，故书卷气较浓。而宋代中期传奇小说中的散韵杂糅，似乎更多着眼于读者的审美心理，散文用以叙事，韵文用以抒情，而且韵文中诗、词、骈文都有，内容大体上与散文所叙述的情节一致，起了调节气氛、节奏的作用，这是说话艺人惯用的手法。在作品的题材上，历史故事仍然较多，但描述现实中一般市民日常生活的题材更多了。说话艺人固然受文言小说的熏陶，从中撷取话本题材，反过来话本艺术的成就，也影响文言小说的创作。从罗烨《醉翁谈录·小说开辟》记载中，可见说话艺人闻见之广、知识之渊博：

夫小说者，虽为末学，尤务多闻。非庸常浅识之流，有博览该通之理。幼习《太平广记》，长攻历代史书。烟粉奇传，素蕴胸次之间；风月素知，只在唇吻之上。《夷坚志》无有不览，《琇莹集》所载皆通。动哨、中哨，莫非《东山笑林》；引倬、底倬，须还《绿窗新话》。论才词有欧、苏、黄、陈佳句；说古诗是李、杜、韩、柳篇章。……

引文中提到的《太平广记》、《夷坚志》、《琇莹集》、《东山笑林》、《绿窗新话》五部文言小说总集，是说话四家中"小说家"题材的重要来源，或者说是专业培训的基础课。《琇莹集》和《东山笑林》已佚，其余三部尚存。《太平广记》编纂的情况已于二编末章介绍，它是由李昉等十二位归降宋朝学识渊博的士大夫编纂的，徐铉及其女婿吴淑都曾参与这项浩大的工程。它对宋元明的话本小说乃至戏曲，影响深远。《夷坚志》的规模仅次于《太平广记》，它是南宋初期洪迈个人编撰的志怪小说集，我们将在后面有关章节论述。南宋皇都风月主人撰的《绿窗新话》，共二卷，所载一百五十四篇，基本上是六朝至唐宋文言小说旧文的节录，说话人采用时尚须一番再创作的功夫。例如卷上《张浩私通李莺莺》，约三百字，仅具张、李恋情梗概而已；它是根据北宋中期刘斧编撰《青琐高议》别集卷之四《张浩——花下与李氏结婚》节录其梗概的，原文约千字左右；到了《警世通言》第二十九卷《宿香亭张浩遇莺莺》，就敷演成洋洋洒洒近五千字的话本小说了。上引罗烨《醉翁谈录》的一番话语中，提到《绿窗新话》而不提《青琐高议》，是因为后者的内容庞杂，志怪、杂事、传奇、论议都有，尽管有作者姓名的传奇有十余篇，还有一些佚名之作，但对说话人的实用价值来说，似乎不如《绿窗新话》；况且罗烨也只是举例而言，不可能囊括所有小说集。从《青琐高议》辑录的传奇著作中，倒给我们话本如何影响传奇的启示：一是"垂诫"性的议论，虽然唐人传奇于篇末也有，这是受《史记》

中人物传记的影响；但是唐人传奇作者的议论，是从故事中很自然受到的启发、产生的感想，而且极简短；宋人传奇作者的议论，颇有借题发挥的教训意味。诚如鲁迅《中国小说的历史的变迁》第四讲所说："唐人小说少教训，而宋则极多教训……加以宋时理学盛极一时，因之把小说也多理学化了，以为小说非含有教训，便不足道。"话本有这种封建道德或因果报应之类的说教，宋人传奇也有不少教训文字。《青琐高议》辑录的有些篇末所加的"议曰"，就是多余的教训。二是该集中于每篇标题下，都注有正名性质的七言题目，例如于《流红记》题下注"红叶题诗娶韩氏"，于《王幼玉记》题下注"幼玉思柳富而死"。这大概与说话艺人于开讲之前，要把说话题目在瓦肆前用七言标题张榜有关，犹如元杂剧演出前所张贴的"花招儿"，即节目预告。明人的话本、拟话本，一般都沿用七言标题，传奇小说集《剪灯新话》中的每篇也都采用这种标题方式，显然是受话本的影响。三是随着市民思想意识的解放，女子对婚恋方面要求自由幸福的愿望强化了，显得主动。话本《碾玉观音》中的璩秀秀，《闹樊楼多情周胜仙》中的周胜仙，对其所钟爱的男子，都是主动追求，乃至牺牲生命，在所不惜。这种体现市民审美意识、道德观念的话本，自然也要影响士人的传奇创作。上文提及的《张浩——花下与李氏结婚》，就题材而言，是有意沿用元稹《莺莺传》，而人物性格却能翻新出奇，大家闺秀的性格市民化了。李莺莺主动追求张浩，私订终生，是她逾墙与张浩幽会，其父将她许配孙氏，她竟投井自杀幸得救复苏，终以团圆结局。女子追求爱情如此主动、泼辣，在唐人传奇中，往往通过狐精仙鬼的形象曲折地表现出来，宋元明的传奇，则直接体现在现实生活的女性形象中。这是市民要求个性解放的思想冲破理学束缚的表现。

宋代重文轻武，士大夫受礼遇，俸禄优厚，加上理学的盛行，士大夫们大多受儒家传统文学观"文以载道"的影响，鄙视小说。唐宋散文八大家，宋代占有其六，但欧阳修、王安石、苏氏父子、曾巩这些文坛巨匠，都不屑于写小说。辑集在《笔记小说大观》中的宋人笔记集之多，仅次于清代，但真正可以作为传奇小说来读的，为数甚少。欧阳修、苏轼、陆游，都写有笔记集，但他们无意于小说创作，写的是杂录小品之类。豁达如苏轼，虽"喜人谈鬼"，但在其《东坡志林》、《仇池笔记》等笔记集中，并无一篇文言小说。苏辙写过一篇《游仙梦记》小说，却不愿收入自己的文集中，还是洪迈在《夷坚志》中保存下来的。尹洙戏称范仲淹的《岳阳楼记》为"传奇体耳"。这固然是友人之间戏谑之言，但却无意中流露了当时士大夫对传奇小说的轻视。既没有像唐代沈既济、李公佐、白行简、元稹、牛僧孺等有名望的文艺家从事传奇创作，更无韩愈、柳宗元那样的文坛领袖敢于为自己或友人创作传奇小说一类作品作辩护。像《梅妃传》、《李师师外传》、《海陵三仙传》、《王魁传》这样较为出色的传奇，也竟成了佚名之作，恐怕也与传奇小说不被当时文坛所重视有关。

但是事情并非全然如此。从事传奇小说创作者固然不多，而热心编纂者却结下丰硕之果。南宋初，也许与宋高宗赵构喜欢听故事、说话艺术的繁荣、市民对话本小说的需求等诸多因素有关，出现了几部重要的文言小说总集。除前文已提到的洪迈《夷坚志》外，曾慥编纂《类说》六十卷，其序云："闲居银峰，因集百家小说纂集成书，可以资治体，助名教，供谈笑，广见闻。"对小说社会功能的认识，有了很大的进步。此书所编传记、小说，自汉迄宋凡二百六十余种。其二十五卷以前为前集，二十六卷以后为后集。成于高宗绍兴六年。又有朱胜非编《绀珠集》十三卷，《郡斋读书志》云："皇朝朱胜非编百家小说成此书。旧说张燕公有绀珠，见之则能记事不忘，故以为名。"书的规模比曾慥《类说》简略，有绍兴七年序，大约成书于此年。这几部文言小说总集，为说书艺人提供了丰富的资料，予以演绎发挥，即可成为话本。罗烨是宋末人，但其《醉翁谈录》所辑话本体传奇小说，大多是南宋中期以前的作品。

南宋后期至元末，是传奇体小说衰亡时期。在这期间，私家笔记集也不算少，但可以称为传奇小说的作品，真是凤毛麟角。文言小说发展到唐代，已经达到高峰。对唐以后的文言小说，作为中国文言小说史，当然要系统、全面地论述，勾勒出史的线索，阐明其升降盛衰的过程及其规律，研究不同流派的风格、艺术特色；但是必须将文言小说史的研究对象进一步明确，不能把昔日称之为笔记小说者，都当作文言小说来研究，我们对文言小说的概念，应当比胡应麟、纪昀更严密一些。传奇体已不待言，主要是笔记体小说，不能太滥、太泛，应予以标准化、规范化。自宋迄清，称为笔记小说者，汗牛充栋。鲁迅根据胡应麟、纪昀对文言小说的分类，予以综合概括，大体上分为传奇、志怪、杂录三类，"小说范围，至是乃稍整洁矣"①。要进一步规范化，就应当从小说学的角度着眼，以是否具有小说文学的意象、艺术特征为衡量尺度。从《说郛》到《古今说海》、《笔记小说大观》、《说库》、《旧小说》等

① 《中国小说史略》第一篇。

大型类书，为我们研究中国文言小说史提供了丰富的资料；但是我们在撰写文言小说史时，大可不必循其旧径，而应按我们自己的思路走。

在宋元传奇小说近乎衰亡时期，元代出现宋梅洞《娇红记》，是格外令人瞩目的，简直是文言小说史上的一大奇绩。当然，该时期笔记集乃至文集中，凡是可以称为传奇小说的作品，我们都应该予以必要的注意。

需要说明的是，有关隋炀帝故事的几篇传奇小说，如《隋遗录》、《开河记》、《迷楼记》、《海山记》等作品，鲁迅认为是北宋人作，我认为论据尚不充分，仍以唐人所作为宜，理由已在本书第二编论述，此不赘。

二、宋代传奇小说作家与作品

（一）开创宋代传奇风气的乐史及其创作

开宋代传奇小说风气之先者，当推乐史（公元930—1007年），字子正，抚州宜黄（今江西抚州市宜黄县）人。他自南唐入宋后，于太平兴国五年举进士，为著作佐郎，出知陵州，以献赋召为三馆编修，迁著作郎，直史馆，转太常博士，出知舒州、黄州等地，复入文馆，卒于真宗景德四年。他是著名的学者，著作甚丰，尤精于地理学，有《太平寰宇记》二百卷，是重要的地理志著作。所著传奇小说尚存《绿珠传》和《杨太真外传》两种，据《宋史·艺文志》著录，尚有《滕王外传》、《李白外传》、《许迈传》各一卷，已佚。笔记小说集有《洞仙集》、《广卓异记》等。

《绿珠传》和《杨太真外传》，都是取材于众所熟知的历史故事，但所写除有关史传所载外，更搜集野史笔记小说及诗歌，连缀成文，且在传奇小说中充分发挥历史地理之长，凡提及地理、历史典故，详加考据，所写之事实，也比前人同类题材的作品更为具体细致，加上议论，思想倾向也更鲜明。鲁迅评《绿珠》、《太真》二传云："本荟萃稗史成文，则又参以舆地志语；篇末垂诫，亦如唐人，而增其严冷，则宋人积习如是也。"这是切中肯綮之言。

《绿珠传》的本事，大体上依据《晋书·石崇传》及裴启《语林》、刘义庆《世说新语》所载的事实，而对绿珠出生地白州博白县，及善舞《明君》，从地理沿革、历史记载材料，多加阐述。故事的中心，原在写绿珠之美艳、善歌舞，得石崇之殊宠，以及赵王司马伦叛乱，党徒孙秀怂恿伦索取绿珠，石崇不允遭灭族之祸，绿珠坠楼自尽以表对石崇的忠诚。作者为突出绿珠之美艳与忠诚，于中心事件之后，又详细描述绿珠身后的传说，如绿珠江、绿珠井的由来，并大段引述托名牛僧孺撰《周秦行记》中有关绿珠如何忠诚于石崇的情节。作者认为，"石崇之败，虽自绿珠始"，但却是长期以来作恶多端埋下的祸根。如任荆州刺使时，"劫夺远使，沉杀客商，以致巨富"，与王恺合谋制鸩毒；穷奢极侈，滥杀无辜。对石崇的不义召祸，采取批判态度；而对绿珠以侍婢的卑贱身分，不畏权势，临危宁死不屈的气节，予以赞美。并连类列举西晋愍怀太子妃王进贤的侍婢六出，不为石勒威武所屈，同进贤先后投河自尽；武则天时乔知之宠婢窈娘，为武承嗣所强夺，乔知之作《绿珠篇》以叙其怨，并将此诗暗中送给窈娘，窈娘得诗悲泣，投井而死。作者褒奖以绿珠为典型的侍婢气节，主旨不在于宣扬奴婢尽忠于主人的奴才道德，而是赞赏不为权势所屈、不为富贵所诱、坚贞不渝的崇高气节，这是不能与封建道德相提并论的。作者在引了几位诗人题咏绿珠的诗后，议论道：

> 盖一婢子，不知书而能感主恩，愤不顾身，其志烈懔懔，诚足使后人仰慕歌咏也。至有享厚禄，盗高位，亡仁义之性，怀反复之情，暮四朝三，惟利是务，节操反不若一妇人，岂不愧哉！今为此传，非徒述美丽，窒祸源，且欲惩诫辜恩背义之类也。

这段画龙点睛、表明创作意图的议论，显然是有所鞭笞的。

《杨太真外传》描写唐明皇与杨贵妃的宫廷腐败生活。明皇荒废政事，李林甫、杨国忠擅权误国，裙带政治浊乱朝纲，穷奢极侈，荒淫无耻，导致"安史之乱"。陈玄礼发动马嵬坡事变，铲除杨氏集团。安史乱后，明皇以太上皇的身分，退居西内，思念悲悼杨妃，极其凄凉哀伤，以致于死。其故事基本线索，大致与白居易《长恨歌》、陈鸿《长恨歌传》相同，但根据有关历史记载及李德裕《次柳氏旧闻》、郑棨《开天传信录》、王仁裕《开元天宝遗事》等轶事小说，补充了大量材料，揭露唐明皇与杨氏家族的宫闱丑事更为具体、深刻，可谓淋漓尽致，无所讳饰。有更多的细节描写，既暴露了在唐明皇支持纵容下杨氏兄弟姊妹大兴土木、甲第连云，互相攀比豪华，奢侈无度，专横恣肆的丑恶本质，揭示朝野为之侧目寒心的社会反响，也真实细致地表现了唐明皇与杨贵妃音乐歌舞的艺术才能，以及梨园弟子表演艺术的技巧。虽掺杂了一些志怪性的描述，如罗公远以方士幻术引唐明皇游月宫而作《霓裳羽衣曲》、明皇梦中受仙人传授制《紫云回》曲、梦龙女乞赐乃作《凌波曲》等等，但对于认识唐代文化的发达和明皇在音乐艺术上的贡献，也是有意义的。对几个歌舞演出场面的描写，生动有致，历历如在眼前：

（《紫云回》《凌波曲》）二曲既成，遂赐宜春院及梨园弟子并诸王。时新丰初进女伶谢阿蛮，善舞。上与妃子钟念，因而受焉。就按于清元小殿，宁王吹玉笛，上羯鼓，妃琵琶，马仙期方响，李龟年觱篥，张野狐箜篌，贺怀智拍。自旦至午，欢洽异常。……乐器皆非世有者，才奏而清风习习，声出天表。

这是一场高层次的音乐演奏会，艺术气氛浓郁，效果强烈。

作品中写了杨贵妃因触怒唐明皇而两次被遣送回杨府。一次是“妃子以妒悍忤旨”，另一次是明皇与宁王等兄弟共处时，“妃子无何窃宁王紫玉笛吹……又忤旨放出”。而结果，反而更深化了对杨玉环的宠爱。在李隆基这位风流天子心目中，色艺与聪明才气都具备的杨玉环，是一天也不可缺少，而且无人能够取代的。第一次送出，“及亭午，上思之不食，举动发怒。……上无聊，中官趋过者，或笞挞之，至有惊怖而亡者”。深知明皇心理活动的高力士，奏请迎回贵妃，“玄宗见之内殿，大悦。……自兹恩遇日深，后宫无得进幸矣”。对杨氏家族的封赠赏赐更多，权势更加显赫。第二次放出，“上怃然”，太监韬光以贵妃所献一束头发“搭于肩上以奏。上大惊惋，遽使力士就召以归，自后益嬖焉”。又给杨国忠加官进爵，杨氏家族更加骄横跋扈：

十载上元节，杨氏五宅夜游，遂与广宁公主骑从争西市门。杨氏奴挥鞭误及公主衣，公主堕马。驸马程昌裔扶公主，因及数挝。公主泣奏之。上令决杀杨家奴一人，昌裔停官，不许朝谒。于是杨家转横，出入禁门不问。京师长吏为之侧目。故当时谣曰:“生女勿悲酸,生男勿喜欢。”又曰:“男不封侯女作妃，君看女却是门楣。”其天下人心羡慕如此。

写唐明皇对杨氏家族的特殊恩宠，和政治上的倦怠昏聩，都是为了衬托出杨贵妃所具有的魅力。作者从佚事小说中撷取一些有典型意义的细节，突出唐明皇风流浪漫的性格特征，客观上也起了映衬杨贵妃艺术形象的作用:

会（牡丹）花方繁开，上乘照夜白，妃以步辇从。诏选梨园弟子中尤者，得乐十六色。李龟年以歌擅一时之名，手捧檀板，押众乐前，将欲歌之。上曰:“赏名花,对妃子，焉用旧乐词为!”遽命龟年持金花笺，宣赐翰林学士李白，立进〔清平乐〕词三篇。

名花美人互相映衬，而意在突出美人，诚如李白第一首词中所描绘的:“云想衣裳花想容，春风拂槛露华浓。”杨贵妃犹如含露的牡丹花，风流天子自然要为之倾倒。

这里涉及一个曾经讨论过的理论问题，即帝王后妃之间有没有真挚的爱情。以往针对《长恨歌》、《长生殿》中所描写的李、杨爱情关系问题展开过讨论。就《杨太真外传》所描写的唐明皇与杨贵妃的艺术形象及其相互关系来看，既有假、恶、丑的一面，也有真、善、美的一面。杨玉环原是寿王妃，也就是唐明皇的儿媳妇，唐明皇把她掠为自己的贵妃．这种乱伦关系，是很丑恶的。一个老翁与一个妙龄女子之间，结为夫妻，能有什么真挚的爱情？实质上是权势财富与声色的交易。况且封建制度允许帝王拥有三宫六院数以千计的佳丽女子，本篇就捎带触及唐明皇与杨氏姊妹以及其他妃嫔的关系，发生杨贵妃“以妒悍忤旨”被放出的变故；杨贵妃与安禄山也有暧昧关系。更不用说李、杨的爱情是建立在祸国殃民基础上的。因而，其本质是假、恶、丑的。但他们之间经过两次爱情风波之后，唐明皇对杨贵妃的感情是更深化、真挚、专一了。作者着重描写了他们共同的爱好和相当的才艺，歌舞音乐艺术成了他们感情的凝聚剂。特别是在杨贵妃死后，唐明皇对她的悼念之情是真挚动人的。在入蜀途中，明皇于马上谓张野狐曰："此去剑门，鸟啼花落，水绿山青，无非助朕悲悼妃子之由也。"于栈道雨中闻铃声隔山相应，遂作《雨霖铃》曲，寄托对贵妃的哀思。还宫后，将贵妃唯一的遗物锦香囊，置之怀袖。又令画工画贵妃遗像，朝夕视之而歔欷。歌贵妃所制《凉州》词，亲自以玉笛伴奏，命张野狐奏《雨霖铃》曲，而"四顾凄凉，不觉流涕"。甚至见贺怀智所贮幞头留有贵妃头巾的瑞龙脑余香，也悽恻不已，触景生情，见物思人，情深意切。至于命道士杨通幽求索贵妃之神，虽然是荒怪无稽的迷信活动，但也可见明皇对贵妃的一片真情。作者通过一系列细节描写，使这个悲剧性爱情故事具有浓郁的抒情色彩，显示其真、善、美的素质。

就全篇的思想倾向而言，着重在通过杨贵妃的专宠和杨氏家族的骤贵跋扈及其悲剧结局，揭露和批判唐玄宗"倦于万机，……绝逆耳之言，恣行燕乐，衽席无别，不以为耻"，重用李林甫、杨国忠，导致"安史之乱"，陷天下百姓于水深火热之中。作者按史臣的惯例，于篇末发议论道："君不君，何以享国？父不父，何以正家？有一于此，未或不亡。唐明皇之一误，贻天下之羞，所以禄山叛乱，指罪三人。今为外传，非徒拾杨妃之故事，且惩祸阶而已。"

辞采藻饰及艺术想象力，固然不如唐人传奇，但也自有其特色。善于将史传、诗歌、传奇、佚事小说中的有关材料，捏合成有机的结构，以唐明皇、杨贵妃的爱情悲剧为中心线索，借助于场面描写和细节描写，乃至人物的举止神情刻画，塑造了唐明皇风流天子及其宠妃杨贵妃的艺术形象，从而反映了玄宗王朝衰亡的必然性。篇幅长大，铺叙描述，于平实中显其跌宕变化之致。本篇是清人洪升创作《长生殿》传奇剧本的主要依据之一，而删其秽语，突出其帝王家之真情："借《太真外传》谱新词，情而已。"①

(二)张齐贤与《洛阳搢绅旧闻记》

张齐贤（公元943—1014年）的《洛阳搢绅旧闻记》，是一部带有别传、外传性质的书。它既根据作者对往昔的回忆，又多传说之词，并涉神怪，意存劝惩，不妨作为传奇小说。

齐贤，字师亮，曹州冤句（今属山东曹州市）人。因五代后晋乱世，三岁时徙家洛阳。孤贫力学，有远大之志。以布衣献策宋太祖马前，太祖虽未赐官爵，但有意推荐给太宗。太宗时举进士，以大理评事通判衡州，迁秘书丞，值史馆，改左拾遗，直言敢谏，且富谋略。真宗时官至兵部尚书、同中书门下平章事，以司空致仕。归洛阳，得裴度午桥庄，有池榭松竹之盛，日与亲旧觞咏其间，心旷神怡。传见《宋史》卷二百六十五列传第二十四。

《洛阳搢绅旧闻记》是齐贤致仕后追忆昔日在洛阳闻见之作，全书二十一篇，分五卷，记"唐梁已还五代间事"，有宋真宗景德二年夏六月所作自序。因所记大多亲自见闻，故写得生动有

---

①见《长生殿》第一出《传概》。

致。作者自幼孤贫，历经战乱，能同情人民疾苦，对乱世社会的情景，如实描写，亦有借历史经验教训劝诫后人之意。文笔雅洁，叙事条畅，刻画人物言动举止与心态，颇为传神。

首篇《梁太祖优待文士》，写残唐五代梁王朱温接待诗人杜荀鹤的故事，从一个侧面刻画了以暴虐凶狠、飞扬跋扈著称的军阀朱温，偶尔也有重才礼士的性格特征。先概括地勾画了朱温的基本性格："英威刚狠，视之若乳虎，左右小忤其旨，立杀之。梁之职吏，每日先与家人辞决而入，归必相贺。宾客对之，不寒而慄。"语虽简约，却给人较具体、明确的印象，感到其人之残暴专横，有一种恐怖感。然后具体描绘如何"优待文士"，他的"优待"方式也具有草莽武夫的特殊性：凡有求见他，通了姓名而未得见者，"虽逾年，困踬于逆旅中，寒饿殊甚，主者留之，不令私去。不尔，即公人辈及祸矣"。杜荀鹤就住在大梁数月，每天等候召见；好不容易会见了，谈了一二个时辰，"梁祖遽起归宅"。杜荀鹤饿得发慌，也不许告归。又过了一二个时辰，朱温又出来想要会见杜荀鹤，于是出现了一个戏剧性的场面：

（梁祖）复坐于便听，令取骰子来。既至，梁祖掷，意似有所卜。掷且久，终不惬旨，怒甚，屡顾左右。左右怖惧，缩颈重足，若蹈汤火。须臾，梁祖取骰子在手，大呼曰："杜荀鹤！"掷之，六只俱赤。乃连声命屈秀才。

荀鹤为主客者引入，令趋，骤至阶陛下。梁祖言曰："秀才不合趋阶。"荀鹤声喏，恐惧流汗。再拜叙谢讫，命坐，荀鹤惨悴战栗，神不主体。梁祖徐曰："知秀才久矣。"荀鹤欲降阶拜谢，梁祖曰："不可。"于是再拜复座。

如此"优待文士"，实在令人啼笑皆非，既可怖，又可笑。从掷骰子为卜决定是否会见杜荀鹤的举动和大呼声中，以及“左右怖惧，缩颈重足，若蹈汤火”的神情和杜荀鹤“惨悴战慄，神不主体”的心态表现中，都突出朱温粗鲁暴戾、骄横恣肆、喜怒无常、不可捉摸的草莽强人性格；而杜荀鹤的心态和奉命题无云雨诗时“身如在燃炭之上，忧悸殊甚”的精神面貌，也活现出一个在乱世中无所凭藉的下层士人委琐怯懦、惶恐无措的形象。这个故事说明朱温既不是思贤若渴的明君，杜荀鹤也不是胸襟磊落、怀抱良谋的贤才。本篇附带描写了一个朱温当面扑杀谀佞之徒的细节，反映了他性格的另一个侧面：他虽骄横暴虐，却不喜逢迎阿谀，有自己的主见，厌恶指鹿为马、随声附和的奸佞小人，有其“刚猛英断，以权数御物”的特性。作者在选择有典型性的细节和戏剧性情节刻画人物、传神写态方面，是颇有匠心的。

《向中令徙义》写向拱改恶从善、追随后周太祖郭威建功立业、终成大器的故事。类似《语林》、《世说新语》中所写的周处自新，而本篇更为曲折有致，富于传奇性。因向拱入宋后仍居高官，宋朝官修历史中有传，故避其重复性内容，选择几件传奇色彩较浓的事例，突出其改恶从善、锐意进取、在乱世中建立功业的英雄豪杰形象。先简约地写他“倜傥多权谲，勇果刚断”的性格特征，然后着重描写他如何由恶少改过而成令器。他原具有某些豪侠的素质，“少善射，十中其八九焉。……年二十许，胆气不群，重然诺，轻财慕义，好任侠，借交亡命，靡所不为”。他的本质并不坏，主要是缺乏正确的教育、引导，结交亡命之徒，无所不为。与某有夫之妇通奸，妇人为了他，竟勾结邻家子杀其亲夫。向拱得知此事，就将邻家子和奸妇都杀了，“掷首级于街市，且自言曰：‘向某杀此妇人！’

徐徐掉臂而去。警巡者义之，且惮其勇力，不敢追捕”。他虽干了坏事，但尚有正义感。谚云“知子莫如父”，作者借其父之口，在与滕中正商量如何使向拱转变的谈话中，以一件小事说明其子可以变好。向拱对庸儒很鄙视，而对有真才实学、有真本领的大丈夫却非常尊重，由此可见能够教育成才。于是滕中正由认为教育向拱是“撩虎须以速祸”，变而为乐于帮助向拱，以周处折节垂名的典型事例，说服向拱彻底改过自新。社会舆论由视向拱为盗跖，变而称为“向家千里驹”。

作者采取有话即长，无话即短，详略得体的笔法，着意写了向拱转变后如何奋发进取、建功立业，以及功成名就后，激流勇退、韬光养晦以全身的典型事例。一是在“盗贼满路”之世，明知畏途艰险，敢于勇往直前，谢绝郭勋派人护送的美意，在遇群盗之际，表现出孤胆英雄的胆略和超群拔萃的武艺：

> 不三十余里，遇群盗数十人，于路侧射弓。向直诣贼所，遍揖之，因自陈姓名：“某从职军将，失主无托，今往河东，欲投事。一僮两驴，随身衣装，一两贯盘缠外，更无他财物。近知前程去者，皆遭劫剥，幸诸君周旋，劳三五人送过前程。”内一人长髯大面，壮捷魁伟，笑顾同辈曰：“观此人，敢要我等送，何也？”中有一人曰：“彼有弓箭，试请伊射弓如何？”长髯者谓中令①曰：“兄弟方赌射，取弓箭射一二头。”向谦让久之，群盗坚请之。向若不得已，取弓箭射两头，凡箭皆出括可半寸许。群盗惊叹，留坐与语……

---

①向拱于周世宗朝因战功官至中书令，故本篇称之为向中令。

向拱不亢不卑、落落大方的话语与弓箭本领，取得虎口拔牙、化敌为友的效果，表现出英雄豪杰的气概风度。二是在后周太祖郭威尚未开创基业仅为后汉高祖幕僚之时，就倾心投奔郭威，以其“发言慷慨，诚至坚确”的言词和“奇计密谋”的才略，深得郭威的器重与信赖，为后周取代后汉王朝建立功勋，突出其远见卓识和将帅才能，以及忠于职责的品德。三是在勋业显赫之时，不尚炫夸，采取韬光养晦的生活方式，得以令名终始：“在洛阳，委政于宾席，种竹艺树，纵妓乐，恣游适以自晦，不积财帛。”这是封建时代功臣远祸全身的明智之举。

全篇以记实的史家笔法，塑造了一个改恶从善、自强不息、终于取得成功的英雄形象；选择动人心魄的典型事例，刻画其刚毅果决、奋发自励的性格；避免平铺直叙，富于传奇性。

其他如《白万州遇剑客》，描写贵介公子被假剑客所欺骗，刻画白廷诲、白廷让兄弟好奇浮躁、轻信懦怯、易于受骗的性格特征，以及描绘假剑客故作神奇的形貌举止、装模作样的豪饮、诱人上当的骗局，都颇为传神，情节引人入胜。自然使读者联想起后来《儒林外史》中娄氏兄弟与假侠客张铁臂的故事。

在《洛阳搢绅旧闻记》中，也间杂志怪性传奇，如《虔州记异》，写巡检康怀琪等残杀已经自首的盗贼刘法定等兄弟八人，结果康怀琪遭冤魂报复，精神失常，暴疾而亡，同谋者亦相继死亡。《洛阳染工见冤鬼》则写染工李装花，性刚戾，不信佛，曾因谋财害死孙氏；后来在市上大白天见孙氏诉冤，李装花终于将谋财害命的真相告诉别人，满足冤鬼的要求，才得以平息；但李装花仍神魂颠倒，自投狱中，以衣带自缢而死。

这两个冤死鬼报冤的故事，都写得活灵活现，作者固然信其为真，且声言为目睹之事，但从犯罪心理学的角度来看，作了残害无辜之类亏心事，导致精神错乱，以至死亡，也是合情合理的。小说家则故神其说，写成耸人听闻的传奇。

（三）《青琐高议》中的传奇小说

我们能读到宋人一些较有代表性的传奇，应该感谢刘斧秀才编纂《青琐高议》之功。刘斧的生平不详。资政殿大学士孙副枢为《青琐高议》作的序中，有“刘斧秀才自京来杭谒予”之说，可见刘斧是北宋时人，曾在汴京生活过，称“秀才”而无官衔，大概是太学生一类人物，尝未进入仕途。此集中有一部分是刘斧本人的作品，从中可知他曾到过太原、汴京、杭州等地，在汴京的时间可能较长。经历北宋仁宗、神宗、哲宗三朝。据《宋史·艺文志》小说类著录：“刘斧《翰府名谈》二十五卷，又《摭遗》二十卷，《青琐高议》十八卷。”前两种已佚。从曾慥《类说》、朱胜非《绀珠集》中已辑《青琐高议》中的作品可知，此集在南宋初年已颇流行。近代董氏诵芬室据士礼居写本所刻，有前后集各十卷，别集七卷。上海古籍出版社1983年所刊宋元笔记丛书本，最为完备。《青琐高议》是一部重要的文言小说总集，对当时和后世的小说、戏曲创作，都曾起过积极作用，在文言小说史上有承前启后之功。诚如清人王渔洋在本书后集跋中所言：“此《剪灯新话》之前茅也。”

1.秦醇及其传奇创作

秦醇是宋代重要的传奇作家。他字子复，谯郡亳州（今安徽亳县一带）人。其生活年代当早于刘斧。在《青琐高议》中，署名为秦醇的作品有《赵飞燕别传》、《骊山记》、《温泉记》、《谭意歌传》等四篇。前三篇均写历史故事，后一篇则为当时现实生活中的事。

《赵飞燕别传》载于《青琐高议》前集卷七，原本《说郛》卷三十三亦辑录此篇。写汉成帝皇后赵飞燕事。此前有托名汉伶玄撰《赵飞燕外传》，已于第一编论述。秦醇为高其著，故于篇首说明此传乃是从李某家墙角破筐中发现的："虽编次脱落，尚可观览。余就李生乞其文以归，补正编次，以成传，传诸好事者。"为避免与《赵飞燕外传》内容过多重复，略去飞燕入宫前的身世经历及曾与邻射鸟者私通等事。虽两传都并写皇后飞燕、昭仪合德姊妹共侍成帝，但《外传》着重写飞燕恃宠骄妒，乃至与合德争宠，飞燕为求子私通侍郎宫奴多子者，合德倾心翊护，"以故白后奸状者，帝辄杀之"。她始终处于辅助飞燕的配角地位。《别传》则着重写飞燕为求子多与年少子私通之事被成帝发觉后，帝欲"枭其首，断其手足，置于溷中"，愤怒至极，虽经昭仪涕泣求情，不杀皇后，但实际上冷落失宠，且将与后私通者"就其家杀之"，真正得宠的是昭仪。后以假怀孕、欲买初生婴儿冒充皇子的阴谋，亦未能得逞。昭仪专宠骄横，在得知宫女朱氏生子后，竟敢撒野怒责成帝，并命宫吏祭规取此子当面摔死，"后宫人凡孕子者，皆杀之"。成帝纵欲，昭仪醉进过量春药，致使成帝丧身。在太后追究责任之下，昭仪乃自缢。此情节大致与《外传》相同，但《别传》故事以成帝托梦飞燕皇后，说明昭仪"以数杀吾子，今罚为巨鼋，居北海之阴水穴间，受千岁冰寒之苦"告终。结尾还有梁武帝以昭仪化鼋之事答大月氏王使者所问，以证其实。就两传总体艺术水平而言，此篇情节不如《外传》曲折，赵飞燕形象亦稍逊，而文辞与细节描写则胜于《外传》。如描写飞燕腰肢体态："腰骨尤纤细，善踽步行，若人手执花枝，颤颤然，他人莫可学也。”写成帝之好色，自屏隙窥视昭仪沐浴之态：“兰汤滟滟，昭仪坐其中，若三尺寒泉浸明玉，帝意思飞荡，若无所主。”写出昭仪明净脱俗之美，有意境，而不流于猥亵，故为明人胡应麟所击节称赏，诧为真古籍：“盖六朝人作，而宋秦醇子复补缀以传者也。……文非宋所能，其间叙才数事，多俊语，出伶玄右，而淳质古健弗如。惜全帙不可见也。”又特赏其“兰汤滟滟”等三语，以为：“百世之下读之，犹勃然兴。”① 鲁迅虽讥胡应麟此论“时伤嗜奇，爱其动魄，使勃然兴，则辄冀其为真古书以增声价”，但对秦醇所作四篇传奇，亦特称赏此篇：“倘精心作之，如此篇者，尚亦能为。”②

《骊山记》（下注“张俞游骊山作记”）、《温泉记》（下注“西蜀张俞遇太真”）均出前集卷六，为姊妹篇。前篇未署作者，后篇则署“亳州秦醇子履撰”，可知前篇亦为秦醇之作。如注所云，前篇乃是张俞游骊山访田翁的采访记，主要记田翁所述杨贵妃、唐明皇在骊山宫中之事，而突出杨贵妃与安禄山之间的暧昧关系，多涉猥亵，而言之凿凿。并云安禄山兴兵作乱曾言于左右：“吾之此行，非敢觊觎大宝，但欲杀国忠及大臣数人，并见贵妃叙吾别后数年之离索，得回住三五日，便死亦快乐也。”《温泉记》则写张俞再过骊山，留题二绝句，以牡丹花喻杨贵妃，得到已成仙的杨太真的欣赏，故派使者钩摄张俞之魂赴会，语涉荒怪；张俞梦醒后，太真所赠百合香犹系臂上。此亦士子对美人想入非非之情境，乃以魂梦的形式来表

---

①《少室山房笔丛》二十九。

②《唐宋传奇集·稗边小缀》。

现。鲁迅评秦醇之作云："其文颇欲规抚唐人，然辞意皆芜劣，惟偶见一二好语，点缀其间；又大抵托之古事，不敢及近，则仍由士习拘谨之所致矣。"① 此评语如果专指这两篇而言，较为恰当，概括四篇，则似欠妥。

在现存的宋人传奇中，见于《青琐高议》别集卷二的秦醇撰《谭意歌——记英奴才华秀色》，是以现实生活为题材的少数作品之一。谭意歌本良家女，父母早死，流落长沙，年才八岁，寄养竹器小工张文家。官妓丁氏看中意歌容色，张文贪图财利，竟将十岁的意歌卖给丁氏为娼。意歌原执意不从，经丁氏百计诱惑，未及笄，开始接客。以其才貌出众，门馆如市。但意歌不甘堕落，有心从良。脱籍后，与汝州民张正宇相爱，约为夫妇，意歌挈其所有归张。张因调官，遂与意歌分别，而意歌已怀孕数月。别后，意歌虽频寄书赠词，张却"内逼慈亲之教，外为物议之非"，竟与孙殿丞女结婚。意歌得知张变心，仍然决意养儿自守，严肃治家。张娶孙氏三年，孙氏谢世，恰有客从长沙来，责张负心，夸意歌清肃贤良，张亦深感羞愧，于是不远数千里奔赴长沙，明媒正娶意歌为妻。后其子进士登科，意歌"终身为命妇。夫妻偕老，子孙繁茂"。论者或云："殆窃取《莺莺传》、《霍小玉传》等为前半，而以团圆结之尔。"在文艺创作中，受前人某些名家名作的影响，原是很自然的，而评其成败，则主要看在汲取文化遗产的基础上，是否有所创新。在现实世界上，既没有一片完全相同的叶子，毕竟也有许多相类似的叶子。《谭意歌传》从唐人传奇中汲取某些滋养是可以理解的，但其立意构思、人物形象，乃至表现技法，又给

① 《中国小说史略》第一篇。

人以焕然一新之感。意歌幼年时期的不幸遭遇，就是令人同情的。被迫为娼后，鸨母要把她当作奇货可居的摇钱树，使她受必要的文化艺术方面的培训，原是职业的需要，“加之性明敏慧，解音律，尤工诗笔”，不足为奇。她善于属对、作诗的才华，主要是在应酬贵官中表现出来的。以她的才华秀色，原可在社交场上“独步一时”。但她不甘沉沦，以自己的智慧才情及时跳出火坑，选择意中人；尽管意中人辜负婚约，她仍然能坚强自立，勇敢地生活下去。实践证明她是真正的强者，战胜了命运的播弄，把握了自我。张正宇的负约与后来的主动向意歌忏悔请罪，重新聘娶，破镜重圆，也是合乎生活逻辑、顺理成章之事。妓女从良固然大多以悲剧结局，但也并非绝对没有团圆的。张正宇所处的时代，与李益和张生的时代不同，价值观念也不一样，作者和读者的审美追求有所更新。在当时，这类故事以喜剧性的团圆结局，并不像元明戏曲中公式化的团圆那样讨厌。还值得注意的是，意歌寄给张正宇信中所附的是“短唱二阕”，一首曲名《极相思令》，一首为《长相思令》，这也正是传奇小说话本化的先声。

2.张实《流红记——红叶题诗娶韩氏》

张实，字子京，魏陵人。生平无可考，大约与秦醇同时。其传奇小说，仅存《流红记》一篇。关于红叶题诗的故事，曾于前编介绍轶事小说时提及。孟棨《本事诗·情感第一》有顾况于御苑水渠中拾得大梧叶，上有题诗，况和诗云：“帝城不禁东流水，叶上题诗欲寄谁？”宫女见顾况和诗后，又于叶上题诗，流出宫苑，为客所得，但并无红叶为媒结良缘之事。范摅《云溪友议》卷下于同一条记载了两件“题红怨”的事：一是写明皇宠杨妃、虢国，宫娥衰悴，常题怨诗于落叶，随御沟流出，顾况闻而和之，明皇得知，将宫女遣出禁内者不少。二是卢渥应举时，于御沟拾得一红叶，上有一绝句，置于巾箱。宣宗省宫人，诏许从百官司吏，渥获其一。"(宫人)睹红叶而吁嗟久之，曰：'当时偶题随流水，不谓郎君收藏巾箧。'验其书，无不讶焉。诗曰：'流水何太急？深宫尽日闲。殷勤谢红叶，好去到人间。'"张实《流红记》将孟、范所记三个同类故事，融汇整合为一，使情节更富于传奇性，人物形象亦较丰满。作者将故事背景改在唐僖宗时，于御沟得红叶题诗者为儒士于祐，诗句与上述卢渥所得者相同；祐思念题诗者，于是复题二句，书于红叶上云："曾闻叶上题红怨，叶上题诗寄阿谁？"置于御沟上流水中，恰为原红叶题诗之宫女韩氏所得，韩又题诗云：

独步天沟岸，临流得叶时。

此情谁会得？肠断一联诗。

这些情节则受《本事诗·顾况》的启发，但于祐题诗与宫女又题诗的内容，除"叶上题诗寄阿谁"句，原为顾况所题外，均为本篇作者新构。在张实笔下，于祐是颇为钟情的儒士。描写他得红叶诗后的心理、神情，真实生动："祐得之，蓄于书笥，终日咏味，喜其句意新美，然莫知何人作而书于叶也。因念御沟水出禁掖，此必宫中美人所作也。祐但宝之，以为念耳，亦时时对好事者说之。祐自此思念，精神俱耗。"尽管友人讥讽他"愚又可笑"，但他仍然一往情深，"终不废思虑"。如此细致的心理刻画，不仅轶事小说所无，唐人传奇中亦不多见。从中不难看出传奇小说话本化的演变过程。于祐的身分是儒士，而其思想感情，已经由传统的士人意识向新兴的市民思想转化。他依河中贵人韩泳门馆为生，无意进取功名；当韩泳向他介绍从宫中放出的宫女韩夫人的情况时，他回答的一番话，足见其志诚老实。市民的婚恋观是“有情人终成眷属”，于祐与韩氏的结合，正符合这一观念。当韩泳设宴招待他们俩，戏言：“子二人今日可谢媒人也。”韩氏却笑着回答：“吾为祐之合乃天也，非媒氏之力也。”并索笔作诗曰：

一联佳句题流水，十载幽思满素怀；

今日却成鸾凤友，方知红叶是良媒。

颇有自由恋爱的意味，洋溢着有新鲜感的生活气息，也丰富了人物的内心世界。从旧题材中，翻出了新的意象，新的观念，并非“拾旧闻附会牵合以成篇”而已。

3.柳师尹《王幼玉记——幼玉思柳富而死》

柳师尹，生平不详，北宋前期淇上人。从《王幼玉记》中柳富赠别幼玉《醉高楼》词的思想内容和艺术风格看，近似柳永《乐章集》，词的市民化倾向较明显；赠幼玉长篇诗歌，较通俗化，某些句子已露以文为诗的端绪，而对市民生活、思想感情体验较深切。大略可以想见柳师尹的时代背景、生活道路乃至艺术情趣、审美心理，都比较近似柳永。

王幼玉是色艺双绝的衡州名妓，交往的都是衣冠士大夫。以其“妙歌舞，美颜色”，备受士大夫的赞赏。但她对这种“涂脂抹粉，巧言令色”取人之财的营生，感到无限愧赧，是被父母姊妹所逼沦落为娼。她盼望摆脱这种非人的境地，有正常的家庭生活。这是人性的自尊。幼玉正是怀着从良的急切心情，爱上了豪俊之士柳富的，柳富也有意娶她为妻，两人情深谊重，“风前月下，执手恋恋，两不相舍”。

按情理而言，幼玉从良的愿望，是不难实现的，她不同于被拐骗卖身为娼者，应该说跳出火坑的难度要小一些。可是她父母姊妹的灵魂却为金钱所腐蚀，把她视为摇钱树。她与柳富的爱情关系，首先遭到她妹妹的强烈反对，诟骂恫吓柳富，使柳富不敢再上门。两人虽私相约会，幼玉赠发，柳富赠诗作词，焚香共盟，但终究好梦难圆。

导致幼玉悲剧的根源，固然有社会、命运的原因，但体现在幼玉和柳富身上，更其主要的是性格的悲剧。幼玉多愁善感，幽艳孤寂，有人格的尊严感，有一定的个性觉醒，但仍然脆弱；有从良的愿望，却缺乏李娃那种斗争的勇气，也没有谭意歌那种自立自强的坚定意志，被迫与柳富分别后，只能愁病交加以至死。柳富并不是有意负心，他不同于李益，也不同于张正宇，他虽称"豪俊之士"，实质上是一介懦夫；他并没有落到荥阳生那样的困境，面对幼玉之妹的诟骂恐吓，却手足无措，一筹莫展。他既与幼玉盟约，且真诚相爱，无意毁盟，仅"以亲年老，家又多故，不得如约，但对镜洒涕"，是个重情而软弱，缺乏豪俊之士的魄力与智慧的碌碌之辈。作者能写出男女主角性格的悲剧，正是本篇的特色。

4.钱易《越娘记——梦托杨舜俞改葬》

钱易，字希白，五代吴越王钱镠后裔。真宗时进士及第，祥符中，"以度支员外郎直集贤院，宰开封"，可推知生当太宗年间。是以"博闻强记，研深覃精"著称的才学之士，尤长于书画。著述有《青云总录》、《青云新录》、《洞微志》、《南部新书》等。在《青琐高议》中收其传奇小说《越娘记》（见别集卷三）、《桑维翰》（见后集卷六）等。据其子翰林侍读学士钱明逸于嘉祐元年为《南部新书》作序，称"先君尚书"，则钱易卒年当略早于此年。《越娘记》中俞舜告越娘曰："今乃大宋也。数圣相承，治平日久，……太平百余年。"所谓"百余年"，是概而言之，但可知作此传奇小说是在作者晚年，即仁宗后期。

《越娘记》所写杨舜俞受越娘鬼魂之托，从荒僻野地草率孤坟中，迁葬于都西高地，越娘感其情义，以鬼魂之躯相报；舜俞虽知会有伤于己，亦眷恋不舍，情若夫妻。此种情境意象，唐人小说中不乏其例。但宋人既重儒，钱易之时理学虽尚未昌炽，但思想已颇拘谨，又信奉道教，故本篇之结局，有道士书符拘系越娘鬼魂、备受箠挞之辱的恶劣场面，又借道士之口以说教，索然寡味，殊乏意趣。唐宋传奇之差异，这也是主要特征之一。

本篇通过越娘鬼魂向舜俞倾诉一生的不幸遭遇，形象地反映了五代乱世国家残破、民生凋弊、社会混乱，特别是妇女被蹂躏、受侮辱的情景。

《桑维翰》写桑维翰执掌宰相大权后，以权图报个人恩怨，将曾经与他同场屋、戏笑轻慢过他的羌岵秀才，以授与一官为诱饵，骗至京中，诬以谋反之罪处斩。这也是官场中得志的奸佞之徒的劣根性。羌岵誓死报冤，桑维翰果然白日见岵冤魂，岵斥责曰："相公贵人也，生杀在己，岵昔日与公同闾里场屋，当时聚念，闲相谐谑，乃戏笑耳。相公何相报之深也？使吾颈受利刃，尸弃郊野之中，狗彘共食之，妻子冻馁，子售他人，相公心安乎？吾近上诉于天帝，帝悯无辜，授司命判官，得与公对。"这是被压迫者对挟权打击报复无辜者卑劣行为的批判；所谓天帝悯无辜，实际上是人民对无辜者的同情，希望冤案得以昭雪，罪魁得以惩罚。作者的议论，体现了人民鲜明的爱憎倾向。

5.疑为刘斧所作的传奇

如前所述，《青琐高议》中辑有志怪、杂事、传奇，乃至论议，体制与内容均较庞杂。集中所辑作品，可视为传奇者，除已署有作者姓名的以外，未署名的作品，也并非刘斧一人之作，文字一般都较朴拙，很难从风格、体裁辨别出著作权属谁。有以《陈叔文》、《王榭》诸作属刘斧者，今姑从其说，但仍存疑。

《陈叔文——叔文推兰英堕水》，写的是陈叔文登第后，因家境困窘，无赴任之资，赖妓女崔兰英资助，得以赴官。但叔文要弄欺骗性的权宜之计，娶兰英为妻，同赴任所，其实他原有妻室。任满回京途中，叔文感到此事对原配和兰英难以两全，恐生纠纷狱讼，遂将兰英及女奴推堕汴水中，而取其财归京开典当铺牟利。经岁后，遇兰英及女奴之鬼魂，将叔文诱至城下一空屋。待人发现时，只见“叔文仰面，两手自束于背上，形若今之伏法死者”。

负心人遭报复，从唐人小说以迄元明清戏曲小说，不乏其例，陈叔文是其中之一，且较为典型。叔文之无耻可恶，不同于李益、张生。他为骗取兰英的财和人，隐瞒已娶妻；后为一己之得失，又下谋财害命之狠心，可谓天理难容。鬼魂报冤，在小说、戏曲中屡见不鲜，虽属虚妄，却大快人心。诚如作者所论：“冤施于人，不为法诛，则为鬼诛，其理彰彰然异矣。”唐人小说《严武盗妾》故事，略似本篇。对后世影响深远。已佚南戏《三负心陈叔文》，直接取材于本篇，已佚南戏“马踹赵五娘，雷轰蔡伯喈”的情节，也近似此类。元人杂剧《潇湘夜雨》、《王魁负桂英》、明话本《杜十娘怒沉百宝箱》等故事，虽另有所本，但其性质也与本篇类似。自私自利，负心薄幸，卑鄙无耻，乃是封建社会中科举士人的某种类型特性，故其形象在文学作品中反复出现。

《王榭——风涛飘入乌衣国》。这故事的缘起，是受到刘禹锡《乌衣巷》诗的启发，而凭借幻想虚构成志怪性传奇。禹锡诗云："朱雀桥边野草花，乌衣巷口夕阳斜。旧时王谢堂前燕，飞入寻常百姓家。"王、谢是东晋两大士族，刘诗是怀古有感之作。本篇却把王、谢两姓改成王榭人名，是从事海外贸易的富商、航海家。在大船遭遇飓风之时，船破，独王榭一人抱着一板，随风涛飘荡，抵一洲，舍板登岸。受一翁媪迎至家中，备受款待，并称榭为主人郎，经引荐，谒见国王。翁将女许配王榭，乃知此为乌衣国，人皆穿皂衣。但女常愁眉泪眼，知榭不久将离别返家，求榭作诗留念。待风和日暖，国王遣人令榭与女家人叙别。王命取"飞云轩"来，乃是一乌毡兜子，命榭入其中，戒榭闭目，顷刻飞回家中。榭见梁上有双燕呢喃，方知所止为燕子国。燕子为客，故称榭为主人郎。

这个故事，继承了六朝志怪和唐人小说描写动物国度的传统，如由蚂蚁幻化的槐安国、乌鸦国、龙宫、虾岛等，把动物人格化，异类与人婚配，然后又离别。虽奇幻怪诞，却曲折反映了人世众生相。如乌衣国，朝廷机构、官员、臣民，就是现实社会的投影。本篇艺术想象丰富，由乌衣巷构想出海外乌衣国，也就是燕子国。燕子所化的人，翁媪女子乃至国王，都具有人情味，而又不离燕子特征。如对翁女的描写："榭细视女，俊目狭腰，杏脸绀鬓，体轻欲飞，妖姿多态。"燕子秋去春来，榭归家后，托秋去之燕传诗乌衣国中的燕妻；春燕归来，燕妻亦寄诗赠榭。乘乌毡兜子飞越大海，想象优美神奇，又蕴含燕子的特殊功能。好像一篇美丽的童话。语言通俗，穿插的诗，也质朴俚俗。传奇小说的话本化进程，又跨进了一步。乌衣国原是作者的虚构，而宋人张敦颐《六朝事迹编类》竟引为典据，故鲁迅讥之曰："真所谓'俗语不实流为丹青'者矣。"但也认为有"以资谈助"的价值。清人文言小说集《萤窗异草》中《翠衣国》，写燕子国的故事，也许受其影响。

（四）李献民《云斋广录》

李献民，字彦文，北宋后期开封府酸枣县人，生平事迹不详。但在他撰著的《云斋广录》中，有作于徽宗政和元年序，自谓"寡学陋儒"，固然自谦，亦可见其非为名儒，可能未进入仕途。自云其书乃是仿效唐人《甘泽谣》、《云溪友议》等书之所为，轶事小说与传奇小说皆有。原为十卷九门，今存九卷六门。于后六卷有传奇小说十三篇。写狐、鬼与人恋情艳事，上承唐人小说传统，下启《聊斋志异》新篇。宋人传奇体小说中，罕及志怪性题材，而在笔记体志怪小说中，也乏丰富优美的幻想。《云斋广录》中的志怪性传奇，则有唐人之宛曲情致，想象丰富奇谲，语言通俗而尚文采意趣，行文多夹诗、词，具有明显的话本化倾向。

《西蜀异遇》，写书生李达道与狐妖宋媛恋情故事。此类题材，始于六朝志怪，而盛于唐人传奇，但情致动人、富于艺术魅力如《任氏传》者，也并不多。本篇汲取了唐人写狐妖猿精的经验，推陈出新，有其鲜明的特色。

首先是对狐妖的人格化描写更细致了。写宋媛的出场，俨然如现实生活中天真烂漫的少女：达道独坐花圃亭中，"忽于花阴柳影之中，闻抚掌轻讴，其音韵清婉可爱。生遂潜往观焉。见一女子，年十四五许，缓移莲步，微鞸双鬟，脸莹红莲，眉匀翠柳，真蓬岛之仙子也。……标韵潇洒，态有余妍"，而"行无侍姬，入无来径"，又异乎闺阁女子。她与达道的对话，无拘无束，落落大方，敢于流露少女情思。当达道问她："汝还有所适否？"她却"逡巡有赧色"，表现出少女羞涩的微妙心态。达道向她表明自己未婚时，她又敢于主动追求理想的爱情。宋媛不仅仪态秀丽，标韵潇洒，而且聪颖灵慧，善于诗词，执著于爱情，还能为婆婆治病。是现实生活中男子的理想佳偶。

其次是从狐妖宋媛的性格特征中，写出了市民化的新型女性。她与达道倾心相爱，可谓温柔多情，体贴入微，爱情真挚执著，一往情深，体现女子性格的阴柔之美，这也是唐人小说中同类题材女子性格的共性；但她又具有泼辣刚烈、勇于为捍卫爱情幸福而斗争的特性。当她与达道的爱情遭到男方家长的干涉和外人的挑拨而遇挫折时，她敢于斗争，以其人之道还治其人之身，使达道家长无可奈何，只好承认既成的现实；而对挑拨者孔昌宗予以报复，并讥笑昌宗是个腐儒，这在开始提倡理学的宋代，具有现实的讽刺意义。在宋媛的性格中，蕴含着任氏的温柔与智慧，以及《孙恪》中袁氏的刚烈与果决。这性格的两个方面，在新兴市民意识的熏陶下，融合为有机的整体，具有时代的典型意义和时代的新鲜感。

再次，从狐妖宋媛与达道的爱情关系中，反映了市民新型的婚恋观。他们互相爱慕的是才貌和真情，而把传统的门第观念、父母之命、媒妁之言，全置于九霄云外。达道为县令之子，属仕宦门第，而宋媛作自我介绍时，说明："幼失怙恃，继亡兄嫂，今姊妹数人，唯妾为长。"家境贫寒，"门阀卑微"。而达道初爱其风采容颜，复慕其诗词才情，"爱其才而复思其色"，置二郎神的告诫于不顾，明知她为狐妖也不怕有害于己：

生乃仰天而叹曰："人之所悦者，不过色也。今睹媛之色，可谓悦人也深矣，安顾其他哉！然则吾生之前，死之后，安知其不为异类乎？嫒不可舍也。”遂毁其符而再与之合。

把二郎神授与的护身符都毁了。这使媛深为感动，她爱的正是达道的真情，所以非常珍惜。她妹妹加害于孔昌宗，则是因为昌宗是腐儒。

本篇交代故事背景，是南宋高宗绍兴间，上距作者为《云斋广录》撰序时间至少二十年以上，有悖于撰著常规，怀疑“绍兴”可能是北宋哲宗“绍圣”之讹误。

宋人话本《李达道》，即据此篇改编。

《钱塘异梦》也是《云斋广录》中颇有影响的一篇传奇。它写的是哲宗元祐年间的才士司马槱梦境与南齐名妓苏小小恋爱的荒怪故事。传奇小说中写活人与几百年前的女鬼恋爱之事，并非罕见，而此篇影响特深远，可能因女主角是名妓苏小小的缘故。

司马槱梦见的苏小小，仍然像传说中那样美丽多情：“翠冠珠耳，玉佩罗裙，行步虚徐，颜色艳丽，徘徊阁下。”她主动地追求司马槱，情爱深挚，热烈，执著，而淡于名利。司马槱对这梦中之情，也非常珍惜。梦中的美人，不曾表明身分，但称“妾幼以姿色名冠天下，而身无所依，常以为恨。久欲附托君子”，并歌唱《蝶恋花》词，预言司马槱任官之所，“乃妾之居也。当得会遇，幸无相忘”。槱梦醒时，回忆其词，只记得上半阕，因“爱其词旨幽凄，乃续其后”。南齐时代的苏小小鬼魂，居然会作词，这当然是小说家的虚构，也可见苏、槱之间，已经心灵相印，续词天然浑成。因词首句为“妾本钱塘江上住”，故槱赴任过钱塘时，忆念梦中之情，意绪凄恻，作《河传》词讴之数四，感动小小，于是夕与槱梦境幽会，临别时留诗，有“发策决利① 君自尔，求田问舍我如何”之句，意谓你何必热衷于进取功名，我却只愿过世俗人正常的生活。是劝槱退出名利场，偕隐同归，表现她对功名利禄的厌恶情绪，而向往真挚专一的爱情。

篇幅短小，而情致缠绵，结构精巧，于篇末揭示槱公署之后有苏小小墓，所梦“幼以姿色冠天下”者，即苏小小之灵魂。照应苏小小劝槱舍弃功名的诗意，以槱暴亡，灵魂与美人同乘画舫逝去作结，余意悠然。

引用这个故事的作品很多。《醉翁谈录》中有《钱塘佳梦》，明人《绿窗女史》有《司马才仲传》，《情史类略》有《司马才仲》，话本则有《钱塘梦》。戏曲以此为题材者有白朴《钱塘梦》杂剧，清人沈沐《芳情院》等。

（五）王明清《摭青杂说》

王明清（公元1127—1202以后），字仲言，汝阴（今安徽阜阳）人。王铚次子，曾纡公衮之外孙，因此，对于传闻的前言往事，多所记忆。曾官朝请大夫、宁国军节度判官、泰州通判、浙西参议等，宁宗庆元中寓居嘉兴。享年八十左右，著述甚丰，有《投辖录》、《玉照新志》、《摭青杂说》、《挥麈录》等。余嘉锡《四库提要辨证》考其著述年代甚详。《说郛》于《摭青杂说》注云：“二十四卷。”但今存佚文不到十篇，《说郛》卷三十七录五篇。从所存几篇看，语言很通俗，是极浅显的文言，写现实生活中的题材。如《阴兵助阵》，事涉志怪，而表

① “决利”，应是“决科”之误，决定科举等次也。

现了强烈的爱国主义思想；《守节团圆》，写在兵荒马乱中失散的夫妇范希周和吕氏，因互相忠于夫妻之情，范矢志不再娶，吕誓不再嫁，后来终于夫妻团圆，此即《京本通俗小说》中《冯玉梅团圆》的本事；《夫妻复旧约》，类范、吕故事，而更富于传奇性。单符郎与邢春娘有婚约，邢氏父母因被金兵所杀害，邢春娘被掠转卖为娼，在全州。单符郎恰为全州幕僚，经会晤，知邢氏之遭遇，并有志从良，盼望过普通人的夫妻生活；单乃经过多方努力，赎春娘脱乐籍，复践夫妻旧约，而不以邢氏失身娼门为卑贱。这两篇夫妻重圆故事，既反映了人民在战争年代离乱之苦，也表现了作者对人民苦难的同情，以及在夫妻关系上所持的道德观念。后一篇故事，改编为话本小说，即《喻世名言》中的《单符郎全州佳偶》，并编为戏曲《双鱼记》、《长命缕》、《烟花债》等。

写得最感人的是《盐商厚德》。盐商项四郎，在乘船经商途中，救得一遇盗落水的徐姓女子，得知徐氏原为宦家女，以为其父母恐皆遭贼手，意欲留之为子妇，而其妻则认为商贾人家不可娶贵家女，不如卖女得钱为子娶妇。项四说："彼一家人遭难，独留得余生，今我既不留为子妇，宁陪些少结束，嫁一本分人，岂可更教她作娼女婢妾，一生无出头耶？"商人能以义为重，不为色利所动，并愿为陪嫁妆选嫁本分人，这是多么难能可贵的品德。

在邻居金官人丧偶、亲见项求娶徐氏时，项深恐金将赴澧州安乡尉，会以徐氏为婢妾，原执意不肯，但在金尉诚意求娶、徐氏讲出一番自愿嫁金尉的道理时，项也不固执己见，颇为开明，不要分文财礼，但告诫金尉："万一不如意，须嫁一好人，不要教他失所。"这就体现了他高度的责任心。济困扶危，救人须救彻，也是我们中华民族传统的美德。

作者避免了以史赞的形式对项四发表评论，而是通过作品中的人物对话，很自然地流露出来。当徐七娘与阿兄将仕郎重逢，诉说项四郎是高义贤者，如何救助她的过程，将仕泣曰："彼商贾乃高见如此，士大夫色重礼轻有不如也。父母生汝不免有难，终汝者项君也。"并以"七娘画项像为生祠，终身奉事"表示对项的崇敬之意，从而突出了项四郎重义厚德的品格。相形之下，色重礼轻的士大夫就显得渺小。

对徐七娘和金尉的性格特征，主要是通过各自的言动，在情节发展过程中表现出来的。七娘在逢劫贼堕水中，能凭一块跳板，漂流逃生，终于得救，说明她的性格比较坚强。她向项四郎诉说身世遭遇，伶牙利齿，特别是在为什么要选择金尉为夫的问题上，说服项四，表现出她是很有主见、颇为明智的女性：

> 因谓项曰："儿受阿爹厚恩，死无以报，阿爹许嫁我以好人，人不知来历，亦不肯娶我。今此官人，亦是一个周旋的人，又是尉职，或能获贼，便可报仇，兼差遣在澧州，亦可以到彼知得家人存亡。"

并向项表示："此事儿甘心情愿也。"实践证明她的选择是正确的。而金尉的性格特点则是在善良、正派中显其精明。他与项四是邻居，徐氏根据了解选择他为夫，这件事本身就说明他符合"好人"的标准。他青年丧妻，求娶徐氏，别无他念。开始时看中徐氏"善能针线"，婚后见徐氏"是女身，又宦家儿女，又凡事晓得大体，称所望，始名为意奴，又改为意姐，又以排行呼为七娘"。谓徐氏曰："若得知汝家世，分当册为正室，纵无分明，亦不别娶也。"岁时往来项家如亲戚。这些，都表现出上述他的性格特点。他娶徐氏既无邪念，也不是盲目性的。随着对徐氏了解的深化，感情也更深挚。在当时婚姻制度下，对一个像徐氏这样家世来历尚未分明的女子，能作出上述许诺，并非简单的事。在根据七娘提供的线索，为证实徐将仕的身分、遭遇，了解徐家下落，而对将仕进行询问的策略中，充分表现了金尉的精明善察。

本篇对情节的处理，是善于制造悬念。如对徐氏遭劫贼堕水被救后，她的命运会如何发展？她的父母兄弟一家人的下落又将是怎样？项四不愿将徐氏嫁给像金尉这样的官吏，而徐氏又表示心甘情愿，那么，金尉究竟是不是“好人”呢？读者都急于知道。最后才把读者所关心的问题都交代清楚，也突出了盐商项四重义厚德的主题。

三、宋代无名氏的传奇小说

（一）《王魁传》

关于《王魁传》的作者问题，宋人笔记所载，即有歧议。李宪民《云斋广录》卷六《王魁歌引》云：“贤良夏噩尝传其事。”《青琐高议》前集卷十《王幼玉记》中，提及夏公酉，注云：“夏贤良名噩，字公酉。”虽系小说家之言，但夏噩其人，可能实有，且为贤良方正科出身。传奇中写他游衡阳时，于郡侯为他举行的宴会上，点名召见“妙歌舞，美颜色”的歌妓王幼玉，大加赞赏，并题诗为赠。看来这个风流浪漫型的士人，作《王魁传》是有可能的。但南宋人周密《齐东野语》卷六《王魁之事殊不经》条，从为行迹类似王魁的王俊民作辩护的角度出发，说明："有妄人托夏噩姓名，作《王魁传》，实欲市利于少年狎邪辈，其事皆不然。"认为王俊民中状元，得狂疾于贡院中、取刀自裁、饮食不进而死，是事实；但"性刚峭不可犯，有志力学，爱身如冰玉，不知猥巷野人语"，以王俊民的某些事迹为素材，写成《王魁传》，是"不幸为匪人厚诬"。周密《齐东野语》是记"耳闻目接"之事的野史笔记性质的书，强调记事真实，以史家的标准看待《王魁传》小说，把生活中某种类型人物，与传奇小说中的典型人物混为一谈，故为王俊民鸣冤，而波及作者的真伪问题。把创作权弄模糊了，只好视为无名氏之作。它载于南宋末罗烨撰辑的《醉翁谈录》辛集卷二，但南宋初曾慥编纂《类说》已辑录此篇，而文字稍略。

从隋唐兴科举制度以来，为知识分子开辟了一条通过"平等竞争"进入仕宦的道路，尽管成功的也只是少数，但是毕竟为士子提供了一种机遇。其社会地位、身分，可以迅即发生根本性的变化，所谓"朝为田舍郎，暮登天子堂"。科举功名目的达到，地位、声价、思想意识、价值观念都发生急剧变化。特别是在婚姻观上，在科举及第进入仕途之前，一些落魄潦倒的文人，如王魁者流，可以与桂英这样社会底层的女子恋爱，海誓山盟订终身，结发为夫妻；一旦登上仕途的门槛，盟誓顿忘，心怀反侧。王魁中状元后，乃私念："吾科名若此，即登显要，今被一娼玷辱，况家有严君，必不能容。""遂背其盟。自过省御试后，即绝书报。"甚至要鞭挞桂英派遣送衣传书给他的仆人，书、衣概不接受，遣仆送还桂英，以示决绝。

从《霍小玉传》到《陈叔文》、《王魁传》，类似的人物、主题，在传奇小说中屡见不鲜。就艺术水平而言，《王魁传》还不能算是最高的，而其影响却是最深远的。其原因不仅仅在于塑造了王魁这个负心汉的典型，更主要的是塑造了桂英这个既敢爱、又敢恨，具有复仇精神的刚烈女性的典型。她结识王魁于落魄失意之时，而慕其才，相信他是有发展前途之士，倾心相爱，主动帮助王魁锐意进取。"谓魁曰：'君独一身，囊无寸金，倦游闾里，君但日勉学，至于纸笔之费，四时之服，我为君办之。'由是魁宴止息于桂之馆。逾年，有诏求贤，魁乃求入京之费。桂曰：'妾家所有，不下数百千，君持半为西游之用。'"是她成全了王魁的功名。而且他们曾"对神痛誓，各表至诚。……对神结发，以彩丝合为双髻。复用小刀，各刺臂出血盈杯，以祭神之余酒和之而交饮"，意即已经正式结婚。所以，当王魁考试登高第的喜迅传来时，桂英大喜，答书致贺，欢悦之情，洋溢于诗句之中。在极欢之际，却传来王魁与她决绝的意外消息，精神上受到致命的打击。爱得愈深，恨得更切，她以死表示抗争，并矢志报仇：

桂英……闻及此语，乃仆地大哭。久之，谓侍儿曰："今王魁负我盟誓，必杀之而后已，然我妇人，吾当以死报之。"遂同侍儿，乃往海神祠中，语其神曰："我初来，与王魁结誓于此。魁今辜负恩约，神岂不知？既有灵通，神当与英绝断此事，吾即自杀以助神。"乃归家，取一剃刀，将喉一挥，就死于地，侍儿救之不及。

这种刚烈果决的言词与行动，具有震撼人心的力量。与霍小玉痛斥李益而死的场面相比，相映生辉。但小玉死后的报复行动，是殃及无辜的妻妾，而桂英死后直接置王魁于死地。这一惊心动魄的行动，虽属志怪，却具有强烈的浪漫主义精神。

魁正在试院中，夜深，方阅试卷，忽有人自空而来，乃见桂英披发仗剑，指骂："王魁负义汉，我上穷碧落下黄泉，寻汝不见，汝却在此！"……魁知理屈，乃叹之曰："吾之罪也！我今为汝请僧，课经荐拔，多化纸钱可也。"桂曰："我只要汝命，何用佛书纸钱！"……于是魁若发强悖，乃以剪刀自刺。……

不信虚妄的佛经纸钱，而是采取以牙还牙、直截了当的报仇行动，这正是桂英精神之所在，影响深远的原因。鬼魂复仇固然虚幻，却大快人心。

（二）《苏小卿》

本篇原为罗烨《醉翁谈录》所辑，已佚，幸存于《永乐大典》二千四百五卷。篇中男主人翁双渐实有其人，为仁宗庆历二年进士，知同州，则本篇传奇当作于北宋后期或更晚。不知作者何许人也。

前述王魁、陈叔文都是忘恩负义的士子典型，而本篇所叙述的双渐始终眷恋沦落为娼的苏小卿，则传为忠于爱情的楷模。苏小卿原为闾江知县之女。双渐则为县衙小吏，因家贫，虽怀才而无从进身。小卿悦双渐之才貌，私下以身相许，以卓文君、贾午自喻，鼓励双渐学司马相如和韩寿。幽会后，双渐听从小卿之劝，辞小吏归家勤奋苦学，成就功名。回县询问小卿消息，知其父已死，母挈家往扬州；双渐往寻踪迹，小卿却在其母亡后沦为歌妓。双渐不以小卿落于娼流为贱，复与相爱。但所谓好事多磨。本篇为避免情节的简单化，从白居易《琵琶行》诗中受到启发，使情节跌宕有致。双渐美任归京，小卿为娼门身分所羁绊，未能同行。当双渐夜泊豫章城下，正触景愁思之际，闻邻舟之声，出视，乃知小卿别抱琵琶，与一五十余岁男人对坐，意谓“必是其夫”。双渐乃效《琵琶行》之意境自歌而挑之，小卿作歌答之，于是乘舟中人未觉，二人易衣驰骑，同往京师，白发偕老。可见士人受市民意识影响，婚恋观已发生变化。

双渐的可贵之处，就在于不因小卿沦落娼流而相弃。在归京赴美任之时，途中知小卿别抱琵琶而能设计救出风尘。居显耀之任，能与小卿偕老。本篇传奇显受话本小说影响，诗词之类韵语甚详，而叙述情节略具梗概而已。例如小卿在舟中作歌答双渐后，紧接着就写：“幸得伊救我，妾身愿以死以报君德也。”至于双渐如何救小卿摆脱那个“形貌古怪”的男人，没有交代，似乎有意省略，可以让说话人细加发挥，诗词韵语则不能临场胡诌。而于写景抒情，仍能以简洁流丽的语言，描绘出具有诗情画意的境界，不失传奇小说的风致。如对双渐夜泊豫章城下意境的描写：

> 是夜万里无云，月色如昼，凝神如醉，乱思如痴。一派江声，促成愁思；数点渔灯，烧断离情，浩饮长歌，不能自遣。忽闻楼橹呀呷，有一画舸将近，亦系垂杨之下，篷窗相对。

在此种情境下，出现双渐思念中的小卿，既出乎意外，又合乎情理，与小卿的身分和她对双渐的感情很相称，偶然中寓含必然性。

从王实甫杂剧《苏小卿月夜贩茶船》残折来看，是苏小卿“疾发”（即“齎发”，资助之意）双渐“应举求官”后，鸨母贪财爱钞，将小卿卖与贩茶富商，小卿对茶商极为不满。可能正在“思怨”中，巧遇双渐赴任之船。

（三）《梅妃传》

本篇见于元末明初陶宗仪编纂的综合性大型丛书《说郛》卷三十八，题作者为“唐曹邺”，并于篇末有跋文，称：“得自万卷朱遵度家，大中二年七月所书，字亦媚好，其言时有涉俗者。惜乎史逸其说，略加修润，而曲循旧语，惧没其实也。惟叶少蕴与予得之。”鲁迅《唐宋传奇集》录其文，而于《稗边小缀》指出系无名氏之作，伪托曹邺；其跋露出伪托之破绽：朱遵度为南唐时人，而叶少蕴梦得为宋哲宗绍圣四年进士，南宋高宗时终于知福州，年代相去甚远，不可能自朱遵度家得书。无名氏所谓“略加修润”，实为创作，且其事亦属虚构。唐人小说于篇末发史赞式的议论，极简约，寥寥数语，而此篇之“赞曰”文字颇长，这也是宋人的习惯。

本篇是继《长恨歌传》、《杨太真外传》之后，描写唐玄宗腐败的宫廷生活、揭示玄宗后期由治至乱几乎使唐王朝覆灭原因的传奇名篇。作者对梅妃江采苹形象的描绘细致，极写其容颜淡雅，姿态明秀，而性喜梅，具有高雅脱俗之美；她能诗赋，善歌舞，自尊自重。对汉王潜以足蹑其履的反应，对于明皇夸奖她斗茶技艺之胜的回答，都很得体。在杨贵妃与梅妃争宠妒忌的问题上，作者显然同情梅妃的遭遇，而对杨妃多有贬词：“太真忌而智，妃性柔缓，亡以胜。后竟为杨氏迁于上阳东宫。”明皇与梅妃翠华西阁之会，导致杨妃的撒泼闹阁，既表现杨妃恃宠骄纵、明皇昏聩腐朽，更突出梅妃的善良柔顺。写梅妃失宠后的抑郁苦闷之情，通过自作《东楼赋》抒发出来的哀婉、期待、愁怨的复杂情绪，亦颇真实。退还明皇密赐的一斛珍珠并赋诗一首，以明心迹，显示出人格的尊严，诗深沉而得体：

柳叶双眉久不描，残妆和泪湿红绡。

长门自是无梳洗，何必珍珠慰寂寥。

形象地显示出她那郁闷凄凉而明洁自尊的心灵。她在“安史之乱”中，被乱兵所杀。作者虚构了明皇对她的思念、寻觅以至感梦迁葬等浓郁哀伤的抒情性情节，表露了自己对这位无辜者不幸遭遇的怜悯。

篇末的议论，虽长而颇精辟。在论述明皇由青年时代的豪侠之举，到登上皇位的治乱过程后，对以往女人祸水之论，表示异议，而批判了明皇的罪恶本质：“……议者谓或覆宗（指杨氏），或非命（指梅妃），均其媢忌自取。殊不知明皇耄而忮忍，至一日杀三子，如轻断蝼蚁之命。奔窜而归，受制昏逆，四顾嫔嫱，斩亡俱尽，穷独苟活，……是岂特两女子之罪哉？”可谓透辟入理，发前人之所未发。明吴世美《惊鸿记》杂剧据此传改编。传中的部分情节，为洪升《长生殿》采用。

（四）《李师师外传》

本篇作者佚名，可能是南宋中期以后人。关于李师师的遗闻逸事，南宋初就有记载，诗人刘子翚（公元1103—1149年）《汴京纪事》第二十首诗云：“辇毂繁华事可伤，师师垂老过湖湘。缕衣檀板无颜色，一曲当时动帝王。”南渡词人朱敦儒（公元1081—1159年）〔鹧鸪天〕词云：“唱得梨园绝代声，前朝惟数李夫人。自从惊破霓裳后，楚奏吴歌扇里新。

秦嶂雁，越溪砧，西风北客两飘零。尊前忽听当时曲，侧帽停杯泪满巾。”话本《宣和遗事》中记述更详。南宋理宗时人张端义《贵耳集》中也载有师师佚事二则，一则提到“更有

《李师师小传》”，另一则记道君皇帝与李师师、周邦彦之间的三角关系，并慨叹道：“吁！君臣遇合于倡优下贱之家，国之安危治乱，可想而知矣！”本篇传奇可能是在上述记载传闻流行后，独辟蹊径之作。

此篇为《琳琅秘室丛书》所辑录，但云所据为旧钞本。黄廷鉴跋云：“《读书敏求记》云：‘吴郡钱功甫秘册藏有《李师师小传》，牧翁曾言悬百金购之而不获见者。’偶闻邑中萧氏有此书，急假录一册。”《读书敏求记》为清初钱曾所作，《琳琅秘室丛书》所辑此篇，似乎就是假钱功甫秘藏过录本，但是否与张端义所见为同一篇，尚难断定。

本篇以雅洁的文字，描述了宋徽宗与妓女李师师的关系，从一个侧面反映了北宋亡国之君政治的腐败、私生活的荒唐无耻。围绕他周围的大臣如蔡京之流，迎合他“好事奢华”的心理，粉饰汴京一派富饶太平景象，以推行假新法为名，专事搜刮；如童贯、朱勔辈，“复导以声色狗马宫室苑囿之乐”；心腹太监则投其所好，引他作狭斜游，为此不惜挥霍大量民脂民膏，从离宫艮岳到李师师所居镇安坊修夹道，此乃旷古未有的荒唐怪事。作品正是通过上述描写，揭示北宋王朝覆灭的必然性。

作者采取映衬烘托、鲜明对比的手法，塑造了李师师的艺术形象。她四岁就成了孤儿，为倡籍李姥所收养，也就沦落为娼，以其色艺绝伦，成为名妓。但作者省略了她结交其他客人的过程，把传闻中她与周邦彦的关系，也一概删去。以大量笔墨描写她首次出场应酬当朝皇帝所表现出来的傲兀不驯、不同凡响的性格与仪容。她不是“千呼万唤始出来”故作姿态，而是不屑于接待以富商大贾身分出现的宋徽宗。作者以层层皴染、多角度映衬的艺术手法，写出李师师从外表到心灵都高雅脱俗之美：

……姥复款洽良久，独未见师师出拜，帝延伫以待。……姥乃引帝至一小轩。棐几临窗，缥缃数帙，窗外新篁，参差弄影。帝翛然兀坐，意兴闲适，独未见师师出侍。少顷，姥引帝到后堂。陈列鹿炙、鸡酢、鱼脍、羊签等肴，饭以香子稻米。帝为进一餐。姥侍旁，款语移时，而师师终未出见。帝方疑异，而姥忽复请浴，帝辞之。姥至帝前，耳语曰："儿性好洁，勿忤。"帝不得已，随姥至一小楼下湢室中。浴竟，姥复引帝坐后堂，肴核水陆，杯盏新洁，劝帝欢饮，而师师终未一见。良久，姥才执烛引帝至房。帝搴帷而入，一灯荧然，亦绝无师师在。帝益异之，为倚徙几榻间。又良久，见姥拥一姬姗姗而来。淡妆不施脂粉，衣绢素，无艳服。新浴方罢，娇艳如出水芙蓉。见帝意似不屑，貌殊倨，不为礼。姥与帝耳语曰："儿性颇愎，勿怪。"帝于灯下凝睇物色之，幽姿逸韵，闪烁惊眸。问其年，不答。复强之，乃迁坐于他所。姥复附帝耳曰："儿性好静坐，唐突勿罪。"遂为下帷而出。师师乃起，解玄绢褐袄，衣轻绨，卷右袂，援壁间琴，隐几端坐而鼓《平沙落雁》之曲。轻拢慢捻，流韵淡远。帝不觉为之倾耳，遂忘倦。比曲三终，鸡唱矣。帝亟披帷出。……

幽雅清静的环境、淡妆素衣如出水芙蓉的天然之美、幽致逸韵的孤傲、轻缓有致流韵淡远的琴艺，都是通过宋徽宗的视听感受出来的。从徽宗的"延伫以待"、"意兴闲适"、"疑异"、"益异之"到对师师素淡韵致、高超琴艺的欣赏，既突出了师师不为财利所动、超尘绝俗的性格和色艺绝伦的美，也反衬出宋徽宗虽然是个昏庸荒唐的皇帝，却不失为素养较高的艺术鉴赏家。而李姥的举止言动，起了烘托陪衬、加强艺术效果的作用。

李师师不同于一般名妓之处，更在于她具有卓越的见识与崇高的品格、坚贞的民族气节。当李姥知道师师所怠慢的客人原来是当今皇帝，涕泣惊恐，深怕大祸临头时，师师则处之泰然曰："无恐。上肯顾我，岂忍杀我？且畴昔之夜，幸不见逼，上意必怜我。……若夫天威震怒，横被诛戮，事起佚游，上所深讳，必不至此，可无虑也。"果然，徽宗赏赐给她的是大内珍藏宝器蛇跗琴、"金勒马嘶芳草地，玉楼人醉杏花天"为意境的御画院名画，以及接踵而来的金银财物、文房四宝等等。更其难能可贵的品格，是在国难当头之际，她将徽宗所赐与的全部金钱，"呈牒开封尹，愿入官，助河北饷"，并要求弃家为女冠。当金人破汴京，主帅闼懒求索师师，大汉奸张邦昌将她找到献给金营时，她表现出大义凛然，宁为玉碎，不为瓦全的民族气节：

> 师师骂曰："吾以贱妓，蒙皇帝眷，宁一死无他志。若辈高爵厚禄，朝廷何负于汝，乃事事为斩灭宗社计？今又北面事丑虏，冀得一当，为呈身之地。吾岂作若辈羔雁贽耶？"乃脱金簪自刺其喉，不死；折而吞之，乃死。

这种刚烈豪侠、宁死不屈的民族气节，与高官厚禄、媚颜事敌、为虎作伥的大汉奸张邦昌之流，恰形成鲜明的对比。这使我们很自然地联想起后来戏曲《长生殿》中雷海青骂贼、《桃花扇》中李香君骂筵的感人场面，呈现出卑贱者高贵的灵魂。故在篇末，作者论曰："李师师以娼妓下流，猥蒙异数，所谓处非其据矣。然观其晚节，烈烈有侠士风，不可谓非庸中佼佼者也。道君奢侈无度，卒召北辕之祸，宜哉！”如此评论师师与徽宗，是很公允精辟而且颇为大胆的。

从本篇的文采、审美意趣和对北宋末年上层统治集团腐朽本质的认识，以及当时风物人情的熟悉来看，作者的文化素养是比较高的，非一般话本作者可比。

如果称它为宋人传奇小说的殿军，大概当之无愧。尽管南宋后期笔记之类的文集中，也还有可以作为传奇小说来读的作品，但比之于《李师师外传》，恐非稍逊一筹而已。

四、元人传奇小说《娇红记》

从宋人传奇小说的发展趋势来说，是逐渐走向衰落，其文体规范也向话本化演变，显然不可能像唐人传奇那样蔚为大国，而颇有为话本小说所取代之势。到了元代，传奇小说更是寥若晨星，标志一代文学最高成就的是戏曲，文言小说则几乎近于销声匿迹。正是在这种环境下，却出现了宋梅洞撰传奇小说《娇红记》，其篇幅之长大，达二万余言，情节之宛曲、文笔之细腻、艺术形象之生动感人，可与唐人传奇媲美而自有其特色。这，不能不说是文言小说史上的一个奇迹。

宋梅洞，元代清江人，生平不详。本篇以单篇形式收入《艳异编》、《情史类略》、《万锦情林》、《花阵绮言》等文言小说总集中。郑振铎据以编入《世界文库》。或云为明初无名氏作，但明初已有刘兑《娇红记》杂剧，显然根据元人宋梅洞传奇小说改编，而掺入神仙之说，以大团圆为结局，这是明初戏剧的风尚，与宋梅洞原著的现实主义精神、悲剧结局大相径庭，时代风格迥异。又《百川书志》卷六著录《娇红记》二卷，云“元儒邵庵虞伯生编辑，闽南三山明人赵元晖集览”，这是书贾假借虞集之大名为幌子抬高声价的做法，但也证明作者是元人，而道学先生是不会染指自由恋爱之作的。

《娇红记》写的是宋徽宗宣和年间一对青年男女的爱情悲剧。博学多才而未能及第的申纯，到母舅家作客，与表妹王娇相爱，以至私下幽会，互立盟誓，愿白头偕老。但申家遣媒求婚，王父以法律不许表兄妹结婚为由拒绝，又有王父侍婢飞红拨弄其间，故多生波折。申纯登第后，王父遂许婚，行订婚之礼。却又有豪帅向王父为子求婚，王父慑于豪帅威势，又为财利所动，遂毁申生婚约，将娇娘许配帅子。娇娘坚守与申生之盟誓，以至哀愁伤感衔恨而死，申生亦忠于爱情，得娇娘噩耗，痛不欲生，自缢身亡。

唐宋传奇中的爱情悲剧，无论是霍小玉型，抑或崔莺莺型，导致悲剧的根源，都是男方为了自己的功名富贵，碍于门第观念，或受制于父母，抛弃娼门之女或失去权势的闺门女子。王娇与申纯的爱情悲剧，不在于当事人的背叛，而有其社会的特殊性。宋、元都有法律规定，表兄妹不许通婚，王父的初次反对有法律依据；但这又不是绝对的，申生科举及第后，王父主动允婚，实际上已经突破法律限制。王父是仕宦之人，任州通判之职，官爵不高，受逼于豪帅权势，竟毁弃娇娘与申纯既定的婚约。在重文轻武的宋代，出现这种反常情况是不大可能的。其实只是假托宋代背景，真正写的是元代武夫骄横跋扈、儒士地位低下的特殊时代出现的悲剧。

或云此篇有摹仿唐人传奇《莺莺传》的痕迹，这话固然不谬。同类题材的小说、戏曲，特别是涉及才子佳人之作，往往有曹雪芹所批评的“千部一腔，千人一面”之嫌；此篇之可贵，在于由汲取前人艺术滋养的基础上，熔铸了时代的特色，有所创新。

《娇红记》的人物关系及其在矛盾冲突中所表现出来的性格特征，并无雷同《莺莺传》的弊病。除男女主角娇娘与申生外，飞红是王通判的侍妾，而申之舅母始妒而后病故，因而飞红在娇、申的爱情悲剧中，就起着一种特殊的微妙作用，舅母有类似王实甫《西厢记》中老夫人的一面，但对爱情悲剧起决定性作用的人物是申舅王父，豪帅父子则对悲剧起了促成作用。人物关系较为复杂，而主要人物各具个性。

在封建社会，男女之间的爱恋之情，往往起自才貌的互相吸引。申纯初到舅家，拜见舅舅、舅母后，舅母命侍女飞红呼娇娘出见的场面，似《莺莺传》而更细腻传神：

> 良久，飞红附耳语妗，以娇娘未梳妆为言。妗因怒曰："三哥，家人也，出见何害？"生闻之，因曰："百一姐无他故，姑俟日后请相见。"妗因笑曰："适方出浴未理妆，故欲少俟。三哥一家人，何事铅粉耶？"又令他侍女促之。顷刻，娇自左掖出拜。双发绾绿，色夺图画中人，朱粉未施而天然殊莹。生起见之，不觉自失。叙礼毕，娇因立妗后。生熟视，愈觉绝色，目摇心荡，不自禁制。妗……因室之于堂之东，去堂三十余步。生归馆后功名之心顿释，日夕惟思慕娇娘而已。恨不能吐尽心事，素语浃洽，故常意属焉。

从申生的眼里及引起的倾慕之情中，写出娇娘异乎寻常的美。进而又通过申生的观察和细节描写，逐渐展现娇娘的心理活动和对申生的情思。由依窗视荼蘼花，久不移目，浩然长叹的神态情绪，到促步至申生烛前，"以手弹烛，送目语生"，"非妾则兄醉矣"的暗送秋波，乃至乘申生随舅外出时，到生卧室题诗应和，表明她对申生也并非无情，但当面言谈时，"娇或对或否，或相亲昵，或相违背"，"申生言稍涉邪，娇则凝眸正色，若将不可犯"，刻画出初恋少女矜持自重、若即若离的微妙心理。在双方有了较多的了解，感情逐步深化后，作者描写了他们两人围炉话心这一富有诗意的情节。让他们在互诉衷曲中，使爱情明朗化，也更神圣化，具有爱情的意境美：

> 娇方拥炉独坐，生自外折梨花一枝入来。娇不起，亦顾生。生乃掷花于地。娇惊视，徐起，以收拾花，询生曰："兄何弃掷此花也？"生曰："花泪盈旱，知其意何在？故弃之。"娇曰："东皇故自有主，夜屏一枝以供玩好足矣。兄何索之深也？"……因谓生曰："风差劲，可坐此共火。"生欣然即席，与娇共坐，相去仅尺余。娇因抚生背曰："兄衣厚否？恐寒威相凌逼也！"生怳然曰："能念我寒，而不念我肠断耶？"……娇因慨然良久曰："君疑妾矣，妾敢无言？妾知兄心旧矣，岂敢固自郑重以要君也！第恐不能终始，其如后患何？妾自数月以来，诸事不复措意。寝梦不安，饮食俱废，君所不得知也。"因长吁曰："君疑甚矣，异日之事君任之，果不济当以死谢君！"生曰："子果有志，则以策我！"

在传奇小说中，能够在描写爱情发展过程中，如此深入地展现男女双方内心世界的，并不多见。所谓好事多磨，在经过几次波折后，互相剪发盟誓，把爱情推向一个新的阶段。

在娇、申的爱情发展过程中，娇娘固然有多愁善感，矜持犹疑，宦门闺秀的性格特点，但一旦真正爱上意中人后，在追求爱情的自由与幸福的每一关键时刻，比申生显得更为坚强、热烈、执著。当她主动约生越窗幽会，而生有所畏惧时，她变色曰："事至此，君畏何？人生如白驹过隙，复有钟情如吾二人者乎？事败当以死继之。"这落地有声之言，充分表现了她反封建、争取恋爱自由的坚定意志。在申家遣媒向王父议婚，因碍于"内兄弟不许成婚"的"朝廷立法"，婚事受阻后，尽管有飞红拨弄其间，但娇娘对生的爱情愈加深切，排除一切疑虑和障碍。为争取爱情的幸福，宁屈己事飞红，不惜代价，终于把障碍化为得力的良友。

波澜起伏，跌宕多变，在矛盾冲突最尖锐的时候，把爱情悲剧推向极致，而突现悲剧人物的性格，是本篇情节安排、形象塑造的显著特色。申生妙年高第，舅主动允婚，且已"择日遣聘毕"，正在这对有情人经过多重挫折终将结成眷属的欢悦之际，陡然又起风波。豪帅遣媒为子求婚，"王初拒之，再四逼以威势，赂以货财，不得已，遂许之"。这才是悲剧的真正根源。地区一帅，竟敢以威势逼州通判允婚，通判出尔反尔，居然将及第之士聘定的婚约毁弃。这种情况只有在元朝蒙古贵族统治的特殊环境下，才可能发生。当然，有王通判屈服于威势货财的性格弱点，也有申生性格的软弱性。当娇娘将其父迫于权要、毁弃他们婚约的消息告诉申生，并向他求计时，他却说："事在他日，当徐图之。"只顾眼前欢乐，不思长久之计，事已至此，口说"徐图"，实际上是久拖不决，一筹莫展，坐等悲剧的降临。在他们的秘密被舅知道后，申生不是因势采取断然的有效措施，而是逃避矛盾，并要娇娘"勉事新君"，以《好事近》词与娇娘作别：

一自识伊来，便许绾同心结。天意竟辜人愿，成几番虚设！　佳期近也，想新欢，遣我空悬绝。莫忘花阴深处，与西窗明月！

不与娇娘谋画良策，以践偕老之盟誓，反以风言冷语责娇。难怪娇览词怒曰："兄丈夫也，堂堂五尺之躯，乃不能谋一妇人？事已至此，更委之他人，君其忍乎！妾身不可再辱，既以与君，则君之身也。"相比之下，娇娘的意志就比申生坚强多了。

本篇矛盾冲突的高潮，是舣舟诀别，也正是在这高潮中，完成了悲剧形象的塑造。娇因幽愤成疾，凄惨悒郁，芳容顿改，几致不起。于是飞红潜寄书促生来诀别。生舣舟岸下，红乘王父外出之机，与娇私登生舟：

> ……娇执生手大恸曰："即不来矣，恨无以报兄。不幸迫于父母之命，不能终身以相从。兄今青云万里，厚择佳配，共享荣贵，妾不敢望也。妾向时与兄拥炉，谓'事不济当以死谢'，妾敢背此言耶！兄气质弱薄，常多病，善摄养，毋以妾为念！'因出断袖还生曰："谢兄厚恩，复思此景，其可再得乎？"相哭愈恸，红亦泪下。

这一生离死别的场面，既表现了娇、申爱情的坚贞不渝，也控诉了"迫于父母之命"的封建婚姻制度。娇娘到了生命的尽头，还向封建势力抗争，以期挽回悲剧的局面："娇之佳期已逼，乃托感疾佯狂，蓬头垢面，以求退亲。父迫之，娇引刀自截，左右救之，得不殒。因绝食数日不能起。"宁死不从封建包办婚姻。飞红为了解开娇娘悒郁愁苦的情结，以"帅家富贵极，子弟端方秀拔，殆过申生"相劝，甚至以帅子俊美的画像相示，终不能动其坚贞之志。又诈为娇旧赠申生的香珮，说是申生退还给娇娘的纪念品，并说申生已与别人联姻，以绝娇念申之情，都不能动摇她的心："娇见之泣下：'相从数年，申生之心事，我岂不知者？彼闻我有他故，特为此开释我耳。'因取香珮细认，觉其虚真，因曰：'我因知申生不如是也。……我固不爱一身以谢申生也。'遂不复言。"她与申生的爱情，已经超越了郎才女貌的才子佳人婚恋观，而进入了更高的层次——互为知己。而申生为了娇娘，已经到手的功名富贵可以舍弃不要，宁可殉情自尽。这也是本篇比以往同类题材的作品更为可贵之处，写出了一部真正的爱情悲剧。曹雪芹对才子佳人小说的批评，在某些方面也许捎带了《娇红记》的缺点，但在婚恋观和悲剧意识这一基本倾向上，《娇红记》却是《红楼梦》的先声。

申纯、王娇生时不能结为夫妻，死后合冢精灵化为鸳鸯比翼双飞，这一富于浪漫色彩的美丽想象，是受了《搜神记》中《韩凭妻》、汉乐府诗《焦中卿妻》等民间传说或诗歌的启发，推陈出新，使全篇小说的悲剧结构浑然一体，使人们在感到悲伤、洒下同情的热泪之时，而又怀有美好的憧憬，悲哀而不绝望。

波澜曲折，原是本篇结构艺术的特色，但又有横生枝节、情节不够紧凑的弊病。例如院亭中鬼魂化为娇娘迷惑申生，以致引起申、娇之恋的又一次波折，是完全没有必要的。

本篇对后来戏曲创作影响较大，刘兑、汤舜民都以此题材编写杂剧，沈寿卿、孟称舜分别编为传奇，足见此题材备受作家重视。

除《娇红记》以外，在元代古文家的作品中，可以作为传奇小说来读的，有宋本撰《工狱》。宋本（公元1281—1334年），字诚夫，元大都人。自幼颖慧，勤奋好学，读古人书力求融汇贯通。至治元年策士，赐进士第一，授翰林修撰。泰定元年，除监察御史，以敢言著称。元统二年，累转为集贤学士，兼国子祭酒。卒谥正献。平生擅长古文，风格峻洁刻厉。著有《至治集》四十卷。

在我国长期的封建社会里，元代的吏治是最黑暗的，由此造成的冤狱也更多。《工狱》所写京师小木局，一工人与工长相争，断绝交往，经工匠们调解，工人向工长陪礼道歉，已经和解。而工人之妇与人通奸，遂乘工人从工长家喝醉酒归来之机，予以谋杀，断尸藏于土榻中，其妇却诬告被工长杀害。这案件，固然比较复杂，但是只要认真调查研究，并不难弄个水落石出。可是警巡院竟以毒打逼取口供，胁迫工长诬服；加上刑部御史急于结案，促使仵作杀人应命。总之，整个吏治机构的黑暗腐败，使案情越理越复杂，以致冤死四五人。这一大冤案得以理清，完全是靠群众的自发行动，从破案过程中，也反映了工场工人们的团结和力量。

作者曾任监察御史，对吏治的弊端体察较深，又是个古文家。本文叙事清晰，描摹人情物态，生动逼真，而笔墨峻峭简洁，详略得体，颇得古文家韩愈、柳宗元创作传奇小说的风致。

第二章　宋元笔记体志怪与志人小说

一、宋元笔记体志怪与志人小说概述

宋代士大夫，除由五代入宋的降王臣佐以外，大多以科举进入仕途。传奇体小说与进士行卷已经绝缘，士人重经术策论，不屑于染指传奇小说。在登上仕途或退出官场后，则以闲适之趣写笔记，多强调记实，辑录传闻逸事。其中有一部分带有笔记体小说的性质，既有志怪，也有志人，大都篇幅短小，平实而少幻想，质直而少风致。这大概与士人多以儒术进身、崇尚修撰史籍有关，注意记录有补于正史之遗佚，故所记大多为本朝轶事琐闻。明人编《五朝小说》有序云："唯宋则出士大夫手，非公余纂录，即林下闲谭。所述皆生平父兄师友相与谈说，或履历见闻，疑误考证，故一语一笑，想见先辈风流。其事可补正史之亡，裨掌故之阙。"所记本朝掌故轶事，较为真实，但小说意味不浓。

属于志怪类的宋人专集或总集，较著名的宋初有徐铉《稽神录》、吴淑《江淮异人录》。前者多记鬼怪灵异之事，荒诞无稽，写冤魂复仇者如《陈勋》，虽然不无现实含意，但失于简率。此书写于入宋前，二十年间仅辑得一百五十条；入宋续有修改和增添，在征得李昉同意后，录入《太平广记》者，凡二百二十一条。鲁迅对宋人志怪评价不高:“宋一代文人之为志怪,既平实而乏文彩。”①《稽神录》就是其中的代表。徐铉是参加编纂《太平广记》的文言小说专家,所作尚且如此,其他可见一斑。《江淮异人传》专写侠客、术士、道徒等“异人”故事,亦涉诡异荒怪,但与《稽神录》之侈谈神鬼、因果报应有所不同,它是写异人传说的专书。晚于上述两书的北宋笔记体志怪,有张君房《乘异记》、张师正《括异志》、秦再思《洛中纪异》等,也记鬼怪灵异故事。蔡絛《铁围山丛谈》虽以述人事为主,也掺杂有志怪性的作品。

到了南宋,笔记体志怪小说的著作也不少,如郭彖《睽车志》、鲁应龙《闲窗括异志》、洪迈《夷坚志》、佚名《鬼董》等。其中卷帙最多、也最负盛名的,是《夷坚志》。至金人元好问,乃有《续夷坚志》之作。又有佚名《异闻总录》,是辑录宋人志怪诸书而成的志怪小说选集。黄休复《茅亭客话》,则是专记蜀地自五代前后蜀至宋真宗时的地方性志怪集,谈神怪,记异闻,侈谈道家灵迹,有许多条目是专谈炼丹服药和导引之术的;书中也有关于蜀地风俗掌故、社会民情的记载,有一定史料价值。

宋元笔记体志人小说,以记人言行、资谈柄为主,这是继承刘义庆《世说新语》的传统。孔平仲《续世说》、王谠《唐语林》二书,仿效“世说体”尤为明显,是编次旧文,分门别类,并非宋人的创作;但从材料取舍上也反映了编纂者的思想倾向、道德观念和审美情趣。记载宋代现实生活和人物轶事而具有小说意趣的,如魏泰《东轩笔录》、沈括《梦溪笔谈》、

---

①《中国小说史略》第十二篇。

张邦基《侍儿小名录》、罗大经《鹤林玉露》、周密《齐东野语》、沈俶《谐史》、庞元英《谈薮》；元人杨瑀《山居新话》、刘祁《归潜志》、郑之祐《遂昌杂录》、陶宗仪《辍耕录》等笔记中，都有一些可读的志人小说。

二、宋金志怪小说

1.徐铉《稽神录》与吴淑《江淮异人录》

由南唐入宋的徐铉（公元916—991年），字鼎臣，扬州广陵人。原为南唐翰林学士，入宋后，官至直学士院给事中散骑常侍。淳化二年坐累贬谪静难行军司马，卒于贬所。传见《宋史》卷四百四十一《文苑》三。

《稽神录》六卷，多谈因果，明报应，讲怪物变化，志鬼神灵异。如写欧阳氏因孝其父而被雷击死，静海军姚某因将海怪放生而得捕鱼丰收之报，殊少新意。“其文平实简率，既失六朝志怪之古质，复无唐人传奇之缠绵，当宋之初，志怪又欲以‘可信’见长，而此道不复振也。”①

吴淑(公元947—1002年),字正仪,润州丹阳人。俊爽敏慧,善于文章,是徐铉的女婿。在南唐举进士,任校书郎直内史。归宋后,仕至职方员外郎,真宗咸平五年卒。传亦见《宋史·文苑》三。

《江淮异人录》二卷，凡二十五篇，传写唐代和南唐的侠客术士及道流，事迹诡怪谲异。荟萃众多诡幻怪异人物，著为一部专书，吴淑是倡始人。他把侠、道、巫术的某些特异性，往往集中到一人身上，更显其异。如《司马郊》，郊“常被冠褐，蹑屐而行，日可千百里，衣褐不改作而常新。所为粗暴，

①鲁迅《中国小说史略》第十一篇。

人无敢近之者。能诈死，以至青肿臭腐，俄而复活”，“入某山中，其行如飞”。最后临终时，“令置一杖于棺中，及葬，觉棺空，发之，唯杖在焉”。郊还能变形为人治病。《聂师道》中聂师道不但能以不洁之物治病，还能解危城，救全城之人。群盗入其室掠取财物，师道对盗说：“汝为盗，取吾财以救饥寒也，持此将安用之？”引盗于曲室，“尽取金帛与之”。道士而颇有侠气。再如《耿先生》，写南唐将校耿谦之女，明慧有姿色，好书能诗，又明于道术，“能拘制鬼魅，通于黄白之术，变怪之事”，于保大中，召入宫，号曰“先生”。炼黄白之物，不用火，能于怀中炼就，甚至能以雪炼成银铤，制药亦灵验，而嗜酒，亦有男女之欲。宋马令和陆游撰《南唐书》，予以采录。可能这是当时较为流行的传说，亦足见南唐统治者迷信神仙方术、宫中生活的荒唐腐败。

又如《洪州书生》，描写洪州一书生路见不平，拔刀相助，抑强扶弱，除暴安良，而行迹神出鬼没，尤为人们所赞赏，对后世武侠小说颇有影响，故特引录如下：

> 成幼文为洪州录事参军，所居临通衢而有窗。一日坐窗下，时雨霁泥泞，而微有路。见一小儿卖鞋，状甚贫窭，有恶少年与儿相遇，绊鞋坠泥中，小儿哭求其价，少年叱之不与。儿曰：“吾家旦未有食，待卖鞋营食，而悉为所污。”有书生过，悯之，为偿其值。少年怒曰：“儿就我求钱，汝何预焉？”因辱骂之，生甚有愠色。成嘉其义，召之与语，大奇之，因留之宿，夜共话。成暂入内，及复出，则失书生矣。外户皆闭，求之不得，少顷，复至前曰：“旦来恶子，吾不容，已断其首。”乃掷之于地。成惊曰：“此人诚忤君子，然断人之首，流血在地，岂不见累乎？”书生曰：“无苦！”乃出少药傅于头上，捽其发摩之，皆化为水。因谓成

曰："无以奉报，愿以此术授君。"成曰："某非方外之士，不敢奉教。"书生于是长揖而去，重门皆锁闭，而失所在。

唐人小说中此类题材，多为女侠，而像此篇写书生为侠，则尚属罕见。至于其仗义行侠的精神，用药化解人头，及其神秘奇异的行踪，上承唐传奇豪侠小说之绝技，下启明清武侠中飞剑腾空之异想，从中可见侠义小说演变的脉络。

2.蔡絛《铁围山丛谈》

北宋末年至南宋初年，蔡絛撰《铁围山丛谈》，虽以记述人事为主，但杂有志怪，如《河中姚氏》、《任宗尧》、《洛阳大内》、《大相国寺》、《宣和上元节》、《韩生》诸条，皆记怪异奇幻之事。其中卷五《韩生》条，记述韩生以篮贮月光照明的故事，荒怪而有新意：

（桂林）韩生嗜酒，自云有道术，初不大听重之也。一日相别，有自桂过昭平同行者二人，俱止桂林郊外僧之伽蓝。而韩生亦来，夜不睡，自抱一篮持匏杓出就庭下。众共往观之，则见以杓酌取月光，作倾泻入篮状。争戏之曰："子何为乎？"韩生曰："今夕月色难得，我惧他夕风雨，倘夜黑，留此待缓急尔。"众笑焉。明日取视之，则空篮敝杓如故。众亦哂其妄。及舟行至昭平，共坐江亭上，各命仆厮办治肴膳，多市酒，期醉。适会天大风，俄日暮，风益急，灯烛不得张，坐上墨黑，不辨眉目矣。众大闷，一客忽念前夕事，戏嬲韩生曰："子所贮月光今安在？宁可用乎？"韩生为抚掌而对曰："我几忘之，微子不克发我意。"即狼狈走，从舟中取篮杓而一挥，则月光瞭焉，见于梁栋间。如是连数十挥，一坐遂尽如秋天夜晴，月明潋滟，则秋毫皆得睹，众乃大呼，痛饮达四鼓。韩生者又杓取而收之篮，夜乃黑如故。始知韩生果异人也。……

这一艺术想象，颇为丰富优美，竹篮杓取月光贮以应急照明，富有诗意美。

3.郭彖《睽车志》

北宋末年，徽宗受道士林灵素的诱惑，笃信神仙道教，自号“道君”，上行下效，奉道之风弥漫天下。南渡后，这种风气仍然如故。高宗传位孝宗退居南内，喜爱神仙幻诞之书，亦助长了志怪小说的创作，据说郭彖《睽车志》和洪迈《夷坚志》，“似皆尝呈进以供上览”。

郭彖，字伯象，和州人，由进士历官知兴国军。撰《睽车志》。《直斋书录解题》题五卷，《宋史·艺文志》作一卷，而《四库全书总目》作六卷，笔记小说大观本、丛书集成初编本均为六卷。凡作一卷者，如《说郛》诸书，皆为选本。书中所记，都是鬼怪神仙之事，为当时耳目所传闻。《四库全书总目》云：“其名《睽车志》，盖取《易·睽卦》上六‘载鬼一车’之语也。”书中所载多宋高宗建炎、绍兴与孝宗乾道、淳熙间事，汴京旧闻，亦间为录入各条之末。如《常州村妇》：

常州一村媪，老而盲，家惟一子一妇。妇一日方炊未熟，而其子呼之田所，妇嘱姑为毕其炊。媪盲无所睹，饭成，扪器贮之，误得溺器。妇归不敢言，先取其当中洁者食姑，次以饷夫，其亲器臭恶者，乃以自食。良久，天忽昼暝，觌而不相睹，其妇暗中若为人摄去；俄顷开明，身乃在近舍林中，怀掖间得小布囊贮米三四升，适足供朝晡。明旦，视囊米复如故。宝之至今。

虽有善有善报的观念，但农妇把不曾污染的饭先给婆婆吃，次给丈夫，而将不洁之食留给自己吃，这种美德，还是值得称道的。《李稷臣》写福州提刑李稷臣，将接受招降的"贼魁"叶百三，施以炭火烤灼的酷刑，"体皆焦烂乃死"，叶之冤魂报仇，三年后，"稷臣遍体生疮疱，状如火灼，痛不可忍"而死。这也是对不守信义、滥施毒刑之酷吏的精神惩罚。《葛市村农》写平江连年大旱，常熟县葛市村农夫过某，连年丰收，却利用政府为灾区免赋税的惯例，谎报自己六十亩田的灾情，得以免输赋税；第二年蝗虫就群集在过某一家的田里，"禾稼皆尽。而邻比接壤之田，蝗过不食"。又有二家农夫，畎亩东西相接，"东家淳朴守分，西则狡狯暴狠，淳朴之家常苦之。是年蝗至，尽集西家之田，而不入东界"。在谈因果报应中，寓劝诫之意。有的条目，虽然也语涉怪异，却能寓含某种生活哲理，又不乏志怪小说意趣。如《刘先生》写六十余岁的刘先生，以乞丐得钱为生，一富人赠与一衲袍，引起他为物所累之感，"自悟以一袍，使方寸如此"系念，就脱下给与他人，"吾心方坦然无复系念"。说明人不应为物所累，心地坦然才有真正舒适自在的生活。

4.洪迈《夷坚志》

宋代最著名的志怪小说集，是《夷坚志》。作者洪迈（公元1096—1175年），字景庐，别号野处，南宋鄱阳（今江西波阳）人。一生历经徽宗、钦宗、高宗、孝宗四朝。绍兴十五年进士。因父皓曾忤秦桧，遂连累洪迈，出为福州教授，累迁吏部郎兼礼部。曾出使金国，以争朝见礼不为威武所屈，几乎被扣留，还朝反而以使金辱命论处罢官。不久起用，历知泉州、吉州、赣州、婺州、建宁及绍兴府，入为中书舍人兼侍读、直学士院。淳熙二年以端明殿学士致仕，"是岁卒，年八十，赠光禄大夫，谥文敏"①。

---

①见《宋史》卷三七三本传。

在朝敢于谠言，博极群书，广见洽闻，著述甚多，考订辨证，亦多卓见。著作除《容斋随笔》和《夷坚志》外，尚有《史记法语》、《南朝史精语》、《经子法语》等。

《夷坚志》的书名，取自《列子·汤问》“夷坚闻而志之”语意。所载大都是传闻的怪异之事，神仙鬼怪、异闻琐事以及梦卜之类，也涉及宋人遗文轶事和民间风习。卷帙浩瀚，原有四百二十卷，近乎《太平广记》。分初志、支志、三志、四志，每志又分甲乙丙丁戊己庚辛壬癸十集。共约五六千篇。今存二百零六卷，约二千七百余篇，仅原书之半。书始刊于绍兴末，绝笔于淳熙初。此书作者在世时，已有多种刻本，流传甚广。据洪迈乙志序云：“《夷坚》初志成，士大夫或传之，今锓版于闽、于蜀、于婺、于临安，盖家有其书。”加上话本作者从中取材为说话之资，影响所及，更为广远。但卷帙如此之多，不免冗杂，乃至粗制滥造，诚如陈振孙《直斋书录解题》所云：“且天壤间反常、反物之事，惟其罕也，是以谓之怪，苟其多至于不胜载，则不得为异矣。世传徐铉喜言怪，宾客之不能自通与失意而见斥绝者，皆诡言以求和，今迈亦然。晚岁急于成书，妄人多取《广记》中旧事，改窜首尾，别为名字以投之，至有数卷者，亦不复删润，径以入录，虽叙事猥酿，属辞鄙俚，不恤也！”但所作小序三十一篇，大多不相重复，各有新意，所以赵与旹特“撮其意书之”，以使观者“知其不可及”①。陆游《题夷坚志后》诗云：“岂惟堪史补，端足擅文豪。”②足

---

①赵与旹文，见其《宾退录》卷第八。亦见于《夷坚志》中华书局1981年版何卓点校本附录。

②《剑南诗稿》卷三十七。

见其推重之情。清人阮元《揅经室外集》卷三评《夷坚志》云："书中神怪荒诞之谈居其大半，然而遗文轶事可资考镜者，亦往往杂出其间。"这也是符合实际的。

《夷坚志》在神怪荒诞之谈中，也曲折地反映了现实生活中的某些问题，或寓含某种思想意义。北宋末与南宋初，在宋金战争的兵荒马乱年代里，人民家破人亡、骨肉离散的悲惨之事，是较为普遍的。

如《夷坚丁志》卷九《太原意娘》，描写韩师厚妻不为金兵所辱，自刎身亡，葬于燕山，魂游酒楼，题忆夫词于壁上，韩之表弟杨从善自云中到燕山办事，见壁上题词，知为韩妻王氏所作，且墨迹未干，于是杨追踪得知所居。韩亦恰从南宋出使金国，题悼亡词于酒楼壁，杨从善见词，急诣馆与韩会见，杨言及意娘所在，韩惊骇，因其亲睹王氏自刎死。于是杨引韩至王氏所居，方知题词者乃是王氏鬼魂。韩欲将王氏遗骸迁回南方安葬，并向王氏鬼魂表示誓不再娶。后因韩再婚，王氏孤魂无依，怪韩负誓约，乃索韩同归黄泉。王氏的贞烈行为，反映了北方人民的气节，鬼魂题词忆夫，也正是沦陷区人民不忘故国之情的表现。韩因新欢而忘旧情，则是南宋士大夫不思恢复心态的真实写照。本篇亦见于无名氏撰《鬼董》卷一。元人沈和《郑玉娥燕山逢故人》杂剧，明人编《古今小说》中《杨思温燕山逢故人》话本，均据此篇改编。

《夷坚乙志》卷一《侠妇人》，写董国卿之妾助陷落在金统治区的丈夫回到南方的侠义行为，其举止亦很神奇。妾称之为兄的估客，动作之迅速，也似乎能腾飞。通过他们神奇怪异的行动，曲折地表现了金统治区宋遗民的爱国之情。在情节处理上，也具有变化莫测的神秘感，正是这类作品的艺术魅力。

写人与鬼怪精魅婚恋的故事，原是志怪小说的传统题材，《夷坚志》中这类作品也不少。

《夷坚甲志》卷四《吴小员外》写的是一对青年男女生死相恋的爱情悲剧。吴小员外与一酒家当垆少女互相爱慕，女陪吴饮酒，见父母归，急避开。父母出于封建礼教观念，责怪女："为此态，何以适人？"女遂悒郁而死。而其鬼魂在与吴互相寻访中，恰相遇。因女之父告吴其女已死，故女告吴曰："我父欲君绝望，诈言我死，设虚相绐。我亦一春寻君，幸而相值，今徙居城中委巷一楼，极宽洁，可同往否？"热烈欢悦之情溢于言表。吴生则因此受父之责，听信皇甫法师谗言，往洛阳避鬼；而女眷恋不舍，仍与吴生同食宿。皇甫法师又以鬼祟缠身当死之言恐吓吴生，并授以剑云："子当死，今归，试紧闭户，黄昏时有击者无问何人，即刃之，幸而中鬼，庶几可活；不幸误杀人，即偿命，均为一死，犹有脱理。"吴生受了法师的蛊惑，当黄昏听到叩门声时，果"投之以剑，应手仆地。命烛视之，乃女也，流血滂沱"。传说中的鬼，如果用刀剑击杀，往往是歘忽幻灭。而此篇却采取将幻设化为记实的手法，使这故事变得迷离恍惚。被击倒之女，竟"流血滂沱"，而"发冢验视，但衣服如蜕，无复形体"。使读者不感到女鬼之可怖，而是对其追求爱情的不幸遭遇，寄予深切的同情，并很自然地联想起封建社会私奔女子的爱情悲剧。明人编《警世通言·金明池吴清逢爱爱》话本，已佚杂剧《金明池》，传奇剧本《金明池》，皆据此篇改编。《夷坚支甲》卷六《西湖女子》、《夷坚支庚》卷一《鄂州南市女》，也是与此篇类似的爱情悲剧。发人深思的是，悲剧的承受者都是女子，而且具有共同的特点是：女子对爱情专注，热烈追求，或郁闷而死，或不被男方所理解导致悲惨结局。这说明到了封建社会的后期，市民阶层中妇女思想的初步觉醒，要求爱情婚姻的自主与幸福；而封建势力的压力依然沉重，美好的理想一表露，往往遭到抑制而窒息。

《鄂州南市女》中的富人女吴氏，为爱慕茶店仆彭先而死，复活后又主动追求彭先，却遭到彭先批颊而骂："死鬼，争敢白昼现行！"在逐赶中，吴氏坠楼而死。一个能够突破"门当户对"观念，敢于热烈、主动追求爱情的女子，却因庸人的偏见和愚昧，而导致悲剧。据此篇改编的《醒世恒言·闹樊楼多情周胜仙》话本，女主角的性格，更显得大胆泼辣，但仍然摆脱不了悲剧命运。封建社会中的女子，要争取爱情的自由与幸福，是多么的艰难！

有的作品，则是借鬼怪狐魅的故事以示劝诫。《夷坚丙志》卷八《无足妇人》，记京师某朝士看见无足妇人在街上行乞，虽无足但容貌很美，于是悦而收容为妾；经相国寺道人再三告戒他"妖气甚盛"，并指明："家岂有古器若折足铛鼎之属乎？"才不得已以收无足妇为妾之事相告。道士说，妾就是妖怪，赶快逃往百里外，投宿时闻扣门声，切不可开，别无他法。朝士吓坏了，来不及与家人商量，就借良马出走。在旅店中，果然深夜有人呼喊他。"自隙窥觇，乃无足妇也，负两肉翼，翼色正青，士骇汗如雨。"幸亏道人相救，妇人长啸而去。这个故事提醒人们，不要见美色就生邪念，遇上化成美女的鬼怪会有丧命之危。这与后来《聊斋志异·画皮》的主题相似。

《夷坚乙志》卷二《蒋教授》，则是写永嘉人蒋教授在调任还家途中，遇见一叟挟双鬟女子拦路哭泣，问其原因，说是遇盗落难，不得不割爱卖此女。蒋教授很同情他们，把自己随身所有十万钱赠叟，并表示可将此女寄养在他家里："吾善视叟女，非敢以为姬妾，勿忧也。"约定来年相见。这原是仗义行善之事，但后来见此女"颜色日艳"，遂不能自持，把此女作妾。这种见色忘义、负人之托、食己诺言的行为，引起蒋妻和母亲的不满，不愿随蒋赴任，只好独带这丽人赴信州。不久，丽人变色厉声斥责蒋，并说明自己是缙云鬼仙英华①，露出狐妖原形，蒋随即仆地死。这是对重色忘义的伪君子的恶报。这类故事，虽带有迷信色彩，但拨开这层迷雾，仍然可见其合理的内核。

《夷坚志》中，除了大量志怪小说，也有一些作品属于志人小说的性质。例如《夷坚丙志》卷十三《蓝姐》，描写王知军的婢女蓝姐，在遇到几十个强盗抢劫的危急时刻，从容应付，暗中以烛泪污盗衣背，作为破案的线索，无一漏网，财物全部追回，充分表现了这个身为下贱女子的胆识才智。再如《夷坚志补》卷八《王朝议》，描写沈将仕被女色所诱，中了一伙歹徒所设的"局诈计"，携金千万一夕被骗殆尽。这也是颇有启发意义的。"局诈"是黑社会中敲诈勒索钱财的一种卑鄙手段，纨裤子弟最易上当受骗。凌濛初《拍案惊奇·王朝奉一夜迷魂阵》拟话本，据此篇改编。又如《夷坚丁志》卷九《陕西刘生》，写陕西刘生救助南宋派往伪齐统治区做间牒的李忠，铲除汉奸卖国贼田庠，表现了敌伪统治区人民的爱国思想，也颇感人。此外，《夷坚志》中记载了不少人物轶事，也有鉴赏和史料价值。如《夷坚甲志》卷一《韩郡王荐士》。

---

①《缙云鬼仙》事，见《夷坚甲志》卷十二。英华爱憎分明，乐于帮助真正相爱、善良的人，对非礼侵犯者则严惩。

5.元好问《续夷坚志》

直接仿效《夷坚志》内容、体例者，有金诗人元好问撰《续夷坚志》，清《四库全书》本作二卷，商务印书馆《丛书集成》本，据《得月簃丛书》本排印，分四卷，附《金史》元好问本传，及元人所作跋、清人所作序，并有《元好问年谱略》。原书有作者自序，已佚。

元好问（公元1190—1257年），是金元间的著名诗人。金哀宗时，充国史馆编修，历任内乡令、南阳令、行尚书省左司员外郎等职，仕金并不得志。入元后，归乡隐居著述，编金史籍《壬辰杂编》、金诗总集《中州集》，卒于元宪宗时。《续夷坚志》是他晚年的作品。书中故事，受六朝志怪小说影响较明显，其中写鬼魂遇合之类的事，是模拟《列异传》、《搜神记》中的同类故事；宣扬佛家戒杀生的一些作品，则从《宣验记》、《冥祥记》中化出。

也有某些作品反映了现实生活，有一定的思想意义。例如卷二《范元质决牛讼》：

> 范元质令平舆，函头村彭李家兄弟皆豪于财。彭李三水牯生一犊，数日死，弃水中。邻张氏亦生一犊，李三为牧儿所诱，窃张犊去，令其家水牯乳之。张家挞之，遂告张曰："李家犊死水中，今所乳君家犊也，君告官，我往证。"张塑之官，元质曰："此不难。"命汲新水两盆刺两牛耳尖血沥水中，二血殊不相入。又提犊子亦刺之，犊血沥水上，随与张牛血相入而凝，即以犊归张氏，县称神明。元质名天保，磁州人。进士赵公祥亲见。

这件公案，在当时条件下，一般人是难以作出准确判断的。范元质采取简便易行的血型"化验"土方法，正确地作出判断，辨明是非，了结公案，是值得称赞的清官。

或云此书成就超过《夷坚志》，乃是作序跋者言过其实的溢美之词。元人商邱宋无跋云："所续《夷坚志》，岂但过洪景庐而已……恶善惩劝，纤细必录，可以知风俗而见人心。"清道光年间荣誉序云："此书其名虽续洪氏，而所记皆中原陆沉时事，耳闻目见，纤细毕书，可使善者劝，而恶者惩，非《齐谐》《志怪》比也。"

6.沈□《鬼董》

略晚于洪迈《夷坚志》，有一部志怪小说集《鬼董》，意谓写鬼之董狐也，是记鬼的史家。据书末元泰定丙寅（即三年，公元1326年）临安钱孚跋语所云："《鬼董》五卷，得之昆陵杨道芳家。此只抄本，后有小序，零落不能详。其可考者，云：'太学生沈。'又云：'孝、光时人，而关解元之所传也。'喜其叙事整比，虽涉怪而有据。故录置于笥中，以贻同好。"书中第四卷有"嘉定戊寅，予在都"之语，可见作者于南宋宁宗时尚在世。清乾隆年间鲍廷博刻印此书，云："所纪多涉鬼神幻惑之事，……而劝惩之旨寓焉。"这原是志怪小说的传统，而宋金人所作，尤为突出。书中作品，除沈某所作外，还杂有唐人之作，如卷一《韦自东》条，原系裴铏《传奇》中的一篇。

此书也不是全记鬼魅事，有一部分是写现实生活的。如卷二《金烛》，围绕雅州太守给秦桧送寿礼，以精金为烛心造成如椽大烛，路遇黑店鱼氏夫妇谋财害命事件，揭露秦桧以权谋私、地方长官"赂献山积"，以至秦桧"金不足道，又必穷索异宝，皆尚方所无"，恣意受贿；从宰相到地方长官都腐败至极，社会治安混乱，才助长了黑势力如鱼氏夫妇的凶残嚣张气焰。政治的腐败与黑社会的险恶，是相伴而生的。

当然，写得更多的是鬼魅世界。卷一《吴生遇恶鬼》、卷四《太原王垂》、《质库樊生》诸条，都是描写贪图美色之徒险遭丧生之祸的。其中《质库樊生》的思想内涵较深刻。樊生所遇的丽人陶小娘子鬼魂，原是清河郡王张俊的宠妾，因她有外遇而被腰斩，这是封建社会中妇女的悲剧。陶小娘子鬼魂的出现，选择拾到她的一只鞋的樊生为配偶，并追求樊生不放，实际是她生前向往爱情幸福愿望的继续。像张俊这样的权贵，姬妾众多。不合理的婚姻制度，导致陶小娘子的悲剧，也暴露了张俊的残忍暴虐本质。作品中写的是鬼世界，却反映了南宋临安市民的生活面貌和风俗人情，以及下层市民的不幸遭遇。陶小娘子是被张俊拦腰一剑杀死的，所以她的鬼魂形象，尽管是“粲然丽人，目所未见”，但她仍然“自腰以下，中断而异处”，“腰腹中绝，以线缝缀，而不甚相属”，在阴间地府还是摆脱不了被统治、受审讯的境遇。至于顾六翁媪、鬻糕者雍三、王老娘等一群鬼魂，他们在阴间的生活，不过是现实人生的写照。顾六翁媪深夜被鬼卒抓走，雍三夜晚还在辛苦捣粉做糕，都与生前一样受苦受难。《京本通俗小说·西山一窟鬼》、《警世通言·一窟鬼癞道人除怪》，均以此篇为题材。

《鬼董》卷五《裴端夫》是一篇很特殊的鬼故事。华亭县陈知县的幕客裴端夫，醉酒午夜坐帐中，受到了众鬼官的朝贺，得到尊敬，还有一个女孩很亲热地与他玩耍，精神上得到平生未有的安慰。而对于官气十足、厉声怒斥的陈知县，却以牙还牙，鬼魂附于婢体，借婢之口，厉声痛骂知县，并使他遇到一系列倒楣的事，妻子死亡，自己被弹劾丢官。颇有为怀才不遇者渲泄不平之气、嘲弄庸人窃居美官的意味。篇中小女鬼的形象天真活泼，对话生动，若闻其声，有较浓的生活气息。

如上所述，宋金元时期志怪小说，数量不少，但除少数作品外，因袭前人旧题材较多，艺术想象力不够丰富，志怪小说而又要证以为真，失于拘谨，而乏其意韵风致。

三、宋元笔记体志人小说

（一）“世说体”两种

刘义庆《世说新语》，是志人小说的正宗，影响很大，以至形成文言小说的一个流派，称之为“世说体”，几乎代有作者。唐有王方庆《续世说新书》，宋则有孔平仲《续世说》和王谠《唐语林》，至明、清，“犹复为之不已”。孔、王两种仿效“世说”之作，虽有“纂旧闻则别无颖异”之嫌，但也提供了不少文史与小说资料。

孔平仲，字义甫，临江新喻（今江西新余县）人。登进士第，吕公著荐为秘书丞，集贤校理。与兄文仲、武仲皆有文名，时号“清江三孔”。平仲与苏轼关系密切，同坐党籍。本传见《宋史》卷三百四十四。所著《续世说》十二卷，编南朝刘宋至五代事，以续刘义庆之书。《世说新语》共分三十六门，《续世说》则分三十八门，比前者少《豪爽》一门，而增《直谏》、《邪谄》、《奸佞》三门。从各门所辑录的人物言行、思想性格，体现编纂者的褒贬倾向。

例如卷一《德行》门的“李光颜”条：

淮西之师，汴帅韩弘骄矜倔强，常倚贼势索朝廷姑息。恶李光颜力战，阴图挠屈，计无所施。遂举大梁城求得一美妇人，教以歌舞、弦管、六博之艺，饰之以珠翠金玉衣服之具，计费数百万。乃命使者送遗光颜，冀光颜一见悦惑而怠于军政也。使者即赍书先造光颜垒，曰："本使令公，忧公暴露，欲进一妓，以慰公征役之思。"光颜曰："今日已暮，明旦纳焉。"诘朝，光颜乃大宴军士。三军咸集，命使者进妓。妓至，则容止端丽，殆非人间所有，一座皆惊。光颜谓来使曰："令公怜光颜离家室久，舍美妓见赠，诚有以荷德也。然光颜受国家恩深，誓不与逆贼同生日月下。今战卒数万，皆弃妻子，蹈白刃。光颜乃何以美色为乐！"言讫，泣涕呜咽。堂下兵士数万，皆感激流涕。乃厚以缣帛酬其来使，俾领其妓自席上而回。自此兵众弥加激励。

这则故事录自《旧唐书·李光颜传》，略改数字而已。虽然是正史中的文字，但此事极为感人。其历史背景是在淮西节度使吴元济叛乱之时，朝廷任命韩弘为淮西诸军行营都统平叛。但他拥兵自重，利用叛乱之势索取朝廷对自己的依赖迁就，因而对忠武军节度使李光颜奋战立功，颇为不满，妄图用美人计动摇李的斗志和威信。这对光颜确是严峻的考验。本文描述在这场斗争中，光颜如何将计就计，借这一事件更加振奋全军将士的意志，从而突出他光明磊落、一心为国、坚如铁石的意念；又很注意斗争策略，说话明快有力，既坦然表明自己正直无私，也不使韩弘难堪，在实际效果上，却又暴露了韩弘心术不正。孔平仲采用这样的史传文章列入《续世说》，树立德行的榜样，倾向鲜明，小说文学的意味亦较浓。

王谠，字正甫，长安人。出身于显赫的仕宦世家，又是宋哲宗元祐年间宰相吕大防的女婿。在吕的提携下，曾一度官运亨通，任国子监丞、少府监丞。可能由于他本人的某些弱点，在谏官刘安世、吴安诗等人的反对下，吕也未能袒护。他与旧党人物关系密切，但他的遭弹劾，似与党争无关。元祐后，曾出任郊州通判。卒于徽宗崇宁、大观年间。他大体上与苏轼同时，而年辈稍晚，在书画等文化艺术修养方面，受过苏轼的影响。

《唐语林》共分五十二门，与《世说新语》相比，少《捷悟》一门，而另增《嗜好》、《俚俗》、《忠义》、《计策》等十七门。它是从《国史补》、《因话录》、《封氏闻见记》等五十家小说中辑录出来的，可以说是一部少而精的小说总集。所采摭之书，许多原书已亡佚，它起了辑集保存文史资料的作用，对研究唐代文史的人，具有重要的参考价值。它采摭唐人的作品，不像《类说》、《绀珠集》那样引书只节录梗概，使读者有文意不全之憾，它的可读性较强；它继承《世说新语》的传统，偏重记述人事，注意情致，很少涉及鬼神变幻等荒怪之事，不像《太平广记》那样庞杂。从王谠原注曾引用《续世说》中有关文字来看，此书当比孔平仲之作后出。今存八卷，已非全帙。中华书局于1987年出版周勋初《唐语林校证》，用功较深，使此书便于阅读，且附录了不少有价值的材料：

因此书并非宋人创作，仅举录一例：

玄宗为潞州别驾，入觐京师，尤自卑损。暮春，豪家子数辈游昆明池。方饮次，上戎服臂鹰，疾驱至前，诸人不悦。忽一少年持酒船唱曰："今日宜以门族官品自言。"酒至，上大声曰："曾祖天子，祖天子，父相王，临淄王李某。"诸少年惊走，不敢复视。上乃连饮三银船，尽一巨馅〔觥〕，乘马而去。

此条原载《夙慧》，周校证本入《豪爽》门，较妥。原出《松窗杂录》。从对青年时代李隆基一次入京游昆明池的服饰、举止、言语的描述中，生动地表现了他英锐豪爽的气概。文简字约，寥寥数语，写出人物某一方面的性格特征，深得《世说新语》之妙。

（二）宋人笔记体志人小说

1.魏泰《东轩笔录》

魏泰，字道辅，襄阳（今属湖北襄樊市）人。宋徽宗时右仆射曾布之妇弟。《郡斋读书志》称："为人无行，而有口，颇为乡里患苦。"不曾应试，博览群书，熟悉掌故，但因好作伪书，为时人所谴责。哲宗元祐中，纪其少时公卿间所闻，成《东轩笔录》十五卷，续录一卷。曾布赞翊章惇继续推行新法，魏泰于此书中亦数称"惇长"，有"阿私所好"之嫌；但当徽宗崇宁、大观年间，章惇任宰相时，要魏泰做官，却始终不愿接受。虽受党派偏见或个人恩怨的影响，有时不免言违真实，但可取的材料，仍然不少，是值得重视的宋人笔记小说之一。

如卷二《张文定公》条：

张文定公齐贤，以右拾遗为江南转运使。一日家宴，一奴窃银器数事于怀中，文定自帘下熟视不问。尔后文定三为宰相，门下厮役往往皆得班行，而此奴竟不霑禄。奴乘间再拜而告曰："某事相公最久，凡后于某者，皆得官矣。相公独遗某，何也？"因泣下不止。文定悯然语曰："我欲不言，尔乃怨我。尔忆江南日盗我银器数事乎？我怀之三十年，不以告人，虽尔亦不知也。吾备位宰相，进退百官，志在激浊扬清，安敢以盗贼荐耶？念汝事我久，今予汝钱三百千，汝其去吾门下，自择所安。盖吾既发汝平昔之事，汝宜有愧，于吾而不可复留也。”奴震骇，泣拜而去。

围绕张齐贤对一个盗窃银器的奴仆所持的态度，刻画了他宽容大度而又严肃认真的性格特征。目睹奴仆盗窃几件银器，对他家里造成一些损失，但毕竟是家奴小过，可以隐忍三十年，不告诉任何人，不予以追究，显其豁达宽容。但让盗窃之徒担任国家官吏，有害于国家的大事，他坚决不答应，这也是高度负责的精神。

又如卷三《范文正公》条：

范文正公仲淹，少贫悴，依睢阳朱氏家，常与一术者游。会术者病笃，使人呼文正而告曰："吾善炼水银为白金，吾儿幼，不足以付，今以付子。"即以其方，与所成白金一觔，封志纳文正怀中。文正方辞避，而术者已绝。后十余年，文正为谏官，术者之子长，呼而告之曰："而父有神术，昔之死也，以汝尚幼，故俾我收之。今汝成立，当以还汝。"出其方并白金授之，封识宛然。

从这件小事中，表现了范仲淹重义轻财、正直无私的品格。还可以体察到，范仲淹虽处贫悴之境，曾与术者游，但他并没有为黄白之术所动，而是锐意进取功名。

再如卷十二《王荆公再罢政》条，描写王安石罢相后，主动辞让朝廷赐与的官衔俸禄，筑第于金陵南门外之半山。"平日乘一驴，从数僮，游诸山寺。欲入城，则乘小舫，泛潮沟以行，盖未尝乘马与肩舆也。所居之地，四无人家。其宅仅蔽风雨，又不设垣墙，望之若逆旅之舍。有劝筑垣，辄不答。元丰末，荆公被疾，奏舍此宅为寺，有旨赐名'报宁'。既而荆公疾愈，税城中屋以居，竟不复造宅。"从他投闲置散的生活中，反映了他简朴淡泊、坦荡无拘的胸怀。这位“拗相公”其实是很平易近人的，骑毛驴游山玩水，乘小船进城，既不带警卫随从，连住宅垣墙也没有，足见其坦荡君子之风。

2.欧阳修《归田录》

讲宋人笔记小说，不提及欧阳修（公元1007—1072年）的《归田录》，总觉得不妥。这位北宋诗文革新的文坛领袖，官至参知政事的政治家，当然无意于小说创作。但他经历仕宦生涯既久，交往士大夫亦多，阅世经验丰富，又擅长文笔，故于公余闲暇时，用笔记体的形式记载朝廷轶事和士大夫间诙谐的言谈，乃至涉及下层人民的生产劳动知识，也是很自然的。其中有些是比较精采的小说。此书二卷，收入《欧阳文忠公全集》，亦见于《稗海》、《笔记小说大观》等书。大约是欧阳修平日公余随手所记，晚年归田后加以编排整理成书，故题名为《归田录》。据说成书之初，书未出而序先传，神宗遽命中使索阅，作者删除一些“未欲广布”的内容，而补入谐谈、戏谑之言，以增篇幅。可见进呈的并非原本。宋代文网最疏，而著述者尚不免有所顾忌。作者文笔精炼隽永，叙事写人，条畅而传神。

如卷一《卖油翁》条：

陈康肃公尧咨，善射，当世无双，公亦以此自矜。尝射于家圃，有卖油翁释担而立，睨之，久而不去。见其发矢十中八九，但微颔之。康肃问曰：“汝亦知射乎？吾射不亦精乎？”翁曰：“无他，但手熟耳。”康肃忿然曰：“尔安敢轻吾射！”翁曰：“以我酌油知之。”乃取一葫芦，置于地，以钱复其口，徐以杓酌油沥之，自钱孔入，而钱不湿，因曰：“我亦无他，惟手熟尔。”康肃笑而遣之，此与庄生所谓解牛、斫轮者何异？

这一小故事，说明一个朴素的真理：熟能生巧。射箭中的，沥油不湿钱孔，都是长期手勤熟练的结果。描写两人的神态、对话，栩栩如生。卖油翁释担而立，睨射久而不去，“但微颔之”。赞赏善射的神情，恍然如在眼前。酌油的表演，事小而奇妙，以此与射箭相比，说明业精于熟的道理，出人之意外，却又非常贴切。从陈康肃起初的说话和忿然的表情，以至最后“笑而遣之”的态度，维妙维肖地刻画了一个士大夫膺服于卖油小民的心理活动过程。

3.沈括《梦溪笔谈》

沈括（公元1031—1095年），字存中，钱塘（今浙江杭州市）人，寄籍吴县。仁宗嘉祐八年进士。神宗熙宁间，官至翰林学士、龙图阁待制；元丰五年出知延州，坐永乐城陷不能救，贬均州团练副使。后复光禄寺少卿分司南京。卜居润州（今江苏镇江）梦溪，自号梦溪翁。沈括高材博学，多技能，尤精于音律、星历，是著名的科学家和学者。

《梦溪笔谈》二十六卷。他晚年“退处林下，深居绝过从，思平日与客言者，时纪一事于笔”，“所与谈者，唯笔砚而已，谓之笔谈”① 。这是一部综合性笔记。其内容，分为故事（指典章制度之类故实）、辨证、乐律、象数、人事、官政、权智、艺文、书画、技艺、器用、神奇、异事、谬误、讥谑、杂志、药议等十七类。又有《补笔谈》三卷，《续笔谈》十一篇。某些可以作为志人小说读的作品，很善于从日常生活小事中，刻画某一人物性格的特点。

①引自《梦溪笔谈·自序》。

例如卷九《人事》一《王文正》条，写王文正对日常饮食很随便，厨师私下多吃肉就增加肉、侧门低便据鞍俯伏而过亦不问、控马卒服役五年不识正面而识其背，通过这些生活细节的描写及其对人的态度，突出他“局量宽厚，未尝见其怒；饮食有不清洁者，但不食而已”的性格，以及对人对事都非常随和而寡言语的气质。又如同卷《晏元献公》条，写晏殊少年时代应举荐，参加御试进士，一见试题就说：“臣十日前已作此赋，有赋草尚在，乞别命题。”又写其任馆职时，士大夫们都到街上酒楼宴游，他因贫而不能同行，独家居与昆弟讲习。一天皇帝任命他为太子舍人，并说明这是因为在馆阁臣僚无不嬉游燕赏之时，只有他杜门不出，与兄弟读书，“如此谨厚，正可为东宫官”。晏殊却坦率地说：“臣非不乐燕游者，直以贫，无可为之。臣若有钱，亦须往，但无钱不能出耳。”通过这些事例，充分表现了他襟怀坦白、忠厚诚笃的品格。

以简洁的文字，写某一事件，刻画人物某一方面的性格或气质、风度，原是志人小说的传统特色。沈括则继承并发扬了这一优良传统。如卷九《人事》一《李士衡》条：

> 李士衡为馆职，使高丽，一武人为副。高丽礼币赠遗之物，士衡皆不关意，一切委于副使。时船底疏漏，副使者以士衡所得缣帛藉船底，然后实己物，以避漏湿。至海中，遇大风，船欲倾覆，舟人大恐，请尽弃所载，不尔，船重必难免。副使仓惶悉取船中之物，投之海中，更不暇拣择。约投及半，风息船定。既而点检所投，皆副使之物。士衡所得在船底，一无所失。

在极其紧凑的情节、精炼的描述中，围绕对高丽礼币赠遗之物的态度，士衡的“皆不关意”，与副使武人的贪婪自私，形成鲜明的对比。而又特写了船漏遇风、副使武人手忙脚乱的戏剧性场面，暴露了副使武人以损人利己始、以彻底害己告终的丑恶嘴脸。不加一词，褒贬自明。

封建时代的士大夫，对农民起义持有偏见，除司马迁《史记》外，官修正史对农民起义往往缺乏客观的记载。沈括却能以同情的态度如实描写李顺起义。本书卷二十五《杂志》二《蜀中剧贼李顺》条，先写了在镇压李顺起义过程中，原来被杀的是个假李顺，朝廷论功行赏，“了无闲言”。过了三十多年，真李顺才在广州被捕。这事件本身，就是对朝廷和平蜀将士的极大讽刺。作者着重写了李顺起义的真相，及其能逃脱三十余年的原因：

> 顺本味江王小波之妻弟。始王小波反于蜀中，不能抚其徒众，乃共推顺为主。顺初起，悉召乡里富人大姓，令具其家所有财粟，据其生齿足用之外，一切调发，大赈贫乏，录用材能，存抚良善，号令严明，所至一无所犯。时两蜀大饥，旬日之间，归之者数万人。所向州县，开门延纳，传檄所至，无复完垒。及败，人尚怀之，故顺得脱去三十余年乃始就戮。

在极短小的篇幅中，写出李顺发动群众、组织群众的能力，政策深得人心，使起义事业得到迅速的发展。尽管最后失败了，因为他扎根于人民大众之中，得到群众的掩护，所以得以脱身这么多年。

沈括善于用春秋笔法，对人物言行举止，只作客观描述，而读者于字里行间，很自然地体察到其人品的高低，产生爱憎之情。如卷二十二《谬误（附谲诈）》类《丁晋公从车驾》条：

> 丁谓公从车驾巡幸，礼成，有诏赐辅臣玉带。时辅臣八人，行在祗候库止有七带；尚衣有带，谓之比玉，价值数百万，上欲以赐辅臣，以足其数。晋公心欲之，而位在七人之下，度必不及己，乃谕有司："不须发尚衣带，自有小私带，且可服之以谢，候还京别赐可也。"有司具以此闻。既各受赐，而晋公一带，仅如指阔，上顾谓近侍曰："丁谓带，与同列大殊，速求一带与之。"有司奏唯有尚衣御带，遂以赐之。其带，熙宁中复归内府。

这个丁谓，是一惯善迎上意、机变狡诈的伪君子。他当地方官时，就搜刮当地特产进贡皇帝，为了自己往上爬，不顾人民死活。后来苏轼《荔支叹》诗中就曾鞭笞过他。本篇作者写他为了得到尚衣局的御用玉带，是多么工于心计，采取欲得先弃的策略，既博得谦让之名，又获得想要的玉带，太狡猾了！作者不加一贬词，而读者心目中的丁谓，是个很阴险卑鄙的人物。把这一条列为"谲诈"一类，也是皮里阳秋的手法。该卷共十三条，记丁谓的谲诈劣迹就有两条，作者对其人之深恶，可想而知。

4.周密《齐东野语》

周密（公元1232—1298年），字公谨，号草窗，为南宋著名词人之一。其先世为历下（今山东济南市）人，故《齐东野语·自序》云："余世为齐人，居历山下。"曾祖父随高宗南渡，因家吴兴弁山，自号弁阳老人，但一生不忘中原。其父曾谓身虽居吴，心未尝一饭不在齐。称其书为《齐东野语》，也是不忘父志的意思。宋理宗淳祐末年，曾任义乌（今浙江义乌市）令。宋亡不仕。著有《草窗韵语》、《蘋洲鱼笛谱》、《武林旧事》、《癸辛杂识》等。

《齐东野语》二十卷，记南宋朝野事。自序云："大父掌帝制，朝野之故耳闻目接，岁编日纪，可信不诬；我先君博极群书，习闻台阁旧事，每对客语，音吐洪畅，缅缅不得休。坐人倾耸敬叹，知为故家文献也。余龆侍膝下，窃剽绪馀，已有叙次。"但在国家多故之时，"遗编鉅帙，悉皆散亡"。这部书是他晚年闲居追念的记录，"参之史传诸书，博以近闻胜说，务求事之实，不计言之野也"。虽强调记事真实，而传闻胜说亦多，有不少篇章是颇为生动的短篇小说。

例如卷一《陆务观》条，记叙诗人陆游与唐琬的婚姻悲剧，读来催人泪下。一对互相倾爱的青年夫妻，只因妻子"弗获于其姑"，被迫离异。"既出，而未忍绝之。则为之别馆，时时往焉。"足见感情之深。但封建家长还不肯放过："其姑知而掩之，虽先知挈去，然事不得隐，竟绝之。亦人伦之大变也。"封建伦理造成的婚姻悲剧是很多的，陆游与唐琬被迫离异后，虽然没有像焦仲卿夫妇那样双双殉情而死，但是互相思念之情的煎熬，是更为深沉的悲剧：

> 唐后改适同郡宗子士程。尝以春日出游，相遇于禹迹寺南之沈氏园。唐以语赵，遣致酒肴。翁怅然久之，为赋《钗头凤》一词，题园壁间云。

这就是陆游题写《钗头凤》这首情真意深之词的缘由。词中虽然没有直接指责自己母亲所制造的这个悲剧，但言："东风恶，欢情薄，一怀愁绪，几年离索，错，错，错！"激愤、悔恨之情非常强烈。罪恶的封建势力，造成难以忘却的痛苦。周密对他们的悲剧寄予深切的同情，于是继续描述这个悲剧给男女双方留下的心灵创伤。唐琬不久就抑郁而死，陆游则终生感到遗憾，永远难以平息心灵创伤之痛："翁居鉴湖之三山。晚岁每入城，必登寺眺望，不能胜情。尝赋二绝句云：‘梦断香消四十年，沈园柳老不飞绵。此身行作稽山土，犹吊遗踪一怅然。’……。”距上次在沈园见面，已经过了四十四年，而哀伤之情，仍然排遣不了，这是多么执著深挚的感情。直到宁宗开禧元年，八十一岁的诗人，还梦游沈园，写下一往情深、凄婉动人的诗篇。周密在这篇轶事小说中，以陆游有关与唐琬的诗词为线索，真实、生动地记述了这一感人至深的爱情悲剧，数百年来，一直拨动着人们的心弦，并被改编为小说、戏曲，近年还搬上电视屏幕。

前面论及佚名志怪小说《鬼董》时，曾提到雅州守以金烛奉秦桧生日礼，断送十几条人命。《齐东野语》卷八《秦桧当国》条，也是写地方官挖空心思给秦桧送礼的。广东方经略送一箱特制香烛，恰逢秦桧宴会，启用其烛。“俄而异香满座。察之，则自烛中出也。亟命藏其馀枚，数之，适得四十九。呼来卒问故，则曰：‘经略专造此烛供献，仅五十条。既成，恐不佳，试艺其一，不敢以他烛充数。’秦大喜，以为奉己之专也，待方益厚。”恰投秦桧之所好，方经略也就官运亨通。另一个送礼的是蜀宣抚郑仲，秦桧“格天阁毕工，郑书适至，遗锦地衣一铺。秦命铺阁上，广袤无尺寸差。秦默然不乐，郑竟失志，至于得罪”。遇上秦桧的逆反心理，郑宣抚送锦地毯尺寸不差，却得了罪。这个故事，既反映了秦桧的专横贪贿，也揭露了地方大员的卑鄙无耻、政治的腐败。

士大夫的笔记体志人小说，一般都侧重于记上层人物的轶事琐闻，这也是他们最熟悉的人和事。《齐东野语》卷二十《天台营妓严蕊》条，却能把当时社会最底层的妓女，作为品德高尚、性格坚强、宁死不屈的正面人物来歌颂，而把理学大师、一方长官朱熹假公济私、以权势泄私怨、陷害无辜的丑恶面目，暴露无遗。天台官妓严蕊，善琴、棋、书、画、诗词，是"色艺冠一时"的名妓。唐与正任台州知府，按当时的规章制度，要严蕊承应官府宴会，行酒唱曲，即席赋词，但并无违章留宿的私情。朱熹任浙东提举，乘到台州视察之机，对唐与正借故进行打击，以泄私愤，就诬陷与正同严蕊有私情，对严蕊搞逼供：

> 蕊虽备受箠楚，而一语不及唐；然犹不免受杖，移籍绍兴，且复就越置狱鞫之。久不得其情，狱吏因好言诱之曰："汝何不早认，亦不过杖罪……"蕊答云："身虽贱妓，纵是与太守有滥，科亦不至死罪。然是非真伪，岂可妄言以污士大夫？虽死，不可诬也！"其辞既坚，于是再痛杖之，仍系于籍。两月之间，一再受杖，委顿几死。然蕊声价愈腾，至彻阜陵之听。

在作者笔下的严蕊，不仅仅色艺双绝，而且心灵也是美的。这种美的内涵，突破了以往写妓女心灵之美重在对爱情的追求、如何跳出火坑、从良后治家有方之类的局限；塑造了一个敢于坚持是非真伪之辨、不为好言所诱、不为酷刑所屈，胸怀坦荡、光明磊落的下层妇女形象。她的品格，赢得了社会舆论的赞赏，乃至当朝皇帝宋孝宗也知道此事。作者对严蕊的同情与赞美是很显然的，相形之下，对道学家朱熹的贬斥，不言而谕。明代凌濛初拟话本《二刻拍案惊奇》卷十二《硬勘案大儒争闲气，甘受刑侠女著芳名》，据此篇改编。冯梦龙编纂《情史类略》，亦辑入此条。

（三）元人笔记小说举要

往昔提及元代文学，独标举戏曲，而论述其社会背景，又过分强调元朝统治者野蛮、愚昧及其对经济、文化的破坏性，强调政治的黑暗面，其实，这是带有片面性的。近年来，学术界逐渐矫正了这种倾向，对元代社会及诗、文诸方面的成就，予以应有的重视和求实的评价。这也是解放思想、实事求是精神在学术领域的体现。

就文言小说而论，固然不能与唐宋相比，特别是传奇体小说，确实衰落了，但也还有前面曾论述过的像宋梅洞《娇红记》那样优秀的传奇小说。笔记体志人小说，数量虽少，但还是出现了一些有影响的笔记小说集。元末，陶宗仪除撰著《辍耕录》外，还编纂了卷帙浩瀚的综合性大型丛书《说郛》，其中小说、杂记占了很大的比重。

1.刘祁《归潜志》

刘祁，字京叔，浑源（今山西浑源县）人。金太学生，"得从名士大夫问学，……其后进于有司，不得志"。金亡，归乡里，自云"甲午岁（公元1234年）复于乡，盖年三十二矣"，可推知生于1202年。入元复出，乃就试南京（金以汴京为南京）得魁，充山西东路考试官。

《金史·刘祁传》称，《归潜志》对于金末之事多有足征。其书自序云："独念昔所与交游，皆一代伟人。今虽物故，其言论谈笑之犹在目，且其所闻所见，可以劝戒规鉴者，不可使湮没无传。因暇日记忆，随得随书，题曰《归潜志》。归潜者，予所居之堂之名也。"因所记大多是耳闻目睹的金末时事与人物，比较可信。元人修《金史》，多取材于此书。全书十四卷，各卷虽无小标题，也不分门别类，但基本上以类相从，条理清楚。叙述朴实无华，也不涉及虚妄怪异之事。在金元笔记中，这是最有价值的一种。

作者记述人物轶事，善于从人物所作诗句或言谈中，揭示其性格的本质特征。如卷一首条《金海陵》：

金海陵庶人，读书有文才。为藩王时，尝书人扇云："大柄若在手，清风满天下。"人知其大志。正隆南征，至维扬，望江左赋诗云："屯兵百万西湖上，立马吴山第一峰。"其意气亦不浅。

金海陵王，即完颜亮。从其题扇的双关之语，可见其独揽大权之志。望江左的诗句，更暴露其妄想吞并南宋的野心，故为宋人岳珂《桯史》所引述。

对于金朝官场的腐败，近侍和执政大臣的苟且偷安心理，作者往往采取素描笔法，予以勾勒，稍加议论，其精神面貌，全盘托出。如卷七，虽分列各条，实际上是从各个侧面暴露金朝的黑暗腐朽，揭示其灭亡的必然性。《养相体》条写道：

南渡之后，朝廷近侍，以谄谀成风。每有四方灾异，或民间疾苦，将奏之，必相谓曰："恐圣上心困。"当时有人云："今日恐心困，后日大心困矣！"竟不敢言。又在位者，临事，往往不肯分明可否，相习低言缓语，互推让，号"养相体"。吁！相体果安在哉？又宰执用人，必先择无锋芒，软熟易制者，曰"恐生事"。故正人君子，多不得用；虽用，亦未久遽退闲。……

虽然没有具体描写某一人物，但却呈现出一个腐朽的统治群体，使人感受到一股败坏没落的衰颓之气。也有通过对某宰执大臣尸居余气的描述，反映其政治腐败的。如卷九《高岩夫》条。

《归潜志》可以说是一面金朝亡国的镜子，对后来的当权者，具有劝戒作用。此外，有一些记述人物轶事琐闻的条目，如卷九《李长源》,写李长源的才高不通世事、傲岸多怒；《赵闲闲》写赵闲闲为谢绝别人求他书法，在应邀宴饮前先告诸友人:“吾今往，但不写字耳。如求字者，是吾儿!”读来也颇能解颐。

2.杨瑀《山居新话》

杨瑀（公元1286—1361年），字元诚，杭州人。天历间，擢中瑞司典簿，因廉洁谨慎，越级提升为奉议大夫，太史院判官。至正十五年，出任建德路总管，颇受当地人民爱戴，进阶中奉大夫、浙东道宣慰使、都元帅。至正二十年致仕。

《山居新话》四卷，记录所见所闻，羼入神怪之事。其中有记述值得表彰的人物轶事，至今犹闪灼着思想光芒。如《笔记小说大观》本所载第十二条《聂以道》，记载聂以道任某县尹时，有个卖菜农夫，在早晨赶集的路上，拾得一束钞票，计一十五定。回家告诉母亲，其母嘱他到原处等候失主，如数归还，失主却讹诈原数有三十定。于是就闹到县尹聂以道处。聂经调查对证，将这十五定钱赏给菜农贤母养老，而要故意讹诈钱数者自己到别处去寻找。在这篇短小的故事中，表现了菜农老母拾金不昧、穷而志坚的高尚品格，并赞扬县尹聂以道判案的精明公正。文字简洁，而叙事完整，且具波澜，结末出人之意外，是一篇较精采的笔记小说。

3.陶宗仪《辍耕录》

陶宗仪，字九成，号南村，浙江天台人。曾应进士考试，未中。至元年间避难华亭，勤于著述，耕作时随带笔砚，有所得便挥笔疾书，《南村辍耕录》就是这样写成的。此外，还节录前人小说、笔记等为综合性大型丛书《说郛》。《古刻丛钞》则是钞录古代的碑刻。

《辍耕录》三十卷，成书于元末，有至正二十七年孙位序。这是一部很有文献价值的笔记，元典章制度、宋末掌故诗文、历史琐闻赖以保存；而某些故事，记述动人，具有短篇小说的特点。如卷四《贤妻致贵》条，记程鹏举在宋末被虏，于张万户家为奴，张将虏到的某女给程为妻；其妻屡次劝程逃回南宋，引起程的怀疑，致使张万户将其妻卖给人家；临别时，妻将所穿一只绣鞋，交换程穿的一只鞋，以期后会，于是程感悟奔宋。入元后，程为陕西行省参知政事，派人到原地寻找其妻，从尼姑庵中迎回。作者着意塑造了程鹏举妻坚贞不屈、贤能守正的妇女形象。一个被蒙古人或色目人虏为奴的弱女子，一心为丈夫摆脱奴隶的困境，不惜作出最大的牺牲，虽遭丈夫怀疑而其志毫不动摇；被转卖后，始终保持贞洁，并以通宵达旦的劳动所得，赎得自身的解放，出家为尼，誓不嫁人，忠于丈夫。这也正是我国古代妇女的崇高品德。程鹏举与妻别后，也誓不另娶，贵而不忘共患难的贫贱之妻，这种美德也是值得称道的。明人董应翰《易鞋记》传奇、陆采《分鞋记》传奇，以及梅兰芳编演的《生死恨》京剧，均据此篇改编。

第四编

明　清

第一章　文言小说的复苏

一、明清文言小说概述

（一）明清的时代特征

在我国社会发展史上，明清已是封建社会的末期。这一历史时期，在经济、政治、文化思想等各个方面，都有着显著的特征。一般的说法，资本主义生产关系的萌芽，是在明中叶嘉靖、隆庆以后出现的。而就手工业、商业的发达，城市经济的繁荣，市民阶层的扩大来说，元代就已经相当可观了。大都的工匠，约有四五万户，除了在官营手工业作坊内劳动的工奴以外，还有许多靠出卖劳动力餬口的雇佣工人。杭州出现拥有四五架织机、雇工十余人的丝织业手工作坊，其雇佣工人“衣食于主人”并领取工资。实际上，这就是在封建社会母体中孕育着的资本主义因素萌芽。这种因素，到了明代，随着农业的恢复和发展，以及废除工奴制，降低商税率，就很快地得以滋长起来。明中叶，商品货币经济得到迅速发展，商业资本非常活跃，商人往来各地，牟取厚利。蔡羽《辽阳海神传》、宋懋澄《珍珠衫》，正是这种社会现象的写照。清初虽曾限制和打击工商业，但资本主义生产关系的萌芽，在封建主义的重压下，仍然茁壮地成长起来。明中叶就已经出现的"机户出资，机工出力"的劳资关系，到了清代康、雍、乾时期，已是较为普遍的现象。航海事业、对外贸易，空前繁荣。一部分地主兼工商业者，成了暴发户。而延绵二千多年的封建制度，已濒于衰亡阶段；尽管清皇朝还处于鼎盛之时，但作为古老的封建制度，却已日薄西山，奄奄一息。从墅西逸《过墟志感》、钮琇《觚賸》续编《海天行》等传奇小说中，可从不同的侧面窥见明末清初的时代特点。

新兴市民阶层的壮大，形成一种社会政治力量，从而使社会矛盾复杂化。除了农民与地主这一对传统的矛盾以外，新兴市民阶层与封建统治者的矛盾也日趋尖锐。高启《书博鸡者事》所描写的江西袁州市民反抗封建豪强的斗争，宋懋澄《葛道人传》所描述的万历二十二年苏州市民反抗矿使税监的大暴动，张溥《五人墓碑记》所记载的明末天启七年苏州市民的抗暴斗争，都是早期的市民运动。而封建统治的黑暗和腐朽，也比唐、宋以前更甚。这突出地表现在吏治的腐败和人材的被埋没、科举制度的弊端等社会问题上，也表现在封建邪恶势力对善良人民婚姻家庭的破坏上。前者如《席方平》、《书麻城狱》和《秦士录》、《南宫生传》、《大铁椎传》、《司文郎》、《贾奉雉》所揭示的那样，冤狱遍于国中，才智之士无所用，八股科举取士对人才的毁灭。后者如《爱卿传》、《翠翠传》、《琼奴传》、《贞烈墓记》、《睐娘》、《红玉》所描写的悲剧。

这一时期在思想意识上的一个显著特点，是以个性解放和平等自由为核心的人文主义思想，与封建专制主义的程朱理学的矛盾斗争，相当尖锐。这在对待封建权威、爱情婚姻等问题上，表现尤为突出。程朱理学以"三纲五常"为"天理"，主张"存天理，灭人欲”，而以孔子为崇拜的偶像，君主为封建国家的绝对权威。启蒙主义思想家，从明代的李贽，到明末清初的黄宗羲等人，则与理学家进行针锋相对的斗争。黄宗羲对封建专制主义作了猛烈的抨击，矛头直指封建君主；李贽则批判了对孔子偶像的崇拜，反对男尊女卑的传统观念，以“情”抗“理”，讽刺了假道学。这种社会思潮，势必影响作家的审美心理。表现在传奇小说上，《续东窗事犯传》中，胡迪赋诗斥责天曹地府，批判天道神明，公然与阎君当面辩论，这实际上是对现实社会君主的亵渎。《聊斋志异》中的《促织》，对皇帝喜好促织游戏给人民带来的深重苦难，作了尖锐的批判，与黄宗羲在《原君》中指责封建君王为“天下之大害”，可谓异曲同工。在描写爱情婚姻的传奇小说中，出现不少以“至情”感人的作品。“至情”可以突破阴阳生死的界限，无视身分地位的贵贱，不顾门第家世的高低，如《绿衣人传》、《琼奴传》、《唐寅》、《连城》、《秦吉了》等，就是讴歌“至情”胜“理”的好作品，与当时出现的带有文艺复兴色彩的整个文学潮流，密切相关。至于《阅微草堂笔记》中的某些篇章，对假道学的讽刺，也是极其辛辣的。

（二）文言小说由复苏推向新高潮

明清时代，白话小说成了文学主流，但文言小说也并非绝响。在元末明初大动荡的时代，涌现出许多传奇性的人物，例如朱元璋及其臣佐，按中国史学的传统，他们的业绩，自然要为后世载入纪传体的正史之中。而民间或一些怀才不遇之士的奇闻异事，大都为正史所不取，却成了作家创作的素材。由元入明的大文豪宋濂、高启，都曾参加编修《元史》，他们当然不大可能有意从事传奇小说的创作，可是他们写的某些人物传记，却富有传奇色彩。例如宋濂《记李歌》、《王冕传》、《杜环小传》、《李疑传》、《秦士录》等，高启《南宫生传》、《胡应炎传》、《书博鸡者事》等，传奇小说的意味就较浓。写作技法上，不像史笔那样简约凝重，而采取铺垫、对比、典型化的细节描写，环境气氛渲染等艺术手法，突出中心人物的性格特征，形象较鲜明。特别是《秦士录》、《王冕传》、《书博鸡者事》，简直就是传奇小说。不过，作者是正统的诗文大家，似乎还不屑于用"稗"、"传奇"之类的文体名称。明初堂而皇之作传奇小说，并敢于把"涉于语怪，近于诲淫"之作，与《诗》、《书》、《易》、《春秋》等儒家经典相提并论者，首推瞿佑。他是传奇体文言小说得以复苏的功臣。

明初洪武年间，瞿佑继承唐人传奇的传统，作《剪灯新话》。虽然文笔不如唐人华美而又自然、精炼而又生动，但是在当时文网严密、文坛上笼罩着恐怖气氛、显得冷落寂寥之际，突然出现传奇小说，使人有耳目一新之感，风靡一时。仿效的人很多，李祯《剪灯余话》、赵弼《效颦集》、邱濬《钟情丽集》等，可算是其中的代表。尽管作者是封建文人，但从封建统治者的立场来看，传奇小说之类的作品言情志怪，与他们所提倡的理学大相径庭，因而遭到禁止，一度沉寂冷落。

到了嘉靖年间，随着城市经济的繁荣和市民阶层的扩大，学唐人小说的风气又复兴起来。首先追踵瞿佑的，是邵景詹作《觅灯因话》，接踵而至者，不乏其人。于是书估、文人相与造作，以至传奇风韵，弥漫天下，易代不改。

及至清初康熙年间，蒲松龄"用传奇法，而以志怪"，创作

《聊斋志异》，把文言小说推向了新的高峰。以其进步的思想内容和高度的艺术技巧，受到人们的激赏，声名大振，竞相传抄。鲁迅把它与明末的志怪传奇作了比较，指出它的独特成就："明末志怪群书，大抵简略，又多荒怪，诞而不情。《聊斋志异》独于详尽之外，示以平常，使花妖狐魅，多具人情，和易可亲，忘为异类，而又偶见鹘突，知复非人。"①时人起而应和仿效者众，涌现出一批有才华的作家，写出许多传奇新篇。其中有些篇章，甚至可以媲美唐人。较著名的，如袁枚《新齐谐》、沈起凤《谐铎》、和邦额《夜谭随录》、浩歌子《萤窗异草》、管世灏《影谈》、冯起凤《昔柳摭谈》，备见《笔记小说大观》。纪昀不满意《聊斋志异》的写作手法，主张尚质黜华，追踪晋宋，"引经据古，博辨宏通"，简淡自然，"不乖于风教"，因撰《阅微草堂笔记》以抗《聊斋志异》。效法《阅微草堂笔记》而又有所变化者，亦大有人在。

综观明中叶以迄清代乾隆、嘉庆之际，文言小说颇有复兴气象，余波所及，以至近代。随着文言小说创作的兴盛，对其进行整理、出版和理论研究者，亦应运而生。对文言小说研究成绩卓著者，则首推明人胡应麟。

与明代一样，清代在各个时期，都曾出现一些传记性文言小说，也是不容忽视的。

二、《剪灯新话》与文言小说的复苏

瞿佑（公元1341—1427年），字宗吉，钱塘（今浙江杭

① 《中国小说史略》第二十二篇。

州市）人。少年时代即善香奁诗，备受当时文豪杨廉夫的赞赏，杨对瞿佑的叔祖士衡称赞道："此君家千里驹也。"但一生只做过县训导的小官，后升任周宪王府右长史，也只是一个闲官。永乐年间因写诗蒙祸，下狱，谪戍保安十年，后遇赦放归。卒年八十七，毕生仕途坎坷。他在戍所作的《漫兴诗》及《书生叹》等，引起"贫士失职者"的共鸣。

瞿佑《剪灯新话》是在三十八岁以前写的文言小说集，共四卷二十篇，附录《秋香亭记》，写商生与采采婚姻遭遇，有自叙传性质。还有一篇《寄梅记》。这部小说集，是作者有意仿效唐人传奇的体制，而故事背景，除《绿衣人传》等少数几篇以外，大都是在元末至正年间天下离乱之时。其思想内容有很鲜明的时代特色，大致有以下几个方面：

描写了乱世士人的心态或命运。《华亭逢故人记》写至正末张士诚据浙西时，华亭（即松江）全、贾二位士人怀抱着风云际会的雄图，所谓"袖中一把龙泉剑，撑拄东南半壁天"，每出大言，协助钱鹤皋起兵支援张士诚，以安禄山的谋主严庄、黄巢的宰相尚让自比。后因兵败赴水而死，其鬼魂与故人石若虚相逢途中，纵论富贵与危机的关系，并论及隋末李密、刘黑闼，初唐骆宾王，唐末黄巢等人物，声言"丈夫不能流芳百世，亦当遗臭万年"，饮酒赋诗，宛如平昔。其中心思想，是怀才之士当乘乱世取功名富贵，流芳、遗臭在所不计，是极端自私的心理。《水宫庆会录》则写潮州士人余善文白昼闲坐，忽有南海龙王的使者奉邀，为作上梁文，并与诸龙王会于水府龙宫。善文乃献《水宫庆会诗》二十韵，龙王以珍宝相酬，善文遂为富族。这也反映了乱世士人幻想富贵利达的心态。乱世中难以才学取人间富贵，于是幻想受知于龙王。本篇诗词歌赋众体皆备，颇有卖弄文墨之意。

对黑暗现实的揭露与对理想的憧憬。《令狐生冥梦录》，虽然是描写令狐譔冥梦中之事，实际上是现实黑暗吏治的曲折反映。贪婪凶恶的乌老，死后家人“广为佛事，多焚楮币，冥官喜之，因是得还”。这激起刚直之士令狐譔的义愤，曰：“始吾谓世间贪官污吏受财曲法，富者纳贿而得全，贫者无貲而抵罪，岂意冥府乃更甚焉！”愤慨之下，赋诗抨击鬼神贪贿徇私，却遭到冥府的追捕迫害，严刑逼供。令狐生借写供状之机，进一步控诉了天帝地府的不公，敢于“批龙鳞，探龙颔，……料虎头，编虎须”，一身正气。冥王感其刚直不屈，特许放还。他乘机游览了地狱，看到受罪最重的是“谋害忠良，迷误其主”的秦桧和历代误国之臣。批判的矛头主要是指向元末的封建统治者，这也是作者的政治思想倾向。与本篇构思意象较为近似的是《修文舍人传》，写“博学多闻，性气英迈”之士夏颜，穷困潦倒，日不暇给，死后却“隶职冥司，颇极清要”，与故人相逢于途，约谈于甘露寺多景楼，虽幽明殊途，而坦诚无忌，夏颜对友人说：

……冥司用人，选擢甚精，必当其才，必称其职，然后官位可居，爵禄可致。非若人间可以贿赂而通，可以门第而进，可以外貌而滥充，可以虚名而躐取也。试与君论之：今夫人世之上，仕路之间，秉笔中书者，岂尽萧、曹、丙、魏之徒乎？提兵阃外者，岂尽韩、彭、卫、霍之流乎？馆阁摛文者，岂皆班、杨、董、马之辈乎？郡邑牧民者，岂皆龚、黄、召、杜之俦乎？骐骥服盐车而驽骀厌刍豆，凤凰栖枳棘而鸱鸮鸣户庭，贤者槁项黄馘而死于下，不贤者比肩接迹而显于世，故治日常少，乱日常多，正坐此也。冥司则不然，黜陟必明，赏罚必公，……

从人世与冥司的对比中，揭露现实社会吏治的腐败，也是作者感触颇深而发出的不平之鸣。《天台访隐录》写徐逸入天台山采药，遇避世的太学陶上舍，所见所闻，俨然是世外桃源。仿效陶渊明《桃花源记》而有新意，主要表现了作者对古朴淳厚、安居乐业生活的憧憬。上舍与徐逸论宋元明三代兴衰原因，含有警诫明初统治者以史为鉴、勿蹈前朝覆辙之意。

直面人生的爱情婚姻悲剧。在《剪灯新话》中，写了不少动人的爱情故事，有《联芳楼记》、《渭塘奇遇记》这样喜剧性的；更有《爱卿传》、《翠翠传》、《绿衣人传》这样感人至深的悲剧性的爱情婚姻故事。同类题材的作品，与唐人传奇比较，固然有着显著差别，与同时代的戏曲、话本相比，艺术趣味、审美观念也很不相同。在唐人传奇中，爱情与婚姻的悲剧，往往与士族婚姻制度、科举功名，有着密切的关系，《霍小玉传》、《莺莺传》乃至志怪性的《任氏传》，女主角的悲剧命运，都与家世有关。明代戏曲中的爱情剧，除了《娇红记》以外①，几乎没有真正的悲剧。话本小说可能是由于迎合市民的欣赏趣味，在爱情描写中色情渲染较多。明代的文言小说则不同。《剪灯新话》及其仿效的文言小说集中，就有不少爱情悲剧。其共同特点是：真、善、美的典型，在假、恶、丑势力的破坏下，遭到毁灭。由于邪恶势力暂时的强大和正义者的弱小，在矛盾冲突中正义者被扼杀。如罗爱爱、刘翠翠的悲剧，在元末兵荒马乱的年头，武夫弄权，人民遭殃。苗军杨完

①明初刘兑有《娇红记》杂剧，明末孟称舜有同名传奇剧本，均根据元人清江宋梅洞传奇小说《娇红记》改编。

者与张士诚部的战争，“不戢军士，大掠居民。……(刘万户)见爱卿之姿色，欲逼纳之。爱卿以甘言给之，沐浴入阁，以罗巾自缢而死”。在强暴、邪恶势力的逼迫下，一个孤立无援的弱女子，以死来保全自己的贞操，这是对那个黑暗时代的控诉，也正是悲剧的深刻意义。刘翠翠与金定自幼同学，青梅竹马，情深义重，是封建社会中少有的美满姻缘。而张士诚的部将李将军，却把刘翠翠掠为己有，活活地拆散了这一对恩爱夫妻；金定历尽艰难险阻，找到了“威焰赫奕”的李将军，与翠翠“以兄妹之礼见于厅前，动问父母外，不能措一辞，但相对悲咽而已”。自此内外隔绝，无复相见，先后抑郁含恨而死。最为精采动人的是《绿衣人传》，它把描写绿衣女子与赵源悲剧性的再世姻缘，与揭露南宋误国奸相贾似道的残暴、腐朽，有机地统一起来，从而提高了作品的反封建意义。作者笔下绿衣人的鬼魂形象，是美丽、善良、聪慧的，以生死相恋之至情，给人以美感，而丝毫没有阴森恐怖之感。附录中的《秋香亭记》，商生与杨采采这一对自少相爱、才貌相当、情深谊重的未婚夫妻，因张士诚的变乱，祸及三吴，“生父挈家南归临安，展转会稽、四明以避乱；女家亦北徙金陵，音耗不通者十载”，导致有情人却终难成眷属，采采嫁给开彩帛铺的王氏为妇，含恨终生。这一悲剧的主要根源，当然是乱世给人民造成的流离之苦，但也与封建社会后期，商人势力的滋长有关。

带有市民气息的喜剧性爱情婚姻。与唐人传奇中所写的士子与闺门女子或士子与妓女的恋爱婚姻不同，《联芳楼记》、《渭塘奇遇记》中的男女主角，实际上都是商人或农家子女，他们对封建礼教规范少所顾忌。《联芳楼记》中的薛氏姊妹大胆、主动地追求意中人郑生，双方父母得知他们的秘密，也没有按封建礼教来训斥他们，而是顺水推舟，成全其美事。《渭塘奇遇记》中王生往松江收租，舟过渭塘，与酒肆主人之女一见钟情，而未能互诉心曲，却于梦魂中欢会，互相于梦境相爱一年；第二年王生再过酒肆时，肆翁不但没有责怪他，还向他说明女儿因爱他而病倒的情景，促成他们的婚事。至情相感，终成佳偶。

此外，写人鬼恋爱的《金凤钗记》、《滕穆醉游聚景园记》，情致动人，受唐人传奇同类作品影响而有所创新。《金凤钗记》的艺术构思受唐人《离魂记》、《齐推女》的启发是显然的，但却能创造出意象全新的故事。唐人写神鬼妖仙与人恋爱的作品，神、妖、仙的形象塑造得很优美。如《柳毅传》中的龙女、《任氏传》中的狐妖任氏、《裴航》中的云英。鬼魂形象则有《李章武传》中王氏子妇如生前一样美丽多情，但是只是全篇故事情节中的一部分，而《滕穆醉游聚景园记》和前面论及的《绿衣人传》，则是全篇都是描写女鬼与活人的恋爱，滕生、赵源都知道对方是鬼而相爱之情真挚如故，情缘了结后，滕生、赵源都不复再娶。《牡丹灯记》中符丽卿的鬼魂，则令人毛骨悚然。

《剪灯新话》在艺术上虽非上乘之作，但也不能以“文笔殊冗弱”一二句话予以否定。随着时代的发展，同一种文体也有所变化，推陈出新。比之于唐人传奇，《剪灯新话》在艺术上一个显著的特色，是受话本小说的影响，描写人物的思想状况、心理活动，更细致、深刻、生动。例如《三山福地志》写元自实曾借给缪君银二百两，作为缪君到福建赴任的路费。后因自实避乱福州，家计萧条，生活困顿，投奔缪君。缪君负心赖账，故意允诺在除夕令人送银、米到元自实家中，“以为过岁之资”。自实信以为真，安慰妻子，专待缪君遣人送银、米来，心理活动过程写得细致逼真，委宛曲折：

> 至日，举家悬望，自实端坐于床，令稚子于里门觇之。须臾，奔入曰：“有人负米至矣。”急出俟焉，则越其庐而不顾。自实犹谓来人不识其家，趋往问之，则曰：“张员外之馈馆宾者也。”默然而返。顷之，稚子又入告曰：“有人携钱来矣。”急出迓焉，则过其门而不入。再往扣之，则曰：“李县令之赆游客者也。”怃然而惭。如是者凡数度。至晚，竟绝影响。自实不胜其愤，阴砺白刃，坐以待旦。鸡鸣鼓绝，径投缪君之门，将俟其出而刺之。……及至其门，忽自思曰：“彼实得罪于吾，妻子何尤焉。且又有老母在堂，今若杀之，其家何所依？宁人负我，毋我负人也。”遂隐忍而归耳。

从这一大段心理描写和举止言谈中，把元自实当时窘迫的境遇、激愤的心情和善良忠厚的性格特征，活生生地表现了出来。对客观景物和人物所处的环境描写，也比唐人传奇更加细致，但并不烦琐冗杂。例如《渭塘奇遇记》对酒肆周围景物的描写：

> ……回舟过渭塘，见一酒肆，青旗出于檐外。朱栏曲槛，缥缈如画；高柳古槐，黄叶交坠。芙蓉十数株，颜色或深或浅。红葩绿水，上下相映；白鹅一群，游泳其间。

画出了江南水乡的秋色风光，青旗、朱栏、黄叶、红葩绿水、白鹅，色彩明丽，气氛和谐，饶有生气。王生梦中所见酒肆女郎所居小轩庭院的景物和陈设，幽雅脱俗，衬托出女主人的形貌和心灵的优美雅洁。在《剪灯新话》中，已经注意从多侧面来塑造人物形象，不只描写人物的外貌神态、气质风度，而且着重内心世界、才情素质的表现。因此，一些主要的人物形象，例如翠翠、罗爱爱、绿衣人、薛氏姊妹，都能给读者留下深刻的印象。

在故事情节的安排、艺术构思的奇异变化方面，总的来说，《剪灯新话》是规摹唐人而少创造，在少数作品中，如《翠翠传》、《绿衣人传》，“叙述宛转”，富于波澜，可与唐人传奇中最优秀的作品如《任氏传》、《李娃传》媲美。刘翠翠被张士诚部将李将军掳掠之后，写金定寻找刘翠翠的过程，历经曲折。好不容易找到了翠翠，又只能以兄妹之礼相见，这就突破了“破镜重圆”的老套。金定在李将军门下安身，却再无与翠翠互诉相思之苦的机会，只好借拆洗布裘为由互相传递情诗；两人先后抑郁而死，魂魄托旧仆传书翠翠的父母，也写得余韵悠然，凄恻感人。

《剪灯新话》尽管在思想内容上有不少封建迷信、因果报应之类的说教，艺术上也有缺陷，但它基本上是一部有艺术吸引力的文言小说，社会影响较大，因而才能激起一些作家步其后尘。它对文言小说继绝起微的复苏之功，是值得充分肯定的。

继瞿佑《剪灯新话》之后，起而仿效者，首推李昌祺（公元1376—1452年）撰著的《剪灯余话》。昌祺，名祯，以字行，庐陵（今江西吉安）人。永乐二年进士，选翰林庶吉士，参与编修《永乐大典》，以博学著称，“僻书疑事，人多就质”①。擢礼部郎中，曾权知部事，外调先后任广西、河南左布政使，“绳豪猾，去贪残，疏滞举废，救灾恤贫”，廉洁宽

---

①《明史》本传。

厚，刚严方直，政绩显著，声望较高。钱谦益《列朝诗集小传》称祯曰："居官所至有风裁，服食清约，足迹不至公府。富于才情，多所结撰，效瞿宗吉《剪灯新话》作《余话》一编，借以申写其胸臆。其殁也，议祭于社，乡人以此短之，乃罢。白璧微瑕，惟在《闲情》一赋，其然岂其然乎！"像李祯这样功业、道德、才情均值得称道的士大夫，只因写了传奇小说集，竟不得享祭于乡贤祠，足见当时社会上对传奇小说的偏见。除《剪灯余话》外，李祯还著有《运甓漫稿》、《容膝轩草》、《侨庵诗余》等。

李祯《剪灯余话》，从书名、篇数乃至题材性质，都很明显是模仿《剪灯新话》的。前四卷每卷五篇，其中《至正妓人行》实际上是一首长达一千二百余言的叙事诗，诗前有一段序文，是有意仿效白居易《琵琶行》的，颇受封建士大夫们的赞赏。为之作《跋》多至十一篇。第五卷只一篇《贾云华还魂记》，篇幅之长，为明传奇小说之最。写魏鹏与贾云华的恋爱，云华不待母亲之命，与魏生私相结合。构思乃至细节描写，受元稹《莺莺传》的影响，婢春鸿由拨乱梗阻其间而转变为协助支持云华，及云华之死，又可以看出《娇红记》的某些痕迹。能融化交汇前人艺术构思之长，又以云华借尸还魂、与魏生终成眷属作结，虽然亦受前人志怪小说的启发，却有其推陈出新之功。全篇委宛曲折，迭起波澜，不乏独创性的意匠。描写生活细节和景物颇为细腻，某些诗词亦尚可读，但穿插过多，有炫耀才学之嫌。

与作者生活经历、政治态度有着密切关系，《剪灯余话》的故事背景以明初洪武年间居多，也有以元代为背景的。个别篇目如《长安夜行录》，主人公汤铭之与文原吉、马期仁，虽然是洪武初的人，但是实际所写的内容，却是唐代开元间长安鬻饼师夫妇的鬼魂向他们倾诉怨苦之情，揭露了号称大唐盛世开元年间宗室贵族集团骄奢淫逸的生活。《何思明游酆都录》写的是宋代人的故事，具体内容是通过不喜道、佛的何思明游酆都，宣扬恶有恶报的思想，借封建迷信之说，批判现实社会的坏人坏事。例如描写"惩戒赃滥"之门：

> ……又有铁蛇铜犬，咋人血髓，叫苦之声动地，皆人间清要之官，而招权纳赂，欺世盗名，或于任所阳为廉洁，而阴受苞苴，或于乡里恃其官势，而吩咐公事，凡瞒人利己之徒，皆在其中。

可见作者对窃据要职、以权谋私、贪赃枉法之徒的痛恨。何思明因亲身经历了酆都对"赃滥"官吏的惩戒，所以后来当任知县时，"所至清慎自将，并无瑕玷，号称廉洁，盖有所儆云"。作者创作的劝惩目的是很明确的。在《两川都辖院志》中，借身为两川都辖院主的吉复卿之口，对刚赴任四川苍溪丞的徐建寅说："廉、恕两字符也；惟廉可以律身，惟恕可以近民。廉则心有养，恕则民易亲，民亲化行，能事毕矣。"这大概是作者仕宦生涯的信条和切身感受。《青城舞剑录》则是对历史经验的总结，通过元末道士真本无、文固虚对威顺王的讽谏，指出元朝灭亡的必然性："官里老而昏，奇氏宠而横，哈麻、雪雪之徒，又以演揲儿法蛊惑君心。贿赂公行，是非颠倒，天变于上而不悟，民困于下而不知，武备不修，朝政废弛，小人恣肆，君子伏藏，殆犹一发之引千钧，祸在旦夕，甚可畏也。"封建统治者听不得逆耳之言，才识之士便不辞而遁。明朝建立之后，真、文二道士与故人卫君美在青城山的一番议论，既是对历史上帝王杀戮功臣的批判，也是对明初朱元璋重演汉高祖故伎的不满。

《剪灯余话》写得最动人的是爱情婚姻的悲剧。《鸾鸾传》的题材与构思，似仿效《翠翠传》、《爱卿传》，而有翻新之意，赵鸾鸾与柳颖的悲欢离合，情节更为曲折，更显得跌宕有致。颖、鸾在兵乱中离散后，又能复合，原是可喜之事，为避乱，夫妻隐于徂徕山，"夫耕于前，妻耘于后，同甘共苦，相敬如宾"，柳颖却因出城负米，被乱军杀于途中。"邻舍奔告鸾，鸾走哭，负其尸以归，亲舐其血而手殓之，积薪焚颖，焰既炽，鸾亦投焉。见者惊骇，为之竦然。"这一悲剧性的场面，是极其壮烈感人的。其所以感人，在于鸾鸾的壮烈行动，包含着这对历经患难、甘苦与共的夫妻真挚深厚的爱情，而不是封建主义的愚昧野蛮的烈女殉夫。《凤尾草记》中龙生与祖氏女情爱深笃，龙生曾指百年凤尾松为誓："若余事成，开花结子；事若不成，根枯叶死。"由于父母包办的封建婚姻制度，有情人偏偏难成眷属：祖氏家事败落，"（龙）生父母无意缔盟，谢而辞之，遂觖望矣"，使祖氏女悲愤自缢而死。凤尾也果然枯死。《琼奴传》中琼奴与苕郎的爱情婚姻悲剧，根源不在于父母包办，而在于封建社会中的地方豪强、武夫恶霸等邪恶势力。琼奴的继父沈必贵，选婿以器量和才艺为标准，终于选上家道清贫而才思敏捷的徐苕郎，这在当时是难能可贵的开明之举。暴发户刘均玉父子，因落选而恼羞成怒，诬陷沈、徐两家，但这还仅仅是悲剧的起因。吴指挥乘人之危，借权势把一对患难夫妻拆散，害死徐苕郎，妄图霸占琼奴。从吴指挥的丑恶形象中，反映了明代特有的卫所军官凶残自私的恶劣品质。琼奴始终忠于爱情，不为富贵所诱，不为威武所屈，敢于斗争，洗雪了丈夫的冤仇之后，以身殉情。全篇的悲剧气氛很浓，琼奴形象也较鲜明。

《芙蓉屏记》和《秋千会记》，则是写由于男女双方对爱情的坚贞不渝，终于由悲剧而转化为喜剧性的结局。前篇写崔英携妻王氏赴任途中，船夫见财而谋害崔生及其婢仆人等，独留王氏，旨在霸占王氏为儿媳，王氏却能随机应变，逃出虎口。她多才多艺，品德高尚，心灵优美，是我国古代贞淑妇女的典型。崔英也死里逃生，官复原职后，仍矢志不娶，富贵不忘糟糠之妻的品格，也是我国古代人民所推崇的美德。退休的御史大夫高纳麟，救拔落难者，好义惜才，成人之美，也值得称道。在不长的篇幅中，叙述崔英与王氏悲欢离合的过程，以芙蓉屏作为故事的线索，巧妙地安排情节，寓必然于偶然之中，矛盾的产生、发展以至解决，合情合理，而不落窠臼。后篇写速哥失里与拜住的悲剧性婚变。拜住原以才思敏捷，仪容俊美，为宣徽院使孛罗选为爱女速哥失里之婿。陡然间，拜住之父蒙罪系狱，家道顿变，尽为一空，独存拜住。于是宣徽夫人悔婚。这原是封建社会中屡见不鲜的婚变。速哥失里却不因拜住贫贱而易其志，反对母亲悔婚之议；在被逼改嫁的途中，毅然以自缢表示反抗。这一美满婚姻所遭遇的意外波折，就其本质而言，带有悲剧性。作者却借助浪漫主义的创作方法，在拜住悄悄去停放速哥失里灵柩的寺中哭灵时，速哥失里竟然起死回生，相携私奔，得以喜剧性的结局告终，体现了正义战胜邪恶，爱情战胜死亡的思想。构思新颖，矛盾冲突尖锐，结局处理奇妙而合乎人情。

《剪灯余话》中也有描写人鬼恋爱的故事。《秋夕访琵琶亭记》的题材与构思、意象，显系仿效《剪灯新话》中的《滕穆醉游聚景园记》。《田洙遇薛涛联句记》构想更奇，洪武年间的书生田洙，居然与唐代名妓薛涛的鬼魂相爱，绸缪缱绻，互相以联诗取悦，虽有炫耀作者诗才之弊，但也表现了李祯多方面的艺术才能。另如《月夜弹琴记》，就是以集唐宋诗句取胜的，无论是联句或集句，都能浑然一体，不露牵强斧凿之痕。写人与狐妖恋爱的《胡媚娘传》，前半篇似仿唐人《任氏传》，后半篇写狐妖为道士所剿除，现出狐妖假人首髑髅的真象，破坏了艺术的美感。

综上所述，《剪灯新话》和仿效它的《剪灯余话》，就文体规范而言，作者是有意规摹唐人传奇，但是作品的题材、主题均有所开拓，有其时代的特色，塑造了不少有生命力的艺术形象。作为传奇小说，其艺术表现手法、语言文字的表达能力，也并不低下，有其一定的可读性。这两部传奇小说集的出现，是文言小说复苏的象征，也可以说是从唐人传奇到清代蒲松龄《聊斋志异》的桥梁。

在明前期，受《剪灯新话》的影响，起而仿效者，除《剪灯余话》外，较著名的还有赵弼撰《效颦集》，分上、中、下三卷，共收传奇小说二十五篇。作者曾于自撰《后序》中说："予尝效洪景庐、瞿宗吉编述传记二十六篇①，皆闻先辈硕老所谈与己目之所击者。初但以为暇中之戏，不意好事者雅传于士林中。每愧不经之言，恐贻大方之诮，欲弃毁其稿，业已流传，收无及矣。因题其名曰《效颦集》，所谓效西子之棒心而不觉自炫其陋也。"此集各篇，杂记宋代、元末及明初洪武、永乐、洪熙年间轶事。思想内容大多是阴德报应之说，文字艰拙，艺术水平不高。

---

①现存《效颦集》实为二十五篇。

赵弼，生卒年不详，字辅之，号雪航，福建南平人，曾任汉阳县儒学教谕。撰《效颦集》大约在宣德年间，结集成书最迟也在英宗正统七年之前，这期间文网较松，文人雅士中正盛行传奇小说之风。据顾炎武《日知录之余》卷四《禁小说》记载，禁《剪灯新话》等小说，是在正统七年二月：

《实录》："正统七年，二月辛未，国子监祭酒李时勉言：'近有俗儒，假托怪异之事，饰以无根之言，如《剪灯新话》之类，不惟市井轻浮之徒，争相诵习，至于经生儒士，多舍正学不讲，日夜记忆，以资谈论；若不严禁，恐邪说异端，日新月盛，惑乱人心；乞敕礼部，行文内外衙门，及调提学校佥事御史，并按察司官，巡历去处，凡遇此等书籍，即令焚毁，有印卖及藏习者，问罪如律，庶俾人知正道，不为邪妄所惑。'从之。"①

从禁令中可以看出当时在市民群众乃至经生儒士中诵习谈论传奇小说风气的盛况。所谓《剪灯新话》之类，株连所及的传奇小说，大约有好几种，自然包括《余话》、《效颦集》在内。有的传奇小说集可能就被这次禁令所毁灭了。但也还有一批单篇流传的传奇小说，劫后幸存。

《效颦集》中有一篇《续东窗事犯传》，主题和艺术手法与《余话》中《何思明游酆都录》相类似。写胡迪偶读《秦桧东窗传》②，赫然大怒，拍案高吟，痛恨奸臣秦桧夫妇谋害岳飞，而天曹地府徇私无报，深为激愤。于是梦中应阎王之召，

---

①据《元明清三代禁毁小说戏曲史料》转引。

②《秦桧东窗传》，出宋洪迈笔记小说集《夷坚志》，但今本无此篇。

魂游地府，亲睹秦桧夫妇在“普掠之狱”受惩罚之状，并游览了惩处历代奸臣酷吏的“奸回之狱”，更于“忠贤天爵之府”见到了历代忠臣义士，才恍然猛醒。写的虽然是阴间冥府，带有生死轮回的迷信色彩，但是却反映了具有积极意义的爱憎观念。与其说是宣扬因果报应的迷信思想，不如说是利用当时人们普遍存在的迷信观念，口诛笔伐残害忠良、祸国殃民的奸佞权臣。作品中通过胡迪游酆都的所见所闻及其判词，充分体现了广大人民对历史人物的公正评价。在不同的时代，都曾出现过各有时代特点的奸臣。本篇以批判秦桧为中心，旁及历代有代表性的奸徒（由于时代的局限性，所举不尽恰当），同时也表彰了岳飞等贤臣良将，因而有着广泛的社会意义。魂游地府的艺术构思，曲折离奇，而这种浪漫主义的艺术手法，是在没有言论自由的封建时代，有正义感的作家用以抨击时政的一种手段。刊于明万历年间的《国色天香》第十卷也载有此篇，略述金刚、火车、溟泠三狱，而增一“不忠内臣之狱”，显然是针对明朝中期宦官专政的政治情况而发的。

《钟离叟妪传》也是《效颦集》中一篇政治倾向性非常明显的作品。写宋代著名的改革家王安石，于熙宁九年冬罢相到金陵定居的旅途中，隐姓埋名，嘱咐随从人员不许泄露荆公之名以骇民。到了钟离，舍舟登岸，欲暂借一老叟茅屋宿歇，却于墙壁上见律诗二首，对王安石变法及他本人极尽咒骂嘲讽之能事，并听到老叟倾诉新法给人民造成的深重灾难，恨不得“手刃刳其心而食之”，于是王安石急忙离去。到了另一村庄，欲借宿于一老妪草舍中，又见窗间律诗二首，更是对王安石尖刻的人身攻击，老妪甚至以王安石之名呼犬豕鸡鸭，拟其人如异类。王荆公乃长吁叹曰：“呜呼！吾以新法为民利，焉知民怨恨如此！”夜不成寐，须发尽白，两目皆肿。总之，沿途所见题诗，所闻舆论，都是诽谤新法和王安石的言词，给王安石造成沉重的心理压力，以至忧恚成疾而死。

对王安石变法作正确公正的评价，是史学家的任务。但是在文学作品中，王安石及其新法，遭到如此咒骂和抨击，除了作家的偏见以外，新法本身及推行过程中产生的各种弊端，作为历史的经验教训，也确实是值得反思的。

道学先生邱濬，年轻时曾写过传奇小说《钟情丽集》①，内容猥亵，格调卑下，为人们所鄙薄。据说他后来感到惭愧，创作传奇剧本《五伦全备记》，宣扬封建伦理道德，以示悔过，其实是走向另一个极端。

现存的明前期单篇文言小说中，思想意义和美学价值较高的，倒是一个无意写小说的高官马中锡。他的《中山狼传》，与其说是寓言体散文，不如说是寓言体文言小说更为确切。马中锡（约公元1446—1512年），字天禄，号东田，故城（今属河北省）人。成化十一年进士。明武宗时，曾任兵部侍郎，因反对太监刘瑾，被捕下狱。刘瑾伏诛后，又出任巡抚。正德六年，刘六、刘七等领导农民起义，马中锡以右都御史前往镇压。他见义军力量强大，建议以“招抚”手段诱降，遭到统治集团内部的攻击，被加以“纵贼”的罪名，结果死于狱中。著有《东田漫稿》。

关于中山狼的故事，在民间流传已久。在《宋人小说百种》、《古今说海》等书中，有宋人谢良所作《中山狼传》，

---

①明人编刊的文言小说总集《国色天香》卷九、卷十，辑入《钟情丽集》，于篇末作者自称“玉峰主人”。

经过马中锡创造性的艺术加工，改写成这篇著名的寓言小说。作者原意可能是借这个传统故事揭露、讽刺当时某些社会现象或人情世态，以抒发自己的愤慨。过去曾有人说是讽刺李梦阳忘恩负义不肯替康海伸冤，恐系附会，《四库全书总目提要》中已有辨证。本篇影响较大，康海和王九思都曾据以改编为《中山狼》杂剧。

小说揭示了狼的奸诈凶残吃人的本性，决不会因受恩得救而有所改变，批判了无原则的“兼爱”思想，对墨者东郭先生作了善意而辛辣的讽刺，从而说明对于像狼一样凶狠残暴的坏人，是不能讲仁慈的，“仁陷于愚”，就会有被狼吃掉的危险。

在艺术上，作者采取寓言文学所特有的表现方法，塑造了中山狼和东郭先生这两个典型形象，从中体现了平凡而深刻的哲理。作者把中山狼人格化，它既具有狼的残暴、贪婪特性，也表现了当时上层社会中那些狠毒奸诈、自私自利者的卑劣行径。东郭先生的形象也很生动，他的致命弱点是无原则的兼爱思想，敌我不分，又糊涂，又胆怯，书呆子气十足，这些弱点正为狼所利用。作者通过人物的对话和具体行动，活现了各自的性格特点。如对狼处于危难时低声下气、摇尾乞怜情态的描写，栩栩如生；而它脱险后忘恩负义的狰狞面目，是在强词夺理的反复争辩和“鼓吻奋爪”的行动中暴露出来的。作者善于抓住不同事物的特征，进行具体的个性化描写，形象都较鲜明。在结构上，全篇采取铺叙描写的手法，层层展开，构思新颖奇巧。如对老杏、老牛的拟人化描写，不仅使情节安排更为曲折有致，而且增加了紧张气氛，使矛盾更加突出。围绕着狼该不该吃东郭先生这个问题，广泛联系人情世态，在反复争论中，进一步阐明了小说的主题思想。

稍迟于马中锡《中山狼传》而创作手法颇为近似的，是董玘作的《东游记异》。董玘，字文玉，会稽（今浙江绍兴）人，孝宗弘治十八年进士，授编修，官吏部侍郎。后因反对宦官刘瑾，被贬为成安（今属河北省）知县。著有《中锋集》六卷。

《东游记异》带有寓言小说的性质，以隐喻手法抨击政治的黑暗和官场趋炎附势的丑恶现象。写的是正德五年六月，即刘瑾事败被诛的前二个月之事。作者与友人黄某出游，经东华门，见游人众多，忽然间，“雾四塞，咫尺不辨人马”，误入狐穴，见群狐环绕一已死老狐哀号，老狐“常人形出游”，熟习“衣冠者流”庆吊之礼，死前嘱群狐以人礼办理丧事，但是终究无人去吊丧。于是群狐诉于这个洞穴中的百兽之长白额虎，虎大怒，“不狐吊者，辄噬之”，因而“吊者如市焉，……绳绳然来者尽衣冠也，拜起左右，咸与狐为礼”。因吊狐丧而得到奖赏的衣冠之士，都受宠若惊、感激不尽。这正是对刘瑾擅权时阉党与无耻官僚的绝妙讽刺。明武宗是个骄奢淫逸、游宴无度的昏君，刘瑾等八个“以旧恩得幸”的宦官，号称“八虎”，而刘瑾“尤狡狠”，“权擅天下，威福任情，……公侯勋戚以下，莫敢钧礼，每私谒，相率跪拜”①，搞特务统治，昏天黑地，人心惶恐。本篇小说作者尖锐地指出：虎豹狐狸本是出入于深山穷谷的，如今居然横行于禁门之侧，岂非怪事？原因就在于朝廷政治黑暗，小人得志：“岂非雾塞昼冥，而虎与狐也，乘时跳梁，如《传》所谓‘禽兽逼人，蹄迹交中国者’，固其类也。不然，太阳在上，虽深山穷谷之中，彼虎与狐也，亦且隐伏而不敢出，矧禁门之侧耶？”影射对象，虽然主要在于刘瑾及其阉

---

①见《明史》卷三百四《宦官·刘瑾传》。

党集团，但是锋芒所及，却指向了武宗失政，以至暗无天日，虎狐乘机跳梁。这是很有胆识的政治批判。

由以上可见，《剪灯新话》促使文言小说复苏，虽因统治者的禁毁，曾使刚刚复苏的文言小说受到沉重的打击，一度沉寂，却并没有销声匿迹。

三、《觅灯因话》与明中叶后文言小说的复兴

明代后期，由于城市经济的繁荣和市民势力的壮大，市民意识对文学艺术的影响也逐渐加深，一部分士大夫的审美观念也发生变化，对以前瞧不起的文学样式小说，也重视起来了。市民群众中盛行的当然是通俗小说为主，而文化修养较高的知识阶层和上层市民，则对既有娱乐性又较雅洁含蓄的文言小说，更感兴趣，创作或搜集整理出版文言小说，也蔚然成风。在明后期文言小说集中，《觅灯因话》具有一定的代表性。

《觅灯因话》的作者邵景詹，生平事迹无可考。但据该书作者自撰《小引》，可知其别号为自好子，书斋名为遥青阁。本书撰于万历二十年壬辰，共两卷八篇。作者自己说是受《剪灯新话》的启发而作，内容大致取自友人所谈“耳闻目睹古今奇秘，……非幽冥果报之事，则至道名理之谈；怪而不欺，正而不腐；妍足以感，丑可以思”，对某些传奇小说“述遇合之奇而无补于正，逞文学之藻而不免于诬”的倾向，表示不满。至于书之命名，是因为作者在夜晚熄灯之后，听友人所谈之事“深有动于其衷，呼童举火，与客择而录之”，“盖灯已灭而复举，阅《新话》而因及，皆一时之高兴，志其实也”。将故事来源、

内容性质、创作动机与态度，都交代得比较清楚。

本书故事内容虽然涉及因果报应、传统礼教，但是“怪而不欺，正而不腐”，所写正面人物的事迹生动真实，足以感人；被批判的人和事，也能发人深省。

作者以传统道德作为褒贬人物的标准，而“幽冥果报”既是一种劝惩手段，也是一种诡谲的艺术构思方式。全书八篇，思想内容和艺术表现手法各有特色。

鞭笞见利忘义之徒的丑恶灵魂，是资本主义萌芽时期文学作品的特征之一，也是本书的一个显著特色。《桂迁梦感录》和《丁县丞传》都是这类作品。其艺术思维的流程是：某个不重信义之徒，对情谊深笃的友人干了亏心事，虽得逞于一时，但产生沉重的精神负担，心理失常，甚至招致飞来横祸，预感将会遭到更可耻可悲的报应；因而忏悔自新，洗心革面，回归正常的心身状态，终于摆脱应得的惩罚。

写得最细致、深刻的是《桂迁梦感录》。它的故事背景假托是元朝大德年间，实际上却反映了明代中叶以后的人情世态和社会道德的堕落。作者意在讽世，借桂迁感梦果报的意境描写，拯救世间忘恩负义者卑劣的灵魂。仗义疏财之士施济，将桂迁从潦倒困顿、几乎妻离子散的逆境中解救出来，不但为桂迁偿清二十锭银子债务，不要一纸债券，还将自家的十亩庄田和若干株桑枣树给桂迁安家谋生。桂迁感激涕零，“愿奉幼子为质，以效犬马之劳”。施济坚决不要人质。桂迁却将施济之父埋在桑树下的一窖银子攫为己有，暗中于别地购置产业，遂成巨富。而施济病故后，留下孤儿寡妻，于穷困中投奔桂迁。桂氏顿忘恩义，故意怠慢，扬言要有债券为凭才能还钱，施妻忧愤成疾而死。桂迁既成富豪，为了摆脱赋役负担，捐赀五千两托刘某求官，刘某却将此重金为自己买了官爵。桂迁愤怒欲刺杀刘某，因倚身街傍少息，忽感梦变犬，向施济摇尾乞怜，又向施妻蹲足求食而受杖，回顾妻子和二儿，都已变犬。恶梦惊醒后，方悟忘恩负义之罪，于是忏悔改过，图报施氏之恩，以女招施子为婿。

像桂迁夫妇这样见利忘义、以怨报德的势利之徒，在封建社会没落时期，具有典型意义。本篇作者通过两个场面描写，深刻地剖析了桂迁夫妇丑恶的内心世界。一是描写桂迁发掘施家“白金一藏”时夫妻对话的情景。作者抓住桂迁夫妇贪财昧心的性格特点，逐步展开情节，刻画他们当时的心情神态，从而揭露其卑劣的灵魂。表面上看来，桂迁似乎想以发掘的窖银报答施济，只是被妻子的一番言词所制止，而且尚存“徐以己力为报”之念。所以，夫妻间的这场对话和动作、表情，还仅仅触及灵魂的表层——贪财；而对待施家孤儿寡母投奔求助的场面描写，则剖露了桂迁夫妇灵魂深层更加丑恶的本质。施家母子由满怀希望到悲恸感慨、忍耐等待以至激愤惊骇的心理活动过程，都写得极其真实生动。又通过施子来到桂家之所见，极写桂府的豪富气派，而写其外表的显赫，是反衬桂迁夫妇内心的卑鄙狠毒。

桂迁夫妇是贪财昧心、忘恩负义的典型。当他显赫阔绰之时，骄横恣肆，炙手可热，而一旦受人之骗，捐赀五千以求一官的妄想落空，钱财花尽而“索贷者填门”，既羞愧又激愤，精神顿然之间受到强烈刺激，诱发出潜意识的梦幻，是非常自然的。梦境之中桂迁夫妇、父子全家变犬，从艺术构思而言，是照应当年桂迁愿做犬马报效施家的誓言兑现；而从行为心理而言，变犬向主人摇尾乞怜，正是作者心理上的恐惧感产生的幻觉。我国古典文学作品中，曾经出现过各种离奇的梦，大都是“日有所思，夜有所梦”，也就是“因情而梦”，情与思的内容，是幻化为梦境的素材。桂迁昧心以求的是财，但当他罄其所有去买官而受骗时，除了愤怒，更有恐惧，以为这是干了亏心事的报应，他心理上预感到更为可悲可怖的报应即将降临，也许真会有变犬马之报？这是桂迁醒时可能产生的恐惧感。作者掌握了人物心理特征，幻化成梦境来表现，就具有艺术的真实感，足以警诫其丑恶灵魂与行为。借梦幻以劝世，发人深省，正是作者在本书《小引》中说的“丑可以思”的旨意。

赞扬奇行美德，描写平凡人做出不平凡的感人之事，体现崇高的精神力量，有较强的艺术感染力，是本书的又一特色。如《孙恭人传》、《贞烈墓记》、《翠娥语录》、《唐义士传》等篇，其中最出色的是《贞烈墓记》。元末陶宗仪《辍耕录》卷十二已载有此文，但作为笔记，文字较简略。邵景詹据以润饰加工，写成传奇小说，着力刻画人物性格，颇见匠心。郭雉真与旗卒，少年结发，情义深重。因郭氏的美色，本卫千夫长遂起觊觎之心。郭氏对旗卒的爱情坚贞节烈、忠诚不渝。作者采取层层推进的艺术手法，将人物置于矛盾冲突的尖端，从而展现出人物心灵之美。

李奇为占有郭氏而派遣旗卒远出戍守，进而又将旗卒陷害入狱，并阴谋尽快处死旗卒，使郭氏断绝对丈夫的一线希望。郭氏处于绝境，而能坚贞自重，使李奇无可施其奸计，垂涎她美色的恶少与吏胥、皂隶，都不敢侵犯。这就把郭氏对爱情的忠贞，更升高了一个层次。接着，她又以死拒绝狱卒伪善的关怀爱护，这是对她人格意志与智慧的严峻考验。狱卒“情若手足”的伪善手法，打动了旗卒的心，视狱卒为可以托付妻子儿女的善良人，亲自劝郭氏可嫁狱卒。这就把悲剧的矛盾冲突推向了尖端。郭氏在生与死的抉择中，表现出爱情的崇高之美和人格的尊严，以及智慧的力量。经过她周密的考虑，意识到只有她先死，丈夫的冤狱才有可能解脱；因而她果断地选择以自己的死，换取丈夫的活，她的贞烈与睿智也正表现在这里。她在安排好儿女生计、与丈夫泣别后，毅然投水而死。这种坚贞壮烈的行为，是可歌可泣的。

作者借助于神异奇妙的艺术想象，使郭氏之死既富有传奇色彩，也更震撼人心。她不是一般的投水溺死，而是在仙人渡溪水中“危坐而死”，尽管水势险恶，尸体“竟不为冲激倒仆”，以至“人以为奇”、“倾动城邑”，更表明其冤仇之深重，反抗精神之强烈。在她怀里留下控诉李奇罪行、申诉丈夫冤情的状纸，终于使李奇得到惩罚，旗卒的冤案得以昭雪。一个坚贞、刚烈、宁死不屈的妇女形象，鲜明地浮现在读者的脑海里。

不落俗套，别开生面地描写了浪荡骄奢的败家子，是《觅灯因话》作者的极大成功。本书《姚公子传》所写世家子弟的败落潦倒，原是小说、戏曲中带有传统性的题材，但它与《李娃传》、《玉堂春落难逢夫》等作品中写败子回头，登上仕途，夫荣妻贵的艺术构思不同。荥阳生、王景隆都是因嫖妓钱财荡尽而落难的，否极泰来的关键，是多情妓女的帮助。姚公子则不仅“父拜尚书，妻亦宦族”，他把巨万家业败尽，不是嫖妓，而是“自倚富强，不事生产，酷好射猎，交游匪人”，终于败尽世业，沦为乞儿奴仆，再也不得翻身。这在旧时代更有典型意义。

作者紧紧扣住姚公子豪侠阔绰、恣意挥霍的性格特征，围绕“游猎无度、赏赐无算”的中心事件，着意描写他荒唐透顶的败家方式及其过程。“不逾数年，产业荡尽，先人之丘垄不守，妻子之居室无存。”作者写实手法的深刻性，还在于以犀利冷峻的笔触，描绘了姚公子产业荡尽之后所见到的人情世态：往日趋附他周围、借以渔利之徒，都发财致富、气势显赫，“见公子饥寒，掉臂不顾，且相与目哂之”。形象化地反映了封建社会末期的世风与人际关系。

姚公子既荒唐又麻木不仁，他到了穷极无计之时，竟征得岳父的同意将妻子卖掉，随后又将自己卖身为奴。带有戏剧性的是，实际上由他岳父暗中收养了女儿，并以高价买了他诈令庄客收留。让他充门役，他却并不知道是在岳父的宅第，不许他入中堂，更“不知妻子未嫁，终其身不敢一面，老死于斗室”。苟延残喘毫无人格尊严地活着，是比冻馁而死更可悲的！如此结局，比败家子回头、重振旧业、夫荣妻贵的老套，更切合生活实际，也更为深刻。

《觅灯因话》在语言艺术方面的一个显著特点，是具有朴素而雅洁的美，不假雕饰，自然无华，它虽是传奇体文言小说，但是文不甚深，朴素而不失于粗俗，基本上是雅俗共赏。《剪灯新话》和《剪灯余话》中的有些作品，穿插诗词韵语过多，在一定程度上削弱了作品的故事性和人物的个性化。《觅灯因话》则除《唐义士传》等个别篇目以外，大都不穿插诗词。《姚公子传》中的一首诗和一首歌，因出自姚公子生活经历、思想性格的自然流露，不但无赘疣之弊，而且增强了作品生活哲理的意味，语言平易素淡而所含人生哲理丰富深刻。尽管它还远不如《红楼梦》中《好了歌》所涵概的内容广泛、深永，但是它毕竟总结了人生的某个侧面。

万历年间作传奇小说较多、影响较大的是宋懋澄。他的

《九籥集》虽然不是文言小说专集，但是在他的著作集中，专辟《稗》编，收小说四十多篇。其中如《刘东山》、《珠衫》、《海忠肃公》、《负情侬传》等，都是中国文言小说史上脍炙人口的名篇，为白话小说创作所取材。

宋懋澄（约公元1569—1620年）①，字幼清，华亭（今上海市松江）人。万历四十年举人，三试进士不第。早年“喜交游，慕古烈士风，私习兵法，散财结客，欲建不世功”②，诗文奇矫俊拔，尤工尺牍及稗家之言。《九籥集》向来无刊本，王利器据其所收藏钞本校录，由中国社会科学出版社出版，包括文十卷、别集四卷（除《尺牍》一卷外，其余三卷为《稗》），并诗辑录，附有关传记和墓志铭。

在宋氏《稗》编中，有四分之一属于神仙志怪内容。其中《陶真人》，描写嘉靖皇帝宠信道士陶仲文、邵元节，封他们为祠（礼）部尚书。陶真人“劝上服道冠，绝与朝臣见”。“每兴大醮，必以金书符箓，焚竟，阴使其徒瀹金，以故方士附如云。是时真人既为天子师，至尊侧席以侍，每下坛更衣，分直等皆为之绾带，播弄人主如婴儿，奔走卿相如仆隶，盖实录也。”这是一篇写实性、批判性都较强的小说，活画出明世宗佞道昏聩的形象。

也有几篇是写豪侠之士的。如《侠客》写一壮夫冒充死于途中的赴任官吏，携士人妻女赴黔中任别驾。“宦逾三年，上下咸指为神明。”因事泄离去前，将橐中所有二千金全部给士人妻，罄囊逃去。更值得称道的是“与士人妻三年未尝一面，

①据陈子龙撰《宋幼清先生传》，谓幼清卒年五十一。

②《松江府志》卷四十四《文苑》。

二女依然处子”。

《葛道人传》则是为苏州市民起义的领袖葛贤写的传奇小说，其序云：“当吴民击黄建节时，懋澄适觐母南还，闻葛道人倡义，壮其事，赋《葛成谣》四章。后十七年，于友人陈仲醇家遇道人，读当事功令。仲醇谓余：‘子喜稗官家言，毋失此奇事。’余厕仲醇交末，得睹异人，因作《葛道人传》。”所写的传奇性英雄人物的事迹，是作者耳闻目睹的，而且曾与这位主人公会晤。因此，作者感受也就特别深切，形象地描述了发生在万历二十二年苏州市民反抗矿使税监的大暴动，塑造了葛道人的光辉形象，展现了市民起义壮烈的场面。

>……市人汹汹，遂期于六月三日诅玄妙观。为首六十人，名曰团行。明日不呼而集者万人，踪建节所在，至觅渡桥。建节方据胡床，指挥左右，阻樯遏贩，而万声同呼，飞砾中建节脑，脑裂，复击杀徐成等数人。还拥入市，火攻汤莘等家，即欲据关门网市利者也。先是乡绅丁，给赀莘等，市奇货媚司礼，约事成百倍酬丁，故丁亦焚焉。万人不持矛刃，遇金帛悉投火中，有掠物者，随挤之火，张空拳往来，惟罪人是讨。四民寝食不惊，欢声沸溢。

当统治者要缉拿为首人物时，葛成（贤）为了解救众人，主动出来承担责任：“忽有壮夫，袒肩播蕉扇，突众而出，长揖太守朱前曰：‘余为葛成，实倡是举，请戮成以伸国法，余人乞置勿问。’”这种敢作敢当、为救众人而情愿牺牲自己的精神，是十分感人的。葛成虽然为此入狱十余年，备受杖笞之苦，但始终不屈服。这次苏州市民击杀黄建节之举，使一意孤行的明神宗，为之惊诧曰：“三吴亦复骚动耶？”迫使最高统治者再不敢派遣宦官充当矿监税使去搜刮民脂民膏。

影响较深远的一篇豪侠类传奇小说是《刘东山》。俗话说“强中自有强中手”，骄傲狂妄者必招致屈辱。三辅捉盗人刘东山“发矢未尝空落，自号连珠箭”，骑射武艺确实高强，却因妄自尊大，以语欺人，结果却被一个“语动温谨”、“极意谦恭”的少年骑士所慑服。这个曾举右手拇指夸过海口的“捉盗人”，不得不亲解腰间钱囊，“膝行至（少年）马前献金乞命”。从此，只好“夫妻卖酒于村郊，手绝弓矢”。其实，少年骑士并非凭借武艺劫取刘东山的金钱，只是因为他自誉过分，才戏弄性地教训他。三年后，少年骑士以十倍之金偿还刘东山，而与少年骑士同伙的一位“十八兄”，本领又在诸壮士之上。作者采取前后对比、气氛烘托等手法，使两种不同类型的人物形象更加鲜明，也使主题更加突出。这故事为凌濛初《初刻拍案惊奇》所取材，改编为拟话本。

写得最成功、影响也最大的，是爱情婚姻的悲剧。为人们所熟知的是《负情侬传》和《珠衫》。前篇写妓女杜十娘“从良”，而所遇非人，激愤之下投江自尽。这个悲剧性故事，深刻地揭露了封建制度的罪恶，并反映了明代中叶以后，资本主义因素萌芽时期，社会的新特点：商人势力在社会生活中所起的作用。作者成功地塑造了杜十娘的悲剧形象。她虽身陷火坑，而其“从良”的愿望和行动，以至投江自杀的刚烈之举，都充分显示了女性灵魂的觉醒，体现了人格的尊严。《警世通言》中的名篇《杜十娘怒沉百宝箱》，就是据此改编的拟话本，而宋懋澄的这篇原作，在明代已传到日本、朝鲜等地。后篇通称《珍珠衫》，写的是市民家庭生活、人与人之间的关系，在商品经济的冲激下所发生的变化。楚地某商人为了牟利，远出经商，久不还家；其妻与新安客商发生了不正当的关系，而贪财的鬻珠媪则成了中介人。这些现象，具有较浓的资本主义因素的色彩，也是当时社会上出现的新问题、新矛盾。楚商夫妇原是美满夫妻，却产生不得不离婚的尖锐矛盾。离婚后，妇人改嫁时，楚商能以大宗财礼相赠；而楚商落难时，又幸亏前妻相救。新安人客死他乡，其妇竟嫁楚商。在这曲折的故事中，有着许多偶然性，其中又包涵着某些必然性因素。作者从因果报应观念来理解问题，而其客观意义却远远超过他的主观意图。本篇构思精巧，人物形象具有鲜明的个性。情节既切合故事发展的需要，又避免了一些淫秽的描写。《古今小说》中的名篇《蒋兴哥重会珍珠衫》，据此篇传奇小说改编，艺术上比它更细腻，但对某些淫秽情节渲染过甚。

此外，万历丁酉（公元1597年）付梓的王同轨《耳谈》，虽其体制短小，内容庞杂，属笔记体小说，但其中许多作品，为《古今谭概》、《情史类略》所辑录，或为“三言”、“二拍”所资取，进行再创作，或为《聊斋志异》所借鉴；而其文体规范和艺术风格，似对纪昀《阅微草堂笔记》有所影响。

四、文言小说专集与总集的编纂及理论研究

明代后期随着文言小说创作之风的兴盛和读者的爱好，搜集、整理、出版文言小说的专集或总集，也蔚然成风。如冯梦龙选录的《情史类略》，就是一部古代爱情小说的总集。本书简称《情史》，又名《情天宝鉴》，是从历史文献和前人笔记小说中辑录出来的爱情故事集，分二十四卷，共八百七十余篇，并经编者加工。内容有赞颂坚贞不渝的爱情或批判薄幸负心行为，

也有宣扬封建礼教之作，精华与糟粕兼收并蓄。题材对后来小说和戏曲影响较大。书题撰人为詹詹外史，乃是著名的通俗文学家冯梦龙（公元1574—1646年）的笔名之一。他所编纂的“三言”，可以说是古代短篇白话小说的宝库。《情史》中有一部分是明代人的作品，如前述宋懋澄《九籥集》中的《珠衫》，就选录于本书卷十六《情报类》，篇名为《珍珠衫》。有的则写明故事发生的年代，故事内容涉及明代人物，时代特征较鲜明。

其中较著名、影响也较大的，例如《周廷章》，就是写明代天顺年间，南阳卫千户的女儿王娇鸾，被周廷章“始乱终弃”的爱情悲剧。但产生悲剧的原因，既不同于唐代士族婚姻制度下像霍小玉、莺莺那样的悲剧，也不同于《负情侬传》中杜十娘的悲剧。王娇鸾与周廷章原不存在门第不当的问题，父母之命也并不是不可挽回的。主要是周廷章离别王娇鸾回苏州后，灵魂被金钱美女所腐蚀，喜新厌旧，“贪财慕色，顿忘前约”。他的品质和行为，比《霍小玉传》中的李益、《负情侬传》中的李甲，更为恶劣。王娇鸾与莺莺同为闺中女子，身分、地位、遭遇很相似，而时代不同，思想性格也有区别。在大家闺秀王娇鸾的身上，受新兴市民思想意识的影响较深，她的追求，她的抗争与控诉，都是非常强烈的。她在自杀前揭发、控告了周廷章的罪行，使负心人得到应有的惩罚。这正是这个艺术形象所提供的重要意义。本篇叙事与抒情都朴素自然。运用对比手法，更是艺术上的一大特色。周廷章对王娇鸾，从狂热追求到忍心抛弃，前后行为形成鲜明的对比，从而暴露其虚伪、自私、薄幸的本质。王娇鸾的真、善、美，与周廷章的假、恶、丑，对比鲜明，以激发读者强烈的爱憎感情，引起共鸣。

《情史》卷十四《情仇类》中选录的《小青》，反映了在封建社会一夫多妻制下必然产生的家庭矛盾和侍妾的悲惨命运。封建家庭中，妾处于被奴役、被压迫的地位。作者怀着满腔的义愤，描写了小青的不幸遭遇。一个多才多艺、温柔善良的青年女子，被迫为姬妾，处在庸夫妒妇交相摧残的逆境之中，幽愤凄恻，含恨而死。这悲剧意味着封建制度对善与美的毁灭。而小青留下的真容和血泪斑斑的诗篇，则是她不甘于被毁灭的反抗精神的表现。它从一个侧面揭示了封建制度的罪恶。本篇情节哀婉，文笔清丽，字里行间，爱憎分明。叙事娓娓动人，抒情真切，颇得唐人传奇之致。诗与文虽有前后分割之弊，但亦能各尽其妙。"写真"的艺术构思，显受《牡丹亭》的影响，而其悲剧气氛更浓。

在卷二《情缘类》中，有一篇《刘奇》是题材平凡而构思新颖的作品。写宣德年间河西务地方，以沽酒为业的刘翁夫妇救困扶危的崇高精神，更着重描写了刘奇、刘方这对患难兄弟（夫妇）重恩义、尚操守的品格。艺术上的显著特色，是寓离奇于平凡的生活之中，篇幅虽短，却曲折有致，真实感人。

事出《泾林杂记》而为《情史》卷五《情豪类》所选录的《唐寅》，虽属封建文人风流韵事，但描写唐伯虎为追求桂华宁做奴仆的情节，也颇为感人。篇中所写唐伯虎对桂华的爱情，是真挚、专一的，与同类题材的作品相比，它有雅洁脱俗的情趣。

《情史》卷九《情幻类》从《北窗志异》中选录的《黄损》，不失为传奇小说的佳作。其故事原型，见于唐人段成式《剑侠传·虬发叟》。写唐僖宗中和四年秋，高骈部将吕用之，在扬州掠取商人刘损妻裴氏，侠士虬发叟打抱不平，叱责吕用之罪恶，用之惊惧，乃夜遣裴氏还刘损。情节简略，粗陈梗概而已。而《情史》中收录的《黄损》，则写得细致曲折。黄损是“丰姿韶秀，早有隽誉”的秀士，而裴氏是年未及笄的船夫之女，于旅途中一见钟情，互以心相许。因覆船之祸，裴氏辗转为吕用之所得，但裴氏坚贞不屈，抗拒用之，终为神僧所救，与黄损结成眷属。突出了黄损与裴氏纯洁真挚的爱情，在与邪恶势力的斗争中，经受了考验，使这一爱情故事显得更加崇高、优美。

卷十八《情疑类》还选录了明代正德、嘉靖年间的作家蔡羽写的《辽阳海神》。这是一篇有着鲜明时代特色的传奇小说。故事的背景是在正德、嘉靖年间，也正是资本主义因素的萌芽时期，随着商业经济的发展，人们的价值观念、道德规范以至人际关系，也都发生显著的变化。封建社会中人与人之间那层脉脉温情的面纱，已经开始被撕破了，而代之以金钱关系。徽州商人程士宰由于亏折资本而“羞惭惨沮，乡井无望”，只得流落异乡，又因海神的救助而获巨利。其间的悲欢苦乐，正是当时商人的遭遇和心理特征的真实反映。奇遇海神，在现实生活中当然是不可能的，但却深刻地反映了当时商人的幻想，在艺术上是很真实的。情节离奇，想象丰富，描述细致，具有较强的艺术吸引力。

明人编刊的文言小说总集，除《情史类略》外，还有《艳异编》、《国色天香》、《万锦情林》、《绣谷春容》、《说郛》、《续说郛》、《古今说海》、《稗史汇编》、《稗海》等。

伴随着文言小说创作、编刊之风的兴盛，对这一文学样式进行理论研究与探索，也进入一个全新的阶段。从先秦诸子、《汉书·艺文志》、唐人刘知几、韩愈、柳宗元、沈既济到宋人曾慥、洪迈、赵彦卫，以至明初瞿佑、凌云翰，对小说的概念、性质及其功能的认识，有一个渐进的过程，还缺乏理论的系统性与完整性。明代对小说理论的研究，虽然主要集中于白话小说方面，在序、跋、评点中，表述各自对小说的评价，但是这种理论探索的风气乃至对小说性质及其价值的评论，势必影响对文言小说的研究，促进其理论探索的深化。瞿佑《剪灯新话序》已把语怪言情的传奇小说，与儒家经典相提并论，认为具有同等的地位与作用。凌云翰《剪灯新话序》，除了肯定传奇小说有“劝善惩恶，动存鉴戒，不可谓无补于世”的社会教育作用外，还从美学价值上予以赞赏：“矧夫造意之奇，措词之妙，粲然自成一家言，读之使人喜而手舞足蹈，悲而掩卷堕泪者，盖亦有之。”小说的这种审美作用，是经、史诸书无法代替的。吴承恩为自己创作的传奇小说集《禹鼎志》作序，特别注意唐人小说“善模写物情”的艺术技巧，并指出志怪小说的怪异与人世现实的关系：“吾书名为志怪，盖不专明鬼，时纪人间变异，亦微有鉴戒寓焉。”这比干宝创作《搜神记》“发明鬼神之不诬”，自然大有进步，有意识地创作志怪性传奇小说的目的，非常明确。

对文言小说作系统研究，阐述其思想意义与美学价值，将小说从“九流十家之末”中独立出来自成一家并予以分类，考订各类小说的源流，勾勒其发展的基本轮廓，是大学者胡应麟的首创之功。

胡应麟（公元1551—1602年），字元瑞，又字明瑞，号石羊生，又号少室山人，浙江兰溪人。所著《少室山房笔丛》，以考据、评述经史子集为主，兼记时世风俗。而于《九流绪论》上、下，《四部正讹》下、《二酉缀遗》中诸篇，较集中地论述了文言小说；《庄岳委谈》下，则主要论述白话小说。他是博览群书、广见多闻的学者，故其研究文言小说，不同于就某一部小说作序、跋，而能从古小说发展演变的大背景，阐明其流变，从比较中区别不同时代、不同体式、不同作品的基本特征。其对文言小说研究的主要贡献，概而言之，有以下几个方面：

第一，给小说以独立的地位，并阐明小说家特盛的根本原因。传统的史籍目录，将小说列于“九流十家之末”，或附骥于子、史类。胡应麟“更定九流”，将小说独立为一流，置于道、释之上，与儒、兵、农诸家平起平坐。并揭示小说不同于其他诸家的本质特征：“说主风刺箴规，而浮诞怪迂之录附之。……说出稗官，其言淫诡而失实，至时用以洽见闻，有足采也。”①他对往昔不重视小说家的偏见，颇不以为然，特别指出“然古今著述，小说家特盛；而古今书籍，小说家独传”的主要原因，在于小说能满足人们审美心理的需要：“怪力乱神，俗流喜道，而亦博物所珍也；……至于大雅君子，心知其妄，而口竞传之，旦斥其非，而暮引用之，犹之淫声丽色，恶之而弗能弗好也。”②雅俗共赏，拥有广大的读者，作家创作的积极性也就高了。

第二，予以较精细的分类，逐渐使文言小说概念明朗化、规范化。因长期以来，小说概念模糊不清，可塑性太大，所以往往同一部书，归类分属时，就不免见仁见智。胡应麟把文言小说分为志怪、传奇、杂录、丛谈、辨订、箴规六类，并举例说明，树立规范。③纪昀《四库全书总目提要》，将其中的辨订、箴规删去，是正确的，使小说概念更严密，但他把文言小

---

①《九流绪论》上。

②《九流绪论》下。

③详见《九流绪论》下。

说的一个主要类别传奇也删掉，却是由偏见导致的一大错误。

第三，在强调小说社会效果的同时，也重视小说的艺术美。以往论者或作者，大都强调小说的劝惩规戒或补史之不足，而忽视小说的艺术审美特殊功能。胡应麟则兼顾社会效益与审美价值："小说者流，或骚人墨客，游戏笔端；或奇士洽人，搜罗于外。纪述见闻，无所回忌；覃研理道，务极幽深。其善者，足以备经解之异同，存史官之讨覈，总之有补于世，无害于时。"这一小说观，是很精辟的。他也很注意小说的审美价值，赞赏小说的奇幻美和对情致气韵的表现，并讲究文采。他盛赞唐人"作意好奇"、"绰有情致"，称赞《世说新语》的艺术个性曰："读其语言，晋人面目气韵恍然生动，而简约玄澹，真致不穷，古今绝唱也。"对唐宋小说高低之论，也可见其对小说审美的倾向性："小说，唐以前，纪述多虚，而藻绘可观。宋人以后，论次多实，而彩艳殊乏。"①对《剪灯新话》、《余话》的"幻设"，即艺术想象与虚构，也是肯定的。

第四，追溯各类小说源流，论述汉魏六朝以迄唐宋小说的基本特色，评其优劣高低，粗具文言小说发展历程的轮廓。胡应麟在"更定九流"、作小说分类后，对每类小说的源流，都有所论述，并阐明小说内容与社会风气的关系：

> 《飞燕》，传奇之首也。《洞冥》，杂俎之源也。《搜神》，《玄怪》之先也。《博物》，《杜阳》之祖也。魏晋好长生，故多灵变之说。齐梁弘释典，故多因果之谈。②

足见对文言小说用功之深，探索之勤，功莫大焉。

---

①《九流绪论》下。

②《九流绪论》下。

五、明代文言小说的地位与影响

综上所述，明代文言小说在我国文言小说史上具有兴衰起微的作用，是不言而喻的。它既继承和发展了唐人传奇的小说艺术传统，又为清代以蒲松龄《聊斋志异》为代表的文言小说高峰的出现，提供了有益的借鉴。不仅如此，而且对短篇白话小说和戏曲的发展，提供了丰富的题材和艺术经验。明代许多优秀的文言小说，大都为拟话本作者改编为白话小说，并为戏曲家所取材。略举数例，可见一斑：

文言小说	拟话本	戏曲
金凤钗记	初刻：大姊魂游还宿愿 小妹病起续前缘	沈璟 坠钗记
翠翠传	二刻：李将军错认舅 刘氏女詭从夫	叶宪祖 金翠寒衣记 袁声 领头书
绿衣人传	古今小说：木绵庵郑虎臣报冤	周朝俊 红梅记 孟超 李慧娘
芙蓉屏记	初刻：崔俊臣巧会芙蓉屏	张其礼 合屏记 叶宪祖 芙蓉屏
秋千会记	初刻：宣徽院士女秋千会 清安寺夫妇笑啼缘	谢宗锡 玉楼春
辽阳海神传	二刻：叠居奇程客得助 三救厄海神显灵	
桂迁梦感录	警世通言：桂员外穷途忏悔	李玉 人兽关
负情侬传	警世通言：杜十娘怒沉百宝箱	百宝箱
珠衫	古今小说：蒋兴哥重会珍珠衫	袁于令 珍珠衫记 叶宪祖 合香衫
刘奇	醒世恒言：刘小官雌雄兄弟	彩燕诗
周廷章	警世通言：王娇鸾百年长恨	
唐寅	警世通言：唐解元一笑姻缘	孟称舜 花前一笑 朱素臣 文星观
小青		吴炳 疗妒羹 胡士奇 小青传
黄损	醒世恒言：黄秀才徼灵玉马坠	刘方 天马媒

明代文言小说的题材、内容为拟话本作者所取资，是毋庸置疑的，谭正璧《三言两拍资料》在这方面做了充分的考证工作，为研究者提供了许多方便。但是，由于文体规范的不同，接受对象文化水平、审美意识的差异，艺术表现手法也有很大的区别。文言小说是以唐传奇作为仿效规范的，尽管其题材也可能来自街谈巷语、道听途说或友人的闲谈，但其用以写作的语言工具，却是规范化的文言，作者大多是士大夫，读者也是具有较高文化水平的知识阶层，它主要是诉之于接受者的视觉，是案头读物，通过阅读与欣尝，引起接受者心灵的共鸣和美的感受。它叙述故事力求委婉曲折、引人入胜，而笔调则简洁雅致，对人物的形象描写不太重视外貌的精细刻画，而侧重于内心世界的展现，思想境界、心理活动的描写较细腻，着重表现人物的神采、风韵与气质，遗貌取神，追求神似，艺术上具有雅洁、含蓄之美。优秀的文言小说，经得起读者的咀嚼回味，内涵较丰富。话本和拟话本，既然也成为书面文学，当然也可供案头阅读，但是它仍然保留通俗文学的基本特征，它主要是用当时的白话来表述，即使穿插诗词韵语，一般也通俗易懂；它本来是诉之于接受者的听觉的，所以特别强调情节的富于故事性，人物描写注意外貌特征和服装色彩，心理刻画也有，但是不宜过于细腻，动态描写则较多。迎合市民阶层的审美需求，富于刺激性的情节写得特别细致，较显露、少含蓄，所追求的是俚俗之美。因而，写同一题材、同一故事，艺术风格、美学意趣，却很不相同。只要把某些有代表性的作品加以比较，就可以看出这两种不同文体规范的作品，异同点都是很明显的。例如文言小说《珠衫》与拟话本《蒋兴哥重会珍珠衫》，题材、故事内容相同，而表现手法却有雅与俗的区别。

更为典型的例子是《觅灯因话》中的《卧法师入定录》，与凌濛初改写的拟话本《乔兑换胡子宣淫，显报施卧师入定》（收在《初刻拍案惊奇》）。两篇内容基本一致，描写胡绥与铁生之妻狄氏通奸，狄氏勾结奸夫胡绥，愚弄、欺骗铁生，几置铁生于死地。经卧法师入定，见南北二斗，昭示“福善祸淫”之理，铁生得不死，胡生纵淫作恶则受恶报。但由于文体规范与审美意趣的不同，前者文字雅洁，虽涉及纵欲之事，表现却极为含蓄；后者迎合市民审美趣味，文字粗俗，描写淫秽情节，穷形极态，过于浅露，不堪入目。前者写卧法师听南北二斗说“福善祸淫”，虽然也掺杂有唯心主义宿命论观念，但却包含着不少朴素的生活辩证法思想，作为一种艺术表现手法，它主要是借鉴佛家入定产生的幻觉，描绘一种超乎现实的意象，对现实人生具有启示作用，也有一定的审美价值；后者则主要借卧法师之口，宣扬因果报应，而舍弃某些合理因素，并且将报应作更具体化的描写，堕入庸俗恶趣，但却能为当时市民阶层思维定势所接受。

明代小说文学的主流，是白话小说，但在文学史上，并没有因此而使文言小说绝迹。恰恰相反，它在为白话小说、戏曲提供丰富的创作题材的同时，也推动了自身的发展。以至到了清代，文言小说蔚为大观，《聊斋志异》达到了文言小说新的艺术高峰。这自然与明代文言小说由复苏到兴盛的文艺风尚、艺术经验的积累，有着密切关系。《聊斋志异》的“用传奇法，而以志怪”，固然受唐人传奇中《任氏传》、《柳毅传》等志怪类传奇小说的影响，但是受明代同类传奇小说的滋养更为直接。《聊斋志异》以写狐妖鬼魅形象著称，其实在明人传奇小说中就有不少这类富有艺术魅力的形象。例如《剪灯余话》中

《胡媚娘传》的胡媚娘，其美丽颖慧，不亚于任氏，虽被道士尹澹然作法震死，现出真狐原形，但人们仍然感到这个艺术形象的美，同情她无辜被剿除；《滕穆醉游聚景园记》、《绿衣人传》、《秋夕访琵琶亭记》等作品的女鬼形象，都写得非常优美，富于人情，而少鬼气。这些作品对《聊斋志异》的艺术构思、想象、形象塑造，都是有影响的。再如《剪灯新话》中《太虚司法传》里冯大异形象的描写，《剪灯余话》中《何思明游酆都录》和《效颦集》中《续东窗事犯传》，主人公何思明和胡迪的性格特征，以及对阴司地府的构想，都对《聊斋志异》中席方平形象的塑造及同类题材的艺术描写，有所启发。这些影响，都是表层的、显而易见的，更深层的影响在于，明代文言小说的艺术追求、审美意向，以及理想人物风度气质、韵致丰采的表现，对蒲松龄创作《聊斋志异》也起了潜移默化的作用。

总之，明代文言小说在中国文学史上的地位和影响是不容忽视的，它的艺术美，白话小说是无法取代的。

第二章　文言小说的新高峰(上)

一、历史将文言小说推向新的高峰

文言小说经历了汉魏六朝漫长的发展演化过程之后，在唐代诸多有利因素的促进下，终于出现了可与律诗并称“一代之奇”的新局面。当然，这并不是说唐人小说的成就已经发展到了可与唐诗并驾齐驱的程度；而是说这两种不同的文学样式，到了唐代，都登上了各自的高峰。所谓“高峰”，也只是一种形象化的比喻，并不意味着在它之后再也不可能有所开拓发展了。到了宋元，文言小说的总趋势是在滑坡、衰退，但却出现一种值得注意、蕴含着文言小说生机的迹象，这就是在文体规范方面，传奇体小说渗透进了话本化的倾向。明乎此，才不会对元代冒出篇幅长大、情节委婉曲折、描写细腻的《娇红记》感到突兀，明初出现《剪灯新话》等传奇小说集，也就容易理解了。一种文体，必须在变革中求生存、求发展。传奇体小说从话本小说中汲取某些艺术表现手法、从生活中提炼有生命力的语言融入文言小说之中，就是有效的变革。

《剪灯新话》、《剪灯余话》等所唤起的文言小说复苏气象，由于行政干预、强制命令，蒙受挫伤，停滞几近百年之久。明代后期在白话小说、戏曲、诗文、绘画艺术等各个领域出现的带有文艺复兴性质的浪潮，也给文言小说带来了复兴的机遇。回顾文言小说发展的历程，兴衰成败的艺术经验与教训，已经积累得非常丰厚，其他各种文体可供文言小说作者汲取的滋养也很多。加上明清易代之际的历史大震荡，清贵族入主中原所激起的社会矛盾，严密的文网，使一批擅长于文章的才俊之士，既有感于故国之思，又迷惘困惑于无所施展其才华，故往往以其有用之才，承晚明传奇小说复兴之风尚，操笔运思，创作不易触犯文禁的传奇小说。王猷定、魏禧、侯方域、李渔、徐芳、陈鼎、黄周星、王士禛等，都写过一些较好的传奇小说或传奇色彩较浓的人物传记。

钮琇《觚剩》中的传奇小说质量更高，“幽艳凄动，有唐人小说之遗”①。如卷三《睐娘》，以较长的篇幅，委曲有致的情节，工笔描绘的技法，塑造了睐娘这个美丽聪慧、多才多艺、品格高尚的妇女形象。她生活在明清易代之时离乱黑暗的社会环境中，遭人暗算，而造成悲剧。导致睐娘悲惨命运的罪魁是淫妇倩娘和流氓潘生，但根本原因仍然在于罪恶的封建婚姻制度。作者描写睐娘的才艺品性、容貌语言，都相当细腻。刻画她聪明而沉静、怀怨而不露、处困厄之境而贞慎自保的性格特点，以及苦闷忧郁的内心世界，都很真实，形象丰满，凄惋动人。作者善于借助景物描写，渲染环境气氛，衬托人物的悲剧性格，取得强烈的艺术效果。倩娘与潘生也具见性格。在短篇小说中，次要人物性格不流于概念化，是不容易的。全篇感情色彩较浓，抒情性很强；字里行间，洋溢着悲剧气氛。再如续编卷三《海天行》，记述海瑞之孙述祖航海遇难的惊险经

① 《四库全书总目提要》。

历，揭示了龙宫仙府、天上玉帝对人民掠夺的盗匪行为，曲折反映了人间统治者的罪恶本质。续编卷二《张羽军》，则暴露了清初文字狱案的恐怖性。

由于清初有一大批作家的共同努力，将晚明以来已经复兴的文言小说，逐渐推向新的高峰。屹立在这一峰巅的，则是蒲松龄及其《聊斋志异》。

二、文言小说的巨匠蒲松龄

（一）蒲松龄生活的时代

蒲松龄（公元1640—1715年），字留仙，又字剑臣，别号柳泉居士。山东淄川（今淄博市）满井庄人，祖先是蒙族。他生活的时代，主要是清顺治、康熙年间。这是社会上各种矛盾都十分尖锐的时代，又是由大动荡逐渐趋向稳定发展的时代。由于清朝的统治集团是满族，满汉之间的民族矛盾非常突出，社会动荡的过程也比较久，各族人民的抗清斗争延续了将近四十年。清统治者为了维护和巩固自已的统治，吸取了元朝蒙古贵族不能长期统治中国的教训，对广大人民和汉族知识分子，采取高压与收买的两手政策。一方面，在“扬州十日”、“嘉定三屠”、搜捕反抗者等大规模的残酷镇压之后，又继承明代的特务政治，暗探密布四方；并屡兴文字狱，对有反清思想嫌疑的著作，不但把作者杀头，连作序、刻书、买卖书籍以及收藏者，以至地方官，概予格杀。骇人听闻的庄廷钺“明史案”、戴名世“南山集案”，就是典型的例子。另一方面，又以擢用降臣、礼葬崇祯、继续八股科举取士制度、开设博学鸿词科，来笼络人心，逐渐淡化知识分子的反清意识。

清兵在大举南下过程中，奸淫烧杀掳掠，无所不用其极。城市化为丘墟，农村残破，加上官僚机构腐败，政治黑暗，战乱和自然灾害频繁，民生凋弊，苦难深重。但清统治者又比较重视农业生产，其基本政策是重农抑商；资本主义因素萌芽虽曾一度受到压制，而农业生产却在不太长的时间内得到恢复和发展。

面对社会现实的矛盾和清统治者的政策，知识分子阶层出现了剧烈分化。有人卖身求荣，依附新主；有人原想保持民族气节，却在清朝软硬兼施下晚节不终；更有坚持反清斗争，宁死不屈者。时代的思想文化潮流，也呈现出复杂状况。明后期出现的启蒙主义思潮虽然受到重压，但是仍然在继续发展；程朱理学作为清朝的官方哲学，固然有其陈腐僵化、束缚人们思想和个性的一面，但是也有不忘故国、讲究民族气节的一面。启蒙主义思潮和程朱理学，在反清复明、坚持民族气节这一问题上，有某些相通之处。作家的主体意识、心理结构、审美观念，也发生了巨大的变化。一批由明入清的知识分子，沉浸在眷念故国、反思明朝亡国之痛、回忆清兵南下暴行的愁苦之中，抑郁激愤的情绪难以平静。

生活在这样的时代背景、环境气氛之中，对蒲松龄的世界观、审美心理、创作方法，不可能没有影响。他虽生在明末，却长在清初，与由明入清的士大夫、作家，在思想观念方面，既有某些共同性，又有其生活经历造成的差异性。

（二）蒲松龄的家世与生活道路

蒲松龄出身于没落的世代书香家庭。他父亲蒲槃尽管博学多才，但因科举失利，家道中落，便弃儒经商，“积二十余年，称素封。……而周贫建寺，不理生产”。生松龄兄弟四人，都亲自教他们读书，“而为寡食众，家以日落”①。松龄和妻刘氏都很本分敦厚，大家庭分家时，只分得薄田二十亩，破败农场老屋三间。幸亏刘氏勤苦支撑，治家有方，育四子一女，都能成家立业。

松龄从小受儒家教育的影响，热心于科举功名。十九岁“初应童子试，即以县、府、道三第一补博士弟子员，文名籍籍诸生间”②。但在这之后，却一直科场蹭蹬。“俯仰时事，悲愤感慨”，而“性朴厚，笃交游，重名义”，孤介峭直，遇不平事，敢于直言。与同邑李希梅等结郢中诗社，以风雅道义相激励。三十一岁时，因“家贫不足自给”，曾到江苏宝应、高邮，为友人孙蕙做幕僚一年。这也是他毕生仅有的一次远游。他“惨淡经营，冀博一第，而终困于场屋。至五十余尚希进取”。经刘氏劝慰，才不再赴试，“而甄匋一世之意，始托于著述焉”③。他的家庭经济来源，主要是靠他当塾师的收入；“一时名公巨卿，日以文事相烦”，大概也有润笔之酬。到了晚年，“瓮中始有余粮”。他七十岁才撤帐归家，已有“养老之田五十余亩”，加上儿女都已自立，也可以算是小康之家了：“得栖迟偃仰，抱卷自适，时邀五老，斗酒相会，以叙生平、话间阔，差可自娱。”④七十一岁冬，为援例得岁贡生而奔驰青州道中。

蒲松龄在科举场上的失意，使他始终未能实现“他日功名

①蒲松龄《述刘氏行实》，引自朱一玄编《〈聊斋志异〉资料汇编》。
②张元《柳泉蒲先生墓表》。
③④均见松龄长子蒲箬撰《柳泉公行状》。

上麟阁，风规雅似郭汾阳”①的理想，这对他的思想和创作影响都很大。功名抱负的幻灭，对这位得以登上文言小说峰巅的作家来说，也许是大幸。从不满科举制度的某些积弊，进而感受到现实社会中政治的黑暗。他家境比较贫寒，“六十余岁，犹往返百余里”②，顶风冒雨奔走于奂山道中，几乎一辈子都在农村做私塾老师，生涯艰辛，“十年贫病出无驴”，“终岁不知肉滋味”。这种清贫的境况，及农村塾师的职业，使他有可能了解并体验农民的痛苦和辛酸，同情他们的疾苦，理解他们的愿望。在一年幕僚生涯和日常与名公巨卿的交游中，对官场的黑幕、市民阶层的生活和思想，也有一定程度的体察。贤淑能干、淳朴勤俭的妻子，以及他们之间诚笃深挚的感情，使他能够比较正确地认识妇女的价值和婚姻幸福的可贵。他天性伉直，不阿贵显，高情逸致，厌见长官。这种性格、情致，对于他理解清寒而孤傲的知识分子的心态、观察当时的社会矛盾、塑造他所理想的人物形象，都是有帮助的。所有这些客观因素和个人品格，都使他的作品不同于某些失意的封建文人，仅仅因自己的坎坷遭遇，作个人的哀吟，而能以悲愤感慨之情，在较广的层面上反映社会矛盾，表达人民的思想感情和愿望，以高逸的情致描写理想的境界、动人的故事、优美的心灵。

（三）关于《聊斋志异》的创作

蒲松龄的著作很多，有文近五百篇，诗九百余首，词百阕，通俗俚曲十余种，备见于路大荒编《蒲松龄集》。而他之

①见松龄长子蒲箬撰《柳泉公行状》。

②《聊斋诗集·树百问余可仿古时何人，作此答之》。

所以能蜚声于海内外，列于我国文学史上伟大作家之林，则是以其《聊斋志异》的创作，登上了文言小说的峰巅，成为名垂后世的文学巨匠。

《聊斋志异》是一部优秀的文言小说集。它有多种版本，流行的青柯亭本为431篇，而近人会校会注会评本则整整为500篇。主要写于蒲松龄四十岁以前的十余年间；此后又不断地创作和修改，直到谢世前为止。

《聊斋志异》故事的来源，据作者《聊斋自志》所云，大致有三：一是由于对古代志怪小说的爱好，从中提取某些题材予以再创作；二是自己听到的民间故事传说，“闻则命笔，遂以成编”；三是友人提供的材料，“四方同人，又以邮筒相寄”，作者予以加工。由此可见素材来源的广泛性，既有传统的题材，更多的是来自现实的传闻，生动活泼，生活气息较浓。这也正是《聊斋志异》富于艺术生命的重要原因。其中很多是写狐鬼花妖的故事。这一方面是受古代志怪小说的影响；另一方面，大概是为了冲淡政治色彩，以避开清初恐怖的思想统治，免受文字狱之祸。作者自志云：“集腋为裘，妄续幽冥之录；浮白载笔，仅成孤愤之书：寄托如此，亦足悲矣！”借谈狐说鬼，寄托情怀，宣泄孤愤，既是自己的艺术情趣，而更主要的是时代环境使他只能采取这种巧妙的艺术手段。作者自己感到这样做是很可悲的，悲就悲在没有言论自由。

（四）蒲松龄的思想意识

同古代许多伟大作家一样，蒲松龄的世界观也并不完整。从他的诗文和《聊斋志异》中都可以看出，在对同一个问题的认识上，存在着矛盾。构成他思想意识的主体，是儒家的积极用世，以霍光、郭子仪为仿效的榜样，干一番事业；在科场上屡遭挫折后，抑郁愤慨之余，从佛、道中求得慰藉与解脱，也是很自然的，这可以说是我国古代知识分子的人生秘诀。何况谈因果报应、生死轮回，说道士修炼、降魔伏妖，原是志怪小说固有的内容，也是借以开拓艺术幻想空间的思维定势。在启蒙主义思潮的激荡下，他的儒家思想中，注入了初步的民主意识，对于君主的绝对权威、男尊女卑观念，有所怀疑和动摇；在生活实践中也认识到封建礼教的不合理。儒家的民本思想，是以人民不要犯上作乱为前提的；所以，他既同情人民疾苦，劝戒统治者修明政治、不要以一己之好祸害百姓，又对农民造反不以为然，而对统治者残酷镇压造反的农民，又感到不满。至于民族意识、故国之情，对一个重夷夏之辨的儒生来说，自然会有，但他毕竟没有经历过像黄宗羲那样"锋镝牢囚取次过"的生活。明亡时他还是个幼儿。到了他第一次参加科举考试时，已经是康熙元年了。清兵的野蛮暴行，虽然从传闻中曾经感受过，但是时过境迁，印象也就逐渐淡薄了。他那么执著地追求清朝的科场功名，当然说不上有什么强烈的民族意识，只是在《聊斋志异》中，偶或流露一些民族情绪。评价蒲松龄其人和《聊斋志异》，大可不必以有无民族意识作为衡量的标尺。

比之于《聊斋志异》之前的文言小说，它在思想内容方面有无新意及其深广程度，艺术上有无新的贡献，这才是我们要着重研究的。

三、《聊斋志异》以幻写实的意蕴

记述奇幻荒怪之事，原是志怪小说内容的基本特征，但不同时代的作家，其创作意图、奇幻怪诞故事中所蕴含的意义，各有不同。干宝撰《搜神记》是为了“发明鬼神之不诬”，是以幻证实，信幻为真。南北朝时一些释、道辅教之书，更是以志怪小说作为宣扬教义的工具。唐人有了很大的进步，有意幻设，借志怪以娱乐，或借以言情，或志在劝惩。蒲松龄则又有所拓展，借虚幻的鬼狐花妖故事而反映现实的人生，抒发情怀，消释垒块，寄寓理想，体现美学追求，使读者在体认这些故事的意蕴时，也得到审美的享受。具体表现在以下几个方面：

（一）揭露统治者的罪恶本质，抨击其腐败政治

对封建社会末期暴政酷吏、地方豪强罪恶本质的揭露，以及对卖官鬻爵、贿赂公行的腐败政治的抨击，在《聊斋志异》中占了很大比重。

封建统治者的穷奢极欲，官贪吏酷、行贿受贿等腐败黑暗现象，原是与社会制度俱生的。但越到封建社会末期，统治机构内部的调节机制失灵，君昏臣横，政治的腐败、吏治的黑暗，益发不可收拾。这也是明朝亡国的重要原因。清朝的制度和统治机构，基本上是照搬明朝，虽经易代的暴风骤雨，但明朝君臣上下腐败之风，也为清朝所沿袭。康熙皇帝不失为一代英主，意图整饬，也未能革除积弊旧习。而人民群众由原来对明朝末年暴政酷吏、腐败黑暗的痛恶，很自然地转移到对清朝新统治者的怨恨。《聊斋志异》通过各种故事的描写，宣泄了广大人民也包括作者自己的这种不满情绪。

揭露暴政，势必涉及皇帝。《促织》就是写“宫中尚促织之戏”，各级官吏为满足宫中的需要，借机邀功升官发财，给人民带来无穷的灾祸。篇中谴责贪官污吏媚上压下的罪行，展

现在读者面前的，是从皇帝到里胥整个封建统治系统的腐朽残暴景象。作者在篇末发表议论，由这件典型事例推论到一般，正面阐述他创作这篇小说的指导思想和现实意义：

异史氏曰："天子偶用一物，未必不过此已忘；而奉行者即为定例。加以官贪吏虐，民日贴妇卖儿，更无休止。故天子一跬步皆关民命，不可忽也。……"

作者怀着愤慨的心情来描写关于促织的故事。由于皇帝贪图玩乐，大官借此媚上求荣，小吏则乘机敲诈勒索，逼得老百姓倾家荡产，卖妻卖儿。交代的历史背景是明代宣德年间，史称治世，实际上是戳穿作者所生活的康熙年间"太平盛世"的假象。本篇除描写成名的儿子灵魂化为促织得以交差，有奇幻色彩外，基本上是写实的手法。王士祯认为"宣德治世，宣宗令主"，竟会以草虫纤物殃民，恐怕是"传闻异辞"；其实，这正是作者用笔之妙。所以但明伦评曰："但论其事，不必求其时代可也。"可谓心领神会。

《席方平》也属于这一类主题的代表作。席方平为了替惨死的父亲伸冤，阴魂到冥府告状，由于仇人贿赂阴间官吏，致使席方平有冤难伸，更受地狱各种酷刑之苦，甚至身躯从头到脚锯成两半。但他不畏强暴，坚持斗争，"大冤未伸，寸心不死"。他以辛辣的讽刺，挑明地府百官的隐私："受笞允当，谁教我无钱耶！"冥王对他的威胁、利诱，都不曾动摇他的斗志。作品通过对残酷凄惨的阴间地府的描写，曲折地反映了现实社会中官府的黑暗、吏治的腐败，以及人民受迫害的悲惨情景及其反抗精神。从中也体现了作者对耿介倔强性格的赞美之情。

《梦狼》则着重于对如狼似虎的酷吏的批判。借白翁梦游其子白甲衙署所见，深刻地揭示了地方官吏的残酷本质：衙门巨狼当道，“堂上、堂下、坐者、卧者，皆狼也。又视墀中，白骨如山”，以死人“聊充庖厨”；这位衙署长官白甲，“扑地化为虎，牙齿巉巉”。虎狼当道，正是当时官僚机构、腐败政治的真实写照。作者还进一步通过白翁梦醒后使次子携函告戒白甲，兄弟面晤的情景，揭露了官场黑幕：“（甲）时方赂当路者，得首荐，故不以妖梦为意。弟居数日，见其蠹役满堂，纳贿关说者中夜不绝，流涕谏止之。甲曰：‘弟日居衡茅，故不知仕途之关窍耳。黜陟之权，在上台不在百姓。上台喜，便是好官；爱百姓，何术能令上台喜也？”道破官场黑幕中的奥秘。至于白甲“以荐举作吏部”，在离境入京途中遇“寇”，甲倾装以献，诸寇曰：“我等来，为一邑之民泄冤愤耳，宁耑为此哉！”赞赏人民的反抗斗争，鲜明地表现了作者的爱憎倾向。更于篇末议论道：“窃叹天下之官虎而吏狼者，比比也。——即官不为虎，而吏且将为狼，况有猛于虎者耶！”如果说前面故事主要是借梦幻曲折反映官虎吏狼的现实，那么，如此直截了当的议论，矛头所向是很明显的。这在当时该有多大的勇气！

《梦狼》主要是揭露地方官吏如虎似狼的本质，《考弊司》则将抨击的矛头指向朝廷的重要部门——监察机构的黑暗腐败。闻人生应一穷秀才鬼魂之邀，魂游阴间考弊司。顾名思义，考弊司应该是纠察肃政、清除弊端的机构，可是该司长官虚肚鬼王，就是贪得无厌的特大贪官酷吏，凡属他辖下之人，初见“例应割髀肉”，“若丰于贿者，可赎也”。秀才因为穷，尽管没有任何罪，也难免酷刑之苦。作者以绝妙的讽刺艺术，戳穿“考弊司”表里不一的丑恶本质。府署堂下立东西两碣，斗大绿书，一曰“孝弟忠信”，一曰“礼义廉耻”。还有那副强调德行、礼乐的楹联，好像真的是廉洁秉公的衙门，而内里却极其阴森恐怖。鬼王“鬈发鲐背，……鼻孔撩天，唇外倾不承其齿：……虎首人身”的狰狞面目，令人毛骨悚然。虚肚鬼王只有一点是“公正无私”的，就是在敲诈勒索、收取贿赂面前，人人平等。穷秀才邀闻人生魂游考弊司的目的，原想借重闻生与鬼王有亲缘关系，求情免贿；鬼王却色变曰：“此有成例，即父命所不敢承！”只认贿赂，不认亲情。作者通过对闻生“潜入以观其变”行动的描写，揭示了鬼王用酷刑索贿的真相：“至堂下，则秀才已与同辈数人，交臂历指，俨然在徽纆中。一狞人持刀来，裸其股，割片肉，可骈三指许。秀才大嗥欲嗄。生少年负义，愤不自持，大呼曰：‘惨惨如此，成何世界！’”以惨不忍睹的血淋淋的事实，控诉了“考弊司”之弊。考弊司长官尚且如此贪酷暴虐，其他官僚机构更不言而喻。

吏治的腐败，原因是多方面的。一些不学无术、道德败坏之徒，攀结权贵，或凭借裙带关系，夤缘得官。更有公开的卖官鬻爵制度，虽汉、唐已经有此弊政①，到明清尤甚。明人邵景詹《觅灯因话·桂迁梦感录》，就曾写桂迁因捐资买官被骗而精神错乱之事。只要有钱，学历、官爵都可以买。于是目不识丁的市侩之流都能用钱买官做。这些捐巨资得官者，赴任后势必不择手段贪污受贿，大肆搜刮，败坏吏治。《聊斋志异》卷七《僧术》，描写某寺僧以术为黄生“贿冥中主者”，原定十千可致甲科，黄生鄙吝，仅投资一千，而得副榜准贡。作者就此故事议论道：“岂冥中亦开捐纳之科耶？十千而得一第，直亦廉矣。然一千准贡，犹昂贵耳。明经不第，何值一千！”这也是以幻写实的手法，意在批判现实制度中开捐纳之科。

①参阅《太平广记》卷四百九十九《郭使君》条。

又卷十二《公孙夏》，写保定有国学生某，“将入都纳赀，谋得县尹”。却有公孙夏者，自称“十一皇子坐客也”，劝他不如捐资谋太守之爵更佳，并说价钱可以优惠，先出半价，其余于任所缴纳，督、抚大员都与公孙夏有深交，暂缴五千缗，就可得真定太守之缺。国学生某“讶其本省”。客笑曰：“君迂矣！但有孔方在，何问吴、越桑梓耶？”这与《考弊司》中那个为受贿而不认至亲的虚肚鬼王，说话同一腔调。原来是国学生阳寿将尽，公孙夏为他谋得的是冥中城隍之缺。在赴任途中，恰逢关帝，生惶遽不安，关帝要他自书乡贯姓名。“帝君视之，怒曰：‘字讹误不成形象！此市侩耳，何足以任民社！’又命稽其德籍。傍一人跪奏，不知何词。帝君厉声曰：‘干进罪小，卖爵罪重！’旋见金甲神绾锁去。遂有二人捉某，褫去冠服，笞五十，臀肉几脱，逐出门外。”借关帝之口，痛斥卖官鬻爵者，惩处干进市侩，正表达了作者对卖官鬻爵制度及其严重后果的愤慨之情。

《梅女》写逼使梅女悬梁自尽的污吏典史，就是“浙江一无赖贼”，花钱买得典史之职。这种人“居官有何黑白？”到梅家盗窃的小偷，被梅抓获，“送诣典史。典史受盗钱三百，诬其女与通”。梅女蒙受不白之冤，被迫自缢身亡。故老妪斥责他：“袖有三百钱，便而翁也！”卖官鬻爵大幅度地降低官吏的素质，也是导致吏治腐败，冤狱丛生的重要原因之一。

由于官僚机构和司法制度的腐朽黑暗，昏官赃官当道，人民苦难深重。因而迫切地盼望有清官执法，昭雪冤狱。《聊斋志异》中有几篇是写清官理狱的，《胭脂》就是其中的代表作。作者围绕胭脂父亲被杀一案，采取前后几次审判相对照的方法，突出清官之清。先是昏官造成鄂秋隼的冤狱，接着又是吴南岱造成宿介之冤；吴南岱似乎并不昏庸，但是他们有着共同的弱点：只看表面现象，不作深入细致的调查研究，用酷刑逼取口供。施愚山在调查分析方面比吴南岱高明，并针对罪犯的心理特点，采取有效措施，终于审清案情，使真正的凶犯受到惩罚，蒙冤者得以昭雪。清官也使用毒刑，这是历史的局限性。

（二）批判科举制度，暴露科场积弊

批判八股科举制度的腐朽性，抨击试官的不公和科场积弊，也是《聊斋志异》中较为突出的内容。

科举制度始于隋，兴盛于唐宋，金元明清沿用这一选拔人材的制度，而代有所变。通过科场考试录用官吏，为庶族地主阶级知识分子广开仕进之途，比之于魏晋时代的九品中正制，要合理得多，带有一定程度的公平竞争，是一大进步。但每种制度又都有其局限性，有各种漏洞。唐代的进士行卷，有利于识拔人材的一面，但也有利用行卷走后门、拉帮结派的弊端。唐代以诗赋取士，大诗人李白就不屑于通过科举达到仕进的目的，杜甫也不曾中过进士。其间关节亦多，我们在二编论及李复言《续玄怪录·李岳州》时，就提到李俊如何贿赂冥吏涂改录取名字得中进士的，实际上是通过友人国子祭酒与春官的关系，进行舞弊。但科举制度的弊病，在当时并不显得突出，唐宋时代的文学作品，针对科举制度缺陷而发的尚属罕见，传奇小说中写到与科举有关的，往往是婚恋的变故。元人杂剧则将金榜题名时，与洞房花烛夜并提。明代推行八股科举制，是禁锢士人思想、摧残人才的反动措施，才暴露出这一制度本身的不合理。宋濂发表过对八股取士极为不满的议论，但凡是想兑现自己人生价值的儒生，都不得不参加八股考试，心甘情愿地套上这副精神枷锁。明末以写八股文而负盛誉的艾南英，却会试多次未能及第，于是在《应试文自序》中，对八股科举制度发出控诉，对其弊端描绘得淋漓尽致。在明代其他文学作品中，以批判这一制度为主题的，亦属罕见。《耳谈·兴化举人》对科场之弊有所触及，但尚不深刻。蒲松龄在科举道路上的遭遇比艾南英更不幸，更有切肤之痛，深知其弊，而又不得不往这条道路上苦苦追求，这是那个时代知识分子的悲剧！

《聊斋志异》中有不少作品，形象地描写了这种悲剧。《司文郎》就是其中的代表作。在报国寺中比邻住着应试的王平子和余杭生，还有一个姓宋的游魂，是精于八股却考试不中、流落京师而死的。另有一个盲僧，也善于评论文章。通过幽灵宋生与王生、余杭生论文及盲僧嗅文等情节，以尖刻的讽刺，嬉笑怒骂的笔调，揭露了八股科举制度的欺骗性和虚伪性。作者的愤怒，主要集中在昏聩的考官身上，借盲人之口，抨击考官颠倒文章的优劣，比盲人还不如："僧叹曰：'仆虽盲于目，而不盲于鼻；帘中人，并鼻盲矣。'"寄希望于有真才实学、开明贤能的人物来主持文坛。这说明他对八股科举制度既痛恶、又抱有幻想的复杂感情。

《叶生》写叶生"文章词赋，冠绝当时；而所如不偶，困于名场"。但有县令丁乘鹤为文章知己，死后灵魂相从，教丁公子举业事，每试必中，进士及第。叶生没有实现的理想，由他的学生来完成，报知遇之恩，诚如叶生所云："为文章吐气，使天下人知半生沦落，非战之罪也，愿亦足矣。且士得一人知，已可无憾；何必抛却白纻，乃谓之利市哉！"抒发了作者胸中的垒块，希望得一文章知己，而在现实中却难以如愿。故深有感慨地说："天下之昂藏沦落如叶生其人者，亦复不少，顾安得令威复来而生死从之也哉？噫！”对八股科举制度摧残人才既深为愤慨，又幻想自己能有为文章吐气的机遇。这也是当时怀才不遇的知识分子矛盾心理的真实写照。

蒲松龄对试官的不公，优劣倒置，埋没有真才实学之士，怀有特殊的痛恶之感，在作品中也表现得最充分。《三生》写名士兴于唐，被主持考试的令尹所黜落，愤懑而死。到阴司告状。“此状一投，其同病死者以千万计，推兴为首，聚散成群。”拘摄令尹，阎罗责问他：“尔既衡文，何得黜佳士而进凡庸？”兴于唐要求：“必抉其双睛，以为不识文之报。”结果以剖其心了案，“众始大快”。可见大批被屈死于科场的士人积愤之深重。

《贾奉雉》中的贾奉雉，也是“才名冠一时，而试辄不售”，神仙幻化的郎生给他指定一二篇范文，正是贾生所鄙弃而不屑一顾的，认为：“学者立言，贵乎不朽，……如此猎取功名，虽登台阁，犹为贱也。”郎生劝告他说：“帘内诸官，皆以此等物事进身，恐不能因阅君文，另换一副眼睛肺肠也。”后来郎生拟好试题要贾生作文，“贾戏于落卷中，集其闒冗泛滥，不可告人之句，连缀成文”，郎生一看就说：“得之矣！”要贾生熟记此文，并采取强制性的措施，使贾生在考场上一切都忘掉，只记得这篇连他自己也感到害羞的“戏缀之文”，不得不直录交卷。发榜时，“竟中经魁”，他再阅旧稿，“一读一汗，读竟，重衣尽湿”。自言曰：“此文一出，何以见天下士矣！”深感羞愧，于是就唾弃已经到手的科举功名，遁迹山林。这是对主持考试的“帘内诸官”极大的讽刺，也是对八股取士制度的嘲弄。评阅八股文，根本就没有客观标准，由昏瞆试官胡乱撮弄，于是出现像《罗刹海市》中所描写的那样妍媸倒置、以丑为美的怪事；因为大罗刹国中的人都很丑，看到“美丰姿”的马骥，反以为是奇丑的怪物。物以类聚，昏聩试官既以鄙陋文字进身，也就只能喜欢低能丑陋的文章。这是作者从痛苦的切身经历中认识到的八股科举的虚伪本质。

作者以锐利的眼光，透视在八股科举制度腐蚀下士人灵魂的肮脏丑陋。《续黄粱》中的曾孝廉，进士及第时，与几个新贵遨游郊野，志得意满。一个算命者见其狂傲的意气，就故意阿谀他，迎合他想做大官的心理，许他有二十年太平宰相之分。于是他骄傲的气焰更高，加上同游者的捧场，竟口出狂言，把他做宰相时的人事安排都和盘端出。他正是带着这种狂妄的幻想，进入了黄粱美梦的境界。在梦境，他登上太师的高位，平步青云。出于个人恩怨，睚眦必报；招权纳贿，植党营私，强取民女为妾，压制舆论，盛气凌人，打击异己，作恶多端。因而激起正派官僚向皇帝上书，揭发其“饮赌无赖，市井小人”的老底，及“恣胸臆擅作威福”的罪状，众官乘机群起而攻之，“昔之拜门墙、称假父者，亦反颜相向”。在充军云南途中，又遇“群盗”拦劫，并裂眦宣言：“我辈皆被害冤民，只乞得佞贼头，他无索取。”本篇在构思上虽仿效沈既济《枕中记》，但梦境情事，则反映了清代士人借科举置身青云的心态，以及弄权谋私、互相倾轧的官场内幕，表现了被压迫人民的义愤。

《于去恶》借鬼魂于去恶与名士陶圣俞的对话，说明阳世选拔人才的制度不如阴间的原因。冥中也开科取士。不同于阳世的优越性是：在考士子之前，先考试主考官和科场工作人员，合格的才能充任。而阳世“得志诸公，目不睹《坟》、《典》，不过少年持敲门砖，猎取功名；门既开，则弃去。……阳世所以陋劣幸进，而英雄失志者，惟少此一考耳”。这些描述或议论，触及到八股科举制度腐败的实质。这在《聊斋志异》之前的戏曲、小说中，是不曾多见的。汤显祖在《牡丹亭》中，只是借柳梦梅应试场景的戏谑性描写，对科举制度捎带了一枪。

（三）否定封建婚姻制，倡导进步婚恋观

在男女婚恋问题上，蒲氏不仅否定封建婚姻制，更进而提出具有现代色彩的婚恋观。《聊斋志异》中这类题材的作品，是最优美动人的。

爱情婚姻，是文学作品中带有永恒性的题材和主题。诗、词、戏曲、小说，都曾围绕这个主题写下许多扣人心弦的作品。《聊斋志异》之前的历代文言小说，无论六朝志怪抑或唐宋传奇，在描写爱情婚姻方面，都有各自的特色。六朝时代，随着人的自觉，封建礼教、儒学规范，在相当程度上失去对人们的思想控制；因而在志怪小说中，婚恋题材也显得比较引人瞩目，但从《韩凭夫妇》、《紫玉》、《汉谈生》、《崔少府墓》、《李仲文女》、《苏琼》、《黄原妙音》，到《刘晨阮肇》，甚至以起死回生为结局的《王道平》、《买胡粉男》，都笼罩着较浓郁的悲凉气氛，这恐怕与当时实际生活中封建势力还很强大、封建婚姻制度还很牢固有关。倒是在杂记小说《西京杂记·鹔鹴裘》中，卓文君私奔司马相如的故事，始终洋溢着浪漫性的喜剧色彩，传为千古佳话。唐宋传奇或志怪小说，爱情的题材有所拓宽，但无论是写现实生活中士子与倡门女子，或士子与闺门女子的婚恋，还是人与鬼狐仙怪的婚恋，除了因小说艺术水平的提高，情节委婉曲折，人物形象丰满生动外，基本情调仍然以凄婉悲凉为主，喜剧性的是少数；其原因多半与士族婚姻制度或男人的薄幸分不开，也有封建势力干

预的问题。元明时代的传奇体小说，在表现形式上继承宋传奇的话本化倾向，而在婚恋题材作品中，元和明前期受封建豪强及兵乱的影响较明显；明代中后期这类作品，则市民意识较浓，男女主角的身分，由士子妓女、才子佳人、仙妖鬼魅，扩展到商贾市民、农家女子。在婚恋问题上体现出妇女的觉醒和人格的尊严。既有真正的悲剧，也有真正的喜剧。而导致悲剧的原因，除传统的封建势力以外，还有金钱所起的作用。

《聊斋志异》则集前人同类题材之大成，写实、志怪，都更贴近生活；而在心灵、情感等精神面貌方面，则予以理想化，具有抒情诗的色彩。

在婚恋观上，《聊斋志异》有几个不同层次的突破。封建婚姻制度的核心内容，是父母之命、媒妁之言、门当户对。青年男女要获得真正的爱情婚姻幸福，首先就必须在思想意识和实际行动上，都敢于冲破封建婚姻制度的束缚。唐人小说中这类题材的悲剧，从根本意义上说，就是没有改变这种婚姻观。由父母之命、门第观念转向才子佳人、郎才女貌，是一大进步，而最后却回到夫荣妻贵的轨道，从《李娃传》传奇到《西厢记》杂剧，就是如此。进而更高一层，是求知己，以至情胜理，在婚姻关系中，改变男尊女卑观念，置于平等的地位。从《崔护渴浆》、《娇红记》小说到《牡丹亭》传奇剧本，可以看出这种婚姻观的发展历程，但又都掺杂着其他因素的制约。《聊斋志异》中的婚恋题材作品，则在汲取前人思想和艺术成果基础上，在婚恋观的各个层次都有所突破。

写得最优美感人、且富有抒情诗意的，是《阿宝》、《连城》、《葛巾》、《青凤》、《瑞云》、《黄英》、《香玉》等篇。

《阿宝》中的孙子楚与阿宝的爱情之感人，就在于以人间之真情，突破门第之界限。朴实忠厚的孙子楚倾爱阿宝，托媒求婚，却因贫穷遭到宝父的拒绝。阿宝则出于考验子楚的感情，提出以子楚除去枝指为条件；子楚就以斧砍掉自己手上的枝指，甚至魂魄化为鹦鹉，依傍在阿宝身边。阿宝深受至情的感动，发誓只要鹦鹉恢复子楚的原形，就结为婚姻，爱情果然使子楚的魂魄复归。当宝之家长又嫌子楚太贫时，阿宝说："儿既诺之，处蓬茆而甘，藜藿不怨也。"至情人终于结成良缘，同甘共苦过着幸福的生活。这样的爱情是美的，也是作者理想的体现，即婚姻不应受门第的限制，而应建立在真挚的爱情基础上。这比一般的郎才女貌为婚恋基础要更高一个层次，强调的是至情、知己。

在《连城》中，表现得尤为突出。连城爱慕乔生的人品才学，其父史孝廉却嫌乔生贫穷。连城则"逢人辄称道，又遣媪矫父命，赠金以助灯火"。乔生引为知己。孝廉将连城许字盐商之子王化成。作者通过连城病危，须男子膺肉合药这一尖锐矛盾，在两种不同态度的对比中，呈现出知己者为爱情而献身的伟大力量。王化成的恶劣态度，使孝廉怒言于人曰："有能割肉者妻之。"乔生以白刃割膺以献，治愈连城之病。王家却诉讼争媳。孝廉无奈，设宴以千金酬乔生。在这矛盾冲突的高潮中，显示出互为知己的爱情之崇高："生怫然曰：'仆所以不爱膺肉者，聊以报知己耳，岂货肉哉！'"拂袖而归。连城以己将死，托媪劝慰乔生："不必与人争此泉下物。"生告媪："士为知己者死，不以色也。诚恐连城未必真知我——但得真知我，不谐何害。"闪耀着璀璨光芒的语言，体现了启蒙主义时代崭新的爱情观，这也是后来《红楼梦》中宝黛爱情的前奏。实践表明连城是乔生的真知己，当连城死时，乔生也为知己者死。

而爱情又使他们复活。说明以知己为基础的爱情，是富于生命力的。这种婚恋观，也通过描写妓女与书生的婚恋关系表现出来。

我们在论述唐人传奇《霍小玉传》、《李娃传》这类作品时，曾肯定士子与妓女之间产生真挚爱情的可能性，但其爱情的基础，是郎才女貌互相吸引。《聊斋志异》中的这类题材，则予以升华——情爱贵在知己之心。《瑞云》中的杭州名妓瑞云，在选择第一个客人时，不被富商、贵公子的钱财所动，而爱上一个有真挚感情的穷士子贺生，愿以身相许；但贺生出不起一宵十五金的高价，无奈抑郁而别。瑞云也坚不接客。神仙为保持这块璞玉的纯洁，故点其额，留墨黑指印以毁容，于是门庭冷落。鸨母将她与婢辈为伍，日益憔悴。贺生闻讯往访，“见蓬首厨下，丑状类鬼”，遂赎为妻。瑞云自惭丑陋，“不敢以伉俪自居，愿备妾媵，以俟来者”。贺曰：“人生所重者知己。卿盛时犹能知我，我岂以衰故忘卿哉！”遂不复娶。“闻者共姗笑之，而生情益笃。”此可谓患难知己。诚如那位“神仙”对贺生的称赞：“天下惟真才为能多情，不以妍媸易念也。”这也代表了作者的思想感情、美学和道德的追求。

《聊斋志异》以善写狐鬼花妖见长，它继承了唐人传奇中描写这类题材的艺术经验，而又有所发展。唐人小说《任氏传》中写狐妖任氏与郑六的恋情，《玄怪录·刘讽》中写一群女鬼夜聚的场面，《博异志·崔玄微》中写杨、李、陶（桃）、石（榴）四种花神和风神的宴会，《异闻录·独孤穆》中写人鬼之恋，都较细致生动。《聊斋志异》中的狐鬼花妖，则更富人情。特别是描写它们与人的婚恋，也体现出作者的婚姻观。

如《葛巾》。洛阳常大用癖好牡丹，为欣赏牡丹花，不惜典卖春衣、马匹。这种以至诚赏花的精神，感动了花仙葛巾，私奔常大用，过着美满幸福的夫妻生活，还生了孩子。后因常大用对葛巾产生怀疑，葛巾就主动离去。这个美丽的故事，蕴含着夫妻关系的基本准则，即互相应以至诚相待，尊重对方的人格独立和个性特点；如果怀疑猜忌，夫妻间失去基本信任，也就意味着感情的破裂，势难勉强维持夫妻关系。这是颇有现代意识的婚姻观。

又如《黄英》。马子才因酷爱种菊，闻有佳种，不远千里往购，至诚培植菊花，且品格清高，赢得了菊精的化身陶氏黄英的爱情。黄英是个新型的女性，她和弟弟在价值观念上与马子才不同。马的传统观念较浓厚，自鸣清高，孤芳自赏，安贫乐道，认为陶氏姊弟经营菊花买卖是"以东篱为市井，有辱黄花"；而陶弟认为："自食其力，不为贪；贩花为业，不为俗。人固不可苟求富贵，然亦不必务求贫也。"黄英因善于经营菊花致富，马子才认为："视息人间，徒依裙带而食，真无一毫丈夫气矣。人皆祝富，我但祝穷耳！"是传统的大丈夫思想。黄英则以实际行动表现出妇女的独立人格。她辞受马子才的聘礼，反而要求马入赘她家；马以为不妥，黄英尊重子才合理的意见，嫁到马家，但仍保持其经济独立的地位。子才反有赖于她而感到屈辱。她很坦率地说："君不愿富，妾亦不能贫也。无已，析君居：清者自清，浊者自浊，何害？"一度分居。生活实践却说明马子才离不开黄英，"不得已，反就之"。黄英笑他假清廉："东食西宿，廉者当不如是。""马亦自笑，无以对，遂复合居如初。"这正是资本主义萌芽时期，新旧两种不同的人生价值观念在一个家庭中的表现。事实证明传统的陈腐观念，在商品经济浪潮的冲击下逐渐消亡，新的思想观念顺应时代的潮流，显得生机蓬勃。黄英这个自食其力、善于经营、勤劳发家、具有独立人格而又体贴丈夫的女性身上，标志着妇女的新觉醒，象征着她们在家庭生活中的重要地位；从中似乎可以看到蒲松龄妻子的某些性格和品德。

《香玉》写黄生以至情博得牡丹花精香玉的爱情和绛雪的友情；黄生魂化牡丹，先被人砍除，香玉、绛雪亦殉情枯死。这种与知己同生共死的至情，是优美感人的。

唐人小说中写人与狐、猿、猩猩、虎等异类精怪婚恋的结局，大多带有悲剧性；而在《聊斋志异》中，由于时代特征、人物性格和作者审美心理的不同，则往往以喜剧告终。

《青凤》写具有豪侠气概的耿去病，为追求青凤的爱情，冒险入危厄之境而无畏惧，明知青凤是狐女，却真情眷念。在青凤出游遭犬追逐的危难之际，仗义相救，终于结成永不分离的恩爱夫妻。青凤之叔虽曾以封建家长的姿态阻碍过耿对青凤的追求，但当其有难求救时，耿仍以青凤情义为重，将他从死亡线上拯救出来，因而也更加深化了青凤与耿生的爱情。

至情相爱，互为知己，互相尊重，人格独立，患难相扶，这既是《聊斋志异》中所表现的婚恋观，也是作者对婚恋理想的探索。因而，他对李益型“始乱终弃”、背叛爱情誓言的负心之徒，是非常痛恶的。《窦氏》就是典型的例子。世家子弟南三复狂热追求“端妙无比”的农家姑娘窦氏，并“指矢天日，以坚永约”，发誓娶她为妻。但他骗取了窦氏的爱情之后，窦氏希望能正式结婚，他却“转念农家岂堪匹耦，姑假其词以因循之”，竟与“貌美财丰”的大家女子订婚。窦氏怀了孕，屡次催促他议婚，他“遂绝迹不往”；窦氏生了男孩，他也拒绝承认。甚至窦氏抱着孩子夜晚私奔到南府，他居然警告守门人不许接纳。窦氏抱着孩子啼哭了一夜，在门外僵死了。这是比李益、王魁更为恶劣的负心行为。是可忍，孰不可忍！尽管南三复几次以重金行贿官府，但由于窦氏鬼魂多次采取奇幻怪异的报复行动，使南三复最终“坐发冢见尸，论死”。作者认为南的罪行太残忍了，所以使其下场比李益更惨。充分体现了作者在婚恋问题上的道德观念和责任感。

在男女关系的处理上，《聊斋志异》超越世俗的局限，摆脱才子佳人戏曲、小说中郎才女貌互相吸引，进而幽期密约，终结鸾俦的窠臼，写出了异性之间情深义重、真挚纯洁的友谊。《娇娜》描写孔雪笠与娇娜之间纯笃深厚的友情，使人感到格外优美。娇娜不仅以其娇艳的姿容曾引起孔生的爱慕之情，而且她还以其高超精妙的手术，治愈孔生胸间的凶危肿毒；而在娇娜全家面临灭顶之灾时，孔生奋不顾身，从雷神的利喙长爪中抢救了娇娜，并使娇娜全家解脱重厄，几乎牺牲了自己。在患难相扶、生死与共的考验中，结下了深厚的友谊。孔生与娇娜兄妹，“棋酒谈宴，若一家然”，互相享受到高层次的友谊之乐。故作者以羡慕的语气称赞道：“余于孔生，不羡其得艳妻，而羡其得腻友也。观其容，可以忘饥；听其声，可以解颐。得此良友，时一谈宴，则色授魂与，尤胜于颠倒衣裳矣。”这正是作者对友谊的崇高美的向往。

《聊斋志异》以幻写实的精神，远非上述几个方面所能概括，但我们又不可能面面俱到，只能择要而言。例如《公孙九娘》，其思想意义，就非一般人鬼之恋所能比拟，也超出了司空见惯的腐败吏治下冤狱公案的范畴。它以人鬼恋爱的凄清悲凉景象，曲折而真实地反映了清顺治年间对栖霞于七农民起义残酷镇压的惨状，和作者对遇难人民的深切同情。《林四娘》写陈宝钥与林四娘的人鬼恋情，而重在通过林四娘的击节歌唱和赋诗留别，表现哀婉凄楚的亡国之痛，旨在寄托故国之思①。《红玉》也超越了人狐婚恋题材的传统格局，它在揭露豪绅恶霸宋御史强夺民妻、致使冯相如家破人亡的同时，赞美了红玉的聪明才智与侠义忠诚。另如《劳山道士》意在讽刺投机取巧走捷径求仙术者，终于碰壁，进而指出那种为达到个人卑鄙目的，而不择手段谄媚逢迎之徒，是何等下流。《画皮》则启发人们观察事物，不要被假象所迷惑，而要善于透过表象看本质。还有一些作品寓含着人生哲理或值得品味的理趣，如《石清虚》、《恒娘》等。

四、《聊斋志异》的艺术美及其审美追求

文言小说在走过了漫长的道路之后，到了蒲松龄的时代，已经积累了非常丰厚的艺术经验。经过他的融汇、提炼、创造，终于从创作方法、结构形式、形象塑造、语言风格诸多方面，形成其独特的、绚丽多姿的艺术美，从而也体现了作者审美追求的最高境界——在叙事中融入抒情诗的意境、情致和风韵，用传奇法以志怪，奇幻中不失其真，荒怪而近人情。

（一）幻真融合的创作方法

六朝志怪重在奇幻，唐人传奇虽多幻设，而重在写实；前者大多粗陈梗概而少描述，后者则委婉细腻、善于描摹人情物态，形象丰满、性格鲜明。习惯上称前者为志怪法，称后者为

①按：林四娘的身分，林西仲《林四娘记》云，林父为崇祯时江宁府库官，逋帑下狱，四娘与表兄悉力营救，虽同起卧而无私情，遭父疑而自尽。王士禛《池北偶谈》所记和蒲松龄此篇，则把四娘写成故明衡王府宫嫔，"遭难而死，十七年矣"，故其歌唱为"亡国之音"。

传奇法。蒲松龄《聊斋志异》则将两者融汇整合，又予以提高创新，形成幻真融合、用传奇法而以志怪为主导倾向的独特的创作方法。其形态大多假以仙境地府、花精狐魅之幻域，而其精神则在于传写人间的真实生活或理想。这种创作方法的形成，当然与屈原以来善于以奇思幻设表现生活真实与理想的艺术传统有关，而更重要的，则是得益于明后期浪漫思潮勃兴，作家和评论家从理论上对创作实践进行的探讨和经验总结。伟大戏曲家汤显祖在《牡丹亭》的"题词"中，提出了以"一往而深，生者可以死，死可以生"的至情，突破"理"之桎梏的创作主张。这用曲学大师王骥德的话来说，就是"以虚而用实"的创作方法。其《曲律·杂论》上，对虚与实、神与形的关系问题，提出了不少精辟的见解。他引用王维作画的写意性为例，说明文学艺术不同于历史考据，可以采用遗貌取神的艺术手法。"以牡丹、芙蓉、莲花同画一景"，"雪里芭蕉"，在生活中当然是不可能有的，而在写意性的绘画艺术中，却构成格外清新秀丽的意象美。他赞赏汤显祖"《还魂》、'二梦'以虚而用实"的方法，认为这比"以实而用实"的写法更为难能可贵。鬼魂、梦境是虚幻的，却可以通过这种虚幻的形式反映现实。汤显祖还在《点校虞初志序》中，指出文言小说虚幻艺术的妙用：借助描写"奇僻荒诞，若灭若没，可喜可愕之事"，"述飞仙盗贼……花妖木魅，牛鬼蛇神"，驰骋美丽的幻想，虚构奇异的情节，曲折地反映社会现实。袁于令在《西游记题词》中论述了幻想与真实的艺术辩证法："文不幻不文，幻不极不幻。是知天下极幻之事，乃极真之事；极幻之理，乃极真之理。"幻中见真，正是浪漫主义创作方法的重要特征。《聊斋志异》的幻真融合、化实为虚、融真入幻的创作方法，基本上也属于浪漫主义的范畴。蒲松龄《聊斋自志》从文学传统和自己用以抒发“孤愤”的意图，说明其创作方法的特征与审美追求：

> 披萝带荔，三间氏感而为《骚》；牛鬼蛇神，长爪郎吟而成癖。……才非干宝，雅爱搜神；情类黄州，喜人谈鬼。……甚者：人非化外，事或奇于断发之乡；睫在眼前，怪有过于飞头之国。遄飞逸兴，狂固难辞；永托旷怀，痴且不讳。……独是子夜荧荧，灯昏欲蕊；萧斋瑟瑟，案冷疑冰。集腋为裘，妄续幽冥之录；浮白载笔，仅成孤愤之书：寄托如此，亦足悲矣！

借香草美人，搜神谈鬼，极尽如痴似狂的艺术想象，以抒发胸中块垒。而其意境、韵致，既具有狂怪恣肆、豪情逸兴之美，又包容着沉郁悲凉、凄清哀惋之致。这表明作者运用具有继承性和独特性的创作方法很自觉，尽管没有使用“浪漫主义”这个词，但从理论到创作实践上，都表现出这种倾向。而其艺术风格和审美追求，又是多样化的。

作者以怪诞奇特的艺术想象，描绘出阴间地府、花精狐魅的幻域景象，或现实人世的梦幻情事，对其中以各种地位、身分出现的人物或事件，予以精心细致的刻画，突出各自的个性，使美的更美，丑的更丑。从而反映了现实社会生活中的某些本质方面，或体现作者的理想。例如《梦狼》、《续黄粱》、《席方平》、《考弊司》等篇，通过奇幻的梦境、阴森恐怖的官署或冥府等荒怪故事的描写，反映了现实社会中官场的腐败、贪官污吏的狰狞面目。白翁梦幻中所见官虎吏狼的形象，揭示了官吏残酷贪婪的本质特征。白甲被当地人民报复惩处后，续头复活，又反接其首，“邪人不宜使正，以肩承领可也”，使这个凶残的贪官，“不复齿人数矣”。这比把他处死，更令人痛快，寓意也更深刻。曾孝廉的“二十年太平宰相”梦，活现出士子爬上统治地位后倒行逆施、作威作福的丑恶灵魂；而他被众冤民处死后，又打入地狱，被判处下油锅、上刀山、将金汁灌口，又轮回受苦，彻底清算其欺君误国、倚势凌人、卖官鬻爵、枉法霸产等罪行，正表现了人民对作恶多端的统治者极端痛恶之情。席方平历经阴曹地府各级官吏以至冥王的种种酷刑，甚至被锯解肢体，始终不屈，亦不为利所诱，坚持斗争，直至胜利。这种坚毅顽强、百折不挠的反抗精神，也是现实生活中人间正气的写照。秉公判案的二郎神，则是作者盼望有清官理冤的理想，那篇对冥王、郡司、城隍、狱吏及为富不仁的羊某的判词，是声讨各级贪官污吏和豪绅恶霸的檄文。在人间官府、阴间冥王都一派漆黑的情况下，作者把幻想转向灌口二郎神，反映了他上下求索光明的心理历程，寄托其“俯仰时事”而引起的“愁愤感慨”。

作者极尽艺术想象、夸张之能事，而不失其真：把赃官用各种手段攫取的金钱烈火熔化后灌入其口，邪恶的官吏断头反接复活，盲僧用嗅觉闻灰评论文章优劣，孙子楚灵魂化为鹦鹉依傍意中人，成名之子灵魂化为促织，乔生割心头肉为知己者治病，人与狐鬼花精婚恋生儿育女。这些极幻极奇之事，在现实生活中都是不可能有的，而在志怪性传奇小说中，通过形象化的幻设、夸张艺术，把这种种荒怪奇特的意象表现出来，却具有艺术的真实感。从中可以感受到各种不同的意趣：或讽刺丑恶，或赞美至情；或憎恶，或同情。这正是奇幻的想象、夸张艺术，在读者心灵中所激起的反响。

《聊斋志异》中的某些故事，重在借助幻真融合的创作方法暴露现实的黑暗腐败，如前面所述的对暴政、酷吏贪官、科举弊端的揭露和批判；而更多的，则是抒发作者的理想和对美的追求。这突出地表现在对至情、知己和富有诗意的生活情趣的描写上。

如《香玉》，黄生初见“素衣掩映花间”的香玉，产生好奇和爱慕之感，“隐身从树中，以伺其至”，甚至暴起追逐，致使香玉有“汹汹似强寇，令人恐怖”的反感，就敬而远之。香玉从黄生的题诗中，发现他是至情相爱的骚雅之士，才主动相亲，并借酬答黄生之诗，表达了“愿如梁上燕，栖处自成双”的愿望。随着心灵的沟通，爱情的深化，生活便洋溢着抒情诗意之美。最感人的是当黄生顿悟香玉是白牡丹花妖时，那种至情求索的情景。他发现白牡丹被人掘移而去，并听说花日益萎悴，就作《哭花诗》五十首，日日临穴涕泣。这种至情，使以往认为“年少书生，什九薄幸”，不愿与他接近的红牡丹绛雪，成为他的挚友，宴饮唱酬，无拘无束，所以黄生说：“香玉吾爱妻，绛雪吾良友也。”他从香玉被掘夺的悲剧中吸取了教训，及时地抢救了绛雪。

作者展开幻想的翅膀，将人与花妖的爱情推向更高的境界。花神也居然被黄生的至情所感动，让香玉复回故土。香玉教黄生如何使她萌芽复生的办法；经他精心培植，终于复其青春风姿：“次年四月至宫，则花一朵，含苞未放，方流连间，花摇摇欲拆；少时已开，花大如盘，俨然有小美人坐蕊中，裁三四指许；转瞬间飘然已下，则香玉也。”这比《李仲文女》、《齐推女》等所描写的女鬼起死回生故事，更具有诗意美。尤为奇妙的是黄生曾有寄魂于牡丹之约，他死后，牡丹“果有肥芽突出，叶如其数”。“道士以为异，益灌溉之。三年，高数尺，大拱把，但不花。老道士死，其弟子不知爱惜，因其不花，斫去之。白牡丹亦憔悴死；无何，耐冬（红牡丹）亦死。”这就是作者理想中的至情:“情之至者，鬼神可通。花以鬼从，而人以魂寄，非其结于情者深耶？一去而两殉之，即非坚贞，亦为情死。”这也正如汤显祖《牡丹亭题词》中所说的:“理之所无，情之必有。”这种至情的奥秘，是不能以常理解释的。《连城》中的乔生，为感连城之知己，不但可以割膺肉，而且可以同死，还能够一同回生。再如《瑞云》，要保护无瑕璞玉瑞云以待知己，这在妓院中本是难以办到的，居然有神仙故毁其容，贺生赎娶瑞云后，仙人又使她恢复丽质。知己、至情之力，可以突破任何界限，使美的心灵凝聚在一起。

知己、至情不仅仅是选择配偶的理想，也是交友的准则。叶生感丁乘鹤文章知己之恩，死后魂魄相依，助丁教子成为令器。《石清虚》中的邢云飞好石，有如马子才爱菊、常大用癖好牡丹；因而奇石也感知己，“能自择主”，历经势豪掠夺、盗贼所窃、高官巧取，均复归云飞。邢愿以死殉石，而石亦唯愿为邢殉葬。这些，也都可以说是作者生活理想和审美情趣的外化表现。

唐人小说的浪漫主义想象、理想、情趣，往往与佛、道两教的修炼或豪侠的腾空飞剑之术相联系，固然也有写得很优美动人的，如《红线》、《昆仑奴》、《聂隐娘》、《裴航》、《张老》、《崔书生》等，但有许多作品是仙怪妖侠之气浓，而人情之味不足。《聊斋志异》则虽然没有完全摆脱天数宿命、因果报应之说，但是所写的故事和人物都是贴近生活的，花妖狐鬼亦富人情，血肉丰满；即使写地府阴曹、冥王鬼役，那种阴森恐怖的气氛，狰狞丑恶的面目，亦似曾在人间衙署、官僚走卒中仿佛见过。多数狐鬼花精的形象，都是可亲可爱的，有丰富的感情、聪慧优美的心灵，是完全人格化、人情化了的。

婴宁、青凤、娇娜、红玉、香玉、绛雪、葛巾、黄英、小翠，乃至公孙九娘、林四娘的形象，她们个性各异，却都能给读者留下深刻的印象。她们都具有真、善、美的素质，从不害人，也不说教。在表明她们的真实身分后，也不使人感到异类之可怖。她们是现实生活中不同性格、不同遭遇之人物的化身，又经过作者的艺术加工和典型化，因而从各个不同侧面体现了作者的理想和审美观念。

（二）传奇与志怪互补的结构特色

《聊斋志异》结构的基本方式，是仿效唐人传奇的文体规范，而又融入志怪的内容，形成传奇与志怪互补的结构特色。本来唐人传奇的结构，就是以历史传记的格局，传写奇人异事的内容，避免史的平铺直叙，显其委婉曲折，辅之以诗笔，结之以论议。《聊斋志异》在吸取唐人传奇结构形式的基础上，又有所变化。在一篇之中，故事和人物活动的时间有所压缩，以人物为中心，围绕某一事件展开故事，淡化史传性，浓化志怪性。在具体写法上，兼顾情节的志怪性和人物性格的现实性，用笔更加细腻，使故事曲折有致，波澜起伏，富于悬念，不落窠臼，故能引人入胜，在奇特荒怪中示其平易，合情合理。这是就大体而言，其实变化还很多。有的篇幅较短，近乎六朝志怪，不具传奇体小说规模；有的则纯属纪实，带有笔记体轶事小说的性质；有的甚至仅寥寥数语，还够不上微型小说的资格。当然，主流是传奇与志怪互补的结构方式，而这些作品也最有艺术魅力。

像《促织》、《胭脂》，基本上是属于写实的，用的是传奇体，以情节的曲折取胜，志怪色彩不浓。例如《促织》，围绕宫中向民间征缴促织这件事，展开成名一家生死得失、悲喜交集的生活画面。先着力写完不成缴纳促织任务，成名如何受县令严刑拷打，“两股间脓血流离”，不能出门捉虫，使矛盾逐渐尖锐化；于是成妻乞灵于巫婆，按其示意图捉得促织，极写其大喜：“举家庆贺，虽连城拱璧不啻也。”再写得而复失之悲，成名九岁子因扑促织玩，不慎扑死促织，儿啼母骂，“面色灰白”，成“怒索儿……得其尸于井”。因而化怒为悲。虽然儿得不死，但“神气痴木，奄奄思睡”，原来成名儿之灵魂化为促织，成“喜而捕之”。试斗促织的情景和成名的既悲又喜的心情，写得细致入微，扣人心弦，迭起悬念。最后揭开成名儿如何化促织的秘密，虽以受奖告终，却始终笼罩着悲凉之雾。情节离奇，而生活气息浓厚。

《胭脂》则完全摆脱志怪，纯用传奇法。从胭脂爱上鄂秋隼，将心事暗告邻妇王氏开始，矛盾迅速展开。王氏性佻达，将胭脂心事泄露情夫宿介，宿介则乘隙冒充秋隼入胭脂室。胭脂有疑，拒不苟合；宿介强收取绣鞋为信物，出门即遗失。恰被游手棍徒毛大拾得，并已听知王氏与宿介所言胭脂心事，于是翻墙误入翁室。翁持刀逐出，毛大遂夺刀杀翁而走。因而秋隼蒙冤，论死。将矛盾推向尖端。然后，笔锋一转，由吴南岱复案，从王氏口中供出与宿介的关系，矛盾由鄂秋隼转向宿介。介不任凌藉之苦，遂诬服，“咸称吴公之神”。这是一大转折，似已成铁案。但介上诉施愚山，施经调查研究，发现宿介之冤；又利用犯罪心理学原理，从几个嫌疑犯中发现特大嫌疑犯毛大，施以毒刑，乃供其实。终于水落石出，推翻吴南岱所定看似成理的铁案。秋隼悲剧化为喜剧。在不太长的篇幅中，高潮迭起，跌宕有致，于矛盾冲突发展过程中，峰回路转，最后豁然开朗。始终紧扣读者心弦，冤中之冤，逐层解开，悬念顿释。

更为普遍的是《娇娜》、《青凤》型的结构，传奇与志怪融为一体，具有传奇结构的完整性，而又突出志怪内容的奇幻性；将志怪融入日常生活，显其平易近情。于矛盾冲突发展过程中，情节曲折回环，大起大落。如《娇娜》，先从孔雪笠的家世，为人蕴藉工诗，落拓他乡着笔；接写大雪崩腾之日，偶过一"丰采甚都"的少年之门，于是以文章才华见知于少年，延为塾师，于困顿之际遇知己，为此后情节的发展埋下伏笔。然后，先引出色艺双绝的家婢香奴，赏酒品评琵琶，渲染环境风雅气氛，在脱俗的境界中，让"娇波流慧，细柳生姿"的娇娜出场，展开本篇主要情节。而此前的环境描写、孔生为少年的塾师、香奴弹琵琶《湘妃》曲，都为主要人物的活动和情节的展开起着铺垫作用。作者以细致而自然的笔墨极写娇娜风韵之美，以及为孔生动手术的灵巧高妙，并从孔生的神态反应中更突出娇娜从容颜到心灵的美。然后作者又一笔宕开，没有让故事按俗套发展下去。少年为孔生婚娶的乃是姨女阿松，作为穿插性的情节，这是出人意料的。又因少年所居宅第的房东索宅甚急，将弃此往西，"势难复聚"，特送孔生和松娘归故里。似乎故事已近尾声，却又别开生面。写孔生夫妇宦居延安，偶猎郊野，与少年皇甫氏相逢，又是出乎意外的喜事；紧接着就写皇甫公子因天降凶殃，求救于孔生，生慨然赴难，誓共生死。于是出现了孔生救护皇甫氏全家，从雷神之劫中救下娇娜的惊心动魄的场面，以及娇娜救孔生复活的动人情景，将全篇情节推向了最高潮。以一门团圆收尾，而留有想象的余地，诗意盎然。整个故事极尽波澜起伏之致。传奇的构架，志怪而近人情的内容，精细的笔法，抒情诗的意趣韵致，浑然一体。《青凤》、《红玉》、《婴宁》诸篇，也大多具有这种结构特色。

唐人传奇《枕中记》、《南柯太守传》等，已采取片刻梦幻情境、写尽一生荣辱得失的结构方式。《聊斋志异》也继承了这种方式而更富于变化，纵横自如，大起大落，穷极变幻驰骋之趣。如《梦狼》、《续黄粱》等篇。《席方平》的魂游地府为父辩冤，基本上也属于这一类。以感梦者特定的时、地，却在梦幻中经历了不受时、空限制的人生万象。这也是梦幻思维的特征。它又不同于一般梦幻思维的错乱无序，而是经过作者形象思维予以条理化、生活化的。梦中情事可以根据作者对现实生活的认识及所要表现的主题，于片刻中完整、有序地反映丰富复杂的内容。以极幻的形式，淋漓尽致地反映极真的现实。

《聊斋志异》以篇幅长大，情节委曲，描写细腻，形象生动取胜。其实，如六朝志怪之"粗陈梗概"者亦不少。如卷九《辽阳军》、《张贡士》、《张不量》等篇。更有如《元宝》等篇，仅三十余字。这类作品，大概是随手记录的笔记。有的作品虽极短小，无故事性情节，也缺乏鲜明的人物形象，却蕴含某种意趣。如卷七《沂水秀才》，对假正经的贪财俗子的讽刺。

有的作品，则似轶事小说，围绕某人的一二件事，刻画其性格的某一特点，篇幅短小，采用开门见山的写法。如卷十一《张氏妇》，一开始就写："凡大兵所至，其害甚于盗贼。……鸡犬庐舍一空，妇女皆被淫污。"在这种环境下，张氏妇却以其智慧和勇敢，先后将两个清兵诱入事先掘好的陷坑中，掷入柴火，将他们烧死。人们都逃避清兵，她却公然在毫无遮蔽的大道旁，携女坐烈日下。一个无耻的清兵，竟想在光天化日之下、阳关大道之傍奸污她。她暗中"以针刺其马，马辄喷嘶。兵遂絷马股际，然后拥妇。妇出巨锥猛刺马项，马负痛奔骇，缰系股不得脱……”,兵落得分户的可耻下场。故事也就戛然而止。其结构特点是：在短小的篇幅中，用简笔勾画出特定的时代背景，迅即从尖锐的矛盾冲突中，突现人物性格，收尾干脆利落。唐宋笔记体志人小说的作者，大都眼睛向上，记叙朝野上层人物的奇闻轶事；蒲松龄则生活在农村，眼睛注视下层人民值得称颂赞美之事。

（三）个性鲜明的人物形象

《聊斋志异》中的人物数以千计，除了一些因故事内容雷同，人物容易混淆的以外，具有鲜明个性、形象较丰满、能给读者留下较深印象的，也不下百数。特别是在某些题材性质类似的作品中，写出个性截然不同的人物形象，是需要有艺术匠心的。

同是写梦幻中的贪官，《梦狼》中的白甲、《续黄粱》中的曾孝廉、《考弊司》中的主司、《席方平》中的冥王，既有其凶残贪墨的共性，又各有鲜明的个性和嘴脸。白甲凶恶如虎，精于官场媚上压下之道，只想讨好上司而不顾百姓死活。曾孝廉则是狂傲骄横，擅作威福，揽权植党，野心勃勃。考弊司中的主司，是只认钱财，不认亲情。地府冥王则以滥施酷刑和利诱笼络的两面手法，对付不屈服的受冤者。应试士子王平子、叶生、于去恶、王子安、贾奉雉的精神状态、思想性格，差异也很显著。《司文郎》中出现的四个形象，王平子的善良忠厚与余杭生的傲睨之气、宋生的正直坦荡、盲僧的幽默风趣，在对比中鲜明地表现了出来。叶生的怀才不遇，感恩知己；于去恶的愤世嫉俗，抑郁中显其刚正；王子安则重虚荣，患得失；贾奉雉却重名节，不屑于虚荣。众多的狐鬼花妖，作者都善于抓住各自的特点着力描绘，以显其个性。婴宁于笑声憨态中，突出其天真浪漫、淳朴聪慧、无拘无束的个性和富于反封建束缚的精神；娇娜则在两次救孔生的举止中，显其灵慧爽朗、重情义、感知己的品性；红玉在追求爱情幸福和济困扶危中，显其多情敏慧、侠义忠诚，且具有农家少妇勤劳、朴实的特点；香玉与绛雪，素衣、红裳相映衬，各具美色，“袖裙飘拂，香风洋溢”，更显出潇洒飘逸的丰采，而在与黄生的交往中，则着重表现香玉之痴情，绛雪之磊落；葛巾从主动私奔常大用，到见疑而飘然辞去，呈现出感至诚、重知己而又不愿委屈求全的人格尊严和独特性格；黄英则从善于经营，与马子才的分合过程中，显示其人格独立的精神和务实理家的才干以及新的价值观念；小翠的笑憨之态，颇似婴宁，但其慧黠、才智又有过之而无不及，在翁姑前忍辱负重而不失其自尊，与弱智痴呆丈夫元丰相处，谑浪戏耍而存其善良。

作者塑造多种类型的人物形象，其所以取得成功的最重要原因，就是志怪异而不脱离生活。写狐鬼花魅、冥王鬼怪，都具有人的思想感情，从日常生活中描绘其神态，从言谈举止、心理活动中刻画其性格，寓怪异突兀于世俗平凡之中。故能使人物感情丰富、栩栩如生，避免公式化、概念化的弊端。作者把志怪中的人物置于日常生活之中，往往在人物初次出场时，着意描写其形象特征，然后随着故事情节的发展，予以渲染，突出其个性、气质、风度。如对婴宁、青凤、娇娜、红玉、小翠等狐女形象的描写，都洋溢着生活气息，以传神的笔法，表现出少女的青春美。写王子服第一次见到婴宁：

生见游女如云，乘兴独遨。有女郎携婢，拈梅花一枝，容华绝代，笑容可掬。生注目不移，竟忘顾忌。女过去数武，顾婢子笑曰："个儿郎目灼灼似贼！"遗花地上，笑语自去。生拾花怅然，神魂丧失，怏怏遂返。

携婢、拈梅花、笑容笑语，都使婴宁美的造型具有立体感；又从王子服的心理活动、神情举止的反应中，使婴宁"容华绝代"之美具体化。这也就是婴宁形象的定格。在此后的情节开展中，都扣住她爱笑、爱花成癖、慧黠天真的性格特点；而笑的内涵，则随着时、地的变化有所不同，但都不失其天真浪漫的个性，饶有生活情趣。青凤初见耿去病时的表情神态，及耿的心灵举止反应，都活现出青凤异乎寻常之美。

（四）雅洁自然、清新活泼的语言

文言小说的语言艺术风格，基本上有质朴简约、玄澹隽永的笔记体语言，和雅洁自然、清新活泼、藻饰华艳的传奇体语言两种。前者如六朝志怪及笔记体志人小说，以及《阅微草堂笔记》；后者如唐人传奇、《剪灯新话》以及《聊斋志异》。从小说艺术的角度而言，当然后者更适合描述曲折变幻的故事情节的需要，也更便于细致地刻画人物。代表明清文言小说语言艺术最高成就的，是《聊斋志异》。

它的语言艺术特点是：于精炼雅洁中，显其平易自然，清新活泼，美而不艳，富于表现力。以较为浅易流畅的文言为主，间或吸取一些当代的口语、俚语，融为一体，格外显得形象生动，清新袭人。既有风流儒雅的书卷气，又有生动活泼的天然意趣。叙述描写的文字，善于就人情物态的典型特征落笔，着墨不多，而绘形传神，声态并作，跃然纸上。

如《青凤》，描述耿去病初见青凤时的情景：

少时，媪偕女郎出。审顾之，弱态生娇，秋波流慧，人间无其丽也。……生谈竟而饮，瞻顾女郎，停睇不转。女觉之，辄俯其首。生隐蹑莲钩；女急敛足，亦无愠怒。生神志飞扬，不能自主，拍案曰："得妇如此，南面王不易也！"

描摹青凤娇羞含情之态，明净灵活的眼神，敛足而无愠怒的心理活动，耿生豪放狂悖的举止言谈，形神俱现，历历如在眼前。

写小翠善戏谑，触犯翁姑而受责时的情状："俯首微笑，以手刓床。既退，憨跳如故，以脂粉涂公子作花面如鬼。夫人见之，怒甚，呼女诟骂。女倚几弄带，不惧，亦不言。"把少女天真痴憨的神态，维妙维肖地表现了出来。小翠因受翁姑之怒骂，愤而出走。回到故园，遭翠衣女嘲弄，小翠也反唇相讥。作者描写两个少妇的口角之争，纯用口语，若闻其声。

《公孙九娘》描述莱阳生应邀去鬼域幻境会见甥女，巧遇公孙九娘。人物间的对话、举止，声容笑貌，若见若闻：

（九娘）瞥见生，转身欲遁。女牵其裾曰："勿须耳！是阿舅，非他人。"生揖之，女郎亦敛衽。甥曰："九娘，栖霞公孙氏。阿爹故家子，今亦穷'波斯'，落落不称意。旦晚与儿往还。"生睨之，笑弯秋月，羞晕朝霞，实天人也。曰："可知是大家，蜗居人那如此娟好！"甥笑曰："且是女学士，诗词俱大高。昨儿稍得指教。"九娘微哂曰："小婢无端败坏人，教阿舅齿冷也。"甥又笑曰："舅断弦未续；若个小娘子，颇能快意否？"九娘笑奔出，曰："婢子颠疯作也！"

这个戏剧性的场面，洋溢着人世间的生活情趣。对话用口语，生动地表现出少女少妇似真似假的逗趣话心，神态声口妙肖如生。

蒲松龄锻炼语言，是用功很深的，但又出之天然，不留雕琢斧凿之痕。他不喜用难字表示艰深，不好用僻典炫耀渊博。他总是认真地遴选最合适的、富有表现力的通用词语，来讲述故事，抒发情感，做到字字安稳，句句妥贴，情文相生，自然优美。他善于抒发各种色彩的感情，描绘出各种气氛、韵致的意境，处处体现出他的文化素养和审美追求。

例如《婴宁》描写王子服为寻觅婴宁踪影，怀梅袖中，望山村探索的情景：

> 约三十余里，乱山合沓，空翠爽肌，寂无人行，止有鸟道。遥望谷底，丛花乱树中，隐隐有小里落。下山入村，见舍宇无多，皆茅屋，而意甚修雅。北向一家，门前皆丝柳，墙内桃杏犹繁，间以修竹；野鸟格磔其中。意其园亭，不敢遽入。……俄闻墙内有女子，长呼"小荣"，其声娇细。方伫听间，一女郎由东而西，执杏花一朵，俯首自簪。举头见生，遂不复簪，含笑捻花而入。审视之，即上元途中所遇也。心骤喜。

诗情画意，相映成趣。以清幽雅静之境，抒怅惘而富有青春生机之情。在写法上，是将抒情诗的意境，融入自然景色之中，从景物描写中，让读者感受到抒情诗意的美。在这清幽的画面上，出现婴宁优美的形象，分外动人，赋予幽静之境以青春活力，构成自然风光与人物形象相映生辉的意境美。

在语言艺术造构成的美的意境方面，当然主要体现作家的审美心理结构；但是，作为一个有时代感的伟大作家，时代风云势必影响他的审美意识。在《聊斋志异》的许多篇中，我们可以感受到沉郁悲壮或凄清哀惋之美。前者突出地表现于《席方平》。席方平在地府虽经受酷刑折磨，而坚毅不屈的斗争意志始终不渝，正是那个时代精神的折光。

即使在《娇娜》这样以描写友情的温馨芳香之美为主的作品中，也描绘出一种风云激荡、震撼人心的意境：

一日，公子有忧色，谓生曰："天降凶殃，能相救否？"生不知何事，但锐自任。……公子曰："……今有雷霆之劫。君肯以身赴难，一门可望生全；不然，请抱子而行，无相累。"生矢共生死。乃使仗剑于门，嘱曰："雷霆轰击，勿动也！"生如所教。果见阴云昼暝，昏黑如礐。回视旧居，无复闬闳。……方错愕间，霹雳一声，摆簸山岳，急雨狂风，老树为拔。生目眩耳聋，屹不少动。忽于繁烟黑絮之中，见一鬼物，利喙长爪，自穴攫一人出，随烟直上。瞥睹衣履，念似娇娜。乃急跃离地，以剑击之，随手堕落。忽而崩雷暴烈，生仆，遂毙。

以沉郁而色彩鲜明的笔调，描绘了一场急雨狂风、雷霆万钧的巨变；在与势不可挡的邪恶势力的搏斗中，孔生奋不顾身、舍己救人的英雄行为，谱下了一曲壮烈动人的悲歌。这一岳撼山摇、惊心动魄的场景描写，让读者感受到沉郁悲壮之美的艺术魅力。

而于《公孙九娘》、《林四娘》等篇的意境描写中，又使我们感受到特定历史背景下所特有的凄凉哀惋气氛。在莱阳生与公孙九娘新婚的极欢之际，却笼罩着极为哀伤的氛围：

初，九娘母子原解赴都。至郡，母不堪困苦死，九娘亦自刭。枕上追述往事，哽咽不成眠，乃口占两绝云："昔日罗裳化作尘，空将业果恨前身。十年露冷枫林月，此夜初逢画阁春。""白杨风雨绕孤坟，谁想阳台更作云。忽启缕金箱里看，血腥犹染旧罗裙。"……

在公孙九娘的回忆和所作的诗篇中，呈现出当年清兵大屠杀的腥风血雨、惨绝人寰的悲惨景象。而在莱阳生受托寻觅九娘孤坟的过程中，对这种景象更予以渲染，浓化了整个悲剧的气氛：

> 但见坟兆万接，迷目榛荒，鬼火狐鸣，骇人心目。惊悼归舍。失意遨游，返辔遂东。行里许，遥见女郎，独行丘墓间，神情意致，怪似九娘。挥鞭就视，果九娘。下骑欲语，女竟走，若不相识。再逼近之，色作努，举袖自障。顿呼“九娘”，则湮然灭矣。

留在人们心目中的，是一派触目惊心的凄凉景象，和永远难以忘却的惆怅情绪。作者借助其语言艺术，描绘出如此凄凉哀惋的意境，既抒发他胸中的垒块，也扣击着读者的心扉，引起强烈的共鸣。

蒲松龄穷毕生之力，写作《聊斋志异》。他的文风是经过苦功磨炼之后，才臻于自然平易的境界。他与以写小说为余兴，率尔命笔的作家是不可同日而语的。

还值得注意的是，《聊斋志异》的语言艺术，除上述的特色及其在具体作品中善于叙事、抒情、描绘各种不同的意境以外，还长于以“异史氏”的身分发表议论。这些议论性的文字，是针对本篇故事情节和具体人物的品质、思想作风而发的，所以虽简约精要，而无空泛说教之弊，其精辟议论，往往起了画龙点睛的作用。或者篇中故事意有未尽，在议论中更予以发挥，使故事中所描述的事件与篇末所发的议论相辅相成，相得益彰。例如《王子安》描写士子醉酒后，把希望科举成功、及此后排场的虚荣心理和盘托出，篇幅很短，仅数百字。而在“异史氏曰”议论中，则把士子应试的情景，通过七种比喻，形象化地表现出来。这也是从作者辛酸的经验中总结出来的，故能切中肯綮，与艾南英《应试文自序》比较，可谓个中人所见略同。《聊斋志异》的某些篇中，间或夹用骈文俪语，如《席方平》、《胭脂》等篇的"判词"，则是根据行文体式的习惯，写得颇有气势、韵致，与故事情节融为一体，而不乏韵语风味。

第三章　文言小说的新高峰(中)

一、《聊斋志异》的地位及其仿效者

由于《聊斋志异》用传奇笔法志怪，在思想内容和艺术成就上达到了一个新的高度，引起广大读者的喜爱，蒲松龄在世时即得以流传，甚至受到大文豪王士祯的激赏，“欲以百千市其稿，蒲坚不与，因加评骘而还之”①。阮亭是否有想高价购买书稿之事姑且不论，王士祯作诗称赞却是真的：“料应厌作人间语，爱听秋坟鬼唱时。”蒲松龄有答王士祯的和诗。康熙年间高珩为此书作序，就批评了“后世拘墟之士”固执于“子不语怪”之论，而赞赏“佳狐佳鬼之奇俊”。唐梦赉所作序，也认为书中所写“鬼狐怪异之事”，“最足以破小儒拘墟之见”。乾隆年间余集作序，更将蒲松龄的苦心，与屈原被放逐后作《天问》“以泄愤懑，抒写愁思”相提并论，认为书中“恍惚幻妄，光怪陆离，皆其微旨所存”。嘉庆年间冯镇峦《读聊斋杂说》，更是推崇备至，并与纪昀《阅微草堂笔记》作比较，肯定《聊斋志异》的写法：

《聊斋》以传记体叙小说之事，仿《史》、《汉》遗

①鲁迅《小说旧闻钞》引倪鸿《桐阴清话》语。

法，一书兼二体，弊实有之，然非此精神不出，所以通人爱之，俗人亦爱之，竞传矣。虽有乖体例可也。纪公《阅微草堂》四种，颇无二者之病，然文字力量精神，别是一种，其生趣不逮矣。

这是小说艺术观的一大进步，从理论上阐明了《聊斋志异》文体兼有传奇与志怪二体之长。他的所谓“以传记体叙小说之事”，实际上就是后来鲁迅用更准确的概念来表述的“用传奇法，而以志怪”，是具有创造性的文体规范。加上其语言特色与故事人物的艺术魅力，故能雅俗共赏。

仿效《聊斋志异》写法的人很多，蔚然成为一大流派。因其文体特色，是以优美细腻的笔法描述委婉曲折的故事、塑造生动的人物形象，与纪昀《阅微草堂笔记》文尚质朴、重记事实的尚质黜华相颉颃，通常就称之为藻绘派，或所谓“才子之笔”；而称《阅微草堂笔记》为代表的另一流派为尚质派，或所谓“著书者之笔”。于是在文言小说史上，形成藻绘与尚质两大流派相对峙的局面。这种异花竞放的环境气氛，有利于文言小说创作的繁荣，使古老的文体在夕阳西下之时，呈现出落日余晖、晚晴异彩的景观。

可以列于藻绘派之林者，最有代表性的是沈起凤《谐铎》、和邦额《夜谭随录》、长白浩歌子《萤窗异草》、宣鼎《夜雨秋灯录》以及王韬《淞隐漫录》等。年辈比他们都早的袁枚，撰《子不语》（即《新齐谐》），基本倾向亦属于此派。这是就其写法上崇尚艺术想象和虚构而言，而其语言风格较质朴，不事藻饰，篇幅亦较简短，有尚质派之风。为叙述的方便，我们姑且把他也列于藻绘派，况且他是名副其实的风流才子。

二、袁枚《子不语》

袁枚（公元1716—1797年），字子才，号简斋、仓山居士、随园老人，浙江钱塘（今杭州市）人。少年时代，家贫而好学，博览经、史、子、集。十二岁就中秀才。乾隆三年进士，选翰林院庶吉士，后因满文考试不合格，出为江宁等县知县。年四十即辞官，居江宁（今南京）小仓山，筑随园，放浪形骸，纵情山水，不为礼教所拘，是个风流浪漫的才子。在其《所好轩记》中，自称："好味，好色，好葺屋，好游，好友，好花竹泉石，好珪璋彝尊、名人字画，又好书。"论诗以"性灵"说反对沈德潜的"格调"说，提倡抒写"性情遭际"，要写得"真"、"活"、"新"，但失于浅露浮滑。著述甚丰，主要有《小仓山房诗文集》、《随园诗话》、《随园随笔》、《小仓山房尺牍》，以及文言小说集《子不语》等。

《子不语》正集二十四卷、续集十卷。其所题书名，取自《论语·述而》"子不语怪、力、乱、神"之意，而书中大都是搜奇志怪之作，自谓："妄言妄听，记而存之，非有所惑也。"以其洒脱真率之笔，记述怪异之事，诙谐幽默，情趣盎然。这与他论诗主张"性灵"说，一脉相通。后改题为《新齐谐》，是有见于元人说部有同名之作。《庄子·逍遥游》有所谓"齐谐者，志怪者也"的说法，故其含义与"子不语"全然相同。此书曾与《聊斋志异》、《阅微草堂笔记》并称，意似鼎足三分；但子才往往率尔命笔，不加雕饰，自然流畅，固然不失天真，却亦如鲁迅所云："然过于率意，亦多芜秽。"①作为文学作

① 《中国小说史略》第二十二篇。

品，注意提炼加工，是必要的。“戏编”足以自娱，但疵谬疏漏亦易传为笑柄。①

《子不语》中有不少写鬼的故事。鬼通人情世故，或敲诈勒索，或冒名顶替，如《鬼冒名索祭》、《瓜棚下二鬼》；鬼也欺软怕硬，如《叶老脱》，群鬼见到“心不怖，魂不离体”的有道之士，便惊悸下跪；贪婪务得的鬼，落得自投罗网、作茧自缚的下场，如《鬼着衣受网》；鬼技不多，技穷则乞怜，如《豁达先生降鬼》等。这些篇都善于通过写鬼的故事，表现有幽默感的理趣。

写现实题材的作品，亦多含讥刺。如《三姑娘》，写雍正年间一个称三姑娘的妓女，神通广大。曾经擒获大盗以百计的守备，擒住这个三姑娘却又诚惶诚恐地放走她；连朝廷所倚重的九门提督，也只好以“访闻不确”罢休。显然，三姑娘是得到朝廷中的大人物庇护的。与她狎昵的那个少年究竟是什么人，作者没有说，但从地道出去、“国体有关”等提示中，却可以意会。又如《续子不语》卷六《夜航船》二则其二，是对口讲理学、借故敲诈，“高坐大啖”酒肉的道学先生的绝妙讽刺。卷八《李生遇狐》描写狐妖与李生的情爱，亦曲尽人情，又借狐妖之口，对“无关学问”的八股文，捎带嘲讽。

三、沈起凤《谐铎》

在仿效《聊斋志异》的作品中，沈起凤《谐铎》是较为优

---

①参阅蒋瑞藻《小说考证》引《花朝生笔记》。

秀的一种。

沈起凤（公元1741—？），字桐威，号蕡渔、红心词客，江苏吴县人。乾隆三十三年举人，后屡应礼部试不第，遂"绝意进取，以著书自娱"。五十岁前后，一度任安徽祁门县学训导。一生穷困潦倒，以卖文或做幕僚为生。他多才多艺，诗词、戏曲、小说、古文，皆知名于当时。常为艺人编写戏曲剧本，作有传奇三十余种，曾风行一时，今仅存《报恩缘》、《才人福》、《文星榜》、《伏虎韬》四种，总名为《红心词客四种》，或称《沈氏四种》。编撰文言小说集《谐铎》十二卷，收入《笔记小说大观》。人民文学出版社于1985年出版校点本。

《谐铎》借谈狐说鬼，描写世间众生相。其艺术构思之奇幻，亦近乎《聊斋》，对当时的现实，有所揭露和批判。书名《谐铎》，明其寓劝戒于谐谑言谈之中的用意。故事情节虽荒怪离奇，而批判性较强，在较浓的传奇色彩中寓含喜剧意味。受《聊斋》影响而有所创新。在这类著作中，宣扬封建伦理观念、因果报应思想，或涉秽亵，亦是当时风尚。故鲁迅认为"意过俳，文亦纤仄"，是中肯的批评。

《谐铎》在揭露和讽刺现实生活中的丑恶方面，有较深刻的社会意义。如卷三《读书贻笑》，描写徐枞少年孤贫，借读于僧院，僧印源听徐读书，合掌赞叹，以礼相待。后徐补博士弟子员仍夜读，僧态度渐冷，甚至"蒙被僵卧"；到了徐将赴京会试，苦读达旦之时，印源竟厉声而骂："驴鸣犬吠，强聒不休；请避三舍，毋溷乃公为也。"徐问印源为什么"后倨前恭"如此，印源说："君来时，所读皆古圣昔贤格言明训，是以不胜钦服。自君作秀才后，所读皆肤词剩义，了无意味，已属厌闻。今高掇巍科，而所读者愈趋愈下，竟似村歌牧笛，不堪入耳。前恭后倨，此君自取，于我何尤？”通过印源与徐枞的对话，从印源对徐前后态度的变化，揭露八股科举制度的虚伪本质。在科举台阶上爬得越高，越令人讨厌。

卷四《桃夭村》则以喜剧性的故事，揭露了科场主试官索贿收贿、颠倒文章优劣、混淆容颜美丑的内幕，进而批判“是非倒置，世态尽然”的现实社会。作者仿效《聊斋志异》篇末“异史氏曰”的体制，以“铎曰”议论此事，对“钱神弄人，是非颠倒”的现象深感不满。至于把这种被钱神颠倒了的是非，借助造化之力再颠倒过来，则是作者的理想。

又如卷九《村姬毒舌》，描写陈永斋中状元后南归途中，见一美丽的农村姑娘，想以名利相诱，遭到了村姬奚落的故事，辛辣而饶有风趣地讽刺了科举制下新贵的势利灵魂。在短小的故事中，刻画了三个人物的性格特点。农家少女天真爽朗，老媪沉着老练；而不慕名利，不畏权势，则是老少俩共同的品格。状元郎的迂腐、势利性格，也很鲜明。本篇从一个侧面表现了劳动人民的高尚情操，嘲弄了官吏凭借金钱权势横行乡里的丑恶行径。作者在评论中对村姬发出由衷的敬意：“黄口金多，乌纱势横。古今多少男子，缘此摧磨傲骨，不谓闺阁中有此诙谐人也！石榴裙底，当叩首三千下矣！”借村姬对新贵乌纱、金钱的讥刺嘲讽，抒释了作者胸中的郁愤情绪。

四、《夜谭随录》与《萤窗异草》

和邦额《夜谭随录》，也是模仿《聊斋》之作。作者是乾隆年间满族人，具体生卒年不详。号闲斋、霁园主人。曾任县令。

《夜谭随录》约成书于乾隆五十六年，乾隆乙酉本、衙刻本均作十二卷，《笔记小说大观》本作四卷。有自序云："予今年四十有四矣，未尝遇怪，而每喜与二三友朋于酒场茶榻，闻灭烛谈鬼，坐月说狐，稍涉匪夷，辄为记载，日久成帙，聊以自娱。"借谈鬼说狐以自娱，创作意图异于蒲松龄而近似袁枚；其用传奇法而志怪，则仿效《聊斋》。有些题材借用他人之书，并非完全出于自己的创作。其特色是记述北方景物及市井情形，较为细致生动。如卷三《谭九》，通过谭九旅途借宿所见所闻，形象地描绘了乾隆年间京郊贫苦农民的悲惨凄苦生活，同时也反映了八旗子弟的破落。谭九所遇虽然是三代"鬼魂"，其实是当时人生的写照。细节描写逼真，具有浓厚的生活气息。作者对郝四一家不幸的遭遇，寄予深切的同情。卷三《陆水部》则借陆公荣被贬谪察哈尔途中，极写其受折磨的凄苦之情，以示其冤，而遇狐仙产生的婚恋及其突发变故，寓意良深。这是以雍正年间陆生枘"以论前史获罪"的文字狱案为素材的一个真实故事，而采取传奇小说志怪异事的手法，把它艺术地表现出来，旨在暴露雍正朝由文字狱造成的冤案，锋芒直指雍正皇帝。故昭梿《啸亭杂录》认为，让和邦额漏网是"侥幸之至"。

在仿效《聊斋》的诸家之作中，浩歌子《萤窗异草》不失为佼佼者。

浩歌子，或称长白浩歌子，满族人，不知其姓氏，生卒年亦不详。所著《萤窗异草》，人云系尹六公子撰。尹六公子乃是乾隆年间大学士尹继善之六子，名庆兰，字似村，是较清贫的文士，与袁枚等人有交往。而清末学者平步青认为此书出自上海申报馆文人之手，有光绪二年梅鹤山人序。但戴不凡《小说见闻录》则考定在申报印行之前，确有手抄《萤窗异草》，书名题作《聊斋剩稿》，“就纸色而观，当不晚于乾隆 。

《萤窗异草》分初编、二编、三编，各四卷，共十二卷。它从题材、情节、构思，到人物、语言、风格，都刻意仿效《聊斋志异》。模仿之工巧，几可乱真，故有人误认为《聊斋》之佚稿，称之为《聊斋剩稿》。尽管就整体而言，思想内容与艺术水平都尚未臻于《聊斋志异》的境界，但有些作品颇有新意，不乏优秀之作。

《萤窗异草》除申报馆本、笔记小说大观本外，近十年有人民文学出版社、上海古籍出版社、齐鲁书社等的校点本。

此书继承并发扬了《聊斋志异》写狐妖异类而描摹人情世态的传统，创作了别开生面的故事，塑造了个性鲜明的形象。如初编卷三《青眉》，描写了青年皮工竺十八与青眉纯朴真挚的爱情，也反映了封建社会中各种邪恶势力对这种爱情的破坏。作者汲取了《聊斋》的艺术经验，成功地塑造了狐仙青眉的形象。她美丽、聪明、勤劳、贤慧，善于与各种邪恶势力作斗争，也善于帮助丈夫认识和改正错误。在这个艺术形象中，体现了城市劳动者的生活理想和审美观念。写的虽然是狐仙，但却平易可亲，富于人情味。这是现实生活的升华，理想情侣的写照。又如三编卷三《秦吉了》，是写一个优美、动人的神话故事。小小的鸣禽秦吉了帮助一对青年男女恋爱，它那善良、热情、聪明的性格，简直可与红娘媲美。作者显然是把它人格化了。它为了成全别人的幸福，牺牲了自己的性命。害死它的恶少，也正是现实生活中丑恶现象的一个方面。婢女为追求自由、幸福的爱情，不为主人所利诱，拒作“画屏姬”，更不为暴力摧残所屈服，死而复活。这是爱情对暴力和死亡的胜利，洋溢着浪漫主义的乐观气氛。处于社会底层的婢女，摆脱巨家翁的残酷迫害，最后终于与意中人梁公子结为婚姻，应该说是作者良好的愿望。

《萤窗异草》善于以长大的篇幅，委婉曲折的故事，塑造多种人物形象，反映复杂的社会生活。如二编卷四《姜千里》，以三千余言的篇幅，描写了武孝廉姜千里误中盗贼里应外合的圈套，以及死中逃生，村妇相救的经过，最后全仗一侠女的智慧和勇敢，终于消灭盗魁，使无赖之徒敛手。故事情节惊心动魄，离奇多变而合乎情理，跌宕起伏，摇曳多姿。虽穿插志怪性情节，但所反映的是当时错综复杂的人情世态，社会治安的混乱，官府的腐败无能。作者采取多侧面映衬比较的艺术手法，突出了侠女顾阿惜智勇兼备、光彩夺目的形象。

五、宣鼎《夜雨秋灯录》

在晚清的文言小说中，追摹《聊斋志异》而又能独出机杼的，当推宣鼎《夜雨秋灯录》和《夜雨秋灯续录》。两书各八卷，共二百三十篇。大都是写实性的传奇小说，也有不少志怪题材。一般篇幅都较长，佳作较多。

宣鼎（公元1835—1880?），字瘦梅，安徽天长县人。从《夜雨秋灯录》（简称《夜录》）作者《自序》来看，二十岁以前，生活在殷实之家，“口不茹荤者十九年，性好佛。闻人有谈玄者，听之忘倦；而尤爱仆妪说果报鬼怪逸事”。博览群书，工书善画，能文。二十岁，“先慈见背，先嗣父广文公又见背，家难既起，外侮乘之，枭獍成群，争噬吾肉，家道遂中落”。遇上灾荒，几乎饿死。“廿六奉生父命赘入外家，方得延残喘。”一度从军，几死锋镝，回上海，卖画为生。三十一岁“始入当道幕，司笔札”。后又在淮海、兖州为幕客。四十岁在一场病后，开始创作《夜录》。辞幕职，在任城售书卖画，并完成《夜录》初稿，计一百一十五篇。题此书名的原因是："当其病（兖郡）滋阳署时，愁霖滴沥，冷焰动摇，千里家山，时入梦寐。秋魂欲语，病魔乍来，此无可奈何之境也。以无可奈何之身，当无可奈何之境，未能已已，奋笔直书耳。"其题材来源，是“取生平所见，耳所闻、心所记忆且深信者”，大多是有感于时世而作：“樵歌牧唱，有时上献刍荛；鬼董狐谐，无语不关讽劝。”为《夜录》作序的蔡尔康，是宣鼎的挚友，《夜录》的知音：

> 宣君瘦梅，书可换鹅，帖徒乞米。杜陵屋破，惊闻凉雨之潇潇；阮籍途穷，空对孤灯之耿耿。离人愁夜，骚客悲秋，纫芙容以为裳，采蘅芜而作佩。不堪回首，弦诗商画之场；无限伤心，香草美人之喻。……美刺悉本《风》诗，事属子虚而不害；毁誉总存直道，言虽孤愤而何伤。况乎书奇事则可愕可惊，志畸行则如泣如诉，论世故则若嘲若讽，摹艳情则不即不离。是盖合说部之众长，而作写怀之别调也。

对作者的坎坷身世、作品的思想倾向与艺术特色作了简约而全面的评价。从作者《自序》和蔡序，可见此“鬼董狐谐”之书，意在写牢愁，抒孤愤，关讽劝。在写法上，它兼具文言小说各家之长。《续录》是《夜录》的续篇，蔡尔康也有序，作于光绪六年，但序已称“此余亡友宣君瘦梅之所著也”，并云：“盖《续录》犹未梓成，而先生已赴玉楼召矣。”大概宣鼎只活了四十五岁光景。

这两部文言小说，在题材上，既有对传统的继承，又有时代的创新精神。鸦片战争之后的社会现实与人们的思想意识，乃至审美心理的变化，在作品中都有所体现。

人们对封建压迫与剥削的反抗，更加自觉。卷三《父子神枪》篇，写了"营卒"对一个肩挑步担的贩私盐者残酷的迫害，而着重描写了神枪猎手戈叟父子见义勇为、打抱不平的反抗精神。戈叟父子以神奇的射击技能，打死了两个营卒，救了贩私盐者的全家；而贩私盐者的姑娘又以其智慧，把戈氏父子从死囚中救出，减刑为充军边疆，立奇功遇赦回原籍，戈子继辽与贩私盐之女螺娘，结为夫妻。这是反封建压迫的一曲凯歌。有些作品，受作家佛道思想或迷信观念的影响，笼罩上一层神秘的烟雾，但透过这层烟雾，却可见封建社会的某些本质方面。如卷七《金竹寺》，描写萧灵威"路见不平，拔刀相救"的情景：

> （萧灵威）偶步月，闻茅屋中有哭声，探询之，则孤孀幼女纺绩为生。邻有富豪魏虎儿，瞰女艳，强委禽。女羞愤不从，欲自戕者屡矣。其孀母朝夕逻守。然虎已诹吉，行将来攫娶，故楚囚对泣耳。萧闻之曰："母女泣如故，勿止也。"归旅店袖刃出，访虎居确，跃登其垣。垣尽登屋，脱屦步鸳瓦，行无声。视灯光多处，睨虎坐绣阁中拥艳姬，陪狎客，昵饮甚豪。……萧审之确，即跃之地，挥刃奔虎，遽斩之。……指溅血书壁曰："杀人者，萧灵威也。"

这是由豪强恶霸强夺民女引起的一场惊心动魄的斗争。在这一主要情节之后，虽然作者花较多的篇幅描写寺僧以法力救护萧脱险，以及金竹寺僧让萧经历佛家之幻景，为最后萧灵威夫妇"大彻大悟"不知所之埋下伏线，但是仍然淹没不了反豪强斗争的核心内容。三年后，萧在扬州遇见当年受豪强威胁的母女俩，她们已沦落为乞丐，而患难与共的命运，却使萧与丐女结为夫妇，事丐母如己母。作者爱憎的思想倾向非常明显。

再如卷八《赚渔报》，写豪强恶霸胡潜义为骗取渔翁的风水宝地，用走狗周某之计，假意与渔翁结为儿女亲家，然后迫害渔家女珠娘致死，胡潜义父子遭恶报，周某则化为小花狗。篇末作者以"懊侬氏"之名发议论道："夫世之富而不仁者，其左右必有一献策小人，赞成纣虐。身之化犬，其天之报欤？亦胡家亡者之灵欤？"为富不仁，狗腿子助纣为虐，是封建社会中具有典型意义的现象。

至于续卷一《五升》篇，作者对李八斗在饥荒之年率众抢大户之举，虽然持否定态度，并罩上"仙人预知"其下场的神秘宿命之雾，但是对这场风波却作了真实的反映：

> 会岁祲，几人相食，生扬言于众曰："李八斗在，公等尚忧殍耶？"问何术，曰："富家仓箱悭，以售奇货自居，彼谷即我谷耳。"乃响应，执器械告贷于饶裕之家，虽求实挟，咸畏其横，不敢睚眦之。有寡婶戚氏饶于资，积谷甚丰，生贷之未允。生笑曰："阿姥饱欲死，吾辈饥欲死，若有小侮犯，能勿悔耶？"明日率匪众持火具蝟集其庐，瓜分其蓄，囷乃空焉。

这场劫富济贫的斗争，因规模尚小，还没有形成浩荡的声势，缺乏组织，很快就被镇压下去了，但毕竟是农民暴动的尝试。

赞颂妇女对爱情的追求，同情她们在婚恋方面的不幸遭遇。如《续录》卷三《秦二官》的女主角顾阿良，练就高超的杂技艺术，随父母闯荡江湖，不为浪子富儿掷金钱如雨者所动，而爱上自幼相处的邻居秦二官；秦胆怯腼腆，她就敢于主动追求二官，以其飞檐走壁的女侠技艺，与二官私下结合。阿良在受到父亲干预后，二官不得不离乡去镇江"习贾以避其锋"，阿良询知踪迹，私奔二官。在杭州卖艺时，被阿良父母发现，二官逃走，阿良被迫嫁袁三小；后又与二官巧遇，遂杀夫毁屋，相携逃走，改名换姓，在扬州赁宅住下。通过这个曲折的故事，作者塑造了顾阿良女侠型的生动形象，在追求理想爱情的过程中，刻画了她那热情豪爽、刚毅果决的个性特点。相比之下，秦二官则显得软弱怯懦。

卷三《雪里红》中的薛氏，身怀豪侠武艺，隐于妓而能保全贞节，以"一掷成六红者，即嫁为妇"的特殊方式，自己选择意中人。卷四《谷慧儿》中的男主角董韶秀，在婚姻观上能突破门第观念，他认为："果得可人，当不以门第限。"女侠谷慧儿，以卖艺作为择偶的手段，主动追求董韶秀，并迫使董父不敢再拘执门第之见，赢得了婚姻的幸福。《续录》卷三《筝娘》篇故事与《谷慧儿》相似，而更富有传奇性。筝娘之父在广场上声言："吾儿挺然立，不拘贵贱……能有以两手抱之离地寸许者，即以女妻之。"素以膂力著称的几个武夫，"竭力抱持，而玉人山立，几以蚍蜉撼大树"，大有名望的武状元、侍卫官，都不能抱动她，却为穷书生宓云郎所得。这些敢于主动追求理想爱情、按自己的心愿择婿的女子，一个共同的特点，是她们都是身怀绝技的侠女。在现实生活中，这样的侠女当然是极少数，更多的女子在婚姻问题上往往遭遇不幸。

卷三《烈殇尽孝》中的柳珮，在饥荒之年，被某商贾以五十两银子买去。说是作义女，实垂涎其美色，但又惧妬妻，不敢携回家中，就收了妓院鸨儿马二娘百两银子，将柳珮卖为娼妓。柳珮不愿屈从，自缢身亡，灵魂回家侍奉老母。柳珮的遭遇，具有深刻的典型意义。既烈且孝，悲剧气氛浓厚。

有的作品，表面上是喜剧，而其实质却是悲剧。如卷二

《盈盈》篇，刘钟与张盈盈，互相爱慕，但刘贫张富，贫富悬殊，本来就难以结合。在一次盈盈随母赴会市过程中，母女失散，盈盈在荒野中幸得刘钟相扶，于是互赠纪念品私相定情，并经媒妁订婚。因两邻媪搬弄是非，挑拨离间，遂使张家父母毁婚议，盈盈含恨自缢。这原是封建婚姻制下的悲剧，而作者却继承此类作品传统的艺术手法，借郭析子盗墓、盈盈起死回生等情节，使两邻媪母子都得恶报，而刘钟与盈盈终于结为夫妻。这是作者以虚幻的艺术方法，表现自己美好的愿望。

又如卷三《郝腾蛟》中的红红，父母死后，被恶叔诱卖妓院中，誓死不接客，鸨母拷打她，李秀才赎买她为妾，而李妻悍妒，动即辱骂鞭挞，甚至要用烙铁灼她，被迫出走，躲在破庙中。如果不是郝腾蛟仗义相救，其悲惨下场是不堪设想的。《续录》卷五《天魔禅院》的广怜尼，以尼庵为妓院，趁齐鲁饥荒之机，"命媪囊资往购小女子，但面目整齐不盲不缺者，皆能化媸为妍。媪三至鲁，两至齐，得女子其数九十余，尽俘以归"，都成为广怜尼的摇钱树。

有的女子则是由于特殊情况而遭遇困厄的，在不幸的境遇中，却表现出高尚的品格与情操。卷三《麻疯女邱丽玉》中的邱丽玉，身患麻疯病，在当时是不治之症。当地陋习："女子年十五，富家即以千金诱远方人来，过毒尽，始与人家论婚觅真配。若过期不御则疾根顿发，肤燥发拳，永无问鼎者。远方人若贪资误接，三四日即项有红斑，七八日即体遍痒……。"丽玉为了救自己所爱的陈绮，将父母所设的圈套告诉他，宁可牺牲自己，也不愿把病毒传染给陈绮，并设计教陈绮逃出牢笼。这才是真正的爱，正是这种纯真的爱，也救了丽玉自己。她不远千里，找到陈绮家，用蛇毒治愈了自己的麻疯病，与陈绮结成幸福的爱侣，并治愈粤地许多麻疯女。卷二《东野砧娘》的主题与《麻疯女邱丽玉》相似，而患不治之症的是男主角闵祝。未婚妻砧娘，誓不同意退婚，来到闵祝身边，承担起护理调养未婚夫的任务，这种精神是难能可贵的。而闵祝则不愿拖累砧娘，服剧毒红砒霜自尽，“以毒攻毒”的结果，却使自己癣癞顽疾痊愈。这也是真挚的爱情的胜利。

《夜录》和《续录》，还触及社会的一些黑暗面。如前述的《天魔禅院》，不仅是折磨大批女子的火坑，谋财害命的窟穴，而且是勾结王侯卿相、各藩邸及椒房贵戚进行犯罪活动的渊薮。向皇帝揭发“天魔禅院”罪恶真相的任给谏，本来也是想逢迎媚事广怜尼的，只因他位卑人贱，得不到广怜尼的接待，遭受冷遇，才借机报复，捣毁天魔禅院的。故作者深有感慨地说：“广尼以一女流淫荡如此，畿辅近地，谁容之而壅于上闻耶？……”这是颇发人深思的，广怜尼得以恣纵妄为，有恃无恐，就是因为她得到诸多权贵的庇护。又如《珠江花舫》，其骗人谋财伎俩，可谓机关算尽。

《夜录》、《续录》在艺术上也是颇为精细的。蔡尔康序中借“客”之言，称其书曰：“可以质仙佛，可以惊鬼神。微云之舒卷于太虚，未足方其缥缈也；飞瀑之倾泻于古涧，不能拟彼清冷也。趣语横生，奇思迭出……。”从创作方法、艺术构思的匠心着眼，是正确的，把“客”这番评论与前引蔡尔康的论述结合起来，就较为全面。

就作品的题材而言，虽然大多来自现实生活，但是由于作者的仙佛思想，丰富了他创作的艺术想象力，在艺术表现方法上，有较多虚幻的成分。例如描写侠而重情的几个女子的绝技，就是予以理想化的。《烈殇尽孝》中的柳珮，为保全贞节自缢身亡后，其灵魂幻化实实在在的真人，侍奉母亲数年之久，这真是奇思遐想。《麻疯女邱丽玉》中的邱丽玉，从粤西到淮南禹迹山寻夫，数千里之遥，陈绮舅氏亡灵幻化为活人，一直护送丽玉。《金竹寺》描写寺僧救护萧灵威脱险的神奇法力，更多借助于佛家的想象，把幻景写得活灵活现。《琼琼紫霞贞姑》中的阴生，凭借巨型风筝之力，遨游天上仙境，会见紫霞贞姑；因他对仙童态度不恭，将他与风筝分离，换成一条短带系其腰，掷回人间。从金陵起飞，到山西延安府城北落地。关于"飞鸢"的描写，此前文言小说中亦不乏其例，但那都是想象中的飞行工具，而本篇所写则近乎太空飞船。卷三《姗姗》写焦梅仲救虎、虎仙报恩的故事，也比以往同类故事更富于浪漫主义色彩。

《夜录》和《续录》中的作品，一般篇幅较长，在二三千至五千字之间，而结构严密，情节富于波澜，跌宕有致，不落窠臼。如《雅赚》篇，写大书画家郑板桥，盛名之下，争求其书画者众多。板桥鄙视商人某甲之为人，故高价相求，也不允所请。商甲根据郑板桥好游的雅兴，在郊野荒僻幽雅之境，构设投合板桥审美情趣的境界，陈设、楹联、饮食等等，无不迎合高士心理，引诱板桥入其彀中，主动挥毫作书画十余帧。读者也不知是商甲所设的骗局。最后，读者和郑板桥一样，才恍然大悟："商人狡狯，竟能仿萧翼故事，赚我书画耶！"妙在某甲所设的赚局，"布置当行，处处搔着板桥痒处，使彼一齐捧出，毫不吝惜"。《姗姗》、《麻疯女邱丽玉》、《卓二娘》、《珠江花舫》等篇，在布局构思上，都能出奇制胜，篇末才揭开谜底。一些精悍短小的篇什，如《夜录》卷五《丧事演剧》，《续录》卷四《见钱眼开》，善于寓尖刻的讽刺于幽默风趣之中。

“合说部之众长，而作写怀之别调”，是这两部文言小说艺术上的显著特色。熔情、侠、公案、讽刺于一炉，融汇整合，推陈出新。

六、王韬《淞隐漫录》及其他

王韬的《遁窟谰言》、《淞隐漫录》、《淞滨琐话》等几部传奇体文言小说集，可称为《聊斋志异》派的殿军。

王韬（公元1828—1897年），原名利宾，后易名瀚，字懒今。长洲（今江苏苏州市）人。十八岁应试，为秀才之魁首。后却屡试不第，遂绝意科举。二十二岁抵上海，参与英国教会所办墨海书馆工作，达十余年之久。1853年太平天国农民起义爆发后，他曾向清朝屡献“平贼”方略。1862年，在他回苏州探亲期间，曾以“黄畹”之名向李秀成上书，被清朝以“通贼”之罪通缉，于是潜逃香港，改名为韬，字仲弢，一字紫诠，号天南遁叟，弢园老民。

1867至1870年间，王韬应英人里雅各之聘，到英国译经，有机会游历英、法、俄诸国。1874年于香港创办《循环日报》，自任主笔，大力宣传变法自强。1879年曾去日本游历。1884年回上海，主持格致书院，并建弢园于城西，不辍著述。1897年病故。他为文章的社会化，作出了重要的贡献。著有《弢园诗文集》、《普法战纪》等。文言小说集《遁窟谰言》，完成于同治元年，光绪元年初版；《淞隐漫录》，自序于光绪十年；《淞滨琐话》，自序于光绪十三年。三部各十二卷。它们与宣鼎《夜雨秋灯录》、《续录》，同为效法《聊斋志异》之作，

“一时传布颇广远，然所记载，则已狐鬼渐稀，而烟花粉黛之事盛矣”。

《遁窟谰言》卷二《何氏女》，写佣工施德源赢得了美丽、善良的何氏女的爱情，并结为夫妻，恩爱幸福。东家冯公子垂涎何氏女美色而不可得，遂生妬心，勾结道士，诬陷何氏女为妖，妄图离间施德源与何氏女的关系，阴谋不成，道士公然将何氏女杀死。出卖劳动力的佣工，连妻子的生命也没有保障，这是一个新的主题，其社会意义也正在于此。

卷七《钟馗画像》，写颇有文化修养的小商人陆沁香与狐女的爱情故事。陆沁香于月夜独酌，吟杜诗“香雾云鬟湿，清辉玉臂寒”之句，狐女赏其风雅，与陆生共饮，并发生爱情关系。狐女并没有隐瞒自己的真相，帮助陆生经营商业，“颇获厚利。不数年，积资巨万”。而陆生却忘恩负义，利用狐女畏惧钟馗画像的弱点，抛弃了狐女。这实际上是现实生活中多情女子遭遇薄幸郎的写照。作者于篇末议论中，谴责陆生“中道弃之”的负心行动，对狐女的被遗弃深表同情，而怪钟馗越出“治鬼”的范围去“逐狐”，是多管闲事，“不太劳乎？”讽刺意味强烈。

《淞隐漫录》系作者晚年所作，自谓这是“追忆三十年来所见所闻，可惊可愕之事”①，“聊作一时之消遣，而藉以抒平日之牢骚郁结”②。初以单篇发表于《申报》发行的《画报》，后由点石斋结集成书，故又名《后聊斋志异图说》或《绘图后聊斋志异》。作者生活阅历丰富，既博览古籍，而又学贯中

①见本书《自序》。

②见《弢园著述总目》。

西，在某些传统题材或民间传说中，往往掺入作者亲身经历与感受。情致委婉，富于变化，笔调细腻，抒情气氛较浓。

如卷二《白秋英》，写陆海入蜀寻父遇袁氏，遭厄得救的故事。唐人小说中亦有类似者，而本篇更为曲折细致，且有近代生活气息。

卷八《海底奇境》，聂瑞图怀经济之才、外交之策，不为当道者所用，而自费登邮船出洋，遍历欧洲十数国，“所至各处，无不倒屣出迓，逢迎恐后”，备受款待，朝廷派出的“星使”，却“无其荣也”。还着重写了瑞士美丽的山水风光，以及与兰娜的奇遇。这类作品的内容，正是作者借以抒发“牢骚郁结”的明证。本篇艺术构思奇特，聂瑞图在从伦敦乘船渡太平洋至纽约途中，遇飓风，将他卷入海中，于是描绘了海底奇境：“山青水碧，别一世界，……举足行三四里，但觉鸟语花香，奇葩瑶草，疑非尘境。”在海底奇境又遇到瑞士女郎兰娜，他们虽然是死后相聚，但“获此妙境，真觉此间乐不思蜀矣”，更何况能与自己的情人在一起，“但愿长相聚首，则死固胜于生也”。聂瑞图得出海底而复至人间，兰娜设筵饯别，并用华语唱离别之曲，缠绵凄恻，绰有情致。聂生回国后，将兰娜所赠法国内廷之珍卖给一个外商，以三十万巨款捐献给山东灾区，“人咸高生风义为世所寡”。在聂生的形象中，包涵着作者的经历，寄寓着他的牢骚与理想。

《淞滨琐话》，不妨视为《淞隐漫录》的续集。其受《聊斋志异》之影响，也很明显。有自序云：“使蒲君留仙见之，必欣然把臂入林曰：‘子突过我矣，《聊斋》之后有替人哉！’”当然，突过蒲松龄、取代《聊斋》是不可能的。其基本倾向，与白话小说《青楼梦》、《花月痕》、《海上花列传》相似。

有些作品，不仅在艺术表现方式上，而且在思想精神上，继承了《聊斋》的精髓。

例如卷十《因循岛》，把项某购猿放生、猿感恩报德的传统故事与揭露豺狼当道、沐猴衣冠的黑暗政治揉合一起，似《聊斋志异》中的《梦狼》境界，而又别开生面。写项某购猿放生后，因乘海船遇飓风大作，“众均逐浪以去。项抱木板，任其所之”，漂泊来到因循岛。这岛上的居民，“面瘦肌黄，悴容可鞠，如久病者”，听到县令下乡的消息，“众人皆仓皇遁”，因为县令喜吃人。项生“于门隙窥之，见前后引随者皆兽面人身，舆中坐一狼，衣冠颇整”。惊骇之下，问居民某叟，方知豺狼当道、百姓遭殃的真相：“狼怪数百群，分占各处，大者为省吏，次者为郡守、为邑宰，所用幕客差役，大半狼类。”它们专爱食人脂膏，故人民“病瘠可怜，更有轻滇沟壑者”。“立朝者皆声气相通，若辈又每岁隐赂多金，遂无人发其覆。”项生也遇上“择肥而噬者”，将把他“献之上司”，希图记功邀宠；在解送路上，忽遇鼠目獐头的太守，原来却是项某放生的猿猴，如今沐猴衣冠，与狼是同伙。“今都院以下，大半同群，其尚有人心不肯附和者，则皆赋闲。”项生不堪与狼群官吏吃人肉脂膏，于是“侯冠”荐他到山川佳胜的苛县厉令处为幕客。细察厉令“亦系狼妖，外示和平，而贪狡殊无人理”。邑绅骄横，强夺邻田数十顷，邻讼于厉令，绅重金行贿，厉将邻逐出，迫使邻自缢于绅门。项生打抱不平，厉令笑曰：“先生不知耶？绅子现居京要，得罪则仆不能保功名，况妻子乎？且民命能值几何？以势制之，彼亦无能为力。”厉令对到苛县巡兵的郎大人，又是一副嘴脸，奴颜婢膝，极尽阿谀奉承之能事，居然饰爱妾幼女为歌妓，供郎大人寻欢作乐。因而，厉令很快就被升为某府的太守。项生见到侯，问及所见情况，侯曰：“此邦仕宦，大抵皆然，书生眼小于椒，徒自气苦耳。”这是画龙点睛的话。因循岛的官场黑幕，正是清朝腐败黑暗统治的缩影。本篇与晚清“四大谴责”小说，可谓有异曲同工之妙。文言小说与白话小说两种不同的文学样式，都批判了当时官场的黑暗，使人感到清皇朝从上到下、文官武将都腐败不堪，已经无可救药，除了把它推翻以外，别无办法。

第四章　文言小说的新高峰(下)

一、《阅微草堂笔记》与六朝笔法的复归

在《聊斋志异》广为流传、妇孺皆知，并仿效其体而作文言小说蔚然成风的乾隆时代，大学问家纪昀却颇为不满。他以撰写《阅微草堂笔记》的实际行动，反对用传奇法志怪的写法，倡导六朝小说以质朴简约见长的文风。于是在文言小说史上，出现了以《聊斋志异》为代表的藻绘派同以《阅微草堂笔记》为代表的尚质派两军对垒的新局面，更使文言小说创作园地显示出异彩纷呈的繁荣气象。

纪昀（公元1724—1805年），字晓岚，号观弈道人，直隶献县（今河北献县）人。父亲曾任云南姚安知府。他三十一岁中进士，入翰林院，任过乡试考官、会试同考官，擢为侍读学士。一度贬谪乌鲁木齐，召还后，任《四库全书》总纂官。后官至礼部尚书、协办大学士（相当于副宰相），并加太子少保衔，谥号文达。所著除《阅微草堂笔记》外，尚有《纪文达公遗集》，诗、文各十六卷，编选《史通削繁》、《删正帝京景物略》等。

《阅微草堂笔记》共二十四卷。其书名称，由作者在北京的书斋名而来。这是一部晚年追录见闻的笔记体小说，包括

《滦阳消夏录》六卷，《如是我闻》四卷，《槐西杂志》四卷，《姑妄听之》四卷，《滦阳续录》六卷，凡五种，约一千一百余则。自乾隆五十四年至嘉庆三年陆续写成。嘉庆五年，由纪昀门人盛时彦合刊印行，题总书名为《阅微草堂笔记》。此书题材广泛，内容丰富，兼收并蓄，包罗万象，有的记述见闻，有的虚构想象，而其语言质朴淡雅，庄谐杂作，故能盛传一时。

保守的文艺观，使作者对唐以来传奇体小说持否定态度。他在《四库全书总目提要》卷一百四十《小说家类》，发表了对小说的许多精辟观点，小说概念更为严密。把胡应麟对文言小说的六分法，合并为叙述杂事、记录异闻、缀辑琐语三类，却摒弃了胡应麟分类中列于显要地位的传奇类，这就是一种保守的偏见。他反对蒲松龄写《聊斋志异》的笔法，主张小说应该“寓劝戒，广见闻，资考证”，“近雅训”，要“有益于劝戒”，目的是感化人们，维护“太平盛世”，而忽视小说的审美价值。故将《聊斋志异》等文学意味很浓的文言小说，视为“诬谩失真，妖妄荧听”，“猥鄙荒诞，徒乱耳目”之作，一概“黜而不载”。这说明他对小说的本质特征，还缺乏认识。盛时彦为《姑妄听之》所作的《跋》中，引录了纪昀的一段话，很能说明他尚质黜华的小说观：

先生尝曰：“《聊斋志异》盛行一时，然才子之笔，非著书者之笔也。虞初以下，干宝以上，古书多佚矣。其可见完帙者，刘敬叔《艺苑》、陶潜《续搜神记》，小说类也；《飞燕外传》、《会真记》，传记类也。《太平广记》，事以类聚，故可并收。今一书而兼二体，所未解也。小说既述见闻，即属叙事，不比戏场关目，随意装点。伶玄之传，得诸樊嫕，故猥琐具详；元稹之记，出于自述，故约略梗概。杨升庵伪撰《秘辛》，尚知此意，升庵多见古书故也。今燕昵之词，媟狎之态，细微曲折，描摹如生。使出自言，似无此理；使出作者代言，则何从而闻见之？又所未解也。留仙之才，余诚莫逮其万一；惟此二事，则夏虫不免疑冰。刘舍人云：'滔滔前世，既洗予闻；渺渺来修，谅尘彼观。'心知其意，傥有人乎？”

这一番话，是完全针对《聊斋志异》以细腻的笔调，叙述委婉曲折的故事、刻画栩栩如生的人物性格而发的。他强调传记小说的可信性，非耳闻目睹不可下笔，更不要把人情物态描摹得体贴入微、活灵活现。他认为《飞燕外传》中的情事，是伶玄得之于深悉飞燕宫中秘事的樊嬺，故尚可信；元稹《会真记》是自述风流韵事，故以简约之笔陈其梗概。而《聊斋志异》一书兼有传记、志怪二体，把“燕昵之词、媟狎之态，细微曲折，描摹如生”，不近情理，难以置信。所以，他虽佩服蒲松龄的才华，却反对《聊斋志异》的写法。这就从根本上否定了小说艺术想象、虚构之能事，更排斥艺术形象的典型化。这不能不影响他《阅微草堂笔记》的创作。他不理解作家创作过程的形象思维，就只能停留在记述见闻的笔记体小说的模式上。但由于他的学识渊博，见闻亦广，又有很深的文学造诣，故仍然能写出一些较为精采的篇章，诚如鲁迅所云：“惟纪昀本长文笔，多见秘书，又襟怀夷旷，故凡测鬼神之情状，发人间之幽微，托狐鬼以抒己见者，隽思妙语，时足解颐；间杂考辨，亦有灼见。叙述复雍容淡雅，天趣盎然，故后来无人能夺其席，固非借位高望重以传者矣。”①能自成文言小说的一大家，形成与

① 《中国小说史略》第二十二篇。

《聊斋志异》相对垒的一派宗匠。只因碍于写事状、记见闻、求可信的局限，“落了自设的陷井”①，不能展开艺术想象的翅膀，文学才能得不到充分的发挥，其成就毕竟远逊于《聊斋志异》。

《阅微草堂笔记》中，对道学家的虚伪性，有较尖锐的揭露与讽刺。程朱理学提倡“存天理，灭人欲”，把三纲五常等封建伦理道德视为至高无上的“天理”，这当然有利于巩固封建统治，故明清两朝都把它作为官方哲学。但其理论本身是违反人性的，越提倡，越暴露出其不合理性，假道学也就越来越多。从明中叶以来，在哲学、文学艺术等领域，就展开了对假道学的批判。纪昀对假道学、腐儒、僧、道，都是颇为反感的，这与他为人处世的品格有关。盛时彦所作《序》中称其“以学问文章负天下重望，而天性孤直，不喜以心性空谈，标榜门户”②；鲁迅亦称纪昀“处事贵宽，论人欲恕，故于宋儒之苛察，特有违言，书中有触即发，……且于不情之论，世间习而不察者，亦每设疑难，揭其拘迂，此先后诸作家所未有也”③。

如卷一《滦阳消夏录》一《老学究夜行》，借鬼的形象，以诙谐而尖刻的笔调，讽刺了当时科举制度下腐儒的浅薄寡陋、不学无术，胸中唯有应付考试的八股墨卷。故鬼所见“字字化为黑烟，笼罩屋上”，与“文如屈、宋、班、马者，上烛霄汉，与星目争辉”的景象，形成鲜明的对比。卷四《滦阳消夏录》四《塾师密札》，对口谈性命天理、暗干谋夺寡妇田产的

---

①《鲁迅全集》第4卷《三闲集·怎么写》。

②见上海古籍出版社1980年版《阅微草堂笔记·附录》。

③《中国小说史略》第二十二篇。

卑鄙勾当，予以无情的揭露。作者捕捉生活中一个喜剧性的镜头，用极简短的笔墨加以描绘：

有两塾师邻村居，皆以道学自任。一日，相邀会讲，生徒侍坐者十余人。方辩论性天，剖析理欲，严词正色，如对圣贤。忽微风飒然，吹片纸落阶下，旋舞不止。生徒拾视之，则二人谋一寡妇田，往来密商之札也。……

寥寥几笔，就把假道学肮脏的灵魂，暴露在众生徒的面前。卷三《滦阳消夏录》三《苑家口遇僧》，则是描绘僧人为骗一饭而撒谎的。卷七《如是我闻》一《京师某观》，借狐之口，揭穿了道士将建醮所得之钱送给姘妇的真相。

纪昀身居高位，但对于人民的苦难和不幸表示同情，而对他们崇高的品德，则流露出赞赏之情。卷二《滦阳消夏录》二《菜人》，记述了灾荒之年，妇女幼孩被卖当作"菜人"的悲惨景象：

……河南山东大旱蝗，草根木皮皆尽，乃以人为粮，官吏弗能禁。妇女幼孩，反接鬻于市，谓之"菜人"。屠者买去，如刲羊豕。

这件触目惊心的惨事，是根据老仆施祥口述记录的。虽然故事的最后，落实到"一善延三世"的善报观念，但是对事件本身，也是同情的，为苦难的灾民感到悲哀。又如卷十五《姑妄听之》一《李生》，写的是一对穷人夫妻的悲惨命运。贫穷的李生与妻子本来应该有正常的夫妻生活，由于生活穷困和社会的混乱，遭致离散的苦难；虽然也曾相逢，但却咫尺天涯。作者对这种人间悲剧如实描写，质朴无华，却感人至深。又如卷十九《滦阳续录》一《柳青与益寿》，写了奴婢命运的不幸。丧失人身自由的奴婢终年从事劳役，挨打受骂，肉体上也不得不任从主子的凌辱，受尽人世的屈辱和痛苦。柳青忠于爱情，宁可做奴隶的妻子，也不做主子的姬妾。她在无可奈何的情况下一度失身，应归罪于那个万恶的制度，柳青是被损害的无辜者。

对人情世态的描写，既反映了社会生活中形形色色的精神面貌，也表现了作者道德观念和思想感情的倾向。如卷二《滦阳消夏录》二《药帖》，写社会上的自由职业者，把一技之长视为看家餬口的本领，秘不授人。因此，有所谓"同类相忌"、"同行冤家"的社会现象。作者对这种世情予以针砭。同集之四《富商》，批判的是一个唯利是图、忘恩负义的富商，很有典型意义。我们可以通过这个富商的嘴脸，看到当时世态的一角。卷二十四《滦阳续录》六《云南令》，则通过云南令的得官和被谎报死讯前后家庭的遭遇，深刻地揭露了趋炎附势的世态人情，鞭笞了势利之徒的灵魂。同集之四《借檐避雨》，写的是"借檐避雨"这样无损于己、有利于人，极为平常的事；可是极端自私吝啬的主人，竟不许别人避雨。当年被推出屋檐的孙起山，做了那个地方的"父母官"后，却并不记仇，没有报复，而是作了耐心的教育。作者对于劳动人民乐于助人的品德，则予以热情的赞扬。如卷三《滦阳消夏录》三《轿夫舟子》，写轿夫田某为救母病，远出求药，返回途中，遇河水暴涨，舟不敢渡；一舟子出于对田某救母的同情心，冒着性命危险，"奋然鼓楫，横冲白浪而行。一弹指间，已抵东岸"。作者对舟子这种冒险救难的精神，深表赞赏："此舟子信道之笃，过于儒者。"舟子的道德品质，竟比读书人高尚。如此评价，是很可贵的。卷十一《槐西杂志》一《唐打猎》，对猎人唐打猎为民除害的精神，及其打虎的高超本领，极为佩服。

《阅微草堂笔记》质朴、简炼、淡雅的语言风格，比之于藻绘派语言的优美、细腻，自有其不同的审美价值，它给人以质朴自然之美的感受。盛时彦称赞其文章艺术特色为“叙述剪裁，贯穿映带，如云容水态，迥出天机”①，是切合实际的。纪昀对素材的剪裁、用笔的简明自然，都不失天然意趣。如描写唐打猎杀虎，若不经意，却如庖丁解牛，极写其神遇之工：

……（虎）果自林中出，径扑老翁。老翁手一短柄斧，纵八九寸，横半之，奋臂屹立。虎扑至，侧首让。虎自顶上跃过，已血流扑地。视之，自颔下至尾闾，皆触斧裂矣。

文笔之简炼、明晓，可谓炉火纯青。寥寥数语，就生动地描绘出杀虎英雄的神奇技艺。又如《姑妄听之》四《殷桐》，写瞽者复仇的情景，简洁而生动。当仇人殷桐挺身上岸，以蔑视的口吻对瞽者说：“是尔耶，殷桐在此，尔何能为？”瞽者就“狂吼如虓虎，扑抱其颈，口啮其鼻，血淋淋满地。众前拆解，牢不可开……桐捶其左胁骨尽断，终不释手；十指抠桐肩背，深入寸余；两颧两颊，啮肉几尽。迄不知何仇，疑必父母之冤也”。殷桐狂妄自傲的语言神态，瞽者怒火燃烧、奋勇复仇的搏斗之状，如闻似见。

纪昀善于“测鬼神之情状，发人间之幽微，托狐鬼以抒己见”，其中虽寓劝惩或说理性文字，但因有具体故事和狐鬼形象，颇有幽默诙谐的趣味。如卷十八《姑妄听之》四《刘拟山家》条，写刘拟山家失金钏，疑为小女奴所偷，严刑拷打，逼、供、信，而不得金钏，这时天花板上狐妖却微嗽曰：“我居君

---

①《姑妄言之·跋》。

家四十年，不肯一露形声，故不知有我，今则实不能忍矣。此钏非夫人检点杂物，误置漆奁中耶？”按狐妖所指，果然找到金钏，而小女奴已经被打得体无完肤。通过这个故事，旨在说明屈打势必成招，所以审案不能依靠逼供信。又如卷十一《槐西杂志》一《田白岩言》条，描述田白岩与友人作扶乩的迷信活动：“其仙自称真山民，宋末隐君子也，倡和方洽，外报某客某客来，乩忽不动。他日复降，众叩昨遽去之故，乩判曰：‘此两君者，其一世故太深，酬酢太熟，相见必有谀词数百句，云水散人拙于应对，不如避之为佳；其一心思太密，礼数太明，其与人语，恒字字推敲，责备无已，闲云野鹤岂能耐此苛求，故逋逃尤恐不速耳。’”借仙人真山民的判词，对世俗中“世故太深”、“心思太密”的两种心怀叵测的人，作了尖刻而饶有谐趣的讽刺。

二、《阅微草堂笔记》的仿效者

《阅微草堂笔记》的影响，也相当大，引起一部分人的仿效。“使文人拟作，虽尚有《聊斋》遗风，而摹绘之笔顿减，终乃类于宋明人谈异之书。”它那尚质黜华的文风，使藻绘派一度受到遏制。直到宣鼎《夜雨秋灯录》及其《续录》、王韬《遁窟谰言》、《淞隐漫录》、《淞滨琐话》等作品问世，仿效《聊斋志异》的藻绘派，才为之一振。

文体规范近于《阅微草堂笔记》的，有江苏云间许元仲《三异笔谈》，四卷，载有道光七年序；浙江德清俞鸿渐《印雪轩随笔》，四卷，有道光二十五年序。而成就较大的是俞樾所作《右台仙馆笔记》十六卷，及《耳邮》四卷。

俞樾（公元1821—1907年），字荫甫，号曲园，又号羊朱翁，浙江德清人。道光年间进士，官翰林院编修，提督河南学政，是晚清著名学者。卸官后，居苏州，治经学，以高邮王念孙父子为宗。重在正句读，审字义，通古文假借；治诸子之学，亦循此法。学术性著作有《群经评议》、《诸子评议》、《古书疑义举例》等。他能诗词，而又重视小说、戏曲的教化作用。主讲杭州诂经精舍三十一年，是当时朴学大师。他的著述，总称为《春在堂全书》，共计二百五十卷，其中笔记体小说，有《右台仙馆笔记》和《耳邮》。其他如《春在堂随笔》、《茶香室丛钞》等，虽都辑入《笔记小说大观》，但似不宜列于文言小说史论述。《荟蕞编》则系采辑清代诸大家名著而成，多记忠孝节义等事，且于每条之末注明出处，文体规范也不一致，有些"丛残小语"似笔记小说，如卷一《邢疯子》、《毛瘫子》、《一壶先生》诸条；有的则属传奇小说，如卷三《李一足》，即为王猷定所作传奇小说。

《右台仙馆笔记》文笔朴实简约，不事藻饰，虽多为短小笔记体小说，而涉猎颇广。记现实生活中闻见之奇人异事，以写实为主，其间又杂有志怪成分。

如《碧禅》条，记作者之兄福宁官厦门同知时，寺僧碧禅要求还俗的经过。碧禅遭官呵叱，而疑署中吏魁某甲谮于官，故刺杀某甲。福宁命捕碧禅。"碧禅飞一足，蹴其人仆地，而自从山后跃而下，捷如飞鸟。……嗣后署中一幕友王姓者，房中每夜窗户不开，而频有所失。其所失物，则皆得之署后山穴中，疑碧禅所为也。"龚司马追捕碧禅时，碧禅"自楼窗跃至平地，复从平地跃至屋上，顷刻绝迹"，行踪诡秘飘忽，颇似古剑客之流。故事于平凡中显其突兀神奇。

又如《贾慎庵》条，写贾慎庵梦境所见："男女数百，……皆裸无寸缕。堂上坐一官，其前设大榨床，健夫数辈，执大铁叉，任意将男妇叉置槽内，用大石压榨之，膏血淋漓，下承以盆，盆满即挹注巨桶中。……贾问：'桶中何物？'（吏）周曰：'鸦片烟膏也。'"形象地反映了帝国主义勾结清朝官吏，输入鸦片烟，榨取中国人民膏血之令人发指的现实。

书中所记，触及社会各个角落，无奇不有。某些作品，篇幅稍长，故事也带有传奇性，但在写法上，尚质黜华，朴素自然，仍属尚质派的格调韵致。

如《秦娘》条，记述秦娘幼失父母，为媒者所骗，误入青楼，这固然是极大的不幸；但她身为下贱，却能守贞不辱，宁死不屈，终于选择了理想的丈夫。作者热情赞扬秦娘陷污泥而不染、矢志守正的品格，以及机智巧妙地跳出火坑的斗争方式。尽管带有宿命论色彩，秦娘的形象却仍不失其光辉。

另如《徽州殷翁》条，写殷翁受柳翁托孤之重，而柳子流荡不肖，日以饮博为事，任凭殷翁苦口婆心相劝，柳子终不改其恶习。于是殷放纵柳子，让他变卖产业、字画玩好，而殷暗中悉数收购。等到柳子山穷水尽、走投无路、与群丐为伍之时，殷翁再招柳子，说明真相，予以教育，柳子从此弃恶从善。故事虽与元人杂剧中本事相类，但值得注意的是，作者于篇末发表的小说理论："稗官小说家，固不必拘拘于事之真伪，但取其足以风世而已矣。"至于书中对白莲教起义和太平天国革命，持否定态度，是不足为奇的，对于像俞樾这样的封建士大夫，在这个问题上，无须苛求。

《耳邮》受纪昀创作主张的影响，更为明显。作者自序署名为"羊朱翁"，即"俞"字之切音也。其自序云："盖志怪搜神，从古有之矣。然窃以为惊心动魄之事，即在饮食男女之间，非必侈谈灵怪，然后耳目一新也。余吴下杜门，日长无事，遇有以近事告者，辄笔之于书。大率人事居多，其涉及鬼怪者十之一二而已。其用意措词，亦似有善恶报应之说，实则聊遣以日，非敢云意在劝惩也。因耳闻者多，目见者少，故题曰《耳邮》，犹曰'传闻云尔'。"这是仿效宋人张端义题所著《贵耳集》的用意。鲁迅于《中国小说史略》第二十二篇评此书云："颇似以《新齐谐》为法，而记叙简雅，乃类《阅微》，但内容殊异，鬼事不过什一而已。"这是颇为允当的见解。此书笔调峻峭雅洁，而记事写人，善于传神，深得《阅微》风致。从自序中可以看出，作者并不强调"劝惩"的传统小说观，而重在娱乐，这也是一大进步。寓教于乐，是文艺作品所起的潜移默化作用，比说教式的"劝惩"，要高明得多。

《耳邮》中对妇女的见识和人格尊严，多所赞美或同情。如卷一《维扬李氏妇》条，记某富人羡慕李氏九岁之子色美，设私塾、赠重金引诱李氏之子入彀，却被李氏妇识穿其奸计，命子将金还某富人；从富人"爽然若失"的神态中，更察觉富人心术不正，戒子勿再去富人私塾上学。某富人"自来招之"。"妇使其子谢曰：'子之惠俞厚，子之过愈大矣。绝子所以报子也。'某惭而退。"以这种方式保全儿子的名节，断绝某富人的邪念，足见其识见之卓越。卷三《费媪救红兰》条，写苏州妓女红兰，与某穷书生订婚约，而生无钱为红兰赎身脱籍，妓家佣人费媪为玉成美事，乘假母外出，背红兰到某生家，并从假母处窃取红兰的身契交给某生，巧妙地使红兰跳出火坑，与有情人结为眷属。作者称赞费媪这种见义勇为、行动机智的品性，比为唐人《柳氏传》中的豪侠许俊、《昆仑奴》中救红绡的昆仑奴，是很恰当的。

封建社会中的妇女，没有人身保障，可以任凭丈夫出卖，这当然是封建婚姻制度的罪恶；妇女要掌握自己的命运，就必须敢于斗争。卷一《黄某妻李氏》条，记述黄某贫不能自求生存之路，竟与妻子李氏谋划，将妻子伪鬻于人，然后伺机逃回，这就是当地的陋俗所谓“放鹁鸽”。这种骗术非常卑鄙龌龊，是建立在践踏妇女人身自由和人格尊严基础上的，把妇女的色相作为诈局的诱饵。黄某将李氏卖给曹某后，不到三天，黄某到曹家看望，意在促使李氏与他逃归，李氏开始对他很冷淡，很久才出来见他：“不数语，遽厉声曰：‘汝鬻我于此，乃谋与我偕遁乎？我至此无返理。汝不速去，我言于主人，缚送官矣。’黄大窘，踉跄而归。”这是觉醒的妇女对出卖爱情的无耻之徒的惩罚。作者议论道：“鹁鸽化为黄鹤，一去而不复返矣。此亦为鬼为蜮者之所不自料也。”同情与谴责的倾向性很鲜明。

作者虽然是上层士大夫，但是广见博闻，写出了社会的众生相。卷二《姑苏某寺僧》，记述某寺僧受邻妪色相的引诱，将每岁佛会所收的香火钱，全部被邻妪吞没，“妇日以饶裕，而僧清贫如故”，为躲避索债者，只好逃走。邻妪用故技去勾引另一僧人，僧人不上她的圈套，她及其子竟反诬僧人。“僧入厨，取刀断一指，忍痛示之曰：‘以此自明！’妪母子踉跄去。”意在说明自身不正，易入奸人圈套；若自身正，奸计自破。卷三《某孝廉》，则写一博徒，施恩于某孝廉落魄潦倒之时，孝廉中进士做官后，想报答博徒。博徒说：“君虽日赠我千金，亦不过供我博场之一掷而已。徒伤君惠，而无救我贫，不如其已也。”博徒拒绝孝廉任何方式的报答，是为了维护孝廉的清名。所以作者称赞“博徒见识甚高”，认为这种人，是市井中的英雄。作者在不少作品中，赞美下层人民的优秀品德和高尚情操，这是难能可贵的。

《耳邮》在短小的篇幅中，能记叙动人的故事，刻画人物性格的某一特征，使读者留下较深刻的印象，其奥秘除了语言艺术具有雅洁峻峭之美以外，就是善于捕捉人物最具有震撼力的语言或动作，生动地表现人物的性格。上述如维扬李氏妇、黄某妻李氏、博徒的语言，以及僧人砍指表明心迹的举动，都有着扣人心弦的魅力，令人难以忘却。

它如梁恭辰《池上草笔记》、许奉恩《里乘》，貌似《阅微》，而逊于文情，说教味重，殆同《太上感应篇》，不宜列于文言小说之林。

三、“世说体”的复起与王晫《今世说》

这里附带介绍一下清代的轶事小说。自刘义庆《世说新语》之后，仿效者众。唐有王方庆《续世说新书》（今佚），宋有王谠《唐语林》、孔平仲《续世说》，明有何良俊《何氏语林》、李绍文《明世说新语》、焦竑《类林》及《玉堂丛话》、张墉《廿一史识余》、郑仲夔《清言》，蔚然成为文言小说的一个流派，即所谓“世说体”。但诚如鲁迅所说：“纂旧闻则无颖异，述时事则伤于矫揉，而世人犹复为不已。”① 此风至清代不衰。有梁维枢《玉剑尊闻》、吴肃公《明语林》、章抚功《汉世说》、汪琬《说铃》、李清《女世说》、颜从乔《僧世

①见《中国小说史略》第七篇。

说》、王晫《今世说》等，均属于这一流派，惜一般都缺乏新意，而王晫《今世说》，则是一部能表现清代士大夫思想状况和生活面貌的较具代表性的好作品。

王晫，生卒年不详，但据《新世说·自序》署为康熙癸亥（即二十二年，公元1683年）仲春作，则可知为清初人。初名棐，号木庵，一号丹麓，又自称松溪主人。浙江杭州人。顺治间诸生，后弃举业，闭门读书，工诗文。著作除《新世说》外，有《遂生集》、《霞举堂集》及杂著十种（《龙经》、《孤子吟》、《松溪子》、《连珠》、《寓言》、《看花述异记》、《行役日记》、《快说续记》、《禽言》、《北墅竹枝词》），又曾辑檀几丛书。

《今世说》，八卷。通行的是《粤雅堂丛书》本、《笔记小说大观》本。1957年中华书局排印本，据《粤雅堂丛书》本标点。书中所记，是顺治、康熙年间和作者同时的文士言行，所以称为《今世说》。"间有文章事业显于胜国，而卒于本朝者，要不可不谓今之人也，亦为采入。"此书条目，"俱遵《世说》原编，惟自新、黜免、俭啬、谗险、纰漏、仇隙诸事，不敢漫列，引长盖短，理所固然"①。删去这带有批评性的六门内容，是因为所写对象都是今人，故不敢招惹是非。书中的材料，是"据所见诸集辑成"，"事取其核，义取其公，辞取其驯雅"，也有少数几条是记作者的品性事迹。

王晫虽然只是一介诸生，但交游却很广，文笔简洁大雅，就见闻所及而辑录，从汪琬《说铃》、陆圻《西陵新语》中采取的材料更多，当时名士的言行逸事，多为所录。读者从中可

①引文见《今世说例言》。

以得知清初的许多掌故和文风。作者对所记叙的人物和事实，较为熟悉，故往往加小注，简略介绍其生平，有助于读者对书中内容的理解。如卷二《政事》门《郭鸣上》条，记郭鸣上赴昆山县令任，吏人豪猾，郭赴任时故意避开远道迎接他的吏人，出其不意突然踞坐公堂，吏胥们得知他的身分，惊慌失措；他抓住时机，整顿县衙积弊，立见成效：

……乃谕之曰："若所为，我尽知之；今为若计，欲舞文乱法，快意一时，而身陷刑戮乎？欲守公奉法，饱食暖衣，与妻子处乎？"皆曰："欲饱暖守妻子耳。"曰："果尔，我今贷若罪，后有犯者，杀无赦！"吏皆涕泣悔悟，终郭任无犯者。

作者注云：郭名文雄，山西介休人。年四十，以诸生贡入京师，得授是官。寻卒，吏民聚哭于庭，阖县皆罢市往吊。发其橐，敝衣数事而已。无子，丧不能归，县人共买地葬于马鞍山，更立祠其旁，岁时祀焉。葬之日，他邑来会者，数万人；吏民哭之，如其私亲。

作者的注文，不但介绍了郭鸣上的生平，而且丰富了正文的内容，突出了郭鸣上作为一个清官的形象，并说明一个真理：为人民做了好事的人，人民是不会忘记他的。又如卷三《方正》门《孙豹人》条，描述孙豹人直率耿介的性格，也生动逼真：

孙豹人应召入都，初以老病辞，不许。既将还籍，复有年老授衔之命。吏部集验于庭，孙独卧不往。旋受敦促，乃徐入逡巡。主爵者望见其须眉皆白，引之使前曰："君老矣！"孙直对曰："未也，我年四十时即若此。且我前以老求免试，公必以为壮；今我不欲以老得官，公又以为老；何也？"众皆目笑其愚，孙固自若。

作者注云：孙名枝蔚，陕西三原人。身长八尺，声如洪钟，庞眉广颡；以诗名天下。

以极其简洁的文字，妙肖如生地描绘了孙豹人耿介不阿、爽直明快的性格特点，以及形貌语言的壮美特质。其文字风格和刻画人物形象的技法，堪与《世说新语》媲美。再如卷六《豪爽》门《王阮亭为同考》、卷七《巧艺》门《胡循蜚》、卷八《简傲》门《沈君善性不喜俗》诸条，都善于在极简短的篇幅中，以精警洗炼的文字，通过景物或言动的描写，表现人物性格的某一特征，而都具有风雅之美。

明末清初的士大夫，往往有互相标榜以沽名钓誉的弊病。王晫《今世说》也受这种风气的影响，在记述某人品格、才情时，不免有言过其实的溢美之辞。如卷三《文学》门，写王敬哉好学的精神，当然是可贵的，但说"其立言皆可为天下后世法",就过分了。此外，借茶村杜处士语，赞扬王阮亭的诗才云"使君才藻如许，当是天人"，以及借孙宇台之言，夸奖顾祖禹《读史方舆纪要》一书"若长河亘天，珠囊照地"，"真人间所未有"，都有夸张其辞之弊。同卷《王丹麓》条，是写他自己"博学,擅才藻，一时名声满江左……四方士大夫过武林者，必先造庐，问字纳文，停轭不忍去"，更是文人自我吹嘘的习气。

第五章　清代传记性文言小说

司马迁开创纪传体史书的体例，以文学的笔法写历史人物传记，虽重事实，但许多人物传记的文学气息已经相当浓厚，其描绘人物形象的艺术手法，为后世小说作家所汲取。唐人传奇文体规范的形成，就与史传文学有着密切关系，而在故事叙述中，又汲取了六朝志怪小说的奇异性。唐宋以来的古文家，效法《史记》中的人物传记，为人立传，虽无意于小说创作，但也不免受传奇小说的影响，其特点如：比较注重人物形象的塑造，不求事实之全备，而着意描写足以动人、突出其人物性格的几件典型事例；也不完全排除艺术想象，故近乎志人写实一类的传奇小说。明清之际，此风尤盛。清人张潮编纂文言小说选集《虞初新志》，其中不少篇目，就属于传记性的文言小说。

一、清初传记性文言小说

明清易代之际，不少富于才情的士人，有感于时世之艰难，或怀才而无施展抱负的机遇，除了在他们的诗文中抒发这种心情外，也往往通过写传记性文言小说表现出来。写得较多且较著名的，有王猷定、李渔、侯方域、魏禧、汪琬等人。

王猷定（公元1598—1662年），字于一，又作如一，号轸石，江西南昌人。明贡生。少好声伎狗马，以豪侠倾其赀。曾任史可法记室。明亡不仕，晚寓浙中西湖僧舍。诗文豪宕不羁，郁勃多奇气。书法亦名重一时。有《四照堂集》。张潮辑《虞初新志》，录其文言小说《汤琵琶传》、《李一足传》、《孝贼传》等。

《汤琵琶传》，写汤应曾虽有弹琵琶的绝技，但是封建统治者只是利用他作为娱乐的工具，却并不爱惜这位艺术家，一旦病老，就被抛弃，潦倒以终。

带有传奇性的一段情节，是描写汤应曾逆旅中得到唯一的知音，即由老猿精灵所幻化的孀妇，情愿与他结为患难夫妻。却因他漂泊不定的生活，妻子也在凄凉悲苦的境遇中死去，临死时对他母亲说："吾殆死，惟久不闻郎琵琶声，倘归，为我一奏石楠之下。"足见其为应曾的真正知音。

汤应曾形象的塑造是成功的。他闻歌而心自凄动，学弹琵琶而技艺超群，矜持自重，不妄为人奏；得知音为妻而中途丧亡，掩抑哀痛，"弹琵琶于其墓而祭之"。他在逆境中狂放自恣，沉沦酒色，既是对时代绝望的表现，也是无可奈何的消极反抗。这个人物是很有个性的。

全篇结构紧凑，笔调简炼而富于表现力。如对《楚汉》一曲的描写：

> 当其两军决战时，声动天地，瓦屋若飞坠。徐而察之，有金声、鼓声、剑弩声、人马辟易声，俄而无声。久之，有怨而难明者，为楚歌声；凄而壮者，为项王悲歌慷慨之声、别姬声；陷大泽，有追骑声；至乌江，有项王自刎声，馀骑蹂践争项王声。使闻者始而奋，既而恐，终而涕泪之无从也。

绘声绘形，淋漓尽致。抒情气氛浓郁，至为感人。

汤应曾似实有其人。作者有意为真人立传，而事有虚饰，人物活动的年代似与史实有出入。小说家之言，无须深究。作者以应曾之知音自居，而哀叹曰："世之沦落不偶而叹息于知音者，独君也乎哉！"可以体会到作者自己的"沦落不偶"之感。

李渔（公元1611—1676？），字笠翁，号觉世稗官，又称湖上笠翁，浙江兰溪人。少年游历四方，交接名士，晚年由南京迁居杭州西湖之滨。有才无行，为时人所讥。他是著名的戏曲家、小说家，戏曲理论著作《闲情偶寄》颇有学术价值和实践意义。

《秦淮健儿传》是带有传统性的题材。从唐人传奇《盗侠》，到明宋懋澄《九籥别集》卷二的《刘东山》、凌濛初《初刻拍案惊奇》卷三的《刘东山夸技顺城门，十八兄奇踪村酒肆》，内容较为相似，而各有特色。本篇所写秦淮健儿，确实是个有勇力、有武艺的人，他却因此妄自尊大。可是遇到一个本领比他强的"后生"，便吓得匍伏乞命；更有"总角"少年，本领又在那个"后生"之上。生活实践的教训，使他再也不跟别人较量武艺，甚至挨打也不还手。骄傲走向反面，就是自卑怯懦。秦淮健儿便是这样一个典型。

作者善于运用比较、烘托的艺术手法，使人物形象更加鲜明，也使主题更加突出。写秦淮健儿的逞强好武、自我夸耀、狂妄自大，用了较多的笔墨细致描写，为后来慑服于"后生"和畏惧"总角"少年作铺垫，前后对照，渲染烘托，人物性格跃然纸上。张潮《虞初新志》卷五辑入此篇，加评语云："尝见稗官中，有赵东山夸技顺城门，其事与此相类。甚矣，毋谓秦无人也！"亦似有寓意。

侯方域（公元1618—1654年），字朝宗，河南商邱人。早年以诗与时文（即八股文）著称，后来才学古文。他是明末“复社”的成员，与张溥、陈定生等交谊甚深，反对魏忠贤党羽阮大铖、马士英等人，因而遭到阮、马之流的忌恨。清兵入主中原，阮大铖等拥立福王于南京，欲趁机加害侯方域等。侯不得不逃离南京，先后投奔史可法、高杰。南明亡后，还居乡里，清廷强迫他参加河南乡试，中副榜，抑郁抱恨，不久病故。他的散文，与魏禧、汪琬等齐名，号称“三大家”。他富有才气，所写某些人物传记，叙事生动，形象鲜明，可以作为文言小说来读。著有《壮悔堂文集》、《四忆堂诗集》等。

《马伶传》写一个姓马的伶人，刻苦学习表演艺术的故事。马伶作为一个演员，能在失败中吸取教训，励志发奋，远走数千里，从生活实践中体验人物的思想感情、言语举止，再进行艺术加工提炼，塑造出具有高度典型意义的舞台形象，终于赢得观众的赞赏。这个故事告诉人们，艺术源于生活，高于生活，艺术家必须深入生活实际，刻苦地学习、探索，才能有所创造，取得成功。这对于从事任何工作的人，都会有所启发。

《李姬传》写秦淮名妓李香与作者的一段恋爱史，而穿插了复社文人与魏阉余孽阮大铖之流斗争的政治事件。李香虽然是个沉沦于社会底层的妓女，但她不仅才艺出众，更令人敬佩的是具有远见卓识和气节。她能够辨别士大夫的贤或佞，判断政治生活中的大是大非，不为势利所惑，并以大义劝说自己的情侣不要中坏人的奸计。这是非常可贵的。

作者以精炼的笔墨，描写了李香的才艺：“少风调皎爽不群，十三岁，从吴人周如松受歌玉茗堂四传奇，皆能尽其音节；尤工《琵琶》词，然不轻发也。”并从人物对话中，表现出她那不同于一般女流的高尚情操，使侯方域得以摆脱阮大铖间接笼络的圈套。特别是侯生下第，李香歌《琵琶》词送行时所说的一番话，可谓掷地有声：

公子才名文藻，雅不减中郎。中郎学不补行，今《琵琶》所传词固妄，然尝昵董卓，不可掩也。公子豪迈不羁，又失意，此去相见未可期，愿终自爱，无忘妾所歌《琵琶》词也！妾亦不复歌矣。

以蔡邕“学不补行”为鉴戒，勉励侯生品行要与才学相副，自重自爱。遗憾的是，侯生最后有负李香的告戒，不能终其名节。从李香两次对侯生的谈话中，突出了她“侠而慧”的性格特征。

孔尚任《桃花扇》传奇，吸收了本篇的情节，而有所充实、提高。

魏禧（公元1624—1680年），字冰叔，号裕斋，江西宁都人。从小爱好古代文化，十一岁补县学生员。明末，移居翠微峰，与兄际瑞、弟礼及彭士望、林时益、李腾蛟、丘维屏、彭任、曾灿等九人，组织“易堂学”，称“易堂九子”，劳动自给，研究学问。兄弟并称“三魏”，而以魏禧的品学最高。以病为借口，拒绝参加康熙诏举的“博学鸿儒”考试。喜读史书，为文凌厉雄杰，与汪琬、侯方域齐名。有古文集二十二卷、日录三卷、诗八卷、《左传经世》十卷。

《大铁椎传》中所写的这位不知姓名的传奇性人物，武艺超群拔萃，且“工楷书”，文武兼备，却不能为世所用，其遭遇与宋濂《秦士录》中的邓弼、高启《南宫生传》中的南宫生类似。作者深有感慨地说：“豪俊侠烈魁奇之士，泯泯然不见功名于世者又何多也！”埋没人才，是封建社会的一大罪恶。邓琬、南宫生、大铁椎，三人的性格、面貌各不相同。罕言语，行踪诡秘飘忽，是大铁椎的个性特征，而怀才不遇的命运，却与邓琬、南宫生有其共同性。

作者善于紧扣人物的显著特征，以极简炼的笔墨，予以刻画。写大铁椎的健啖、貌寝、右胁夹大铁椎、沉默寡言、语类楚声、不冠不袜、以蓝手巾裹头、足缠白布等，文字不多，而形象鲜明。对大铁椎与众响马决斗场面的描写，从渲染“鸡鸣月落，星光照旷野”的环境气氛着笔，极写“客呼曰：‘椎！’贼应声落马，人马尽裂”的高超武艺，以工技击、七省好事者皆奉为师的宋将军“屏息观之，股栗欲堕”为烘托，而以客言“我去矣”一语作结，只见“地尘且起，黑烟滚滚，东向驰去”。留下神秘的遐想余地，增添了人物的传奇色彩。

汪琬（公元1624—1690年），字苕文，号钝翁，晚年隐居尧峰山，故又号尧峰，江苏长洲人。少年丧父，勤奋读书，有志于古文的研究和写作，顺治十二年进士，授户部主事。一度隐居尧峰，闭户著书。被迫参加“博学鸿儒”科考试，授翰林编修，编纂《明史》，因病引退。他的散文浩瀚疏畅，诗兼陆游、范成大、元好问之长。为文善于叙事，有些人物传记具有短篇小说的特点，与魏禧、侯方域并称“三大家”。其诗文集有《类稿》六十二卷、续稿三十卷，而自选其中惬意之作为《尧峰诗文钞》。吴曾祺《旧小说》辑录其传记性文言小说《江天一传》、《书沈通明事》、《乙邦才传》等。

1645年阴历五月，清兵南渡，国内民族矛盾成为主要矛盾。在激烈的民族斗争中，涌现出一大批坚毅壮烈的爱国志士。《江天一传》中的江天一，就是其中的一个。作品着重赞扬江天一的才智与义烈。在明王朝腐朽不堪、兵荒马乱之际，他团结乡人子弟，挫败了左良玉的溃兵，保卫了家乡；在抗清斗争中，更是智勇果决。在失败后，视死如归，揭穿汉奸洪承畴的诱降阴谋，从容就义。这种崇高的民族气节，至今仍然有着深刻的教育意义。

作者以简洁的笔墨，叙述了较完整的故事。并通过几件典型事例的描写，如黑夜率壮士战胜左良玉溃兵、筹划守徽州、抗清失败后为保全家乡父老而牺牲自己、慷慨捐躯坐而受刑等动人的场景，活现了江天一的性格，给读者留下深刻的印象。

邵长蘅（公元1637—1704年）的《阎典史传》，历史背景与主题思想，同《江天一传》相似，而斗争的场面更为壮烈。清兵在南下过程中，掳掠烧杀，极为野蛮残酷。南方广大人民奋起抗击，抛头颅，洒热血，可歌可泣。阎应元率领江阴人民的抗清斗争，是一首感人至深的壮歌。

阎应元是个小吏，以江阴弹丸之地，抗击清兵二十五万之众，坚持八十一天，全城军民壮烈牺牲，无一投降，写下了反抗强敌的光辉篇章。这力量的源泉，就在于人民群众的爱国主义激情。作者以满腔热情，塑造了阎应元智勇兼备、正气凛然的民族英雄形象。《阎典史传》既是描写真人真事的人物传记，也是具有高度艺术价值的历史小说。如描写应元乘月黑束蒿为人击鼓呼号的诱敌射箭之计，遣壮士夜缒城入敌营顺风纵火的火攻战术，大义凛然痛斥明降将刘良佐“为敌前驱”，悲壮激烈的巷战场面，都写得有声有色。

可列于清初传记性文言小说的作品尚多。张潮《虞初新志》编成于康熙二十二年癸亥（1683年），多为明末清初作家的作品。其中传记性的文言小说，如前面已论及者外，还有不少。如吴伟业《柳敬亭传》、张明弼《冒姬董小宛传》、徐芳

《柳夫人小传》、余怀《王翠翘传》、陆次云《圆圆传》、陈鼎《八大山人传》、黄周星《补张灵、崔莹合传》等，都是可读性较强、影响也较大的作品。

二、自传体文言小说《浮生六记》

在小说史上，带有自传体性质的作品，并不罕见。唐人王度《古镜记》、张文成《游仙窟》、元稹《莺莺传》、明人瞿佑《秋香亭记》等，就是著名的例子。把长篇白话小说《红楼梦》称之为自叙传性质的小说，也未尝不可。作品中的主人翁，有作者生活经历的写照，但经过艺术的典型化处理，作品的社会意义更带有普遍性，与作者生活的原型之间，不能划等号。沈复的《浮生六记》，自传性更加明确，但仍然不失为优秀的文言小说。其故事之委婉曲折，形象之鲜明，情致之动人，比它以前的同类文言小说，有过之而无不及。

《浮生六记》的作者沈复，尽管没有别人为他作传记，生平资料很少，但从他自传体作品《浮生六记》中，可以勾画出他身世的轮廓。

沈复，字三白，江苏苏州人。生于清乾隆癸未（公元1763年）冬，卒年无可考，但《记》中自言“今年且四十有六矣”，可知当卒于嘉庆十四年（公元1809年）以后。沈出生于“衣冠之家”，父稼夫为人作幕宾，“慷慨豪侠，急人之难，……挥金如土”；他十九岁随父习幕，此后长期以幕宾为职业，亦曾从商，“不一载，值台湾林爽文之乱，海道阻隔，货积本折”，只得重操旧业。妻陈芸，伉俪志同道合，情爱深笃，不为礼法所缚。后因妇姑反目，父子不和，被逐出家门，生活陷入困境，赖芸刺绣、沈复卖画餬口。有一女一男。芸既愤且劳，贫病交加而死。沈复看破红尘，意欲“从赤松子游”，因友人劝慰，暂栖息寺庙，再出为幕客，不久男夭折。

沈复多才多艺，能文善画，精于盆景园林，而“性爽直，落拓不羁”。三十五岁后，穷愁潦倒，浪迹江湖。入石琢堂幕后，似稍好。曾随赵文楷出使日本。

《浮生六记》包括《闺房记乐》、《闲情记趣》、《坎坷记愁》、《浪游记快》、《中山记历》、《养生记道》六篇，后两篇已佚。原为传抄本，清光绪三年始有杨引传序本，1915年王文濡辑入《说库》。1935年《美化文学名著丛刊》本补入五、六两记，据考系伪作。1981年江西人民出版社点校本，将五、六两记作为“附录”。

前四记每篇重点虽各有不同，出现的人物也不少，有夫妻闺房之乐，有亲朋好友的交游逸趣，有坎坷穷愁的悲苦，也有浪游山水名胜的快事，而贯穿其间的中心人物和故事，则是作者和妻子陈芸乐极生悲、生离死别之情，同时也表现了文人雅士的生活情调和审美意趣。

我国古典文学作品中，描写爱情固然是永恒的主题之一，但由于对封建礼法的顾忌，在诗文中，写艳情、悼亡，一般都较含蓄简约。特别是关于正式夫妇闺房燕昵之情、家庭琐屑之事，都写得比较笼统、概括。传奇小说、戏曲中写男女关系较具体，大都是士子与妓女或才子佳人婚前的风流韵事。像李清照词及其《金石录后序》中所描写的夫妇之情，已属少见。有些白话小说中所描写的男女情事，则流于显露庸俗，缺乏文学的审美价值。《浮生六记》则善于以细腻雅致的笔调，委婉的情节，描绘出夫妇日常生活中的韵致情趣、喜乐悲愁。读者感到的是夫妇情爱之美，于平淡无奇中显其真挚深笃；从日常生活的描写中，表现出这对夫妇的幽情雅趣、幸福与坎坷。

《闺房记乐》描写了封建社会中少有的美满夫妻生活。被传为佳话的梁鸿与孟光，志同道合、举案齐眉，已很难得，但总使人感到庄肃有余，谐趣不足，是在礼法规范之中演戏，不太自然。《红楼梦》中宝黛的爱情当然是很美的，但他们在还没有结成良缘时，就以悲剧告终。沈复与陈芸，尽管最后的结局也带有悲剧性，但他们毕竟有二十三年甘苦与共的夫妻生活；纵然包含着苦涩与凄凉，也已令人羡慕，他们是成功的宝黛。而从他们悲惨的坎坷生活中，也容易使读者联想到，在那个时代，宝黛即使结成良缘，结局也不会比芸复更好。复与芸原是表姊弟的关系。芸，字淑珍，是沈复舅氏之女。青梅竹马，“两小无嫌”，以其“才思隽秀”，使沈复“心注不能释”，告母曰：“若为儿择妇，非淑姊不娶。”芸具有素淡优雅之美，而其慧心不仅在笔墨，且善刺绣。“其形削肩长项，瘦不露骨，眉弯目秀，顾盼神飞，惟两齿微露，……一种缠绵之态，令人之意也消。”淡淡几笔，就活现其风姿神韵。

作者善于通过一系列生活细节描写，丰富人物形象，表现人物的内心世界；似不着意剪裁，而能自出机杼，天然浑成；在叙事中洋溢着抒情气氛，极写闺房燕昵亲洽之情，而蕴含诗意雅趣，旖旎温柔中不乏隽永清新的韵致。

在他们新婚燕尔的蜜月佳期，芸为等候沈复送姊出嫁归来，卸妆于烛下看《西厢》的细节描写，绰有情致：

（复）悄然入室，伴妪盹于床下，芸卸妆尚未卧，高烧银烛，低垂粉颈，不知观何书而出神若此。因抚其肩曰：“姊连日辛苦，何犹孜孜不倦耶？”芸忙回首起立曰：

“顷正欲卧，开橱得此书，不觉阅之忘倦。《西厢》之名闻之熟矣，今始得见，真不愧才子之名，但未免形容尖薄耳。”余笑曰：“唯其才子，笔墨方能尖薄。”伴妪在旁促卧，令其闭门先去。遂与比肩调笑，恍同密友重逢，戏探其怀，亦怦怦作跳，因俯其耳曰：“姊何心舂乃尔耶？”芸回眸微笑，便觉一缕情丝摇人魂魄。拥之入帐，不知东方之既白。

细致地描绘出一对知识型新婚夫妇的爱悦之情，而不流于猥亵庸俗。

他们居沧浪亭爱莲居西板桥“我取轩”，课书论古，品月评花，小饮娱乐，射覆为令，是最欢乐的一段时光。沈复谈论各种古文，能得各家之神髓，芸论李、杜诗，也极其精妙：

芸发议曰：“杜诗锤炼精纯，李诗潇洒落拓；与其学杜之森严，不如学李之活泼。”余曰：“工部为诗家之大成，学者多宗之。卿独取李，何也？”芸曰：“格律谨严，词旨老当，诚杜所独擅；但李诗宛如姑射仙子，有一种落花流水之趣，令人可爱。非杜亚于李，不过妾之私心宗杜心浅，爱李心深。”余笑曰：“初不料陈淑珍乃李青莲知己。”

如此论李、杜，似比随人俯仰、违心著书的须眉文豪之见，要高明一些。这是出自她内心的真话，是其审美情趣的自然表露。

七夕“拜天孙”、七月十五夜夫妇联句、中秋节游沧浪亭的意境描写，都富有诗情画意，洋溢着幽人雅士的生活乐趣。也描绘了吴地的民间习俗。陈芸女扮男装与沈复一同夜游水仙庙“花照”的描写中，更体现了他们反礼教束缚的精神。至于芸为丈夫物色爱妾，是封建婚姻制度使然，这也是他们所受的历史局限。芸选择的憨园“为有力者夺去，不果”，由此气愤而得病，“竟以至死”，是那个社会制度下特有的悲剧。

《闲情记趣》对盆景园艺的描写，既体现了他们的闲情逸致，也反映了他们的审美意识，至今仍然很有参考价值。如关于园亭楼阁、套室回廊，“大中见小，小中见大，虚中有实，实中有虚，或藏或露，或浅或深”的一段文字，正是园林建筑的艺术辩证法。陈芸教人作“活花屏”，也可谓巧夺天工。他们寄居友人萧爽楼时，与诸名士聚会，有四忌：谈官宦升迁、公廨时事、八股时文、看牌掷色。又有四取：慷慨豪爽、风流蕴藉、落拓不羁、澄静缄默。正表现了他们高尚的情操和磊落的胸怀。在这些活动中，陈芸起着“不动声色”的导演作用。

最为悽恻悲凉的是《坎坷记愁》。一个多才多艺、贤淑能干的女子，上受委曲于翁姑，下受制于妯娌小叔，又受累于为丈夫物色爱妾不成，反招众怨。多方夹击，气愤劳累交并，以至“血疾大发，床席支离，刀圭无效。时发时止，骨瘦形销”。原期望绣《心经》一部“可以消灾降福”，反因“弱质骤劳”，病情加剧，“唤水索汤，上下厌之”。更因沈复为友人作保向洋人借款，友人竟挟资远遁，于是洋人向他索债，激怒老父，限令他三日内自谋出路。沈复此时已不堪“焦劳困苦，竭蹶时形。隆冬无裘，挺身而过。（女）青君亦衣单股栗，犹强曰‘不寒’。因是芸誓不医药”。在老父严令下，芸与复商议，在安排好儿女生路后，暂投芸自幼同盟姊锡山华氏家中栖身。与儿女诀别的情景，读来令人心碎肠断。但“寄食于非亲非友之家，终觉非久长之策”，乃赁屋另居，沈复失业，芸犹“强颜慰藉，未尝稍涉怨尤”，处患难困厄之境，夫妇恩爱之情更深。芸临死时对沈复说：“忆妾唱随二十三年……。知己如君，得婿如此，妾已此生无憾。”作者描述芸在倾诉肺腑之言后，惨然长逝的凄凉景象，亦令读者酸鼻：

> 芸乃执余手而更欲言，仅断续叠言“来世”二字。忽发喘口噤，两目瞪视，千呼万唤，已不能言。痛泪两行，涔涔流溢。既而喘渐微，泪渐干，一灵缥缈竟尔长逝。时嘉庆癸亥三月三十日也。当是时，孤灯一盏，举目无亲，两手空拳，寸心欲碎。绵绵此恨，曷其有极！……

这是在封建社会所谓“女子无才便是德”的礼教重压下，“具男子襟怀才识”的佼佼女流悲惨的结局。是罪恶的社会制度造成的悲剧。

清代作家撰写的人物传记很多，但思想内容与艺术特色都足以称道，可以作为文言小说来读的，毕竟不甚多。如晚清徐鼒《小腆纪传》中的某些传记，薛福成写的一些人物纪事，史料价值很高，并具有不同程度的文学色彩，但总有冗杂平实之感，而逊文言小说的格调、韵致和风采。所以，虽有挂一漏万之嫌，也并不感到遗憾。况且，为文作书，势难求全求备，纵有遗珠失玉，也只好割爱了。

后　记

应约撰这部书稿，已经是十年前的事了。当时我尚属壮年，承几位友人悉心协作，负责选编多卷本《文言小说》工作。对有关文言小说史的资料，大体上摸过一遍；并因本科生选修课、研究生学位课教学工作的需要，写了一份粗具文言小说史轮廓而侧重于若干专题的教材。基于这种情况，估计花五六年时间，可以完成书稿。但前些年，任务较为繁杂，在同一时间内，总有几个不同的工作头绪，难以集中精力专注于文言小说史的撰写。对写这样一部书的难度，也估计不足。

有幸的是，后来这项课题列入了国家教委“七五”科研规划，这无疑是个促进，同时也感到压力之重。在此期间，又与友人共同承担了编写《明清文学史》的任务，由我写明代卷；为了优先完成共同性的项目，一度中断文言小说史的撰写。

昔日青丝今白发，到了花甲之年，才完成这本尚不尽如人意的书稿，也不免有惶恐之感。要不是右足骨折，闭门不出，得以摆脱内外杂务，全力撰写，也许还得拖一些时候。其间甘苦备尝，真是一言难尽。

千帆老师一直关注本书的撰写工作，八十高龄，既审阅了书稿，又为作序，师生情谊，实非语言所能表达。

还应该感谢齐鲁书社的领导，特别是当年约稿的周晶先生。他们重信义，一直信守口头之约不爽的君子之风，使我深为感佩。在市场经济冲击下，出版这类学术专著，是需要高风格的。这也正是齐鲁精神之可贵，对我则是一种鞭策。责任编辑王鲁一先生，在他忙于学术访问的同时，承担这部书稿的审编工作；在审编过程中，提出了很好的意见，付出了巨大的劳动。我们的合作，始终是愉快的，也是令人难忘的。

这些年陆续出版的文言小说书目之类工具书及有关论著多种，从中受到启发和教益，未能一一指明，谨表谢忱。

由于多方面的原因，首先为自己水平所限，书中存在的疏漏或谬误在所不免，殷切期望同仁的批评指正。

1993年夏

于珞珈山寓所

再版感言

这部作于十多年前的《中国文言小说史》，如今有再版的机会，按惯例，似应作一次修改或增订。但是我想，学术道路上留下的足迹，以保持原貌为宜，正如本书初版所言："为文作书，势难求全求备，纵有遗珠失玉，也只好割爱。"求全未必完美，故再版亦无须作画蛇添足之举。至于学术观点，这些年来，我的精力集中于主持《中华大典·明清文学分典》的编纂工作，无暇进一步深入文言小说领域的研究，偶或应约论述文言小说中的专题，毕竟只侧重某一局部，反顾既往所论，不宜多作修正。倒是一些排校上疏漏致误之处，是应该趁机予以订正的。一言以蔽之，是在不扩大原版面篇幅前提下作些修订，意在对读者负责。

学术研究总是在不断创新中发展，才有生命力，宽松自由的大环境，正是人文社会科学春光明媚、欣欣向荣的大好时期。1992年之前文言小说领域的研究状况，大体上如本书第二编第十三章末节《唐人小说研究的历史与现状》和《后记》所概述。此后，陆续出现几种关于文言小说的论著，仅我收得的赠书就有：断代史性质的，程国赋《唐代小说嬗变研究》、程毅中《宋元小说研究》、李剑国《宋代志怪小说叙录》；通史通论性质的则有，侯忠义、刘世林《中国文言小说史稿》下册、陈文新《中国文言小说流派研究》、《中国传奇小说史话》、《中国笔记小说史》以及《文言小说审美发展史》，各有其特色。陈文新自上世纪 80 年代初从余问业，对文言小说用功甚勤，十余年间，接连出版上述四部专著，颇具影响，诚如荀卿所云：“青，取之于蓝，而青于蓝。”此亦一大快事。我更感到欣慰的是，在该领域耕耘的同仁，既能发扬学术界严谨求是而又敢于开拓创新的优良传统，又保持朴素晓畅、清新明快的文风，绝无那种浮躁轻率、生搬滥造词语、酷似北宋“太学体”的不良倾向。

齐鲁书社的领导，虽然换了几届，但重社会效益、诚笃信义的精神，一如既往，真是难能可贵。社长宫晓卫先生，为此书的再版，多方策划，至以为感，谨致谢意。

2005 年春

于珞珈山南麓

检查证　查号(3)

如发现印装质量问题，请电告或将残书直接邮寄我厂调换。

山东新华印刷厂

地址：济南市胜利大街 56 号

电话：82079130　82079112

图书在版编目(CIP)数据

中国文言小说史／吴志达著．—济南：齐鲁书社，2005.6

ISBN 7-5333-0400-4

Ⅰ．中...　Ⅱ．吴...　Ⅲ．笔记小说—小说史—中国—古代　Ⅳ．I 207.409

中国版本图书馆 CIP 数据核字(2005)第 052320 号

中国文言小说史

吴志达　著

齐鲁书社出版发行

（地址：济南经九路胜利大街 39 号　邮编：250001）

http://www.qlss.com.cn

E-mail：qlss@sdpress.com.cn

山东新华印刷厂印刷

850×1168 毫米　32 开本　26 印张　3 插页　567 千字

1994 年 9 月第 1 版　2007 年 1 月第 3 次印刷

ISBN 7—5333—0400—4

I·144　　定价：55.00 元